#UnaLucrecia

· **Dirección editorial:** Marcela Aguilar
· **Edición:** Carolina Kenigstein y Florencia Cardoso
· **Colaboración editorial:** Natalia Yanina Vázquez
· **Coordinación de diseño:** Marianela Acuña
· **Diseño de portada:** Carlos Bongiovanni
· **Diseño de interior:** Olifant · *Valeria Miguel Villar*

-MÉXICO-

Dakota 274, colonia Nápoles - C. P. 03810
Alcaldía Benito Juárez, Ciudad de México.
Tel.: 55 5220-6620 • 800-543-4995
e-mail: editoras@vreditoras.com.mx

-ARGENTINA-

Florida 833, piso 2, of. 203
(C1005AAQ) Buenos Aires
Tel.: (54-11) 5352-9444
e-mail: editorial@vreditoras.com

Primera edición: marzo de 2020

ISBN: 978-607-8712-28-1

Impreso en México en Litográfica Ingramex, S. A. de C. V.
Centeno No. 195, Col. Valle del Sur, C. P. 09819
Alcaldía Iztapalapa, Ciudad de México.

#UnaLucrecia

Mariela Giménez

VéRa

A "Lucrecia".
Esta novela, todo lo que fue, todo lo que
es y lo que será, está dedicado a ti.

Donde quiera que estés,
donde quiera que esté,
te llevo siempre en el corazón.

PRÓLOGO

#UnaLucrecia es la historia de muchas Lucrecias. Una ficción que surge de la cruel realidad en la que están sumergidas millones de mujeres. Prisioneras, víctimas, cuyos pedidos de ayuda se ahogan en sus gargantas o mueren en sus ojos al clamar nuestra atención con gestos imperceptibles, amordazados por el miedo, portadores silenciosos de gritos desesperados.

Personas con la libertad cercenada, con marcas que, aunque visibles y perfectamente identificables, ignoramos mirando hacia otro lado, al costado cómodo donde la supremacía la tiene el "no te metas".

#UnaLucrecia es la muestra fehaciente de la justicia "injusta". De una cultura retrógrada que ampara la aberración y justifica, con incoherencias, uno de los actos más viles y denigrantes que comete el ser humano: el ejercicio de la violencia en todos sus aspectos, tanto físico como psicológico, apagando poco a poco la voluntad, anunciando con cada golpe la sentencia de muerte.

#UnaLucrecia es la voz de todas las que yacen bajo tierra; de la súplica contra reloj de quienes están en peligro de terminar junto a ellas.

#UnaLucrecia es una luz de esperanza hacia el sentido de solidaridad y compromiso con el prójimo. Un despertador que suena en cada párrafo, en cada situación relatada desde el corazón sensible de su autora, para que salgamos de nuestro letargo y exijamos un cambio en el ámbito judicial, social y, sobre todo, en nosotros mismos. Uno que garantice y defienda lo más preciado que tenemos… la vida.

Marta D'Argüello

PRIMERA PARTE

CAPÍTULO 1

EN HONOR A PERRAULT

SÁBADO, 23 DE SEPTIEMBRE DE 2006.
CIUDAD DE BUENOS AIRES.

Desperté de un pesado sueño al oír el molesto sonido sobre mi cabeza. Un picoteo incesante que ya identificaba a la perfección: palomas y gorriones interrumpían mi sueño al recolectar pequeñas hojas y pelos de gato entre las hendiduras del techo de chapa, con el propósito de improvisar sus nidos que albergarían los pichones de otras palomas y otros gorriones que, probablemente, interrumpirían mi sueño eternamente. ¡Debería salir a espantarlos a los gritos! Aunque solo fuera para desahogarme. Pero en lugar de ceder a mi arrebato me estiré entre las sábanas y traté de quitarme el sueño de encima. No era tarea sencilla.

Incluso siendo tan temprano, el calor dentro de la habitación era agobiante. Suspirando, me incorporé sobre la cama y até mi cabello en una improvisada coleta, buscando el aire que supe nunca llegaría. El viejo ventilador de pie, apostado en la esquina del dormitorio, no era suficiente para refrescar el ambiente. Apoyé mis pies en el suelo y observé, a través de la traslúcida cortina que separaba la habitación del resto de la casa, el enorme trasero de mi abuela, a quien cariño-samente llamaba "Nona", paseándose frente al horno de la cocina.

Era una casa pequeña. Diminuta, en realidad. Dentro de la habitación no había más que la cama que mi Nona y yo compartíamos y un robusto armario, *vintage* dirían algunos, que acompañaba a mis abuelos desde que emigraron de la provincia de Misiones a la prometedora Buenos Aires, en busca de una mejor calidad de vida. Nunca me atreví a preguntar si encontraron lo que buscaban, pero apuesto a que no fue lo que deseaban. Aun así, hicieron del humilde vecindario Villa Soldati, su hogar. Nuestro hogar.

—¡Buenos días, Su Señoría! ¡Mantantero liru lá! —canturreó la Nona al verme entrar en la cocina. Era su particular forma de darme los buenos días.

—Hola, Nona —respondí, un tanto anestesiada por el sueño.

—¡Ay, mi niña! ¿Qué haces despierta tan temprano? Hoy es sábado, no es día de escuela. Podrías haber dormido un poco más.

—Puedes culpar a los pajarracos estos… —acusador, mi dedo índice apuntó hacia el techo.

—¡Otra vez! Voy a hablar con Mario, nuestro vecino. Él los espanta esparciendo un líquido… o algo así. Creo que es un veneno.

—No te preocupes, Nona. No podemos exterminar a todas las aves del vecindario —apliqué una dosis matutina de sentido común y así di el asunto por terminado. Era una batalla perdida de antemano—. ¿Tomamos unos mates? —le pedí después—. Me muero de ganas por unos amargos, pero a mí me salen horribles.

—¿Te salen horribles o no tienes ganas de prepararlos?

—Un poco y un poco —admití con una sonrisa.

En casa, tomar mate era un ritual diario, uno que practicábamos desde las primeras horas de la mañana. Los mates de mi Nona eran los mejores. Los tomábamos amargos, como mi bisabuela le había enseñado a cebarlos. A veces, la Nona hacía trampa… ponía apenas una cucharadita de azúcar antes de empezar a cebar, para que los primeros mates no resultaran tan fuertes. La yerba mate, las hojas y los tallos más tiernos procesados finamente se volcaban dentro del mate y luego se acomodaba la bombilla sobre un costado. Había que verter muy despacio el agua caliente, para lograr así una infusión verde y espumeante que definía el sabor de mis mañanas desde que tenía uso de razón. El secreto, decía mi Nona, estaba en no dejar que el agua alcanzara el punto de hervor; si no, la yerba se ponía amarga y el mate se arruinaba.

Como cada mañana, nuestro ritual comenzaba con la Nona esperando por el característico silbido de la tetera. Mientras aguardaba, aprovechaba para contarme los últimos chismes del vecindario. A mí no me interesaba demasiado ponerme al día sobre esas cosas, pero tampoco me importaba fingir. Me encantaba el sonido de su voz.

Rosario Ayala, mi Nona, era la mujer más importante de mi vida. Yo tenía apenas cinco meses cuando mi mamá decidió marcharse. Entonces, mi abuela no dudó en armarse de coraje y hacerle frente a la vida, aun conmigo a cuestas. Cuando eso sucedió mi Nona era una mujer sola, que había enviudado recientemente, y que trabajaba cosiendo bolsillos a camisas durante doce horas diarias. Lo hacía todo por mí y yo lo hacía todo por ella.

Cuando cumplí los ocho años, le informé que pretendía dejar la escuela. Quería trabajar para ayudar con los gastos de la casa, como otros chicos de mi edad. Pero mi Nona no lo permitió. Su réplica fue tajante: "Debes estudiar, ese es tu trabajo. Estudia".

Y así lo hice.

Terminé la escuela primaria entre los mejores promedios de mi clase y mis esfuerzos me valieron una beca en un colegio de Belgrano, un vecindario de gente acomodada que en nada se parecía al humilde Villa Soldati que yo conocía.

Mi abuela estaba exultante. Yo, en cambio, lo pasaba fatal.

Inocentemente, al iniciar en la nueva escuela, pensé que una pizca de encanto personal bastaría para conquistar a mis nuevos compañeros. ¡Qué equivocada estaba! Apenas puse un pie en el colegio, los "niños bien" me hicieron saber que no les caía en gracia que una "pobre" de Villa Soldati se paseara libremente por las instalaciones. Y peor aún, los chicos de mi propio vecindario me acusaban de aparentar ser alguien que no era.

Así, segregada por mis nuevos compañeros y rechazada por aquellos con los que había crecido, pasé todo aquel primer año en la nueva escuela llorando por los rincones, sopesando la posibilidad de bajar mis calificaciones para que anularan mi beca. Cuando junté coraje para decirle a mi Nona lo que sucedía, volvió a ser tajante: "No les des importancia, que se pudran. Estudia".

Y, por supuesto, así lo hice.

Estaba tan concentrada en superarme a mí misma, que comencé a parecer inmune a los constantes embates de mis compañeros, y hasta mis viejos amigos descubrieron que sus desprecios ya no me afectaban. Sorprendentemente, cuando dejé de llorar por los rincones, los "niños bien" comenzaron a acercarse. A mitad de segundo año, ya me invitaban a sus fiestas. Ellos me enseñaban a escuchar a Rihanna y a Coldplay, mientras yo los introducía en las aventuras poéticas de El Sarna y La Banda del Lechuga. Las chicas jugaban a hacerme la manicura, y yo les enseñaba a colorearse mechones de cabello con papel crepé. Era un intercambio cultural a toda regla. Aun viviendo dentro de la misma ciudad, habitábamos dos mundos diferentes.

Aprendimos a dejar nuestras diferencias a un lado y, apenas quedando unos meses para la graduación, podía decir que había hecho buenos amigos. Había atravesado barreras que creía infranqueables. Y todo se lo debía a la mujer que me había empujado a ir por más. Todo se lo debía a mi Nona.

Mientras la veía acomodar el termo con agua caliente y el mate sobre la mesa, noté cuánto se había agravado su artritis. Los huesos de sus manos, antes fuertes y habilidosas, parecían estar anudándose sobre sí mismos, tanto que hasta alzar el termo para cebar un mate le significaba un gran esfuerzo. Su andar se había ralentizado; su cuerpo estaba más corto, más ancho y más encorvado, todo a causa de las extenuantes horas de trabajo. Sus ojos, antes azules, estaban cada vez más grisáceos. Mi abuela parecía eterna, pero no lo era. Estaba envejeciendo. Y eso me asustaba.

—Mi niña, te ves pensativa. ¿Qué ronda por esa cabecita? —sorbió de la bombilla y una gota de saliva resbaló por el borde. Nunca me atrevería a decir en voz alta cuánto asco me daba eso.

—No es nada… —recibí el mate e hice a un lado mis pensamientos al posar los labios sobre la bombilla—. ¿Cuándo tienes la consulta con el cardiólogo? Quiero acompañarte… Así escucho las indicaciones del médico y te obligo a cumplirlas al pie de la letra.

—Ya estoy grande, mi niña. Ningún médico sabe mejor que yo lo que puedo o no puedo comer. Es mi cuerpo, lo conozco.

—¡Ajá! Entonces, te había indicado cambios en la dieta y no me lo habías dicho. ¿Lo ves? No se diga más. A la próxima consulta, voy contigo.

—¡De acuerdo! ¡De acuerdo! Lo admito… Puede que haya comido alguna cosita de más. Desde mañana, prometo esforzarme —recibió el mate, en señal de rendición—. ¡Ah! Espera… sé cómo quitarte ese mal humor.

—¿Qué mal humor? —ofendida por el comentario, me apoyé en el respaldar de la silla y la seguí con la mirada.

Arrastró diez pesados pasos hasta la habitación y revolvió bolsitas dentro de su lado del armario. Todo lo guardaba en bolsitas, ¡y amaba la naftalina! Cuando regresó a la cocina, tenía esa sonrisa con hoyuelos que indicaba que algo tramaba.

—Mira… dime qué te parece —dejó la bolsita sobre la mesa, frente a mí, y luego regresó a su silla.

—¿Qué es?

—Descúbrelo por ti misma… —se cebó otro mate, tratando de ocultar su impaciencia.

—¡Nona! —exclamé al ver el contenido—. ¡¿Qué significa esto?! —me puse de pie de un salto, emocionada, sosteniendo en mi mano tres prendas nuevas.

—Le pedí a mi patrona que me diera unos vestiditos, para que te los probaras. Si alguno te gusta, es tuyo.

—¡Pero, Nona! ¿Podemos hacer esto? —aunque me colmara el entusiasmo, tenía que tratar de ser sensata. El esfuerzo de mi abuela no podía irse en vestidos nuevos, por muy lindos que fueran.

—¡Sí, claro que podemos! Se descontará de mi paga y ni siquiera notaremos el faltante. Además, ¿no tienes que ir al centro comercial con tus amigas? Es una buena ocasión para estrenar algo nuevo.

—¡Es la mejor ocasión! Pero… no lo sé, Nona. ¿No es un gasto innecesario?

—¿Para qué quiero el dinero si no puedo comprarle algo lindo a mi nieta? Además… déjame ver —tomó los tres vestidos y probó la tela con los dedos—. Siente… son de un muy lindo algodón. ¡Ni siquiera se nota que son de la feria de La Salada! Si hasta parecen de boutique, ¿no crees?

–¡Son preciosos! –con una sonrisa que amenazaba con partirme la cara en dos, apoyé una rodilla sobre la silla y alcé los vestidos para verlos con más detenimiento.

–¡Adelante!… Pruébatelos y te ayudaré a elegir.

Acortando los diez pasos a solo cinco saltos de emoción, abracé las prendas y me colé por la abertura de la cortina para entrar a la habitación. Me saqué la camiseta que usaba para dormir, una de River Plate, el equipo de fútbol del cual era fanática, y comencé a probarme los vestidos uno a uno. Afortunadamente, los tres eran de mi talla. ¡Era tan difícil decidirse!

–¡Ese! –aplaudió mi abuela, cuando salí a mostrar el elegido–. Te queda pintado, mi niña.

–¿Te parece?

Busqué el rincón donde estaba el espejo de cuerpo entero y evalué mi reflejo por un minuto. Solía pensar que el blanco no era mi color, pero, a decir verdad, no estaba nada mal. El vestido era de líneas simples pero se ajustaba a mis lánguidas curvas con delicadeza y le quedaba bien a mi piel morena. ¡Me gustaba! Con el blanco hasta mis ojos castaños parecían más luminosos. Alcé mi larga y oscura cabellera, improvisando un peinado, pero no me convenció… La prefería libre.

–¿Y?

–Me encanta… –admití, igual que si estuviera confesando un pecado, mientras me acomodaba el pelo detrás de las orejas–. ¡Muchas gracias, Nona! –sin contenerme, me abracé a su cuello y mastiqué sus mejillas a besos.

–Estoy feliz de que así sea. Te mereces esto y mucho más… ¡Te ves como una princesa!

Cuando mi Nona sonrió su sonrisa desprovista de dientes, le devolví el gesto con los ojos aguados.

—Me veo como una princesa, pero aquí solo hay una reina. Te quiero, Nona.

* * *

El autobús tardó más de una hora en llegar a destino. Era un día precioso, soleado y caluroso, por lo que decidí caminar las últimas calles hasta el centro comercial. El plan era celebrar el inicio de la primavera con un paseo que incluyera hamburguesas y una película en el cine. Sostuve con fuerza el morralito que llevaba cruzado sobre el pecho, para evitar posibles hurtos, y caminé por la avenida Santa Fe sintiéndome como una princesa.

Una princesa…

Siempre me gustaron los cuentos de hadas, y por mucho que la vida se empeñara en mostrarme lo contrario, sabía que había un final feliz esperando por mí en algún lugar. Un lugar que, obviamente, no era mi Villa Soldati natal.

Jamás confesaría mis pensamientos en voz alta, a nadie, pero estaba más cómoda en el centro comercial Alto Palermo que en la feria de La Salada. Me sentía una persona horrible por pensar de esa forma, pero no podía mentirme a mí misma. Mis amigos de la infancia tenían razón, ansiaba ser una "niña bien" de Belgrano. Me encantaba que mis amigas me vieran como par, adoraba que las chicas de los cursos inferiores me admiraran, e incluso disfrutaba de la atención masculina que estaba comenzando a recibir. Ya podía imaginarme en mi próxima etapa, estudiando, creciendo profesionalmente. Con cada paso que daba, sentía que alzaba mi cabeza más y más por fuera de mi agujero.

—¡Por aquí! —escuché el inconfundible grito de Vicky, incluso por sobre el sonido del tráfico.

Su cabello rubio caía graciosamente justo por encima de sus hombros, enmarcando un rostro angelical. Era alta y curvilínea, la primera que se había atrevido a usar un sujetador de encaje. A su lado estaba Electra, la muchacha más llamativa de toda la clase. Usaba un grueso flequillo, cortado con precisión milimétrica, y su cabello era fucsia… ese mes. Solía cambiar su look con una frecuencia que mareaba.

—¡Al fin llegas! —Vicky entrelazó su brazo con el mío y luego me estampó un beso en la mejilla. Electra, en cambio, era de las que saludaba a la distancia, con una especie de cabezazo que temía le causara un aneurisma con el tiempo.

—¿Llegué muy tarde? Quedamos a las once y media.

—Son casi las doce —puntualizó Electra, señalando su reloj. Sus modos podían parecer hostiles y distantes para muchos pero no para mí. Había aprendido a aceptar sus particularidades.

—Perdón —me alcé de hombros.

—Basta de tanta charla… Hay muchas tiendas por recorrer. ¿Por dónde empezamos? —Vicky siempre fingía que la decisión era democrática, pero era su capricho el que guiaba el recorrido. Prácticamente éramos arrastradas a su antojo por todo el centro comercial. A mí no me importaba, me gustaba pasar tiempo con ellas. Amaba escuchar las tonterías que brotaban de sus bocas, de nuestras bocas. Después de todo, no éramos más que un puñado de adolescentes disfrutando de un día cualquiera.

La película empezaba en unas horas, dándonos el tiempo suficiente para comer algo en McDonald's antes de entrar. Las chicas pidieron sus combos especiales y yo me atuve a mi habitual cuarto de libra con queso. Luego, nos arrojamos sobre la primera mesa que encontramos vacía. Los fines de semana, el centro comercial era un hervidero de gente.

–Chicas… –murmuró Electra, bajando la voz.

Inmediatamente Vicky y yo alzamos la cabeza, sorprendidas no tanto por su actitud sospechosa como por su intento de interactuar como una adolescente normal.

–Hay un muchacho por allá atrás que no te saca los ojos de encima –anunció, sin expresión en el rostro.

–¡¿De verdad?! –Vicky dejó escapar una sonrisita antes de darse vuelta para ver.

–No a ti… a la "villera" –puntualizó con su habitual acidez. "Villera" era el apodo que usaba para mí… En mi país era un insulto a toda regla, pues hacía alusión a mi lugar de origen con una connotación negativa y era despectivo, pero en boca de Electra, no era más que la puntualización de un hecho. Yo vivía en Villa Soldati, por tanto, era "villera". Ningún drama de por medio.

–Sigue mirando… –insistió Electra.

–¡Ay, chicas! ¿Tiene amigos? –intervino Vicky, seguramente pensando en la posibilidad de alguna salida en grupo. ¡Nada me aterraba más!

–Victoria, contrólate –Electra le pellizcó el antebrazo.

–Regresemos la atención a nuestra mesa, ¿les parece? Sigamos comiendo, por favor… –le di una mordida a la hamburguesa y disfruté del untuoso queso cheddar deslizándose sobre mi lengua como una caricia–. Mmm, ¡está muy buena!

–¿Solo estás comiendo o te le estás insinuando al chico de allá atrás? –preguntó Electra, provocando que me atragantara.

–¡Electra! ¡Contrólate! –Vicky soltó una exagerada reprimenda, en venganza por lo anterior, y se quitó el cabello del hombro, coqueta como siempre–. Sigue mirando… –informó entre dientes–. ¿No vas a mirar? ¿No sientes curiosidad?

—Vicky... —le dije apoyando ceremoniosamente la comida sobre la mesa–. Primero, comeré mi hamburguesa... antes de que se enfríe y empiece a preguntarme si esto es carne de verdad o no. Luego, cuando estemos de salida, te prometo que voy a mirar. Si el chico está interesado, seguirá ahí.

—¡Se te va a escapar! —replicó, como si no hubiera escuchado una palabra. Así era ella.

No respondí, seguir con la conversación era inútil. Ni el sujeto se iba a escapar ni yo estaba de cacería. Solo me alcé de hombros y seguí comiendo. Cuando levanté la vista de mi hamburguesa, descubrí a Electra con una especie de sonrisa en el rostro, una expresión que no usaba tan a menudo. Alzó su mano en invitación y no dudé en "chocar los cinco". Teníamos muchas diferencias, pero las coincidencias eran más importantes... como privilegiar una salida con amigas antes que el coqueteo con un desconocido.

La tensión se esfumó tan rápido como el último novio de Vicky y continuamos conversando de todo un poco y de nada en particular. El tiempo pasaba deprisa cuando estábamos juntas.

—¡Son las tres! Si queremos comprar palomitas de maíz antes del cine, es mejor que empecemos a movernos —Vicky dio un salto que hizo que toda la mesa tambaleara y Electra alcanzó a detener la Coca Cola justo antes de que terminara sobre mi vestido.

—Gracias —sonreí y ella respondió con otro cabezazo.

Crucé el bolsito sobre mi pecho y sostuve la falda de mi vestido antes de ponerme de pie. Cuando alcé la vista, Electra y Vicky miraban en la misma dirección.

Entonces, el sujeto seguía ahí...

Sin darle demasiada trascendencia al asunto, entrelacé mi brazo con el de Vicky e intenté de mantener la vista al frente.

Intenté… pero fallé.

Dos mesas más atrás de dónde habíamos almorzado, había un grupo compuesto por unos cinco chicos… o quizás eran treinta, no podía calcular racionalmente. No podía calcular nada racionalmente. No podía prestar atención a nada más que al chico sentado en la cabecera de la mesa, que estaba *definitivamente* mirando en mi dirección. Y no se preocupaba por disimular.

Era, a falta de una palabra más apropiada, perfecto. Cabello castaño claro, ojos grises como nubes de tormenta e intensos como un relámpago, y rasgos tan hermosos que hasta me daban ganas de llorar. Sus tentadores labios se curvaron en una sonrisa dirigida a ¡mí! Había libros y apuntes desordenados sobre la mesa e inmediatamente los identifiqué como universitarios; razón de más para que me sintiera atraída. Mente y cuerpo en su medida justa.

No hagas nada estúpido, advirtió mi yo racional. Entonces, como si nada estuviera ocurriendo en realidad, respondí a su sonrisa de forma cordial y me aferré al brazo de mi amiga. Hice un enorme esfuerzo por mantener a raya mi revolución interior y me propuse sortear la situación con elegancia. Traducción: caminé como si no me temblaran las rodillas.

Por supuesto que no iba a salir airosa, no con la habitual soltura de Vicky, que caminaba a mi lado con una sonrisa de oreja a oreja.

—¡Addddióssss! ¡Vamos al cine, si quieren acompañarnos! —dijo al pasar, contoneando las caderas y hasta dedicándole a los de la mesa un desvergonzado guiño de ojo.

—¡Victoria! —mastiqué entre dientes y, esta vez, fui yo quien le dio el pellizco en el brazo.

Sin girarme a ver la reacción del grupo, aunque sin poder ignorar los aplausos y vítores a la invitación de mi amiga, me solté de su brazo y seguí caminando con un paso que dejaba a las claras que estaba furiosa.

–¿Qué? ¡No vas a decirme que no te gusta! ¡Te conozco, te encanta!

–¡Shh! Vicky, es suficiente –la detuve.

–¡Vamos! ¡No te hagas la ofendida conmigo! Solo bromeaba... –intentó sujetar mi brazo, pero estaba tan molesta que me la saqué de encima sin demasiado decoro.

–Déjala tranquila, Vicky –le advirtió Electra. Me conocía muy bien. Estaba avergonzada y enojada, mala combinación. Y, en consecuencia, se me habían ido las ganas de ver la película.

–Está bien, está bien... ¡Son tan aburridas! –Vicky puso los ojos en blanco.

–¿Saben qué? Mejor, vayan ustedes. Iré a dar una vuelta más y regreso a casa –dije, temiendo que los chicos hubieran tomado la invitación en serio.

–No seas tan melodramática... ¡Dije que lo siento! –se excusó Vicky.

–Está todo bien, de veras. Pero quiero irme a casa –para enfatizar la intención, dejé un beso en la mejilla de Vicky y cabeceé un saludo para Electra.

–No te vayas enojada, ¡por favor! –rogó Victoria, con las manos juntas.

–Dije que está bien. Nos vemos el lunes.

Volví a aferrarme al bolsito y caminé lo más tranquila que pude, sin mirar atrás, deteniéndome en algunos escaparates nada más que para pasar el tiempo. No quería regresar a casa alterada, mi Nona lo iba a notar y me atropellaría a preguntas.

Nunca estuve más agradecida por estar en los últimos meses de clases, ya me estaba cansando de los sorpresivos exabruptos de Vicky.

La adoraba, pero de verdad me estaba cansando. Sentía que en algún punto nos estábamos desfasando. El resto madurábamos y ella se quedaba atrás. ¡Por supuesto que me gustaban los chicos! Pero mi etapa "acalorada" había quedado allá por la pubertad. Me alcanzaba con uno que otro beso de Camilo, un amigo y compañero de clase, pero no quería nada con nadie.

Mientras mi cabeza hilaba pensamientos sin obedecer a mi voluntad, terminé en la librería. Pensé que sería una buena idea buscar alguna historieta para Electra, una especie de agradecimiento por el apoyo.

Amaba las librerías. Podía pasarme horas examinando libros que nunca iba a poder comprar. El lugar destinado a las historietas estaba bastante cerca del de la literatura infantil, aunque Electra insistiera en que no eran para niños. Curiosa, me detuve a hojear un enorme libro de cubierta dura con la leyenda *Cuentos clásicos de todos los tiempos* en un brillante e intrincado diseño de letras doradas sobre un rugoso fondo borravino. Los libros de cubierta dura eran mis favoritas; esa era una edición preciosa. Tenía todos mis cuentos favoritos allí: Cenicienta, Blancanieves, La Bella Durmiente… princesas con las que soñaba desde pequeña. Incluso los dibujos del interior resultaban hipnóticos. Un escalofrío me recorrió la espalda al ver al Lobo agazapado, listo para atacar a una desprevenida Caperucita Roja.

—Hay mucho más detrás de los cuentos infantiles de lo que la gente piensa —me sobresalté al escuchar una voz demasiado cerca de mi oído—. Perdón, ¿te asusté?

Para mi sorpresa, descubrí al chico del almuerzo de pie, a mi lado, y con las manos cruzadas detrás de la espalda, estudiando con curiosidad el libro que sostenía en mis manos. Sin poder desprenderme de su mirada, tragué despacio el exceso de saliva y me forcé a desatar el nudo que se había formado en mi garganta.

—No, no me asustaste... —respondí a destiempo.

Regresé la vista al libro y hojeé un poco más, acomodándome el cabello detrás de la oreja. Era una manía que solía aparecer cuando estaba incómoda por algo. Y ese sujeto me incomodaba.

—Te decía que los cuentos infantiles tienen mensajes ocultos, ¿lo sabías? —insistió en conversar, con una sonrisa que hizo que mis rodillas temblaran.

—No, no lo sabía —mentí, solo para mantenerlo hablando. Me sorprendí disfrutando del sonido de su voz y del aroma a café que desprendía su boca.

—Caperucita Roja, por ejemplo —sus dedos regresaron las mismas páginas que yo había adelantado, rozando mi mano en el proceso, para luego detenerse sobre la ilustración de Caperucita y el Lobo—. Era un cuento de transmisión oral, pero Charles Perrault tuvo el tino de publicarlo como propio en 1697. Era una época espantosa para ser niño, desaparecían todo el tiempo. El mensaje oculto no es tan oculto en realidad, ¿no es cierto?

No podía despegar la mirada del atrayente movimiento de sus labios y apenas podía soportar la arritmia en mi pecho.

—No hables con extraños —murmuré como una tonta.

—Tienes razón. Es un buen consejo... —sonrió antes de ofrecerme su mano—. Lisandro Echagüe.

Así nada más, consiguió sacarme una sonrisa. ¡Una sonrisa genuina y espontánea! Fue la forma más original en la que alguien se me había acercado jamás. Un poco más distendida, tomé la mano que me ofrecía tan caballerosamente.

—Lucrecia... Lucrecia Ayala.

—Un nombre poderoso.

—Lo odio.

—Me encanta… ¿Qué pasó con tus amigas? —preguntó mientras estudiaba los alrededores.

—Se fueron al cine.

—¿Y tú?

—No me gusta la película —mentí, una vez más.

—Entonces… solo con el propósito de honrar el sabio consejo de Perrault y dejar de ser dos extraños, ¿tomamos un café?

Me sacó la segunda sonrisa en menos de cinco minutos.

—Gracias, pero no puedo —decliné cortésmente.

Por supuesto que me hubiera encantado tomar un café con Lisandro, pero no era tonta. Estaba fuera de mis posibilidades. Las diferencias eran claras como el agua y resplandecían como luces rojas que alertaban que me alejara. La exquisita ropa que usaba, la perfecta cortesía de sus modos, sin mencionar la evidente diferencia de edad, eran detalles que mi parte racional no podía obviar, bajo ninguna circunstancia. No podría pretender nada con alguien como él, y no sabía qué podía pretender él con alguien como yo.

—Tengo cosas que hacer, iba de salida —me excusé.

—Es una lástima —comentó, con una sonrisa que denotaba que podía ver detrás de mi pobre fachada de indiferencia.

—Adiós.

—Adiós.

Tratando de no voltear a verlo, sostuve mi bolsito y caminé directo hacia la salida.

Me sentía flotando en una nube. Aunque la interacción había sido breve y casual, la reproducía una y otra vez en mi cabeza mientras buscaba la salida. La sonrisa se negaba a abandonar mis labios.

Quince minutos después, cuando al fin estuve en la calle, el sol me dio de lleno en el rostro. Era un día precioso, en verdad.

—¡Lucrecia!

Me di vuelta de golpe cuando escuché mi nombre, usando la mano para cubrirme del sol. Sorpresivamente, Lisandro corría en dirección a mí... con el libro en la mano.

—Olvidaste esto —con delicadeza me entregó el pesado volumen de cuentos y me di cuenta de que estaba empezando a hiperventilar.

—Pero... no lo pagué. ¿Te lo llevaste, así nada más?

—¿Ves al guardia de seguridad corriendo detrás de mí?

—No —respondí automáticamente, cerciorándome con un rápido vistazo.

—Es un regalo.

—¡No! ¿Qué? ¿Por qué? —balbuceé, confundida.

—Porque quiero que sea tuyo.

—Lisandro, no puedo aceptar esto... ¡Ni siquiera acepté tomar un café contigo!

—No estoy pidiéndote que retribuyas el regalo. Solo quería que lo tuvieras, nada más.

—Pero...

—Nada de "peros". Luego me cuentas qué otros mensajes ocultos encontraste; es retribución suficiente para mí. Nos vemos pronto, Lucrecia.

Todavía en shock, lo vi alejarse de regreso al centro comercial, dejándome ahí parada, con el libro entre las manos y un millón de preguntas arremolinándose en mi cerebro; la primera de ellas: "¿Cómo pude haber sido tan estúpida de rechazar un inocente café con el Príncipe Azul?", la segunda: "¿Por qué no estoy corriendo detrás de él para pedirle su número de teléfono?".

Estaba sopesando mis posibilidades cuando vi el autobús detenido en el semáforo. Tendría que correr si quería alcanzarlo.

—¡Mierda! —presioné el libro contra mi pecho y partí rápidamente, directo hacia el autobús.

Después de la corrida, caminaba hacia el final del vehículo, donde un incómodo asiento esperaba por mí. Me dejé caer, todavía un poco agitada, todavía un poco conmovida por el regalo, preguntándome si aquello en verdad había sucedido.

Lisandro.

Otra involuntaria sonrisa se plantó en mi rostro mientras estudiaba el libro sobre mi regazo. ¿Cómo alguien tan perfecto como él podía haber tenido un gesto tan desinteresado con alguien como yo? Acaricié la lujosa cubierta y abrí el libro con delicadeza.

27

La tercera sonrisa que Lisandro me sacaba en el día, aun sin estar presente, terminó por convertirse en una risotada histérica que provocó que varios de los ocupantes del autobús me miraran como si estuviera loca. Y probablemente, lo estaba.

Ahí, en la primera página, había un número telefónico junto a un breve mensaje. Ese era el verdadero regalo.

"¿Crees en el amor a primera vista? Espero tu mensaje… Lisandro".

CAPÍTULO 2

LA NOCHE (IM)PERFECTA

VIERNES, 24 DE NOVIEMBRE DE 2006.

CIUDAD DE BUENOS AIRES.

Decir que estaba muy nerviosa era una subestimación. ¡Estaba aterrada! Opté por trenzarme el cabello a un lado para no recurrir a mi estúpido tic cada cinco segundos. Las coloridas luces de Puerto Madero comenzaban a visualizarse un poco más adelante, y con cada kilómetro que acortaba el taxi, me sentía más y más alterada. Solo por hacer algo, me cercioré de que mi top de seda no tuviera arrugas visibles.

—¿Estás bien, mi niña? —la Nona presionó mi mano y me sobresalté.

—Sí, sí —mentí.

—Tranquila, Luli. Estás muy bonita —dijo con su habitual calidez.

—También estás preciosa, Nona —tomé su huesuda mano y la besé.

De verdad, estaba preciosa. Sus ojos parecían más azules, menos grisáceos, mucho más luminosos. Su cabello cano estaba bien peinado. Vestía su traje elegante para toda ocasión… casamientos, bautismos, cumpleaños o "presentaciones de novios". Se veía radiante.

Mi nerviosismo creció exponencialmente cuando el vehículo disminuyó la velocidad frente al restaurante. Por supuesto, Lisandro ya estaba esperando en la puerta, con esa característica sonrisa suya. Era una visión celestial en jeans oscuros y camisa clara.

—¡Ay, mi niña! ¡Qué lindo es! —comentó mi abuela, con una sonrisa descomunal. Ver su falta de dientes me arrancó un escalofrío y fijé la mirada en las manos entrelazadas sobre mi regazo. Avergonzarme de ella me hacía sentir fatal, pero no podía evitarlo. Era una mala nieta.

Cuando el taxi se detuvo y Lisandro abrió nuestra puerta, supe que era demasiado tarde para echarse atrás con la dichosa presentación. Hacía semanas que él insistía en conocer a la Nona y no quería decepcionarlo.

—Buenas noches, señoritas.

Tan caballeroso como siempre, le ofreció la mano a mi abuela. Ella boqueaba como pez fuera del agua. Yo comprendía su asombro; estar frente a Lisandro era siempre abrumador.

—Tanto gusto, mi niño —saludó la Nona—. ¿Puedo llamarte así?

—El placer es todo mío, Rosario. Puede llamarme como prefiera.

Estuve atenta a cada detalle de la breve interacción, hasta que el conductor del taxi me arrancó de mi burbuja personal al aclararse la garganta. Todavía aguardaba su paga.

—Lo siento, aquí tiene… —abrí mi cartera para tomar el dinero, cuando Lisandro interrumpió.

—Ni lo pienses, cariño. Yo me encargo —dijo, extendiendo un billete a través de la puerta abierta. Claro que no me sorprendió su gesto, siempre se hacía cargo de todo. Tomó mi mano y me ayudó a bajar.

—Hola —susurré tímidamente. En una fracción de segundo, mi cabeza sopesaba: *¿Beso en la mejilla o beso en la boca? O ninguno de los dos…* No sabía cómo debía comportarme en presencia de mi Nona. Sobre todo, cuando no nos sacaba los ojos de encima, como si estuviera viendo la telenovela de la tarde. Afortunadamente, Lisandro resolvió el problema con simpleza.

—Estás hermosa —besó mi frente cálidamente y le ofreció el brazo a mi abuela.

Creí que con ese primer intercambio mis nervios se aplacarían, pero no. Cuando entramos al elegante restaurante, mi estómago se anudó todavía más. Cada comensal del lugar parecía haberse detenido para observar nuestro ingreso. Lisandro presionó mi mano entrelazada con la suya, quizás percibiendo mi nerviosismo, y solté un suspiro de agradecimiento cuando vi que caminábamos hacia el fondo, a un sector un poco más privado.

—Buenas noches —saludó la camarera.

Respondimos al saludo y mi abuela por poco se desmaya cuando Lisandro movió la silla para invitarla a tomar asiento.

—Que amable de tu parte, gracias —dijo sonriente, dejando el bolso sobre la mesa. Rápidamente, y tratando de disimular, lo tomé y lo colgué en el respaldar de su silla. No era correcto dejar cosas sobre la mesa en la que luego comeríamos. Por Dios, ¿no podía comportarse con educación solo por una noche?

—¡Qué lindo lugar! ¡Qué lindo todo! —acarició la servilleta blanca, disfrutando de cada detalle—. Esta tela es muy buena, las manchas salen en un abrir y cerrar de ojos.

¡Que me tragara la tierra! ¿Ahora, hablaba de telas? Mi corazón latía con fuerza y mis mejillas se acaloraban más y más con cada palabra que salía de su boca. Esta cena había sido la peor idea. Hubiera sido mejor preparar algo en casa. ¡Maldita mi reticencia a que Lisandro conociera mi casa!

—Viniendo de una experta, no dudo que sea así —sonrió él, sorprendiéndome con su naturalidad—. Lucrecia me comentó que está en el negocio textil hace muchos años, Rosario. Cose, ¿no es cierto? Imagino que evalúa cada tela casi sin darse cuenta... Veo números por todos lados, así es que la comprendo.

—Sí... —solté automáticamente. Sí, sí, ¡sí! No podía sentirme más agradecida por su comentario—. Lisandro estudia Economía, abuela. ¿Recuerdas?

—Claro que sí, mi niña.

De un momento a otro, Lisandro dominó la situación con su acostumbrado encanto personal. Mi Nona escuchaba con atención mientras él le contaba que tenía veintiocho años, que estaba cursando el último semestre de su Maestría en Economía, y que el plan a futuro era ponerse al frente del estudio de su padre. Ya trabajaba medio tiempo ahí, de hecho, poniéndose al corriente con todas las cuentas de la firma.

Comencé a relajarme muy lentamente, a disfrutar de la calidez de su mano sobre mi muslo, trazando círculos de forma distraída. Él no tenía idea del efecto que eso tenía en mí, me derretía.

—¿Y tu familia, mi niño?

—No lo interrogues, Nona.

—¿Que no me interrogue? ¿Acaso no es ese el propósito de ocasiones como esta? Está tratando de conocer a la persona que está con su nieta —por primera vez en toda la noche, Lisandro me miró directo a los ojos—. Deja que hable con libertad, no seas irrespetuosa —agregó, claramente molesto, acompañando sus palabras con un repentino apretón en mi pierna.

—Lo siento... —me sonrojé como una tonta—. Quería evitarte la incomodidad.

—No me incomoda, para nada. Estamos teniendo una conversación muy agradable. La estoy disfrutando mucho —sonrió—. Mi padre,

Santiago, ya casi no aparece por el estudio. Últimamente, está más abocado a su asesoría en el Ministerio de Economía. Elena, mi madre, se queda en casa. Llevan casados unos treinta y tres años.

–¡Qué impresionante! Yo estuve casada con mi difunto esposo por treinta y tres años también. Vivíamos en campos vecinos, allá en Misiones. Así nos conocimos. Luego, cuando nació nuestra hija, nos mudamos a Buenos Aires.

–Qué interesante. Mi primo tiene unas plantaciones de yerba mate por esa zona.

–¡¿De veras! ¡¿Plantaciones de yerba mate?! –exclamó la Nona, para mi total espanto, provocando que medio restaurante atendiera al alboroto en nuestra mesa–. Tienes un hermano también, ¿no? –continuó paseando a Lisandro de un tema al siguiente, sin darle un respiro.

–Sí… Su nombre es Luciano –su sonrisa se esfumó ante la mención de su hermano–. Tiene veintidós, pero a veces parece un niño. La "oveja negra" de la familia, podría decirse. Abandonó sus estudios para dedicarse a pintar. Para mi sorpresa, algunos pagan bastante bien por sus obras, aunque es una profesión lábil… si puede llamarse profesión.

–¿Lábil? –susurró mi abuela por lo bajo.

–Frágil, Nona. Inconstante, ¿comprendes?

–¡Ah!

La camarera se acercó con mi té de rosas, un café para Lisandro y la copa helada de la casa para mi Nona. Juro que esa mujer estaba a punto de sufrir un shock diabético ahí mismo a causa de todo lo que había comido.

–Luli es la "oveja negra" de nuestra familia –dijo mi abuela después del primer bocado, haciendo que me ahogara con la infusión.

–¿La oveja negra? –Lisandro dejó la taza sobre el platito, casi sin hacer ruido, claramente interesado.

—Sí… pero en un buen sentido —completó mientras tomaba mi mano sobre la mesa, con una orgullosa sonrisa en los labios y la mirada surcada por la emoción—. Es aplicada en sus estudios, la primera de la familia que tendrá un título académico y, además, sus calificaciones están entre las mejores de su clase. Es inteligente y bonita, toda una señorita. Se está llevando usted una joyita, mi niño. Me la cuida bien, ¿eh?

—Le doy mi palabra, Rosario. Así será —Lisandro tomó mi otra mano y dejó un tierno beso sobre mis nudillos.

Creo que solté un suspiro tan grande que por poco despeino a mi Nona. Todo había salido mejor de lo que esperaba. Pero todavía no era momento de relajarse. Cuando Lisandro se enderezó un poco sobre su silla, supe que la noche estaba lejos de concluir.

—No me gustaría que lo tome a mal, Rosario, pero quería pedirle su consentimiento para llevar a Lucrecia a dar un paseo por el Tigre, este fin de semana. Mi familia tiene un velero en el puerto y me sentiría honrado de agasajarla como se merece.

¿Qué? ¡¿Qué?! ¡¡¿¿Qué??!!

—¡Qué amable! No veo cuál sería el problema, mi niño. Me encanta la idea, y creo que a Luli le gustaría mucho también.

—Muchas gracias, Rosario. La cuidaré muy bien, se lo prometo.

No comprendía lo que estaba sucediendo, miraba a ambos hablar de mí como si no estuviera presente y notaba que un sudor frío comenzaba a brotar en mi nuca.

—Tengo clases el lunes… —interrumpí, entre confundida y molesta. Además, tenía mis propios planes—. Quedé con las chicas. Voy a ayudar a Vicky con un ensayo de literatura, necesita mejorar su promedio.

La mandíbula de Lisandro se contrajo y la Nona pateó mi silla por debajo de la mesa.

—No les puedo fallar… —me excusé, apretando un puño bajo la mesa—. Cuentan conmigo.

—¿Y no puede cada uno hacer lo que le toca? Me parece que tu deber es con tu novio, querida, no con esas chicas. Si no se preocuparon durante todo el año, ¿por qué tendrías que salvarles el pellejo ahora?

—Porque son mis amigas —masculté—. Y estoy segura de que ellas también intentarían salvar mi pellejo si las necesitara.

—Está bien —dejando la servilleta sobre la mesa y haciéndole una seña a la camarera para que se acercara, Lisandro dio la noche por terminada. Y contra todos los pronósticos, fui yo quien terminó por arruinarla. Bajé la mirada, avergonzada—. ¿Me podría traer la cuenta, por favor?

—Enseguida, señor.

—Y le pido otro favor. ¿Podría llamar al Hilton para avisar que la señora Rosario Ayala no va a llegar a tomar su reserva? Deben estar esperándola.

—Espera… ¿Qué? ¿Qué hotel? No entiendo —pregunté.

—El velero nos está esperando en el muelle, en este mismo momento, y no creí que fuera prudente que tu abuela regresara sola en un taxi. Por eso, quería obsequiarle un fin de semana en un lindo hotel y pasar a buscarla el domingo por la tarde… pero ahora no veo el punto.

Mi abuela se cruzó de brazos, evidentemente furiosa, y hasta la camarera alzó una ceja acusadora. ¡¿Qué era lo que estaba pasando?!

—No… espera —solté otro suspiro, uno de resignación esta vez—. Puedo enviar un mensaje a mis amigas, no se molestarán si reprogramamos nuestros planes. No sería la primera vez.

—No quiero que hagas nada que no quieras hacer, Lucrecia.

—Por supuesto que quiero… Es solo que me sorprendió la propuesta. Aunque, si vamos a pasar un fin de semana fuera, tengo que ir a casa a recoger algunas cosas.

—¡Muy bien, Luli! ¡Esa es mi niña! —mi abuela hasta se atrevió a aplaudir. Yo quería matarla.

—No necesitas ir a buscar nada. Tengo todo cubierto, cariño.

No había dudas de que tenía todo cubierto.... Presionó mi mano con cariño y sonrió. Sus ojos resplandecían. Yo quería vomitar de la rabia.

Me mantuve silenciosa y evasiva mientras él pagaba la cuenta, molesta por la situación en que me había puesto. Lisandro tenía una asombrosa capacidad de hacerme sentir entre la espada y la pared, obligada a darle lo que quisiera. Pretendía hacerme creer que la decisión era mía, pero manipulaba las circunstancias para que no me quedara otra salida.

—Me encanta, querida. Es un muy buen partido —susurró la Nona a mi oído, mientras esperábamos el taxi que la llevaría al hotel. No pude responderle, apenas le dediqué una falsa sonrisa de lado. Tenía el humor por los suelos.

—Fue un gran placer, Rosario. Pasaremos por usted el domingo por la tarde, ¿le parece?

—Sí, sí... Ustedes tranquilos, hagan lo suyo. Por mí, no se preocupen —se despidió con una mano en alto desde la ventanilla del taxi. Le disparé dagas oculares mientras se alejaba, pero me ignoró con total impunidad.

—Estuvo bien, ¿no te parece? —Lisandro pasó su brazo sobre mis hombros y me atrajo hacia su cuerpo, encontrándose con una evidente resistencia de mi parte—. ¿Qué sucede?

—¿No hubiera sido mejor que me preguntaras a mí antes de proponer un plan semejante? ¿Un fin de semana fuera?

—¿Qué dices? —confundido por mi actitud, Lisandro se alejó.

—Digo que este es un paso importante para nosotros, ¿no pensaste que era conveniente hablarlo conmigo? ¿Saber cómo me sentía al respecto?

Su rostro pasó de la absoluta sorpresa a la confusión para, finalmente, contorsionarse en un claro gesto de indignación.

–¿Por qué siempre haces eso? –reclamó.

–¿*Eso* qué? –esta vez, la confundida era yo.

–¡Eso! ¿Qué pretendes? ¿Que me disculpe por querer darte una
sorpresa? ¡¿Cómo puedes ser tan insensible?! –retrocedí dos pasos,
ya que prácticamente estaba gritando en plena calle.

–Lisandro, baja la voz –le pedí, avergonzada–. Además… ¿por qué
me hablas de ese modo? Te desconozco.

Sus palabras me dolieron como una puñalada, pero cuando vi que
del restaurante salía alguien para ver a qué se debía tanto bullicio,
me tragué las lágrimas y comencé a caminar en dirección a quién
sabe dónde. Lejos de allí, para empezar.

–¡Espera! ¡¿Dónde crees que vas?! –sentí la aguda presión de su
mano sobre mi brazo y un jalón que casi me saca la cabeza de lugar.

–¡Detente! ¿Qué te ocurre? –intenté recuperar mi brazo.

–¿Qué te ocurre a ti? ¿Piensas dejarme plantado aquí? –como su
mano seguía apresando mi brazo, tuve que jalar con más fuerza para
liberarme. Solo entonces Lisandro pareció caer en la cuenta de lo que
sucedía–. Lo siento. Solo… espera, no te vayas. Me excedí.

–Te excediste, claramente.

–¡Dije que lo siento! ¿No puedes ponerte en mi lugar? ¿Cómo quieres que me sienta cuando descubro que mi novia no quiere pasar un
fin de semana conmigo?

–¡Jamás dije eso! ¿Por qué no me escuchas en lugar de hacer pre-
sunciones erróneas? Dije que me hubiera gustado estar al tanto de
esto antes de que lo anunciaras, nada más –intentaba sonar segura,
pero la voz me estaba fallando. Lisandro nunca me había tratado de
esa forma antes. Me dejó fuera de juego.

—Aclaré que era tu decisión —persistió en su argumento.

—¿Mi decisión? Arrojaste el plan sobre la mesa, frente a mi abuela, y hasta reservaste un hotel para ella, ¿te parece que eso me dejaba alguna opción? Forzaste un "sí".

Detuve una lágrima justo a tiempo, dejando escapar un suspiro mientras trataba de recomponerme del mal momento. Lisandro, silencioso, parecía estar considerando mi argumento, aunque su pecho subía y bajaba con evidente agitación. Puso las manos sobre su cintura, como si ya no pudiera mantenerse de pie y, ante mi completa sorpresa, sus ojos se enrojecieron y su mirada se cristalizó a causa de unas lágrimas apenas contenidas.

—Es cierto —se giró, para darme la espalda, y se sentó bruscamente sobre el borde de la acera, con los codos sobre las rodillas y la cabeza escondida entre sus piernas. Podía escucharlo llorar… ¡Llorar, de verdad!

El corazón se me contrajo al verlo tan desarmado, preso de una angustia incontenible. Sin pensar demasiado, me senté a su lado. No sabía qué otra cosa hacer. En un intento por consolarlo, acaricié su nuca despacio, para hacerle saber que aún estaba ahí, que no iría a ningún sitio. Apenas percibió mi caricia, se incorporó para encerrarme en un abrazo titánico, opresivo.

—Lo siento. Lo arruiné… —deslizó con voz quebrada, mientras sus lágrimas empapaban mi hombro.

—Lisandro, no digas eso. No arruinaste nada… Tendría que haber aceptado tu propuesta sin peros. ¡Es un plan hermoso! Lo digo en serio —aseguré, con la voz un poco entrecortada. Lo cierto es que su abrazo me estaba asfixiando; necesitaba que se calmara y me diera espacio para respirar.

Se separó un poco de mí, todavía sin mirarme, y aproveché para acomodar su cabello y llevarme con los pulgares las lágrimas de sus mejillas. Se veía tan vulnerable. Me sentía la peor persona del planeta por haberlo hecho estallar de esa manera. Era siempre dulce conmigo, atento, ¿cómo podía haber sido así insensible e inmadura en mi reacción? ¿Era tan grave que hubiera querido sorprenderme, regalarme una noche mágica?

—Soy una tonta, fui yo quien arruinó una velada perfecta.

—No digas eso. Es mi culpa… Quiero estar contigo todo el tiempo, quiero hacerte sentir como una princesa. ¿Me precipité, cariño? ¿Es eso? Solo dime qué debo hacer para arreglar lo que arruiné… porque juro que, si te pierdo, mi vida ya no tiene sentido —sus manos se aferraron a mi cuello con delicadeza, acariciándome con su pulgar—. Tenía tanto miedo de que dijeras que no… por eso hice lo que hice. Lo siento tanto.

—Quiero lo mismo que tú. No dudes de lo que siento.

—¿Lo juras? —preguntó, con su pulgar sobre mis labios—. ¿Juras que esto es para siempre?

—Lo juro —afirmé antes de besar su dedo.

✳ ✳ ✳

Cuando Lisandro dijo que su familia tenía un velero en el puerto, la imagen en mi cabeza era la de una embarcación pequeña, con una vela y dos remos. Claro que mi cabeza estaba equivocada. Nunca había visto un barco así de grande, así de elegante; de hecho, hasta era apto para que una familia de cuatro viviera cómodamente en su interior. Era incluso más habitable que mi propia casa.

Bajé al camarote mientras Lisandro fumaba un cigarrillo en la cubierta.

Apenas entré, la visión de la gigantesca cama con cobertor blanco me quitó el aliento. No era tonta, sabía lo que mi novio pretendía al pedir que pasáramos la noche juntos, sin embargo, ver la cama en vivo y en directo era otra historia. Pero había prometido dejar las dudas a un lado; así es que inspiré profundo y entré al baño. La noche ya estaba planteada.

Lisandro no mentía cuando dijo que tenía todo cubierto. Un cepillo de dientes sin abrir esperaba por mí en el cuarto de baño. Sentada en el retrete, observé cada lujoso detalle a mi alrededor. El brillante dorado del portarrollos capturó mi atención e, inmediatamente después, algo más entró en mi campo visual.

—Uh, no… —suspiré al ver el claro indicio de un hematoma formándose en mi antebrazo, el punto exacto donde Lisandro había presionado cuando salimos del restaurante. De hecho, si se miraba con cuidado, hasta podía trazarse el contorno de sus dedos. Pero no quise mirar con más cuidado. Me subí los pantalones sin concederle mayor reflexión al asunto.

—¿Ese cepillo de dientes es para mí? —pregunté al verlo arrojar el cigarrillo por la borda.

—Todo lo que hay aquí, es tuyo… Ven aquí —extendió una mano que no dudé en tomar y se aferró a mi cintura. Danzamos lentamente, perdidos en la mirada del otro, sin más música que los sonidos de la noche. Besó mi frente y cerré los ojos, para disfrutar del calor que brotaba de su pecho. Eran esos los momentos que me llenaban de dicha.

—Gracias por invitarme. Es un placer estar aquí, contigo —susurré, buscando su mirada.

—El placer es todo mío… será todo mío —enfatizó, con una puntualización no tan sutil. Quitó el cabello que caía sobre mi hombro y usó un dedo para deslizar el tirante de mi top y dejar un beso sobre la piel al descubierto–. Quiero que esta noche sea perfecta para los dos, cariño.

–Esta noche es perfecta.

Me acerqué hasta sus labios y me atreví a darle el primer beso real de toda la noche. No había nada que disfrutara más que la caricia de su lengua sobre la mía, el sabor de la intoxicante mezcla de nicotina y café en su boca era el paraíso. Sus manos se aferraron con fuerza a la curva de mi espalda, haciendo que el calor se extendiera como una llamarada por cada centímetro de mi cuerpo. Era imposible resistirme a sus encantos… Ya no quería resistirme a nada. A pesar de todo, era una noche perfecta.

–Tengo que decirte algo –el gris de su mirada se posó sobre el castaño de mis ojos con tal intensidad que el temblor en mis rodillas se hizo más evidente–. Seguramente es demasiado pronto… Hace apenas dos meses que estamos juntos, y todavía estamos conociéndonos, pero debo confesar que nunca sentí esto por nadie.

Sus ojos resplandecían como dos estrellas y yo me sentí la chica más afortunada por poder verme en ellos.

–Sí, creo –afirmé, con la mano sobre su corazón.

–¿Qué? –preguntó, confundido.

–Cuando nos conocimos, cuando me regalaste ese libro… ¿Lo recuerdas? Pues, la respuesta a tu pregunta es "sí". Definitivamente, creo en el amor a primera vista.

Sonrió esa sonrisa que derretía hasta a los hielos de la Antártida y cualquier duda que hubiera tenido hasta el momento desapareció como si no hubiera existido jamás.

–Te amo –susurró sobre mis labios.

–Te amo –dije antes de perderme nuevamente en el calor de sus besos.

CAPÍTULO 3

UN REGALO DE GRADUACIÓN

El día tan largamente esperado, al fin había llegado. Sorpresivamente, o quizás no tanto, tenía emociones encontradas. Estaba feliz de concluir una etapa, pero sabía que, con ella, muchas otras cosas terminarían también.

Esbocé la mejor sonrisa que pude cuando me entregaron el diploma, y también cuando descubrieron mi nombre en el cuadro de honor. Incluso hice un excelente trabajo para que no me temblara la voz mientras leía el discurso de despedida para nuestra clase y de bienvenida para los alumnos del primer año.

Aunque había soñado muchas veces con ese momento, ver a Lisandro y a mi Nona emocionados por mí, era algo que jamás hubiera imaginado. Y ni hablar de Luciano aplaudiendo con algarabía un poco más atrás, acompañado por un sonriente Santiago y una avergonzada Elena, que se cubría el rostro para que nadie descubriera que era la madre de quien tan elocuentemente calificaba como un "engendro".

—¡Felicitaciones, mi niña! —exclamó mi abuela, con entusiasmo.

Me tragué las ganas de llorar cuando Lisando la ayudó a ponerse de pie. Su salud era una bomba de tiempo.

–Gracias, Nona. ¡Te amo muchísimo! –le estampé un beso sobre la arrugada mejilla y saqué la medalla que colgaba de mi cuello–. Esto es tuyo… Por cuidarme y apoyarme siempre.

–¡Mi niña! ¡Vas a hacerme llorar!

–Ya estás llorando, Nona –le señalé.

–Estuviste maravillosa, mi amor –dijo Lisandro, antes de encerrarme en uno de sus poderosos abrazos–. Te tengo preparada una sorpresa, un obsequio de graduación. Pero, será para más tarde –susurró a mi oído.

–¡Cuñada! ¡Ven aquí! –Luciano solía ser el más efusivo. Me arrancó, literalmente, de los brazos de su hermano y me levantó por los aires, provocando que mi estómago diera un brinco–. ¡Qué discurso! ¡Faltó poco para que pasara vergüenza llorando frente a todos estos desconocidos!

–Déjala –ordenó Lisandro, con su habitual expresión de "nadie toque a mi novia porque le arranco una extremidad". Con una maldición entre dientes, Luciano me dejó nuevamente en el suelo.

–No seas bruto, Luciano. Dale un poco de espacio –Elena movió a su hijo menor con el hombro y recompuso una sonrisa antes de besar mi mejilla–. Felicitaciones, querida.

–Gracias, Elena. Me alegra mucho que estés aquí.

–No me lo hubiera perdido por nada.

Era la mujer más hermosa que había conocido jamás. Siempre elegante, ni un cabello fuera de lugar. Cuando la conocí, supe de quién había heredado Lisandro sus delicados rasgos. Tenían la misma mirada gris y tormentosa, la misma elegancia en los modos. Elena era rubia, alta, y estaba en muy buena forma para sus sesenta años. Además, era una confesa devota de su hijo mayor.

—¡Impresionante discurso! Debería contratarte para que me dieras algunas clases de oratoria. Mi retórica es bastante mala —agregó Santiago.

Sin poder contenerme, lo abracé con fuerza, deleitándome con el aroma a crema de afeitar desprendiéndose de su cuello. Si hubiera tenido un padre, me hubiera gustado que fuera como él. Era chispeante, pero reflexivo al mismo tiempo, y sumamente inteligente. Cuando abría la boca, era para cambiar el mundo con una sola frase. Lo admiraba profundamente.

—Gracias por estar aquí hoy, Santiago.

—Gracias a ti por invitarnos, primor —pellizcó mi mejilla con ternura.

—De acuerdo, ¿ya nos vamos? Tenemos reserva en el restaurante para dentro de media hora y el tráfico es una locura —informó Lisandro.

—Okey. Voy a despedirme y regreso enseguida —dejé el diploma en sus manos y caminé hacia donde las risas y el llanto se mezclaban en una emotiva despedida.

—¡Luli! ¡Sigues aquí! —en menos de un segundo, me encontré asaltada por el dulce abrazo de Vicky y Electra.

—Voy a extrañar verlas a diario —murmuré dentro de la cápsula de amor.

—Bueno, podemos vernos todas las veces que queramos, ¿no es cierto? —señaló Vicky.

—Cuando el idiota de su novio lo permita, querrás decir… —Electra ya había dejado en claro, en más de una oportunidad, que Lisandro no le agradaba ni un poquito.

—Electra, hoy no. Por favor —le rogué, acariciando todo el largo de su cabello, su cabello castaño y al natural. Todo un símbolo de que una etapa llegaba a su fin—. Me encanta tu cabello así.

—Bueno… supongo que ya es hora de crecer.

Un silencio cargado de emoción invadió nuestro espacio privado, y cuando vi la primera lágrima correr por la mejilla de Vicky, me apresuré a pasar mi brazo sobre sus hombros.

–¡Cielos! No vamos a llorar el resto del día, ¿verdad? Mi maquillaje no es a prueba de agua –Electra hizo una mueca de fastidio y sostuvo su propia lágrima justo a tiempo. Era humana después de todo, por mucho que renegara de eso–. Es mejor que empecemos a organizarnos para llegar a tiempo a la fiesta.

–¿Qué fiesta? –pregunté sorprendida. Mis dos amigas intercambiaron miradas cómplices.

–Vamos todos a la casa de campo de Tomás, en Pilar –respondió Vicky.

–No estaba al tanto de nada.

–Preferimos no decirte nada. Cada vez que te invitamos, tu novio nos estropea el plan; así es que quisimos ahorrarte el disgusto. Pero tú decides. ¿Vienes con nosotras? –preguntó Electra, sin una pizca de arrepentimiento en el tono de voz. Mi corazón, en cambio, se estaba partiendo en mil pedazos. ¿Mis amigas ya no me consideraban en sus planes?

–Me gustaría… –empecé a decir.

–¿Pero? –indagó Vicky.

–Lisandro tiene reserva en un restaurante.

–¡Qué divertido! –ironizó Electra–. Vicky, despídete. Es hora de irnos.

–Lo siento, chicas. De veras.

–Sí, sí. Está bien –como si no le importara, Electra puso los ojos en blanco y se dio media vuelta. Puede que fuera mi imaginación, pero me pareció que ocultaba alguna lágrima.

Terminé de despedirme del resto de mis compañeros con un sabor agridulce. Mis amigas tenían razón; no eran ellas las que estaban dejándome fuera de sus planes, era yo quien se apartaba.

—¿No hay un beso para mí? —escuché su inconfundible voz entre la gente y sonreí, buscándolo para recibir su cálido abrazo—. Voy a extrañarte, cariño —dijo cuando nos encontramos, pegando su boca a la curva de mi cuello.

—Cuidado, Camilo… ya no soy una chica libre —le advertí, con un tono de picardía.

—Siempre serás una chica libre, eso es lo que más me gusta de ti —jaló de un mechón de mi cabello y golpeé su hombro con un puño. También era el adiós a mi etapa de adolescente hormonal, en la que me escondía para dejar que Camilo metiera su mano debajo de mi camiseta—. ¡Estás preciosa, Luli! El sujeto ese es muy afortunado. Aunque, ¿te digo algo? —acercó su boca a mi oreja—. Siempre me sentiré orgulloso de haberte dado tu primer beso.

Su aliento me hizo cosquillas y solté una risotada.

—¿Te digo algo? No fuiste tú quien me dio el primer beso.

—¡No puede ser! ¡Mientes!

—¡Es en serio! El primer beso se lo di a un chico de mi vecindario.

—Me rompes el corazón —se llevó una mano al pecho, para sumar un efecto dramático a su actuación.

—Te recuperarás, Camilo.

Nos reímos un poco más, quizás retrasando a propósito el momento de despedirnos del amor fácil y sincero de secundaria. Y Camilo estaba en lo cierto, le mentí. Fue él quien me había dado el primer beso más dulce y más húmedo de toda la historia. No lo olvidaría jamás.

—¿Quién es? —preguntó Lisandro cuando lo alcancé en la puerta del auditorio.

—Un amigo.

–¿Y por qué reías así? ¿Acaso es comediante? –preguntó con sarcasmo.

–Sí, algo así. ¿Nos vamos?

* * *

Ni una palabra más salió de su boca durante todo el camino hacia el restaurante. Estaba furioso. Yo, en cambio, estaba aprendiendo a no sorprenderme con sus exagerados ataques de celos. Estaba conociéndolo, me anticipaba a sus reacciones.

La palabra que describía a Lisandro a la perfección era *intensidad*. Intensidad en cada uno de sus aspectos. La clave estaba en no seguirle la corriente; siempre respondía lo que él quería saber, sin titubeos, y se acababa el problema. Hasta que todo volvía a comenzar… Porque, sin importar lo que dijera o hiciera, Lisandro siempre encontraba la forma de creer que había alguien más, o algo más, como si él no fuera suficiente para mí. Parecía duro, pero era en extremo vulnerable. Intenso en cada uno de sus extremos.

Compartimos un grato momento durante el almuerzo, aunque no faltaron las habituales excepciones: como mi abuela preguntando por alguna que otra palabra que no entendía, o algún coscorrón a Luciano, o los inoportunos comentarios de Elena respecto a la inutilidad de su esposo para múltiples tareas. Esto último era lo que más me molestaba.

A la hora del postre, Elena pidió la atención de todos en la mesa. Cualquiera podría pensar que era Santiago quien oficiaba de cabeza de familia, pero, en realidad, era mi suegra quien llevaba los pantalones en el hogar.

–Bueno… antes que nada, debo confesar algo –dijo con una

expresión grave–. Cuando Lisandro llegó a casa con la noticia de que estaba de novio, mis celos maternos fueron más fuertes que yo.

–¡Mamá, por favor! –interrumpió Lisandro, claramente avergonzado por el comentario.

–¡Shh! Estoy hablando yo –lo apuntó con un dedo–. Siendo completamente honesta, siempre pensé que no había mejor mujer para mi hijo que su madre.

Eso nos arrancó una carcajada a todos y a Lisandro lo sonrojó todavía más.

–¡Silencio, silencio! Que no he terminado –llamó al orden–. Más tarde, cuando me dijo que su novia no cumplía los dieciocho años aún, creí que todo acabaría en desastre. Pero, también debo confesar que, cuando conocí a Lucrecia, me enamoré de ella tanto como mi hijo. No solamente es linda, educada, bondadosa, madura… también puedo ver cuánto ama y cuida a mi hijo, y eso es todo lo que una madre puede pedir de una nuera.

Forcé una sonrisa, pues sabía que cada palabra que salía de su boca no era más que una burda mentira. Elena solamente me soportaba porque Lisandro no le daba opción.

–Entonces, dicho esto… este es nuestro regalo para ti –con esa sardónica sonrisa suya, me extendió un sobre blanco con mi nombre en él. Sin importar la ocasión, todo lo que Elena regalaba venía en un sobre.

–Gracias, Elena.

–Adelante, ¡ábrelo! –me alentó Luciano, desde el extremo opuesto de la mesa, ansioso por ver mi reacción.

Estudié el sobre por un momento, tratando de identificar de qué se trataba, pero no había pistas visibles. Después de verlo a contraluz, decidí abrirlo por una de las esquinas, para evitar romper el contenido. Cuando lo extraje, me sorprendí con lo que parecía ser una especie de carta. Todavía más extraño, en el extremo superior derecho destacaba el logotipo del instituto donde pensaba cursar mis estudios de Administración.

Tras una leída rápida, mi corazón prácticamente se detuvo.

Todos esperaban mi respuesta, mudos, pero yo no podía hablar. No en ese momento. Mientras leía el corto comunicado por segunda vez, sentía que toda la sangre subía directo a mi cabeza, los oídos me zumbaban y el ojo izquierdo me latía un poco.

–¿Y? –Lisandro quebró el silencio.

–No puedo aceptar esto. Perdón, pero no puedo –doblé el papel con una mano temblorosa y lo dejé frente a mí, sobre la mesa.

–¿Por qué no? –interrogó Elena, sorprendida.

–Porque no… Entiendo la intención de todos, pero no puedo aceptar esto. Es demasiado.

–Piénsalo como una beca, querida.

–Perdón, Elena. Pero esto no es una beca, es la familia de mi novio pagando por los dos años completos de una carrera que quería pagar yo. Verás… tengo todo planeado, trabajaré medio tiem…

–Mi niña –interrumpió mi Nona–. Eso es muy difícil de concretar, y lo sabes. Doña Elena tiene razón, ¿por qué no lo piensas como una beca? Nunca te molestó estar becada en el colegio.

–¡Porque yo me gané esa beca! Me esforcé mucho para conseguirla –dije, con una mano en el pecho.

–Primor –Santiago estiró la mano sobre la mesa y tomó la mía–, hace ya… ¿cuánto? ¿Cuatro meses que nos conocemos? Sabes que te robaste nuestro corazón, desde el primer día, y también sabes que siempre vamos a hacer todo lo que esté a nuestro alcance para que nuestra familia tenga lo mejor. Eres parte de esta familia y, como al resto de nuestros hijos, queremos darte lo mejor. No tienes que darnos una respuesta hoy. Pero, antes de tomar una decisión, quiero que sepas que hacemos esto porque te amamos. No debes sentirte presionada. Al final, siempre respetaremos tu decisión.

Santiago me estaba ofreciendo una perspectiva totalmente diferente a la que presentaba Elena. Ella hacía parecer que me pagaban el curso solo porque cuidaba y amaba a su hijo; en cambio, Santiago me invitaba a pensar que lo hacían porque me amaban y me cuidaban a mí. Su punto de vista hacía que todo el asunto fuera más atractivo.

—¿Y dices que tu retórica es mala? —murmuré despacio, un poco avergonzada por mi reacción primaria—. Gracias a todos, de verdad. Prometo que lo pensaré.

Lisandro pasó su brazo detrás del respaldar de mi silla y besó mi sien.

—¿Ya terminaron? Porque yo también traje un obsequio —Luciano estiró la cabeza desde el extremo de la mesa, ganándose la mirada de todos.

Los rizos rubios que le caían sobre los hombros lo hacían ver como un querubín, pero su actitud era la de un diablillo. Después de revolver su cartera por unos segundos, sacó un pequeño talonario y lo escondió en un puño cerrado. Luego, impertinente como siempre, se acercó y quitó el brazo de Lisandro del respaldar de mi silla, sentándose en sus piernas para entregarme el obsequio.

—¡Ta-tan! Helo aquí… ¡Cupones de descuentos para el cine! Pero debes apresurarte, porque creo que expiran el 31 de diciembre.

—¡Luciano! ¡Gracias!

—Muévete —Lisandro lo quitó de sus piernas con un empujón—. Es hora de mi regalo. Te dije antes que quería darte una sorpresa, y creo que ahora es el mejor momento, con toda la familia presente.

Mierda.

—Supe que eras la mujer de mi vida desde la primera vez que te vi… No puedo especificar cómo, pero lo supe. Ahora, después de estos meses juntos, estoy seguro de que no hay nada que quiera más que tenerte en mi vida.

Mierda, mierda, mierda.

Estudié los rostros de todos en la mesa y supe que no estaban sorprendidos por lo que estaba a punto de suceder. Todos lo sabían, incluida mi Nona. La única que parecía fuera de lugar en la perfecta escena era yo. Rezaba a todos los santos y no tan santos para que Lisandro no estuviera por hacer lo que creía que iba a hacer.

—Este es mi regalo.

Cuando dejó el pequeño estuche de terciopelo negro sobre la mesa, frente a mí, mis esperanzas se fueron a pique. Una vez más, todos aguardaban mi reacción. No iba a hacerlos esperar. Tomé el estuche y lo abrí muy, muy, muy lentamente. Cuando descubrí el contenido, una ola de calor me atravesó todo el cuerpo.

—Mi amor… ¡me encanta! —gratamente aliviada, dejé escapar todo el aire mientras sacaba el llavero. ¡Era una belleza!, una simple letra "L" en color plateado—. ¡Gracias! —sin prestar atención a la audiencia, me abracé a su cuello y besé su mejilla.

—Me alegra que te guste, cariño —acarició mi cuello con su pulgar.

—Me encanta. Empezaré a usarlo ahora mismo.

—Eso pensé… —dijo, buscando algo en el bolsillo de sus jeans—. Esta es tu llave —agregó, ante mi total desconcierto, dejando en la palma de mi mano una llave que nunca antes había visto.

—¿Qué es esto? —pregunté, confundida.

—Es la llave de tu casa. De "nuestra casa", si aceptas vivir conmigo.

¡MIERDA, MIERDA, MIERDA, MIERDA, MIERDA!

Pestañeé. Dos veces.

—¿Esto es en serio? —le pregunté por lo bajo, esperando el momento en el que los pájaros, picoteando hojitas sobre mi techo de chapa, al fin me despertaran, indicándome que todo era un sueño. O una pesadilla, en realidad.

—Nunca jugaría con algo así, cariño.

—Nona, ¿lo sabías? —la busqué entre los rostros expectantes.

—Por supuesto, mi niña. Lisandro habló conmigo antes.

—¿Y qué piensas?

—Pienso que es una linda propuesta, Luli. Pienso que te mereces a una persona como Lisandro. Pienso que se los ve muy bien juntos y que serás muy feliz a su lado.

¿Feliz? ¡¿Feliz?! ¿Mi Nona pensaba que esto me hacía feliz? ¡Pues, no! Quería gritar, patalear, maldecir a los cuatro vientos… Pero no hice nada de eso. No iba a humillar a Lisandro frente a toda su familia. Lo único que esperaba era que las lágrimas acumuladas en mis ojos fueran interpretadas como producto de la emoción y no de la rabia que contenía.

Aunque las dudas insistían en mi interior, hice lo que siempre. Seguí la corriente. Miré a todos, a cada uno, y coloqué la llave en su sitio. El clic del llavero selló mi destino.

—¿Sí? —preguntó Lisandro, entre sorprendido y emocionado.

—Sí —respondí con una sonrisa.

Dando rienda suelta a su alegría, me atrajo hacía sí y me sentó en su regazo. Me besó como si no hubiera nadie más en el restaurante. Fueron los silbidos y aplausos de la familia los que nos obligaron a terminar con el espectáculo.

—Vas a amar esa casa, ya lo verás… ¡Es perfecta para nosotros!

Pensaba en regresar a mi silla, pero cuando hice el intento, incrementó la presión en mi cintura y me obligó a permanecer con él. No dejaba de hablar de cada cuadro que pensaba poner en la sala, de la biblioteca que instalaría en una de las habitaciones... Pero, por más que intentara entrar en sintonía con su buen humor, no lograba conectarme con la situación.

No era así como había planeado la siguiente etapa de mi vida.

Había pensado en conseguirme un trabajo de medio tiempo, uno que me diera la libertad de tomar mis clases y la independencia económica que tanto deseaba. Ansiaba vivir en una zona más céntrica, quizás en alguna habitación rentada, en una pensión en la que pudiera conocer gente nueva. Tener mi propio lugar, mi propia cama... Pero, en cambio, escuchaba a mi novio hablar de cómo quería decorar "nuestra" casa, su familia había cubierto los gastos de mi educación, por lo que no necesitaría trabajar, y, demás está decir, a partir de ese momento compartiría la cama con Lisandro de por vida.

Definitivamente, no era así como había planeado la siguiente etapa de mi vida. No podría contener mi frustración por mucho tiempo más.

—¿Adónde vas? —preguntó, cuando logré zafarme de su abrazo.

—Al tocador. Regreso en un momento —acaricié su mejilla y besé su frente.

Caminé lentamente hacia el baño, para que nadie notara mis ganas de salir corriendo de allí.

Al llegar al final del salón, y después de cerciorarme de que nadie de la familia estuviera viendo, detuve a uno de los camareros.

—¿Puedo ayudarla, señorita?

—Necesito salir a tomar un poco de aire y no quiero que mi familia se preocupe, ¿habrá alguna puerta secundaria que pueda usar?

—Sí, no hay problema. Usa la puerta de la cocina, sale a un pasillo contiguo al salón.

—Muchas gracias.

—No hay por qué… ¿Está bien? ¿Necesita ayuda? —dijo, preocupado.

—Sí, sí. Estoy bien. Un poco de aire es todo lo que necesito.

Sin una segunda mirada, busqué la puerta de la cocina y fui hasta el final del pasillo, ignorando las miradas curiosas de la gente que trabajaba allí.

Sabía que Lisandro me buscaría si notaba mi tardanza, pero necesitaba irme de ahí. Sin pensarlo, salí a la calle y corrí hasta la próxima esquina, con todo lo que mis piernas me permitieron. Al llegar al semáforo, me detuve en seco. Mi corazón galopaba desbocado, sentía gotitas de sudor formándose en mi nuca y mi boca estaba seca. La gente que pasaba a mi lado me observaba, extrañada por mi comportamiento.

Francamente, nada me importaba.

Inspiré profundo, cerré los ojos y apreté mis puños.

—¡AAAAAAAHHHHHHH! —grité con todas mis fuerzas, dejando escapar todo el aire y toda la frustración que me oprimía el pecho.

Varios transeúntes se alejaron de mí, corriendo. Otros se detuvieron, curiosos, a tratar de dilucidar si estaba loca o no. Empezaba a creer que sí… un poco loca, estaba.

Luego de haberme refrescado en el baño, regresé a la mesa como si nada hubiera ocurrido.

—¿Estás bien? Te ves pálida, cariño. ¿Qué ocurre? —Lisandro puso los dedos sobre mi frente, midiendo la temperatura.

—Me cayó mal la comida. Estaré bien.

CAPÍTULO 4

UNA ESCENA PARA NADA ORIGINAL

SÁBADO, 15 DE OCTUBRE DE 2011.

CIUDAD DE BUENOS AIRES.

La alarma se activó a las siete de la mañana. Ya estaba despierta. Porque era sábado. Y el sábado era mi día favorito.

Todo era oscuridad y silencio dentro de la habitación; aunque, si se prestaba la suficiente atención, se podía escuchar el tenue zumbido del aire acondicionado. Mantenía la habitación a diecisiete grados de temperatura. Temblaba de frío. Cubrirme hasta las orejas con el edredón no era suficiente para entrar en calor.

Miré hacia la derecha y adiviné la figura de Lisandro, desparramado boca abajo sobre su lado de la cama, con un brazo colgando por el borde. Siempre igual. Perpetuo. Inmutable. Era espeluznante verlo dormir; no lograba escucharlo respirar, como si estuviera muerto.

Tan despacio como me fue posible, me deslicé fuera de la cama. No tenía que encender la luz para llegar hasta el baño, conocía en detalle cada rincón de la habitación. La enorme cama al centro, el vestidor a la derecha y el baño a la izquierda; solo tenía que esquivar la pata del sillón que siempre me llevaba por delante.

Empujé silenciosamente la puerta y, una vez dentro del baño, encendí la luz. Todo era tan blanco ahí dentro que tuve que entrecerrar los ojos para no quedar ciega. Todavía agotada por otra noche de sueño sobresaltado, bostecé mientras me sentaba en el retrete. Me observé con algo de nostalgia matutina. Lejos había quedado mi camiseta de River a la hora de dormir; ahora, usaba camisones de seda. El encaje del escote era una tortura para mi pecho.

Con la esperanza de que un baño caliente me regresara a la vida, giré la perilla de la ducha y dejé que el agua corriera para entibiarse. Observé mi reflejo en el espejo. Seguía siendo la misma de siempre, por fuera, pero había cambiado tanto en los últimos años que ya no me reconocía. El espejo iba cubriéndose lentamente con minúsculas gotitas de vapor, reflejando una imagen mucho más acorde a cómo me sentía últimamente… borrosa.

Dentro del baño, ya tenía preparada la ropa que usaría ese día. Ser cuidadosa en cada detalle era lo que hacía la diferencia entre un buen día o un mal día. Desenredé mi larga cabellera y la dejé suelta para que terminara de secarse naturalmente. Me puse unos jeans y una camiseta rosa con mangas cortas… siempre con mangas. Preferí quedarme descalza por unas horas, un pequeño placer que me estaba permitido.

Una vez fuera de la habitación, la oscuridad y la frialdad fueron reemplazadas por la cálida luz del sol ingresando por los ventanales.

Amaba nuestra casa, era hermosa. Nuestra habitación, el dormitorio de huéspedes, el despacho de Lisandro y el baño principal tenían salida al luminoso y amplio pasillo que conducía a la escalera, que descendía en una elegante curva hasta la planta baja.

Lo primero que captaba la mirada al descender la escalera, era el perfecto jardín del otro lado de los ventanales. Mi orgullo personal.

Cuidaba al detalle cada planta y cada porción del césped. La piscina estaba un poco más atrás, y hacia el fondo, una pequeña casa de huéspedes que jamás era usada. Toda la propiedad estaba surcada por altos tapiales, recubiertos por una mullida maleza que disimulaba el encierro. El auto descansaba en el garaje.

La sala de estar y el comedor eran un solo ambiente, amplio y lujoso, decorado con colores cálidos, anaranjados y terrosos. ¿La cocina? Otro de mis espacios favoritos. Me gustaba mucho más comer allí que en el aséptico comedor principal... Pero Lisandro era muy estricto con el correcto uso de los espacios. "La cocina es para cocinar; el comedor, para comer", repetía hasta el hartazgo.

Con el transcurrir del tiempo, los sábados por la mañana terminaron por convertirse en mi momento preferido de la semana. Tenía un ritual personal que cumplía a rajatabla; seleccionaba un libro o una revista de la biblioteca, me preparaba el mate amargo y me sentaba a la isla en el medio de la cocina en perfecto e imperturbable silencio. Solo uno que otro pájaro, que descendía raudamente en busca de insectos sobre la superficie del agua de la piscina, perturbaba el silencio reinante.

Mientras esperaba por el silbido de la tetera, hojeaba la última edición de la revista *Living*. Me detuve a ver una publicidad, soñando despierta con la posibilidad de vivir en una playa alejada, en cualquiera de esos exóticos destinos vacacionales... Pero, ya había aprendido mi lección. Es como dicen, ¿no? Hay que tener cuidado con lo que se desea, porque puede convertirse en realidad. Años atrás, había deseado vivir en una casa como esa, ser una "niña bien" de Belgrano. Ahora, todo se había transformado en una pesadilla.

Extrañaba los mates con mi Nona, extrañaba a las amigas que no había visto en años, y hasta extrañaba el insoportable zumbido del ventilador de pie en la esquina de mi antigua habitación. Me faltaba el ronquido de la abuela, el bullicio de los niños jugando en la calle, los gritos de doña María cuando manchaban su pared a pelotazos. Extrañaba todo. Mi mundo era tan silencioso y tan vacío como mis sábados por la mañana.

El silbido de la tetera me salvó de seguir enredada en mis pensamientos y, sin soltar la revista, cebé el primer mate. Estaba fascinada con la imagen de una lámpara de escritorio que creía el perfecto regalo para Santiago en su cumpleaños. Me dispuse a buscar un bolígrafo para marcar el artículo.

–¿Encontraste algo que te guste?

–¡Mierda! –sorprendida por la voz de Lisandro, casi dejé caer el mate.

–¿Te asusté? –preguntó con una sonrisa adormilada.

–Faltó poco para que me infartara.

Tenía el cabello todo revuelto y las sábanas tatuadas en todo el lado izquierdo de su cuerpo… pero era hermoso incluso recién levantado. Odiaba que todavía provocara esa reacción en mí, a pesar de todo.

–¿Qué haces despierto tan temprano? Trabajaste hasta muy tarde, podrías haber aprovechado para descansar un poco más –comencé a buscar lo necesario para preparar su desayuno.

–Tengo que redactar una declaración jurada para un cliente importante, hay que presentarla antes de que termine el mes –dijo, de pie detrás de mí.

–Entiendo. ¿Café solo o con leche? –pregunté, estirando la mano para alcanzar las tazas de más arriba.

–Solo… –su mano acarició toda la extensión de mi brazo y erizó cada centímetro de mi piel a su paso.

Dejé la taza sobre la encimera de la cocina y afirmé las manos sobre ella cuando lo sentí presionar su cuerpo contra el mío. Su cálido aliento rozó mi nuca y mi cuello ya esperaba con ansias el calor de sus labios.

—Buenos días —murmuró antes de morder suavemente el lóbulo de mi oreja, provocándome escalofríos.

—Buenos días —tuve que apretar los labios para no dejar escapar el desvergonzado gemido que pujaba por salir cuando sentí su mano debajo de mi camiseta y su creciente erección contra mi cuerpo. La mano sobre mi pecho se trasladó bastante más al sur y, cuando sus dedos se colaron en mi ropa interior, el gemido fue imposible de contener.

Lisandro sabía a la perfección que no necesitaba demasiados preámbulos conmigo, que una sola de sus caricias alcanzaba para dejarme húmeda y humillada por mi propia debilidad. Y una vez más lo odié por eso. Su mano presionó mi nuca y no tardé en sentir el frío mármol de la encimera en mi mejilla. Bajó mis jeans apenas lo suficiente para lograr su objetivo. Apreté los puños al sentirlo dentro de mí, renegando de ese sensual vaivén que me llevaría inevitablemente a un orgasmo que no quería tener... Porque odiaba que aún tuviera ese poder sobre mí.

Cuando acabó, se subió la ropa interior como si nada hubiera pasado. Yo estaba desparramada sobre la encimera, con los pantalones a la altura de las rodillas; jadeante, acalorada y descaradamente satisfecha. Miserable. Esa era la palabra que mejor describía mi existencia. Y también lo odiaba por eso.

—Tomaré una ducha. Espero el café en el despacho.

—Maldito seas... —murmuré para mis adentros, para que ni los pájaros en el jardín pudieran oírme.

Sostuve mi cabello con el bolígrafo y terminé de acomodar la taza de café y dos rebanadas de pan tostado con miel en una bandeja. Subí las escaleras sin prisa alguna; lo último que quería era rodar por las escaleras y romperme la cabeza.

—¿Se puede? —pregunté desde la puerta.

—Adelante, cariño.

Le di un leve empujón a la puerta y entré al espacio que me estaba prohibido por definición: era "el despacho de Lisandro", y supongo que ya quedó claro cuán posesivo podía llegar a ser con lo suyo.

—Café solo… y pan tostado, por si acaso tienes hambre.

—Huele muy bien —se reclinó en la silla giratoria e hizo una seña para que me sentara en su regazo. Al parecer, era mi día de suerte: estaba de buen humor—. ¿Ya te dije que te amo?

—Hoy no.

—Una torpeza de mi parte. Te amo, cariño.

—Yo también.

Verlo de tan buen ánimo era bastante inusual, y en las raras ocasiones que se daba el milagro, lo aprovechaba en mi beneficio.

—Estaba pensando… ¿tienes para mucho con esa declaración?

—Lamentablemente, sí. Es muy probable que pase el día encerrado aquí. ¿Por qué lo preguntas?

—¿Qué te parece si aprovecho para ir a visitar a mi abuela? Después del almuerzo, así te dejo trabajar tranquilo.

—Perfecto —respondió automáticamente, sorprendiéndome por completo.

—¿Lo dices en serio?

—Es una excelente idea, cariño.

59

–¡Te amo! ¡Te amo! ¡Te amo! –lo abracé con tanta fuerza que hasta podría haberle roto un hueso.

El sábado se tornaba más y más dulce con cada hora que avanzaba. Lisandro estaba sumido en su trabajo, atrincherado, lo que me permitió distribuir el tiempo a gusto, sin tener que dedicárselo a él por completo. Fue un día altamente productivo. Preparé el almuerzo y se lo subí a las doce en punto, planché todas las camisas para la semana siguiente, coseché los tomates de la huerta y hasta tuve tiempo de preparar una limonada que estaba enfriándose en el refrigerador.

¡Moría de ganas de ver a mi abuela! Ya me la imaginaba sentada sobre una silla que habría sacado a la acera, con los pies metidos en una cubeta para combatir el aplastante calor. Hablábamos por teléfono a diario, pero disfrutar de su presencia sin una línea telefónica de por medio era un lujo que no siempre podía darme. Quería ver los hoyuelos de sus mejillas cuando se reía y esas patas de gallo al borde de sus ojos que la hacían lucir casi oriental.

Mientras esperaba a que la limonada se enfriara, aproveché para cortar algunas rosas y jazmines del jardín. A mi Nona le encantaba quitarles los tallos a los jazmines y dejarlos flotando en un cuenco de vidrio; era la mejor forma de aromatizar cualquier ambiente. ¡Quería irme en ese mismo momento! Incluso ya podía sentir el sabor de sus mates amargos en el fondo de mi lengua.

Sonriente como nunca, saqué la limonada del refrigerador, la serví en un vaso largo y le coloqué una sombrillita que había sobrado de algún festejo familiar. Cuando alcé la vista, el reloj indicaba las tres de la tarde. Lisandro había estado encerrado por casi ocho horas.

Subí las escaleras prácticamente al trote, con el vaso en la mano, y sin preocuparme por romper mi cabeza en el proceso. Quería darme una ducha y salir para Villa Soldati cuanto antes.

—¿Se puede? —pregunté, después de darle tres golpecitos a la puerta.

—Sí.

Cuando entré vi a Lisandro apoyarse sobre el respaldar de su silla, con los lentes puestos y el ordenador encendido frente a él. Estaba prácticamente sepultado bajo una pila de papeles desparramados sobre el escritorio. Lucía exhausto y un poco frustrado.

—¿Limonada? —ofrecí con el vaso en alto.

Cabeceó un sí y se quitó los lentes. Ya no parecía tan feliz como antes.

—¿Mucho trabajo?

—¿Qué te parece? —siempre que respondía a mis preguntas con otra pregunta era mala señal.

—Me parece que mejor no molesto más. Dejo esto y me voy —apoyé el vaso sobre el escritorio.

—¿No trajiste un posavasos? ¿Acaso eres idiota? Para tu información, este escritorio vale una fortuna —levantó el vaso y me fulminó con su mirada de tormenta.

—Lo siento, no me di cuenta. Ahora traigo uno.

—Olvídalo... llévatelo. No tengo ganas de tomar nada —me devolvió el vaso sin siquiera probarlo y me tragué el mal sabor de su desprecio, como siempre.

—Como quieras. Tomaré una ducha antes de irme...

—¿A dónde vas? —preguntó justo cuando me disponía a salir. ¿Estaba bromeando?

—A casa de mi abuela —respondí rápido, sosteniendo la puerta abierta frente a mí.

—No.

—¿Perdón?

—Que no... este informe es un desastre y necesitaré que dos de mis colegas vengan a ayudarme. Te quedas en casa. Cenaremos aquí.

—¿Y no pueden ordenar al *delivery*?

Lisandro me aniquiló con la mirada y, sin siquiera dignificar mi pregunta con una respuesta coherente, volvió a ponerse los lentes para seguir trabajando. *No, esta vez no me arruinarás los planes,* pensé furiosa.

—Preparo algo ahora y se los dejo en el refrigerador. Cuando quieran cenar, lo calientas en el microondas y asunto resuelto —antes de que pudiera decir que no, salí del despacho en dirección a las escaleras.

—¡Lucrecia, regresa aquí! —lo escuché gritar. Por mí, podía irse al mismísimo infierno. Iría a ver a mi abuela, con su consentimiento o sin él—. ¡Lucrecia!

Bajé las escaleras, saltando los escalones de dos en dos, mientras escuchaba los inconfundibles pasos de Lisandro saliendo de su cubil como el Lobo Feroz en plena caza. Me tapé los oídos para no escucharlo gritar y seguí caminando hacia la cocina. Abrí el refrigerador y saqué cuanta porquería encontré ahí dentro. ¿Quería comer? Pues, muy bien. ¡Le iba a preparar algo y se lo administraría como un enema!

—¡Lucrecia, te estoy hablando!

—¡No! —me giré, furiosa, con un dedo acusador apuntando directamente a su rostro. Saqué la mayonesa y por poco hago explotar el paquete por la fuerza con la que lo apoyé sobre la encimera.

—¡Dije que te quedas aquí y eso es todo! ¡¿Qué parte no comprendes, querida?! ¡¿Eres estúpida?!

—¡YA BASTA! —grité, indignada—. ¡Es suficiente! ¡Deja de tratarme como si fuera una porquería! Tuve la delicadeza de preguntarte si podía ir a casa de mi abuela y dijiste que sí… ¡¿Cómo puedes ser tan… tan… "malo" conmigo?! ¡Sabes cuánto significa ella para mí! —tenía la mano sobre mi pecho, tratando de sostener los enloquecidos latidos de mi corazón.

–¿Malo? ¡¿Malo, yo?! ¡Mira a tu alrededor, malagradecida! ¡Todo lo que hago, lo hago por ti! ¡¿Así es cómo me pagas?! ¡¿Diciendo que soy "malo" porque estoy pidiéndote ayuda con la cena?! ¡¿Bromeas?!

–¡¿La cena?! ¡¿De veras?! ¡Pues, prepara tu propia cena y déjame vivir!

Azoté la puerta del refrigerador y el pobre aparato se tambaleó peligrosamente.

–Espera, espera, espera… –antes de que pudiera dar un paso más, la mano de Lisandro se enroscó en mi brazo como si fuera una boa constrictora, oprimiendo con tanta fuerza que me hizo ver las estrellas.

–Auch, auch… ¡Detente!

–¡Detente tú! –apretó un poco más y, entonces, la primera lágrima resbaló por mi mejilla sin que pudiera detenerla–. ¿Dónde crees que vas? ¡No me dejarás hablando solo, ¿te queda claro?! ¡En esta casa mando yo! Y si digo que te quedas, respondes: "Sí, mi amor". ¡¿Comprendes?!

–Basta, Lisandro… Ya basta… –rogué, sin poder contenerme. Al demonio con mi intento de ser valiente. Quería que me soltara y nada más.

–Repite conmigo, cariño. "¡Sí, mi amor!". ¡Vamos, repite!

–¡No repito una mierda!

Todo pasó en una milésima de segundo… Cuando vi su mano levantada, fue como ver una escena de película de terror. Una escena para nada original.

Cuando era más chica, me encantaba ver ese tipo de películas. En honor a la verdad, resultaban bastante predecibles. Aunque era sabido que cuando la protagonista mirara su imagen en el espejo, algo más asomaría en el fondo; siempre brincaba del susto ante la escalofriante aparición.

Cuando la mano de Lisandro conectó con toda la porción izquierda de mi rostro, fue exactamente igual. Sabía que ese era el camino que tomaría nuestra retorcida relación, pero esa pequeña anticipación no sirvió para amortiguar el miedo y el dolor que sentí cuando el momento llegó.

Quería echarme a llorar, pero ni eso podía. Sentía el rostro prendido fuego y el sabor metálico de la sangre en la comisura de mis labios. Instintivamente me llevé una mano hasta ahí y palpé la viscosa mezcla de lágrimas, sangre y saliva.

El rostro de Lisandro era un reflejo del mío. Sus ojos eran la misma imagen del terror, era él quien estaba viendo una aparición.

Intenté quitarme la sangre del rostro con el dorso de la mano y, sin darle una segunda mirada, caminé hasta el refrigerador. Tomé un recipiente con hielos.

—Mi amor…

Los envolví con un paño limpio y apoyé la improvisada compresa sobre mi rostro.

—Mi amor, por favor.

Me di media vuelta, evadiendo su mirada, y comencé a caminar fuera de la cocina, hacia las escaleras.

—Lucrecia, por favor. Perdóname, mi amor. No sé qué sucedió… Por favor, mírame.

Escuchaba sus pasos detrás de mí, la desesperación y el arrepentimiento en el tono de su voz, pero no podía mirarlo a la cara. No en ese momento. Necesitaba alejarme cuanto antes. Apenas puse un pie en el primer escalón, sentí su mano deteniendo la mía.

—No me toques —murmuré sin darme vuelta, recuperando mi mano en el mismo instante.

—Perdóname, Lucrecia… por favor.

Subí el resto de las escaleras y recorrí el pasillo, tratando de ignorar el constante ruego de Lisandro, siguiéndome todo el camino como si algo de lo que dijera pudiera cambiar lo que había hecho.

Para cuando entré a la habitación, Lisandro ya lloraba a moco tendido, como cada vez que "se excedía".

Por cuatro años enteros había soportado sus constantes ataques de celos, sus innumerables reglas de convivencia, sus gritos y sus insultos, siempre excusándolo en su fragilidad y sus inseguridades. Pero esto se había salido de control. Si no lo detenía ahora, iba a acabar mal... o peor.

Lisandro se sentó sobre la cama, con los puños aferrados a su cabello como si quisiera arrancárselo de raíz, balanceándose como una criatura. Era un panorama lamentable. No había nada que quisiera más que abrazarlo y decirle que todo estaría bien, que lo solucionaríamos, pero el doloroso palpitar en mi mejilla era recordatorio suficiente de que nada estaba bien.

—Lucrecia, ¡por favor! ¡Dime algo!

Tragué saliva despacio, con dolor, y suspiré profundamente antes de acceder a mirarlo.

—Voy a casa de mi abuela.

—¡No! ¡No, no, no! —se arrojó de la cama directamente hacia mis piernas, abrazándome con fuerza—. ¡Por favor, mi amor! No puedes hacerme esto... moriré. ¡Juro que me mato si te vas de aquí!

—Lisandro.

—¡Shh! Por favor, no digas nada más... Ya lo verás, todo volverá a estar bien. Me extralimité, pero te prometo que no volverá a pasar. De veras, lo juro... Pero, por favor... no te vayas, no me dejes así. Sabes que te amo. Perdóname, por favor.

—Cuando me pediste que viviéramos juntos, dije "sí, mi amor". Y cuando sugeriste que los horarios de mi carrera se interponían en nuestra relación y que era mejor dejarla para poder estar juntos, dije "sí, mi amor". Pero no puedo decir "sí, mi amor" a esto, Lisandro.

—No, Lucrecia… Por favor, ¿qué estás diciendo?

—Estoy diciendo "no, mi amor".

—No… no… —sus manos se aferraron a mis mejillas y apreté los dientes a causa del dolor—. No me puedes decir eso, cariño. Muero si no te tengo. Por favor, dame una oportunidad. Voy a demostrarte que puedo cambiar, que todo se arreglará. No me dejes.

—Me voy.

—No.

—Sí —usé toda mi fuerza para librarme de la presa de sus brazos y fui directo hacia el vestidor.

—No hagas esto. ¿Qué harás? ¿Dónde irás? ¿Quién te cuidará como yo? No seas estúpida, no tires años de relación por la borda a causa de un error.

Seguir hablando no iba a llevarnos a nada, así que me limité a extraer dos mudas de ropa, algo de ropa interior, y metí todo dentro de una mochila.

El llanto desconsolado de Lisandro debía escucharse a una calle a la redonda, y cuando empezó a romper todo dentro de la habitación, corrí a encerrarme en el baño con la mochila a cuestas. Anegada por el llanto que dejé correr libremente en soledad, cogí el cepillo de dientes y otros artículos que no tenía en casa de mi abuela. Solo lo esencial… porque lo esencial era salir de allí cuanto antes, antes de que Lisandro ganara la batalla y doblegara mi decisión de dar por terminada la relación.

Cuando abrí la puerta, tuve que esquivar los trozos de quién sabe qué cosa. Era como si un huracán hubiera arrasado con todo. El pecho de Lisandro subía y bajaba con violencia, parecía a punto de sufrir un ataque cardíaco. Me puse la mochila al hombro y salí disparada hacia el pasillo.

—¡Te arrepentirás! ¡¿Me oíste?! ¡Vas a rogar que te deje regresar! ¡¡No eres más que una miserable!! ¡¿Qué harás sin mí?! ¡Nada! ¡No puedes hacer nada!

Seguí caminando hasta la puerta sin darme la vuelta, por miedo a enfrentarme a su rostro y cambiar de opinión.

—No, espera… Detente, ¡no te vayas! —seguía gritando.

Abrí la puerta de entrada y bajé los escalones del porche, descorazonada, sin poder creer que estaba dejando mi hogar, mi vida, mi amor. Jalé de la reja y en dos pasos más estuve en la calle, literalmente. No tenía un centavo, ni siquiera para el autobús. Pero lo único que quería era irme de ahí.

Recité mentalmente el Preámbulo de la Constitución Nacional unas tres o cuatro veces, en un inútil intento por bloquear los gritos de Lisandro desde la entrada de la casa. Una bipolar mezcla de sentidas disculpas y floridas palabrotas. Parecía no importarle que los vecinos comenzaran a asomarse para ver más de cerca el escándalo.

Cuando un taxi libre dio vuelta a la esquina, estiré la mano y me paré a mitad de la calle. El conductor se apresuró a abrir la puerta al comprender lo que sucedía.

—Sube, rápido —dijo, sin quitarle la mirada de encima a Lisandro, prácticamente una advertencia de que se mantuviera alejado.

Un poco mareada, arrojé la mochila en el asiento trasero y me desplomé dentro del vehículo, cerrando con un estridente portazo.

—¿Estás bien? —preguntó el taxista, mirándome por el espejo retrovisor.

—No… ¿Puede arrancar, por favor?

Cuando el taxi frenó en la calle que daba a la casa de mi Nona, mi teléfono tenía treinta y dos llamadas perdidas y quince mensajes de voz de Lisandro, nueve llamadas perdidas de Elena, una de Santiago y un mensaje de texto de Luciano.

—¿Está bien por aquí?

—Sí, perfecto. Muchas gracias. ¿Podría esperarme mientras voy por el dinero? Deje corriendo el taxímetro, no hay problema.

—No, no hace falta. No me debes nada… —se giró sobre el asiento y me miró a los ojos con una mezcla de ternura y un "algo más" que me costaba identificar—. Tengo una hija de tu edad. Si algún desgraciado le dejara el rostro como a ti, lo mataría. Lo mínimo que puedo hacer es traerte a un sitio seguro.

Preocupación paternal… eso era lo que no había podido identificar en su mirada.

—Gracias —dije con voz pequeña.

—Cuídate, ¿de acuerdo?

—Lo haré.

Me bajé del automóvil con la mochila al hombro, desesperada por acortar los pasos hacia la casita del fondo.

—¡Nona! —grité mientras golpeaba la puerta de chapa con la palma abierta—. ¡Nona! ¡Nona, déjame entrar! ¡Soy yo!

La puerta se abrió repentinamente y el rostro de mi abuela lo dijo todo.

—Llamó Lisandro.

—¡Nona! —dándole rienda suelta a toda mi angustia, me abracé a su cuello y me permití el llanto.

—Ay, mi niña, mi niña… Entra, querida. Entra —pasó su grueso brazo sobre mis hombros y me cobijó hasta la silla del comedor–. ¡Cómo tienes la cara!

–Se terminó, Nona –la abracé con fuerza y lloré todavía más.

–Tranquila, Lulita. Estarás bien. Pronto se arreglará todo, ya lo verás –dijo mientras acariciaba mi espalda arriba y abajo con sus huesudas manos.

Estuvo acariciándome así por no sé por cuanto tiempo, sin decir una palabra, solamente esperando a que lo peor pasara. No había nada mejor que el olor a frito y a transpiración que despedía su ropa, el sonido de una cumbia en la radio de la cocina y la mitad de un bollo de pan abandonado sobre el mantel de hule de la mesa. Estaba en casa.

–¿Quieres que prepare un té? Bien dulce, así te levanta el espíritu.

–¿Podemos tomar unos mates? –propuse, secándome las lágrimas con el borde de mi camiseta.

El trasero de la Nona se bamboleó hasta la cocina y puso el agua a calentar. Mientras limpiaba el mate y reemplazaba la yerba, aproveché para quitarme los zapatos y subir los pies a la silla; necesitaba sentirme un poco más como yo misma.

–¿Para qué es eso? –pregunté al verla con un recipiente de aceite usado.

–Para tu carita. Esto es lo mejor para la hinchazón, un remedio casero –dejó el envase sobre la mesa y estudió mi rostro por un momento. Creí que vería algún tipo de emoción negativa en su expresión, pero estaba tranquila, como si no estuviera sorprendida por lo que había pasado–. Quédate quieta, esto no te dolerá.

Se untó los dedos con el aceite y comenzó a pasarlo lenta y cuidadosamente por el costado izquierdo de mi rostro. Todavía no me había mirado al espejo, pero por la cantidad de aceite que estaba aplicando, adiviné que la extensión del daño era bastante importante.

—Se hierve el agua.

—¡Ay, no!

Se limpió las manos con un trapo húmedo y luego comenzó con el ritual al que tan acostumbradas estábamos. Mate iba y mate venía, pero ni una palabra salía de su boca. Yo la observaba, confundida por su actitud.

—¿No vas a preguntarme qué pasó, Nona?

—Sé lo que pasó, Lulita. Te dije que Lisandro llamó.

—¿Y no prefieres escucharlo de mi boca? ¿Acaso él es el dueño de la verdad? —señalé, abiertamente molesta.

—El tonito, querida. No me faltes el respeto.

—¿De qué lado estás?

—Del tuyo, Lulita. Como siempre. La que parece no saber de qué lado está, eres tú.

—¡¿Qué se supone que significa eso?! ¿Qué fue lo que te dijo?

—Tú dime. Quiero escuchar tu versión —cebó otro mate y me lo dio con una tranquilidad que me perturbaba cada vez más.

—Discutimos… le había dicho que vendría a verte después del almuerzo. Él estaba trabajando en su despacho y cuando llegó la hora de irme, se arrepintió. Así nada más. Dijo que no podía irme, que tenía que preparar la cena. ¿Puedes creer? ¡La cena, Nona! Le sugerí que llamara al *delivery* y se puso como loco. Me dijo cosas horribles, que en su casa se hacía lo que él decía y listo. ¡Me trató de estúpida, abuela! Y no sé cuántas cosas más, tenía tanta rabia que escuché la mitad. Y después, además de todo, me dio… una bofetada. ¡Una bofetada, abuela!

—Él me dijo lo mismo… —comentó, alzando los hombros.

—¿Y qué piensas?

—Pienso que no es para tanto, Lulita.

–¡¿Qué?!

–Ay, mi niña… Eres muy jovencita todavía, te queda mucho por aprender. Lisandro me dijo más o menos lo mismo que tú. Que había trabajado todo el día, que estaba cansado y que todavía le faltaba mucho para terminar; que quería que te quedaras en casa para ayudar con los invitados. Y perdón que te lo diga, querida, pero ese es tu deber como señora de la casa… Después, dijo que perdió la paciencia porque no lo escuchabas, lo ignorabas… porque fue así, ¿cierto? Te conozco. Eres obstinada. Entonces, perdió los estribos y se… ¿cuál fue la palabra que usó? ¡Ah, sí! Se excedió –cebó otro mate mientras yo sentía que me latía el ojo de nuevo–. No es la primera discusión que tendrán. Así es la vida. Pero no puedes salir corriendo ante el primer problema.

–¿Primer problema? ¿Es una broma, Nona? Hace años que estoy aguantando sus "excesos" –gesticulé las comillas–. ¿Ves el golpe que tengo en el rostro?

–Puff… ¡si supieras todos los "encontronazos" que tuve con tu abuelo en treinta y tres años de matrimonio! Tenía su carácter, lo admito. Pero también era un buen hombre.

–No puedes estar hablando en serio… –no daba crédito a lo que escuchaba, ¡de mi propia abuela!

–Quiero lo mejor para ti, Lucrecia. Y Lisandro es lo mejor, te trata como a una reina. ¡Si hubieras escuchado cómo lloraba al teléfono! ¡Pobre! –finalmente, la primera emoción en el rostro de mi Nona era por Lisandro. Quería ponerme a gritar. O a llorar, si me quedaran lágrimas.

–Sí, Nona. Claro que sé cómo lloraba. Lo sé porque siempre llora de la misma forma cuando comete un error. Pero, se acabó.

–¿*Se acabó*? Ustedes los jóvenes lo solucionan todo así: "Se acabó" –dijo antes de cebar otro mate.

La miré con un odio del que nunca me creí capaz, mucho menos hacia ella.

—Basta de mate para mí. ¡Me da asco compartirlo contigo! —furiosa, acabé con nuestro ritual precipitadamente y hui hacia la habitación.

—¡Lucrecia! ¡Regresa aquí!

Ese día, algo se rompió entre nosotras. Algo que jamás podría repararse.

CAPÍTULO 5

ALTERNATIVAS

Nunca creí que fuera posible extrañar a alguien que te había lastimado tanto. Habían pasado dos meses desde la ruptura y todavía no lograba desintoxicarme de mis sentimientos. Sabía que era necesario aprender a vivir sin él, acostumbrarme a estar sola nuevamente; pero no podía digerir la ausencia... básicamente, porque no había tal ausencia.

¿Cómo era posible superar la situación cuando Lisandro insistía en permanecer en mi vida a como diera lugar?

No cesaba de llamar o de escribir, a toda hora. Mi celular sonaba, vibraba, emitía destellos luminosos. Tanto bullicio nos daba jaqueca. Cuando por fin me decidía a apagarlo, era el teléfono de línea el que sonaba sin parar. La tortura duraba hasta que mi abuela me rogaba que lo atendiera, para que dejara de molestar.

Escuchar el tormento de su voz del otro lado de la línea era lo peor. Le suplicaba que me diera un tiempo para pensar las cosas con calma, que se lo diera él también. A pesar de prometerme que lo haría, no era capaz de cumplir. A veces, hablábamos hasta la madrugada; él rogando para que volviera y yo implorando que dejara de insistir. En otras ocasiones, cuando sus argumentos y mi paciencia se agotaban, se limitaba a llorar. Esas llamadas eran las peores.

Cuando sugirió que el dolor era demasiado insoportable para él, que no podía vivir sin mí, me asusté de verdad. Estúpidamente, accedí a que nos viéramos para tomar un café.

Fue una pésima idea.

Cuando lo vi por primera vez, luego de semanas de separación, casi me muero. Su cabello era un desastre, había perdido peso y sus ojeras delataban que había dormido tan poco como yo. Estaba hecho un desastre… igual que yo. Faltó poco para que cediera a sus súplicas, pero cuando empezó a gritar después de media hora de conversación, supe que volver sería un error.

Acceder a verlo había sido un error.

Lisandro interpretó que alguna puerta se había entreabierto para que él persistiera en sus avances. No desaprovecharía lo que creía una oportunidad. Se aparecía, sin previo aviso, cada dos o tres días. Al principio, con cualquier tipo de excusa. "Te traje un poco más de ropa" o "¿cada cuánto tengo que regar los tomates?". Cuando las excusas tontas se le agotaban, venía a casa solamente porque "necesito verte"; sus palabras, no las mías.

Mi Nona no ayudaba o, al menos, no a mí. Se había convertido en la promotora oficial de la campaña "Lisandro es lo mejor para ti". La promoción incluía: "¿Dónde vas a encontrar a otro como él?", "te trata como a una reina" y "el dinero no nos alcanza, era más fácil cuando estaba Lisandro". Esa última frase fue la que terminó por colmar mi paciencia. Siempre tuve mis sospechas, pero eso confirmaba que mi abuela no me quería en la casa, que esperaba que volviera con Lisandro para quitarse un problema de encima. Por mucho que doliera la verdad, era mejor que empezara a hacerme a la idea de que estaba sola. Tenía que encontrar la forma de sostenerme a mí misma.

El coqueto título y la medalla de honor del colegio de Belgrano me sirvieron de muy poco cuando tuve que enfrentar al mundo real. En la Argentina de 2011, el trabajo escaseaba y las oportunidades que surgían no eran las que esperaba. Afortunadamente, la dueña de la tienda de la esquina necesitaba alguien que atendiera el sector de frutas y verduras y pensó en mí para cubrir el puesto. No era un trabajo glamoroso, aunque me permitía estar fuera de casa por algunas horas y aportar a la vapuleada economía de nuestro hogar.

Creí que el dolor de la separación y la falta de apoyo de mi abuela eran castigo suficiente para dos o tres vidas pero, como siempre, me equivocaba. Todavía me esperaba un dolor más grande, probablemente el más grande que tuviera que enfrentar jamás.

* * *

A pesar del feriado por el día de la Inmaculada Concepción, la Ciudad de Buenos Aires seguía siendo la misma locura de siempre. Después del incómodo y apretujado trayecto en autobús, descendí un par de calles antes de mi destino final. Hacía mucho tiempo que no caminaba por allí y, además, necesitaba unos minutos para pensar.

Nunca había estado más asustada y más sola en toda la vida. Jamás pensé siquiera en la posibilidad de estar pasando por algo como lo que se avecinaba. Hacía tan solo unos años atrás, quizás a esa misma hora, estaba en la casa que compartía con Lisandro, luchando por desenredar las lucecitas del árbol de Navidad que siempre armábamos juntos. ¡Tanto había cambiado, en tan poco tiempo! Quería volver atrás, pero era imposible. El tiempo solo avanzaba.

Cuando llegué a la dirección que tenía apuntada en mi cuaderno, me sorprendí. El edificio era hermoso, moderno y elegante. Supongo que esperaba un edificio descascarado y húmedo, decrépito, reflejo del tipo de actividades clandestinas que se realizaban ahí, pero estaba aprendiendo que el exterior raramente coincidía con el interior.

Me detuve frente al portero electrónico y respiré hondo antes de atreverme a tocar el timbre.

–¿Diga? –respondió una voz femenina.

–Soy Lucrecia Ayala. Busco a la doctora…

–Adelante, Lucrecia –acto seguido, la chicharra de la puerta me hizo dar un salto. Casi no abro… casi.

El viaje en elevador hasta el piso doce me pareció larguísimo. Traté de evitar el espejo tanto como pude. No quería ver mi reflejo, no en ese momento. Me limité a presionar sobre mi pecho los resultados de los estudios que me habían solicitado hasta que el dichoso aparato llegó a destino.

Cuando las puertas metálicas se abrieron, la doctora Isabel Ojeda me esperaba en la puerta de su apartamento. Su voz era firme y profesional al teléfono; en vivo y en directo, su sonrisa suave era tranquilizadora. Era una mujer en sus cuarenta y tantos, de preciosos ojos verdes y cabellera castaña que llegaba hasta sus hombros. Llevaba ropa casual, como cualquiera en un día feriado. Y, nuevamente, no era lo que esperaba que fuera. Pensaba que me recibiría una mujer con guardapolvo blanco, con cara de pocos amigos, desinteresada y fría.

–Buenos días, Lucrecia –saludó cortésmente.

–Hola… –articulé con dificultad–. Gracias por recibirme hoy, espero no importunarla.

–No te hubiera dicho que vinieras si fuera un problema. No te preocupes. Adelante.

Dentro del apartamento, todo se veía normal. Nos dirigimos hacia el comedor, donde el arbolito de Navidad ya brillaba en una esquina cerca de la ventana, y me invitó a tomar asiento mientras se preparaba un té.

—¡Qué calor hace, ¿verdad?! —comentó.

—Un infierno —*en más de un sentido*, pensé—. ¿Usted dice que, si hacemos el procedimiento hoy, mañana podré ir a trabajar? No puedo faltar.

—Tranquila, Lucrecia. Me gustaría que hablemos un poco más antes de adentrarnos en los detalles.

—¿No hablamos todo por teléfono? Traje todos los estudios, hice todo lo que me pidió…

—Hablemos un poco, insisto —abrió el cuaderno que tenía sobre la mesa y se dispuso a tomar notas—. Dime, ¿cuántos años tienes?

—Cumplí veintitrés el 15 de septiembre.

—Bien —anotó y prosiguió—. Altura y peso, por favor.

—Un metro sesenta y ocho. Cincuenta y cuatro kilos.

—Perfecto. No eres alérgica a ningún medicamento, ¿cierto?

—Creo que no. La verdad, no tuve oportunidad de comprobarlo. Siempre he sido muy sana. Tuve varicela cuando era pequeña… y una gripe fuerte como a los diez años, pero nada más.

—Bien. ¿Eres sexualmente activa desde cuándo? —mis dientes rechinaron automáticamente al escuchar esa pregunta. Era invasiva.

—Cinco años, más o menos.

—¿Y cómo te cuidas?

—No me cuido, obviamente —respondí, abiertamente molesta—. Mi novio se cuidaba. Mi exnovio.

—Ya veo —volvió a anotar en su cuaderno y luego le dio un sorbito a su taza—. ¿Y qué piensa él sobre esto?

Era consciente de que preguntaría eso; aun así, escucharla me provocó una revolución en el estómago.

—No lo sabe —dije con la mirada fija sobre la estrellita dorada de su árbol de Navidad.

—¿Puedo preguntar por qué?

—¿Tiene que hacerlo?

—Escucha, Lucrecia. Voy a ser totalmente honesta contigo —cerró el cuaderno y me miró directo a los ojos—. La mayoría de las chicas que vienen aquí, lo hacen porque piensan que no tienen alternativa, porque creen que no es el momento o porque no quieren hijos y nada más. A todas les digo lo mismo… siempre hay alternativas. La interrupción del embarazo es solamente una de ellas. Pero antes de que tomes una decisión, quiero estar segura de que exploraste todas las alternativas, ¿comprendes? No es una decisión para tomar a la ligera.

Ahora sí que estaba confundida, ¿esta mujer se creía con el derecho de cuestionar mi decisión? ¿La doctora que practicaba abortos clandestinos creía tener más conciencia que yo?

—No vamos a tener un debate moralista, ¿no es cierto? Porque si así fuera, tendría que preguntarle por qué hace lo que hace, ¿no le parece? —disparé, sin poder contenerme.

—Si preguntaras eso, respondería que lo hago porque nuestro sistema de salud no contempla la interrupción del embarazo como una alternativa viable. Muchas chicas mueren todos los años a consecuencia de intervenciones que se practican de forma irresponsable, y creo que a mi manera contribuyo para contrarrestar lo que considero un error del sistema. De todas maneras, quiero que seas consciente de lo que estás a punto de hacer… porque vivirás con esto por el resto de tu vida, y no quiero que sientas que no tuviste alternativa. El padre tiene responsabilidades y obligaciones con relación a este embarazo.

—El padre no es una alternativa —interrumpí ante la mención de Lisandro—. Ya no estamos juntos.

—Eso no lo hace menos padre.

—Si no hay bebé, no hay padre. ¿Qué sentido tiene entonces cargarlo con el peso de una decisión así? No sabemos hablar, no nos escuchamos. Ni siquiera pudimos tener una relación normal, ¿cómo nos encargaríamos de un bebé sin matarnos en el proceso? —contuve las lágrimas lo mejor que pude antes de continuar. No me estaba gustando para nada el rumbo de la conversación—. Sigamos adelante, por favor.

La doctora Ojeda continuaba mirándome a los ojos, como esperando o, tal vez, adivinando que estaba a punto de ponerme de pie y salir corriendo de ahí.

Lo supe cuando mi período se retrasó. Mi reloj biológico estaba cronometrado al detalle y cualquier desviación de la norma era indicio claro de que algo ocurría. Me compré una prueba de embarazo y esperé a que la Nona saliera. No me sorprendí cuando las dos líneas aparecieron en el indicador, aunque no podía dejar de llorar. Lisandro se presentó en casa una hora después, como si hubiera tenido un radar para detectar mis emociones, y ni siquiera pude abrirle la puerta. Lo dejé gritando del otro lado. Decidí, en ese mismo momento, que no tendría al bebé. Lisandro insistía en permanecer en mi vida, aunque yo resistiera sus constantes intentos. Un hijo era un lazo para siempre. Y "para siempre" era demasiado tiempo.

—Continuemos, entonces —la doctora retomó—. ¿Trajiste todos los estudios?

Sin poder responder en voz alta, deslicé los resultados sobre la mesa. Ella extrajo el contenido de los sobres y los estudió con detenimiento, tomando algunas notas en su cuaderno. Yo no podía despegar los ojos de la ecografía, observando el claroscuro de la imagen con una mezcla de odio y tristeza. Lo odiaba… a Lisandro por haberme hecho esto y al bebé por elegir un momento tan inoportuno. Pero a quien más odiaba era a mí misma, sin lugar a dudas.

—De acuerdo, está todo muy bien. Voy a prescribirte unos antibióticos que tomarás durante diez días, según las indicaciones que voy a darte. Por cualquier cosa que suceda, cualquier molestia que puedas sentir, me llamarás. Cualquier día y a cualquier hora, ¿estamos de acuerdo?

—Sí —susurré con la garganta casi cerrada—. Tengo poco más de novecientos pesos. Como le dije por teléfono… es todo el dinero con el que cuento, por el momento. Si me da un par de semanas, puedo traerle el resto.

—No te preocupes por eso. Prefiero que pagues todo junto después. Necesitarás ese dinero para comprar los medicamentos.

—¿Está segura?

—Por supuesto. Yo no tengo apuro; pero sí es preciso hacer el procedimiento ahora, sin demora. Para evitar que el feto siga creciendo —le dio el último sorbo a su taza y se puso de pie. Yo no podía moverme, me sentía clavada a esa silla. Tenía náuseas.

—¿Pasamos? —me indicó el camino hacia el pasillo.

Por supuesto que no pude responder. Sometiendo a mi cuerpo, me puse de pie y la seguí obedientemente. Las paredes del pasillo estaban cubiertas de fotos personales de la doctora Ojeda, en diferentes escenas familiares. En algunas de ellas, había dos niños que se parecían bastante a ella. Sus hijos, supuse.

Hacia el final del pasillo, había una puerta con la leyenda "Consultorio" esperando por nosotras.

Era un paraíso de pulcritud ahí dentro. Todo se veía muy profesional y seguro, una tranquilidad para mí. La camilla ginecológica estaba ubicada cerca de la pared, junto a una mesita con instrumental médico y un pie de suero, y su escritorio junto a una ventana que permitía el ingreso de la luz. Era luminoso, espacioso, pero, al mismo tiempo, se sentía sombrío... o quizás era yo quien se sentía sombría esa mañana.

La doctora Ojeda, ajena al huracán de emociones que me arrastraba en ese momento, dejó los estudios sobre su escritorio y luego acomodó el biombo en una de las esquinas.

—Puedes cambiarte ahí detrás. Necesito que te quites todo de la cintura para abajo; dejé una bata colgada en el perchero. Iré a prepararme y regreso en un minuto.

Desconfiando de mi propia voz, asentí con la cabeza. Cuando la doctora salió del consultorio, fui hasta el pequeño espacio privado detrás del biombo y dejé mi morralito colgado en el perchero. Luego, me quité el calzado deportivo, los jeans y las bragas. Preferí quedarme con los calcetines puestos porque no quería sentirme más desnuda de lo estrictamente necesario. Con la bata puesta, esperé a que la doctora regresara.

Cuando la vi entrar, todo fue más real. Usaba un ambo verde oscuro y tenía el cabello cuidadosamente acomodado debajo de una cofia. El barbijo colgaba de su cuello. Se sentó en un taburete bajo, al final de la camilla, y jaló de la mesita con ruedas hasta dejarla a su lado.

—Bueno... Muy bien, colocaré un cubrecamilla descartable y podremos comenzar.

Mientras trataba de ubicarme como me lo indicaba, mi cuerpo temblaba de forma incontrolable.

—Te ayudo con las piernas —ofreció. Cuando tomó mi pie derecho, noté cuánto esfuerzo tuvo que hacer para encajarlo en el estribo; no oponía resistencia a consciencia, pero mis músculos estaban rígidos, no me obedecían–. Muy bien… Lucrecia, debes tratar de relajarte. El procedimiento es sencillo y no nos llevará demasiado tiempo, pero puedes sentir presión. Es normal.

–Ajá –fue mi elocuente comentario.

Clavé la mirada en el impoluto techo blanco, esforzándome por mantener mi respiración a raya, por tranquilizarme de alguna forma. Pero no lo conseguí. Cuando escuché el sonido del instrumental médico, el nudo en mi garganta se desató sin remedio. Los sollozos brotaron de mi pecho, incontrolables y, avergonzada, presa de la angustia, me cubrí la cabeza con ambos brazos.

82

* * *

Eran cerca las cuatro de la tarde cuando llegué a Villa Soldati. Necesité más de cinco horas de caminata sin rumbo antes de decidirme a volver. Apenas podía ver a través de la hinchazón de mis ojos. Mis extremidades estaban laxas, agotadas. Mi cuerpo no respondía como acostumbraba.

La puerta de casa estaba abierta de par en par y mi Nona sentada a la mesa, con el mate amargo frente a ella.

–¡Lulita! –exclamó al verme, claramente preocupada–. ¿Dónde estabas? ¿Qué sucedió?

Creí que ya había llorado todo lo que necesitaba, pero al sentarme a la mesa, otra ronda de profusas lágrimas descendió por mis mejillas. Me faltaba el aire, los sollozos no me permitían articular palabra. El estómago me dolía, la cabeza me dolía, el corazón me dolía.

–Mi niña, me estás asustando –mi abuela alcanzó mis manos por encima de la mesa, dándome apoyo–. ¿Discutiste con Lisandro? ¿Te lastimó? –indagó, ante mi angustiado silencio.

Negué con la cabeza. La Nona no me sacaba los ojos de encima, sin comprender lo que sucedía, pero sabiendo que era algo grave. No podía ocultarle nada a ella. Mucho menos esto.

—Dime, lo que sea.

Suspiré hondo y sollocé una vez más.

—Estoy embarazada, Nona.

—Ay, no… —soltó mis manos y se enderezó en su silla—. Ay, ¡no! No, mi niña. ¡¿Cómo se te ocurre?! ¡¿Cómo no vas a cuidarte?! ¡¿No aprendiste nada?!

—Lo siento —no sabía qué otra cosa decir.

—¡Vas a acabar igual que tu madre! ¡No lo puedo creer! —se secó el sudor de la frente con el paño de cocina y, solo entonces, caí en la cuenta de cuán pálida estaba.

—Tranquilízate, abuela. Te hará daño.

—¡¿Daño?! ¡Pues, ojalá y me muera! —golpeó la mesa con la palma de la mano, enfurecida—. Y Lisandro, ¿qué dice?

—No… Todavía no se lo he dicho. No sé si quiero hacerlo.

—¡¿Qué?! ¿Estás loca? —se llevó una mano al pecho.

—Temo a su reacción, Nona. No puedo hacerlo.

—Entonces, te lo sacas. ¿Me escuchaste? ¡Te lo sacas! No puedes tener a esa criatura.

—No. Eso no… —tampoco podía confesarle que había hecho el intento. Incluso haberlo pensado me resultaba una blasfemia, el bebé no tenía la culpa de nada. La culpable era yo. El culpable era Lisandro.

—No harás lo mismo que la ingrata de tu madre… ¡Te crie para otra cosa! ¡Años de mi vida invertí en tu crianza, en tu educación!, ¿para qué? ¡¿Para que me defraudes así?! ¡¿Qué tienes en la cabeza?!

Todavía con las rodillas temblorosas, harta de tanto llorar, me sostuve del borde de la mesa para incorporarme.

—No era mi intención defraudarte, Nona —desgarrada por dentro, limpié mis lágrimas con el dorso de la mano—. Lo siento mucho.

—¡Regresa aquí! ¡Todavía no terminamos de hablar! —gritó, mientras me encaminaba hacia la habitación. Necesitaba dormir un rato y, de ser posible, no despertar nunca más.

✳ ✳ ✳

Oí voces provenientes de la cocina: Lisandro y mi abuela. Aunque hablaban bajo, los escuchaba con claridad. ¿Acaso estaba soñando? Me senté sobre la cama con algo de dificultad. No tenía idea de cuánto había dormido, pero todavía sentía los músculos adoloridos, la garganta reseca, los ojos hinchados.

Me estaba atando el cabello cuando todo regresó a mi mente en un microsegundo. Lisandro, la Nona, el bebé. Até cabos deprisa. La Nona le había dicho a Lisandro del bebé. Al borde de las lágrimas, salté de la cama y vi que el armario estaba abierto de par en par.

—Nona, ¿qué sucede? —me asomé a la cocina y encontré a Lisandro anegado en lágrimas. Mi Nona, otro tanto.

Sobre la mesa de la cocina había un bolso. Uno que yo conocía muy bien, porque era mío. Como también era mía la ropa que asomaba del interior.

—¿Cómo me ocultas algo así? —la mirada de Lisandro era una amenazante mezcla de confusión, dolor e ira.

—Iba a decírtelo —respondí sin titubear, como había aprendido a hacer para mantener a raya sus reacciones.

—¿Cuándo? ¿Cuándo ibas a decírmelo?

—Iba a llamarte, lo juro —dije, temerosa.

—¿Cuándo te enteraste? —disparó.

—Ayer —mentí en un balbuceo.

—Mientes... —se puso de pie y caminó hacia donde estaba. Automáticamente cerré los ojos y di un paso hacia atrás, esperando lo peor.

Cuando sus brazos me envolvieron con inusual ternura, acunándome en su pecho como en nuestros mejores momentos, los latidos del corazón decidieron darme tregua. Al parecer, no tenía intenciones de lastimarme. Eso era bueno.

—Puedes decirme lo que sea, siempre. ¿Qué pensabas que sucedería? —susurró con los labios sobre mi frente.

Ya sin ocultar las lágrimas, alcé la cabeza para encontrarme con sus ojos de tormenta. ¿Acaso no estaba enfadado? No. No parecía estarlo... Muy por el contrario, portaba una expresión confiada que no le había visto antes. Fue entonces cuando lo supe. Supe que yo había perdido, y que él había ganado. Esa confianza renovada venía de la certeza de haber ganado no una batalla, sino la guerra. Estaba allí para cobrarse el botín.

—Ya no estamos juntos —le recordé, mientras Lisandro quitaba con su dedo el rastro de mis lágrimas—. No estoy en posición de pedirte nada. No tienes ninguna obligación.

—Claro que sí. Tengo obligaciones, responsabilidades, contigo y con nuestro hijo... Esto lo cambia todo, Lucrecia —acarició mi cuello con su pulgar, como tantas otras veces—. ¿Crees que dejaría que mi hijo creciera lejos de mí? No. Eso no —proclamó con firmeza, un claro indicio de que aquellas eran solo preguntas retóricas. Lo que yo respondiera, poco importaba. Él ya había decidido el rumbo de nuestra historia.

—Nunca hablamos de esto... Nunca dijiste que quisieras hijos.

—Te quiero a ti —puso las manos sobre mis mejillas y me clavó la mirada, tan implacable como siempre—. Seremos muy felices, te lo prometo. Los tres seremos muy felices. Estoy dispuesto a perdonarte todo, a olvidar lo que ocurrió... Empezaremos de cero. Quiero que regreses a casa.

—Pero...

—Nada de "peros" —puso su dedo sobre mi boca—. Tu abuela está de acuerdo conmigo. Ya es hora de dejarte de juegos. Regresarás a casa, conmigo, donde perteneces.

De reojo, le di una mirada a mi abuela. Rápidamente, me evadió. Eso que se había roto entre nosotras, era irreparable. Su falta de apoyo me hizo sentir como mercancía de intercambio. Como una niña desamparada que pasaba de casa en casa sin un verdadero lugar al que llamar hogar. Ya no importaba lo que yo opinara, pues Lisandro estaba dispuesto a "perdonarme todo". Yo era la culpable de todo lo que había sucedido. Esos meses separados no lo habían hecho reflexionar ni cambiar de parecer, seguía siendo el mismo Lisandro de siempre.

—Escúchalo, mi niña —sentenció la Nona—. Lisandro es tu mejor alternativa.

SEGUNDA PARTE

CAPÍTULO 1

LA EXCEPCIÓN A LA NORMA

Martes, 14 de octubre de 2014.

Ciudad de Buenos Aires.

—Oye... —su voz cerca de mi oído me sobresaltó.

—¿Qué? ¿Qué pasa? —completamente alerta, me senté sobre la cama.

—El teléfono... —señaló, para luego desaparecer bajo las sábanas.

Tanteé sobre la mesa de noche hasta encontrar el aparato que, efectivamente, anunciaba una llamada entrante. No eran las seis de la mañana aún y Gómez ya estaba despierto... y despertando al resto del mundo, por supuesto. Solté un suspiro de frustración y volví a desplomarme sobre la almohada, con el teléfono pegado al oído.

—¿Qué sucedió? —murmuré.

—¿Estás viendo las noticias? —al escuchar el tono de voz de mi jefe con más atención, supe que era una de "esas" llamadas.

—Son las seis de la mañana —lo devolví a la realidad entre bostezos—. Nadie mira televisión a las seis de la mañana.

—Mauro, pon el canal de noticias. Ahora. ¡Apresúrate! —insistió Gómez del otro lado de la línea, impaciente.

—¡Estoy buscando el control remoto!, un momento. Lo tengo.

"…licía Federal ya se encuentra en el lugar. En principio, no habría testigos del hecho, aunque algunos vecinos refieren haber observado a un vehículo extraño circulando por las inmediaciones. Reiteramos que no hay heridos. La familia fue mantenida como rehén durante tres horas. Los malvivientes se llevaron una suma cercana a los doscientos mil pesos en efectivo de una caja fuerte, pero es un trascendido, no hay información oficial. Los peritos ya se encuentran realizando las pruebas pertinentes. No se descarta ninguna hipótesis…".

Mientras la periodista relataba los hechos, repetían imágenes de la casa. Había dotaciones policiales en plena tarea, periodistas que se agolpaban para tener un primer plano de la familia abandonando el lugar. Apenas podía verse cómo los trasladaban hasta el interior de un vehículo; se cubrían los rostros. Agudicé la visión y noté la identificación pegada en una esquina del parabrisas.

—Es un coche oficial. ¿Quién es? —pregunté, observando cada detalle de la escena, tratando de captar cualquier cosa que pudiera resultar anormal.

—Echagüe —respondió Gómez.

—¿El ministro?

—No. El hijo mayor. Lisandro Echagüe. Está a cargo del estudio de su padre desde hace algunos años.

—¿Alguna pista? —indagué mientras rastreaba mi ropa interior entre el revoltijo de sábanas.

—Muchas. Pero no puedo entrar en detalles por teléfono.

—En quince minutos estaré allí.

—Que sean diez. Te espero.

No podía ocultar mi fastidio por la abrupta interrupción de mi muy merecido descanso después de meses de haber estado saturado de asignaciones, pero la situación lo ameritaba.

Siete minutos después, admirando el paisaje sobre mi cama, terminaba de ajustar la pistola nueve milímetros semiautomática en el estuche de mi cinturón. Tenía una pierna por fuera de la sábana y una cascada de cabello rojo como el fuego desparramado sobre la almohada. Odié a Gómez en ese momento, ¡profundamente! Después de colocarme el abrigo, me acerqué a la bella durmiente.

—Romi —de rodillas junto a la cama, besé su frente.

—Mmm... —balbuceó en respuesta.

—Esto no va a gustarte.

—¿Qué? —como si le hubiera arrojado un vaso de agua helada al rostro, se espabiló en una milésima de segundo.

—Acaban de llamarme, surgió un asunto y debo irme.

* * *

Dejé el auto frente al edificio y crucé la calle sin mirar. A esa hora de la mañana, el tráfico era prácticamente nulo.

—¿Qué haces tan temprano por aquí? —preguntó Germán, el conserje.

—Gajes del oficio.

—Es por lo del robo en lo de Echagüe, ¿cierto?

Trabajaba con nosotros desde hacía unos cinco años y no hubo un día en que no intentase sacarme información, como tampoco hubo ocasión en que se la diera. Hoy no sería la excepción. Le guiñé un ojo antes de que se cerraran las puertas del elevador y presioné el botón del último piso.

Cuando las puertas se abrieron, los empleados de Seguridad del Plata iban y venían por todo el piso como si estuviéramos en hora pico. Saludé a todos solo al pasar y caminé hacia el despacho, donde Gómez esperaba por mí con el teléfono pegado al oído.

—Llegas tarde. Dije diez minutos —después de colgar, señaló su reloj con cara de pocos amigos. Su expresión lo decía todo, no había pegado un ojo y estaba irritado... o más irritado que de costumbre—. Siéntate.

Sin dar excusas, me desprendí el abrigo y tomé asiento frente a su escritorio.

Era ese fuerte temperamento el que provocaba que la mayoría de mis compañeros aborreciera a Pablo Gómez. Era un hombre duro, implacable, tan exigente con su personal como con él mismo, y nunca tenía temor de decir de frente lo que pensaba. Lo respetaba enormemente, no solamente por lo buena gente que era, sino porque me había permitido forjar una carrera cuando nadie más tenía fe en mí.

—¿Tienes un cigarrillo, muchacho? —preguntó, reclinándose en su asiento. Se veía agotado. Saqué el paquete del bolsillo de mi abrigo y le ofrecí uno—. Gracias.

Permaneció en silencio unos momentos, ordenando sus pensamientos. Gómez hablaría cuando estuviera listo, nunca gastaba energía en conversaciones intrascendentes. Y si la cosa era tan grave como pintaba, necesitaba ordenarse. Se rascó la cabeza y luego se acomodó el bigote, un poco amarillento por los años de nicotina.

—¿Cómo te ves trabajando con Echagüe?

—¿Qué fue lo que pasó? —pregunté, aunque tomaría la asignación sin importar los detalles. Jamás le diría que no a mi mentor.

—Básicamente, el panorama es el siguiente: anoche, a las dos de la mañana, tres sujetos armados entraron a la casa de Echagüe hijo. Él y la esposa dormían en la habitación principal; su hijo en el dormitorio contiguo. Tomaron a Echagüe y lo llevaron a su despacho. Encerraron a su esposa y su hijo en el baño de arriba. Estuvieron unas tres horas con él, intentando que abriera la caja fuerte. Después, lo encañonaron y soltó todo. La prensa dice que se llevaron doscientos mil, pero fue como medio millón. Según Echagüe, por supuesto. Alguien entregó el dato, de eso no me cabe duda.

—¿Seguridad? —indagué, reservándome las dudas para después.

—Toda la que se te ocurra… Caseta en la esquina, alarma de última generación, cámaras, hasta vidrios blindados. Los sujetos estos tenían todo muy bien estudiado. Ingresaron a la casa justo en el horario del cambio de guardia en la caseta y, no me preguntes cómo, vulneraron el sistema de alarmas. No había ni una puerta forzada.

—¿Las cámaras muestran algo?

—No graban, son en tiempo real. La central no reportó nada extraño. Pero ya sabes cómo son; carecen de preparación, son unos improvisados.

Me rasqué la nuca y encendí un cigarrillo, perdido en mis propios pensamientos, tratando de crearme una imagen mental del relato de Gómez.

—¿Qué? Dímelo —mi jefe tenía una asombrosa capacidad para leer el pensamiento.

—Hay algo que no encaja —señalé.

—Estoy de acuerdo —se adelantó en su silla y apoyó los codos sobre el escritorio, clavándome una mirada especulativa—. Tardaron tres horas completas en salir de la casa y Echagüe no tiene un solo rasguño. Dice que les entregó el dinero… Entonces, ¿qué hicieron los sujetos ahí dentro durante todo ese tiempo? ¿Jugar al póker?

—Además, ¿tanto alboroto por medio millón? Me parece muy extraño. Se tomaron muchas molestias para un botín tan poco atractivo, ¿no cree?

—Coincido. Es muy, muy extraño.

—¿Qué hay de la esposa?

—No quiso ni siquiera que la revisara un médico. Según Pacheco, de la Policía Federal, estaba muerta de miedo. Andrés Fusco es el fiscal del caso. Tuvo que cortar el interrogatorio a la mitad porque era imposible extraerle una palabra. El pequeño tiene tres años, no se dio cuenta de lo que sucedía. Pero ¿sabes qué es lo que más llama mi atención?

—A ver... —no imaginaba qué podía ser, porque para mí todo era una gigantesca señal de alarma.

—Echagüe me llamó para contratar nuestros servicios apenas terminó de declarar. Le ofrecí el paquete completo, imagínate... y se lo cobraré muy bien. El asunto es que no quiere a nadie con él, bajo ningún concepto, quiere la seguridad para su esposa y su hijo.

—Como si no quisiera que sepamos sus movimientos —deduje sin demasiado esfuerzo.

—¡Exacto! Esto es extraño, muchacho. No tengo que decirte de las sospechas sobre las vinculaciones del Ministerio de Economía con el asunto del desvío de fondos públicos, ¿no es cierto? Y tampoco es novedad que muchos de los negocios pasan por el estudio privado del viejo Echagüe, el mismo estudio que dirige su hijo. Demasiados puntos oscuros.

—Me pregunto qué había realmente en esa caja fuerte.

—Nos preguntamos lo mismo, muchacho... nos preguntamos lo mismo —volvió a reclinarse en su asiento y apoyó las manos sobre su abultado abdomen—. Pero las preguntas no son nuestro problema, de eso se encarga la Fiscalía. Nuestro trabajo es bastante más modesto, dadas las circunstancias... La mujer y el niño, veinticuatro por seis. Te concedo el domingo, solamente porque no quiero que este año perdamos el campeonato de fútbol. Nos estamos jugando el honor —sonrió.

—Qué amable. ¿Detalles?

—Lucrecia Echagüe, veintisiete años, ama de casa. Alejo Echagüe, tres años… probablemente tengas que llevarlo al kínder –a Gómez casi se le escapa la risa. A mí no me causaba nada de gracia. No me gustaban los niños; mis sobrinos eran la única excepción.

—¿Soy el único disponible?

—¿Por qué? ¿Tienes alguna objeción para el trabajo?

Maldito Gómez. Me conocía como nadie.

—Ninguna, señor.

—De acuerdo –se puso de pie, indicándome que la conversación había concluido–. Entonces, espero un reporte de novedades cada veinticuatro horas, como siempre. Si el pequeño aprende alguna palabra nueva, la quiero en el reporte, ¿eh?

—Señor… –me detuve cerca de la puerta–. Supongo que no estará usted divirtiéndose a costa de mi situación, ¿cierto?

—¡¿Yo?! –preguntó, con una mano en el pecho y una delatora sonrisa en el rostro–. Fuera de aquí, muchacho.

✳ ✳ ✳

Di tres vueltas a la manzana antes de que el guardia de la caseta se decidiera a detenerme para averiguar qué quería. Mala señal. Era sabido que los sujetos que ocupaban esos puestos no sabían absolutamente nada de seguridad, pero, francamente, esto parecía una broma. Le informé que era el nuevo guardaespaldas de la familia Echagüe y le pedí que me diera los datos de cada uno de los vigilantes, junto a sus cronogramas de trabajo, para saber con exactitud en qué momentos estábamos más vulnerables.

La casa, por otro lado, no era tan segura como pensaba Gómez. Estudié el panorama desde la calle. Tenía una reja negra, bastante alta, pero la primera cámara de seguridad estaba a la vista y dejaba varios puntos ciegos en los laterales. Se veía una casa auxiliar hacia el fondo de la propiedad, suficientemente alta como para que alguien entrara por ahí valiéndose de los techos contiguos. ¿Qué clase de incompetente pondría una cámara en la entrada, a la vista de todos, y dejaría el fondo vulnerable?

—¿Busca algo?

—¡Mierda! —por poco me da un infarto. Sobresaltado, volteé a ver.

Detrás de mí me topé con los ojos castaños más enormes y más expresivos que hubiera visto jamás. Me distrajo de su mirada un rastro de tierra negra en su mejilla izquierda, justo al lado de una boca de lo más tentadora. Su cabello caía en una trenza desprolija a un lado de su cuerpo, como una cascada de chocolate amargo.

—¿Busca algo? —repitió.

Tu nombre y tu número de teléfono, ¡ahora mismo!, pensé. ¿Quién era esta belleza? ¿Una vecina curiosa? ¿Una posible testigo? ¿Sería soltera, acaso?

—¿Vives por aquí? —pregunté, sin poder hacer a un lado mi repentina necesidad de saber todo de ella. Me miró a los ojos por un segundo que pareció eterno e, inmediatamente después, endureció el gesto.

—Váyase de mi casa o llamo a la policía —se apresuró a jalar de la puerta enrejada y entró a la casa prácticamente al trote.

Oh, no...

—¿Señora Echagüe? —la pregunta viajó en un suspiro. Rogué que no fuera ella, que no se diera vuelta, pero cuando detuvo el ritmo de su huida, mis esperanzas se vinieron abajo.

—¿Qué es lo que quiere?

—No se asuste. Soy Mauro Acosta, de Seguridad del Plata.

—Espere aquí. Mi esposo lo recibirá en un minuto.

—¿Señora Echagüe? —la detuve.

—¿Sí?

—La reja… ¿la dejará abierta? Ni siquiera le mostré mi identificación.

—Confío en usted —respondió sin un atisbo de duda.

No mires su trasero… no mires su trasero… no mires su trasero…, me repetía mentalmente. Pero para cuando cerró la puerta de la casa, ya había memorizado en detalle cada delicada curva de su cuerpo. ¡Lo que faltaba para que esta asignación se convirtiera en una pesadilla!

La puerta se abrió una vez más. Lamentablemente, no fue la señora Echagüe quien apareció en la entrada.

—Ustedes no pierden el tiempo —comentó Lisandro Echagüe, con una sonrisa distendida. No parecía que hubiera pasado por el trauma de un robo apenas horas atrás. Todo era muy, muy extraño—. No esperaba que vinieras tan temprano.

Él era todo lo que esperaba. Engreído y altanero; un verdadero idiota. Tenía una camisa tan blanca que parecía un reflector ambulante.

—Buenos días, señor Echagüe —le ofrecí mi mano y la estrechó con firmeza.

—Mauro, ¿verdad? ¿Te molesta si te llamo por tu nombre? —preguntó, como si tuviera un juguete nuevo y estuviera tratando de descifrar las instrucciones.

—No me molesta.

—Fantástico… Adelante —me palmeó la espalda y me condujo hacia el interior de la casa. Estudié todo con un vistazo rápido; me hubiera gustado decir que para comprobar la seguridad, pero en realidad la buscaba a ella—. Lucrecia, ¿nos subes dos cafés al despacho? —aunque no se escuchó respuesta alguna, él no se detuvo a comprobar que lo hubiera oído.

Era un controlador, claramente. Ni siquiera me había preguntado si quería café. Le gustaban las cosas a su modo o a ninguno, no era difícil detectar a los sujetos como él.

Mientras lo seguía escaleras arriba, observé el entorno. Grandes ventanales en los laterales, fácil acceso a la visión. La primera puerta al subir la escalera era el despacho de Echagüe. Y ¡oh, sorpresa, sorpresa! la caja fuerte no estaba a la vista. Quien quiera que hubiese entrado, debía tener un dato preciso. Gómez estaba en lo cierto, había sido una entrega.

—Siéntate, Mauro —me indicó la silla frente a su escritorio. El lugar parecía un santuario… uno dedicado a su esposa. Había fotos de la señora Echagüe hacia donde fuera que mirara—. Es lo más importante que tengo… —comentó con una sonrisa.

—Así parece —era un poco aterrador, la verdad.

—Me dijeron que iban a enviarte, pero no pensé que tan rápido. Hablé con Pablo Gómez hoy a la madrugada, apenas me dejaron ir los de la Federal. El trámite fue agotador… ¿Pablo te habló de lo que quiero?

—Preferiría escuchar los detalles directamente de usted.

—Perfecto —se reclinó en su silla y tres tenues golpecitos atrajeron mi atención a la puerta.

—¿Se puede?

—Adelante, cariño —la sonrisa de Lisandro volvió a instalarse en su rostro al ver a su esposa entrar al despacho. La señora Echagüe apoyó la bandeja sobre el escritorio, sin mirar a ninguno de los dos. Esa fuente estaba tan bien preparada que hasta sentí ganas de darle una propina—. Puedes irte, nos arreglaremos desde aquí.

Tan silenciosa como entró, desapareció hacia el pasillo, dejando una estela de vainilla y coco a su paso.

—Solo, ¿está bien? —cuando regresé la mirada al escritorio, Echagüe tenía la vista clavada en mí.

—Sí —recibí la taza de café, incómodo por su escrutinio.

—Tenemos los mismos gustos, ya me caes bien —señaló antes de sorber su taza—. También me gusta el café amargo. Entonces, lo que quiero es bastante sencillo… espero. Supongo que ya estarás al tanto del robo que sufrimos anoche y no quiero que Lucrecia y Alejo se queden solos durante tantas horas al día. Los horarios en mi estudio son bastante absorbentes, incluso impredecibles, y necesito que alguien cuide de ellos en casa. Todo el tiempo, sin excepción. ¿Está claro?

—Muy claro —le di un último sorbo a la taza y la dejé sobre el escritorio—. Pero tengo mis propias exigencias.

—¿Exigencias? —preguntó, sorprendido.

—Exigencias —repetí, solo en caso de que tuviera un tapón de cera en el oído y no me hubiera escuchado—. Si quiere el trabajo bien hecho, que es la única forma en que yo lo hago, necesito vía libre para hacer algunas modificaciones en las medidas de seguridad de la casa.

—¿Más seguridad? ¡Pago una fortuna!

—No más seguridad, mejor seguridad… la seguridad que usted y su familia necesitan. Coincido en que paga una fortuna, pero es una fortuna malgastada. Con las modificaciones necesarias, incluso ahorraría dinero.

—¿En serio? —preguntó sorprendido.

—Voy a prepararle un informe con los detalles y, si usted lo aprueba, podemos seguir con el trabajo. Mientras tanto, considere que me quedo aquí solo en calidad de observador. Primero, diagnosticamos la situación, después planificamos los pasos a seguir. ¿Está de acuerdo?

—Completamente —respondió, complacido.

Cerca de las nueve de la mañana, Echagüe partió para el estudio y me dio vía libre para comenzar con mi evaluación. Lo primero que tenía que hacer, por supuesto, era hablar con Lucrecia. No es que muriera de ganas de verla de nuevo, era parte de mi trabajo. *Está claro, ¿no?*

Después de comprobar las habitaciones de la planta alta, en donde solo la puerta de la habitación del niño permanecía cerrada, bajé las escaleras, esperando encontrarla allí. Luego de una búsqueda detallada anhelando su aroma a vainilla y coco como si fuera un acosador, supe que no estaba por allí. Ni en la cocina… Y tampoco tomando sol junto a la piscina; eso hubiera sido muy bueno. Empujé la puerta corrediza que daba al jardín y tampoco vi señal de Lucrecia en las inmediaciones. ¿Qué tan escurridiza podía ser?

—¿Necesita algo?

—¡Mierda! —me llevé una mano al pecho y allí estaba. ¡De pie en el medio de la sala de estar! ¿Cómo había llegado hasta ahí?—. Lo siento.

—Perdóneme usted. ¿Lo asusté?

—Es muy silenciosa, señora Echagüe.

Asintió con la cabeza, confirmando mi obvia observación. No pude evitar perderme en la perfección de sus facciones, largas y delicadas. Juro que quería tocar su nariz, por más retorcido que sonara eso.

—¿Tiene un minuto?

—¿Necesita algo? —repitió.

—Hablar con usted, si no le molesta.

—No me molesta. ¿En la cocina está bien?

—Perfecto.

Lucrecia caminaba frente a mí y yo la seguía completamente hipnotizado. Echagüe estaba en lo cierto; teníamos los mismos gustos.

Si hubiera sido posible, le habría tomado una fotografía y la hubiera guardado en el espacio vacío de mi billetera. ¡Era una belleza!

—¿Quiere tomar algo? —ofreció mientras ponía a calentar agua.

—Sí, muchas gracias. Lo que tome usted está bien.

Se puso en puntas de pie para alcanzar las tazas del estante de arriba y su camiseta se levantó un poco, solo un poco, pero lo suficiente para que el matiz acaramelado de su piel se grabara en mi retina. Era suave y delicada en cada uno de sus movimientos, desde la forma en que dejaba caer las bolsitas de té en las tazas hasta su dedo sosteniendo la tapa de la tetera para que no cayera.

—¿Azúcar o endulzante artificial?

—¿Qué? —reaccioné al escuchar el suave sonido de su voz.

—Le pregunté qué prefería… ¿azúcar o endulzante artificial?

—Solo está bien.

Asintió y se ubicó en un taburete, dejando la taza frente a mí, sobre la isla de la cocina. Observé el brebaje con un poco de desconfianza. Era oscuro, rojizo y bastante aromático.

—Té de rosas —dijo antes de beber.

—Ah… —*brillante respuesta, ¿no es cierto?* Acerqué la taza a mi boca y bebí un sorbo.

—¿Le gusta?

Quería responderle, juro que quería, pero todavía no podía tragar ese espantoso brebaje del demonio. Era como tragar perfume, demasiado aromático para mi gusto.

—Es diferente.

—Puedo prepararle otra cosa —ofreció de inmediato, casi apenada.

—Está bien, tomaré este. No se preocupe.

—Como prefiera. Dijo que necesita hablar conmigo, señor Acosta. Lo escucho.

—Mauro.

—¿Qué? —preguntó. Hasta yo me sorprendí de la necesidad de escuchar mi nombre en sus labios.

—Que mi nombre es Mauro.

Pestañeó un par de veces, haciendo un nuevo despliegue de su dulzura.

—Quería hacerle… —me aclaré la garganta— *hacerte* algunas preguntas, Lucrecia.

Probé mi suerte al usar su nombre, y tal como pensé, no me corrigió. Decir su nombre en voz alta se sentía muy bien.

—Adelante —bebió un sorbo de té.

—¿Podrías contarme lo que pasó anoche?

—No —respondió de inmediato, sorprendiéndome por completo—. A menos que sea estrictamente necesario, prefiero no hacerlo. Hoy no.

—De acuerdo… Supongo que podemos dejarlo para otro momento.

En realidad, su versión del episodio de la noche anterior era en extremo necesaria. Obviamente, los aspectos relacionados a la entrada de los sujetos; la investigación estaba en manos de la Fiscalía. Comprendiendo el mal momento por el que había pasado, preferí no someterla a un estrés mayor.

—Okey. Entonces, ¿puedes decirme qué cantidad de personal tienes en la casa?

Me miró, extrañada.

—Yo me ocupo de todo. No sé a qué personal te refieres.

—¿Bromeas? —solté sin pensar—. Es decir… ¿No hay una sola persona trabajando en toda la casa?

—Solo somos nosotros tres. Nunca consideramos necesario tener ayuda extra —pensó por un momento—. Aunque viene un jardinero cada tres meses para mantener las enredaderas del jardín.

¡Ah! ¡Qué alivio! Lo único que faltaba era que una princesa como ella trepara a una escalera para oficiar de paisajista. ¡Por Dios!

—O sea que, además del señor Echagüe, Alejo y tú, no hay nadie más que frecuente la casa.

—No.

—De acuerdo. Eso facilita las cosas.

—Los fines de semana suele venir la familia de Lisandro. Elena, Santiago, Luciano y su novia Camila.

—Bien —asentí nuevamente.

—Antes venía mi abuela. A visitar a Alejo. Pero murió el año pasado.

Casi podía ver el nudo formándose en su garganta. No había necesidad de que acotara eso, pero por alguna razón, necesitó decirlo.

—Lo siento mucho.

—Sí, yo también —entrelazó las manos sobre su regazo.

—¡Mamiiiii! —la voz del pequeño nos alcanzó desde la planta alta.

—Disculpa… —Lucrecia se puso de pie, como si esperara que le concediera autorización para irse.

—Muévete con libertad, Lucrecia. Esta es tu casa —le sonreí.

—No, es la casa de Lisandro.

Su acotación me sorprendió tanto que estuve a punto de pedirle que se explayara, pero el pequeño volvió a interrumpir con sus alaridos.

—Lo siento, debo ir. Se pone nervioso cuando no me ve.

✳ ✳ ✳

Ya había oscurecido cuando giré la llave en la cerradura de la casa auxiliar o la "casa de huéspedes".

—Cielos… —murmuré sorprendido. Probablemente, era mucho mejor que varios de los hoteles en los que había estado.

En realidad, estaba habituado a que mis empleadores me dieran la habitación más húmeda, más sombría y menos habitable de las casas en las que trabajaba; como si mi presencia fuera un secreto que debían guardar a los ojos de todos. En esta casa me sentía como si me hubieran estado esperando.

Tenía una cocina y un comedor propio. Abrí el refrigerador y no pude evitar sonreír, estaba completamente repleto de comida. Hacia el fondo de un breve pasillo se encontraban la habitación y el baño integrado.

—Perfecto —dejé mi equipaje tirado en medio del pasillo y me arrojé sobre la cama. Los resortes eran fuertes y el colchón una delicia.

Tanteé en los bolsillos de mi abrigo y tomé el celular para llamar a Gómez. Necesitaba darle un panorama inicial, sabía que lo esperaba con ansias.

—Muchacho, ¿cómo estás? —se lo escuchaba bastante más distendido que horas atrás.

—Echagüe es un completo idiota.

—Te pedí un reporte de novedades, no de obviedades —señaló, arrancándome una sonrisa—. ¿Te estás riendo, Acosta?

—Para nada. Debe haber escuchado mal, señor.

—Debe ser así. Cuéntame, muchacho —recompuso la seriedad.

Hablé con Gómez por casi media hora, pasándole un detallado reporte oral de todo lo que había visto, oído e inferido durante mis pocas horas en la casa. Aunque decidí reservarme lo más relevante, decidí dejar fuera del reporte mis impresiones más privadas.

Lucrecia.

Lucrecia y su carita de ensueño.

Estaba en un enorme problema. Había dos cosas estrictamente prohibidas en mi trabajo. Primero: enredarse con un cliente; segundo:

enredarse con un cliente. Mezclar negocios y placer era la combinación más tentadora y más desastrosa en casi todos los ámbitos. La seguridad privada no era la excepción. Pero yo era muy respetuoso de las normas impuestas en mi ámbito de trabajo, y nunca había tenido problemas para atenerme a ellas, pero esta asignación prometía ser la excepción. Lucrecia y su carita de ensueño amenazaban con convertirse en la excepción a toda norma.

CAPÍTULO 2

UN PANÓPTICO

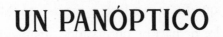

Estaba de mal humor. ¡De muy mal humor!

Mi esposo finalmente había logrado penetrar las últimas fronteras de mi libertad. Una cosa era fingir buena cara frente a los parientes y a los "amigos" en ocasiones puntuales; otra radicalmente distinta, era tener que fingir ¡veinticuatro horas al día! El único modo en que había logrado sobrevivir en los últimos años era por la tranquilidad de saber que Lisandro se iba al estudio y Alejo y yo disfrutábamos de nuestro pequeño mundo de dos, sin su mirada de halcón controlando cada uno de nuestros movimientos. Ahora, se había asegurado de tener ojos en la casa aun cuando estuviera lejos.

Después de ponerme una camiseta, subí mis jeans en dos violentos tirones, maldiciendo mi suerte entre dientes.

Por supuesto que Lisandro tomaría medidas para cubrirse del robo de la otra noche, pero jamás imaginé que su solución fuera meter a un desconocido en la casa.

Cuando salí a tirar la basura y descubrí a Mauro Acosta de pie frente a mi casa, debo confesar que se me congeló la sangre. Fue su espalda lo que primero que vi. Tenía un simple traje negro y una camisa blanca, pero el abrigo no alcanzaba a ocultar el arma en su cinturón. Puede que fuera eso lo que me asustó. Me quedé un rato junto al contenedor de basura, observando sus movimientos. Él permanecía inmóvil, observando cada rincón de la casa solo con la mirada. Cuando movió su cabeza en dirección a la caseta de la esquina, pude apreciar un poco de su perfil. Era joven, no debía pasar de los veinticinco, aunque jamás lo adivinaría por su enorme complexión física. Era alto y, obviamente, hacía ejercicio. Cabello oscuro, muy corto, y piel morena. Adivinaba un leve rastro de barba en su rostro, como si no se hubiera afeitado ese día; era probable que lo hubieran sacado de la cama en plena madrugada, como al resto de nosotros.

–¿Busca algo? –fue lo primero que salió de mi boca.

Se sobresaltó al escucharme. Enseguida supe que era el guardaespaldas del que Lisandro me había hablado. Pensé en dejarlo pasar y ya, pero me arrepentí un segundo después; conociendo lo imprevisible que podía ser mi esposo respecto a mis interacciones con otros hombres, preferí avisarle primero.

–¿Se puede? –lo encontré en su despacho, haciendo una llamada.

–¿Qué quieres?

–Hay un hombre en la entrada, dice que es de Seguridad del Plata. Mauro Acosta.

–Te devuelvo el llamado en quince minutos –susurró a quien estuviera del otro lado de la línea.

Me retiré rápidamente a la cocina, donde tenía una perfecta visión de la sala sin que ellos pudieran verme a mí. Tal como esperaba, apenas el sujeto puso un pie en mi casa comenzó a observar todo como si estuviera sacándole una radiografía.

Cuando llevé el café que Lisandro tan "dulcemente" me había pedido, sentí la mirada de Acosta durante todo el trayecto. Me quemaba la piel con descaro. Nerviosa, dejé todo sobre la mesa y salí deprisa; si el sujeto me miraba un segundo más de lo que Lisandro consideraba adecuado, el golpe lo recibiría yo.

A juzgar por nuestras primeras interacciones, su estadía en la casa prometía ser todo un desafío. A pesar del exceso de control, me sorprendió su impulsividad. Se atrevió a borrar las distancias y llamarme por mi nombre. Y yo se lo permití. Hacía tanto tiempo que no conversaba con otro adulto que, en pleno ping pong de preguntas y respuestas, mencioné que mi abuela había muerto. No supe a razón de qué, pero necesité decírselo. También cedí al impulso. Si no extremaba los cuidados, esos impulsos me jugarían una mala pasada.

Después de cambiarme y dejar mi cabello suelto para que terminara de secarse, busqué la ropa de Lisandro y la dejé preparada sobre una silla en la habitación. Su alarma no tardaría en dispararse y ya debería estar preparando el desayuno.

—Lucrecia… —escuché su voz desde la cama.

—Estás despierto.

—Sí… Ven aquí —le dio una palmada a la cama, indicándome el espacio. Sin un momento de duda, me quité el calzado y me acurruqué a su lado. Su cuerpo estaba tibio, como siempre que despertaba luego de largas horas de sueño. Acercó la nariz hasta mi cabello y aspiró, acariciando mi frente con un beso.

—Llegaste muy tarde anoche, no te escuché —murmuré sobre su hombro.

—Sí —su mano subía y bajaba por mi espalda, y supe que no obtendría más respuestas acerca de sus actividades nocturnas—. ¿Qué tal Acosta?

Qué extraño. ¿Le interesaba mi opinión acerca de alguien que él mismo había entrevistado?

—Normal —una respuesta neutra siempre era una respuesta segura.

—Bien. Te preguntó algunas cosas, supongo.

—Si teníamos personal en la casa y quiénes la frecuentaban. Nada más. Luego, se dedicó a tomar fotos de la casa y hacer anotaciones en una tablet.

—Quiere hacer modificaciones en el sistema de seguridad. ¿Y Alejo?

—Lo envié al kínder, no me pareció prudente alterar su rutina. Les pedí a Luciano y a Camila que se lo llevaran por el resto del día. Preferí que no conociera a Acosta ayer, me parecía demasiado alboroto para un solo día.

—Perfecto, cariño —me dio una palmada en el trasero y así me hizo saber que el interrogatorio había concluido. Por el momento.

Me levanté de la cama y bajé las escaleras para seguir con mi rutina como si nada sucediera. "Muévete con libertad", había sugerido Mauro. ¡Si él supiera! La libertad era un concepto que se había esfumado de mi vida desde el momento en que él había puesto el primer pie en mi casa.

✳ ✳ ✳

Mentiría si dijera que la curiosidad no estaba matándome. Miraba hacia la puerta del jardín a intervalos cada vez más cortos. ¿Acaso Mauro tenía algún tipo de horario estipulado o simplemente entraría a la casa cuando le diera la gana?

Lisandro ya había desayunado y estaba camino al estudio. Con la casa tranquila y silenciosa, se aproximaba una de las partes favoritas de mi día.

Me asomé a la puerta de su habitación y lo encontré desparramado sobre la cama. Boca abajo y con un brazo colgando por el borde, igual que su padre. Sus bucles rubios, iguales a los de Luciano, estaban revueltos sobre la almohada. Definitivamente Alejo era más Echagüe que Ayala, aunque sabía que cuando abriera sus ojitos, el rastro de mi ADN haría acto de presencia. Supongo que toda madre piensa lo mismo, pero mi hijo era el más lindo sobre la faz del planeta.

—¡Buenos días, Su Señoría! ¡¡Mantantero liru lá!! —canturreé con horrible entonación, mientras abría las cortinas para dejar entrar la luz del sol.

—Buenos días… —podía tener apenas tres años, pero era tan educado como si tuviera veinte. Sus ojitos pestañearon un par de veces, asimilando la claridad.

Me senté al borde de la cama y comencé el ritual de vestirlo. Entraba al kínder por la mañana y salía cerca del mediodía. No era necesario que fuera, puesto que su mamá estaba todo el día en casa, pero siempre quise que tuviera la oportunidad de compartir con otros niños. Él lo disfrutaba mucho.

Como cada mañana, después del baño, lo dejé sentado sobre el taburete de la cocina.

—¿Pan tostado? —le ofrecí.

—¿Con dulce de leche? —preguntó con los ojos entrecerrados. Era un buen negociador.

—Un poquito de dulce de leche y otro poquito de queso para untar…

—¡Está bien! —aceptó a regañadientes.

—Alejo… —dejé el pan tostado frente a él y me senté en el taburete—. Quiero decirte algo.

—¿Un secreto? —preguntó con los primeros rastros de dulce alrededor de la boca.

—No, no es un secreto. No olvides beber tu leche —señalé la taza con la mirada—. Hay alguien aquí en casa. Trabaja con papá. Su nombre es Mauro.

—Mi amigo se llama Mauro. Mi amigo del kínder.

—Mauro… sí, como tu amigo.

Esa era toda la información que Alejo necesitaba. No había complicaciones para él. La que estaba complicada con la presencia de Mauro en casa era yo. Dicho sea de paso, eran casi las nueve y no había dado señales de vida.

—Mi amor… hoy llevas yogur para la merienda, ¿qué día es? —pregunté mientras terminaba de preparar su mochila.

—Mmm. ¿Domingo?

—No, los domingos comemos con tus abuelos. Y los domingos te quedas en casa, no vas al kínder —estaba tratando de enseñarle los días de la semana valiéndome de la rutina—. Piensa… Ayer, llevaste un plátano y era martes. Hoy llevas yogur y es…

—¡Miércoles! —aplaudió con algarabía.

—¡Muy…! —me giré con una enorme sonrisa y descubrí a Mauro en la entrada de la cocina—. Muy bien.

—Buenos días —saludó con su voz de fumador empedernido.

—Buenos días —dejé la mochila sobre un taburete, atenta a la reacción de Alejo—. Alejo, él es Mauro. Mauro, él es Alejo.

—Hola, Mauro —dijo con simpleza—. Tengo un amigo que se llama Mauro. Como tú.

—Buenos días, Alejo. Es un gusto —le sonrió, con una mano extendida.

Alejo miró su mano, pensativo, y yo ya estaba divirtiéndome por adelantado. Conocía las manías de mi hijo. Tomó la mano de Mauro y la reposicionó antes de darle una palmada.

—Choque los cinco —sonrió, con la boca llena de dulce de leche.

Subí las escaleras, caminé por el pasillo y entré a la habitación de Alejo, ignorando a Mauro al pasar. Estaba al fondo del pasillo, cerca del baño, observando por los ventanales. No entendía muy bien en qué consistía su trabajo, pero lo prefería lejos. Creo que mantenía su distancia adrede, como si adivinara cuánto me incomodaba su presencia.

No es que me molestara él; de hecho, parecía un buen sujeto. Lo que me molestaba era saber que me observaba, que me vigilaba, como si fuera una especie de panóptico humano. Lo veía todo. Y me asustaba lo que pudiera ver en mí.

Hacía tanto tiempo que fingía frente a todos y a todo, que ya casi no recordaba quién era en realidad. En algún momento de mi vida, fui la "pobre sucia" de Villa Soldati; poco después, la "niña bien" en el colegio de Belgrano; luego, cuando me convertí en la esposa de Lisandro, dejé de ser yo misma para convertirme en lo que él quería. Aprendí a adelantarme a sus estados de ánimo para evitar los estallidos, a mantenerme callada cada vez que fuera necesario, solamente para sobrevivir un día más. Así, gradualmente, me olvidaba de Luli y me convertía en Lucrecia Echagüe.

Con Mauro en la casa, me sentía obligada a disfrazarme de Lucrecia sin un minuto de respiro. Finalmente, Lisandro había encontrado el instrumento perfecto para enterrar a Luli tan profundo que temía no poder recuperarla.

—Lucrecia —escuché el sonido de su voz desde el marco de la puerta mientras recuperaba la ropa sucia de Alejo de debajo de la cama.

—Dime.

—Son casi las doce y cuarto. ¿Quieres ir a recoger a Alejo?

El día anterior había ofrecido lo mismo y yo había declinado porque Luciano me había propuesto a llevarse a su sobrino para consentirlo toda la tarde. La familia estaba preocupada por su reacción luego del robo.

–Lo trae Alicia, es la mamá de un compañerito.

–De acuerdo.

Me incliné a juntar unas prendas y cuando alcé la mirada, Mauro seguía ahí.

–¿Quieres que me lleve eso? –ofreció, señalando la ropa en mis manos.

–Puedo hacerlo.

–También yo –caminó hacia mí y tomó la ropa–. Tú guías.

Un poco confundida por su actitud, bajé la escalera, en dirección a la cocina, para tomar luego la puerta lateral que llevaba hacia la despensa y al lavadero.

–Tiene tus ojos –comentó mientras me devolvía la ropa–. Alejo… –aclaró ante mi silencio–, tiene tus ojos.

–Eso dicen.

Programé la lavadora y caminé nuevamente hacia la cocina, con Mauro tres pasos detrás de mí. No hacía más que estar parado ahí, observando cada uno de mis movimientos, pero su mirada me traspasaba. La sensación no era para nada agradable.

En completo silencio, saqué algunas cosas del refrigerador para comenzar a preparar el almuerzo.

–¿Necesitas ayuda? –incluso el sonido de su voz comenzaba a sonar irritante. No acostumbraba a compartir mis espacios.

–¿Es necesario? –pregunté, ya sin poder contenerme.

–¿Qué?

–Esto… –usé un cuchillo en mi mano para señalar el espacio vacío entre nosotros. Un espacio demasiado estrecho, en mi opinión–. ¿Es realmente necesario que estés aquí todo el tiempo?

Mi pregunta lo dejó mudo. Incómodo. Peor aún, hasta parecía herido. Casi de inmediato, me asaltó la culpa. Sus ojos oscuros estaban fijos sobre los míos.

–No, no es necesario –respondió a destiempo–. Si me necesitas, estaré afuera.

CAPÍTULO 3

DISTANCIA OPERATIVA

SÁBADO, 25 DE OCTUBRE DE 2014.
CIUDAD DE BUENOS AIRES.

Era preciso modificar mi afirmación anterior: no me gustaban los niños, pero, además de mis sobrinos, Alejo era la excepción. Alejo era la excepción de mi excepción. No solamente era un niño increíble, sino que Lucrecia era increíble cuando estaba con él… y solo con él. Insisto, Alejo era la excepción de mi excepción. Si Lucrecia se estaba convirtiendo en la excepción a mis normas, su hijo era la excepción a las suyas.

Se mostraba fría y distante, sabía marcar distancia como una campeona, pero a mí no me engañaba. Montaba una fachada. La verdadera Lucrecia era la que cantaba, con una pésima entonación, cuanta canción infantil le viniera a la cabeza. Era la que hablaba con las calabazas de la huerta para que nacieran más dulces. La misma que le sugirió a Alejo que me invitara a almorzar para que no me quedara solo. Estaba aprendiendo a ver detrás de su fachada, y me gustaba lo que veía.

Tenía que admitir que cuando insinuó que mi presencia era un estorbo, hirió un poco mi autoestima. Bastante, en realidad. Pero lo interpreté como lo que fue: su primer destello de sinceridad. Le incomodaba mi presencia, ¿y qué? Tenía derecho, ¿no es cierto? No estaba acostumbrada a tener a una persona pendiente de ella durante las veinticuatro horas. Estaba seguro de que yo me sentiría igual de molesto. Entonces, ¿qué hacía? Mantenía mi distancia tanto como podía. Avanzaba solo en la medida que ella me lo permitía.

El asunto era, ¿por qué quería avanzar? ¿Hacia dónde?

Además de mi sorpresiva simpatía por Alejo, había otras cosas que había descubierto en mi primera semana en casa de los Echagüe. Lucrecia era el objeto de obsesión de Lisandro, eso no era novedad; lo extraño era el modo en que ella se comportaba con él, como si fuera una especie de geisha. Una geisha de la vida real.

Cuando Lisandro llegaba a casa, los días que llegaba, Alejo ya estaba bañado, jugando en su habitación o durmiendo. Sin su hijo de por medio, toda la atención de Lucrecia estaba dedicada a su esposo. La interacción era coreografiada hasta el punto de la perfección. Cualquiera diría que Lisandro la tenía hipnotizada, pero, a decir verdad, parecía que él no era capaz de dar un paso sin Lucrecia. Como si perdiera las coordenadas si ella no estaba. Era una relación de mutua dependencia en la que no había espacio para nadie más, ni siquiera para su hijo.

Conocerlos mejor me ayudaba a saber cómo actuar, y acorde a mi propósito de respetar la distancia que Lucrecia me imponía, los llevé a la plaza y preferí quedarme en el auto. Aunque nada me impedía mirar, ¿cierto?

Me bajé y encendí un cigarrillo. Del otro lado de la calle, Lucrecia regañaba a Alejo por asustar a las palomas. Cada cosa que hacía, me fascinaba. Mi madre me hubiera dado un coscorrón y fin de la historia, pero ella trituró unas galletas que había llevado para la merienda y se arrodilló en plena acera, invitando a Alejo a acompañarla. Con la dulzura que la caracterizaba, esparció las migas a su alrededor y aguardó a que las palomas hicieran su parte. Alejo desplegó una sonrisa luminosa cuando las palomas se acercaron a comer.

–¡Maurooooooo! –gritó, tan efusivo como siempre. Las palomas agitaron las alas y huyeron despavoridas, pero él no cesaba de hacer señas para que me acercara. Una orden era una orden, siempre. Crucé la calle y me acerqué–. Ven… –cuando estuve a su alcance, jaló de mi dedo y me obligó a sentarme a su lado. Miré a Lucrecia de reojo, tenía esa sonrisa que reservaba solo para su hijo–. Mami, Mauro le dará de comer a las "polamitas".

–¿Te refieres a las "palomitas"?

–Sí.

–De acuerdo. Enséñame cómo –le pedí.

Tomó mi mano como si fuera suya, cosa que habitualmente hacía, y jaló de mi brazo para que me acercara. Sus movimientos eran tan impredecibles y yo me volvía tan estúpido cuando estaba cerca de su madre, que terminé por golpear su rodilla con mi mano.

–Cuidado, mi amor.

–Lo siento –dije, automáticamente.

–Se lo decía a Alejo –aclaró, ruborizada de repente.

–Me imaginé –fue imposible contener la sonrisa. Incluso peor, era muy probable que mi rostro también se hubiera ruborizado. Y eso nunca me sucedía, ¡jamás! Con nadie.

–¡Mami! ¡Las "meguitas"!

De inmediato, ante el pedido de Alejo, Lucrecia le devolvió su atención. Entonces, caí en la cuenta de… ¿Qué era lo que me estaba sucediendo? ¡Yo jamás me ruborizaba!

Detuve el motor, lamentando que el paseo hubiera llegado a su fin. Mientras Lucrecia desabrochaba el cinturón de la sillita de Alejo, la observé a través del espejo retrovisor. Me deleité con las delicadas líneas de su cuello, con el recorrido de una pequeña gota de sudor que tenía el placer de resbalar por su escote.

—¡Lucrecia! —los tres nos alarmamos al escuchar el alarido proveniente del interior.

—Esperen aquí —ya fuera del vehículo, depositó a Alejo en mis brazos y salió disparada hacia la cocina.

—¡¿Dónde te habías metido?! —lo escuché gritar cuando la puerta lateral se abrió al paso de Lucrecia. Me debatía entre quedarme con Alejo o dejarlo en el suelo y correr a ver qué sucedía. ¿A qué se debía tanto alboroto?

—¿Mauro? —Alejo puso las manos en mis mejillas, reclamando mi atención.

—Espera un segundo, Alejo —le pedí, mientras trataba de captar algo de lo que sucedía en la cocina. Los segundos pasaban vacíos y la incertidumbre me carcomía por dentro. ¿Qué estaba pasando allí?

—Lo siento —después de unos interminables minutos, Lucrecia reapareció en el garaje. Rápidamente, observé su semblante en busca de algo fuera de lugar, lo que fuera, pero todo parecía normal—. Ven conmigo, cariño —tomó a Alejo de mis brazos.

—¿Está todo bien? —pregunté.

—Sí, todo está bien —respondió, claramente incómoda. Ya no había rastros de la sonrisa que portaba durante el paseo—. Lisandro regresó temprano de la oficina y se alarmó al no encontrarnos en casa. Está un poco sensible desde el robo y sobredimensiona todo… Ya se le pasará —dijo a modo de explicación—. Hoy es tu día libre, ¿por qué no me lo habías dicho?

—Porque comienza a las siete… aún es temprano. No debería gritarte así, no importa cuán afectado esté por lo sucedido.

—Puedes irte ahora, Mauro. Te mereces el descanso —evadió mi comentario y así dejó en claro que no quería mi opinión—. Y gracias por cuidarlo —agregó, señalando a su hijo.

—¡Gracias, Mauro! —secundó el pequeño.

El gesto de Alejo era adorable, pero no lo suficiente para distraerme de la mirada de su madre. No quería dejarla allí. Y era evidente que esta asignación iba de mal en peor… porque todavía no me había ido y ya comenzaba a resentir el tiempo que pasaría lejos de ella.

* * *

Después de una semana de ausencia, regresé a mi solitario apartamento. No había más que hacer que disfrutar de mi muy merecido descanso. Pero, no. El disfrute estaba lejos de mí, igual que mis pensamientos… lejos y en Belgrano, donde Lucrecia se había quedado.

—Oye, ¿qué ocurre? Esa cerveza se está entibiando, viejo… —Diego golpeó la pata de mi silla y me obligó a regresar a la conversación.

Diego era mi mejor amigo, y me conocía mejor que nadie, porque además era mi hermano mayor. Mi único hermano. Todos los sábados asistíamos a la misma rutina. Nos juntábamos a comer en casa de Ramiro, otro amigo de toda la vida, y a partir de allí… lo que surgiera. Pero esa noche las cosas eran diferentes para mí. Sorprendentemente, quería estar en otro lugar y con otra persona.

—¿Semana dura? —Diego cruzó los pies y recargó la espalda en su asiento.

—Algo así —respondí.

—Ya te repetí un millón de veces que mi jefe tiene un puesto libre para cuando te decidas a dejar este trabajo.

—Moriría si tengo que pasar todo el día manejando un taxi, Diego. La rutina no es lo mío —ya había bebido demasiado. Descarté la cerveza a medio terminar y encendí un cigarrillo—. Me gusta mi trabajo.

—¿Entonces? ¿Cuál es el problema?

—Ese, precisamente… que me gusta mi trabajo. En esta oportunidad, más que en ninguna otra —apenas lo miré de reojo y mi hermano comprendió a qué me refería.

—¡No! ¡¿Bromeas?! —claro que ante la poco sutil proclamación de Diego, Ramiro y Sergio dejaron lo que hacían para atender a nuestra conversación. Quería que me tragara la tierra.

—¿Qué sucedió? —preguntó Ramiro.

—Nada —me apresuré a decir.

—Mauro está interesado en una clienta —exclamó mi hermano, un poco pálido de la impresión—. ¿O es "un" cliente?

—¡No! ¿De veras? ¿Eso no va contra las reglas? —señaló Sergio, perspicaz a pesar de las cervezas en su haber.

—¡Gracias por ser tan reservado, Diego! —pateé su asiento, pero solo logré que se tambaleara.

—¿Y cómo es? Dime cómo se llama. Buscaré su perfil en Facebook —Ramiro tomó el teléfono sin perder un segundo.

—Oye, deja eso —traté de usar mi mirada más intimidatoria, aun sabiendo que no funcionaba con mis amigos. Me conocían demasiado.

—Etchart… Echarpe… —Sergio trataba de recordar.

—¡Echagüe! —saltó mi hermano.

—Basta, se acabó. ¡Lo digo en serio! —comenzaba a ofuscarme.

—¡La tengo! —anunció Ramiro. Medio segundo después los tres

nos agolpábamos detrás de él para ver las fotos que había obtenido del buscador.

—Oye, es un poco madurita, ¿verdad? ¿Cuántos años tiene? —preguntó mi hermano.

—No es ella —golpeé su hombro con un puño.

El idiota de Ramiro había buscado en internet al Echagüe equivocado y las imágenes que encontró eran las de la esposa del ministro, Elena Echagüe.

—Espera, espera, espera…

Sergio, que había estado haciendo su propia búsqueda, dio con una foto de Lisandro y Lucrecia en una cena de gala. Y sí, se veía hermosísima. *Maldición*.

—¡Ahora lo comprendo todo! —exclamó Diego—. Es una belleza.

—Bueno, se acabó.

Le quité el celular a Sergio y lo apagué, ante la mirada atónita de mis tres amigos. Si hubiera sido cualquier otra mujer, hasta la hubiera presumido frente a ellos. Pero Lucrecia era diferente, era una clienta.

Encendí otro cigarrillo y regresé a mi lugar.

—¿Qué? —los tres me miraban de forma extraña.

—Esto ya lo vi… en una película. Esa con la mujer que te pone la piel de gallina cuando canta. ¿Cómo se llamaba? —dijo Sergio, pensativo.

—Whitney Houston. ¡Y eso no tiene nada que ver con esto! Debes volver a mirar la película, porque no entendiste nada —dije antes de darle un trago a mi olvidada cerveza. Sabía horrible.

—No lo puedo creer —Diego me miró con verdadera preocupación—. Deja ese caso, Mauro. Arruinarás tu carrera.

—Es solo algo del momento —mentí—. Se me pasará.

—Se te pasará cuando la pases por tu cama… —sugirió Ramiro. Se me calentaron las mejillas, ¡lo juro!

—¡Cierra la boca! ¿Cómo se te ocurre decir algo así? —lo fulminé con la mirada—. Tengo reglas que no deben romperse.

—¡Ni siquiera tú te crees esa mierda de "las reglas"! Mira tu cara, Mauro. ¡Te encanta, admítelo! Esa mujer es un problema —señaló Diego, puntualizando lo obvio.

Estaba en lo cierto. Era un problema ¡Un enorme problema! Porque sí… Lucrecia me encantaba.

✳ ✳ ✳

Ya de madrugada, los chicos decidieron salir a dar una vuelta por Palermo. Yo, en cambio, me arrastré casi en cuatro patas hasta mi apartamento. Estaba ebrio, de verdad. Visión doble, lengua arrastrada, garganta adolorida luego de cantar a los gritos canciones de Whitney Houston en el karaoke y ganas de llorar como una criatura; el combo completo.

Luego de diez minutos de tratar de encajar la llave en la cerradura, me tambaleé hasta el sofá y me desplomé como un costal de patatas.

Era un idiota… podría beber un barril entero para quitarme a Lucrecia de la cabeza, pero el problema no estaba en mi cerebro. El problema estaba en otro órgano, uno un poquitín más vital… uno que no me atrevía a nombrar, pero que latía desbocado cuando ella estaba cerca.

La situación general estaba tan pero tan mal que no sabía cuál objeción pesaba más que la otra. Para empezar, Lucrecia era casada. Las mujeres casadas eran atractivas para muchos, pero no para mí. Me había pasado una sola vez en la vida y prometí no caer de nuevo; eso de andar escondiéndome como un criminal no era lo mío. Además, la mujer casada siempre, ¡siempre!, se queda con su esposo.

Objeción dos: hijos. Aunque la mujer casada decidiera dejar al esposo y elegirlo a uno, siempre, siempre estaría atada a su ex. Habría que soportar la cara del ex por el resto de la vida; cumpleaños, actos escolares, vacaciones, las fiestas de fin de año y cuanta cosa surgiera. Una calamidad.

Objeción tres: una clienta en el prontuario dejaba un antecedente difícil de borrar. Gómez no daba segundas oportunidades. Lo arruinabas una vez y eras un incompetente para siempre.

Por donde se viera, Lucrecia Echagüe era un problema. Entonces, ¿por qué diablos no me la sacaba de la cabeza y ya?

Estaba mareado, aturdido, pero sentí la vibración del teléfono en el bolsillo de mi abrigo.

—Diga —me cubrí los ojos con el antebrazo.

—¿Cómo es eso de que estás en tu día libre y no me avisaste? —a pesar del ruido de fondo, reconocí su voz de inmediato—. Estoy un poco ofendida.

—Hola, Romi. ¿Qué cuentas?

—Me crucé con Diego y me dijo que es tu noche libre.

—¿Libre? Libre es un concepto no tan claro para mí en este momento. La verdad, pensé que estabas enfadada conmigo.

—¿Contigo? Jamás. El otro día, lamenté que no tuviéramos más tiempo para estar juntos. Pero ¿sabes qué?

—Qué…

—Si quieres, puedo tomar un taxi hasta tu casa y me lo compensas. ¿Qué dices?

¿Qué decir? ¿Qué hacer? En medio de la borrachera, la propuesta de Romi me pareció una señal del destino. Era una chica linda, divertida y, sobre todo, sin compromisos.

—Okey. Te espero.

CAPÍTULO 4

FRANCESCA EN LA DESPENSA

Domingo, 26 de octubre de 2014.

Ciudad de Buenos Aires.

La luz del sol que se colaba entre las cortinas de la habitación indicaba el comienzo de un nuevo día. Tenía los ojos cerrados, pero estaba despierta desde hacía unas horas. Él dormía, aunque lo sentí moverse a mi lado, reposicionándose para alcanzar mi rostro. Pasó sus dedos por mis labios, mis ojos, por poco mete un dedo en mi nariz, hasta que por fin encontró su tesoro… el lóbulo de mi oreja. Comenzaba despacio, pero, después de unos segundos, mi oreja estaba roja y caliente de tanta fricción.

—Alejo, la orejita de mamá —le advertí en un susurro.

—¿Mami? —abrió los ojos, sorprendido de encontrarme en su cama—. ¿"Durmiste" aquí?

—No, mi amor —mentí—. Vine a recostarme un rato contigo.

Giró todo su cuerpito para quedar frente a mí, y en su infinita e inocente sabiduría, acarició mi mejilla, como si supiera que necesitaba su consuelo. Le ofrecí mi mejor sonrisa, a pesar de la hinchazón en mis ojos, y besé la palma de su mano.

Era una pésima madre. Era injusto recurrir a la habitación de Alejo cada vez que había un problema, pero él era lo único que tenía. Desde que lo había sentido moverse en mi barriga por primera vez, supe que jamás volvería a estar sola.

—¿Qué quieres desayunar? —pregunté mientras trataba de acomodar sus indomables bucles.

—¡Besitos! —exclamó.

—¿Besitos? Mmm, ¡qué delicia! ¡Ven aquí! —pasé la sábana por encima de nuestras cabezas y me di a la tarea de comerme sus mejillas a besos.

—¡No! ¡Mami, no! —se retorció entre mis brazos.

En plena sesión de cariño madre-hijo, escuchamos la puerta abriéndose. Inmediatamente, las risas cesaron. Las mías y las de Alejo. Ver la mirada de terror en los ojos de mi hijo era uno de los dolores más difíciles de soportar.

—¿Se puede? —preguntó Lisandro, desde la puerta.

Debajo de las sábanas, Alejo negó con su cabeza y me apresuré a poner un dedo sobre sus labios, indicándole que hiciera silencio. Siempre silencio. Mi vida estaba rodeada de silencio. Retiré las sábanas para descubrirnos y me senté contra el respaldar de la cama, acunando a Alejo entre mis brazos.

—Lo siento, ¿los desperté? —dijo apenado.

Sus ojos estaban casi tan hinchados como los míos, seguramente a causa de horas y horas de llanto ininterrumpido. Su voz se oía ronca y esforzada después de haberme gritado que era una *puta de mierda* por manejarme como si él no existiera, por no haberle dicho que pasaría la tarde fuera de casa, ¡en la plaza! Claro que el hecho de que mi mensaje nunca hubiera entrado a su celular porque estaba fuera del área de cobertura, no era excusa suficiente. Le mostré el mensaje, por supuesto, pero lo único que conseguí fue que me arrojara el aparato desde el otro extremo de la habitación. Impactó justo sobre mi omóplato derecho, donde seguramente ya tendría un hematoma del tamaño de un plato de postre.

—Estábamos despiertos —respondí con frialdad.

—Quería… —su mirada apenas se desvió hacia nuestro hijo, pero de inmediato regresó a mí— invitarlos a desayunar. Podríamos pasear, si tienen ganas.

—¿A McDonald's? —propuso Alejo, sin un segundo de duda.

—Donde quiera tu madre.

—¡Sí, mami! ¡Sí, sí, sí!

Si yo era injusta al recurrir a la seguridad de la habitación de nuestro hijo, Lisandro era todavía más cruel al usarlo para acercarse a mí. Quedó muy claro desde el día en que se enteró de mi embarazo, Alejo sería siempre nuestro vínculo más fuerte; Lisandro usaba eso a su favor. Sabía muy bien que haría cualquier cosa por ver sonreír a mi hijo, incluso salir a desayunar con él como si nada hubiera sucedido.

—Nada de "cajita feliz". Es hora de desayunar, ¿está claro? —le advertí a Alejo.

—¡Sí! —gritó entusiasmado.

* * *

Después de un incómodo y silencioso día en familia, llevé a Alejo hasta su cama para que durmiera una siesta. Me quedé con él hasta que por fin cerró los ojos. Cada vez estaba más grande, y cada vez era más consciente de lo que pasaba en nuestra casa. Como cualquier criatura de tres años, sentía que el mundo giraba a su alrededor, y si me veía triste, pensaba que era por su culpa. Pero no era así, la única culpable de todo era yo.

Había sido estúpida y descuidada al no cerciorarme de que el mensaje llegara a Lisandro, pero mi cabeza estaba en cualquier sitio. Estaba pasando un momento tan agradable durante nuestro paseo por la plaza que bajé la guardia sin darme cuenta. No podía permitir que pasara de nuevo. Una cosa era soportar el dolor de un golpe que en un par de días desaparecería, pero el dolor de mi hijo no era tolerable bajo ninguna circunstancia.

Aprovechando que Lisandro miraba un documental en la sala de estar, cargué todos los productos de limpieza en una cubeta y fui hasta la casa de huéspedes. Quería dejar todo en orden antes de la llegada de Mauro. Crucé el jardín y me detuve frente a la puerta cerrada. Me sentía un poco extraña. No era la primera vez que limpiaba allí, pero ya no era lo mismo. Estaba habitada, como nunca había estado antes. Me sentía como una intrusa en propiedad privada.

Todo estaba en perfecto orden, no había ni un vaso fuera de lugar en la cocina ni una miga olvidada en el suelo. No había basura en el basurero ni colillas de cigarrillo en el cenicero. Cualquiera diría que nadie había estado en la casa… excepto por un detalle para nada menor: cada rincón olía como Mauro. Esa extraña mezcla de tabaco, goma de mascar de menta y sándalo. Podía trazar un mapa de su recorrido por la casa.

Repasé los muebles, barrí las inexistentes migas y reemplacé la fragancia personal de Mauro por el invasivo aroma de la brisa primaveral. Cuando la sala de estar y la cocina estuvieron inmaculadas, fui por el baño. Allí, presa de la curiosidad, exploré el gabinete detrás del espejo. No había nada fuera de lo normal. Desodorante, los repuestos de jabón que había dejado la semana anterior…

El jabón. Deslicé la mampara de la ducha y mis ojos se clavaron en el jabón. El jabón que Mauro había usado toda la semana.

—No, no, no —me alejé de allí lo más rápido que pude, como si eso borrara de mi cabeza la imagen de Mauro en la ducha… desnudo y mojado. ¡Lo único que me faltaba! Tener fantasías con el empleado de mi esposo, con su panóptico personal. ¡No era posible!

Limpié el baño en tiempo récord y salí disparada hacia la habitación. Arranqué las sábanas de la cama, literalmente, y contuve la respiración. Me negaba a respirar… a respirarlo. Necesitaba concentrarme en hacer mi trabajo y salir de allí cuanto antes.

Cuando terminé, calculé que el documental que Lisandro veía estaba recién por la mitad. Me quedaba una hora de libertad.

En la cocina, puse agua a calentar y aguardé a que alcanzara la temperatura justa. Miré alrededor. Era un espacio agradable, una casita tranquila y silenciosa. Desanudé la trenza que apresaba mi cabello y me peiné con los dedos. Cuando estuvo lista, puse un poco de yerba en el mate e inicié el ritual en solitario. El recuerdo de mi Nona era inevitable; la técnica para preparar unos buenos mates amargos era parte de su legado.

Llevé el termo y el mate y me senté en el sofá de la sala. Me quité el calzado deportivo y me puse lo más cómoda posible antes de tomar el control del televisor. Hice *zapping* por un rato, hasta que encontré un clásico: *Los puentes de Madison*. No importaba que me supiera las líneas casi de memoria, me era imposible resistir la tentación de verla otra vez.

El agua caliente se terminó mientras Robert nos enamoraba a Francesca y a mí con las anécdotas de sus viajes. Dejé el mate sobre la mesa de café justo cuando Francesca compraba ese vestido tan especial. Y, para cuando terminaron enredados a un lado de la chimenea, yo ya estaba recostada, con un cojín bajo mi cabeza.

No importaba cuántas veces hubiera visto la película, secretamente esperaba que Francesca se decidiera a bajar de la camioneta. Que dejara su vida de comodidad y apatía, junto a un esposo con el que solo permanecía por gratitud, para escapar con Robert y compartir sus aventuras. La imaginaba corriendo bajo la lluvia, subiéndose al vehículo de su amante y aferrándose a la posibilidad de una nueva vida. Pero, como en la vida real, ella nunca se atrevía… nunca dejaba su vida. Aunque tenía sus razones, válidas por supuesto, odiaba su cobardía.

Odiaba mi cobardía.

Me estaba limpiando la nariz con una servilleta de papel, anegada en llanto tras la muerte de Robert, cuando escuché la llave girando en la cerradura.

–Mierda… –me incorporé deprisa y reacomodé los almohadones, pensando que Lisandro venía por mí.

Pero me equivocaba. No era Lisandro. Mauro dejó su bolso en el suelo, luciendo tan confundido como yo.

–Lo siento –tambaleé mientras trataba de ponerme el calzado–. No sabía que regresabas tan temprano… Me iré enseguida.

–¿Qué sucedió? –preguntó, como si no me hubiera escuchado.

–Lo siento, de veras. Acomodo esto y me voy.

–Eso no importa, Lucrecia. Déjalo. ¿Qué fue lo que ocurrió? ¿Por qué lloras?

–Ah, eso…. Soy una tonta –murmuré entre dientes–. *Los puentes de Madison.*

–¿Qué?

–Es la película –apunté al televisor, un tanto avergonzada por mi emoción.

–¿Llorabas por una película? –soltó todo el aire de su pecho, como si hubiera estado conteniendo la respiración.

—Siempre me pasa —anudé mi cabello y me dispuse a recoger el desastre.

—No hace falta que te vayas, Lucrecia. Termina de verla.

—No, está bien. Ya hice lo que debía —me llevé todo a la cocina y mis ojos se toparon con el reloj–. Son las cinco y media. ¿No regresabas a las diez? —pregunté, confundida.

Mauro se rascó la nuca, visiblemente incómodo. No es que quisiera entrometerme en sus asuntos, pero su repentino regreso me daba un poco de curiosidad. Para ahorrarle el tener que contestar, vacié el mate en el cesto de basura sin agregar nada más. Era obvio que mi presencia le incomodaba. ¿Y cómo no entenderlo? A mí me sucedía igual. No acostumbraba compartir mis espacios–. No es necesario que te ocupes de limpiar aquí. Yo me arreglo.

—No me molesta.

Por un segundo, ambos nos quedamos en silencio. Era un silencio que encerraba mucho más que palabras. Le sonreí sin motivo alguno y me encaminé hacia la puerta.

—Lucrecia… —me detuvo justo antes de que saliera, cargada de sábanas y con la cubeta colgando del brazo.

—¿Sí?

—¿Dulces o amargos? —preguntó con el mate en la mano.

—Amargos —respondí.

—¿Te quedas? ¿Pongo más agua a calentar?

La pregunta sonaba más comprometida de lo que era. Si decía que sí, iba a cruzar la delicada línea que había tardado una semana en trazar; si decía que no, era como Francesca llorando en la despensa, preguntándose cómo hubiera sido.

—No puedo. Debo irme —respondí. A fin de cuentas, siempre odiaría mi cobardía.

CAPÍTULO 5

EL BRILLO Y EL ARDOR

Viernes, 7 de noviembre de 2014.

Ciudad de Buenos Aires.

Estacioné el auto frente al edificio y azoté la puerta al bajar. Decir que estaba furioso era la subestimación del siglo. Tenía que tratar de serenarme antes de entrar a su oficina, bajar algunos decibeles… ¡o todos los decibeles!

—Buenos días, ¿en qué puedo ayudarlo? —preguntó la secretaria del estudio. ¡Era preciosa! Tan parecida a Lucrecia que hasta daba miedo. Echagüe no dejaba de sorprenderme con sus niveles de obsesión.

—Echagüe me está esperando.

—Entonces eres Mauro. Espera un minuto, ahora te anuncio.

Me crucé de brazos y husmeé las fotos colgadas en la recepción. Entregas de títulos, honores y toda la mierda esa. Rostros felices, miradas altaneras y ¡ni una! imagen de Lucrecia. ¿Ni una? ¿Ni un reconocimiento para la mujer que lo hacía todo posible? *¿Lo más importante que tengo en la vida?* ¡Cómo no! ¡Qué hipócrita!

—Adelante.

La secretaria me acompañó hacia la oficina de Lisandro y, cuando entré, él hablaba por teléfono. Me hizo una seña para que me sentara frente a su escritorio. Decliné. Prefería quedarme parado, lo que venía a decirle era bastante rápido.

—¿No te sientas, Mauro? —preguntó después de colgar, con esa sonrisa de publicidad que me irritaba cada vez más.

—Llevo prisa. Tengo a los técnicos esperando y dicen que no están autorizados para instalar las cámaras en el interior de la casa.

—Así es —se reclinó en su silla y se cruzó de brazos—. ¿Y cuál es la duda?

—El acuerdo era que continuábamos con el trabajo si se aceptaban las modificaciones del sistema de seguridad. ¿Entendí mal?

—No, ese era el acuerdo.

—¿Entonces? —tenía que controlarme, ¡su arrogancia me estaba haciendo perder la paciencia!

—Entonces, habla con Lucrecia. Es ella quien no quiere las cámaras dentro de la casa —sonrió, ¡otra vez!, y yo quería saltarle a la yugular. Y luego, a su esposa. ¿Por qué demonios no quería las cámaras?—. Ella dispone y yo obedezco. ¿Algo más?

—No.

—Bueno, puedes irte —se puso las gafas para seguir trabajando. Yo me dispuse a salir de la oficina antes de romper algo… como su mandíbula, por ejemplo—. ¿Mauro? —me detuvo.

—Diga.

—La próxima vez que dejes a mi esposa ¡sola, con desconocidos! para venir a preguntarme otra estupidez como esta, te echo a patadas de mi casa, ¿está claro?

—Muy claro —murmuré entre dientes.

* * *

Para cuando llegué a la casa, ya había despotricado dentro del auto. Gritarle toda esa sarta de insultos a Lucrecia no solo no correspondía, sino que no serviría de nada. Lo que sí era necesario, y cuanto antes, era aclarar algunos puntos con ella. Aunque mi permanencia en la asignación peligrara. Era imposible trabajar así.

Con el pequeño en el kínder, era la oportunidad perfecta para conversar sin interrupciones. Como siempre, la encontré en la cocina. Esta vez, leía un libro.

—¿Tienes un minuto? —pregunté desde el umbral.

Alzó la mirada y dejó el libro a un lado. Era su sí silencioso. Me senté en un taburete y entrelacé los dedos sobre la isla. Fiel a mi estilo, preferí ir directo al grano.

—¿Qué crees que hago aquí?

—¿A qué te refieres?

—A eso, ¿qué crees que hago aquí?

Quería tomarla por sorpresa, no darle tiempo para hilar otra de sus respuestas meditadas; porque no quería una de esas, quería la verdad. Necesitaba saber por qué se interponía en mi trabajo cuando se trataba de cuidar de ella. Tras un breve instante de desconcierto, su carita de ensueño permaneció imperturbable.

—¿Qué hago aquí? —repetí.

—Esa pregunta no es para mí, es para Lisandro —disparó.

—Precisamente... pero cuando le pregunto a él me dice que quien obstruye mi trabajo eres tú. Entonces, ¿con quién debo hablar? ¿Con Alejo? —contrajo el ceño y me arrepentí en el mismo instante. Estaba siendo demasiado brusco, ¡pero es que me sentía tan frustrado!—. ¿Por qué te niegas a las cámaras? —pregunté sin rodeos. Intenté apoyar mi espalda en el asiento, que por cierto no tenía respaldar, y por poco termino en el suelo.

–¿Cuántos años tienes? –preguntó Lucrecia.

Su pregunta me descolocó. Esta vez fue ella quien me tomó por sorpresa.

–Treinta –respondí, permitiendo que tomara las riendas de la conversación. Sentía curiosidad por saber qué rumbo elegiría.

–No luces de treinta –comentó.

–Todos dicen lo mismo, ¿y a qué viene la pregunta?

–¿Aceptarías una observación de alguien mayor? –preguntó con seriedad.

–¿De quién?

–De mí.

–Tienes veintiséis –le recordé, como si fuera necesario hacerlo.

–Me siento de sesenta. ¿Aceptarías la observación o no? –insistió.

–¿Te sientes de sesenta?

Respiró profundo y luego me miró directo a los ojos. Tampoco se andaba con rodeos.

–Mauro… –usó el tono que empleaba cuando estaba por reprender a Alejo y me hizo sentir más o menos de la edad de su hijo–. No me subestimes. Entiendo perfectamente la naturaleza de tu trabajo. Sé que tu deber es nuestra seguridad y confío en tu criterio. Si crees que es estrictamente necesario colocar cámaras dentro de mi casa, hazlo.

–Gracias, Lucrecia. En…

–Aún no terminé de hablar –me detuvo en seco. Su mirada brillaba. Estaba encendida como jamás la había visto.

Su voz era firme, decidida, y aun así no perdía la ternura. Entendí entonces por qué Alejo obedecía sin chistar. Lucrecia era irresistible.

–Esta es mi observación, tómala o déjala… No somos un proyecto de seguridad que puedes solucionar cableando toda mi casa. Somos personas. Yo soy una persona y mi hijo es una persona. Hace unas semanas entraron a mi casa y se robaron mucho más que dinero, atacaron nuestra intimidad. Si colocas esas cámaras, estarás haciendo exactamente lo mismo. Vas a atacar mi intimidad.

Auch. Me puso a la altura de un delincuente.

—Esos sujetos se pasearon por el pasillo, Lucrecia. ¿De veras me estás pidiendo que lo deje al descubierto? Las cámaras serían de mucha ayuda. Tu seguridad y la de Alejo son mi prioridad, no los puedo dejar expuestos. Es mi trabajo —traté de hacerla entender que no era un ataque, era una medida de protección.

—Te sobra inteligencia, Mauro. Estoy segura de que encontrarás una alternativa menos invasiva. Confío en ti —tomó el libro y se levantó del taburete.

¿Eso era todo? ¿Me iba a dejar así? Permanecí inmóvil, aplastado por el peso de sus palabras. Era implacable; dos frases fueron suficientes para descolocarme.

—Lucrecia… —la detuve—. No te subestimo.

—Mejor así —asintió, con otra de esas dulces sonrisas—. ¿Me permites otra observación?

—Me da un poco de miedo la verdad, pero adelante.

—Solo con saber que estás aquí, ya me siento más segura —puso una mano sobre mi hombro antes de irse.

✳ ✳ ✳

Dediqué buena parte de la tarde a desmigajar la conversación, una y otra vez, de atrás para adelante y del derecho al revés. No, no la subestimaba. Y no, no haría nada que la hiciera sentir vulnerada en su intimidad. Por supuesto que había alternativas. Siempre las había. Se podía recurrir a reforzar la seguridad exterior de ser necesario, o incluso podría sentarme todo el día a sus pies como un pastor alemán obediente… no me molestaría en lo más mínimo. Pero no era eso lo que daba vueltas en mi cabeza, era esa forma tan particular que tenía Lucrecia para decir las cosas. Te golpeaba en el medio del estómago con sus palabritas dulces, y dejaba a su contrincante de rodillas.

Yo aún no me recuperaba del impacto. Su golpe que era igual a una caricia, irónicamente. *Solo con saber que estás aquí, ya me siento más segura.*

Una vez aclarado el asunto de las cámaras, se veía más relajada. Más ella misma. De hecho, aunque la temperatura era insoportable afuera, pensó que era buen momento para plantar bulbos de dalia.

¿Qué era eso? No tenía la más mínima idea, pero por mí estaba bien. Me senté cerca de la piscina y la observé.

Era increíble lo que podía descubrirse con solo mirar atentamente. No había entendido el rastro de tierra negra cerca de su nariz, ese día que nos conocimos, hasta este momento. Un mechón de su cabello insistía en caer sobre su rostro y cada vez que se lo quitaba, el borde del guante de jardín tocaba su mejilla. Nunca había conocido a una mujer como ella, tan dulce y tan impactante al mismo tiempo; naturalmente, sin esfuerzo alguno. Tenía un pantalón gris que parecía más antiguo que la historia misma, con un agujero en la rodilla izquierda, pero que colgaba de su cadera de tal forma que dejaba ver esos dos perfectos hoyuelos adornando su coxis. Era la primera vez que la veía usar una camiseta sin mangas… resultaba hipnótico el movimiento de sus hombros mientras trabajaba. Y, ¡que Dios me perdone!, pero estaba sin sujetador, así que era imposible dejar de mirar.

—Mauro, ¿puedes hacerme un favor? —dijo, cubriéndose del sol con una mano.

—Por supuesto.

—¿Puedes poner agua a calentar?

—Claro que sí.

Los cinco mil grados de temperatura no eran nada comparados con lo que ella provocaba con una sola mirada. Me estaba volviendo loco, ¡y ni siquiera lo estaba intentando!

—No dejes que hierva —ingresó a la cocina y se quitó los guantes. ¿Qué era lo que no debía hervir? ¿El agua? ¿Yo?—. Mauro, ¿estás bien?

—Sí —alcé la mirada justo a tiempo, espero—. ¿Por qué lo preguntas?

—Porque la que estuvo bajo el sol fui yo, pero eres tú quien parece sofocado.

—Para nada, ideas tuyas. ¿Los tomamos amargos? —pregunté, tragando muy lento.

—Por supuesto.

Guantes en mano, desapareció camino a la despensa, seguramente para dejar todo en perfecto orden, como le gustaba. Mientras tanto, yo hacía un intento por recordar los consejos de mi madre para cebar un buen mate. Afortunadamente, Lucrecia regresó para salvarme de hacer un desastre. Compartir ese pequeño ritual diario era símbolo de confianza, la iniciación de una nueva etapa entre nosotros. O esperaba que así fuera.

—Mi abuela cebaba los mejores mates —dijo mientras nos ubicábamos alrededor de la isla.

—Es la segunda vez que la nombras —recordé de inmediato.

—Sí —había nostalgia en el tono de su voz—. Creo que no hay día que no la nombre, o la piense —sus ojos estaban sobre la mesa y dibujaba círculos invisibles con un dedo—. Hasta que me casé, siempre fuimos ella y yo.

—¿Vivías con ella?

—Desde los cinco meses. Mi madre… no pudo, supongo. Nunca

supe qué fue lo que pasó; mi abuela prefería no hablar de eso. Y yo tampoco indagaba demasiado.

—Nunca lo hubiera imaginado —dije, sorprendido por una confesión tan íntima—. Eres tan buena madre. Siempre creí que eso se aprendía del ejemplo —cebé un mate y se lo ofrecí.

—Aprendo sobre la marcha. Hago lo mejor que puedo —sonrió—. ¿Y qué hay de ti?

Su pregunta era lo suficientemente amplia como para que respondiera lo que quisiera. Esta no era una lucha por dominar la conversación, era la posibilidad de conocernos. Y quería que me conociera.

—Yo... —¿*Por dónde empezar?*—: Nací y crecí en Almagro, con mis padres y mi hermano mayor. Diego, mi hermano, se separó hace unos años. Tengo dos sobrinos, Clara de trece años y Maxi de cuatro.

—¿Aún vives con ellos? ¿Con tus padres?

—No. Tengo un apartamento en la avenida Corrientes, a unos metros del Obelisco. El edificio es una porquería, pero la vista es inigualable... —me cebé un mate antes de continuar—: Lo cierto es que la convivencia con mis padres siempre fue un tanto complicada, por decirlo de alguna manera. Mi padre y yo no congeniamos —admití.

Recibió un mate en silencio y no hizo comentario alguno. Estaba aprendiendo a escuchar sus silencios. Este no era su habitual "no molestes", era más bien como un "no tienes que seguir hablando, si no quieres hacerlo". Era increíble cuánto decía sin emitir palabra. Y todavía más increíble, quería seguir hablando. Quería contárselo todo.

—Fui un hijo difícil —proseguí—. En mi adolescencia, la situación empeoró. Mi madre me apañaba en todo y me sentía impune. Siempre me salía con la mía. Al principio eran travesuras sin importancia. Luego me volví incontrolable.

—¿Tú? ¿Incontrolable? Eso es difícil de imaginar —comentó, asombrada.

Si supiera cuánto tenía que controlarme estando cerca de ella, no estaría tan sorprendida.

—Cuando cumplí los trece ya me habían expulsado de dos escuelas, para darte una imagen más clara —mirar hacia atrás, siempre me dejaba un sabor amargo—. Me volví en extremo rebelde y no hubo cinturón que me hiciera reflexionar. Mi padre tenía unos métodos de crianza bastante particulares. Era policía... Era intolerable que un hijo suyo no cumpliera sus normas. Después de la última expulsión, mi madre ya no pudo apañarme más y él llegó a su límite.

—¿Cuál era ese límite? —preguntó, con una nota de enojo en el tono de voz.

—Digamos que... ambos necesitábamos espacio. Mi hermano me sacó de la casa y me llevó a vivir con él y su familia. Fue otro desastre. Si mis padres no pudieron conmigo, puedes darte una idea de cómo le fue a mi hermano.

—¿Mal?

—Peor, en realidad. Diego era un muchacho de veinte años, recién casado y con un bebé en camino, no se le podía pedir tanto. Mucho menos lidiar con alguien como yo. Aún recuerdo las peleas que él y Cecilia tenían por mi culpa.

—*Culpa* es una palabra muy grande, ¿no te parece? Eras un adolescente. A veces, uno hace cosas tontas a esa edad.

—*Culpa* es la palabra perfecta, te lo aseguro. No hacía más que ocasionar problemas; ya no iba más a la escuela, me pasaba todo el día en la calle. Diego no podía encarrilarme. "No eres mi padre", le repetía todo el tiempo. Luego, una cosa llevó a la otra y terminé con la gente equivocada.

—¿Qué ocurrió?

—Esto no es algo que vayas a leer en mi currículum —admití con

amargura, sorprendido de estar hablando de eso. Nunca lo había comentado con nadie. Gómez era el único que conocía toda la historia—. Me encontraron con unos gramos de cocaína, los estaba vendiendo. Tenía quince años, entonces.

—Vaya —el mate se detuvo a medio camino de su boca. Esperaba que, como muchos, apresurara algún juicio de valor. Sin embargo, como era habitual en ella, solo escuchaba con atención. Era eso lo que me animaba a seguir hablando.

—No la probé, lo juro. Podría haberlo hecho, pero fue un límite que nunca me atreví a cruzar… Vi de cerca los estragos que produce ese tipo de adicción. Supongo que lo hice por probar algo, por ganarme un lugar, pero no salió como esperaba. Afortunadamente, por ser menor no pasó de una advertencia y un susto. Pero pasar una noche encerrado no es algo que olvidas con facilidad.

Me devolvió el mate, en absoluto silencio.

—Fue un golpe de realidad. Volví arrepentido a la casa de Diego, terminé la escuela y yo, que siempre renegué de las reglas, quise convertirme en policía.

—Espera… creí que lo de ustedes era privado —comentó, confundida—. ¿Eres policía?

—No, no —aclaré de inmediato—. No hubo cargos por lo de la posesión y venta, pero no dejaba de ser un antecedente. Me dejaron fuera apenas presenté la documentación para ingresar a la Escuela de Oficiales. Fue Diego quien me contactó con un viejo amigo de mi padre; un policía retirado que estaba iniciando su propio negocio de seguridad privada, Pablo Gómez. Me conocía de toda la vida y, bueno… confió en que podía hacer algo conmigo. Enterró mis antecedentes en el fondo de una gaveta, me enseñó todo lo que sé, y aquí estoy. ¿Quién está cebando? ¿Tú o yo? —pregunté, aprovechando el respiro para aclarar mi garganta. Revolver el pasado me dejaba un tanto vulnerable.

Lucrecia me regaló una media sonrisa y sostuvo mi mano por unos segundos. El mate ya no importaba, lo que hacía era darme consuelo.

—Sigo yo —para cuando soltó mi mano, mis dudas se habían disipado. Esto no era algo del momento. Era mucho más. Quería sostener su mano hasta que se me acalambrara, como si fuera un adolescente inexperto y ruborizado otra vez—. Creo que todos cometemos nuestros errores. La diferencia es que algunos pueden remediarse, otros no... Yo pasé dos años completos sin hablar con mi abuela —le temblaba la voz y el brillo se acumulaba en sus ojos castaños. Sentí el impulso de rodear toda la isla para ir a abrazarla, pero no lo hice. Deslicé mi mano sobre la mesa y dejé mis dedos cerca de los suyos; si me necesitaba, ahí estaba. Ya había comprendido la importancia de respetar sus espacios—. Cuando me dijeron que estaba muriendo, fui a verla. Quería decirle muchas cosas, pero llegué tarde. No alcancé a despedirme.

Sus dedos apenas rozaron los míos, pero se sentía como si nos estuviéramos dando ese abrazo. La sentía cerca. Y la quería más cerca aún.

—¿Qué querías decirle? —me atreví a preguntar.

—Que la perdonaba —susurró.

El sonido de la llave girando en la puerta de entrada nos interrumpió y el hechizo entre nosotros se deshizo. Apartó su mano de la mía y se levantó deprisa.

—Es Luciano. Trae a Alejo.

—Lucrecia... —la detuve antes de que se fuera—. Gracias por los mates.

—La próxima vez, cebo yo. Tus mates son horribles.

¿Había dicho *la próxima vez*? Ya me agradaba esto de los rituales cotidianos.

***

Mi día había sido una montaña rusa emocional. Había pasado de la furia en la oficina de Echagüe a la plenitud absoluta durante mi tiempo con Lucrecia. Ahora, volvía a estar furioso.

Juro por mi bien más preciado que no tenía intenciones de espiar. Era cerca de la medianoche. Estaba terminando de redactar el informe para Gómez, sentado en el sofá de la casa de huéspedes, cuando escuché que alguien deslizaba las puertas francesas que daban al jardín. Alerta, me asomé a la ventana. ¡Tenía que hacerlo! Era mi trabajo. Cualquier movimiento extraño, sobre todo fuera de horario, era digno de atención.

A través de la ventana, vi las luces de la piscina encendidas y a Lucrecia caminando alrededor con un libro en la mano, totalmente absorta en la lectura. ¡A medianoche! Pero no fue el horario lo que me molestó. Fue que usara una camiseta de River que, claramente, no le pertenecía. ¡Le quedaba enorme!

Los celos clavaron sus garras en mi estómago y me doblegaron. ¿Un ataque de celos? ¿Yo? ¡Nunca antes! Los celos no existían en mi diccionario personal, no hasta este momento. Totalmente fuera de mí, apagué la computadora y me fui a dormir.

Sí. Estaba celoso, ¡lo admito! Porque Lucrecia brillaba, brillaba para otro. Entonces, era yo quien ardía...

CAPÍTULO 6

CUCARACHA

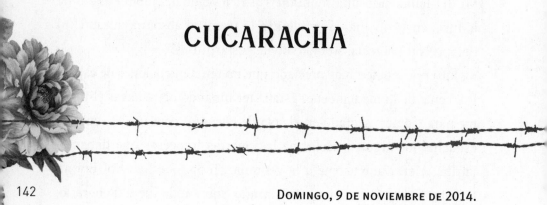

<small>Domingo, 9 de noviembre de 2014.
Ciudad de Buenos Aires.</small>

En el comedor principal, la mesa ya estaba lista. Perfectamente arreglada para recibir a la familia. La carne reposaba los últimos minutos en el horno mientras Camila y yo terminábamos con los acompañamientos. Luciano y Alejo usaban tizas para dibujar al borde de la piscina. Sus risotadas se oían hasta adentro. Elena, Santiago y Lisandro, por su parte, estaban encerrados en el despacho desde temprano.

—¿Qué tal el guardaespaldas? —la pregunta de Camila me tomó por sorpresa y, si no estuviera tan acostumbrada a fingir mis estados de ánimo, probablemente me hubiera sobresaltado.

—Bien, supongo —respondí, tan aséptica como siempre.

—Debe ser un poco extraño tener a un desconocido revoloteando todo el día por aquí, ¿verdad? ¿No te resulta incómodo? —preguntó con curiosidad, probando la ensalada que acababa de condimentar.

—Al principio, sí —admití, llevándome las ensaladas hasta la mesa—. Ahora, casi no me doy cuenta de que está en la casa —mentí. Descaradamente.

Eran apenas las doce y media y ya había mirado el reloj una veintena de veces, como si eso hiciera que las agujas se movieran más deprisa. Para mi desgracia, lo único que conseguía era ponerme más y más ansiosa a cada minuto. No me atrevería a confesárselo ni siquiera a mi almohada, pero Mauro se había convertido en una especie de amuleto contra los exabruptos de Lisandro. Al parecer, mi esposo también se sentía obligado a mantener la fachada si lo sabía cerca.

Pero era domingo. Y faltaban demasiadas horas para que Mauro regresara.

—¡Chicos, a comer! —llamé a Luciano y a Alejo—. Camila, ¿puedes subir al despacho para avisarles que ya está todo listo? Me ocuparé de buscar el vino.

Camila asintió con una sonrisa y suspiré de alivio. Era espantoso usarla como escudo, pero había visto los humores caldeados un poco más temprano y prefería no ofrecerme tan voluntariamente como blanco de Lisandro. Se mostraba más contenido con otras mujeres.

Regresaba a la mesa con el vino en la mano, cuando descendieron las escaleras. La sonrisa de Santiago creció al verme, tan agradable como siempre. Elena y Lisandro siseaban un poco más atrás.

—¿Cómo estás, primor? —mi suegro se acercó a saludarme y se hizo cargo de abrir el vino.

—Luciano, ¿le lavas las manos a Alejo, por favor? —le pedí, aprovechando que tenía a mi hijo montado en su espalda y tirando de sus bucles como si fueran las crines de los ponis que tanto le gustaban.

—¡A la orden, mi general! —corrieron hasta la cocina entre risas.

Todos se ubicaron en sus lugares. Lisandro en la cabecera de la mesa, flanqueado por la siempre imperturbable Reina Madre, que, por cierto, ya ni siquiera se dignaba a bajar de su pedestal para saludar a su nuera. No me miraba ni me hablaba; y yo lo prefería así. Al menos, las dos habíamos dejado de fingir que nos soportábamos. Luego de años de haber intentado convencer a Lisandro de que yo no estaba a su altura, finalmente había desistido. Elena parecía no comprender que era precisamente mi condición de inferioridad lo que hacía que Lisandro insistiera en que yo permaneciera su lado. Mi inferioridad era mi principal atractivo.

Me senté en el otro extremo de la mesa, con Alejo a mi diestra y mi cuñado a la izquierda. Camila, un poco más al centro, en territorio neutral.

–Come… o no habrá postre –le aclaré a Alejo, por adelantado.

–Está fabuloso, Luli. Como siempre –Luciano engulló un trozo de carne tan grande que casi disloca la mandíbula.

–Me alegra que lo disfrutes –señalé la comisura de mis labios y alcé las cejas, para indicarle que debía usar la servilleta. Puso los ojos en blanco, por supuesto–. ¿Te gusta, mi amor? –acomodé uno de los rizos rebeldes de Alejo y asintió enérgicamente, con la boca llena. Cuando levanté la mirada, los ojos de Lisandro estaban clavados en mí desde el lado opuesto de la mesa. Me observaba con seriedad.

–Hay unos juegos nuevos en la plaza. Podría llevar a Alejo después de comer, ¿qué te parece? –sugirió Luciano, recuperando mi atención.

–Mejor otro día, Lucho. Tiene que dormir la siesta, ayer tuvo un día muy largo –acaricié su antebrazo, agradecida por la propuesta.

–¿Qué mierda le pusiste a esta ensalada? –Lisandro alzó la voz y el sonido de los cubiertos sobre los platos se detuvo repentinamente. Igual que mi respiración–. Está espantosa. ¿Qué pretendes? ¿Intoxicarme?

Tragué despacio e identifiqué la ensalada que Camila había preparado a un lado de su plato. Ella me miró por un segundo y luego bajó la mirada, avergonzada. No había prestado atención, su pregunta sobre Mauro me había distraído y no vi qué le había puesto.

—¿Le pusiste vinagre? —insistió ante mi silencio, mientras cada uno de los presentes esperaba mi respuesta, incluido Alejo, que había dejado de masticar. Era como estar en plena escena sin saber mis líneas.

—Lo siento —solté en un susurro—. No me di cuenta.

—En esta casa no usamos esa porquería, querida. ¿Cuántas veces te lo tengo que repetir? Ya no estás en el basurero del que te saqué.

¡DESGRACIADO!

Eso y un puñetazo en medio del rostro eran exactamente lo mismo. Probablemente esto fuera peor, porque el puñetazo me lo daba en la privacidad de nuestro cálido hogar y no frente a toda la familia.

Elena continuó comiendo, como si nada hubiera sucedido, mientras Santiago le daba un trago largo a su copa de vino. Alejo retorció la servilleta entre sus pequeñas manos, sin comprender lo que sucedía. Camila bajó la cabeza todavía más y Luciano se puso rojo como un tomate… y no era a causa de la vergüenza. Estaba a punto de estallar, pude sentirlo. Apretó los puños, los dientes, y arrojó la servilleta con una fuerza que provocó un tintineo de cubiertos sobre su plato. Se puso de pie y descargó un potente golpe sobre la mesa. Todo tambaleó. Incluida mi pobre fachada.

—Camila, nos vamos —anunció—. Lo siento, Luli. Pero ya no voy a soportarlo. Es demasiado.

—¿Te atreves a faltarme el respeto en mi casa? ¡Siéntate ahí! —gritó Lisandro, furioso.

Alejo comenzó a llorar, confundido y asustado, y me apresuré a levantarlo en brazos para cubrir su cabecita con una mano.

—Shhh, mi amor. No pasa nada —susurré en su oído. Era momento de sacarlo de allí.

—¡¿Respeto?! ¡¿En serio?! ¡Eres una mierda! ¡¿Justamente tú me hablas de respeto?! —escuché gritar a Luciano—. ¡Me tienes cansado!

¡Todos ustedes me tienen cansado! ¡¿No les da vergüenza?! ¡¿Es que van a dejar que siga maltratándola así?!

El estruendo de platos y cubiertos, seguido de forcejeos, fue todo lo que necesité escuchar para huir con Alejo en brazos, directamente hacia el garaje. Al menos allí podría tratar de distraerlo de alguna manera. Encendí la luz, sin dejar de sostenerlo, mientras su cuerpito se sacudía a causa del llanto.

—Mi amor, escucha —caminé con él hacia el fondo de garaje, detrás del auto—: ¿Cómo era esa canción que te enseñaron en el kínder?

—No la recuerdo —hipó entre sollozos, rompiéndome el corazón.

—Sí, claro que sí. Tienes que recordarla —me senté junto a la pared y lo acomodé entre mis piernas, protegiéndolo con un abrazo y escuchando cómo el auto de Luciano rugía su partida desde la calle—. Vamos a cantarla juntos.

Oímos dos portazos más y Alejo empezó a temblar. Yo también.

—*Cuuucaracha, ¿tú qué tienes? Siete faldas media luna. ¡Es mentira, cucaracha! Tienes solamente una…* —canté, tragándome las lágrimas.

—*Ja, ja, ja… jo, jo, jo… tienes solamente una…* —cantó Alejo, entre suspiros.

—Eso es —acomodé sus rizos a un lado y besé su oído—. ¿Cómo seguía?

—*"Chuuucaracha", ¿tú qué tienes? Un anillo circonita. ¡Es mentira, "chucaracha"! Tu cabeza que es durita* —cantó con más entusiasmo.

—*Ja, ja, ja… jo, jo, jo… tu cabeza que es durita…* —completé aterrada.

Eso esperaba; que esta cabeza fuera durita, porque Lisandro estaba a punto de intentar rompérsela a esta pobre cucarachita.

* * *

Se fue cerca de las nueve de la noche; llorando desconsoladamente, por supuesto. Si Dios era lo suficientemente compasivo conmigo, haría que su secretaria le ofreciera un lugar en su cama, como tantas otras noches.

Aproveché para consolar a Alejo y luego le di un baño. Quería llevarlo a la cama temprano y dar por concluido el día lo antes posible. Le canté cuanta canción se me cruzó por la mente, acariciándole los rizos, hasta que por fin conseguí que se durmiera.

Me dolía el cabello.

Las personas creen que el cabello no duele, pero seguramente si fueran arrastrados por toda la escalera y el pasillo opinarían lo contrario. ¿Y Mauro se preguntaba por qué no quería las cámaras dentro de la casa? ¡Lo único que me faltaba! Que el mundo me viera de rodillas en el pasillo, limpiando mi propia orina después de haber sido pateada como un perro.

Recogí el desastre de la sala con los dientes apretados, respirando con dificultad. Cuando todo estuvo impecable, sin rastros de lo ocurrido, tiré la vajilla rota en una bolsa de residuos y la arrastré con los pies hasta afuera.

Abrí el contenedor en lo que demandó un esfuerzo titánico y me deshice de la evidencia de otro típico domingo en familia.

Agotada y dolorida, tratando de recuperar el aliento luego del esfuerzo, me incliné y tanteé con mis manos hasta dar con la seguridad de la acera. Cerré los ojos ante la punzada de dolor en mis costillas y me valí del apoyo del contenedor de basura para poder sentarme en el borde.

Me permití un suspiro de alivio, agradecida por la quietud del final del día. Levanté la cabeza del frío pavimento y observé las estrellas, abrazando mis rodillas para mantenerme más erguida. Era una noche en verdad preciosa. Las estrellas presumían su brillo diamantino en un cielo perfectamente negro. No hacía ni frío ni calor... o quizás, era mi cuerpo el que ya no quería sentir nada más.

Apoyé el mentón sobre las rodillas justo cuando un taxi se detenía frente a mi casa.

Mauro.

Lo seguí con la mirada, mientras se bajaba con su bolso al hombro, con una sonrisa tan luminosa que opacaba incluso a las estrellas. Me hice todavía más pequeña, esperando que no me descubriera agazapada junto al contenedor de basura como la cucaracha que era. Una punzada de dolor, aunque no físico, me asaltó al ver cómo se inclinaba hacia la ventana para besar efusivamente a la pelirroja que iba en el asiento trasero.

Era una chica bonita.

–*Cuuucaracha, ¿tú qué tienes? Siete globos de color... es mentira, cucaracha... ni burbujas de jabón... ja, ja, ja... jo, jo, jo... ni burbujas de jabón* –murmuré en silencio.

CAPÍTULO 7

MARCAS EN LA PIEL

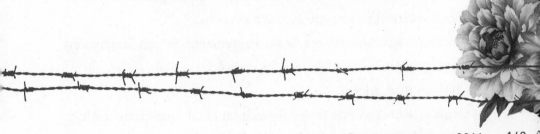

Hacía tanto calor ese día que preferí obviar la corbata. Nada tenía que ver el hecho de que Romi me hubiera dejado tremenda mordida en el cuello como recuerdo del fin de semana. O que quisiera que Lucrecia la viera después de haberse pavoneado en el jardín con esa camiseta que no era suya. Para nada. Preferí obviar la corbata porque hacía mucho calor.

Atravesé el jardín cerca de las nueve, sonriendo al ver la evidencia del domingo familiar al borde de la piscina. Alejo y Luciano habían estado bastante ocupados dibujando con tiza. Me preguntaba por qué Lucrecia no había corrido a limpiar todavía, no era algo propio de ella dejar las obras de arte de su hijo adornando el suelo durante tanto tiempo.

Estaba completamente decidido a cambiar mi actitud con ella.

Iba a concentrarme en el trabajo y punto. Nada de mirarla de forma inapropiada, olfatear su perfume por toda la casa o rogar que me regalara unos minutos de su compañía entre mate y mate. Tenía que dejar de exponerme de esa manera. Con Romina me bastaba; era una compañía agradable y estaba tan libre como yo.

Abrí las puertas francesas y me sorprendió el silencio. Observé mi reloj, solo por si acaso, pero comprobé que eran casi las nueve. ¿Por qué no se escuchaba a Alejo parloteando como un perico? Un poco inquieto, apreté el paso y me asomé a la cocina.

—¡Buenos días, Mauro! —exclamó alegremente, ya con la mano en alto para nuestro habitual "choca los cinco".

—Buenos días, Alejo.

Observé a Lucrecia de reojo, sentada en el taburete junto a Alejo, guardando la merienda en su mochila del kínder.

—Buenos días —saludé, sentándome frente a ella. Asintió y sonrió apenas—. ¿Qué tal el fin de semana?

—Muy bien —le dio un sorbo a su taza de café y mis ojos se pegaron a su boca. A sus labios.

¡Maldita mi endeble voluntad! Bastó verla dos segundos, ¡dos!, para que mi plan de cambiar de actitud se viniera abajo como una estructura de naipes. Nervioso, jalé del cuello de mi camisa, esperando que no viera la espantosa marca en mi piel. ¡Qué idiota fui!

—Esos dibujos al borde de la piscina, ¿son tuyos?

—Sí, el tío Lucho y yo dibujamos… Pero después, papá tiró todo y canté la "chucarachita" con mamá —comentó, sonriente.

—"La cucarachita", mi amor —Lucrecia lo corrigió, levantándose deprisa—. Ven a lavarte las manos. Vamos al baño de arriba.

Me quedé petrificado. Lucrecia nunca jamás le lavaba las manos en el baño de arriba, siempre usaba el fregadero de la cocina. ¿A quién quería engañar? Se llevaba a Alejo para que no dijera más. Pero ya era demasiado tarde.

Papá tiró todo.

Había escuchado a Lisandro gritarle a Lucrecia en más de una oportunidad, y se lo dejé pasar, pero *papá tiró todo* implicaba una dimensión totalmente diferente. Me levanté del taburete tan rápido que casi cae a mis espaldas. Atravesé la sala como un poseso y subí los peldaños de las escaleras de dos en dos. Después de recorrer el pasillo, me encontré con la puerta de la habitación de Alejo convenientemente cerrada. ¡Como si eso pudiera detenerme!

–Lucrecia –llamé a la puerta.

–¡Un minuto! –respondió.

Me alejé, apretando los puños con tanta fuerza que creí que se me abrirían los nudillos. Si Echagüe le había puesto un solo dedo encima, a cualquiera de los dos, le cortaría la mano y luego se la haría tragar. Literalmente.

Cuando la puerta se abrió, Lucrecia apenas me miró. Cargaba a Alejo en sus brazos. Abrí la boca para exigirle una explicación, pero…

–No quiero hacer esperar a Alicia –dijo con voz temblorosa–. Está en la puerta.

–Adiós –con una sonrisa sobre el hombro de su mamá, Alejo agitó una mano para despedirse.

Durante mis años en Seguridad del Plata, de la mano de Gómez, había custodiado a veintidós personas, colaborado en doce casos de otros custodios, hasta había recibido dos disparos en un enfrenta-miento a mano armada. Nunca, en todos esos años y en todos esos trabajos, me había sentido tan asustado como en ese momento.

Escuché el claxon del automóvil de Alicia y me descongelé, apre-surándome a bajar las escaleras. Cuando llegué a la entrada, la puerta estaba abierta.

Tan sonriente como siempre, Lucrecia alzaba la mano para des-pedir a Alejo desde la acera. La observé con detenimiento en busca de pistas, como si fuera un trozo de evidencia bajo examen. Después de todo, mi trabajo era cuidar de ella. Incluso si la amenaza fuera su esposo. ¡Por Dios, quería matarlo!

Sus ojos permanecían fijos en la calle. La sonrisa que adornaba su boca se desvaneció lentamente y se acomodó un mechón de pelo detrás de la oreja. Estaba nerviosa. Seguí las delicadas líneas de sus brazos en busca de algún tipo de marca que delatara a Lisandro, pero no había nada a la vista. Cruzó los brazos sobre el pecho y regresó a la casa.

—Lucrecia...

Traté de detenerla, pero pasó a mi lado y me ignoró por completo, dispuesta a subir las escaleras. Me mordí la lengua para no ponerme a gritar como un demente. Necesitaba respuestas.

—Si pasó algo, debo saberlo. Es mi trabajo.

Se detuvo en el primer escalón y se volvió tan repentinamente que por poco chocamos. Estaba tan cerca que juro podía saborearla en mi boca. Vainilla y coco. Ese era el sabor que la identificaba.

—Alejo no sabe lo que dice, es un niño. Y ya que este es tu trabajo... Recuérdame, ¿cuál es tu horario de entrada los domingos? —preguntó con firmeza. Se veía como un volcán a punto de hacer erupción.

Entorné la mirada, confundido. Ella sabía perfectamente cuál era mi horario. Solo por si acaso, respondí a su pregunta.

—Diez de la noche.

—Exacto —se alejó igual de rápido, caminando nuevamente en dirección a las escaleras, dándome una perfecta panorámica de su espalda—. Anoche, llegaste a las diez y cuarto. Que no se vuelva a repetir —dijo, mientras subía—. Y ve a ponerte una corbata, tienes una marca horrible en el cuello. Es desagradable.

Auch.

Lucrecia me evitó como a la peste durante todo el día, lo cual hizo mucho más sencillo que retomara mi plan inicial de concentrarme solo en el trabajo.

No había nada en la rutina diaria que indicara que algo había sucedido. Todo estaba en perfecto orden. No había signos de lucha en la casa, ni marcas en el cuerpo de la supuesta víctima. Cuando mi informante estrella llegó del kínder, me concentré en escuchar cada palabra que salía de su boca, con la mayor atención posible, pero no hubo nuevas referencias a *papá tiró todo*. Tuve ganas de preguntarle directamente a qué se refería, pero Alejo tenía tres años, no era correcto someterlo a eso.

En mi trabajo era necesario contemplar todas las posibilidades, no solo una. Me detuve a analizar.

Opción uno: Lucrecia tenía razón y Alejo no sabía lo que decía, lo cual me parecía bastante improbable, porque era tan inteligente que en ocasiones me ponía en vergüenza. Además, Lucrecia huyó cuando Alejo habló de más. Claramente, eso refutaba la teoría.

Opción dos: Lisandro, efectivamente, había tirado todo. ¿Pero qué significaba eso a los ojos de un niño de tres años? Quizás había tropezado con la mesa y todo voló por los aires ¿Era posible? Sí. Aunque bastante improbable.

Opción tres: La peor. Que mis sospechas fueran las correctas. En cuyo caso iba a terminar pudriéndome en la cárcel por asesinato, con premeditación y alevosía.

Todas las opciones permanecían abiertas a la espera de una confirmación que solo llegaría al regreso de Echagüe a la casa.

Cuando escuché que se abría la puerta del garaje, encendí un

153

cigarrillo junto a la piscina y clavé la mirada hacia el interior de la casa. Desde ahí, tenía perfecta visual de la sala de estar y una parcialidad bastante amplia de la cocina.

Podía ver a Lucrecia terminando de preparar la cena.

Al verlo entrar, sentí la tensión apoderándose de mi cuerpo. Esta vez espiaría a consciencia. Lo vi dejar el maletín sobre uno de los taburetes para luego arremangarse la camisa. Él hablaba y Lucrecia continuaba con la cena, aunque alzaba la cabeza entre pasada y pasada del cuchillo para hacerle saber que lo escuchaba. Tan complaciente como siempre. Toda una geisha.

Poco después, Lisandro se acercó y le apartó el cabello del hombro, descubriendo su cuello. No había nada en la expresión de Lucrecia que indicara que se sentía incómoda con su cercanía. Por el contrario, él acarició el borde de su boca y sus labios se entreabrieron para recibir su pulgar. Verla hacer eso fue tan sensual que...

Aplasté el cigarrillo de un pisotón y di la noche por concluida. Evidentemente, todo había sido un gran malentendido. Al día siguiente usaría la maldita corbata y, si tenía suerte, mi cerebro estallaría durante el transcurso de la noche... así, podría quitarme la idea de que fuera mi pulgar y no el de Echagüe el que entrara en la boca de Lucrecia.

CAPÍTULO 8

LOS HOMBRES DE MI VIDA

Cuando la alarma se activó a las siete de la mañana, ya estaba despierta. De hecho, no había pegado un ojo en toda la noche. A mi lado, Lisandro dormía como un muerto, tendido boca abajo y con el brazo colgando del borde de la cama. Los diecisiete grados de frío polar me erizaron la piel. Tiritando, esquivé de milagro la pata del sillón que siempre me llevaba por delante. Abrí la puerta del baño lo más despacio posible, para evitar despertarlo, y por poco quedo ciega al encender la luz. ¡Todo era tan blanco ahí dentro!

Era una mañana cualquiera, excepto que no lo era.

Quitarme el camisón prometía ser una tortura. Con sumo cuidado, levanté la prenda y la pasé sobre mi cabeza apretando los dientes. Quise llorar cuando vi mi reflejo en el espejo. Las consecuencias del domingo familiar eran más notorias con el paso de los días. Dos enormes parches, en un degradé de violetas, azules y negros, cubría toda la porción derecha de mi torso, sobre mis costillas. Uno de ellos exhibía un raspón entre rojo y bordó que ya comenzaba a cicatrizar.

Me sentía avergonzada.

Me sentía avergonzada de haber permitido que me tocara después haberme lastimado así. Avergonzada de haber dejado que marcara mi cuerpo de una forma totalmente diferente… con caricias en lugar de golpes, con susurros en lugar de gritos. Hacía meses que no teníamos sexo. Y lo dejé tocarme. ¡Qué estúpida!

Sentía asco de mí misma.

El sabor amargo de la vergüenza subió por mi garganta, sin previo aviso, y sacudió mi cuerpo con una arcada que me derrumbó al suelo. A duras penas, logré orientar mi cabeza para vomitar dentro del retrete. Me aparté el cabello del rostro, todavía abrazada a la taza, y estiré la mano para hacer una descarga.

¡Qué vergüenza!

Había dejado que el deseo me tendiera su trampa. El deseo de que fueran otras manos y no las de mi esposo las que recorrieran mi cuerpo. El anhelo de que fueran otros labios los que susurraran en mi oído. Me avergonzaba el orgasmo, la degradación de haber cerrado los ojos para fingir que, al menos por unos segundos, no era la esposa cobarde y sometida que gemía entre los brazos de un esposo ruin; la deshonra de haber sucumbido a la fantasía de ser una pelirroja ardiente y esplendorosa entre los brazos de un hombre que, ¡Dios se apiade de mí!, estaba durmiendo en la casa de huéspedes en ese preciso momento.

* * *

Con Alejo en el kínder y Lisandro en el estudio, creí que huir de Mauro sería complicado. Pero me equivoqué. La forma en que me evitó durante toda la mañana me facilitó mucho la tarea.

Estaba enfadado. Suponía que mi desatinada mención sobre la mordida en su cuello lo había incomodado. ¿Y cómo no? Si había sido un ataque imprevisto y fuera de lugar. Lo que hiciera en su tiempo libre, y con quien lo hiciera, no era asunto mío. Como sea... se puso una corbata, gracias a Dios.

Esperó a que pasaran a buscar a Alejo y murmuró un "buenos días" entre dientes al entrar a la cocina. Se preparó una taza de café en absoluto silencio y salió en dirección al jardín. Lo hizo a propósito. Para que supiera que estaba enfadado conmigo. Podría haberse preparado el café en la seguridad de la casa de huéspedes, pero no. Prefirió torturarme con su silencio implacable.

Apuñalé zanahorias en la huerta. Porque estaba enfadada. Enfadada porque Mauro estaba enfadado conmigo.

Lo veía pasearse de un lado al otro, al fondo de la propiedad, con el teléfono al oído y el entrecejo contraído. Estaba tenso, hablaba sin parar. No tenía idea de quién estaba del otro lado de la línea, pero deseé que fuera la pelirroja, que su enojo estuviera dirigido a ella y no a mí.

Cuando cortó la comunicación, regresé mi atención a las zanahorias.

—Tenemos que hablar —anunció serio, de pie frente a la huerta.

—Estoy ocupada —respondí, sin despegar la vista del suelo—. Más tarde.

—No —replicó con dureza.

Sorprendida por su intempestiva negativa, alcé la mirada.

—Ya es tarde. Alejo no tarda en regresar. Debe ser ahora —se metió una mano en el bolsillo, tratando de parecer indiferente, pero su mandíbula estaba tan tensa que temí que se rompiera los dientes—. Te espero en la cocina —sin más, se dio media vuelta y caminó hacia adentro.

—Maldición —clavé el cuchillo en la tierra, con bastante más fuerza de la necesaria, y me arranqué los guantes de las manos.

Me anudé un rodete al entrar a la casa, para no caer en la compulsión de acomodarme el cabello cada medio microsegundo.

No había ritual del mate esperando por mí cuando llegué a la cocina, por supuesto que no. No era una charla cordial y amena. Me senté en el taburete, frente a él, y apreté los puños en mi regazo.

Mauro metió la mano en el bolsillo y extrajo un aparatito que me erizó la piel.

—No lo creo —solté repentinamente, observando el grabador como si fuera una ofensa.

—Créelo. Es mi trabajo —se dignó a regalarme media centésima de segundo del café cargado de sus ojos antes de apartar la mirada y retomar su postura de "odio tu presencia". Se acomodó la corbata, a propósito, demás está decir, y presionó el botón de encendido ante mi completo desconcierto. ¡Quería patearle el trasero!

—Son las… —consultó su reloj—, once y cinco, del 11 de noviembre de 2014. Se encuentra conmigo la señora Lucrecia Echagüe. Va a relatar lo sucedido la madrugada del 14 de octubre pasado. Desde el principio, por favor. Vamos a comenzar por el lunes 13 de octubre. Adelante.

Deslizó ese funesto aparato más cerca de mi posición y entrelazó los dedos sobre la mesa. Sus ojos estaban clavados en los míos. A mí, que había estado esperando esto de un momento a otro, me llevó un segundo reorganizar el pensamiento. Si era mi versión lo que quería, le daría gusto. Con lujo de detalle.

—Me levanté a las siete de mañana. Bajé a la cocina y le preparé el desayuno a mi esposo. Un café, solo, y dos panes tostados con miel… no tan crujientes, los prefiere a medio hacer. Lisandro bajó a las siete y cincuenta y le deseé un buen día antes de despedirlo en la entrada. Su secretaria pasó a recogerlo para ir al estudio. Desperté a Alejo a las ocho y veinte. Le di un baño, le preparé una leche con chocolate y dos panes tostados con dulce de leche y queso para untar. Más queso que dulce de leche; necesita el calcio. Cuando terminó de desayunar, le guardé unas galletas en la mochila. Era lunes. Los lunes lleva galletas. Alicia llegó a recoger a Alejo a las nueve y cuarto, se retrasó por el tráfico. Los despedí en la acera y regresé a la casa. Cerca de las diez, puse a funcionar la lavadora y subí a limpiar el despacho de Lisandro. Pulí la estatuita del Don Quijote, esa que está en el segundo estante de la biblioteca. Después, leí un capítulo de *Crónica de una muerte anunciada*, sentada al borde de la piscina. No me gustó, así que lo devolví a la biblioteca y fui a tender la ropa. A las once empecé con el almuerzo. Milanesas con papas fritas… el plato preferido de Alejo. Luciano lo trajo a las doce y cuarto, como todos los días, y comimos los tres. Lavé la vajilla, organicé la cocina, y a la una y media lo llevé a dormir su siesta. Le canté dos canciones, *Manuelita* y *La Reina Batata*. Aproveché la siesta para planchar la ropa que ya se había secado. Lo desperté a las cuatro y luego lo puse a dibujar en la mesa del comedor. A las nueve le preparé a Alejo una sopa y lo acosté a las diez. Bajé las escaleras a las diez y cuarto y Lisandro había llegado. Dijo que ya había cenado. Le serví una copa de vino blanco, la bebió y después subimos a dormir. Creo que eso es básicamente todo —me crucé de brazos.

—¿Con quién cenó el señor Echagüe? —preguntó, entornando la mirada.

Oh.

—No le pregunté —me aclaré la garganta. Lo cual era cierto. No le había preguntado, porque sabía de antemano con quién cenaría.

—¿No te generó curiosidad saber con quién cenó tu esposo un viernes a la noche?

Oh, oh.

—No —enterré una uña en mi codo—. Tiene cenas de trabajo constantemente, no le pregunto cada paso que da.

—Ya veo… ¿Qué sucedió después?

Oh, oh, oh.

—Tres hombres entraron a la habitación. Nos encerraron a Alejo y a mí en el baño de arriba y se llevaron a Lisandro —respondí, tan segura como pude.

—¿A qué hora fue?

—La verdad, no tuve tiempo de chequear mi reloj —sonreí, sarcástica. Entornó la mirada, claramente molesto—. Una y media… o dos. No estoy segura.

—¿Alguna idea de cómo pueden haber entrado? —endureció el gesto—. ¿Escuchaste algún sonido extraño?

—No. Me desperté y estaban allí —mentí. Sin titubear, afortunadamente.

—¿Cómo eran?

—Estaba oscuro, no vi nada.

—¿Estaban armados?

—Sabes que sí —me crucé de brazos, incómoda.

—¿Fueron violentos? —disparó.

—¿A qué le llamas *violentos*? —esta vez, invertí el interrogatorio.

—¿A qué le llamas *violento* tú?

¡SUFICIENTE!

—No. No fueron violentos. Me informaron que si hacía ruido, gritaba o intentaba escapar, me volarían la cabeza. Pero no. Fueron muy correctos.

Su mandíbula se tensó todavía más. Tomó el grabador y lo acercó a su boca.

—Fueron violentos —aseveró, sin dejar de mirarme. Regresó el aparato a su sitio, entre nosotros—. ¿Y Alejo?

—Duerme profundamente. No se enteró de nada —desvié la mirada un segundo.

—¿Y tú? —su pregunta me sorprendió.

—¿Yo qué?... ya te lo dije. Me encerraron en el baño. No sé nada más —descrucé los brazos y metí las manos bajo mi asiento, tratando de contener las ganas de levantarme y correr a esconderme en mi habitación.

—¿Estabas asustada? —apoyó los codos en la mesa y se adelantó un poco.

—¿Y tú qué crees?

—Yo no creo nada. Responde a la pregunta.

Volví a cruzarme de brazos, mordiéndome el labio inferior y mirando la mesa como si fuera la cosa más interesante sobre la faz del planeta. Prefería mirar cualquier cosa que no fuera su cruda mirada. No entendía por qué estaba siendo así de incisivo. Y sí, estaba aterrada esa noche. Pero nada tenían que ver los "extraños" en mi habitación.

Después de unos dolorosos segundos de insoportable silencio, escuché el clic del botón del grabador y solté un suspiro de alivio.

—Es todo por hoy.

Apenas soltó las palabras, me levanté de mi asiento y subí las escaleras al trote.

✳ ✳ ✳

Me quedé sentada sobre la tapa del retrete, en la seguridad de mi baño, masticando mis cutículas compulsivamente mientras trataba de asimilar la idea de que, por alguna extraña razón, a los hombres les agradaba lastimarme. Quizás despedía algún tipo de hormona que no se había descubierto aún, algo que ellos podían percibir y luego pensar: "vamos a lastimarla. Nos hará sentir mejor con nosotros mismos".

Los hombres de mi vida me lastimaban. Algunos por omisión, otros por acción. Todos, sin razón. Mi padre no existió, mi abuelo murió antes de conocerme, mi esposo me golpeó, mi cuñado lo provocó, y el empleado de mi esposo me acorraló. ¡¿Y desde cuándo contaba al empleado de mi esposo entre los hombres de mi vida?!

Me salvé de un posible ataque de pánico al pensar en Alejo. Él era mi excepción.

Alejo.

–¡Alejo!

Había estado encerrada por tanto tiempo que olvidé el almuerzo. Salí apresurada y mi rodilla impactó de lleno con la pata del sillón.

–¡Maldita seas! –mastiqué entre dientes.

Cojeé por el pasillo y luego me asomé desde las escaleras, para comprobar que Mauro y sus dagas oculares no estuvieran esperando por mí en la sala de estar. En ese preciso instante, la llave giró en la puerta de entrada.

–¡Mira, mami! ¡El Nono fue a recogerme! –gritó Alejo, jalando de la mano de Santiago.

–¿Cómo estás, primor? –sonrió mi suegro.

Estaba equivocada. Santiago era otra excepción. Bajé los escalones de dos en dos y corrí a colgarme de su cuello.

–No me sueltes –le pedí.

–Jamás –me devolvió el abrazo con la misma intensidad.

Ya que no había preparado el almuerzo, Santiago llamó a su restaurante favorito y pidió que nos trajeran la comida a casa. Era sorpresivo que se hubiera presentado así; entre semana solía estar extremadamente ocupado. Trabajaba sin descanso. Su labor en el Ministerio de Economía le demandaba mucho compromiso.

Durante el almuerzo apagó el teléfono y se dedicó solo a escuchar con atención las anécdotas preescolares de su nieto, sonriendo de tanto en tanto por algunas de sus ocurrencias.

Era un buen hombre, a pesar de todo. Desde su designación como ministro, había visto sus ojeras pronunciarse cada vez más, las líneas de preocupación acentuarse en su frente. Seguía siendo tan amable y cariñoso como siempre, pero cargaba demasiado sobre sus hombros. Más presiones de las que podía soportar. Y yo sabía perfectamente cuáles eran esas presiones.

Me ayudó a recoger la mesa luego del almuerzo e incluso se ofreció a acompañar a Alejo hasta que se durmiera. Era evidente que no quería irse aún. Le agradecí el gesto con una sonrisa y lo esperé en la sala.

—¿Duerme? —pregunté al verlo descender las escaleras.

—Como un angelito —respondió con una sonrisa—. ¿Eso es para mí? —señaló el café sobre la mesita de la sala.

—Batido, como te gusta.

—Me consientes demasiado.

Se sentó en el sofá, apoyando un tobillo sobre la rodilla. Quise reír al ver la blancura extrema de la porción de pantorrilla que dejaban ver sus calcetines oscuros; esas piernas no habían visto la luz del sol por un largo tiempo.

—Está exquisito. Nadie lo prepara como tú.

—Me alegra que lo disfrutes —me quité el calzado y subí los pies al sofá.

–¿Cómo estás, primor? –preguntó, apoyando la taza en el platito casi sin hacer ruido. Eso era lo único en lo que él y Lisandro se parecían.

–Feliz de que hayas venido a verme –apoyé el brazo sobre el respaldar del sofá y descansé el mentón en mi muñeca. Desvié la mirada hacia el jardín, para asegurarme de que "nadie" estuviera dando vueltas por allí–. Mauro me interrogó sobre el día del robo –susurré.

Santiago bebió el último sorbo de café y despegó la espalda del sofá, mirando sobre su hombro.

–Iba a suceder, lo sabíamos. ¿Qué quería saber?

–Sus preguntas no fueron incisivas… –me deslicé por el sofá, para estar un poco más cerca–. Quería detalles de cómo habían actuado los atracadores. Cómo habían entrado, cómo se habían comportado, si habían sido violentos, cosas por el estilo. Nada muy específico.

–Lo suyo es la seguridad –señaló Santiago–. Dudo mucho que se incline por hacer averiguaciones más sustanciales, debe estar más interesado en la dinámica del robo. No te preguntó sobre el contenido de la caja fuerte, ¿verdad?

–No le di oportunidad –me mordí el labio inferior–. Le dije que me encerraron y que no sabía nada más.

–No debe ir más allá, Luli. Las órdenes de Gómez son bien claras. Se ocupa de ti y de Alejo, nada más –puntualizó Santiago–. Le advertí a Lisandro que no era buena idea, pero estaba asustado. Cuando la Federal le ofreció la custodia se apresuró a contratar servicios privados… –suspiró, agotado–. Lo único que espero es que este muchacho no empiece a especular demasiado. Si lo hace, tendremos un problema.

Tragué despacio.

–Debes cuidarte, primor. Mantente alerta. Lisandro está más explosivo que nunca y comete errores –extendió una mano que no dudé en

tomar—. Como el último domingo, sin ir más lejos. Lo siento mucho...
debí ponerle un alto.

Asentí, con un dejo de amargura, y acaricié el dorso de su mano
con el pulgar. Ambos sabíamos que los impulsos de Lisandro eran
imposibles de frenar. Santiago entendía muy bien mi posición. Tenía
su propio "Lisandro" en casa, solo que el suyo se llamaba "Elena".

—Estaré más atenta, lo prometo.

Tres golpecitos sobre las puertas francesas nos alertaron. No estábamos solos; solté la mano de mi suegro y regresé a mi lugar.

—Hablando de Roma —murmuró Santiago, poniéndose de pie—.
Adelante —le indicó.

Mauro y sus dagas oculares entraron a la sala y estrechó la mano
de mi suegro.

—Al fin tengo el gusto de conocerte, Mauro —sonrió Santiago, encantador como siempre.

—Un placer, señor Echagüe.

—Tu fama te precede, muchacho. Trabajaste con dos senadores.
Rodríguez y... ¿cómo se llamaba el otro? —entrecerró los ojos.

—Disculpe, pero no revelo ese tipo de información.

Buena respuesta, pensé. Santiago sonrió y me dirigió una mirada
complacida. Ojalá eso lo convenciera de que no tendríamos problemas
con él.

—Me parece sensato. Siéntate aquí, Mauro. Hablemos —señaló un
espacio en el sofá y me tensé de inmediato. Para ser franca, después
del interrogatorio de esa mañana, no tenía muchas ganas de compartir
el espacio con él.

—Voy por más café —me coloqué los zapatos y hui hacia la cocina
igual que un ratoncito asustado.

Era mucho más sencillo usar la cafetera, pero preferí tomarme unos minutos más y hacerlo a la antigua. Batir meticulosa y enérgicamente el café no solo me calmaba los nervios, sino que me proporcionaba unos deliciosos minutos de soledad en la seguridad de mi cocina.

De repente, una risotada de mi suegro estalló en la sala. ¡Hacía tanto que no lo escuchaba reír así! Curiosa por el rumbo que estaba tomando la conversación, me apresuré a terminar con todo y fui con la bandeja hacia la sala.

—Exceso de confianza —decía Mauro, con esa sonrisa presumida de la que me había privado durante todo el día.

—¡Treinta y dos partidos invictos, Mauro! ¡Treinta y dos! —Santiago se adelantó en el sofá, envalentonado—. Desde 1922 que no igualábamos ese récord.

Fútbol, por supuesto. Un tema seguro e inofensivo.

—¡Mis felicitaciones! Pero dejaron escapar dos puntos importantísimos. Insisto, fue un exceso de confianza. Los presionaron arriba, desde el principio —Mauro se levantó y me recibió la bandeja, cosa que me sorprendió, porque pensé que no me prestaba atención. A modo de tregua, me senté a su lado y escuché atentamente.

—Pero ¿qué dices? La primera situación clara fue de Boyé, según recuerdo. Un cabezazo colosal —Santiago defendía el honor del River de sus amores a capa y espada.

—No se premian las buenas jugadas, ministro. Tampoco las más vistosas. Le repito, Vélez los peloteó todo el partido.

—No coincido —repliqué. Mauro, al fin, accedió a mirarme—. Fue un partido muy luchado. Jugaron fuerte los dos. De hecho, el árbitro sacó siete amarillas en el primer tiempo, ¿qué más prueba que esa? River sintió la falta de Vangioni y Pisculichi y, con tremendas ausencias, fue mucha responsabilidad para Sánchez y Mora… Y Teo tuvo que retrasarse varios metros para generar juego. ¡Estamos peleando dos campeonatos importantísimos! En algún momento iba a sentirse el desgaste —me detuve a endulzar el café—. En el segundo tiempo estuvieron más parejos. Es cierto que Pratto estuvo demasiado cerca del gol después de eludir a Barovero, pero Mercado está siempre atento, la sacó justo en la línea. ¡Casi me da un infarto! Y después Sánchez con ese exquisito tiro al arco… —bebí un sorbo, extasiada de solo recordar la jugada—. Es una lástima que terminara en manos del arquero. El partido estaba para cualquiera, en mi opinión. Al menos, todavía peleamos la punta. Que ya es mucho más de lo que pueden decir otros.

Cuando alcé la mirada, la mandíbula de Mauro colgaba cerca del suelo y Santiago sonreía.

—¿Qué? ¿No están de acuerdo? —pregunté.

CAPÍTULO 9

UN RANKING

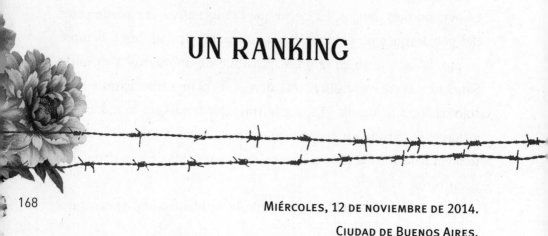

168

MIÉRCOLES, 12 DE NOVIEMBRE DE 2014.

CIUDAD DE BUENOS AIRES.

Lo intenté. ¡Juro que lo intenté! ¡Hasta me puse la maldita corbata!

Hice el esfuerzo por poner distancia, era preciso mantenerme en mi rol. Durante el dichoso interrogatorio, estuve a segundos de cruzar por encima de la isla de la cocina y abrazarla hasta dejarla sin aliento. Saber que alguien se había atrevido a amenazarla de esa forma hacía me hirviera la sangre. Pero ¿qué hice? ¡Nada! Me quedé allí, inmóvil, viendo cómo se alteraba más y más con cada pregunta que formulaba.

Di por concluido el circo antes de lo planeado porque ya no lo soportaba más; verla tan afectada me estaba afectando también. Luego recurrí a esconderme durante buena parte del día; me sentía fatal. Me asomaba de vez en cuando, procurando no ser visto, solo para cerciorarme de que todo estuviera en orden. Pero no me atrevía a enfrentarla. No después de lo de esa mañana.

Cometía un error tras otro. Debía mantenerme en mi rol, recordar cuál era mi trabajo, pero cada vez se volvía más difícil sostener la fachada. ¡Me estaba transformando en un ser patético! ¡Un adolescente hormonal entrado en años! Hasta tenía un ranking de los momentos más eróticos de Lucrecia. El ranking se iba modificando, por supuesto. Creí que "pulgar en la boca" conservaría el primer puesto indefinidamente. Pero, otra vez, me equivocaba. Descendió hasta el fondo del ranking y fue rápidamente reemplazado por "te hago una crónica deportiva con vocecita de ángel". *¡Puedes hacerme lo que quieras!* ¿Podía ser más irresistible?

La camiseta era suya, ¡por supuesto! ¿Por qué no se me ocurrió pensar eso? ¡Tantos celos irracionales por nada!

Tacita en mano, y con esa dulzura que la caracterizaba, desplegó una sabiduría futbolística que pondría de rodillas a más de uno; a mí, en primer lugar, que terminé por elevarla al altar como mi diosa personal y me declaré devoto hasta la muerte. ¿Hay algo más sensual que una chica que sabe de fútbol? Tuve que darme tres duchas heladas. ¡¡Tres!! Y preferiría no recordar lo que hice en la privacidad del baño. Todavía conservo algo de dignidad… Muy poquita, la verdad. Prácticamente, nada.

Por eso, a la mañana siguiente, me resigné a quedar bajo el designio de mi diosa sin cuestionamientos. Si quería castigarme por mi actitud del día anterior, estaba en todo su derecho, y yo lo tenía más que merecido. Resistirme era una blasfemia.

Abrí las puertas francesas un poco antes de las nueve y Alejo salió a mi encuentro.

—¡Mauroooo! —gritó.

Me apresuré a ofrecerle mi mano, como siempre, pero extendió sus brazos. Era la primera vez que lo hacía.

—Buenos días, precioso —complací su pedido y, como recompensa, me estampó un beso en la mejilla. Lo admito, el niño me conmovía.

—¿Puedes llevarme al kínder? —preguntó con ojos luminosos.

—Mauro… —Lucrecia emergió de la cocina un tanto alterada y, tras un breve instante de sorpresa al ver a Alejo en mis brazos, retomó—: Alicia se golpeó la rodilla, anoche. Se cayó en el cuarto de lavado. No puede conducir.

—Ups.

—¿Podrías llevar a Alejo al kínder? —preguntó, tan dulce como siempre.

—Claro —¡al fin! Una oportunidad para serle útil, para expiar mis pecados, por decirlo de algún modo.

Dejé al pequeño nuevamente sobre sus pies y los seguí hasta la cocina. Lucrecia abrió la mochila para asegurarse de que todo estuviera adentro, como si no lo hubiera verificado unas dos o tres veces ya, y la colgó en los hombros de Alejo.

—Sé bueno —dijo antes de darle un beso en la mejilla.

La seguí de camino al garaje, sin decir una palabra, observándola mientras buscaba las llaves.

—Si le haces un solo rasguño, Lisandro me matará —advirtió con seriedad. *¡Qué poca fe, mujer!* Extendí mi mano poniendo los ojos en blanco y, sin más, dejó caer la llave sobre mi palma—. Muchas gracias. Si me das un minuto, te apunto la dirección.

—¿Para qué quiero la dirección? —pregunté, abriendo la puerta del asiento trasero para que Alejo se acomodara en su silla.

—¿Sabes dónde es?

—Por supuesto. Pero eso no importa, porque tú guiarás —le dije, como la obviedad que era.

—No. Ustedes irán solos, yo me quedo —protestó.

—O vamos todos o no va nadie. Soy tu guardaespaldas. Si te dejo sola, a quien matará tu esposo es a mí.

—¡Nooo! ¡Maaaaaa! —Alejo anticipó un berrinche y, secretamente, le agradecí el teatro. Lucrecia, por otro lado, giró la cabeza para ocultar su rostro. Probablemente para que no viera la palabrota que delinearía en silencio. Luego, se encaminó hacia el asiento trasero.

–Siéntate, Alejo. Abrocharé tu cinturón –lo ayudó a ubicarse y metió medio cuerpo dentro del vehículo.

Sí. Lo admito. ¡Claro que lo hice! ¡Mis ojos se clavaron en su trasero! ¡Tenía un pantalón muy ceñido, por Dios santo! ¡Y le gustaba el fútbol! Me subí deprisa al automóvil, para que no descubrieran que íbamos con un pasajero de más.

* * *

Estuve tentado de estrellarnos en el primer árbol que se me atravesara en el camino. De verdad. Creí que escuchar a Lucrecia y a Alejo cantar era una tortura lo suficientemente efectiva; pero escuchar a Lucrecia y a Alejo cantar acompañados además por el CD de canciones infantiles que sonaba en el auto era simplemente aterrador. Jamás volvería a ser el mismo después de eso. ¡Esos dos no tenían oído!

Cuando descendieron, apagué la música y enterré ese diabólico CD en el fondo de la guantera, donde nadie pudiera encontrarlo jamás. ¡No podía dejar que siguiera arruinando vidas de ese modo! Cuando todo estuvo tan silencioso como un sepulcro, volví a respirar tranquilo.

En la puerta del kínder, Lucrecia fue interceptada por un par de madres que no dejaban de gesticular como maniáticas. No había que conocerla demasiado para notar cuán incómoda estaba. No le gustaba la gente. De hecho, Santiago había sido la primera persona externa a su círculo directo con quien la había visto mantener una conversación. Y ni siquiera era tan externo.

Con una expresión que rozaba el horror, se cruzó de brazos y regresó al auto prácticamente al trote. Tomó su lugar en el asiento trasero y cerró de un portazo.

—¿Está todo bien? —pregunté, mirándola por el espejo retrovisor.

—Fantástico. ¿Puedes sacarme de aquí, por favor? —murmuró, saludando con la mano a una de las lunáticas de la acera.

—Será un placer.

* * *

172 Confieso que llevaba el auto a una velocidad lamentable, con la sola intención de demorar la llegada. Estábamos en un espacio tan reducido que su perfume a vainilla y coco estaba envolviéndome como en un sueño. Quizás podría conducir hasta… Tierra del Fuego, por ejemplo. Hasta el fin del mundo, si fuera necesario.

Ella iba con los ojos cerrados y la ventanilla abierta. El viento le despeinaba el cabello. Nunca había visto a una mujer más hermosa.

Abrió los ojos de repente y me descubrió mirándola. De inmediato, regresé la vista al frente.

—Te ves pensativa… —señalé, solamente por decir algo.

—Pensaba en Alicia —dijo, admirando el paisaje—. Pobre.

—Sí… qué mala pata.

Fue un segundo. Un microsegundo. Una leve sonrisa le curvó los labios.

—¡Te vi! —la acusé, esta vez buscando deliberadamente que me mirara y que su sonrisa se ensanchara un poco más—. ¿Te ríes de Alicia? ¿No te da vergüenza?

—Me río de ti —aclaró—. De tu bipolaridad, en realidad.

—¿Mi qué?

—Olvídalo, no me hagas caso.

—Dime —insistí. Me miró a través del espejo y luego regresó la vista al paisaje.

—Ayer estabas enfadado y hoy intentas hacerme reír.

Maldición.

—¿Qué? ¿Alicia y su mala pata te parecen motivo de risa? —me evadí.

—Entonces, es cierto. Estabas enfadado —era imposible que lo dejara correr. Quería una explicación e iba a tener que dársela.

—Sí. Estaba enfadado. Y nervioso. Una mala combinación… —esta vez sí me miró—. Debía poner distancia, Lucrecia. Era necesario. Pero no estaba enfadado contigo. Gómez me hostigó al teléfono, me exigió que no dilatara más nuestra conversación pendiente y, contrariamente a lo que seguramente piensas de mí, hacerte esas preguntas no fue un trámite sencillo.

Me sostuvo la mirada, sopesando mis palabras, sin comentar nada al respecto. Lucrecia era más reservada que el diario íntimo de mi sobrina.

—Deberías mantener la mirada al frente —remarcó unos segundos después.

—¿Por qué? ¿Temes que nos estrellemos? —sonreí—. ¿Quieres conducir tú?

—Tendría que aprender a hacerlo, en primera instancia —apoyó un codo en la ventanilla y el mentón sobre su antebrazo. A veces, tenía gestos que la hacían ver tan vulnerable, tan inocente como una niña. Era muy dulce… *¿Qué había dicho?*

—¿No conduces? —pregunté, sorprendido. Negó con su cabeza, sabiendo que la observaba—. ¿Por qué no?

—No lo sé —alzó los hombros—. Nunca tuve la necesidad, supongo.

¿Qué tipo de respuesta era esa? ¡Por supuesto que era necesario! Regresé la vista al frente y aceleré. Aún era temprano. Alejo no saldría del kínder hasta dentro de dos horas.

—Mauro, te desvías de nuestra ruta —señaló.

—Lo sé.

—¿Adónde vas? —preguntó, confundida.

—*Vamos* a un sitio menos concurrido.

—¡¿Qué?! ¿Por qué? —estaba claramente alarmada.

—Porque te enseñaré a conducir, y no creo que empezar con un paseo por la autopista sea buena idea.

—No… no, no, no. No, no puedo hacerlo —se cruzó de brazos y me clavó la mirada—. Tengo cosas pendientes en casa.

—No temas, es muy sencillo —intenté animarla.

—No, Mauro. No es sencillo. ¡Para nada! —entornó la mirada, molesta. Me gustaba molesta. Me gustaba en cualquier estado, para ser honesto.

—¿Y si tuvieras una emergencia? ¿Si le sucediera algo a Alejo y no hubiera a quién recurrir? Si supieras conducir, hoy podrías haberlo llevado tú —esperaba que usar la carta de la madre responsable la hiciera reflexionar—. Debes aprender, Lucrecia. Es necesario.

✳ ✳ ✳

Aproveché sus minutos de duda para fumar un cigarrillo junto al auto.

—Se hace tarde —apoyé las manos sobre la ventanilla y me incliné a verla. La descubrí nerviosa, o más nerviosa de lo habitual. Tenía la vista al frente y los puños cerrados, como si estuviera a punto de arrojarme un golpe—. Si no quieres, nos vamos. No hay problema.

No dijo una palabra, pero se arrastró por el asiento para luego bajarse del vehículo. Era un avance.

El viento era un poco más intenso en esa zona y, cuando amenazó con despeinarla, enredó su cabello con la habilidad de siempre. "Nuca al descubierto" también estaba en mi ranking personal. Cuando recogía su cabello así, dejaba a la vista un lunar pequeño y oscuro en la base de su nuca. No era algo erótico en sí mismo, pero lo era para mí.

Estaba tan tensa que hasta me daba ternura. Tomó su lugar detrás del volante y esperé a que lo asimilara.

—Mira dónde estamos, Lucrecia —dije.

Confundida por mi pedido, me miró con ojos grandes y redondos.

—Mira —repetí. Lo hizo, por supuesto.

Miró hacia adelante, hacia atrás, y otro poco hacia los lados, hasta que sus ojos regresaron a mí.

—¿Qué ves? —pregunté. Pestañeó lentamente, respiró profundo y volvió a mirar.

—Nada —respondió con un hilo de voz—. No veo nada.

—Exacto —el camino estaba desierto, ese era el punto—. No hay nada. No es físicamente posible que nos estrellemos aquí... Además, no correrás hoy. Solo aprenderás a salir.

—Entonces, ¿no me convierto en Lewis Hamilton hoy? —preguntó con ironía, sumando una mueca de frustración.

Parpadeé, con el pulso alterado, con la sangre en ebullición. Si llegara a hacer una sola, ¡una sola!, referencia deportiva más, la arrastraría al asiento de atrás y sería un desastre. ¡Estaba matándome!

—No, hoy no —me aclaré la garganta para poder continuar—. Adelante, conduce.

—Pero no sé hacerlo —dijo, casi ofendida.

—Conducir no es solamente encender el motor, Lucrecia. Conduce —me acomodé en mi asiento y aguardé, atento a cada uno de sus movimientos.

Inspiró profundo y dejó escapar el aire muy despacio. Detuvo la mirada en el espejo superior y sí... por poco aplaudo cuando lo acomodó para ver mejor. *¡Estás aprobada, alumna!* Con un poco más de confianza, ajustó el espejo retrovisor también. Alineó la espalda con el asiento y sus manos se aferraron al volante con tanta suavidad que me dieron ganas de llorar, sobre todo, cuando su anillo de matrimonio despidió un destello bajo la luz del sol. ¡Alianza del demonio! ¡Tenía que arruinar un momento tan perfecto, ¿no es cierto?!

Estiró las piernas y entrecerró los ojos. Obviamente, no alcanzaba los pedales. Era alta, pero yo la rebasaba por varios centímetros. Tendría que reposicionar el asiento para sentirse más cómoda. Se mordió el labio inferior e hizo la peor cosa que se le podría ocurrir... empujó las caderas hacia delante para tratar de mover el asiento. ¡Mi diosa no tenía una pizca de piedad por su fervoroso devoto!, porque cuando el asiento no se movió, repitió el movimiento un par de veces.

–¿Qué sucede? ¿Por qué esto no se mueve? –murmuró, claramente frustrada.

¡Gracias por la interrupción!

–Es tu auto, Lucrecia. Explóralo –sugerí con tranquilidad.

–Dijiste que ibas a enseñarme –me recordó con una mueca de fastidio–. Enséñame –ordenó, provocando más tensión en mi entrepierna.

–Será un placer –me acerqué hacia ella y metí la mano entre sus piernas... para alcanzar la palanca de reposicionamiento debajo de su asiento, por supuesto. Jalé de ella y la adelanté.

–¿Así está bien?

–Mucho mejor. Gracias –sonrió, con esa pizca de ironía que me encantaba. Cuando se disponía a encender el motor, la detuve.

–Espera. Debes asegurarte de que la caja de cambios esté en neutro. Comprueba también el freno de mano.

Siguió mis indicaciones con suma concentración, como si se preparara para pilotar un transbordador espacial.

—Perfecto. Ahora, enciende el motor —dije. Hizo girar la llave y el vehículo cobró vida—. El pedal a tu izquierda es el embrague, a tu derecha está el acelerador. El freno, al medio. Pon un pie en el embrague y el otro en el acelerador. Eso es… Ahora, mantendrás apretado el embrague para colocar la primera marcha. Luego, levantarás el pie del embrague, muy lentamente, mientras presionas el acelerador… Debes hacerlo despacio.

Inspiró profundo, una vez más, y siguió todas las indicaciones al pie de la letra. Tuvo algunos problemas para poner la primera marcha en la caja, pero finalmente lo consiguió.

—Espera —la detuve cuando escuché la queja del embrague ante su presión.

—¿Qué? ¿Qué hice? —preguntó, asustada.

—Nada. Lo estás haciendo perfecto —aseguré—. Pero debes saber que no podrás soltarlo de golpe. El auto va a saltar, a corcovear y luego se detendrá. A todos nos pasa la primera vez, no te asustes. Se trata de práctica, no es fácil coordinar los pedales.

—Dijiste que era muy sencillo —reclamó.

—Bueno… mentí —me acomodé en el asiento—. Ahora, sí. Adelante.

Un poco más nerviosa que segundos atrás, pero también más atenta, repitió todo con sumo cuidado. Aprendía rápido.

Tal y como le había anticipado, el coche arrancó con un tironeo molesto. Pero, luego…

—Estoy conduciendo —dijo mientras el auto comenzaba a avanzar sin problemas, con una sonrisa tan hermosa que iluminó más que el sol.

—¿Lo ves? Es muy sencillo.

La dejé practicar un rato más. Se molestó cuando el auto se detuvo por completo en un par de ocasiones, pero no se frustró. A todos nos sucedía al principio, esa anticipación funcionó como aliciente. ¿Quién lo hubiera dicho? Era un buen profesor. Y que ella fuera una alumna aplicada, también ayudaba.

Cuando llegó la hora de ir a buscar a Alejo intercambiamos asientos y Lucrecia aceptó bajar de su pedestal para sentarse junto a su humilde servidor.

—El cinturón —le recordé.

—¿Por qué? ¿Vas a correr, Hamilton?

—¿Y tú qué crees? —sujeté el volante con fuerza, con una sonrisa petulante, preparado para salir derrapando de allí como si estuviéramos en una película de acción. Sí, por supuesto. ¡Quería presumir! ¿Hay algo de malo en eso? Estaba a punto de encender el motor, cuando...

—Espera —me detuvo, con esa sonrisa irónica que lograba desarmarme. Para mi completa y absoluta vergüenza, tomó la palanca del freno de mano con firmeza y la destrabó—. Siempre debes asegurarte de que la caja de cambios esté en neutro y comprueba el freno de mano también.

¡¿Podía ser más estúpido?! Adiós a mi intento de presumir. Encogiendo los hombros, como un pollito mojado, ajusté los espejos y salí tan despacio como si fuera una abuelita de ochenta años con la licencia de conducir vencida.

Por cierto, "mano en palanca de freno" fue el último ingreso al ranking.

CAPÍTULO 10

ESPEJITOS DE COLORES

Cuando la alarma se activó, a las siete de la mañana, ya estaba despierta. Una sonrisa privada me adornaba la boca. Lisandro dormía como un muerto, recostado boca abajo y con un brazo colgando por el borde. No me preocupaba que fuera a despertarse. Me levanté de la cama y agradecí los encantadores diecisiete grados de temperatura del aire acondicionado, y hasta sorteé con gracia la pata del sillón que siempre me llevaba por delante.

Estaba de muy buen humor. Era sábado por la mañana, uno de mis momentos favoritos de la semana. Aunque, a decir verdad, había tenido unos cuantos buenos momentos entre semana. Dejé corriendo el agua de la ducha, para que se entibiara, y aproveché la pausa para lavar mis dientes.

—*Manuelita, vivía en Pehuajó* —canté bajo la ducha, mientras me pasaba una esponja con el aceite de coco—. *Pero un día... ¡se marchó!*

—¿Qué es todo este escándalo? —Lisandro se asomó, todavía adormilado.

—Lo siento, cariño. ¿Te desperté? —detuve el recorrido de la esponja.

—No… —bostezó y se rascó la cabeza—. Ya estaba despierto. Pero baja el volumen, por favor. Es demasiado temprano.

Se dio media vuelta y vi su figura borrosa detrás de la mampara de la ducha. Lo escuché orinar, y me di cuenta de que era el único hombre al que había escuchado hacerlo. La idea me resultó tan divertida que se me escapó una carcajada.

—¿De qué te ríes? —preguntó, confundido, asomándose con el cepillo de dientes en la mano.

—No es nada —me alcé de hombros—. Pensaba en que eres el único hombre al que escuché orinar. No lo sé… me pareció algo lindo.

Lisandro levantó una ceja, como si mi comentario fuera producto de la locura. Puede que lo fuera. El caso es que me sentía bastante positiva esa mañana. Veía cosas lindas en todo, en todos, incluso en el miserable de mi esposo. Continué tarareando en voz baja.

—¿Hay sitio para uno más?

—Claro que sí —le concedí.

Desnudo y mojado en la ducha, aun conmigo, Lisandro era tan inofensivo como un cachorrito recién nacido. No había nada sexual en ese encuentro, nada de lo que tuviera que preocuparme o arrepentirme, nada que me provocara un vómito de vergüenza después.

Con el paso de los años, el sexo se había vuelto esporádico entre nosotros; por no decir nulo. Él tenía sexo, claro… pero con su secretaria. A mí no me molestaba su "secreto", siempre y cuando me dejara tranquila a mí. Obviamente, si notaba algo extraño en su proceder, me comportaba como cualquier esposa común y corriente: ¡indignadísima! Una cosa era que la secretaria calentara su cama; otra muy distinta, que sus descuidos me hicieran quedar como una estúpida frente a todos. En general, se cuidaban bastante. Afortunadamente.

En ocasiones me daban ganas de llamar a Sofía para agradecerle por los momentos en que me lo quitaba de encima. Otras, me aterraba la idea de que también la maltratara, y sentía pena por ella. Sentía pena por las dos.

—Esta cosa de coco se quedará conmigo todo el día, ¿verdad? —preguntó, ya completamente despierto. Me agradaba mucho más cuando dormía, cuando parecía muerto.

—Es probable. ¿Por qué? ¿No te gusta?

—No es muy masculino que digamos —me hizo una mueca de fastidio y sonreí.

—Agáchate, no llego a tu cabeza —le pedí. Luego, le lavé el cabello como una madre haría con su hijo, tarareando una canción infantil.

No me pasó desapercibida su mirada sobre las marcas en mis costillas. Era una mirada de pena, de vergüenza. Mientras me deshacía de la espuma bajo el agua, sus labios en mi frente y sus brazos aferrándose a mi cuerpo oficiaron de disculpas. No habíamos pronunciado ni una palabra sobre lo sucedido el domingo anterior. Nunca lo hacíamos.

—¿Ya te dije que te amo?

—Hoy no —respondí con nostalgia.

—Una imprudencia de mi parte, cariño —me dio un beso suave—. Te amo.

—Yo también —mentí, mirándolo directamente a los ojos.

✳ ✳ ✳

Lisandro parecía de mejor humor después de la ducha. Me puse una camiseta sin mangas, solamente para probar suerte. Su mirada me recorrió de punta a punta y de norte a sur, pero no hizo comentario alguno. Recompensé su cortesía con un exquisito desayuno en la cocina.

Me recargué en la encimera y lo observé. Tomaba su café negro y hojeaba el periódico con suma concentración. Los lentes descansaban sobre el puente de la nariz, con más aumento que en años anteriores, y las primeras patas de gallo asomaban a los bordes de sus ojos. Seguía siendo tan hermoso como el primer día, tanto que quitaba el aliento. Pero con el paso del tiempo se había vuelto más y más serio, menos encantador que el joven que se me acercó esa tarde en el centro comercial. Los cuarenta se acercaban y no venían solos… traían más preocupación, más inseguridad, más frustraciones. Me gustaría regresar el tiempo atrás, descubrir el momento exacto en que todo había comenzado a ir cuesta abajo. Quizás, poder hacer algo para revertirlo todo.

Como si presintiera mi observación, levantó la mirada de su lectura.

—¿Qué ocurre? —preguntó, dejando la taza sobre el platito sin hacer ruido.

—Nada… —respondí, restándole importancia al asunto—. Hueles a coco. Puedo sentirlo desde aquí.

Se quedó petrificado por unos segundos. Entornó la mirada, cerrando el periódico y deslizándolo sobre la isla de la cocina. Tragué despacio.

—¿Qué fue lo que dijiste?

—Nada. No dije nada —respondí de inmediato.

Se levantó del taburete y caminó lento, amenazador hacia mí. Me despegué de la encimera sin dejar de mirarlo, lista para correr, mientras él me atravesaba con sus ojos tormentosos.

—¿Te ríes de mí? —susurró, sigiloso.

—Por supuesto que no —me hice la distraída mientras comenzaba a rodear la isla de la cocina… ya sin poder ocultar la sonrisa.

—¡Ven aquí!

Hui despavorida hacia la sala de estar, ahogando la carcajada con un grito, mientras Lisandro regresaba por unos segundos a ser el hombre del que me había enamorado alguna vez. Aunque fueran solo destellos, los disfrutaba. Lo dejé alcanzarme en menos de un minuto, y sus manos se aferraron a mi cintura para levantarme casi medio metro del suelo. Sus dedos me atacaron con unas cosquillas insoportables.

—¿Qué fue lo dijiste? ¡Repítelo! —prosiguió con su tortura, sin piedad. Yo me retorcía entre sus brazos, rogándole que se detuviera.

—¡No! ¡Basta! ¡Es suficiente! —traté de alejarlo, pero su abrazo era una presa de la que era imposible zafarse, por más que arrojara patadas por los aires—. ¡Lisandro, detente!

Las puertas francesas se abrieron de un segundo a otro y Mauro se materializó en la sala. La risa se me esfumó del rostro al ver su expresión, excesivamente alerta, amenazador incluso. Su mano, convenientemente oculta a sus espaldas, provocó que un escalofrío me recorriera la columna de punta a punta. Sabía lo que escondía en su cinturón.

La presión de Lisandro sobre mi cintura cedió y me dejó nuevamente sobre el suelo.

—Lo siento —murmuró Mauro, cayendo en la cuenta de su fallida interpretación de los hechos. Me evaluó con la mirada y luego la regresó a Lisandro—. Escuché gritos —dijo a modo de explicación.

—Relájate, Mauro —Lisandro sonrió antes de pasar un brazo sobre mis hombros—. Es un sábado excepcional, ¿no crees?

✳ ✳ ✳

Esa tarde opté por usar un vestido. La ocasión lo ameritaba. Era un simple vestido azul; apenas ceñido en la parte superior, y caía como una campana hasta por debajo de las rodillas. Los tirantes eran tan delgados que prácticamente me sentía desnuda. Usaba el cabello suelto para cubrir mis hombros.

Le di un pequeño sorbo a mi chardonnay, de pie frente a la obra de arte. Se trataba de un cuadro enorme; tuve que dar algunos pasos hacia atrás para poder apreciarlo en todo su esplendor. Un lirio entre fucsias y rojos dominaba la escena y, justo en el centro, una gota de rocío parecía resplandecer. Los colores iban tornándose más pálidos hacia los laterales, hasta acabar en un rosa casi blanco.

—¿Qué opinas? —preguntó Luciano, expectante.

—Me encanta —respondí, de inmediato—. Este es mi favorito.

Tenía los rizos amarrados en una coleta desprolija detrás de su cabeza, en un esfuerzo por lucir más presentable. El intento se acompañaba con un elegante pantalón negro y una camisa gris arremangada hasta los codos. Era Luciano en su versión más pulcra.

—También es uno de mis favoritos, hasta en eso coincidimos —chocó su hombro con el mío. Luciano era del tipo de personas que necesitaba del contacto físico para sentirse cerca. Una mano en el hombro, un roce de brazos, un abrazo. Eran detalles importantes para él, lo definían—. Lo llamo "El orgasmo de Camila".

Al escucharlo, el trago de vino se me fue por el conducto equivocado y terminé ahogándome. Luciano, en un pobre intento de socorro, me dio unas palmadas en la espalda que resonaron por toda la galería. Prácticamente todos los presentes se dieron vuelta para ver cuál era el alboroto. Mis mejillas estaban más fucsias que el cuadro.

—¡Tranquila! ¿Puedes intentar no morir en mi muestra? Eso sería muy mala prensa —me quitó la copa y se la bebió de un solo trago.

—Recuerda que tu sobrino está dando vueltas por aquí... —señalé, todavía con la voz ronca—. No quiero tener que explicarle el significado de esa palabra.

—¿Cuál? ¡¿Orgasmo?! —alzó la voz un par de tonos más.

—Luciano... ya es suficiente.

—¡Okey! Solo bromeaba —después de poner los ojos en blanco, entrelazó su brazo con el mío y continuamos el recorrido por la galería.

Lisandro había rechazado de plano la idea de ir a la primera muestra en solitario de su único hermano; seguía furioso luego del último "desencuentro". Pero Elena insistió en que Alejo y yo los acompañáramos, y una orden de la matriarca de la familia tenía que ser obedecida sin cuestionamientos. Afortunadamente para mí que estaba feliz de poder acompañar a Luciano en uno de los momentos más importantes de su vida.

Mientras caminábamos, me comentaba detalles de sus obras. Siempre se mostraba relajado, casi desinteresado, pero cuando hablaba de su trabajo su mirada se iluminaba. Era un apasionado de su arte, de la vida en sí misma. Había descubierto desde pequeño su forma de "decir" a través de la pintura y, aunque hubieran intentado reprimirlo, decidió no "callar" ante su deseo. Por esa razón, lo admiraba profundamente.

—Estoy muy orgullosa de ti. Creo que no te lo dije nunca, pero así es.

—Gracias, Luli —se acercó a besar mi mejilla—. Eres la primera persona que me dice algo así, y significa mucho para mí. Te adoro, ¿lo sabes, cierto?

—Yo también —entrelazamos manos y salimos hacia un patio interno, menos concurrido que el interior de la galería.

Sentados a la par, en una incómoda banca de madera, compartimos un cigarrillo. Pasó un brazo detrás de mis hombros y no dudé en recargarme sobre él. El sol comenzaba a ocultarse a esa hora de la tarde y el cielo adquiría un delicioso tono cobrizo. Las primeras estrellas titilaban, los pájaros retornaban a sus nidos y mi hijo jalaba de la mano de Mauro dentro de la galería; lo había arrastrado durante toda la tarde.

—¿Cómo están las cosas con Lisandro? —la voz de Luciano adquirió una nota de oscuridad ante la mención de su hermano.

—Todo está bien. Tienes que tratar de recomponer las cosas con él, Lucho. Esta distancia no tiene sentido, y no hace más que perjudicarnos. Te extraño.

—¿Qué dices? ¿Cómo que no tiene sentido? —replicó, molesto—. ¡Me dan náuseas cuando te trata de esa forma! ¡Alguien debería plantarle una patada de karateka en los dientes!

—Preferiría que no fueras tú —le di una larga pitada al cigarrillo y se lo devolví—. Es tu hermano.

—Desgraciadamente —murmuró.

—No digas eso. Lo conoces, Lucho. No debes ceder a sus intentos de provocación —le aconsejé. Esa era mi estrategia.

—No lo entiendo, Luli. De verdad. No puedo entender cómo sigues ahí, con él —masticó las palabras con evidente frustración—. No mereces que te trate así.

—No —acordé—, por eso no lo enfrento. No soy de las que pelea, Lucho. Prefiero seguirle la corriente, evitar los conflictos. Necesito que las cosas estén bien, por Alejo y por mí. Por los tres. Lisandro es el padre de tu sobrino, no lo olvides.

—¿Y qué con eso? —se reacomodó en el asiento, mirándome de frente—. ¿Cuál es el problema? Muchas parejas con hijos deciden separarse.

—¿Qué te hace pensar que quiero separarme? —entorné la mirada.

Esa no era una alternativa que considerara; ni una que me librara de Lisandro.

–¿Qué me hace pensarlo? Pues, no lo sé… ¿el sentido común? ¿Vas a decirme que nunca lo consideraste?

–Lo hice, ¿acaso no lo recuerdas? Pero, decidí volver. Y esta soy yo, viviendo con las consecuencias de esa decisión –aclaré, más para mí que para él. No quería sembrarme falsas esperanzas–. No quiero perder lo que he construido. Además, dejarías de ser mi cuñado. Sería una tragedia.

–A mí no vas a perderme jamás –proclamó, solemne–. Te considero una hermana; más que a Lisandro. Tenemos más cosas en común.

–Eres tierno cuando te lo propones.

–¿Tierno? ¡Soy encantador! ¡Fabuloso, talentoso, tu persona favorita!

–Sí, todo eso también.

Me reacomodé en su hombro y miré hacia el cielo, ya más azulado. Permanecimos en un silencio glorioso, hasta que Luciano decidió quebrarlo con otra de sus ocurrencias.

–Oye, Luli… –apoyó su cabeza junto a la mía, para que solo yo pudiera escuchar.

–Dime.

–¿Sabías que Mauro está obsesionado con tu trasero? El pobre no puede quitarte los ojos de encima.

CAPÍTULO 11

TERCEROS EN DISCORDIA

Domingo, 16 de noviembre de 2014.
Ciudad de Buenos Aires.

Mi mano buscó su cabello, esperándolo suave y ligero, pero se sorprendió con algún producto pegajoso que terminó por enredarlo entre mis dedos. *¡Qué diablos!* Tratando de ignorar la incomodidad que me generó el detalle, mi boca regresó a la suya. Quería entrar en sintonía con la situación… pero no. La mezcla de alcohol y lápiz labial me provocó más náuseas. Cuando intenté alejarme, sus uñas se enterraron en la parte baja de mi espalda y sus piernas se enredaron con las mías.

Por favor, no me falles ahora… rogaba internamente.

Mis manos tocaron encaje. Encaje... Sí, ¡sí! ¡Me gustaba el encaje! Eso podría funcionar. Un poco más entusiasmado, rodeé sus pechos en busca de calidez y suavidad. *¡Mala idea!* Las prótesis que se veían tan bien en el escote de su vestido, horas atrás, se sentían muy extrañas al tacto. ¡Siempre habían sido así! ¡¿Por qué ahora me provocaban tanta aversión?!

Esta vez, sí me alejé.

—Detente —le pedí cuando sus dedos trataron de desabrochar mi cinturón. Si la dejaba avanzar más, se daría cuenta de que no había nada para ella allí.

—¿Qué sucede?

—Espera, solo un minuto —recuperando mi cinturón de sus garras, hui en dirección al baño. ¡Hui!

Cerré la puerta tan rápido como pude y abrí el grifo del lavabo, solo por hacer algo. Al verme al espejo, no me reconocí. El rastro de su labial me había dejado el rostro como un payaso, uno de película de terror. Me enjuagué unas tres veces y así logré deshacerme del maquillaje y de la sensación de repulsión.

Me senté sobre la tapa del retrete, mirando apenas de reojo al traidor oculto entre mis piernas.

—¿Dónde estás cuando te necesito? —le reclamé en voz baja—. Te apareces en los momentos menos indicados y ¡¿me fallas justo ahora?! ¡Nos haces quedar mal!

Dilaté a propósito el momento de regresar a la habitación, con la esperanza de que Romi se durmiera. Era una chica hermosa, no había dudas de eso; derretía hasta a los hielos del Polo. Pero Romi no era el problema. El problema era yo.

—¿Mauro? —escuché su voz del otro lado de la puerta y mis esperanzas de que se durmiera se vinieron abajo, igual que… bueno, el "traidor"—. ¿Estás bien? ¿Qué está pasando?

—Ya voy —resignado, salí de mi escondite.

Romi me miró confundida, con esa cascada de frondoso cabello color fuego cayendo sobre su hombro, con sus ojos verdes brillando bajo la tenue luz del pasillo.

—¿Qué sucede? —preguntó, reacomodando el tirante de su vestido.

—Eres preciosa, ¿lo sabías? —aparté el cabello de su hombro y acaricié su cuello.

—¿Tendremos sexo o no? —entrecerró los ojos y cruzó los brazos sobre el pecho.

—Lo siento, Romi —susurré, apenado.

—¡¿Estás de broma?! —dijo, furiosa—. ¿Sabes cuánto sale un taxi hasta aquí? ¡Es muy costoso!

—No te preocupes, yo...

—¡No te atrevas! ¿Por quién me tomas? ¿Me tratas de prostituta? ¡Vete al infierno, idiota!

Se dio media vuelta y corrió a la habitación, gritando su rabia todo el camino. Me limité a seguirla, silencioso como una tumba, porque tenía derecho a estar enfadada. Se tambaleó junto a la cama, luchando para ponerse los zapatos.

—¡No me llames nunca más! ¿Oíste? —aplastó un dedo en mi pecho.

—Pero si yo nunca llamo. Eres tú quien... —solté sin pensar, deteniéndome a mitad de la frase. Pero ya era tarde.

Sus ojos chispearon y su puño terminó impactando violentamente sobre mi mejilla izquierda y parte de mi nariz. ¡Qué buen gancho tenía! *Auch*.

—¡Eres un miserable! —me gritó. Salió del apartamento y azotó la puerta con tanta fuerza que hasta las paredes temblaron.

✳ ✳ ✳

Ese domingo, luego del anestésico que me aplicó Romi, dormí igual que un bebé. Si Diego no se hubiera colgado al timbre del portero electrónico, pasado el mediodía, seguramente hubiera seguido en la cama. Afortunadamente, para él y para mí, trajo comida. Sabía que eso le garantizaba la entrada a mi casa.

Tenía el humor por los suelos. Tan solo un mes atrás el domingo era mi día favorito. Lo esperaba con ansias. No había horarios ni ocupaciones, podía usar mi tiempo como quisiera y con quien quisiera. Ahora, era una tortura. Daría cualquier cosa por suprimirlo del calendario.

Desplomados en el sofá de mi apartamento, Diego y yo vimos la seguidilla de partidos de fútbol del domingo. Aunque yo estaba feliz con la goleada de San Lorenzo a Belgrano del día anterior, pensaba en la palabrota entre dientes de Lucrecia por el empate de River con Olimpo. En realidad, pensaba en Lucrecia. Punto. ¿Para qué mentirme?

—Es tu turno. Ve por otro par de cervezas… —balbuceó Diego, sin despegar los ojos de la pantalla del televisor.

—No tengo ganas —apoyé la cabeza en un cojín.

—Oye, ¿por qué estás tan deprimido? —preguntó, apenas girándose a verme.

—No lo estoy, son ideas tuyas —desestimé su apreciación sin siquiera mirarlo—. ¿Y a ti? ¿Qué te ocurre? Tampoco eres un ejemplo de bienestar.

—¿No es obvio? Este domingo, los niños están con Ceci… me aburro a lo grande sin ellos. ¡Y tú no ayudas!

—¡Muchas gracias! —dije con una mueca—. ¿Qué se supone que soy? ¿Tu payaso? ¿Tengo que armarme una rutina de chistes, acaso?

—Tus chistes son lo más triste que he oído en mi vida. ¿Por qué mejor no me cuentas cómo van las cosas con la morena? —dijo con una sonrisa, reacomodándose en el sofá.

—¿Qué morena? —volví la vista a la tele, haciéndome el confundido.

—¡Vamos! No me hagas rogarte. Cuéntame. ¿Cómo van las cosas?

—Las cosas van como tienen que ir, Diego —respondí escuetamente—. Es mi trabajo.

Al ver que no obtendría mucho más que eso, se cruzó de brazos y regresó a su posición anterior. Como si mirar la seguidilla de partidos no fuera suficiente, también escuchábamos los comentarios sobre la fecha. ¡¿Cuál de los dos era más patético?! Él estaba deprimido porque no podía estar con su familia; y yo, porque no podía estar con la familia de otro. Aquí estaba la respuesta: yo era el más patético.

—Es linda —retomó después de unos minutos—. A la morena, me refiero.

—Es preciosa —corregí de inmediato, casi sin pensar.

—¿Agradable? —volvió a girarse, interesado.

—Lamentablemente, sí —asentí.

—Vaya —suspiró.

—Sí. Y es una dulzura… Nunca conocí a nadie como ella; te dan ganas de mirarla todo el día —agregué, con una sonrisa.

—¿De veras?

—De veras… Es preciosa, muy agradable y extremadamente dulce. Lo peor que me podría pasar, en resumen.

—Ups.

—Sí —suspiré.

—Estás enamorado, ¿no es cierto? —señaló con cierta nota de preocupación.

—No… Es decir, no lo sé —dudé—. Solo sé que es perfecta. Trato de encontrarle algún defecto, pero es imposible.

—Bueno, está casada. ¿Eso no cuenta como defecto?

Le clavé la mirada, esperando que fuera respuesta suficiente. Alzó las manos en un gesto defensivo, captando el mensaje.

—¿Qué piensas hacer? —preguntó.

—Nada —me alcé de hombros—. Mi trabajo, supongo. Tampoco es como si fuera a darme una oportunidad, no es su estilo.

—¿Y si te la diera? —me miró a los ojos—. A la oportunidad, me refiero.

—No la desaprovecharía, Diego —respondí, sin un atisbo de duda.

Fijé la vista al frente y fingí que mi atención estaba puesta en la repetición del gol de Funes Mori.

* * *

La casa de Belgrano estaba tan silenciosa y oscura como cualquier domingo por la noche. Abrí las rejas negras de la entrada y luego me dispuse a atravesar el jardín, en dirección a la casa de huéspedes, pero me detuve a medio camino.

Lucrecia estaba sentada en un escalón del porche, enredando un mechón de cabello en su dedo, leyendo un libro con tanta concentración que no me había oído entrar.

—¿Sigues intentando? —pregunté al ver la portada: *Crónica de una muerte anunciada*.

Me miró con sus tiernos ojos y sonrió.

Mi domingo cambió de color solo con verla, y supe que Diego estaba en lo cierto. Me estaba enamorando.

—Creo que me quedaré en el intento —señaló—. Es lo menos que puedo hacer, seguir intentando. No quiero ofender a García Márquez.

—Está muerto. No creo que le importe.

—Entonces, no quiero ser descortés con su legado.

Dejó el libro a su lado y abrazó sus rodillas, su mirada estaba puesta en el sutil oleaje de la piscina. Al parecer, pensaba quedarse allí un poco más. Mi diosa me concedería unos minutos de su compañía antes de ir a dormir y eso haría muy feliz a su ferviente devoto. Mi fin de semana había sido una verdadera porquería lejos de ella.

Encendí un cigarrillo y miré el cielo, como si hubiera algo interesante ahí, tratando de fingir que mi atención no estaba totalmente absorta en el ritmo plácido de su respiración.

—¿Cómo estuvo tu fin de semana? ¿Alguna novedad? —pregunté, solamente por el placer de escucharla hablar.

—Lo mismo de siempre —inspiró profundo y dejó escapar el aire muy despacio—. ¿Y tú? —soltó de repente, arrepintiéndose de inmediato—. Eso estuvo muy fuera de lugar… No tengo derecho a meterme en tu vida privada —regresó la vista al frente y aproveché para desplegar una sonrisa triunfal. ¿Le interesaba mi fin de semana? ¿Y mi vida privada? Me estaba gustando el rumbo de esta conversación.

—Muy aburrido —respondí con honestidad—. Estuve encerrado en mi apartamento con el insoportable de mi hermano. Miramos partidos todo el día.

—¿A tu novia no le molesta que veas partidos todo el día?

El humo del cigarrillo se fue por el lado incorrecto y terminé ahogándome. *¿Novia? ¿Qué novia?* Lucrecia volvió a mirarme, con ojos desencajados y mejillas arreboladas, ¿avergonzada?

—¡Lo siento! Es… es que… me bebí dos copas de vino. Me vuelve un poco… mmm… ¿impulsiva? —susurró a modo de disculpas. ¿Estaba ebria?—. Creo que me voy a la cama.

—Espera —puse una mano en su antebrazo y la detuve—. No tengo novia. ¿De dónde sacaste eso?

—Ah, ¿no? —frunció el entrecejo, aparentemente confundida.

—No.

—Yo… bueno, lo supuse. No me hagas caso.

Se levantó del escalón y la observé escabullirse hacia el interior de la casa, literalmente. Me dejó sentado ahí, como un idiota, sin entender lo que había sucedido.

Aturdido, regresé la vista a la piscina.

—Es que… —escuché su voz a mis espaldas y me sorprendió verla regresar—. No lo entiendo —se detuvo frente a mí, obviamente molesta por algo—. ¿Cómo lo hacen? Explícame.

—¿Hacer qué? ¿Quiénes? ¿Qué?

—Ustedes. Los "hombres" —gesticuló las comillas—. ¿Cómo hacen para estar con una y con otra sin generarse ningún conflicto? ¿Cómo hacen eso?

Tragué despacio. El cigarrillo se consumía entre mis dedos y los segundos avanzaban agónicamente silenciosos. ¿Qué diablos estaba pasando?

—¿Cómo lo hacen? —insistió.

—No entiendo qué es lo que me estás preguntando, Lucrecia —parecía que hablábamos idiomas diferentes. Para mi completa sorpresa, extendió su mano sin decir una palabra—. ¡¿Qué?!

—¿Me das una pitada, por favor?

Sí. Definitivamente, estaba ebria. Le ofrecí mi cigarrillo sin despegar mis ojos de los suyos. Le dio una profunda pitada y dejó que el humo se escapara lentamente entre sus labios. No podía esperar a que me lo devolviera… su boca había estado allí.

—Gracias —me lo devolvió y lo recibí como el tesoro que era—. Lisandro llevó a Sofía a un partido de polo. Ayer… Aún no regresa.

Sofía. La secretaria. La doble de riesgo de Lucrecia. El muy miserable se paseaba con la amante como un trofeo cuando el premio más grande de su vida estaba en casa, ahogando la vergüenza con dos copas de vino; quizás, algunas más. ¡No se la merecía! En lo absoluto.

—No entiendo cómo lo hace —puso todo su cabello a un lado y comenzó a trenzarlo—. Dice que me ama, pero se acuesta con ella. No lo comprendo —me clavó la mirada, a la espera de una respuesta.

¿Qué responder a eso? Podría darle una respuesta sencilla, una verdad existencial: sexo y amor eran categorías diferentes. Ella y Sofía eran diferentes, también para Lisandro. Pero ¿quería darle esa respuesta? El brillo en sus ojos exigía una respuesta honesta, y además un consuelo, y yo no quería verla sufrir así. Por nada y por nadie, ni siquiera por el imbécil con el que se había casado.

—Si no te quisiera, ya te habría dejado —le di una última pitada al cigarrillo y lo aplasté en el suelo. Percibí un dejo de vainilla en mi lengua, era como probar el mismísimo cielo.

Creí que esa respuesta le agradaría, pero algo en su expresión me decía que no.

—¿Qué? —pregunté.

—Estoy furiosa —dijo con la mirada clavada en el suelo, sentándose en el escalón.

—Deberías hablarlo con él.

—¿Con Lisandro? —ahogó una risa, claramente irónica—. Él sabe muy bien lo que hace. Es Sofía quien me preocupa. Es joven y se está perdiendo los mejores años de su vida. Si realmente es como dices, Lisandro nunca le dará a Sofía lo que ella espera. O peor, se lo dará a medias, solo para retenerla. Como llevarla a un partido de polo, por ejemplo… para hacerle creer que tiene un lugar en su vida.

Esa mujer no dejaba de sorprenderme. O hablaba el vino o estaba loca, o quizás ambas cosas. ¿Estaba preocupada por la amante de su esposo?

—Lucrecia… Sofía tampoco es una niña. Debe asumir las consecuencias de sus decisiones. Lisandro es un hombre casado con una mujer maravillosa. Sofía no es competencia para ti. Nadie lo es. Por muchos partidos de polo a los que vaya.

—Esto no es una competencia, Mauro —comentó, incómoda—.

¿Cómo puede ser tan cruel? ¿Por qué permitir que Sofía crea algo que no es?

—Lucrecia, deja de darle vueltas al asunto. Que Sofía se ocupe de Sofía, tú debes ocuparte de Lucrecia. Y de Alejo. Si Sofía se ilusiona, es su problema —insistí.

—Ah, ¿sí? ¿Su problema? —entrecerró los ojos—. ¿Qué harías si alguna se ilusionara contigo? ¿No tratarías de aclarar las cosas? ¿De ser honesto? ¿O no te importaría porque es su problema? ¿Solo porque eres hombre y puedes separar sexo y amor? Eso te hace una persona espantosa, Mauro. ¿Cómo puedes decir que los sentimientos de los otros no te importan?

—¡Oye! Tiempo, ya basta. Espera… Espera un momento. Creí que hablábamos de tu esposo, ¿en qué momento me transformé en el foco de atención?

—En el momento en que besaste a esa pelirroja frente a mi casa, Mauro. En ese momento.

Si hubiera una mosca dando vueltas por allí, hubiera aprovechado la sorpresa en mi expresión para explorar mi boca. *¿La pelirroja? ¿Romi? ¡Romi!* ¡Lucrecia me había visto con Romi! ¡Y estaba celosa! Ebria y celosa. Una combinación explosiva.

—Son todos iguales —sentenció, implacable.

—Es una amiga —dije repentinamente, sintiéndome como si tuviera que excusarme, como si la hubiera engañado y ella me hubiera descubierto. ¡Sintiéndome como un idiota!

—¿Besas a todas tus amigas así? —apenas la pregunta abandonó sus labios, se tapó la boca con una mano—. ¡Mierda, mierda! No me contestes. No, mejor olvida que tuvimos esta conversación. Estoy segura de que mañana no la recordaré.

En menos de una milésima de segundo, mi cerebro se remontó a unas semanas atrás. El enojo de Lucrecia por la mordida en mi cuello, el reclamo por mi tardanza; todo cobró sentido. Me había visto bajar del taxi y besar a Romi. ¡Trágame tierra! "Son todos iguales", había dicho. Me metió en el mismo costal de los "malnacidos que se acuestan con mujeres solo por diversión". Corrijo: yo solito me había metido allí. Nada de lo que dijera me iba a librar de ese rótulo. Tenía que evadir las excusas.

—Tienes razón —concedí, con un hilo de voz. Ella me miró sobre su hombro—. Somos todos iguales. Pero ustedes, no.

—¿A qué te refieres?

—Siempre hay una que rompe con todas las estructuras.

—No entiendo.

—Siempre hay una mujer que marca la diferencia, para cada uno de nosotros. Eres "esa" mujer para Lisandro. Sin dudas. La forma en que te mira… es como si no existiera nada más en el mundo para él.

Cerró los ojos con una expresión de dolor, igual que si hubiera recibido un golpe. No comprendí la desazón de su expresión. ¿No era eso lo que quería escuchar? De un segundo al siguiente, se puso de pie.

—Que descanses, Mauro —sin mirarme, caminó nuevamente hacia el interior de la casa.

—Lucrecia… —la detuve—. La mujer con la que me viste no significa nada para mí. Sé que está mal, y me siento una persona horrible por decirlo, pero así es.

CAPÍTULO 12

UN DIABLO QUE NO PACTA

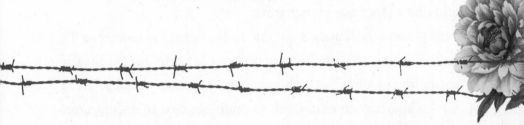

Estaba perdida. No había esperanzas para mí. Si Mauro estaba en lo cierto, Lisandro jamás se enamoraría de Sofía. Yo era "esa" mujer, y él nunca me dejaría libre.

—Maldito desgraciado… —murmuré en la soledad de nuestra habitación.

Eran cerca de las siete y media. ¿Es que no pensaba volver a casa antes de ir a trabajar? ¿No pensaba bañarse? ¿Cambiarse de ropa? ¿Quitarse de encima los rastros de un fin de semana de sexo con su secretaria? ¡Estaba harta! El partido de polo había sido la gota que rebalsó el vaso. La mostró en público, frente a media oficina. ¿Por qué se empeñaba en humillarme así?

Todavía guardaba en mi teléfono la foto que me había enviado un "desconocido". Un desconocido que no podía ser otro que Sofía; la pobre insistía en hacerme saber que tenía un amorío con mi esposo, ¡como si me importara! Pero estaba decidida a usar ese as bajo la manga a mi favor. Iba a enfrentar a Lisandro. Con Mauro en la casa, me sentía segura. Estaba convencida de que no me pondría un dedo encima sabiendo que él estaba a apenas unos metros.

Con el rostro enrojecido y las mejillas bañadas en llanto, bajé las escaleras y me senté en un taburete de la cocina. Tenía el teléfono celular presionado en un puño y los ojos fijos en el portón del garaje. Lisandro iba a tener que escucharme.

Al oír el sonido del auto, supe que había llegado el momento. El diablo estaba en casa y era hora de negociar la parte que me tocaba por entregarle mi alma. Segundos después, la puerta lateral se abrió y Lisandro apareció en el umbral. Cuando sus ojos se encontraron con los míos, se quedó petrificado.

—Cariño, ¿cómo estás? —preguntó, tragando despacio. Dejó las llaves sobre la isla de la cocina y se acercó hacia mí.

—Ni lo pienses —lo detuve en seco, apenas si podía hablar a causa del temblor en mi voz—. ¿Que *cómo estoy*? ¿Bromeas? —me puse una mano en el pecho—. ¿Dónde estabas? ¿Por qué no contestabas el teléfono?

—Lo siento, cariño. Tienes razón en estar enfadada. Me distraje y no presté atención al teléfono… estaba con algunos problemas en la oficina.

—¡No me mientas! —grité.

—No levantes la voz —endureció la mirada—. ¿Dónde está Alejo? ¿Duerme?

—¿Por qué lo preguntas? ¿No quieres que se entere? ¿No quieres que escuche que te acuestas con Sofía? —me levanté de la silla, pero Lisandro apretó mi brazo con una mano poderosa.

—Cierra la boca o te corto la lengua, lo juro.

—La llevaste al polo —contraataqué.

—¿Qué? Estás loca, no sabes lo que dices —me soltó de inmediato, obviamente sorprendido por mi jugada–. ¿De dónde sacaste eso? Te dije que estuve en la oficina. Dormí allí. Y claro que estuve con Sofía. Es mi secretaria, trabaja conmigo. ¿O lo olvidas?

Libre de la presión de su mano, tomé el teléfono y desbloqueé la pantalla.

–¿Así es como trabajas? –levanté el aparato a la altura de sus ojos. La imagen era clarísima. Él y Sofía sentados en pleno palco, riéndose de quién sabe qué cosa. Se veían bastante acaramelados.

–Dame eso –me quitó el teléfono–. ¿Quién lo envió? ¿Quién tiene tu número?

–No lo sé –respondí sin titubear, cruzándome de brazos–. Y tampoco me importa. La pregunta es: ¿qué haremos al respecto?

–No quiero que recibas cosas de números desconocidos, ¿entendiste?

–No desvíes la conversación a tu conveniencia. Te pregunté qué piensas hacer al respecto.

–¿Disculpa?

–¿Te vas tú o me voy yo?

–¡¿Qué?! –abrió los ojos tan grandes que parecían a punto de estallar.

–No puedo vivir más de esta forma. Ya no sé qué hacer. Lo intento, juro que lo intento. Pero ya no más. Si la quieres a ella…

–No –antes de que pudiera terminar de hablar, me abrazó con tanta fuerza que por poco me deja sin aliento–. No puedes pensar en dejarme, porque me muero –murmuró sobre mi cuello–. No sé quién ni por qué te mandó eso, pero no es nada. No significa nada. Lo juro. Es cierto que estuvimos allí, pero fuimos a reunirnos con un cliente. No estábamos solos, todos los empleados de la oficina estaban con nosotros. Debes creerme.

—Mientes —apoyé las manos en su pecho y lo separé de mi cuerpo—. ¿Tan mala esposa soy? ¿Tan poco me quieres? —reclamé, mirándolo directo a los ojos—. Lo soporto todo, más de lo que cualquier mujer soportaría. No merezco esto.

—No pienses así. Sabes que te amo más que a nada, más que a mi propia vida —presionó una mano en mi cabeza y la apoyó sobre su pecho. Entonces, el hedor del perfume barato de Sofía se pegó a mi nariz.

—¡Estuviste con ella! No me mientas —lo alejé con rudeza—. Al menos, podrías haber tomado una ducha antes de regresar a casa. Hueles a ella —me removí de sus brazos, dispuesta a huir hacia la habitación.

—Regresa… —me siguió escaleras arriba, listo para comenzar con las habituales excusas—. Por favor, no me hagas esto —apresó mi antebrazo.

—Lisandro, basta.

—No, ahora vas a escucharme.

—¡No! Eres tú quien debe escuchar —demandé, harta de todo—. Quiero la verdad.

El sol ya estaba en su máximo esplendor afuera y el gris de sus ojos parecía más claro, más luminoso a causa de las lágrimas que ya amenazaban con brotar. La imagen era lamentable, igual que siempre. Pero ya no me conmovía esa actuación; la conocía de memoria.

—No significó nada —confesó en voz baja.

—Eres una basura —retiré sus manos de mi cuerpo y caminé hacia la habitación. Cuando estaba a punto de cerrar, interpuso su pie—. No, vete. Déjame sola.

—No fue nada. Te amo a ti —persistía. Él empujaba de un lado de la puerta y yo del otro, en una batalla que sabía perdida de antemano. Tratándose de fuerza, él siempre ganaba.

Me hice a un lado y trastabilló al entrar.

—Estoy cansada —me senté en la cama—. Es injusto, Lisandro. Eres injusto… —accedí a mirarlo—. Vivo para ti y para Alejo, me paso el día encerrada aquí dentro y tú ¿te paseas por toda la ciudad con ella? ¿Por qué?

—Porque cambiaste… Sabes que cambiaste. Esto es tu culpa. ¿Cuándo fue la última vez que me acariciaste? ¿Eh? ¡Dime! Estoy seguro de que no lo recuerdas. Eres fría, Lucrecia. Un témpano de hielo —me atravesó con la mirada—. Sofía es el doble de mujer que tú. Tú, en cambio, eres una mojigata… No sabes cómo complacer a un hombre.

—Basta —quise levantarme de la cama, pero Lisandro me lo impidió.

—¿Querías la verdad? Pues, ahora vas a escucharla. No me tocas, ¡ni siquiera me miras!

—¡Porque me lastimas! —lo acusé.

—¡Tú me lastimas a mí! Tu rechazo me lastima. Tu desprecio y tu desamor me lastiman —sujetó con fuerza mis antebrazos—. Me acusas de mentiroso, pero no eres mejor que yo. También mentiste. Juraste que nunca ibas a dejarme. "Hasta que la muerte nos separe", dijiste. "Prometo serte fiel", ¿lo recuerdas? Pero, mentiste —su mirada era puro fuego y sabía que me quemaría—. Me odias, Lucrecia. ¡Me odias! Todo el mundo recibe tu afecto, excepto yo… ¡Te burlas de mí!

La presión de sus manos se incrementaba con cada palabra que salía de su boca. Mis piernas temblaban, mi alma temblaba. Estaba aterrada. Era inminente, el monstruo se preparaba para mostrarme su feo rostro.

—¿Crees que soy idiota? Estás haciendo un mundo de nada, a propósito. Lo que quieres es que me vaya, que te deje vía libre, ¿no es así? ¿Crees que no me doy cuenta? —de repente, se acercó a mi rostro y pegó su nariz a la mía, tomando mi camiseta con un puño apretado. Pensé en Mauro. Estaba tan cerca que, si gritaba, podría venir en mi auxilio.

—Sé lo que quieres, Lucrecia. Sé a quién quieres —dijo con los dientes apretados—. Lo que quieres es revolcarte con mi hermano.

¡¿QUÉ?!

—Espera, ¿qué? ¡¿Qué estás diciendo, Lisandro?! ¡Estás loco!

—Nunca estuve más lúcido en mi vida. ¡No trates de negarme nada!

—¿Cómo te atreves a acusarme de una cosa así? Estás dando vueltas las cosas. ¡Eres tú quien me está engañando! Lo que dices es una locura... Luciano es como un hermano para mí.

—Te abraza, te toca, y tú se lo permites. ¡Lo alientas! No estoy ciego, Lucrecia. Veo lo que haces.

—Lisandro, por favor —traté de zafarme, pero volvió a tironear de mi ropa—. ¡Deliras! ¡De la peor manera!

—Ese domingo, le acariciaste el brazo. Te vi —ni siquiera estaba escuchándome, no tenía oportunidad de ganar esta contienda—. Solo una zorra como tú podría meterse con el hermano de su esposo. Eso es lo que eres, lo que siempre has sido... Una maldita zorra.

Sorprendida por el giro de la situación, no pude reaccionar. Lisandro me empujó sobre la cama con tal violencia que mi cuerpo rebotó. Cuando le dio una vuelta de llave a la puerta, fui consciente de que la cosa acabaría mal. Otra vez. ¡Otra vez!

Lo vi desabrocharse el cinturón y comencé a temblar. El azote de un cinturón provoca un dolor imposible de olvidar, uno que marca más profundo que la piel.

—No, por favor —rogué, sin importarme recurrir a lo más bajo—. Alejo está aquí junto... No lo hagas.

No me escuchaba. Ya no. Con todo su rostro contorsionado por la ira, se arrodilló sobre la cama y envolvió mi tobillo con su garra, arrastrándome hacia él. No me resistí. Ya estaba rendida.

—¿Ahora te acuerdas de tu hijo? —dejó el cinturón a un lado y, lejos de sentir alivio, me abrumó el miedo de no saber qué sucedería–. Si no quieres que se despierte, deberás guardar silencio… –se metió las manos en los pantalones y entonces sí supe lo que sucedería. Ese tampoco era un dolor que se olvidara fácilmente–. Voy a darte la oportunidad de demostrar que me amas. Solo a mí.

–Te lo ruego.

–Shh, calladita… Alejo podría oírte.

Mi giró como si fuera una muñeca y jaló de la cinturilla de mis jeans. Se puso detrás de mí y mantuvo mi cabeza presionada sobre el edredón. El calor de su cuerpo era una amenaza pronta a cumplirse.

–Vas a demostrarme que no hay nadie más que yo –murmuró con su boca pegada a mi oído.

Desabrochó mis jeans y jaló de la prenda, dejándome expuesta y a su merced. Cuando rasgó mi ropa interior, contuve la respiración. Mis piernas, mi ser todo se cerró al sentirlo adentrarse en mi carne, rompiéndolo todo. Era otra batalla perdida. Resistirse no tenía sentido. Las lágrimas resbalaban por el puente de mi nariz, descendían por mi boca, morían en el edredón, pero yo no lloraba. No gritaba. No rogaba. Casi no respiraba. Simplemente, no estaba allí.

Sentía el sonido de su cuerpo chocando contra el mío, con una violencia tal que temí que me partiera en dos.

–¿Así está bien? ¿Te gusta? –lo escuché decir. Sus uñas se enterraban en mis caderas y mis puños se cerraban sobre el edredón–. Dime. Dime que te gusta, cariño.

–Sí –estaba dispuesta a decirle lo que fuera necesario para que terminara de una vez.

–Dime que me amas, que me amas solamente a mí. Quiero escucharte decirlo.

–Te amo solamente a ti –recité como una autómata.

—¿Solamente a mí?

—Solamente a ti.

Luego de lo que pareció una eternidad, lo sentí estremecerse, derrumbarse sobre mí. Mis rodillas cedieron, temblorosas, y también la presión de su mano sobre mi rostro, permitiéndome respirar un poco mejor. Estaba agitado, su aliento me golpeaba la nuca, me quemaba la piel. Cuando besó mi mejilla, sentí náuseas. Retiró unos mechones de cabello que habían caído sobre mi frente y siguió acariciando mi mejilla con su nariz.

—Nos pertenecemos, Lucrecia. Nada nos va a separar —sentenció.

Asentí con mi cabeza, porque no confiaba en mi propia voz.

—Si llego a escuchar que nombras a Luciano una vez más… una vez más… —besó mi frente—, te mato, Lucrecia. ¿Entiendes lo que digo?

—Sí.

—Bien.

Se retiró de mi cuerpo y dejé escapar un suspiro de alivio cuando la presión cedió. Aún con el rostro sobre el edredón, lo escuché meterse a la ducha. Aprendí, de la peor forma, que el diablo no pactaba. No había tregua en el infierno.

✶ ✶ ✶

Apenas podía sostenerme en pie, me dolía cada centímetro del cuerpo. El agua caliente de la ducha no lograba relajar el entumecimiento de mis músculos. Vertí el jabón líquido en mi mano y la metí entre mis piernas, cerrando los ojos y apretando los dientes para no gritar. Quería quitar todo rastro de lo ocurrido… pero ardía. Ardía demasiado. Cuando abrí los ojos, alcancé a ver la estela rosada escurriéndose por el desagüe.

Sangre.

Estiré la mano fuera de la ducha y tanteé mi neceser de cosméticos, hasta dar con un pequeño espejo de mano. Abrí las piernas y orienté el espejo.

—Oh, no.

Cuando bajé a la cocina, Lisandro ya no estaba. Me esforcé por actuar con normalidad. Preparé el desayuno, organicé las actividades del día. Alejo me hablaba y le respondía con monosílabos. La mirada de Mauro, por otro lado, estaba tratando de perforar mi coraza. Podía sentirlo.

—Lucrecia, ¿estás bien?

Por supuesto. Por supuesto que iba a darse cuenta de que algo había ocurrido. Ese era su trabajo, me lo había repetido muchas veces. Mi seguridad era su prioridad. Entonces, ¿dónde había estado antes? ¡Cuando de verdad lo necesitaba!

—No. No estoy bien —respondí. Le di un sorbo a mi té. Al sentirlo aproximarse, mi cuerpo reaccionó con una dolorosa tensión. Centré la mirada en el oscuro líquido dentro de mi taza, para no tener que verlo frente a frente.

—¿Qué ocurre? —preguntó, de pie a mi lado.

—Dormí en una mala posición y me duele todo el cuerpo —mentí, a medias—. Fue el vino que bebí anoche, me deja fuera de juego. Tomaré un analgésico y en unas horas estaré como nueva —agregué, para sonar más convincente.

—Entonces, será mejor que suspendamos las clases de manejo.

—Me parece bien.

El día transcurrió tan lento como mi esforzado andar. Para las dos de la tarde, ya me había cambiado cuatro veces. No dejaba de sangrar, lo cual me preocupaba bastante. Iba a tener que hacer algo

al respecto. Aprovechando que Mauro entretenía a Alejo en la sala de
estar, me encerré en el baño de la habitación y llamé a mi ginecólogo.

* * *

Luego de que Alejo hiciera un escándalo en la sala de espera, tuve que
pedirle a Mauro que se quedara con él mientras asistía a mi consulta
con el doctor Amaya.

—Lucrecia, adelante.

Lucas Amaya había sido mi ginecólogo desde el embarazo de Alejo.
Era un anciano adorable, de estatura baja y contextura gruesa, con un
poblado bigote gris y algunas pelusas blancas cubriendo su calva. Era
uno de los profesionales más respetados en su área, de esos médicos
que ya no abundan.

—Gracias por recibirme sin cita, Lucas. Lamento si le causé algún
inconveniente a tu agenda.

—No es problema, querida. Siéntate, por favor.

—¿Es necesario? —pregunté, sosteniéndome del respaldar de la silla—.
¿Sentarme?

—Querida mía… ¿así de mal estás?

—Fue un accidente —no pude ni quise mirarlo a la cara, prefería
mantener los ojos en el cuadro a sus espaldas.

—Hablaremos luego, ¿de acuerdo? Primero, vamos a ver a qué nos
enfrentamos. Pasa por aquí.

Cuando al fin logré acomodarme en la camilla, el doctor apoyó los
lentes en su nariz y acercó la lámpara de pie. Mis piernas temblaban.
Sentí ardor cuando apoyó sus dedos, explorando la herida, pero traté
de concentrarme en el recorrido de una telaraña que pendía de la lámpara del techo. Sus dedos abandonaron la zona poco después y alzó

mi vestido, descubriendo los rasguños en mis caderas. Noté el cambio en la expresión de su rostro, pero no hizo comentarios al respecto.

—Vas a necesitar puntos —indicó—. Muy pocos. El tipo de sutura que usaré se reabsorbe en unos días, así que no será necesario que vengas a quitártelos. De todos modos, pasado el efecto de la anestesia, sentirás dolor. Voy a prescribirte analgésicos y unos antibióticos, para evitar el riesgo de alguna infección.

—Haré lo que me digas, Lucas.

Gracias a las maravillas de la anestesia local y a la mano experta del doctor, apenas sentí unos leves tirones. En menos de diez minutos, el asunto estaba solucionado. Con la zona aún adormecida, fue mucho más sencillo vestirme y calzarme las sandalias altas.

Cuando emergí de detrás del biombo, el doctor llenaba mi historia clínica.

—Siéntate, querida —me indicó la silla frente a su escritorio, sin dejar de escribir. Firmó con esos extraños jeroglíficos propios de los médicos y selló con una mano temblorosa. Era increíble que aún lograra suturar con semejante temblequeo. Guardó la historia clínica en su lugar y regresó a su asiento—. Vamos a conversar un poco. Al llegar, dijiste que fue un accidente. ¿Cómo es que sucede un accidente así?

Me removí incómoda en la silla, retorciendo mis manos y con la garganta estrangulada. Mentirle a Lucas era imposible. Pero decir la verdad tampoco era una alternativa. Permanecí en silencio, con la mirada clavada en mis manos entrelazadas.

—Esos rasguños y hematomas en tus caderas, ¿también sucedieron durante el accidente?

—Es la primera vez que pasa algo así —alcé la cabeza, asqueada de estar defendiendo a un hombre que no se lo merecía.

—Lucrecia, esto no es un accidente.

—Lo sé. Supongo que… fue demasiado brusco. No sé qué otra cosa decir.

—Querida… —entrelazó los dedos sobre el escritorio—. No importa si es tu esposo; si un hombre te fuerza a hacer algo que no quieres, eso se llama "violación", aquí y en cualquier otra parte del mundo. Tu cuerpo es tuyo y de nadie más —dijo con extrema seriedad—. Esos desgarros en tu vagina, suelen suceder cuando los músculos se contraen excesivamente. Es una respuesta automática, defensiva, se da cuando el cuerpo se siente amenazado.

—Fue un accidente —insistí, ocultando el temblor en mi voz.

—No intento convencerte de nada. Solo ustedes dos saben lo que sucedió entre esas cuatro paredes.

* * *

Las canciones infantiles nunca me habían sonado así de espantosas. Alejo, como era su costumbre, cantaba sobre la pista a viva voz. Y eso también era insoportable. Mi cabeza estaba a punto de estallar. Literalmente. Pensar en la palabra con la que Lucas había calificado el "accidente", me provocaba náuseas. Bajé el vidrio y apoyé el codo en la ventanilla, buscando que la brisa me despejara las ideas.

—¿Dónde vamos? —pregunté al ver el paisaje. Era obvio que no íbamos camino a casa.

—Le prometí un helado a Alejo —respondió Mauro.

—¿Qué?

—¡Helado, helado, helado! —empezó a entonar Alejo.

—¿Por qué no me preguntaste? —cuestioné.

—No lo sé… se lo prometí. Tenemos la tarde libre —dijo con simpleza, encogiéndose de hombros. Al escuchar la impertinencia de su respuesta, sentí un escalofrío sacudiéndome el cuerpo.

—¡Helado, helado, helado! —continuaba Alejo.

—¿Acaso te dije que teníamos la tarde libre? —entrecerré los ojos.

—Lo siento, Lucrecia. No creí que tuvieras inconvenientes con eso. Es… solo un helado —replicó, nervioso.

—¡Helado, helado, helado!

—¡Silencio, Alejo! ¡Por Dios! —grité, girándome sobre mi hombro.

Se quedaron mudos. Los dos. Yo, otro tanto. Nunca le gritaba a mi hijo. ¡Jamás! De repente, sentí un líquido amargo inundando mi boca.

—Detente —regresé la vista al frente y apoyé las manos sobre el asiento.

—Lucrecia…

—¡Detén el auto!

Clavó los frenos en ese mismo instante y me quité el cinturón de seguridad a los tirones. Abrí la puerta y la azoté al bajar. No sabía dónde estaba o dónde iba, pero necesitaba caminar. Alejarme. Mis tacones resonaron en la acera mientras la caminata se convertía en un trote sin destino.

—¡Lucrecia! —lo escuchaba gritar a mis espaldas, pero lo quería lejos. Quería a todos lejos—. Lucrecia… —trató de sujetarme.

—No me toques —me retiré de su alcance y Mauro me observó con preocupación, desconcertado. Alejo colgaba de su brazo.

—¿Qué pasa? —se acercó un par de pasos; los mismos que yo retrocedí—. Estás pálida como un fantasma. ¿Qué es lo que sucede?

—No me hables.

—Mami… —lloriqueó Alejo.

—Vamos a volver al auto, ¿está bien? Regresemos a tu casa —dijo Mauro, bajando la voz.

—¿Quién crees que eres? —dije, enfurecida—. ¿Quién crees que eres para dirigir mi vida? ¿Para disponer de mi tiempo? De los tiempos de mi hijo.

—Lucrecia, por favor. Cálmate. Lo hablaremos en tu casa.

—Deja de manejarme la vida —mi cuerpo se sentía extraño. Me moría de calor, de frío, temblaba, transpiraba. Mi pulso estaba acelerado. Enredé mi cabello en un rodete y lo anudé en mi cabeza—. Déjame tranquila.

Continué caminando… o intenté hacerlo, porque su mano volvió a sujetar mi muñeca.

—Espera.

—¡Basta! —grité en plena acera, fuera de mis cabales—. ¡Me tienes harta! ¡Déjame en paz, Lisandro!

Alejo lloraba a moco tendido, Mauro me miraba como la loca en la que me había convertido, y yo… ¿Lisandro? ¿Lo había llamado "Lisandro"? De un momento a otro, sentí el líquido amargo brotar una vez más y ya no pude contenerlo. Me incliné sobre la pared y vomité mi almuerzo.

✳ ✳ ✳

Cuando abrí los ojos, sentí la calidez de Alejo abrazado a mi pecho. Estábamos recostados en el sofá de la sala. En nuestra casa. Mis sandalias reposaban a un lado y la televisión estaba encendida. Suspiré aliviada, abrazando a mi hijo y besando el nido de rizos sobre su cabeza.

No era un misterio cómo habíamos llegado hasta allí.

Mis ojos lo buscaron por la sala, pero no estaba. Estaba en el jardín. Paseándose frente a la piscina, marcando un surco mientras un cigarrillo se consumía entre sus dedos. La corbata había desaparecido. La camisa que llevaba arremangada hasta los codos dejaba ver sus antebrazos. Como si hubiera presentido el descaro de mi mirada, detuvo sus pasos y espió hacia adentro. Sus ojos se encontraron con los míos. Entonces supe que en algún momento desde que entró a mi casa por primera vez hasta que me socorrió esa tarde, en pleno ataque de histeria, Mauro Acosta se había convertido en la persona más cercana que tenía. Sin Luciano como apoyo, sin poder confiar plenamente en Santiago, Mauro era el único con quien podía contar.

Mi situación era precaria.

Me armé de valor y fui a enfrentar las consecuencias de mi arrebato de locura. Mientras salía hacia el jardín, Mauro no me quitaba los ojos de encima, como si esperara que volviera a estallar de un momento a otro.

Me senté en los escalones y aguardé a que hiciera su parte. Cauto, un poco asustado quizás, se sentó a mi lado.

—Hablaré con Gómez —dijo, tras unos segundos de implacable silencio—. En menos de veinticuatro horas, encontrarán al indicado para reemplazarme.

—Está bien —asentí. Comprendía que quisiera irse; lo ocurrido esa tarde era inaceptable

—Es lo mejor —agregó—. No quiero incomodarte más.

—¿Qué?

—Que no quiero incomodarte más —sus ojos se clavaron en el suelo. Estaba evadiéndome adrede—. No quiero que sientas que estoy metiéndome en tu vida. No es así.

—Lo sé. Lo que dije hace un rato… no sé qué me pasó, no tengo excusas. Estrés, supongo. No sé qué otra cosa decir más que lo siento. Lo siento mucho —inspiré profundo, terriblemente avergonzada por mi comportamiento–. Entiendo que quieras irte y no te detendré. No te merecías lo que sucedió hoy.

–No, no me entiendes. Esto no se trata de querer irme o querer quedarme. Se trata de ti. Es obvio que no soportas mi presencia; te incomoda, lo sé. Es mejor que me vaya. Quizás, con otro guardaespaldas, encuentres la tranquilidad que conmigo no.

–No –me levanté del escalón.

–¿No? –preguntó.

–No –repetí–. Y sí.

–¿No o sí? No te entiendo, Lucrecia.

–Las dos cosas. No, no me parece buena idea que te vayas. No es esa la solución… No quiero tener que acostumbrarme a otra persona; le caes bien a Alejo –me paseé frente al escalón, pensando en cómo decir lo que seguía–. Y sí, en ocasiones me siento incómoda cuando estás cerca –me crucé de brazos, aguardando su reacción. Pero no. Mauro estaba inmutable–. ¿Qué piensas? –murmuré.

–Estoy tratando de entenderte –juro que sus ojos chispearon–. ¿Te incomodo? ¿Cómo? –se levantó del escalón y se detuvo a unos pasos de mí.

–Bueno, hoy por ejemplo... Me incomoda que tomes decisiones que no te corresponden –le sostuve la mirada con firmeza, aunque el corazón me latiera enloquecido–. Sobre Alejo, decido yo. Soy la madre.

–¿Bromeas?

–Para nada. Si mi hijo tiene o no tiene la tarde libre, lo decido yo.

–¿En serio? ¿Todo esto es porque le prometí un helado? –entornó la mirada, estaba tan cerca que prácticamente podía saborear sus palabras en mi boca–. Estaba haciendo un escándalo en la sala de espera y le prometí que si se quedaba quietito hasta que salieras lo llevaría a tomar un helado. ¿Es tan grave? ¿Qué se supone que hiciera? ¿Irrumpir en el consultorio para preguntar si me autorizabas? Era un helado, Lucrecia. No es como si lo estuviera inscribiendo en la universidad.

—Está bien, olvida el helado. No fue un buen ejemplo —admití, sintiéndome como una estúpida. Mis argumentos eran igual de erráticos que mis emociones—. Lo que me incomoda que esté tan apegado a ti, ¿comprendes? No quiero que se confunda.

—¿Apegado?

—Sí, apegado. No quiero que Alejo se confunda —inspiré profundo y solté el aire antes de poder continuar—. Vas a irte, Mauro. No será hoy ni mañana, pero sucederá. Temo que sufra con tu partida.

—Alejo entiende por qué estoy aquí. Cuando me vaya, se olvidará muy pronto de mí. Créeme, ya lo he pasado —se cruzó de brazos—. No soy un témpano de hielo, Lucrecia. Paso seis días a la semana con él. Me encariñé y no voy a disculparme por eso.

—No, no nos estamos entendiendo. Esta conversación no nos lleva a nada —mastiqué entre dientes.

—Disiento. Yo diría que nos debíamos esta conversación. Aclaremos las cosas de una vez, ¿quieres? Alejo no está confundido —replicó—. La confundida eres tú.

—¿Yo?

—Sí, tú. Me haces planteos a mí, cuando debes hacérselos a tu esposo —respondió implacable, perforándome con sus ojos color café—. Te molesta que te engañe y quien recibe el reclamo soy yo. Detestas que te maneje la vida, pero es a mí a quien atacas… Estás confundida. Yo no soy tu esposo. Si no puedes hablar con él, lo lamento mucho; pero esta es la última vez que me aguanto un espectáculo como el de hoy. ¿Soy claro?

—¿Disculpa?

–Ya te lo dije, no soy un témpano de hielo. Si me atacas, voy a defenderme; así funcionan las cosas.

–¿Atacarte? ¡Yo no te ataco! –acorté la distancia una vez más.

–Ah, ¿no? Mírate. Te paras frente a mí como si quisieras aplastarme. ¡No te equivoques! Vas a tener que bajar de tu pedestal, querida. Mi jefe se llama Pablo Gómez, le respondo a él no a ti. Y estás invadiendo mi espacio personal –usó su mano para señalar el escaso espacio entre nosotros–. Estás a menos de cuarenta y cinco centímetros de distancia. Este tipo de interacción ni siquiera es personal, es íntima. Por supuesto que me estás atacando.

–Esta conversación se está desvirtuando –disparé, entrecerrando los ojos.

–Así parece –señaló sin titubear.

Podía sentir la sangre en ebullición, acumulándose en mis mejillas y a lo largo de todo mi cuello. Sí. Tenerlo así de cerca me ponía imposiblemente incómoda.

–Mejor lo dejamos aquí –endurecí el gesto.

–Buena idea –se dio media vuelta y me quedé parada en medio del jardín. Sola.

CAPÍTULO 13

ES UNA PROMESA

La relación entre Lucrecia y yo estaba tensa; si se la miraba con optimismo, por supuesto. Todo cambió después del "enfrentamiento" junto a la piscina, aunque aún no podía determinar quién había ganado la contienda.

Habíamos establecido unos límites que parecían infranqueables. Ya no había clases de conducir, tampoco ritual de mate amargo, mucho menos cigarrillos compartidos. Cualquier rastro de la confianza que habíamos desarrollado se había extinguido, como si no hubiera existido siquiera.

Cada vez que recordaba el rubor de sus mejillas, la chispa en su mirada, el palpitar errático su cuello… Jamás la había visto más hermosa que cuando me enfrentó. Había fuego en ella, pero se estaba dejando consumir por dentro. No me convertiría en cómplice de tamaña tragedia. Estaba oprimiendo algo en su interior, algo que pujaba por emerger, algo que quería ser expulsado. Aunque fuera en un vómito estruendoso en plena calle.

Me asusté como nunca al verla así de desencajada, así de confundida. Que me llamara por el nombre de su esposo fue como un golpe en medio del estómago. No admitiría jamás que me comparara con semejante basura. Tenía mis errores, claro que sí, pero no dejaría que me sumara los de su esposo. Meter a Alejo en el medio, otro golpe bajo. Era intolerable.

Las mañanas se volvieron una tortura. Con Alejo en el kínder, el silencio entre los dos se volvía más aplastante, más doloroso. No me miraba, no me hablaba, evitaba pasar cerca de mí. Me evitaba tanto como podía.

Eran casi las diez cuando el teléfono vibró sobre la isla de la cocina. Lucrecia, sentada en el taburete de la esquina, apenas alzó la mirada de su libro para mirar el aparato. *Crónica de una muerte anunciada*. No sé por qué pero me ponía de muy mal humor que insistiera en leer un libro que no le gustaba.

–Diga... –respondí al teléfono.

–¿Cómo estás, muchacho? –saludó Gómez.

–Aburrido –respondí, mirando a Lucrecia. No hizo acuso de recibo, claro que no.

–Me imagino. Pero no te preocupes, las cosas están a punto de ponerse interesantes. Pon a la señora Echagüe en la línea, por favor.

Sin comprender la orden de Gómez, le pasé el teléfono a Lucrecia. Una orden era una orden, siempre.

–Es Gómez.

Dobló el extremo de la página y apoyó el libro sobre la isla antes de recibir el celular.

–Buenos días –tomó la llamada con la dulzura que la caracterizaba, esa misma de la que ahora me privaba sin piedad.

Mientras escuchaba lo que fuera que Gómez le decía, estudié

los tenues cambios en su carita de ensueño. La neutralidad de sus facciones fue dando paso a pequeños gestos que delataban su confusión. Su boca era una fina línea recta, su entrecejo estaba levemente contraído y enroscaba un mechón de cabello en su dedo.

—De acuerdo. Que tenga buenos días —respondió, dando por concluida la conversación. Cortó la llamada y me devolvió el teléfono—. Te espera en la oficina —alzó el libro y retomó la lectura desde donde la había dejado, sin detenerse a mirarme un miserable segundo.

—¿Ahora?

—Puedes llevarte el auto.

—¿Eso es todo? ¿Quiere que te deje sola? —pregunté, todavía más confundido.

—No. Eso no es todo. Dijo que tenías quince minutos para llegar... —consultó el reloj—. Te quedan catorce.

* * *

En exactamente doce minutos, estacioné el automóvil frente al edificio. Después de una alocada carrera por las escaleras, llegué a la puerta del despacho al final del pasillo y me detuve unos segundos a recuperar el aliento. Justo antes de que los quince minutos se cumplieran, le di tres golpecitos a la puerta.

—Adelante —Gómez me autorizó la entrada.

Me recibió el aroma dulzón del habano que se consumía entre los amarillentos dedos de mi jefe. No me sorprendió ver a Andrés Fusco apoyado sobre el borde del escritorio, pues estaba a cargo del caso del robo en casa de Lucrecia. Era el fiscal más joven, más tenaz y más temido de todo el distrito. Su actitud era siempre arrogante, altanera; el sujeto era más frío que un glaciar. Pero, sin dudas, lo que más asustaba a todos era su compromiso inquebrantable contra la corrupción. No negociaba con nadie.

—Era hora, muchacho —Pablo se cruzó de brazos, claramente molesto.

—Dijiste quince minutos.

—No. Dije diez —retrucó—. ¿Qué sucedió? ¿Mucho tráfico?

—No —inspiré profundo, resignado. Lucrecia estaba poniéndome las cosas difíciles—. Al parecer, tu clienta escuchó mal. Me dijo que eran quince minutos.

—Fui muy claro. Parece que la niña sabe divertirse. ¿Quién lo hubiera dicho? —Pablo me indicó la silla frente al escritorio—. Recuerdas al doctor Fusco, ¿verdad? Ya hemos trabajado juntos anteriormente.

—Claro —estreché la mano de Andrés.

—Bien. Te hicimos venir porque Andrés tiene algunas preguntas. Adelante, doctor... —le cedió la palabra.

—¿Estás seguro de que te dijo quince minutos? —fue la primera pregunta que disparó el fiscal.

—Sí, muy seguro.

Andrés sacó el teléfono celular del bolsillo de su pantalón e hizo una llamada.

—No te descuides. Si ves cualquier movimiento extraño, me llamas —murmuró al teléfono. Sin esperar respuesta alguna, cortó la comunicación. Su actitud me estaba confundiendo. Movió todos los papeles que estaban sobre el escritorio y despejó una zona bastante amplia—. Acércate, Mauro.

Me puse de pie junto a él, mientras extraía unas fotografías de entre sus papeles y las distribuía sobre el escritorio. Había de todos. De Lisandro, Lucrecia, Santiago, Elena, Luciano, Alejo, más tres imágenes de cruces rojas sobre un fondo negro.

—Estos son los protagonistas de esta historia. Las cruces son los sujetos que entraron a la casa –señaló–. A este, lo vamos a dejar afuera. Por el momento –apartó la fotografía de Alejo y la dejó sobre su pila de papeles. Lucrecia ganó el centro del escritorio y el estómago me dio un vuelco–. Vamos a conversar un poco sobre ella.

–Okey –consentí.

–Bien –le dio unas palmaditas a la fotografía–. Hace más de un mes que estás en esa casa. Si tuvieras que definir quién es la persona más cercana a Lucrecia, ¿a quién elegirías?

–Alejo, sin dudas –respondí de inmediato.

–De estos –señaló las fotografías sobre el escritorio.

–Su cuñado, Luciano Echagüe.

–Luciano está distanciado de Lisandro y tiene la entrada prohibida, lo dicen tus informes. También lo dejaremos afuera. ¿A quién eliminarías de su círculo íntimo?

–A Elena –tomé la fotografía y la puse en una esquina–. Va los domingos, hasta ahora nunca la he visto. Tampoco llama a la casa. Prácticamente no existe.

–Coincido –asintió–. Nunca estuvo de acuerdo con ese matrimonio, no soporta a su nuera. Es lógico que no tomen el tecito juntas. Nos quedan dos opciones… Lisandro y Santiago. ¿Quién está más cerca?

Sin dudarlo un segundo, tomé a Santiago y lo coloqué junto a la de Lucrecia.

–¿Seguro? –preguntó.

–Completamente seguro. Lisandro se acuesta con su secretaria. Lucrecia y él no están en muy buenos términos.

–Imagino que no –se apoyó en el escritorio y cruzó los brazos.

Algo no me estaba gustando. Sentía una extraña presión en la boca del estómago.

–Voy a contarte algunos detalles que desconoces, para completar el panorama —les dio una mirada a sus anotaciones antes de continuar—. La familia de Lucrecia es originaria de Misiones, eso ya lo sabes. Los abuelos vinieron a Buenos Aires a fines de los setenta y se instalaron en una vivienda precaria en Villa Soldati, con su única hija, Natalia. Unos años más tarde, Natalia se embarazó y el novio desapareció. No hay registros de quién es el sujeto. Tuvo a Lucrecia y, cinco meses después, se esfumó. Nadie supo nada más de ella; no está ubicable, nunca más se contactó. Su abuela se hizo cargo del hogar y la nieta retribuía estudiando. Tenía excelentes calificaciones, las mejores. El gobierno de la Ciudad de Buenos Aires le otorgó una beca para que pudiera asistir al Colegio Manuel Belgrano. Allí fue la mejor de su clase. Una muchacha muy dedicada, según comentan. Su nombre está en el cuadro de honor. Hasta ahí, una vida soñada… una historia de superación, si quieres ponerle ese título. Hasta que se cruzó con este hijo de puta en septiembre de 2006 —miró la fotografía de Lisandro con un claro gesto de desdén—. ¿Cómo describirías su relación?

—Él es posesivo, controlador, manipulador. *Hijo de puta* lo describe bastante bien. Ella consiente sus deseos, sin importar qué.

—Claro que sí —Andrés tomó sus anotaciones y pasó un par de páginas—. Lisandro la conoció en septiembre de 2006 y en diciembre se mudaron juntos. Papá y mamá le compraron tremenda propiedad para que el niño jugara a la casita. Imagina el giro que dio la vida de Lucrecia… de la precaria casita de Villa Soldati a la mansión de Belgrano, sin escalas. Menuda historia de superación, ¿no te parece?

—¿Qué estás sugiriendo? —no, no me gustaba para nada el rumbo que estaba tomando.

—Nada es gratis en la vida, Mauro —sonrió con ironía—. Lucrecia recibió el primer golpe en octubre de 2011. No hay denuncias, pero siempre quedan registros, y los guardias de la caseta de vigilancia son bastante chismosos. Les gusta entrometerse. A ese primer episodio, le siguieron bastantes más. Dedos quebrados, costillas fisuradas, fractura de coxis, contusión en el parietal derecho, hombro dislocado y... —consultó sus notas una vez más—. Sí, aquí está, desplazamiento de la quinta vértebra. Lisandro es bastante creativo. No te doy la historia clínica de Lucrecia porque tardarías una eternidad en leer todo el material que hay ahí.

Lo sabía.

¡Siempre lo supe! *Papá tiró todo*, había dicho Alejo. Pero yo no quería creerlo, me negaba a ver lo que estaba ahí, frente a mí, porque no quería siquiera pensar en la posibilidad de que alguien la lastimara. De que Lisandro la lastimara. ¡Malnacido! Cortarle las manos no era suficiente; ¡lo iba a hacer sufrir un infierno! ¡El mismo infierno que le hacía pasar a Lucrecia! Cualquier cosa que le hubiera hecho la multiplicaría por mil. Iba a rogarme que lo matara... ¿Cuánto tardaría en llegar a la oficina de Echagüe? ¿Quince minutos? Diez, si me saltaba los semáforos. ¡Le daría la golpiza de su vida!

Pero, primero...

—El legajo que me diste no dice nada de esto —acusé a Gómez, ocultando a duras penas el torrente de emociones en el que me había lanzado la confirmación de mis sospechas—. Omitiste información importante, Pablo. Confié en ti y me ocultaste esto adrede. ¡¿Por qué?!

—Porque se lo ordené yo. Y ya lo sabes, una orden es una orden. Siempre —Andrés respondió por él—. Déjanos solos, Pablo.

Sin titubeos, Gómez salió de la oficina y cerró la puerta. No dijo una palabra, pero tampoco fue capaz de sostenerme la mirada. ¡Él lo sabía y no había hecho nada! ¡También se merecía una golpiza!

—Seguridad del Plata está colaborando con la Fiscalía que dirijo desde el minuto cero —continuó Andrés—. Las órdenes las doy yo,

Pablo es el mensajero. Necesitaba que fueras fresco, Mauro. Quería saber qué tan buena es para mentir.

—No miente —la defendí, de inmediato. No mentía. Estaba avergonzada.

¡Por Dios, cuánto dolía escuchar todo eso! Yo sabía perfectamente lo que sentía una mujer en su situación. Porque era yo quien recibía los golpes en lugar de mi madre, quien se interponía cuando mi padre perdía los estribos. Pero Lucrecia no tenía a nadie. Peor aún, ¿cuánto tardaría Alejo en interponerse? Estaba a punto de vomitar, lo juro.

—No la conoces, Andrés. No miente.

224

—Oculta, que es lo mismo.

—¿Qué quieres decir?

—Las calladitas son las peores —dejó los papeles sobre el escritorio. Yo tenía mi puño cerrado, listo para plantárselo en medio del rostro. Pero me contuve. Porque necesitaba la información que Pablo me había ocultado y que solo Andrés podía darme—. ¿Cómo describirías tu relación con ella? —preguntó, luego.

—Cercana —respondí de inmediato.

—¿Qué tanto? —entrecerró los ojos, estudiando mi respuesta. Este era un sujeto preparado, implacable. No sería posible ocultarle lo que me pasaba con Lucrecia, mucho menos cuando mis emociones estaban tan descontroladas.

—Confía en mí —elegí responder.

—Perfecto —volvió a poner las imágenes en el escritorio, sin ningún orden aparente—. Lo que voy a decirte es información confidencial. Si repites una sola palabra, te saco del caso y, luego, te hundo. ¿Comprendes?

Asentí, obviamente.

—Bien. El viernes 9 de octubre, Santiago Echagüe hizo un cambio en la agenda pautada para ese día en el ministerio y fue al estudio de Lisandro. Llevaba dos bolsos, contenían tres millones y medio de dólares. "Dinero negro", sin registrar, no hace falta que te lo aclare; no viene al caso entrar en demasiados detalles respecto a la procedencia, ya que es una investigación en curso. Por razones obvias, no era seguro dejar ese dinero ni en el estudio ni en la caja chica del ministerio. El sujeto no se arriesga. Entonces, ¿qué hizo?

—Le pidió a Lisandro que lo guardara en su caja fuerte —concluí.

—Así es —confirmó—. Los únicos que sabían de ese inusual ingreso en la caja fuerte de la casa eran Lisandro y Santiago. Pero la cosa se complicó. Resulta que lo que creímos que era un negocio privado de Santiago, no lo era en realidad. El dinero era un encargo, un negocio para otra persona; una persona mucho más poderosa. La misma que ahora lo está extorsionando… Quiere sus tres millones y medio de vuelta, obviamente, pero Echagüe no los tiene. El dinero desapareció de la caja fuerte —Andrés deslizó las fotos de Lisandro y Santiago hacia una esquina del escritorio y ubicó la imagen de Lucrecia en el centro—. Ella lo tiene.

Me quedé petrificado.

Y luego, me reí.

Porque no era posible. Lucrecia, con su carita de ensueño, no hubiera podido hacer algo así. Andrés deliraba.

—No —dije, tratando de recuperarme del impacto—. Estás equivocado, Andrés. No puede ser.

—No. Tú estás equivocado, Mauro. Te dije que las calladitas son las peores… Santiago no es la persona más cercana a Lucrecia. Estas son las personas más cercanas a Lucrecia —movió las tres cruces rojas y las situó junto a su fotografía—. Todavía no logramos identificarlos. Además de los Echagüe, ella es la única persona que podía saber de la existencia de ese dinero y la única que podía planear algo así sin dejar rastro alguno. No hay ni una pista sobre la identidad de los cómplices, ni una llamada sospechosa, ni un solo indicio para empezar a desenrollar esta maraña de mentiras. Te dije que oculta cosas, ¿no es cierto? No es inteligente, es brillante. Que no te engañe con su carita de nada, es más inteligente que todos nosotros juntos.

No me subestimes, había dicho Lucrecia. ¿Qué había querido decir? ¡¿Esto?! No. No era posible. Mi cabeza estaba completamente revuelta.

—No hay plan más perfecto que robar dinero negro. Nadie se atrevería a denunciar un robo de esas características, implicaría hacerse cargo de un delito grave. A mí me importa un bledo el robo, Mauro. Esa es la punta del ovillo. Yo también cumplo órdenes. Necesitamos esa información para armar un caso más grande. Lo que quiero es la cabeza del que da las órdenes, del dueño de los tres millones, y para eso necesito a los Echagüe. Lucrecia es la única persona que me los puede entregar en bandeja de plata. Quiero desenmascararla, quiero pruebas que me permitan acorralarla. Una razón de peso para que me entregue a los Echagüe.

—La acusación es grave. ¿En qué te basas? —pregunté. Información, necesitaba eso. *¡Concéntrate!,* me repetía mentalmente. Si Lucrecia estaba bajo el foco de Andrés, ni el mismo Dios la salvaría.

—Investigación en curso, Mauro. No te diré cuáles son mis cartas cuando todavía estoy planeando mi jugada. Pero, puedo decirte que tu informe de seguridad me ayudó bastante —sonrió, ¡el muy desgraciado!—. Las cámaras de seguridad de la propiedad no grababan; y cuando sugeriste reforzar el interior, no aceptó. Curioso, ¿no? O bastante conveniente, sobre todo si tienes cosas que ocultar.

—No concuerda con el perfil de Lucrecia. ¿Por qué haría algo como eso? ¿Por qué se arriesgaría así?

—Por él —sacó la fotografía de Alejo del montón y la sostuvo frente a mis ojos—. La inteligencia no le sirve para nada contra un sujeto como Lisandro. Tenía diecisiete años cuando lo conoció, veintitrés cuando se casó con él; era una criatura. La tiene sometida desde entonces, restringida. Puede que sea muy inteligente, pero es emocionalmente incompetente; años de sometimiento la convirtieron en eso. Lisandro no la dejó estudiar ni trabajar. No tiene ingresos propios, ni cuenta bancaria, ni una maldita tarjeta de crédito. No lo puede dejar. Le tiene miedo.

—¿Nunca lo denunció?

—¿En qué mundo vives, Mauro? ¿Una denuncia? ¿Y después, qué? —alzó las cejas—. Lisandro Echagüe es un sujeto poderoso, tiene contactos. ¿Cuánto crees que tardaría en sobornar a algún desgraciado del juzgado? ¿Días? ¿Horas? Ya intentó dejarlo una vez y no funcionó. Necesita el dinero para desaparecer, y tres millones y medio de dólares es una suma más que respetable, ¿no te parece? Pero no puede irse ahora, no todavía. No cuando sabe que los tenemos bajo la lupa. Necesita tiempo y se lo vamos a dar. Va a agazaparse hasta que todo se calme.

—¿Hasta que todo se calme? ¡Si es que Lisandro no la mata primero! —me levanté de la silla, deteniéndome frente a él—. ¿Por qué no haces algo? Eres fiscal, ¿no? Actúa de oficio. Sácala de ahí y ofrécele un trato o protección o lo que sea. Pero ¡haz algo!

—Necesito pruebas para incriminar a los Echagüe, ya te lo dije —Andrés endureció el gesto—. Lucrecia no me entregará a su suegro si no la pongo entre la espada y la pared. Le tiene mucho afecto, como sabrás.

—Eres un maldito... —mastiqué entre dientes, a riesgo de perder mi trabajo. Quizás fuera lo mejor.

—Estoy haciendo mi trabajo —se cruzó de brazos.

–¡¿Tu trabajo?! ¡La estás usando como carnada! ¡Me estás usando a mí!

–Para eso estás. Claro que te usaré. Haré lo que sea necesario, Mauro. Y tú también lo harás.

–¿Qué te hace creer que voy a ayudarte? ¡No cuentes conmigo para esto! Me la llevaré de allí, ahora mismo. ¡Hoy! ¡No la dejaré un minuto más en esa casa!

–No seas infantil. No te queda –dijo con esa actitud altanera que lo caracterizaba–. Según yo lo veo, solamente hay dos opciones. Opción uno: junto las pruebas, acuso a Lucrecia de fraude y robo agravado, y se pudre en la cárcel. Puede llevarme bastante tiempo, pero la paciencia es una de mis virtudes. Opción dos: me ayudas. La acorralamos, le sacamos información y nos cargamos a los Echagüe. Tú eliges. ¿Lucrecia o a los Echagüe?

Apreté los dientes. ¡Era a mí a quien tenía acorralado!

–Vas a ayudarme. Porque sabes que la única forma de sacar a tu clienta es usándola como escalón para llegar a la cabeza de todo esto. Lucrecia no me interesa, ni siquiera los Echagüe me interesan. Quiero a la cabeza. Y para eso necesito pruebas para vincular ese dinero negro. Dices que confía en ti... Lo que te pido es que la apoyes, que la escuches. Si confía lo suficiente, terminará confesando.

–No puedo –murmuré, rendido.

–¿No puedes qué?

–Entregarla.

–¿Estás bromeando? –se incorporó del escritorio, desencajado–. ¿Qué sucede? ¿Tienes algo con ella?

–No –evadí su mirada.

–¿Quieres tenerlo? –preguntó a continuación. Apenas pude mirarlo de reojo–. ¡No te atrevas! No me harás esto. Voy a relevarte, hoy mismo.

—No.

—Vas a arruinarlo todo, Mauro.

—¡No! No me releves —le pedí con absoluta determinación—. Si quieres mi ayuda, será a mi modo. Úsame a mí como escalón, pero a ella no la toques. Las pruebas te las entregaré yo. Obtendré la información que necesitas, con la única condición de que la dejes fuera de todo esto.

Ayudar a Andrés era la única forma de ayudar a Lucrecia y a Alejo. La única manera de asegurarme de que el desagraciado de Lisandro no volviera a lastimarla. Necesitaba estar más cerca que nunca.

—Tú no me pones condiciones a mí, soy un fiscal de la Nación. Si 229 Lucrecia robó ese dinero, es mía.

—¡No tienes nada! No he visto ninguna prueba. No tienes nada más que una maraña de hipótesis incomprobables hasta el momento.

Andrés abrió la boca, pero el teléfono celular interrumpió.

—Dime —respondió de inmediato—. Okey. No le pierdas pisada. Quiero saber cada detalle. Si habla con alguien o ves cualquier cosa extraña, me llamas —cortó la comunicación y se tomó unos minutos antes de continuar—: No me gusta tu actitud, Mauro. No me gustan los condicionamientos, mucho menos viniendo de alguien que se supone debe cumplir con las órdenes. Ahora, bien… estas nuevas "implicancias" de las que hablas —gesticuló las comillas—, puede que no sean tan inconvenientes. Estoy dispuesto a negociar contigo. Abre los ojos, consigue lo que necesito y puede que deje a Lucrecia en paz. Es más, hasta podrías salir beneficiado con todo este asunto. Con Echagüe en la cárcel, podrías tener tu "y vivieron felices por siempre".

—No te hagas el gracioso conmigo, Andrés. Lo haré por ella, por nadie más. No tengo alternativa —y tampoco otra salida. Era yo quien estaba entre la espada y la pared.

–¡Excelente! Entonces, tenemos un trato –sonrió–. Tengo a dos sujetos vigilando tu zona y parece que tu noviecita decidió salir a dar un paseo. Te sugiero que regreses a la casa.

Antes de que mi puño efectivamente terminara aterrizando en su cara, emprendí la partida.

–Mauro… –me detuvo justo antes de que alcanzara la puerta–. Que la calentura no te nuble el juicio, ¿entendido?

* * *

Al llegar a la casa de Belgrano, no hallé a Lucrecia. En cualquier otro momento hubiera salido a buscarla, pero no esta vez. Su ausencia me daba algo de tiempo para tratar de procesar el cúmulo de información que Andrés me había metido en la cabeza. Aún no sabía cómo iba a mirarla a la cara sabiendo lo que Lisandro hacía, ¡bajo mis propias narices! Me sentí un incompetente, ¡un inútil!

Solamente por hacer algo, puse a calentar agua para unos mates. Eran pasadas las once y media, ella no tardaría en llegar. Jamás dejaba que el horario del almuerzo se atrasara. Jamás dejaba que nada se le pasara… y ahora, esa obsesión por mantener cada aspecto de su rutina bajo control cobraba un nuevo sentido. Necesitaba el control. Ese era su refugio.

De un momento a otro, la puerta lateral se abrió y alcé la mirada. Allí estaba ella, luciendo exactamente igual que cuando la había dejado, aunque había cambiado por completo. Mi forma de verla había cambiado. Con esa carita de ensueño y esa expresión irónica, la que solía reservar solo para mí, hizo girar el caramelo en su boca y me desvió la mirada. Seguía igual de enfadada que horas atrás. Y yo seguía sin poder dar crédito a la hipótesis de Fusco. ¿Cómo era posible que Lucrecia se atreviera a tanto? Siempre tan dulce, tan suave. ¿Quién podría haberla ayudado esa noche? No se contactaba con nadie. No tenía a nadie.

Me corrijo: ahora me tenía a mí.

No estaría sola, nunca más. La acusación no importaba, cierta o no; cualquier cosa que Lucrecia hubiera hecho, estaba seguro de que había sido solo para sobrevivir.

Me mantuve de cara a la cocina, percibiéndola alrededor.

–¿No preguntarás dónde estuve? –dijo, de repente.

Escuchar su voz fue como una puñalada. Tan frágil... ¿Cómo podía Lisandro lastimarla? Era una blasfemia.

–Me pediste que no me metiera en tu vida –era en extremo difícil actuar como si no supiera nada, insostenible. Pasé el nudo en mi garganta con un mate–. ¿Cambiaste de opinión?

–No –se acercó con algunas verduras y las dejó sobre la encimera.

–Entonces, no preguntaré –le ofrecí un mate, como ofrenda de paz.

Me regaló unos segundos de sus ojos, tan profundos como el infinito, y asintió. Luego de dárselo, esperé el veredicto. Era nuestra rutina cotidiana. Por extraño que suene, a pesar de las idas y vueltas, Lucrecia y yo teníamos una rutina.

–El agua está fría –sentenció, arrugando la nariz. ¡Por supuesto! Seguía enfadada–. ¿Llegaste bien a la oficina de Gómez?

–Perfectamente –mentí.

–Qué bien –me devolvió el mate y metió la mano en el bolsillo de sus jeans–. Fui a la tienda de la esquina –apoyó un paquete de cigarrillos sobre la encimera de la cocina–. Son para ti.

Me sorprendió. Siempre me sorprendía. Sin agregar nada, se dio media vuelta para empezar a cocinar. Cuando salí de mi estupor, ya no pude fingir más.

—Te sacaré de aquí —dije, sosteniendo el paquete de cigarrillos en mi mano, absolutamente convencido de que así sería—. No sé cómo ni cuándo, pero pronto. Me los llevaré de aquí, a ti y a Alejo. Es una promesa.

Estaba dándome la espalda, pero el cuchillo que usaba para cortar las zanahorias detuvo su recorrido. Suspiró y, luego de unos largos segundos vacíos, se giró a verme. Sus ojos, grandes y redondos, resplandecían con un centenar de emociones contenidas.

Se acercó y tomó el paquete de cigarrillos de mi mano. Lo abrió con lentitud, retiró uno del envoltorio y volvió a colocarlo en su sitio, pero de cabeza, con el filtro hacia abajo. No comprendía qué era lo que estaba haciendo, pero pronto lo haría, porque Lucrecia tenía esa forma especial de decir las cosas.

—En Villa Soldati, teníamos un vecino... su nombre era Mario —dijo—. Solía mandarme a comprar cigarrillos y, al regresar, me regalaba una pitada a escondidas de mi abuela. Supongo que de allí viene mi costumbre de compartir. En fin, él tenía el hábito de hacer esto cada vez que abría un paquete nuevo. "Es el cigarrillo de la suerte", me decía —sonrió con un dejo de amargura y devolvió el paquete a mi mano—. Suerte, Mauro.

Sin decir una palabra más, se dio media vuelta y desapareció en dirección a la despensa.

TERCERA PARTE

CAPÍTULO 1

LA NOCHE DE LOS LUNÁTICOS

LUNES, 1 DE DICIEMBRE DE 2014.

CIUDAD DE BUENOS AIRES.

—Nada me gustaría más que quedarme en casa, pero no tengo alternativa. Es un cliente importante –dijo Lisandro, mientras daba vuelta la página de la sección de Economía.

—Por supuesto –puse dos cucharadas de azúcar en mi taza de té, sin hacer otra acotación.

—Es un viaje corto. Regreso el miércoles –agregó, mirándome por encima de las páginas del periódico–. No hay muy buena señal por esa zona de la provincia, pero me las arreglaré para llamar tantas veces como pueda.

—Okey.

Bebí un sorbo y miré por encima de mi taza, hacia el jardín, donde Mauro se paseaba frente a la piscina. Si seguía así, acabaría dejando un surco en mi césped.

Luego de que, obviamente, Gómez lo pusiera al tanto de mi "situación", la actitud de Mauro había cambiado por completo.

Si Lisandro estaba en casa, Mauro desaparecía. Se transformaba en una especie de omnipresencia: oculto por los rincones, atento a cada gesto, a cada palabra, a cada mínimo detalle en el comportamiento de Lisandro. Estaba, pero no estaba. No me miraba, prácticamente no me hablaba, y solía llevarse a Alejo si lo descubría dando vueltas por allí. Su cambio de actitud me intrigaba tanto que le pregunté directamente por qué me evitaba. Su respuesta fue contundente: "Si me cruzo con tu esposo, lo aniquilo. Es mejor que mantenga mi distancia". Así, comprendí que su intención era que todo estuviera en calma. Que Lisandro estuviera en calma.

Ahora, si Lisandro no estaba en casa... Bueno, su actitud era más interesante todavía.

Hablábamos por horas, él más que yo, de cualquier cosa que se nos cruzara por la cabeza; fútbol, la mayoría de las veces. Cuando Alejo estaba en el kínder me llevaba a conducir, cada vez por sitios más concurridos. Paseábamos por horas. Yo, como retribución, le enseñaba a cocinar, para que no muriera de hambre los domingos. Honestamente no estábamos logrando demasiados progresos en esa área; al pobre se le quemaba hasta el agua caliente. En casa, entre mate y mate, me hacía reír. Mucho. Hacía años que no reía así.

No hablábamos abiertamente de mi "situación"; no porque él no hubiera intentado hacerlo, sino porque yo no estaba lista para eso. Era probable que nunca estuviera lista para hablar de eso... y tampoco acerca de los detalles del robo.

Los últimos días insistía en regresar a esa noche. A pesar de haber respondido a todas sus preguntas, parecía insatisfecho. Frustrado. Fue así como descubrí que no eran respuestas lo que buscaba, sino una confirmación. La confirmación de una hipótesis. El asunto era, ¿cuál era esa hipótesis? ¿Qué idea se había creado de la noche del robo?

Algunas veces lo descubría silencioso, pensativo, solo mirándome. Me incomodaba, pero de una manera completamente nueva. Me preguntaba qué pensaba acerca de mi "situación", acerca de mí.

Recordaba las palabras de Luciano: *¿por qué no te separas?* Algunos podrían pensar que es sencillo solucionar la "situación", pero no es así. Solo quien había pasado por la experiencia de ser sometido físicamente por otro ser humano, era capaz comprender la taquicardia que me provocaba escuchar el sonido de su voz, el constante estado de alerta en el que me encontraba, el temor de hacer o decir algo que lo alterara. Tenía miedo. Mucho miedo. Lisandro era un monstruo, el Lobo agazapado.

—¿Vas a extrañarme? —su pulgar acarició el dorso de mi mano y regresé a la conversación.

—Mucho —mentí.

Me regocijaba por dentro. Con Lisandro fuera de casa, me esperaban tres días libres que no pensaba desperdiciar.

✳ ✳ ✳

Me desplazaba como en una nube, flotaba. Una lata de cerveza en mi mano y, sobre mi cabeza, la luna llena reinando entre las estrellas. *La noche de los lunáticos*, pensé; una noche propicia para cometer locuras.

Con Alejo en una pijamada en casa de Alicia, y Lisandro a unos prudentes trescientos kilómetros de distancia, la noche era toda mía. Nuestra.

—Vaya luna, ¿cierto? —sonrió Camila, recostada a mi lado, sobre el colchón inflable en el que nos desplazábamos sobre el agua de la piscina. La brisa fresca nos erizaba la piel, pero a ninguna de las dos nos importaba.

—Majestuosa —me incorporé para darle un sorbo a mi lata y...

—¡Fuego en la trinchera! —alcancé a ver un torbellino de rizos rubios antes de que Luciano se arrojara en la piscina, salpicando agua en todas direcciones.

—¡Lucho! —alcé mi lata, para evitar que me arruinara el trago. Camila, por el contrario, le festejaba todas las ocurrencias. Eran dos niños.

Cuando se enteró de que Lisandro estaba en un viaje de negocios, Luciano dejó todo, fue por Camila y se instalaron en casa después del mediodía. Habíamos pasado toda la tarde en la piscina, bajo el sol, sin otra preocupación más que reponer las latas de cerveza en el refrigerador. Sin el Lobo a la vista, el bosque se vestía de fiesta.

Hasta Mauro lucía más relajado. Se había permitido bajar la guardia, literalmente.

—Voy a salir... —anuncié, tambaleándome fuera del colchón y resistiendo el frío del agua al tocar mi cuerpo. Las horas de sol todavía me calentaban la piel.

—¡Ordena unas pizzas, Luli! —gritó Lucho.

—Okey.

Cuando alcé la cabeza, Mauro me esperaba al borde de la piscina. Sí, su presencia me incomodaba, pero de una forma completamente distinta. Haberlo tenido al alcance de la vista, en traje de baño, ¡toda la tarde!, había sido una tortura inesperada. Era un completo deleite para los sentidos, no había mejor forma de describirlo.

Pensé que con alcanzarme la toalla sería suficiente para él, pero no. Claro que no. Puso la toalla sobre mis hombros y me rodeó con ella. Afortunadamente, no podía ver a sus espaldas, donde Luciano hacía un muy obsceno juego de señas. Solo esperaba que el rubor en mis mejillas se interpretara como producto del sol.

Luego de ordenar al *delivery,* subí a cambiarme. No me sentía cómoda en traje de baño, me sentía desnuda. Desnuda y muy cerca de Mauro. Cuando salí al jardín, aliviada al ver que también se había cambiado, me senté a su lado.

—¿Son las cervezas o es así siempre? —preguntó, refiriéndose a Luciano, que bailaba al ritmo de una cumbia con absoluto desparpajo.

—El alcohol lo potencia —sonreí al verlo convertir el trasero de Camila en un bongó. ¡Se divertían a lo grande!

—Luli, baila conmigo —Lucho me ofreció su mano.

—Esas cervezas se te subieron a los bucles, Lucho. Yo no bailo —sentencié. No estaba tan ebria como para ponerme en vergüenza de esa forma.

¿Qué hizo Lucho? Ignorarme, claro. Se detuvo frente a mi cara, meneándose de un modo bastante errático y dándome una vista preferencial del nudo de su ombligo. Mauro no podía disimular la sonrisa. Camila, mucho menos.

—Quítamelo de encima, Camila. ¡Por favor! —le rogué—. ¿Y tú? ¿Dónde está la "nueve" que ocultas en tu cinturón cuando la necesito? —increpé a mi guardaespaldas.

—¡Ve! —para mi desgracia, Camila me arrojó a los expectantes brazos de su novio.

Sí, lo hice. Por supuesto que sí. Bailé. No es como si me quedara alternativa, de todos modos. Lo que no esperaba, es que Lucho me interrogara. Pasó un brazo sobre mis hombros y acercó su boca a mi oído en pleno baile.

—¿Vas a decirme qué sucede aquí?

—¿Con qué? —pregunté en medio giro.

—Con Mauro, no te hagas la distraída. No te quitó los ojos de encima durante todo el día, y tú tampoco a él.

—Lucho, estás imaginando cosas donde no las hay.

–¡Oye! No te juzgo. Además, un coqueteo inocente no le hace mal a nadie –dijo, con total impunidad.

–¿Disculpa? ¿Coqueteo, dices? Soy una mujer casada, no lo olvides –le recordé en voz baja.

–Tranquila, tu secreto está seguro conmigo.

Detuve el baile en el mismo instante. ¿"Secreto"? ¿Con quién creía que estaba hablando? Aún peor, ¡¿qué le hacía pensar que Mauro y yo teníamos algo "secreto"?!

–La pizza no tarda en llegar –usé como excusa para huir.

* * *

Comimos en la cocina. "El comedor es para comer, la cocina para cocinar" era una máxima de Lisandro, no mía. Era libre de usar los espacios como se me antojara. Las porciones de pizza iban y venían, la charla discurría cada vez con mayor fluidez y las latas vacías seguían acumulándose en el basurero.

Yo, francamente, no tenía idea de cuál era el eje de la conversación. Estaba como en un sueño.

Comía mi porción de pizza como un autómata. Masticaba y tragaba mecánicamente, pasando los bocados con uno que otro sorbo de agua, esperando que le apagara el fuego a la Luli irracional que pujaba por salir del rincón en el que la tenía oculta desde hacía años. Pero no estaba logrando reprimirla. No más. El pensamiento estaba ausente, me sentía presa de las sensaciones. Del instinto.

Luciano dijo alguna estupidez que no alcancé a escuchar y Mauro sonrió. Creo que Camila también, pero no le estaba prestando atención. No le estaba prestando atención a nada más que a él.

Tenía una sonrisa hermosa. Espontánea, amplia… una explosión ruidosa, un tanto nasal y transparente como el más fino cristal. Un rostro único, lleno de pequeñas imperfecciones que lo volvían fascinante. Su oreja izquierda parecía estar un poco más alta que la derecha, tenía una cicatriz paralela justo al finalizar su ceja derecha y un hoyuelo se marcaba en su mejilla izquierda cuando sonreía. Se mordía el labio inferior constantemente, una compulsión que no había notado antes, algo que lo hacía más único todavía. Distaba muchísimo de la absoluta perfección de mi esposo.

De repente, me asaltó un calor tal que ya no pude pasar bocado. Dejé la porción de pizza apenas mordisqueada sobre una servilleta de papel y apoyé los codos sobre la mesa, fingiendo que atendía a la charla.

Mauro se cruzó de brazos y volvió a robarse toda mi atención. Seguí los sinuosos caminos que marcaban sus venas al bajar por sus brazos, acentuándose en sus antebrazos. Se comía las uñas, pero sus manos eran hermosas, firmes y masculinas. Se rascó el codo y seguí el movimiento como una posesa; no quería perderme detalle.

Cuando regresé a su rostro, lo descubrí mirándome. Bebí un trago de agua y desvié la mirada, pero ya era tarde. Me había sorprendido en pleno escrutinio.

Podía sentir sus ojos clavados sobre mí. Me quemaban, por insólito que sonara eso. Los presentía. Los ansiaba si no me miraban y los evitaba cuando me buscaban en un juego caprichoso que se volvía cada vez más seductor.

Sabía que si lo miraba por un segundo más de la cuenta, él lo tomaría como una señal.

No era ciega. Y Mauro tampoco disimulaba. Sabía que se sentía atraído hacia mí. El asunto era, ¿qué hacer con eso? Alentarlo sería estúpido, pues no conduciría a nada. Lo enredaría todo. Se interpondría en mis planes. Pero… su boca. Su boca era tan tentadora que la racionalidad de Lucrecia estaba perdiendo la batalla contra la impulsividad de Luli.

Lo espié en el momento menos indicado, justo cuando una aceituna hacía un recorrido glorioso hasta su boca.

El calor era insoportable.

En un intento infructuoso por apagar el fuego que crecía en mi interior, apoyé el vaso de agua helada en mi mejilla. Crucé las piernas, con fuerza. Me removía en el taburete, disimuladamente, en busca de más fricción. Estaba tan desvergonzadamente excitada que inspiré profundo y enredé mi pelo en un rodete. Me estaba quemando viva… Descrucé las piernas y volví a cruzarlas, me moví una vez más. El cosquilleo se incrementaba. Arrollador. Se extendía incontrolable. Como un incendio en pleno bosque, arrasaba con todo a su paso.

Mauro tenía asientos de primera fila para un espectáculo en el que mi deseo era la estrella principal.

Y ya no pude resistirlo.

Lo miré.

Uno, dos, tres, cuatro, cinco segundos. Sus ojos estaban sobre mí y en ellos resplandecía el mismo instinto que el mío. Seis, siete, ocho segundos. Camila y Lucho seguían parloteando sin sospechar que estaba siendo víctima de una repentina humedad. Nueve, diez, once, doce, trece segundos. Había más de dos metros de distancia entre nosotros, pero juro que lo sentí tocarme. Mauro estaba del otro lado de la isla, pero eran sus dedos los que estaban debajo de mi vestido. Subían por el interior de mis muslos, rozaban los límites de mi ropa interior. Sus dedos… ¿o eran los míos?

Catorce segundos. Haciendo un esfuerzo por desprenderme de su hechizo, abandoné mi lugar y salí de la cocina.

Subí las escaleras tan rápido como mis temblorosas piernas me lo permitieron. Escuchaba el roce de sus pasos detrás de los míos; lentos, pero determinados. Presentía sus ojos en mi espalda. Miré sobre mi hombro y supe que me seguiría. Y quería que lo hiciera.

Cerré la puerta del despacho de Lisandro, evité mirar hacia nuestra habitación y apresuré los pasos al cruzar frente a la habitación de mi hijo. Mi objetivo era llegar al baño, al final del pasillo. Casi estaba ahí, un par de pasos más y ya. Mauro acortaba la distancia detrás de mí, más y más cada vez. Lo presentía, lo olía, lo deseaba. El sentido común era un desaparecido en acción y el instinto lo dominaba todo.

242

Empujé la puerta y sus dedos apenas alcanzaron a rozar la piel de mi espalda. Fue un segundo, un roce casi imperceptible, pero me arrancó un suspiro que se replicó entra las paredes del baño y se desplazó sobre el eco.

Abrí y cerré la puerta lo más rápido que pude... Lo dejé afuera.

—Lucrecia... —escuché su voz del otro lado y orienté mi boca hacia ella. Quería besarlo, que me besara, pero mis labios se encontraron con el frío de la madera.

El roce de su mano descendió por la puerta y seguí el recorrido con la mía.

—Por favor —su voz... otra vez. Áspera y caliente, hambrienta. Mi cuerpo se pegó instintivamente a la puerta y, mientras una mano se ceñía firme sobre la perilla, impidiendo su ingreso, la otra se perdía en los recovecos de mi ropa interior—. Abre, por favor.

—No —pretendí sonar firme, pero mi cordura estaba tan ausente como mi pensamiento. El instinto me arrancó un gemido y me mordí los labios.

Con los ojos cerrados, me presioné con abandono sobre la puerta e incrementé la presión entre mis piernas, dejando que mis dedos se inundaran en la fuente de mi deseo. Calor, humedad, presión, más calor, más gemidos. Y su voz. Su voz que me derretía.

—Lucrecia.

La forma en que decía mi nombre...

Friccioné mis dedos un poco más, apenas un poco más. La presión dio paso al cosquilleo, el cosquilleo a esa espantosa incomodidad justo antes de que mi mente muriera por completo, para renacer en un estallido tan liberador que tuve que apoyar la espalda en la puerta para no caer al suelo.

Sin siquiera tocarme, Mauro acababa de hacerme... acabar.

Oh, no. No, no, no. ¡No!

El eco de un último gemido regresó a mis oídos con la fuerza de un puñetazo y resbalé sobre la puerta. Tras un segundo de cordura, giré el pestillo y aseguré la puerta. Nadie podía entrar. Nadie podía verme así. Estaba acalorada, agitada y espantosamente avergonzada.

A duras penas, me levanté del suelo y observé mi reflejo en el espejo. Mi cabello era un completo desastre, mis ojos resplandecían y mis mejillas estaban sonrojadas. Sí, efectivamente, lucía como si acabara de procurarme el mejor orgasmo de mi vida. Lo cual era cierto.

Mis oídos espiaron más allá de la puerta. En el pasillo, el silencio era absoluto.

Me tomé unos minutos para refrescarme. Me lavé la cara, me acomodé el cabello e intenté poner en orden los pensamientos. Aunque el cuerpo y sus sensaciones pretendieran seguir dominando la escena, era preciso recobrar el sentido común. Inhalé y exhalé varias veces, armándome de valor. En algún momento tendría que atreverme a salir. Por muy atractiva que fuera la idea, quedarme a vivir en ese baño no era una opción. Enderecé la espalda y sacudí los hombros.

Quité el seguro y al abrir la puerta...

CAPÍTULO 2

"NADA" SABE A POCO

244

Ciudad de Buenos Aires.

¡Al fin!

Abrió la puerta y me topé con su boca a escasos centímetros de la mía. Mis manos estaban sobre el marco de la puerta y no tenía forma de escapar. Aunque tampoco parecía querer hacerlo...

Sus destellos me deslumbraban, su brillo era imposible de opacar; pero, en esta oportunidad, resplandecía como nunca. No podía dejarla ir. No así. No cuando su carita de ensueño me miraba de esa forma.

—Invades mi espacio personal —dijo en un susurro.

—Aún no... —admití, sin poder contenerme. Sus ojos descendieron hasta mi boca y luego regresaron peligrosamente hacia los míos.

—Tengo invitados —insistió.

—Lo sé.

—¿Me dejas pasar?

—Lo estoy meditando —respondí, esforzándome por reprimir el impulso que me empujaba hacia ella.

—¿Por favor?

Si seguía deteniéndola, si priorizaba mi deseo sobre el suyo, si la obligaba a regresar al baño a terminar lo que había empezado, me convertiría en la misma basura que su esposo. Así es que, contra todo lo que me indicaba el instinto, me moví de su camino. Cuando pasó a mi lado, no pude evitar rozarla, olerla, inundarme de ella.

Me obligué a permanecer en mi sitio, a permitir que se fuera. Necesitaba que se alejara. Necesitaba que me diera ese segundo de respiro, un momento para recuperar mi espacio personal, el que había invadido durante toda la tarde. No necesitaba estar a menos de cuarenta y cinco centímetros de distancia para hacerlo; le bastaba con una mirada, con una sonrisa, con una palabra. No necesitaba nada más.

Con Echagüe fuera de escena, Lucrecia era una mujer distinta.

Confieso que sentí celos de Luciano. Me molestó que fuera capaz de derribar sus barreras, de hacerla salir del cascarón. Me molestó que fuera capaz de desnudarla, ¡literalmente!

Fue él quien propuso la idea de meternos a la piscina. Juro que el recuerdo de ese bikini azul iba a acosar mi pensamiento hasta el final de los días y, seguramente, me empujaría a más de una ducha helada. Mi diosa no era una entidad divina e incorpórea, era dueña de unas curvas sinuosas que, además, sabía mover. Verla bailar con Luciano fue un espectáculo fuera de serie. Y una tortura al mismo tiempo. Quería arrancarla de los brazos de su cuñado, reclamar algún tipo de derecho sobre ella, pero nuevamente, me convertiría en Lisandro. La línea era sorprendentemente delgada.

Para mantenerme de mi lado, para no cruzar un límite peligroso, tenía que recordar quién era. Por eso, esa tarde, me permití ser yo. Dejé al guardaespaldas dentro de la casa de huéspedes, junto a la "nueve" que guardé en el armario.

Aun con la guardia baja, durante la cena, percibí su incomodidad. Un nuevo tipo de incomodidad.

Nunca tuve problemas para interpretar indirectas femeninas. ¿Primer signo de interés? La "mirada de espía". Esa extraña forma de mirar sin mirar. Si el patrón se repetía en más de dos oportunidades, el mensaje era claro: "Estoy interesada, pero no me acercaré". La danza de la seducción era en extremo atractiva. Lucrecia daba el primer paso, marcaba el ritmo y yo estaba más que dispuesto a seguirla.

No prestaba atención a la conversación, ni a Luciano ni a Camila. No había nada ni nadie más que nosotros dos en esa cocina.

Permanecía silenciosa, ausente, pero su cuerpo no sabía jugar a las indirectas. Se veía acalorada. Ardiente. Usó el vaso de agua para refrescarse, pero no lo logró. Con su pensamiento de viaje por quién sabe dónde, la gestualidad de su cuerpo era puramente inconsciente. No se daba cuenta de lo que hacía. Apoyó los codos sobre la mesa y cruzó sus piernas. Una, dos, tres veces. Proyectaba sus caderas casi con descaro. Su temperatura corporal aumentaba, sus pupilas se dilataban, sus mejillas se ruborizaban, su pecho se expandía en busca de oxígeno… Apostaría mi vida a que esa mano nerviosa, oculta a los ojos de todos, estaba debajo de su vestido.

No me molesté en fingir. Quería que supiera que estaba viéndola, que sabía lo que estaba sucediendo, que quería lo mismo que ella.

Su cuerpo escuchó al mío, y ahí, en plena cocina, sus ojos develaron el secreto. Ardían de deseo. Mi estómago se ajustó, mis palpitaciones se aceleraron, mi sangre fluyó como un río salvaje. Me preguntaba si ella adivinaba lo que era capaz de provocar con una sola de sus miraditas.

Cuando se levantó de su asiento, el mensaje de su cuerpo fue claro: "Sígueme". ¿Mi respuesta?: "Hasta el fin del mundo, si es preciso".

No supe si Lucrecia vio la mirada cómplice que Luciano y Camila intercambiaron, pero tampoco me importó. Mi atención era presa del delicioso vaivén de sus caderas, del balanceo de su vestido mientras subía las escaleras, del lunar oscuro en la base de su nuca. Se giró a verme sobre su hombro y la seguí, porque era ella quien marcaba el ritmo y yo siempre sería su fervoroso devoto.

Me deshacía de anticipación, porque era nuestra noche. ¡Tenía que ser!

Quedaban tres pasos hasta el baño, tres segundos para que mi diosa se convirtiera en solo mía. Abrió la puerta y... cerró tan rápido que no tuve tiempo de reaccionar.

Me dejó afuera.

¿Me dejó afuera?

¡Me dejó afuera! Mi diosa era despiadada.

Tiré de la perilla, con desesperación, presintiéndola del otro lado, escuchándola suspirar. Mis manos sobre la superficie de la puerta siguieron el roce de su cuerpo. Ansiaba tocarla, sentirla. La escalada de su deseo le arrancaba gemidos agónicos, pero ero yo quien agonizaba. Era yo quien moría lentamente, quien se deshacía de ganas.

Inspiré profundo, me obligué a serenarme y aparté todas mis demandas. Porque le daría cualquier cosa que necesitara, sin importar qué. Si lo que quería era usarme para satisfacerse, lo admitiría sin un segundo de duda. Porque con una sola de sus miradas, Lucrecia me lo daba todo. Y porque, aunque no me hubiera permitido tocarla, al menos por unos minutos, yo había sido el dueño de su deseo. Eso sobraba para darme por satisfecho.

La dejé escapar de mí y me evadí hacia la casa de huéspedes. Para mí, la noche había concluido.

✱ ✱ ✱

Cerca de la una de la madrugada, escuché el motor del auto de Luciano y espié a través de la ventana. Las luces de la casa fueron apagándose una a una, al igual que mis esperanzas de un cigarrillo compartido antes de dormir.

Incapaz de conciliar el sueño, encendí la tele e hice *zapping*. Las noticias se sucedían una tras otra. Cuatro muertos por un choque en Entre Ríos, otro comediante que se pasaba al bando de los políticos y el Olympique de Bielsa liderando la liga francesa... la defensa de Pablo Azcona analizaba si era conveniente que ampliara su declaración. Esa noticia no me pasó desapercibida.

248

Pablo Azcona era el principal sospechoso en el crimen de Nicole Sessarego Bórquez, una estudiante chilena. Las pruebas en su contra eran irrefutables. Fue el propio padre quien lo entregó, tras reconocer a su hijo en las imágenes de las cámaras de seguridad. Había abordado a Nicole en la entrada de su edificio; la asesinó de once puñaladas. Las pericias psicológicas determinaron que comprendía la criminalidad de sus actos y que mostraba un perfil de misoginia.

La asesinó en la puerta de su edificio porque odiaba a las mujeres. Nada más.

No sé cuántas veces había escuchado la misma noticia, con mínimas variaciones. Otra víctima, otro victimario, pero siempre la misma historia. Trataba de recordar los nombres de las víctimas, pero eran muchas. ¡Demasiadas! Desde María Soledad, uno de los casos más resonantes de nuestra historia, las muertes no dejaban de sucederse. Wanda, Candela, Ángeles...

Recordaba a la perfección las palabras del padre de Rosana Galliano durante el juicio: *le decía que era una inútil, que no servía para nada.* Los celos de José Arce comenzaron inmediatamente después de casarse con Rosana, al igual que la violencia. La insultaba, la denigraba, la disminuía a la nada. El 16 de enero de 2008, mientras Rosana cenaba con su hermana, Arce la llamó por teléfono y le pidió que saliera porque tenía mala señal. En la entrada de la finca de El Remanso, sacó un arma y la acribilló de cuatro balazos.

"Ella le tenía miedo", dijo un testigo. "La mató primero psicológicamente", agregó otro. Las similitudes del caso eran imposibles de ignorar. Otra víctima, otro victimario. ¿La misma historia? No quería siquiera pensar en cómo podría acabar todo si no hacía algo para evitarlo. ¿Cuánto tardaría Echagüe en poner a Lucrecia en las noticias de la medianoche?

Apagué el televisor.

Solo para hacer honor a nuestro ritual privado, rastreé el paquete en mi bolsillo y me puse un cigarrillo en la boca.

Cuando abrí la puerta, me recibió la frescura de la noche y el sonido de algún automóvil que pasaba por la calle. Era una noche perfecta. Me alejé de la puerta e intenté encender el cigarrillo, pero la brisa insistía en apagar la llama. Era una noche perfecta, solo que no lo era.

Me di vuelta para proteger la llama y, justo antes de encender el cigarrillo, la descubrí apoyada en la pared.

Lucrecia.

Lucrecia en mi puerta, a mitad de la noche.

El cigarrillo colgaba de mi boca, la llama titilaba frente a mis ojos, pero no podía moverme. Ella solo estaba allí, con su carita de ensueño. La brisa jugaba con su vestido.

—¿No me preguntarás qué hago aquí? —dijo en un suspiro.

—Me pediste que no me metiera en tu vida —saqué el cigarrillo de mi boca y lo guardé en el bolsillo—. ¿Cambiaste de opinión?

—Lo estoy meditando.

Lo estaba... *¡¿meditando?!*

Se acercó hasta que la distancia entre nosotros pasó de personal a íntima y su aroma a vainilla y coco estuvo a mi completa disposición. Sin poder contener el impulso, robé el cabello que enroscaba en su dedo y lo acaricié. Era tan suave como lo imaginaba, quizás más. Lo llevé hasta mi nariz, sin dejar de mirarla, de medir sus reacciones. Si quería detenerme, esa era la oportunidad.

–Lucrecia...

–No –intervino.

Una mano se cerró sobre mi camiseta y su boca se posó sobre la mía en un arrebato que no pude anticipar. Me tomó por sorpresa, fiel a su estilo... Besarla era justo como lo había imaginado y como no lo hubiera imaginado jamás. Tímida y dulce. Suave y ardiente. Vainilla y coco.

Estaba mal. Todo estaba mal. Estaba cometiendo una falta gravísima a mi código de ética, no solo laboral sino también moral. Lucrecia era una mujer casada, con un hijo, víctima de una situación difícil y sospechosa de un crimen. Pero cuando mi lengua entró en su boca, nada más importó.

Mi mente gritaba que me detuviera, que fuera cuidadoso con ella, pero mi cuerpo no opinaba igual. Había esperado tanto por este momento que el deseo era incontenible. Mis manos rodearon su cintura y acaricié el cabello que caía sobre su espalda. ¿Cómo haría para despegarme de su boca luego de haberla probado? ¿Cómo volver a la tierra después de haber probado el paraíso?

Perdido entre sus besos, no supe cómo terminamos dentro de la casa. Solo era consciente del camino que trazaban sus manos por mi espalda, de sus pechos presionados sobre mí. El recorrido por el pasillo hasta la habitación nunca me había parecido tan largo. Una de mis manos aceptó la nefasta tarea de alejarse de su piel solo para que mis ojos tuvieran el placer de entrar en el juego, pero cuando tanteé la pared en busca del interruptor, sus dedos se entrelazaron con los míos y me lo impidió.

No insistí, no protesté. No haría nada que la hiciera sentir incómoda. Era Lucrecia quien marcaba el ritmo, yo solo la seguía. Siempre sería su fervoroso devoto. Era ella quien tenía el control.

Sus manos encontraron la piel bajo mi ropa y faltó poco para que mis rodillas cedieran. Eran tan cálidas, tan suaves. Alcé el molesto vestido y mis dedos recorrieron sus piernas, se detuvieron en sus caderas y sí, claro, lo hice, tomé el objeto de mi obsesión como si no hubiera un mañana, solo un ahora perfecto y nada más que mío.

—Mauro… —a milímetros de la cama, buscó mi mirada y se la concedí.

Mis manos rodearon su nuca, mi pulgar acarició su labio inferior.

—Esto es todo —aun en la oscuridad de la habitación, sus palabras fueron una sentencia a todas luces—. Es todo lo que puedo dar, ¿comprendes?

Fue una puñalada, directo al corazón. La propuesta era clara: "Cama o nada". Eso sería más que tentador para cualquiera, pero no para mí. No después de haber besado su alma antes que a su boca, no luego de haber conocido su intimidad fuera de los límites de una habitación. Pero era "cama o nada", y "nada" me sabía a poco.

—Lo que tú quieras —asumí la sentencia—. Como tú quieras.

La frase "tocar el cielo con las manos" solía ser nada más que una metáfora. No lo era con ella. Era la verdad más absoluta. Toqué el cielo en su cuerpo, la deshojé despacio, disfruté de cada centímetro de piel que descubría debajo de su ropa. Desnuda sobre mi cama, entre mis sábanas, mi diosa era una mujer esplendorosa. Nada de artificios plásticos o maquillaje pegajoso… todo era pura suavidad, calidez, y ternura.

Hundirme en su cuerpo, el paraíso mismo. Me sentía como un adolescente. Temeroso. Inexperto. Contenido. Nervioso. Tembloroso, incluso. Me movía despacio, seguía el ritmo que ella marcaba. Sus piernas se aferraron a mi espalda y mi mano alzó su rodilla, llegando todavía más profundo. No quería que terminara, jamás. Viviría dentro de mi diosa por siempre… pero su gemido acarició mi oído, la calidez de su aliento coqueteó con mi cuello y su lengua rozo mi mentón.

Y eso fue todo.

* * *

Los minutos avanzaban silenciosos, igual de placenteros, mientras los corazones recobraban el ritmo y las respiraciones se aquietaban. Ninguno de los dos se movía. No quería alejarme, no quería dejar de tocarla. Mi boca se pegó a la curva de su cuello y sus dedos acariciaron mi nuca. Me incorporé un poco para liberarla de mi peso y se deslizó entre las sábanas. Cuando quise abrazarla…

—Es tarde —lejos de mi alcance, se sentó sobre el borde de la cama.

—¿Qué?

¿En serio? ¿Iba a irse? ¡¿Así nada más?!

Se levantó de la cama y la poca claridad que entraba desde la ventana la delineó mientras se vestía.

—No te vayas —rogué, sin una pizca de orgullo.

Estaba desesperado. Nunca me había pasado que una chica quisiera dejarme tan deprisa. Habitualmente era yo quien huía. ¿Era esto lo que se sentía? Pues, ¡era espantoso! ¿Por qué se iba? ¿Había hecho algo mal?

—Estamos solos. Quédate.

—No estamos solos, Mauro. Jamás —dijo, anudando su cabello—. Perdón si esto no es lo que esperabas.

—Pero ¿qué dices? ¡Es más de lo que esperaba! No te vayas, por favor —tomé su mano en un patético ruego.

—Lo siento, pero no puedo.

Tan repentinamente como había aparecido en mi puerta, como si se hubiera tratado de un sueño, de una ilusión, Lucrecia se esfumó de mi habitación.

* * *

Dormí de a ratos. Muy poco y muy mal. Solo. ¡Completamente solo!

Todavía me parecía sentir sus caricias y, siendo honesto conmigo mismo, no aguantaba las ganas de besarla otra vez. Era consciente de que nuestro tiempo solos se acortaba dramáticamente y desperdiciarlo no era una opción.

Estuve sentado en el sofá, vigilando el reloj que pendía de la pared, a la espera de que las perezosas agujas marcaran una hora prudente. A las siete menos un minuto, salí de la casa de huéspedes.

¿Estaría despierta o dormida? ¿Cómo se vería dormida? Lucrecia había huido de mi habitación, pero se había quedado rondando en mi cabeza.

Pensé en despertarla con unos mates, hacer algo de buena letra. O tal vez no. Probablemente, eso sería demasiado. Prepararle el desayuno parecía algo desesperado. Podría actuar con absoluta normalidad y solo esperarla en la cocina. Como siempre. ¡Sí! La normalidad siempre era segura.

En el jardín me sorprendí al encontrar una de las sillas fuera de lugar. Recordaba que habíamos dejado todo en orden la noche anterior. La llevé nuevamente a su sitio y abrí las puertas francesas. Todo era imperturbable silencio en el interior de la casa, aunque el mate estaba sobre la isla de la cocina.

¡Lucrecia estaba despierta!

Querría decir que actué con la normalidad que me había propuesto, pero estaría mintiendo. Entré en pánico. Mis pulsaciones se dispararon y no de una forma bonita y romántica, para nada. ¡Era una taquicardia descomunal! ¿Cómo tendría que actuar? ¿Como siempre? ¿Como horas atrás? ¡¿Qué diablos iba a hacer?!

En pleno debate interno, oí un sonido extraño proveniente del techo.

Mi corazón comenzó a bombear con más fuerza, pero por razones completamente diferentes. Adrenalina. No había empuñado el arma ni una sola vez dentro de la casa, pero solo por si acaso, la saqué de la funda oculta en mi cinturón. Regresé mis pasos desde la cocina y alcé la mirada hacia las escaleras, tratando de escuchar o ver a Lucrecia ahí arriba. No tenía sentido asustarla, ni ponerla sobre alerta. Averiguaría de qué se trataba y luego…

Escuché el estruendo justo frente a las puertas francesas y apunté hacia allí. Dos bolsas negras cayeron desde el techo hacia la galería.

Alerta, adelanté un par de pasos más y traté de espiar hacia afuera. Abrí las puertas con sumo cuidado y salí con el arma en alto.

De repente, vi un par de piernas colgando frente a mí. Unas piernas entre las que había estado buceando algunas horas atrás.

¿Lucrecia?

—¡¿Qué demonios estás haciendo?! —pregunté al borde de un ataque cardíaco, mientras sus piernas tanteaban en el aire—. ¡Baja de ahí! —me desesperé.

Lo hizo. ¡Lo hizo, maldita sea! Un segundo estaba colgaba del techo y, al siguiente, se materializó frente a mí un poco tambaleante y con cara de susto. No quería siquiera pensar en qué expresión tendría yo. ¡¡Se había descolgado del maldito techo!! Sentí que toda la sangre se escurría de mi rostro, dejándome helado. Mis ojos la recorrieron de punta a punta, de norte a sur y, a excepción del rastro de tierra en su mejilla izquierda, todo parecía estar en su lugar.

No podía salir de mi asombro. Calculé la distancia desde el suelo hasta el techo y serían unos tres metros, ¡por lo menos!

—Te arrojaste del techo —murmuré casi sin voz. Me miró como si el loco fuera yo.

—Me pediste que bajara —se quitó los guantes que solía usar para el jardín y los acomodó en la cinturilla de sus leggins.

—¡Te arrojaste del techo, Lucrecia!

—¿Por eso vas a dispararme? —señaló el arma en mi mano, frunciendo el ceño. La guardé de inmediato; poniendo los ojos en blanco, por supuesto.

—Oí ruidos y no estabas en la casa. ¿Qué esperabas que hiciera? —me excusé—. ¿Qué demonios hacías ahí? ¿Sabes lo alto que está? ¡Son como tres metros!

—Son dos y medio, a lo mucho… quizás unos centímetros más —dijo antes de recoger las bolsas que habían caído momentos antes—. Las canaletas no se limpian solas, Mauro.

—¿Las qué?

—Las canaletas. Se tapan con las hojas y no pueden verter el agua del techo.

Pestañeé un par de veces, sin dar crédito a lo que escuchaba.

—Te arrojaste del techo —insistí.

—No era el plan, te lo aseguro. ¿Tú moviste mi silla?

La miré a ella, al techo, a la silla, y ¡cielos, esos leggins le sentaban de maravilla!

—¿Por qué no me pediste ayuda?

—Porque no estabas. ¿Por qué tanto escándalo? No es como si fuera la primera vez que hago esto, Mauro. Es una estupidez.

—No. No es una estupidez —le clavé la mirada.

Esta vez, fue ella la que puso los ojos en blanco. Se llevó las bolsas y meneó sus caderas todo el camino hasta la acera, mientras yo seguía tratando de comprender cómo había hecho semejante proeza. Era cierto que tenía un cuerpo bastante flexible, podía dar fe de eso; pero, de todas maneras, no parecía algo sencillo.

Estaba parado como un idiota, mirando hacia el techo y entonces, lo recordé todo. Ocupado en regañarla, ¡ni siquiera le había dado los buenos días! Mauro en su versión errática y dubitativa regresó, potenciado.

Entré a la casa y fui directo hacia la cocina. Lucrecia estaba de espaldas, cambiándole la yerba al mate, y me acerqué hipnotizado por la forma en que la tela se aferraba a su trasero.

De repente, se incorporó y me tomó por sorpresa. ¿Yo? Bueno, estaba rojo como un tomate. Me debatía entre besarla en la boca o en la mejilla o en donde sea, pero no me daba ninguna pista de lo que esperaba. Yo revoloteaba erráticamente a su alrededor y ella solo me miraba.

—¿Qué haces? —preguntó, seria.

Como el grandísimo idiota en que me había convertido, le di una palmada el hombro. ¡Una palmada el hombro! ¡Cómo si fuera un compañero de mi equipo del fútbol de los domingos! ¡¿Podía ser más imbécil?!

—Hola… —tartamudeé.

—Hola.

Tenía que alejarme o iba a hacer algo todavía más estúpido. ¿Dónde había quedado mi plan de actuar con normalidad? Peor aún, ¿cómo hacía Lucrecia para actuar con tanta normalidad? ¿Tan poco había significado para ella? ¿Tanto había significado para mí?

—¿No es un poco temprano para ti? —preguntó a mis espaldas—. Nunca vienes antes de las nueve.

—¿Y para ti? ¿No es temprano? —la evadí, apenas mirándola sobre mi hombro. Casi podía oírla gemir en mi oído. Mi situación iba de mal en peor.

—Para nada —respondió, totalmente distendida—. Antes de que vinieras, solía correr a diario. Este era mi horario preferido.

—¿Corres? —pregunté sorprendido... o no tanto. Así era más sencillo entender la perfección de ciertas partes de su anatomía.

—No corro. Solía correr a diario. Antes de que vinieras.

—¿Qué te lo impide?

—Se supone que tengo que estar aquí, bajo tu estricta vigilancia.

Estaba reestableciendo límites, recordándome cuál era mi deber en esa casa. Aunque se equivocaba; me adjudicaba prohibiciones que yo jamás había hecho ni que me atrevería a hacer.

—Nadie dijo que debes permanecer en la casa.

—Cada vez que salgo, vienes conmigo.

—Por supuesto.

—¿Lo ves? No puedo salir a correr.

—Lucrecia... —intentaría explicarle—. Correr es una rutina. Tendrás un circuito, supongo. ¿O me equivoco?

—Tengo uno, claro —se cruzó de brazos.

—Las rutinas no son buenas. Los sujetos que entraron aquí deben haber estudiado la rutina de todos. La tuya incluida.

Descruzó los brazos e inspiró profundo. Mi argumento tenía sentido.

257

—¿Y si cambiara de circuito todos los días? La ciudad es enorme —propuso.

—Entonces yo tampoco sabría cómo encontrarte. Todavía no tienen pistas sobre los atracadores. Están ahí afuera. No te dejaré expuesta.

—Y, ¿si corrieras conmigo? —sugirió con un destello de picardía. Honestamente, la idea de compartir tiempo fuera de la casa era muy atractiva, pero…—. Aunque no estoy segura de que puedas seguir mi ritmo.

—¿Eres Flash y el Hombre Araña al mismo tiempo? No dejas de sorprenderme, Mujer Maravilla.

—Hablo en serio… No podrás seguirme. Hoy no.

—¿Cómo estás tan segura?

Se recargó en la encimera y miró el suelo, aunque no pudo ocultar la sonrisa. ¿Se reía de mí? ¿Me estaba desafiando?

—Ponme a prueba, Flash.

✳ ✳ ✳

Era una mañana preciosa, el sol aun no calentaba demasiado. Lo que suponía sería un reto, no lo era en lo absoluto. El reto era tener que ver sus pechos rebotando a mi lado y no poder tocarlos, pero más allá de eso, el ritmo era bastante llevadero. Había pasado por ese tipo de ejercicios antes, durante mi entrenamiento; aunque no era de mis favoritos. Me sentía un poco acalorado, por supuesto. Y mi capacidad aeróbica no era del todo buena, eso también. Eso era lo que me ganaba por llenar mis pulmones de nicotina.

Lucrecia llevaba un ritmo tan plácido y tan relajado como ella, los auriculares en sus oídos y el teléfono aprisionado en sus leggins. No tenía un cabello fuera de lugar. ¿Es que no se había cansado todavía?

258

—¿Cuántos kilómetros dijiste que tiene tu circuito? —pregunté, casi sin aliento. Me miró con una sonrisa y se quitó un auricular.

—No te oí.

—Que cuántos kilómetros dijiste que tiene tu circuito… —repetí a duras penas.

—No te lo dije —volvió a colocarse el auricular y, afortunadamente, el semáforo nos obligó a una parada.

Me vino como anillo al dedo, la verdad. Me incliné y apoyé las manos sobre mis rodillas, buscando el aire que no tenía. ¡Estaba empapado en sudor! A punto de sufrir un sofocón, me puse una mano en la frente.

—¿Estás bien? —se acuclilló junto a mí.

—Perfecto —mentí—. ¿Tú?

—Bien, pero ni siquiera empezamos. ¿Estás seguro de que no quieres volver?

—No, no. Está bien. Sigamos —me incorporé y sentí una punzada en medio del glúteo, pero me hice el distraído.

—No. No es "sigamos", es "ni siquiera empezamos" —me corrigió—. Estamos entrando en calor —sonrió y me guiñó un ojo. ¡Me guiñó un ojo! Claramente, se burlaba de mi pobre condición.

El semáforo nos dio el paso y se recolocó los auriculares, mirando al infinito citadino frente a ella. Era la mujer más hermosa que había visto en la vida, sin lugar a dudas.

—Mauro, ahora vamos a correr. Sígueme.

Salió con el mismo ritmo plácido y me resigné a tener que seguirla por quién sabe cuánto tiempo más. Pero me equivocaba, otra vez. Siempre me equivocaba con ella.

No parecía haber incrementado el ritmo, en lo absoluto, pero la veía más y más pequeñita cada vez, más y más lejos. Lucrecia estaba

259

en lo cierto, cómo no. No podía seguirle el ritmo, era imposible. ¡Nadie podría!

Sin perderla de vista, me mantuve a mi patético ritmo. Corría rápido. Muy rápido. Obviamente, me había ganado el reto. Aunque el premiado había sido yo. Lucrecia estaba haciendo algo que amaba. El cabello al viento, el cuerpo en movimiento, música en sus oídos y ninguna otra preocupación más que seguir adelante. Insisto, el premiado había sido yo.

No tenía idea de cuánto habíamos corrido, pero la vi detenerse al llegar a un parque y suspiré aliviado. ¡Al fin! Se sentó en el césped y, después de un esfuerzo por alcanzarla, me tumbé a su lado. Apenas si podía respirar.

—Me mentiste —suspiré, mirando el puñado de nubes blancas en el cielo.

—¿Por qué lo dices? —se oía tan fresca como si hubiera estado dando un paseo.

—Eres Flash —sonreí. Ella también. Tuve que sostenerme de las rodillas para poder sentarme.

—Corría, en el colegio —dijo con cierta nota de orgullo—. Puede que haya ganado alguna que otra medalla.

—Imagino que sí... —la espié de reojo, pensando en Andrés Fusco y en todas sus hipótesis. Había tanto que desconocía de Lucrecia. ¿Era posible que todo fuera cierto?—. Tienes secretos.

—Algunos, sí —me concedió—. Tampoco lo hiciste nada mal, por cierto. Francamente, pensé que desistirías.

—¿Lo ves? ¡Mujer de poca fe! Con un poco de práctica, hasta podría seguirte el ritmo.

—Podrías, estoy segura de que podrías. Pero, hoy no... Te lo advertí.

—¿Y cómo estabas tan segura? ¿También eres adivina?

—No —me miró con esa pizca de ironía que me desarmaba—. No es necesario ser adivina, con aplicar el sentido común basta y sobra. Como se dice en la jerga futbolística, "hoy no tienes piernas".

¡Ajá! Mi ego sintió el desafío en sus palabras, y no, ¡no iba a dejar pasar tan fácil ese comentario! Acababa de traer a colación ese "asunto" que no había surgido en todo lo que iba de la mañana.

—Voy a decirte algo, Lucrecia —acomodé un mechón de cabello detrás de su oreja—. Tú puedes ser muy rápida, inalcanzable, pero mi resistencia es impecable. Te lo aseguro.

—Ah, ¿sí? —alzó una ceja.

—Ponme a prueba, Flash.

* * *

Deseé ser una araña o un pulpo o esa divinidad india con muchos brazos. ¿Por qué la naturaleza era tan injusta? ¿Solamente dos manos? ¡No eran suficientes! Me hubiera gustado tener unas bocas extra también, para besarla más, en todas partes al mismo tiempo. Y unos diez ojos no hubieran estado nada mal; la luz del sol entraba por la ventana y el espectáculo de su piel era imposible de ocultar.

La dejé sobre el mismo desorden de sábanas que habíamos hecho la noche anterior, sin poder creer que iba a pasar de nuevo. No había sido un sueño. Su camiseta voló por los aires y suspiré ante la visión frente a mí.

—¡Buenos días! —sonreí, arrodillado entre sus piernas. Esa era la manera correcta de empezar el día.

—Buenos días.

Su cabello estaba extendido sobre mi almohada, sus mejillas acaloradas por el ejercicio, sus pechos contenidos en un simple sujetador de algodón; no necesitaba encajes para embellecerse. No necesitaba nada más que ser ella, sin adornos. Mis manos y mis ojos fueron compañeros de ruta, recorriendo desde su cuello hasta su escote, paseando por sus costillas y quedando suspendidos por unos segundos en una leve raspadura sobre su costado izquierdo. Una herida casi curada. Una herida. El corazón me dio un vuelco y la miré directo a los ojos.

—Lucrecia…

Negó con su cabeza, suplicante. No quería que lo dijera en voz alta. Tendría que haber insistido, pero cualquier rastro de cordura que quedara en mí desapareció en el preciso momento en que se incorporó y me quitó la camiseta, en el preciso instante en que su boca me acarició el abdomen y mis dedos se enredaron en su cabello. Sus ojos buscaron los míos y su mirada era un ruego, un ruego por que me callara.

Lucrecia quería fingir, pero yo no… así que la besé. Le transmití con un beso lo que no me permitía decir con palabras. Porque necesitaba que supiera que no estaba sola, que no dejaría que nadie la lastimara. Nunca más.

En ese preciso instante, el celular nos interrumpió.

—Lo siento, debo contestar.

Desapareció de mis brazos y me arrodillé en la cama, tragándome la frustración. Era obvio que iba a contestar, era parte implícita de nuestro trato… por mucho que quisiera sacarle ese aparato de las manos y arrojarlo a la basura.

—Diga —murmuró antes de encerrarse en el baño.

Me tendí sobre la cama, apretando las sábanas entre mis puños, mientras mis oídos trataban de espiar la conversación. No captaba más que palabras sueltas.

Apenas segundos después, salió del baño pálida como un papel.

No se detuvo a mirarme; rastreó su camiseta entre las sábanas y sostuvo el teléfono entre su hombro y su oído mientras trataba de ponérsela.

—Estaré allí en quince minutos. Adiós —dijo antes de cortar la comunicación—. Vístete —me arrojó la camiseta a la cara y la atajé estupefacto. ¿Esa era su forma de decirme que nuestro tiempo había acabado? Salió de la habitación sin siquiera mirarme y yo me quedé petrificado, con la camiseta en la mano.

—¡Mauro, date prisa! —gritó desde la cocina.

—¿Qué sucede?

Se asomó por la puerta, igual de pálida que antes.

—Alejo se cayó de un columpio. Apresúrate.

CAPÍTULO 3

DAÑO COLATERAL

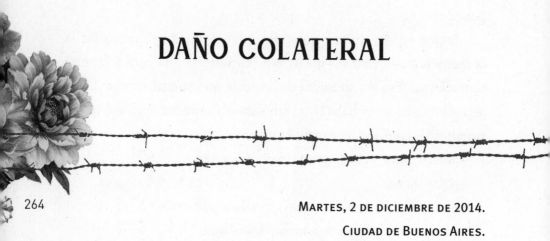

MARTES, 2 DE DICIEMBRE DE 2014.
CIUDAD DE BUENOS AIRES.

Me rendí a mí misma, a mi necesidad de sentir placer en lugar de dolor, a mi desesperación por reencontrar a la mujer que sabía oculta tras años de sometimiento y restricciones. Y la encontré. Esa mujer, que secretamente deseaba ser, floreció entre las manos de Mauro con una naturalidad que creía imposible. Y sentí placer. Placer colorido, aromático, vertiginoso y atemorizante. Un placer que me asustó y que supe adictivo al momento de probarlo.

Mauro se había instalado cómodamente bajo mi piel, en los espacios más recónditos de mi alma, aquellos a los que ya nadie accedía. Presentarme en su puerta había sido un error. Porque quería más. Lo quería todo. Y eso me asustaba enormemente.

En su cama, entre sus brazos, con su cuerpo, lograba evadirme. Pero la llamada de la directora del kínder me devolvió a la realidad.

La caída no había sido grave, en lo absoluto; solo sufrió un leve raspón en el codo, nada que requiriera de cuidado especial. Lo grave fue lo que sucedió después.

—Adelante, señora Echagüe. Lamento si le causé algún inconveniente al hacerla venir —dijo Micaela, la encargada del gabinete de Psicopedagogía.

Había logrado engañarme, consiguió hacerme acudir como si se tratara de una urgencia. Siempre me las arreglaba para eludir las reuniones de padres. Era Alicia quien me mantenía al tanto de todo. Esta vez, no había escapatoria. Estaba allí. Me anudé el cabello, para no recurrir a mi delatora compulsión, y tomé asiento donde me indicó.

Micaela era una mujer agradable, y sabía por Alejo que los niños la idolatraban.

—Gracias por venir —sonrió. Le devolví el gesto con una mueca forzada—. Alejo está bien. Ama columpiarse y no mide su fuerza.

—Los niños no miden el riesgo, lo sé —murmuré—. Aunque le pediría que trataran de estar un poco más atentos. Esta vez no fue grave, pero podría haber sido.

—Por supuesto que sí, señora Echagüe. Haremos todo cuanto esté a nuestro alcance para que esto no se repita —se reclinó en su silla y cruzó las piernas—. En realidad, quería tratar con usted otro tema. ¿Le molesta si la tuteo?

—No.

—De acuerdo. Tenemos casi la misma edad, es extraño tratarte con tanta distancia —sonrió, otra vez. Me quedé callada y me crucé de brazos. ¿Esperaba que acotara algo?—. Como te dije, la caída de Alejo no fue tan grave. Lo que me preocupa, y mucho, es la forma en que reaccionó.

—¿De qué forma reaccionó?

—Lloraba desconsoladamente, Lucrecia. No podíamos calmarlo.

—Suele reaccionar así cuando está asustado… Seguramente fue a causa de la caída. No sé tú, pero yo me hubiera asustado también.

—Quizás me expresé mal. No estaba asustado, estaba aterrado —se corrigió—. Le aterraba que su padre se enterara de lo sucedido.

Mi corazón se detuvo por un par de latidos. Apenas pude sofocar la angustia que pujaba por emerger de mi interior. Sentí que la sangre se escapaba de mi rostro y me dejaba fría, casi muerta... pero ni siquiera pestañeé. Fingí. Como siempre.

—Lamento mucho escuchar eso, pero lo comprendo. Mi esposo tiende a reaccionar de forma exagerada —admití a medias. Micaela me miró con desconfianza.

—Lucrecia...

No me gustó la forma en la que dijo mi nombre ni la forma en que se adelantó para apoyar los codos sobre el escritorio. Micaela ya no estaba cómoda, todo su cuerpo estaba en tensión. Sus ojos fijos en los míos, estudiaban mi rostro como si pudieran encontrar algo allí.

—Alejo es un niño increíble. Muy inteligente y muy cariñoso. Su maestra lo adora, todas lo adoramos. Nos ha robado el corazón. Se nota que lo cuidas con mucha dedicación. Te ama, Lucrecia. ¡Tanto! Supongo que lo sabes, pero quería decírtelo.

Con cada palabra que salía de su boca, mi visión se nublaba un poco más. Alejo era el único por quien mis estudiadas fachadas se venían abajo.

—Además de inteligente y cariñoso, es transparente. Completamente honesto con sus emociones. La mayoría de los chicos a esta edad son así, pero él es diferente. ¡El terror que vi en su carita hoy, Lucrecia!, fue lo más honesto que vi en mi vida. Le tiene miedo a su papá. Teme que se enoje, pero no con él, sino contigo.

La primera lágrima resbaló por mi mejilla, y al sentir su calor, la detuve de inmediato. Micaela empujó una cajita de pañuelos descartables en mi dirección, pero permanecí con los brazos cruzados. No podía moverme, me sentía atrapada.

—¿Hay algo en lo que pueda ayudarte? —preguntó, con dulzura extrema. Y la odié. La odié por tenerme lástima. La odié por exponerme de esa manera.

—Hagan su trabajo —respondí, con voz temblorosa—. Así es como puedes ayudarme. A mi hijo le encanta venir aquí, lo hace muy feliz.

—Lo que Alejo necesita para ser feliz es que tú estés bien.

—Lo estoy.

—Lucrecia, no estás sola.

Quise reírme. A carcajadas. ¿De dónde sacó esa frase? ¿Del reverso de un calendario? ¡Ella no tenía idea de lo que era mi vida! Era yo quien recibía los insultos, los golpes, era la bolsa de residuos en la que mi esposo depositaba toda su basura personal. Yo sola. Esta mujer no tenía idea de lo que decía.

—Ocúpate de tu trabajo y yo me ocuparé del mío, que es cuidar de mi hijo. Lo que dices es cierto, no voy a negarlo… Mi esposo y yo tenemos problemas, pero no necesito tu ayuda. Ni la de nadie más. Puedo manejarlo.

—De hecho, estoy ocupándome de mi trabajo. Mi trabajo es estar atenta a la aparición de cualquier signo de alarma en nuestros niños, y Alejo forma parte de esta institución. Su reacción es una alarma que no puedo ignorar.

—Escucha, Micaela. No sé por quién me tomas, pero quiero dejarte algo en claro —me adelanté en mi silla—. Daría mi vida por mi hijo. Mataría por él. Y jamás, ¿me oyes?, ¡jamás permitiría que algo malo le pase!

—Lucrecia, ¿no lo ves? —su mirada recrudeció—. A Alejo ya le está pasando algo malo.

Después de lavarme la cara un par de veces, en un intento por ocultar cuánto había llorado en el gabinete de Micaela, salí a la calle. Mauro esperaba por mí cerca del auto. El gesto de preocupación en su rostro fue una nueva bofetada. Poco más de un mes en casa y ya parecía haber envejecido diez años. Por mi culpa, yo lo había convertido en eso. ¡Todo era mi culpa! El miedo de Alejo, la constante preocupación de Mauro, los imprevisibles estallidos de Lisandro. Todo lo que tocaba se convertía en basura. La gente a mi alrededor sufría, yo sufría.

268 ¿Qué sentido tenía todo eso? ¿Qué pecado terrible había cometido para que Dios me castigara de esa manera?

—¿Está bien? —preguntó.

—Fue un raspón, estará bien. Es muy valiente.

Subimos al coche y cuando encendió el motor bajé la ventanilla y abracé mis rodillas, mirando a la nada del otro lado. Quería desaparecer. Que el asiento me tragara, de ser posible.

—¿Tú estás bien? —preguntó.

Quería responder que sí, que todo estaba bien. Pero no podía. Ya no podía mentirle a Mauro, era igual que mentirme a mí misma.

—Estaré bien —elegí responder, en un ejercicio de honestidad. Me solté el cabello y apoyé la cabeza en el asiento, agotada.

Sentí el calor de su mano en mi rodilla y entrelacé mis dedos con los suyos. Lo necesitaba cerca, me había vuelto una adicta a su calor y no era capaz de resistir la abstinencia de sus caricias un minuto más. Mauro se estaba convirtiendo en la segunda persona capaz de desbaratar mis estudiadas fachadas.

—Quiero llevarte a un lugar. ¿Puedo?

—¿Ahora?

—Ahora —sonrió su sonrisa cálida—. Deja que te lleve. Confía en mí.

* * *

No hablamos durante el resto del camino. No era necesario. Mauro me daba mi espacio y yo se lo agradecía en silencio. Condujo por un largo rato y, si no me fallaba la orientación, estábamos en otro vecindario, en Almagro.

Cruzamos la calle hasta una casa pequeña. Sin detenerse a tocar el timbre, abrió la reja y me invitó a pasar.

—¿Dónde estamos? —pregunté, metiendo las manos en mis bolsillos y retrasando la entrada. Se oían ruidos dentro de la casa.

—En la casa de mi hermano.

La sangre se escurrió de mi rostro y sentí que la tierra temblaba bajo mis pies. ¿Estaba loco? ¡No podía entrar allí!

—¿Qué pasa? —preguntó al verme dudar.

—No puedo entrar ahí, Mauro.

—¿Cómo que no puedes? Un paso después del otro y eso es todo.

—Sabes a qué me refiero… —entorné la mirada.

—No, no la verdad —dijo, haciéndose el desentendido.

—¡Es la casa de tu hermano! —decirlo en voz alta me hacía sentir aún más nerviosa.

—Sí. ¿Y qué con eso?

—Esto no está bien. Me estás… Te estás exponiendo. ¿En calidad de qué entraría ahí?

Sonrió esa sonrisa que hablaba más que mil palabras y se acercó a una distancia íntima. Sabía que me incomodaba.

—¿Quieres que te lo diga aquí? —susurró—. ¿En plena calle?

Tragué con dificultad. No, no quería que me dijera nada. Ni allí ni en ningún sitio.

–¡Tío!

El grito agudo de un niño nos interrumpió y me llevé una mano al pecho, sobresaltada. Ya no había marcha atrás. Nos habían visto y era imposible dar media vuelta y huir de esa locura. ¿Cómo se le había ocurrido semejante imprudencia?

El niño se parecía bastante a él; un Mauro en versión miniatura. No podía ser otro que su sobrino.

–Maxi, Lucrecia. Lucrecia, Maxi –hizo las presentaciones.

–Hola –lo saludé, incómoda. Maxi se escondió detrás de Mauro y no respondió.

–Es un poco tímido.

–Yo también –sonreí.

La casa tenía un jardín delantero con varios rosales, de muchos colores. Yo no era capaz de hacerlos crecer tan fuertes. El rosal era una planta muy temperamental. Quien cuidara ese jardín, debía de ser una persona con mucha paciencia.

–¡¿Qué haces aquí?!

Me detuve en mi sitio. Al entrar a la cocina, una mujer alta y delgada se abalanzó sobre Mauro y le estampó un beso en la mejilla. Una mujer verdaderamente hermosa.

–¿No deberías estar trabajando? –quitó a Maxi de la pierna de Mauro y le dio un empujoncito en dirección a la puerta–. Hace un día precioso, cariño. Ve a jugar afuera.

–Estoy trabajando… –respondió Mauro–. Ella es Lucrecia.

La mujer me miró de arriba abajo y la sonrisa se le borró del rostro. De repente, quise hacerme pequeña y desaparecer.

–Lucrecia, ella es Cecilia. Mi cuñada.

—*Excuñada* —aclaró de inmediato, sin quitarme la mirada de encima—. ¿Por qué no me avisaste que vendrían? La casa es un desastre —la sonrisa regresó a su rostro y lo iluminó, y, de pronto, me encontré atrapada en un abrazo desconocido y sorpresivamente afectuoso—. Entonces, tú eres la famosa Lucrecia. ¡Al fin puedo conocerte! Mauro, tenías razón. Es preciosa —como si nos conociéramos de toda la vida, me dio un beso en cada mejilla. Yo, sin saber cómo reaccionar, miré a Mauro de reojo en busca de ayuda. ¿Le había hablado a su familia de mí?

—¡Tío! ¡Ven! ¡Quiero mostrarte algo! —gritó Maxi desde el patio. Le clavé una mirada suplicante, para que no me dejara a solas con Cecilia, pero ella se me adelantó.

—Ve, ve… nosotras vamos a conocernos un poco mejor —entrelazó su brazo con el mío y me condujo en dirección a la cocina. ¡Iba a matar a Mauro!

Como si encontrarme con una desconocida no fuera suficiente, una adolescente con cara de dormida emergió de la nada, arrastrando los pies hasta la cocina. Me recordaba un poco a mí cuando tenía esa edad, cuando no me preocupaba nada más que dormir hasta tarde.

—Hola… Soy Clara —bostezó y se acercó a darme un beso en la mejilla—. ¿Y tú eres…? —preguntó, inquisitiva.

—Es Lucrecia —Cecilia respondió por mí.

—Ah… Lucrecia —me miró de arriba abajo—. ¿Y el tío Mauro?

—Afuera, con Maxi.

Se acomodó el pelo y salió sin decir nada más, no sin antes dedicarme una mirada asesina.

—Cree que tiene algún tipo de derecho divino sobre Mauro. No le hagas caso… —sonrió Cecilia—. Es la adolescencia, ya se le pasará. ¿Puedo ofrecerte algo?

—Estoy bien, gracias.

Me indicó una silla y, obedientemente, tomé asiento. Solo por decir algo, le pregunté acerca de los rosales y comenzó a hablar sobre las bondades de usar cáscaras de huevo como abono o algo así; en realidad, hablaba tan deprisa que perdí el hilo. Me sentía fuera de lugar en esa cocina. ¿Cómo es que había llegado ahí? ¿Por qué confié en Mauro tan ciegamente? Aunque… Cecilia no estaba del todo mal. Era una mujer agradable, cálida y espontánea. Su boca se curvaba cuando hablaba, como si tuviera una sonrisa perpetua.

–Me alegra que Mauro te trajera a casa. Queríamos conocerte.

–Yo lamento que te hayamos invadido así, sin avisar.

–No es nada… Estoy todo el día con los niños; una conversación con otro adulto es siempre bienvenida.

–Te entiendo.

–¡Es verdad! Tienes un niño, ¿cierto? –al parecer, Cecilia estaba muy bien informada.

–Sí, su nombre es…

–Alejo, por supuesto. Mauro nos ha hablado mucho de él –agregó ante mi cara de desconcierto. Me sentí incómoda, otra vez. No tenía idea de qué les había comentado Mauro o qué sabían de lo nuestro–. Es la primera vez que trae una muchacha a casa.

Por poco me ahogo. Cecilia estaba hablándome como si fuera la novia de Mauro o algo así. ¡Nada más alejado de la verdad! ¿Qué es lo que les había dicho?

–Es mi guardaespaldas –sentí la necesidad de aclarar.

–Por supuesto –dijo, como si aquello fuera solo un detalle–. Pero si te trajo aquí, es porque eres mucho más. Puede que, por la poca diferencia de edad, te parezca una locura, pero Mauro es como un hijo para mí. Diego y yo prácticamente lo criamos. Lo conozco, Lucrecia. No te hubiera traído aquí si no fuera porque…

272

—Somos cercanos, es cierto —la interrumpí. Era mejor darle mi versión de los hechos. Definitivamente, ¡iba a matar a Mauro al regresar a casa!

—Cercanos, vaya forma de definirlo. Aunque, supongo que cada pareja es un mundo.

"Pareja". *¡Trágame tierra!*

—Como Diego y yo —sonrió—. Somos un mundo con nuestras propias reglas. Estamos separados desde hace unos… cinco o seis años, no lo recuerdo con exactitud. Pero estamos mejor así; él por su lado y yo por el mío. Vive en un apartamento, a unas cuadras de aquí, para estar cerca de los niños. Éramos muy jóvenes cuando nos casamos; jóvenes e inexpertos. Sí… aquellos fueron tiempos muy difíciles para todos. Para Mauro, sobre todo —su mirada cambió, perdió su chispa. Me moría por preguntar a qué se refería, pero temí parecer entrometida—. Víctor es un monstruo —dijo, de repente.

—¿Víctor?

—¿Mauro no te habló de Víctor? —preguntó, luciendo confundida.

—No. Jamás lo nombró.

Cecilia miró hacia el patio, donde Mauro jugaba a la pelota con Maxi y Clara.

—Todavía le duele —dijo en voz baja—. Nos duele a todos —agregó—. Víctor es mi suegro… Mi exsuegro, en realidad. Una porquería.

Mi padre y yo no congeniamos, había dicho Mauro alguna vez. Pero la descripción de Cecilia era mucho peor de lo que imaginaba. ¿Un monstruo? Solo un rostro venía a mi cabeza ante la mención de esa palabra: Lisandro.

—Diego y yo nos casamos por las razones equivocadas… Yo porque no aguantaba más vivir bajo el estricto control de mi madre y él porque quería huir del maltrato de Víctor.

—¿Maltrato? —la pregunta abandonó mis labios sin que pudiera contenerla.

—Sí, maltrato —me miró directo a los ojos—. Víctor es un hombre violento. En la calle, era un policía respetado, pero en su casa, pretendía ganarse ese respeto a los golpes. Amelia, la madre de Diego y Mauro, se lo permitía todo. Juro que lo recuerdo y me dan ganas de... ¡esa mujer es incluso peor que Víctor! Él es un enfermo, pero ella también. ¡Yo jamás permitiría que mis hijos pasaran por algo así! —su respiración estaba tan agitada que debió tomarse un minuto antes de continuar. Yo no estaba mucho mejor—. Diego no lo soportaba. El miedo lo paralizaba —continuó—. Fue Mauro quien se llevó la peor parte.

—¿Por qué?

Necesitaba escucharlo. Necesitaba saberlo. Ahora comprendía por qué Mauro me había llevado a esa casa. El verdadero motivo por el cual estaba allí. La conversación con Cecilia no tenía nada de casual. Quería abrirme los ojos.

—Mauro la defendía —confirmó—. Era él quien recibía los golpes en lugar de la estúpida de su madre. ¡La odio! Te juro que la detesto.

Mauro entendía mi "situación" mejor que nadie... porque la había vivido en carne propia.

Quería levantarme de la silla, correr al patio, abrazarlo y decirle que todo había terminado. Pero no era cierto, no había terminado. Lo estaba haciendo vivir el mismo infierno, una vez más. Solo que, en esta oportunidad, el monstruo era yo. Lisandro era un enfermo, pero yo también lo era; igual que Amelia.

¿Cuánto tardaría Alejo en convertirse en Mauro? ¿Cuánto tardaría en interponerse entre Lisandro y yo? Quizás, ya lo estaba haciendo. Micaela, en el gabinete del kínder, me había dicho eso mismo. Había más de una forma de recibir golpes, y mi hijo estaba siendo marcado de por vida. Tenía que sacarlo de esa casa. Cuanto antes. No permitiría que Alejo se convirtiera en un daño colateral en mi retorcida realidad.

—¿Qué pasó con Amelia? —pregunté, con un hilo de voz, casi como si estuviera consultando mi propio destino.

—Nada —respondió con una mueca—. Supongo que sigue bajo el yugo de Víctor… Hace años que no la vemos. Creo que es lo mejor para todos.

—¿Mauro no ve a su madre?

—Mauro fue el primero que dejó de hablar con ella.

* * *

—Hueles muy bien —tomó mi mano y se llevó mi muñeca a la nariz. Su espontaneidad me hacía sonreír—. ¿Qué es? —cruzó las piernas sobre la cama.

—Le pongo un chorrito de aceite de coco a la esponja de baño… Pero no le digas a nadie. Es un secreto —terminé de cepillar su cabello y sonrió al verse en el espejo—. ¿Lo ves? Ya tienes mechitas azules. En unos días, el color se irá sin que te des cuenta. Puedes aplicar la misma técnica con cualquier color… Así, podrás cambiar cuantas veces quieras y tu cabello no sufrirá. Solo asegúrate de mantenerlo hidratado.

—¡No sabía que podía hacer esto con papel crepé! ¡Me encanta! —me dio un abrazo apretado, uno que no esperaba luego de su indiferencia inicial—. Podríamos salir algún día, las dos solas. ¿Qué dices? Al cine… ¿Te gusta el cine?

Sí. Clara me recordaba mucho a mí a esa edad, cuando podía salir libremente, sin pensar en la posibilidad de que Lisandro me arrancara la cabeza si me descubría de paseo con una amiga.

—Ya lo veremos —dije, acariciando uno de sus mechones azules.

—Lucrecia... —Mauro entró a la habitación—. Son las once y media. Debemos irnos.

Cecilia y Clara me invitaron a regresar y prometí que lo haría. De Maxi, recibí un "adiós" con la mano. Luego de las despedidas, Mauro me cedió el volante para regresar a casa.

—No fue tan difícil, ¿cierto? Cecilia es una gran mujer —dijo, metiendo la mano entre mis piernas para reacomodar el asiento—. ¿Estás cómoda?

—Mejor que nunca —admití—. Gracias.

Me miró a los ojos y supo que mi agradecimiento se debía a algo muy distinto que al detalle de acomodar mi asiento. No me importó estar en plena calle; me acerqué tanto como el incómodo asiento me permitió y le di un beso que pretendía ser casto, pero que acabó subiendo de temperatura cuando mi boca se abrió para recibir a su lengua. Me pasaría el resto de la vida besándolo.

—Si esto es lo que pasará cada vez que vengamos a la casa de mi cuñada... —murmuró sobre mi boca.

—Excuñada —corregí.

—Excuñada —sonrió.

* * *

La conversación con Cecilia había rondado en mi cabeza durante todo el día. Me había abierto los ojos, sin dudas. Estaba decidida a no cometer el mismo error que Amelia.

Era de madrugada cuando atravesé la cocina. En la casa, todos dormían. Una vez en la despensa, cerré la puerta con un suave clic y encendí la luz. Metí la mano detrás de la lavadora y tanteé hasta dar con el teléfono celular; era un modelo Nokia 1100, muy antiguo, imposible de rastrear con la nueva tecnología. El aparato más confiable del planeta. Luego de encenderlo, aguardé hasta que le llegara señal. La agenda estaba vacía. Los números que necesitaba estaban guardados en mi cabeza.

Marqué y aguardé.

—Diga —respondió de inmediato.

—Necesito que compres unas cosas —pedí deprisa—. No lo apuntes. Usa la memoria. Cuando lo tengas, lo dejas en el lugar de siempre. Lo siento, pero no puedo decirte más.

—Comprendo… Solo dime qué necesitas y lo tendrás.   277

CAPÍTULO 4

TENEMOS UN PROBLEMA

SÁBADO, 19 DE DICIEMBRE DE 2014.

CIUDAD DE BUENOS AIRES.

Fusco me exigía resultados, cada vez con más insistencia, pero no había nada que vinculara a Lucrecia con el robo. Absolutamente, nada. Revisé su habitación, lo confieso. Y su teléfono, pero no hallé nada sospechoso.

Hablar con ella tampoco rendía frutos; básicamente porque hablábamos muy poco. Con el receso escolar de Alejo, casi no teníamos momentos solos. Y cuando los teníamos… bueno, tampoco hablábamos demasiado.

La piel entre nosotros era increíble, abrumadora. Jamás me había sentido igual, con ninguna mujer. Lucrecia era única en todos los sentidos posibles. Lo irónico era que, mientras más "íntimos" nos volvíamos, más lejos la sentía. Su cuerpo se daba cada vez con más intensidad, pero su corazón se me escapaba. Y eso me destrozaba.

Como su fervoroso devoto, le daba todo de mí sin cuestionar. Ella lo tomaba, se levantaba de la cama y regresaba a su calvario. Así, me estaba convirtiendo en el secreto que le permitía seguir adelante con su fachada.

Empujé toda mi ropa dentro del bolso, furioso conmigo mismo. No podía ser tan patético. ¿No era eso lo que quería? ¿Que Lucrecia estuviera conmigo? ¡¿Por qué me quejaba, entonces?!

Escuché la puerta y supe que era ella. Estábamos tan conectados que, a pesar de ser tan silenciosa como siempre, la sentí aproximarse con ese caminar felino que me enloquecía por completo. Su mano apareció sobre mi pecho, sentí su cálido aliento en mi espalda y su cuerpo presionado contra el mío.

—Alejo duerme la siesta… —susurró.

—¿Y tu esposo? —pregunté, tragándome el veneno que me brotaba de solo mencionarlo.

—No lo sé —respondió, sin inmutarse. Se estaba volviendo cada vez más audaz. Eso me asustaba mucho—. ¿Ya te ibas?

—Pronto —entrelacé mis dedos con los suyos, besé el dorso de su mano; siempre olía tan bien. Toda en ella era un deleite para los sentidos. Sus brazos se atenazaron alrededor de mi cintura y su mejilla me acarició la espalda. Estaba perdido.

—¿Qué tan pronto? —Adiviné la sonrisa en su boca.

Y así como así, me rendí. Me di la vuelta para encontrarme con los ojos castaños más hermosos que había visto jamás, mirándome con esa chispa que solo reservaba para mí y me supe condenado a sus brazos.

Me había advertido que esto era todo lo que podía dar y, como un idiota, había aceptado los términos del pacto. Lo que nunca sospeché fue que la sentencia sería perpetua. Ahora, debería hallar la llave para liberarnos de la prisión que nosotros mismos habíamos construido.

✳ ✳ ✳

Ese "pronto" llegó demasiado deprisa. Dejarla en casa de aquel psicópata nunca era sencillo. Me aseguré de que el teléfono estuviera cargado y que la señal fuera suficiente. Cada tanto, me aseguraba de que siguiera funcionando.

–Oye, ¿puedes dejar ese teléfono, por favor? Me pones nervioso –dijo Diego apuntando a las cartas frente a él.

–Lo siento –apenas asomé una de mis cartas a la mesa, Diego me arrojó las dos que tenía en su mano directo hacia la cara.

–¿Qué haces, imbécil? ¡No es tu turno! No juego más… Así no se puede. Me retiro –se cruzó de brazos, enfadado como pocas veces.

–Lo siento, Mauro. Pero hoy estás en la estratósfera –agregó Ramiro.

–¡Una mala noche en veinte años de amistad y me hacen esto! –encendí un cigarrillo y me recargué sobre el respaldar de la silla.

Era una silla de plástico. Un plástico bastante malo… Escuchamos un crujido extraño y nos quedamos petrificados. Segundos después, la pata de la silla cedió y mi trasero terminó en el suelo, en medio de un estruendo de platos y cubiertos que volaron por los aires. Me había llevado el mantel enganchado.

–¿Estás bien? –preguntó Sergio, mirándome desde su silla.

Al menos, el cigarrillo seguía en mi boca. No era una pérdida total. Pestañeé y permanecí en el suelo, con una mano en el pecho. El foco de la lámpara del techo parpadeaba y, de repente, la verdad se reveló ante mí como si me hubieran arrojado un vaso de agua helada a la cara.

–¿Me oíste? –repitió.

–La amo.

Tres rostros con expresión de sorpresa me miraron desde arriba, pero me sentí aliviado. Ya estaba dicho. Eso que me aprisionaba el pecho, el sentimiento que demandaba ser reconocido, al fin halló su camino. La amaba. Tan real, tan simple y tan trágico como sonaba.

Diego me extendió una mano y la tomé.

—Al fin te dio esa oportunidad, ¿no es cierto? —sonrió, palmeándome el hombro—. Sergio, ¿por qué no traes esa botella especial que tienes guardada allí atrás? Vamos a tomar una bebida de adultos. La ocasión lo amerita.

✳ ✳ ✳

El auto se detuvo frente a la casa de Belgrano y mi cabeza rebotó en el asiento. El mundo daba vueltas.

—Insisto en que es una mala idea —dijo Diego.

Desestimé su comentario y prácticamente me arrojé sobre él para espiar por la ventanilla. Si Echagüe estuviera en la casa, todas las luces estarían apagadas. Pero no… Echagüe no estaba. Y mi diosa se paseaba al borde de la piscina con un libro en la mano.

—La amo.

—Ya me lo dijiste… —Diego me devolvió a mi asiento de un empujón—, como unas veinte veces en la última media hora. Ya la has visto. Ahora, te llevaré a casa.

—No —abrí la puerta del auto y por poco me resbalo, pero alcancé a ponerme de pie con bastante elegancia… creo—. Regreso enseguida.

—No… Mauro, espera —intentó detenerme, pero no me alcanzó—. ¡Mauro! —gritó en silencio. Sí, se podía gritar en silencio. Con cara de malo y dientes apretados. Pero no me importó.

Crucé la calle, llegué a la reja y tanteé mis bolsillos. Mis llaves habían quedado en el apartamento.

—Lucrecia… —la llamé, pero no me escuchó—. ¡Lucrecia!

Alzó la mirada del libro y buscó alrededor, confundida. Hasta que por fin me vio.

—¿Qué haces aquí? —se acercó a la reja con el libro apretado contra su pecho—. ¿No deberías estar en tu casa?

—Quería verte —balbuceé.

—¿Qué?

—Que quería verte; saber si estabas bien.

—Estoy bien… Pero, tú no. ¿Bebiste, Mauro?

—Un poco —admití.

—Ya veo —me hizo una mueca, con ese toque de ironía que me volvía loco—. ¿Por qué estás del otro lado de la reja?

—Olvidé mis llaves.

—Entra. Mis vecinos son muy curiosos —usó su juego para abrir y me permitió entrar. Me olvidé por completo de mi hermano y la seguí.

Entrelazamos las manos de camino a la casa de huéspedes, y cuando llegamos a la puerta…

—Quédate a dormir esta noche —el pedido resbaló de mi boca sin que pudiera detenerlo—. No quiero que te vayas.

—Sabes que no puedo.

—¿Por qué no? —apoyé un hombro en el marco de la puerta, negándome a entrar sin obtener mi respuesta. Si entraba, estaba perdido.

—Hay más de una razón por la que no puedo —respondió.

—Quiero escucharlas. A todas —exigí—. Quiero escucharte, Lucrecia. ¿Por qué no hablas conmigo?

—Estamos hablando.

—Entonces, dime. ¿Por qué no te quedas conmigo?

—Porque estoy casada, Mauro —me miró directo a los ojos—. ¿Te parece razón suficiente?

—Sepárate.

Se me escapó. ¡Juro que así fue! Su cara se puso pálida como la de un fantasma. La mía no estaba mucho mejor. Podía culpar al alcohol por semejante exabrupto, pero estaría mintiendo. La idea rondaba mi cabeza también estando sobrio.

—¿Por qué me haces esto? —preguntó temblorosa. Si se ponía a llorar por mi culpa, no me lo perdonaría jamás—. Sabes cuál es mi situación, Mauro. La sabías cuando esto empezó. Te advertí que no podía darte más. Somos dos adultos… creí que todo estaba claro entre nosotros. ¿Me equivoqué?

No sabía qué replicar ante eso, porque tenía razón. Había sido clara desde el principio.

—Es mejor que me vaya —dijo, jugando con las llaves y escondiendo el brillo de sus ojos.

—No lo hagas —acaricié su mejilla y la atraje hacia mí, aferrándome a su cuerpo—. Tienes razón. No me hagas caso, no sé por qué dije eso. Fue un impulso.

—Mauro —la forma en la que dijo mi nombre hizo que un escalofrío me sacudiera el cuerpo—, no creo que sea buena idea seguir con esto. Si te estoy lastimando…

—No me lastimas —mentí, de inmediato, aterrado con la sola idea de perder lo poco que había entre nosotros. En este punto, ser patético era la menor de mis preocupaciones.

—Te mereces más de lo que puedo dar —apoyó su mano sobre mi pecho y su calor me llegó hasta el centro de corazón—. Te mereces todo.

—No quiero todo. Te quiero a ti. Te amo… Te amo, Lucrecia. Esa es la verdad.

En plena confesión, mi teléfono empezó a sonar. Espié la pantalla de reojos y vi que se trataba de Gómez. Luego, le devolvería el llamado. Enseguida, sentimos la vibración del celular de Lucrecia en el interior de su bolsillo. Nos miramos a los ojos por unos segundos, justo cuando el teléfono de línea comenzó a resonar dentro de la casa. Tres teléfonos sonando al mismo tiempo solo significaban una cosa: problemas.

Lucrecia, adelantándose a mi reacción, corrió hacia la casa.

—¡Lucrecia, espera! ¡Maldición! —en lugar de tratar de detenerla, atendí la llamada de Gómez—. ¿Qué es lo que pasa? —demandé saber.

—Tenemos un problema, muchacho.

El grito desgarrador de Lucrecia dentro de la casa fue el presagio de las peores noticias.

—Santiago Echagüe se suicidó, Mauro. Lo encontraron hace media hora.

CAPÍTULO 5

EL TESTIGO MUDO

La casa era un constante ir y venir de desconocidos. Técnicos, policías, gente que se desplazaba por mi casa como si fuera un centro comercial. Nadie me prestaba demasiada atención. Yo era la esposa callada y tímida a la que habían encerrado en el baño de arriba, nada sabía de lo sucedido. Estaba muy conmovida.

Oculta en la seguridad de nuestra habitación, me recosté junto a mi hijo y aguardé a que el caos pasara. Lisandro estaba tan aturdido por el alboroto que no se dio cuenta de nuestra ausencia. Andrés Fusco lo estaba hostigando, a él y a Santiago. Todos estaban muy nerviosos.

La puerta se abrió y mi suegro entró, procurando hacer silencio al ver a su nieto dormido.

—¿Ya se fueron?

Asintió. Me senté al borde de la cama y señalé el espacio a mi lado.

Se veía abatido, agotado. Era la viva imagen del espanto. Apoyó los codos en las rodillas y se tomó la cabeza. Con el paso de los años, había sido el testigo mudo, el cómplice silencioso, el que acataba sin cuestionar. Hoy, las consecuencias de su obediente complicidad se estaban volviendo en su contra. El momento de dar cuentas se aproximaba.

—No sé qué hacer, primor. ¿Cómo enfrentaré esto? —dijo mirando al frente—. Si ese dinero no aparece… —negó con la cabeza, sin poder concluir la frase.

Si hubiera tenido un padre, me hubiera gustado que fuera como él. Pero Santiago no era mi padre. Era el padre de Lisandro. Nunca aparté esa verdad de mi mente. Él haría cualquier cosa por su hijo, y yo haría cualquier cosa por el mío…. incluso arrojar a mi suegro a la más profunda oscuridad.

—Tranquilo —tomé su mano entre las mías y la besé—. Todo estará bien.

* * *

SÁBADO, 20 DE DICIEMBRE DE 2014.
CIUDAD DE BUENOS AIRES.

Mauro insistía en que me detuviera, pero no lo escuché. Corrí hacia el teléfono.

—Diga… —respondí, con el corazón desbocado.

—Buenas noches, Lucrecia —al oír su voz, se me erizó la piel.

—Buenas noches —respondí, confundida. Ella nunca llamaba a la casa—. Es muy tarde, Elena. Alejo duerme. ¿Qué quieres?

—Solo avisarte que Santiago tuvo un percance. Quería que lo escucharas de mi boca.

—¿Qué tipo de percance?

—Pues, no soportó la presión.

—¿Qué significa eso, Elena? —las rodillas dejaron de sostenerme y me senté en el suelo de la sala, con el teléfono pegado a mi oído; sabía la respuesta aun cuando ella no me la hubiera dado.

—Pensé que nunca se atrevería, ¿sabes? Pero lo hizo, Lucrecia. Se pegó un tiro en el estudio.

Sentí el dolor en mi mano antes de darme cuenta de que estaba golpeando el teléfono contra el suelo. Y luego de sentirlo, seguí golpeando, porque no había dolor más grande que el de saber que Santiago se había rendido.

* * *

Me sentía fuera de mi cuerpo, como si estuviera viendo la escena desde afuera. Era igual que mirar una obra teatral; una tragedia llena de máscaras. Odiaba la ropa que Camila me había prestado, me quedaba grande, pero no había nada negro en mi vestidor. No estaba preparada para asistir a un funeral. Cuando mi abuela murió, la enterramos sin mucho protocolo. Ahora, adondequiera que mirara, había rostros desconocidos. Máscaras falsas.

Lisandro y Elena atendían a los dolientes visitantes cual anfitriones en una fiesta de gala. Me daban asco.

Me senté en una incómoda butaca, lo más alejada posible del tumulto y del féretro. No podía creer que Santiago estuviera ahí adentro.

No me permitieron verlo. Lisandro dijo que no quería que esa fuera la última imagen que conservara de él, que ese cuerpo ya no era Santiago, pero creo que solo lo hizo para molestarme. Porque no quería que me despidiera, porque sabía que Santiago ocupaba en mi corazón un espacio mucho más grande que el destinado para él.

Llevamos a Alejo a casa de Alicia. No estaba segura de estar haciendo lo correcto, pero no quería que asistiera a un circo semejante. Ya encontraría la forma de que nos despidiéramos de su abuelo de una forma más privada, menos estrafalaria. Todavía no había tenido el coraje de darle la noticia; no sabía cómo.

Las máscaras falsas pululaban como fantasmas y me sentía sola entre espectros. Más sola que nunca.

Mauro no estaba conmigo, se lo habían llevado. Gómez llegó a la casa, acompañado de Fusco, y los tres se esfumaron. No supe cómo. Creía haber escuchado que Mauro decía que lo sentía mucho, pero francamente, no recordaba con precisión. Esos primeros minutos luego de la noticia fueron algo confusos.

—Lo lamento mucho, señora Echagüe —dijo alguien, no supe quién. Estreché su mano y asentí. ¿Qué más podía hacer?

Habían escogido el mejor féretro que el dinero podía comprar, pero no podía evitar la sensación de claustrofobia, como si fuera yo quien estaba ahí adentro. ¿Qué traje le habrían puesto? ¿Estaría usando su reloj? Amaba ese reloj. Se lo habíamos obsequiado en la última Navidad.

Apoyé los codos sobre mis rodillas y me tomé la cabeza, agotada de tanto monólogo interno. Quería que Mauro estuviera conmigo, que me llevara lejos de las máscaras falsas. Pero no estaba. En su lugar, había dos federales que trataban de pasar de incógnito. Estaban fallando.

Me aterraba la idea de que nos hubieran descubierto. Temí que fuera Lisandro el de las llamadas, que algún vecino curioso hubiera decidido delatarnos. Temí que regresara a casa y me matara después. Pero no. Santiago era el muerto.

Nunca más lo escucharía llamarme por mi apodo privado. *¿Cómo estás, primor?* Ya no vería su sonrisa franca, sus ojos amables. No volvería a aspirar su cuello para inundarme del perfume de su crema de afeitar. No veía sus pantorrillas blancas asomando por encima de sus calcetines oscuros.

Me había dejado sola.

No… Yo lo había dejado solo a él.

Podría haberle dicho la verdad. ¡Podría haber hecho tantas cosas! Pero no hice nada. No me lo perdonaría jamás. Yo también había elegido ser una testigo muda, una cómplice silenciosa. Lo había visto desmoronarse día a día, ceder ante una presión que lo aplastaba, y no había hecho nada. Porque tenía miedo de que mi vía de escape se disipara. Fui egoísta y, ahora, las consecuencias de mis malas decisiones regresaban para ajustar cuentas, llevándose consigo a una de las personas más importantes de mi vida.

Santiago había jalado del gatillo, pero yo había disparado.

Me enderecé en la incómoda butaca y escuché su característica risotada. La busqué entre las máscaras falsas. A ella, la más falsa de todas. Tenía el cabello arreglado como si se hubiera preparado horas para la ocasión, un maquillaje tan perfecto que hasta me dio náuseas. Estaba junto a Lisandro, con una garra asida a su brazo. Eran la pareja perfecta.

La detestaba. Con cada fibra de mi ser. La odiaba más que a cualquiera, casi más que al patético de su hijo. Apreté los puños, sintiendo cómo ese odio se apoderaba de cada célula de mi cuerpo.

Estaban velando a Santiago y ella se reía.

Vi todo negro.

Me puse de pie y mis zapatos altos resonaron sobre el elegante suelo de mármol. Cada paso era un latido, cada vez más acelerado, cada vez más determinado. Las máscaras falsas a su alrededor me vieron mucho antes que ella, mucho antes que Lisandro. Pero ya era tarde.

—¡Brujaaaaaa! —antes de darme cuenta de lo que hacía, a fuerza de manotazos descoordinados, me había hecho espacio para alcanzar su odioso peinado de salón con los puños tan apretados que su cara por poco toca el suelo.

Me la llevé, la arrastré como la cucaracha que era, gritando palabrotas como una lunática. Ella también gritaba. Y lloraba. Y yo más jalaba de su cabello, con un odio del que no me sentía dueña. Era mi odio y el de Santiago combinados. Quería matarla. ¡Iba a matarla!

Unos brazos poderosos me envolvieron y me arrancaron violentamente de su lado, y entonces comencé a patear, a luchar como nunca antes.

—¡Eres una basuraaaaa! ¡Una zorra! —le gritaba mientras me arrastraban fuera del salón, y seguí gritando por todo el pasillo—: ¡Basuraaaaaa!

Lisandro pateó una puerta al final del pasillo, impedido de usar las manos. Me tenía presa entre sus brazos, con la espalda pegada a su pecho. Mis piernas pateaban todo lo que se interponía en mi camino, incluso un costosísimo jarrón que acabó hecho trizas en el suelo.

—¡Maldita! —me empujó lejos y aterricé dolorosamente sobre mis rodillas. ¿Me importó? ¡Por supuesto que no!

Me impulsé del suelo y cargué nuevamente contra él, empujándolo con toda la fuerza que mi cuerpo me permitió. Debe haber sido bastante fuerza, porque acabó rebotando contra la puerta y cerrándola por el impulso.

—¡Déjame pasar! —le grité, fuera de mí—. ¡Voy a matarla!

La máscara que solía usar se cayó y, detrás de ella, apareció el monstruo que yo conocía tan bien. Me tomó por los brazos y me sacudió con tanta fuerza que sentía que se me desprendería la cabeza.

—¿Estás loca? —volvió a sacudirme.

—Eres una porquería. La misma porquería que ella… Y te odio —dije, mirándolo directamente a los ojos–. Te odio, Lisandro. ¡Maldigo el día en que te cruzaste en mi vida!

Soltó uno de mis brazos y me tomó la cara con una mano.

–¿Qué crees que haces? ¿Eh? –me abofeteó. Suave, contenido, irónico–. ¿Eh? ¿Crees que estoy de humor para tus estupideces? –sus dedos apretaron todavía más–. ¿Me odias, dices? ¡Pues, qué bueno! Porque al menos eso significa que te importo, ¿no es cierto? ¡Al menos sientes algo por mí!

Lo escupí. Lo hice. Con una puntería asombrosa, directo al ojo izquierdo.

–Eso es lo que siento por ti… –dije con los dientes apretados.

Un puño cerrado me alcanzó en pleno estómago y esta vez, no vi todo negro, vi una multiplicidad de colores danzando frente a mis ojos. Mis rodillas volvieron a tocar el suelo y me tomé el estómago para no vomitar. Apoyé una mano e intenté levantarme, pero me faltaba el aire. Para mi desgracia, Lisandro se sirvió de mi cabello para ponerme de pie.

Todo pasó tan rápido que apenas alcancé a ver la puerta abriéndose y a una borrosa mata de rizos quitándome al monstruo de encima. Un querubín en acción.

Luciano.

–¡Golpéame a mí, si te atreves! ¡Maldito desgraciado! –lo empujó y Lisandro aterrizó atónito sobre los restos del jarrón–. ¡Miserable! –lo vi patear su estómago un par de veces, hasta que Lisandro reaccionó y lo arrastró con él hasta el suelo.

–¡No! ¡Basta! –grité.

Cuando Lisandro logró colocarse sobre él, jalé de su camisa y rasgué una de sus mangas. Estaba enceguecido. Los tres lo estábamos.

Me trepé a la espalda de Lisandro y comencé a forcejear para liberar a Luciano que, en un segundo de lucidez, se incorporó y le asestó un codazo en el pómulo, dejándolo al borde de la inconsciencia. Puso las manos en su cuello y lo sostuvo contra el suelo. Apretaba con tanta fuerza que podía ver los tormentosos ojos de mi esposo a punto de estallar.

Los federales de incógnito irrumpieron en la habitación y levantaron a Luciano por los brazos, mientras Lisandro se retorcía de dolor, tomándose el cuello con una mano. Estuve a punto de ir a socorrer a Lucho, pero unas perfectas uñas de manicura se me clavaron en el brazo y detuvieron mi avance.

Me volví hacia ella y la enfrenté. Quise reír al ver el estado calamitoso en que había quedado su peinado, pero lo haría. Era el funeral de Santiago.

–Nunca dejaste de ser una pobre sucia de Villa Soldati. ¿Pero esto? ¿Este escándalo en el funeral de mi esposo? –me fulminó con la mirada y apoyó una de sus asquerosas uñas sobre mi vestido prestado–. Santiago está muerto, querida. ¿Ahora quién va a protegerte? Prepárate, Lucrecia. No sabes lo que te espera.

Tomé su asquerosa uña con dos dedos y la retiré de mi pecho. Ya no sería una testigo muda ni tampoco una cómplice silenciosa.

–No –me acerqué a su cara–. Prepárate tú, Elena. Porque no tienes idea de lo que esta *pobre sucia* de Villa Soldati es capaz de hacer.

✳ ✳ ✳

Estaba desplomado sobre el sofá de la sala, en su apartamento, con los pies sobre la mesita de café y una compresa helada sobre la boca, para bajar la hinchazón. Había perdido un diente en la pelea con Lisandro. Recostada a su lado, trataba de recuperar fuerzas luego de la contienda. Mis heridas eran menores, algunos magullones ocultos bajo mi vestido y un pequeño corte en la palma de mi mano izquierda tras haber aterrizado sobre los afilados restos de aquel costosísimo jarrón.

Luciano quebró el silencio de la sala con una carcajada que, enseguida y sin motivo, terminó por contagiarme. Reíamos de una forma que iba a contramano de tanta tragedia.

—¿Viste su cara? —se tomó el estómago e hizo una mueca de dolor, reacomodando la compresa sobre su rostro—. El miserable hijo de perra… Golpea con fuerza —dijo con la mirada un tanto perdida.

—Sí —acordé, reposando la cabeza en el sofá. Entrelazó su mano con la mía y besó mis dedos.

—Lo siento tanto, Luli. No sé por qué esperé tanto para darle la paliza que se merecía. No dejo de preguntarme qué hubiera sucedido si no lo detenía…

—Trato de no pensar en ello —admití.

—Déjalo. Ven a vivir con nosotros. Tú y Alejo siempre tendrán un lugar aquí.

—No puedo, Lucho —tracé los bordes de la herida en mi mano, evadiendo su mirada—. Lisandro nunca me dejará en paz. Sería una batalla sin fin… No quiero que Alejo pase por eso.

—¿Y Mauro? —preguntó a continuación.

—¿Qué pasa con él?

—A mí no me pasa nada. Pero a ti, sí. No soy ciego, Luli.

—Lucho, no me hagas hablar de eso —le pedí, avergonzada—. Mauro es… confío en él.

Me observó en silencio, buscando en la expresión de mi rostro las respuestas que me negaba a darle en palabras. No sé lo que halló, pero fue suficiente para que dejara el asunto en paz. Suspiramos, los dos al mismo tiempo. Apoyé la cabeza en su hombro y subí los pies descalzos a la mesita, junto a los suyos.

—No puedo creer que mi padre ya no esté.

—Tampoco yo —suspiré.

—Luli… —llamó mi atención—. ¿Qué pasará cuando regreses a casa? —preguntó, con una nota de preocupación en su voz.

—Nada —respondí sin titubeos.

—¿Cómo estás tan segura?

—Porque Mauro estará allí —dije con absoluta convicción.

294

CAPÍTULO 6

ESPÉRAME

Me paseaba de un lado al otro de la oficina de Gómez, con un apósito de algodón en la fosa nasal izquierda. Un solo golpe, certero e inesperado, le había bastado para dejarme inconsciente en la parte trasera de su auto. Afortunadamente, mi tabique había salido ileso en esta oportunidad.

Quería quedarme con Lucrecia.

Pero cuando le informé a Gómez que estaba en casa de los Echagüe, se las arregló para llegar en menos de diez minutos, acompañado de Andrés Fusco. Me sugirieron, muy amablemente, que aprovechara la confusión para desaparecer, antes de que Echagüe regresara a casa y me descubriera allí con Lucrecia… en mi día de descanso. No tan amablemente, les respondí que Echagüe se podía ir bien al demonio y que, si acaso se atrevía a mirar mal a Lucrecia, iba a despellejarlo con una cucharilla de postre. De las pequeñitas.

Sin darme tiempo a reaccionar, Gómez me golpeó en medio de la cara. Inconsciente era la única forma en la que me sacaría de allí.

Así es como llegué aquí, como me encontré dando un paseo dentro de su oficina, con un apósito de algodón ensangrentado y unas ganas tremendas de devolver el golpe.

Minutos después, mis captores regresaron.

—Aquí tienes, muchacho —Gómez me arrojó una compresa de hielo y la coloqué sobre mi rostro, no sin antes asesinarlo con la mirada—. Siéntate.

—¿Es cierto? ¿Fue un suicidio? —me quedé de pie. Un pequeño acto de rebeldía.

—Se tragó una bala —confirmó Andrés, con ese gesto de superioridad que lo caracterizaba. Se recargó en el escritorio y se cruzó de brazos. Había dejado el traje elegante en casa; el asunto lo había tomado por sorpresa, como a todos—. La mitad de su cabeza estaba esparcida en un cuadro carísimo. No podré comer en una semana… Ahora, ¿quieres decirme qué diablos hacías ahí en tu día de descanso? ¿Estás demente?

—Tú lo dijiste, es mi día de descanso. No tengo por qué darte explicaciones —respondí, tan calmado como me fue posible.

—Fue una imprudencia, Mauro. Me sorprende que seas tan descuidado —agregó, Gómez.

—¿Descuidado? —repliqué con una mueca—. Echagüe aprovecha los fines de semana para atacar a mi cliente, ¡a tu cliente, para ser más preciso! Puedes computarlo como horas extras, si te da la gana.

—Cuidado, muchacho. No olvides con quién hablas —me advirtió.

—Si Echagüe te encontrara allí, solo con su esposa, ¿qué crees que pasaría? —intervino Andrés.

—¿Honestamente? ¡Ansío que suceda! ¡Muero por ver su expresión cuando se entere de que su esposa le planta los cuernos!

—¡Mauro! —Gómez descargó un golpe sobre el escritorio.

—Todo el trabajo que venimos haciendo hasta ahora, se perdería. Eso es lo que pasaría si se entera, Mauro —retomó Fusco.

—Me la llevaré de allí y eso es todo —dije tajante.

—¡Genial! ¡Magnífico! —Andrés aplaudió con ironía—. Adelante, sácala de allí. Y luego, ¿qué? Echagüe se colgará del cuello de tu noviecita. La perseguirá, la hostigará, la amenazará. Le daremos un botón de pánico, por si acaso, y cuando menos te lo esperes… Bueno, conoces las estadísticas. No tengo que decirte cómo acaba la historia, ¿no es cierto?

—Lo mataré, entonces —mastiqué entre dientes.

—¡Mejor todavía! Yo mismo te encierro de por vida, ¡por idiota! —se tomó un segundo para respirar antes de seguir hablando. Se veía cansado y en extremo frustrado—. ¿Sabes cuál es el modo correcto de acabar con esto? ¿De una vez y para siempre? Que Lucrecia confiese, que relacione a Lisandro con los negocios turbios en el estudio Echagüe. ¡Así se termina! Pero no me ayudas, Mauro… Dijiste que lo harías, ¡pero estás muy ocupado jugando al Romeo! ¡Abre los ojos, maldita sea!

—¡No hay nada, Andrés! ¡Nada! Lucrecia está limpia, ¿no lo entiendes?

—Mauro, Santiago Echagüe acaba de volarse los sesos, ¿estás ciego o qué? Estaba acorralado, ¡muerto de miedo! No soportó la presión, las extorsiones. Están sucios. ¡Todos ellos!

—¿La presión de qué? ¿De quién? ¿Qué es lo que tienes, Andrés? ¡Dímelo de una vez! Eres tú quien me mantiene a ciegas.

Se cruzó de brazos e intercambió una mirada con Gómez. Una mirada cómplice. Estaba en lo cierto. Me ocultaban algo.

—¿Qué es? Dímelo.

—Si repites una palabra…

—Sí, lo sé. Me sacas del caso y luego me hundes —le ahorré la palabrería—. Habla.

—Había un documento importante dentro de la caja fuerte en casa de los Echagüe. Un contrato. El dinero era para un negocio de bienes raíces, un contrato ficticio para pasarlo al circuito legal. Según mis fuentes, está firmado por Echagüe y el beneficiario del pago.

—¿Qué sabes del beneficiario?

—Es uno de los nuestros —respondió, bajando la mirada—. Creemos que el dinero era para un soborno. Para frenar una causa importante, sin lugar a dudas.

—¿Qué causa?

—Bueno, se acabó. Ya te he dicho más de lo que debía. Confórmate con eso… Es una investigación en curso. El asunto es delicado, Mauro. Tenemos a los sujetos malos dentro del poder judicial, ¿te das cuenta? Debo detener a todos los que se ensuciaron las manos con ese dinero. A todos y a cada uno.

El círculo lentamente comenzaba a cerrarse. Santiago, como emisario, había quedado en medio de un fuego cruzado. El pago para el soborno nunca había llegado a destino. Supuse que todos los implicados estarían nerviosos… El robo en casa de los Echagüe los había puesto en la mira; al interesado en detener la causa, al destinatario del soborno y, cómo no, al propio Lisandro Echagüe, que facilitó el estudio como fachada. Si Andrés estaba en lo cierto y ese documento en verdad existía, Lucrecia no solamente tenía un dinerillo escondido quién sabe dónde, también tenía un seguro. Era brillante.

Un llamado a la puerta nos interrumpió.

—¡Adelante! —gritó Gómez. Un sujeto que no conocía se asomó a través del resquicio.

—Entra —le indicó Andrés—. Les presento a Francisco Muñoz,

trabaja en la Fiscalía. Lo mandé a custodiar a Lucrecia en tu ausencia. Francisco, él es Mauro Acosta. A Pablo Gómez, ya lo conoces —estrechamos las manos. No me gustaba nada que no me hubieran informado del relevo, aunque hubiera sido solo por unas horas.

—¿Alguna novedad? —preguntó Andrés.

—Hubo un altercado durante el servicio —respondió el sujeto. Me tensé de inmediato.

—Sé más específico.

—Un altercado entre ambas señoras Echagüe.

—¿Disculpa? —Andrés entornó la mirada, confundido. Yo otro tanto.

—Lucrecia Echagüe arrastró a Elena Echagüe del cabello frente a 299 cientos de personas. Tiene un vocabulario bastante nutrido, debo agregar. La maldijo hasta en japonés. El esposo se la llevó a un privado y se embarcaron en una discusión… Luciano Echagüe irrumpió y se trenzó a golpes con su hermano. Desconozco qué sucedió allí, pero, cuando entramos, tenía a Lisandro contra el suelo. Logramos quitárselo de encima, afortunadamente. Podría haber sido un desastre. Llevamos a Lucrecia y a Luciano a un apartamento en Palermo.

Andrés soltó un suspiro de frustración que Gómez acompañó.

Sin darle tiempo a nada, tomé al tal Francisco por el cuello de la camisa y lo apoyé, no tan amablemente, contra la pared de la oficina.

—¡¿Dónde aprendiste a hacer tu trabajo, desgraciado?! —lo sacudí con fuerza—. ¡Eres un incompetente!

—Mauro, detente —Gómez trató de alejarme mientras yo trataba de memorizar el rostro del sujeto, para buscarlo luego y darle la paliza que se merecía—. ¡Basta, he dicho!

—Fuera de aquí. ¡Desaparece de mi vista! —le ordenó Andrés. El sujeto se tambaleó hacia la salida y me contuve de darle impulso con una patada en el trasero.

–Contrólate, Mauro. ¡No volveré a repetírtelo! O me obligarás a darte unas vacaciones permanentes –amenazó Gómez.

–Vamos a tranquilizarnos todos –intervino Andrés–. Despídete de tus días de descanso, Romeo. Te concederé la ayuda que necesitas. Me encargaré de convencer a Lisandro de la necesidad de que ampliemos la custodia a siete días, inventaré alguna excusa… Ve por Lucrecia. No puede regresar sola a esa casa.

✳ ✳ ✳

300 Una vez que me abrieron la puerta, sentí que el alma me regresaba al cuerpo.

–¡Maurooooooo! –gritó Alejo, agitándose para que lo recibiera en mis brazos. Cuando lo hice, me golpeó la mejilla con un beso–. Mi Nono se fue al cielo –dijo con una enorme sonrisa. Su inocencia era devastadora. Lo abracé, porque no había nada más que hacer.

–Lo sé, pequeño –la sensación de tenerlo cerca me brindó cierto alivio. Hubiera querido mantenerlo allí por siempre, protegido entre mis brazos, para que nada ni nadie se atreviera a lastimarlo. Nunca más–. ¿Dónde está tu mamá?

–Entra, Mauro. Están en la sala de estar –dijo Camila. Tenía los ojos enrojecidos de tanto llorar. El clima era de muerte–. Ven conmigo, Alejo –lo tomó de la mano y se lo llevó por un pasillo contiguo.

Caminé por las reducidas dimensiones del apartamento y no tuve problemas para hallar la sala. El problema era lo que hallé en la sala.

–¡Ya era hora! ¿Qué sucedió? ¿Te detuvo el tráfico? –preguntó Luciano. Tenía la boca partida, un ojo negro y un espacio vacío entre los dientes. Claramente, se había tratado de mucho más que solo un "altercado".

Lucrecia se levantó del sofá, con algo de dificultad, y me contuve de ponerme a gritar. Eso no ayudaría en nada. Yo no ayudaba en nada.

Poco me importó que Luciano estuviera ahí; mantener las apariencias no estaba dentro de las prioridades. Ya no. Acorté la distancia a más que solo íntima y la encerré entre mis brazos, hundiendo la nariz en su cuello; necesitaba sentirla, inundarme de la vainilla y el coco en su piel.

—¿Estás bien? —murmuré a su oído. Había perdido a una persona importante en su vida y no había estado allí para consolarla.

—Ahora sí —respondió, con su mano en mi pecho. De inmediato, vi la venda que la envolvía. Tragué saliva.

—¿Qué ocurrió? —pregunté, mirando a ambos. Lucrecia negó con la cabeza, como hacía siempre. No quería hablar de eso. Pero yo sí—. ¿Qué fue lo que pasó? —esta vez, dirigí la pregunta directamente a Luciano.

—¿No te enteraste? Mi padre se suicidó —respondió, arrojando una compresa fría sobre la mesita de café. Tragué saliva, otra vez.

—Lo siento mucho, Luciano.

—Sí. Lo sé —asintió—. Y luego terminé a los golpes con Lisandro. Supongo que también te enteraste. Ya deben haberte ido con el cuento, esos patéticos intentos de guardaespaldas que envió la Federal. Pero no me arrepiento. Alguien tenía que darle una paliza al imbécil de mi hermano… Se la merecía. Y no te molestes en agradecerme, sé que quieres hacerlo. Mejor paga la cuenta de mi dentista. Los implantes salen una fortuna.

✳ ✳ ✳

Alejo dormía en el asiento trasero. Lucrecia no había dicho una palabra desde que nos despedimos de Luciano y Camila. Preso de la impotencia, presioné el volante con fuerza.

—Me estoy volviendo loco. Habla, por favor.

Inspiró profundo y se evadió mirando el paisaje. Apreté los dientes.

—¿Tienes un cigarrillo? —susurró.

—No —respondí, tajante—. Basta de evasivas. Habla conmigo.

—Sabes lo que sucedió. Perdí los estribos con Elena.

—Algo me enteré, pero no es eso lo que quiero saber. Dime qué sucedió después.

302

—Lisandro sucedió después. También lo sabes.

—Lucrecia… —insistí.

—¿Qué es lo que quieres, Mauro? —me increpó, saliendo de la aparente indiferencia tras la que solía ocultarse—. ¿Quieres detalles? ¿De verdad quieres oírlos?

—¡Sí! —respondí con firmeza—. ¡Quiero que me lo digas de una vez!

Me clavó una mirada colérica, una que jamás le había visto antes. Inspiró profundo y luego me lo dijo. Me lo dijo todo.

—Me sujetó de los brazos, me sacudió, me arrojó al suelo y caí sobre los restos de un jarrón. Me alzó del cabello, me pegó una… no, dos bofetadas. Le dije que lo odiaba, lo escupí en la cara y luego me golpeó en medio del estómago. Si quieres, puedes tomar una fotografía del hematoma, así la adjuntas a esos patéticos informes que le envías a Gómez… O puedes guardarla de recuerdo, ¡lo que te venga en gana! ¿Estás satisfecho? ¿Era eso lo que querías escuchar?

Detuve el auto tan bruscamente que los dos nos impulsamos hacia adelante. No podía seguir conduciendo. Sentí náuseas. Vértigo. Calor. Frío. Ira. La miré, me miró, y cuando me acerqué… se cubrió. ¡Se cubrió!

Entonces, la vi. A la verdadera Lucrecia, a la que se ocultaba de todos. Todo su cuerpo temblaba, y su antebrazo estaba sobre su cara... como si esperara un golpe.

¡Por Dios santo! Me retiré a mi asiento y mantuve tanta distancia como las dimensiones del vehículo me permitían.

—Lucrecia, mírame.

Lo hizo. Apenas, de reojo. Las lágrimas resbalaban por sus mejillas y sus labios temblaban. Me recordó tanto a mi madre que quise ponerme a gritar. No lo hice.

—Yo nunca jamás me atrevería a lastimarte. Jamás.

—Lo sé —murmuró, claramente afectada. Apenada—. Lo siento, fue... No lo sé. Sé que no me harías daño.

—No quiero lastimarte, Lucrecia. Lo que quiero es que me dejes amarte.

Antes de que pudiera continuar, su boca se posó sobre la mía y me silenció con un beso. Sus brazos rodearon mi cuello y presionó su cuerpo contra al mío. No parecía importarle que Alejo estuviera dormido en el asiento trasero, porque me besó como si no hubiera un mañana. Al deseo no le importaban las circunstancias, se las arreglaba para manejarnos a su antojo.

—Espérame... —susurró sobre mi boca.

—¿Qué dices? —pregunté, sin comprender a qué se refería.

Acarició mis mejillas y sus ojos buscaron los míos.

—Espérame —repitió, con una firmeza que no le había visto antes. Instintivamente, mi corazón respondió a sus palabras con un potente latido—. Sé que no lo entiendes ahora, pero no lo olvides. Sin importar lo que suceda... Espérame.

CAPÍTULO 7

PODEROSA

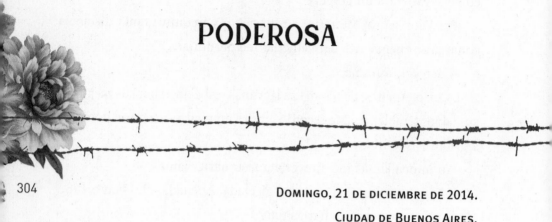

Cuando el despertador se disparó, a las siete de la mañana, alargué una mano para poder apagarlo. Quería dormir un poco más, estaba agotada. Me giré sobre la improvisada cama que había ubicado junto a la de mi hijo y me aferré a la almohada con un suspiro somnoliento.

No tenía idea de la hora a la que había regresado Lisandro, o si había regresado siquiera, pero tampoco me importaba.

Decidí dejar nuestra habitación. Trasladé mi ropa hacia la habitación de Alejo en plena madrugada. Mauro se quedó sin aliento tras inflar mi colchón. No era un lujo, pero sí la cama más mía que había tenido en toda la vida. Ya había olvidado lo que se sentía tener cosas que fueran solo mías.

Me sentía poderosa.

—Mami… —mi niño asomó los rizos por el borde de su cama, con una sonrisa tan luminosa como los rayos del sol que ingresaban por la ventana.

—Buenos días, mi amor —tomé su mano y besé sus dedos.

–¿"Durmiste" aquí?

–Así es. Desde ahora, seremos compañeros de habitación. ¿Qué te parece?

Su respuesta fue arrojarse desde su cama directo hacia mí. Su rodilla me golpeó el estómago, justo dónde el último "altercado" con su padre me había marcado, pero no me importó el dolor. Lo abracé con fuerza y me deleité con la suavidad de su cabello rozando mis mejillas. Sus caricias eran mágicas. Alejo era mágico.

–Te amo, hijo –froté mi nariz con la suya y besé su frente–. Mami haría cualquier cosa por ti. No lo olvides nunca, ¿de acuerdo?

–Mami haría cualquier cosa por mí –asintió con solemnidad–. No lo olvidaré.

Poco después de las nueve, Alejo y yo bajamos a desayunar. La nuca de mi esposo me recibió en la cocina. Mauro también estaba allí, en el extremo opuesto. Le sonreí mientras dejaba a Alejo sobre un taburete. Me guiñó un ojo.

–Buenos días, Mauro.

–Buenos días, Lucrecia –dijo con esa sonrisa con hoyuelo que me derretía por completo.

Había cumplido con su promesa. *No te dejaré sola ni un minuto,* dijo antes de darme el beso de buenas noches más prolongado de la historia.

–Hola, Mauro –saludó, Alejo–. Hola, papi –agregó a continuación. La situación era bizarra, como casi todo en nuestra vida.

–Buenos días, hijo –respondió él, apoyando la taza sobre el platito casi sin hacer ruido. Apenas alzó la vista del periódico, pero fue suficiente para que viera el hematoma azulado que asomaba sobre su pómulo izquierdo, cortesía del puño de Lucho–. Buenos días, Lucrecia –dijo a continuación. Mauro le clavó una mirada colérica. Yo ni siquiera me detuve a observarlo.

Abrí el refrigerador y tomé el dulce de leche.

–¿Pan tostado? –le ofrecí a mi hijo.

–Dije *buenos días* –insistió Lisandro.

–¡Sí, pan tostado! –celebró Alejo.

Escuché el golpe del periódico sobre la isla, pero no volteé a ver. Tomé una cucharada de dulce de leche y me la llevé a la boca. Estaba delicioso. Lisandro arrastró el taburete y azotó la puerta al salir.

✳ ✳ ✳

306 La lavadora decidió iniciar el proceso de centrifugado en el peor momento. O en el mejor... Su mano sujetó mi rodilla y la alzó sobre su cadera, llenándome por completo. Su respiración me calentaba el cuello, el alma. Me aferré a sus hombros para acercarlo más, un poco más, hasta que ya no quedara ni un milímetro de distancia que se atreviera a separarnos. Su boca acalló mis gemidos con un beso porque, aunque estuviéramos solos, nos prometimos nunca jamás bajar la guardia. Solo cuando estábamos juntos me permitía salir de mi barricada. En sus brazos, me sentía segura. Poderosa.

–Me vuelves loco, Lucrecia... –acarició mi mejilla y tomó un mechón de mi cabello entre sus dedos.

–Pues, tú me devuelves la cordura –le confesé. Al ver la tentadora sonrisa que jugueteó en su boca, la mordí con un beso.

–Es el mejor halago que recibí en mi vida.

–No es un halago. Es la verdad.

Vestirnos era casi tan especial como desvestirnos. Casi. Salimos a una cocina que aguardaba solitaria, porque Alejo jugaba en casa de Alicia y Lisandro no había vuelto a asomar su pómulo amoratado en todo lo que iba del día.

—¿Cómo lo convenció? —pregunté, batiendo claras para un pastel. Quería sorprender a Alejo con uno de chocolate. Modestia aparte, me salía fabuloso—. De que te quedaras los siete días.

—¿Gómez?

—¿Quién si no? —entorné la mirada. Mauro se enderezó su sitio, nervioso de repente—. ¿Qué? ¿Qué dije?

—Nada —negó demasiado deprisa... Otro signo de nerviosismo. ¿Qué estaba sucediendo?—. Le dijo la verdad. La Fiscalía tiene dudas acerca del contenido de la caja fuerte y sospechan que tu suegro estaba amenazado. El suicidio apoya la hipótesis, según ellos.

¡¿Qué diablos?! Detuve el batido unos segundos, muy pocos.

—¿Sabías algo de eso? —preguntó Mauro. Retomé el batido antes de responder.

—Lo imaginaba, aunque no tenía forma de confirmarlo... —aparté las claras y continué con las yemas—. El fiscal está tan obsesionado con el contenido de la caja que supuse que había algo más.

—¿Y qué piensas? ¿Es posible que Santiago estuviera bajo amenaza?

—Es probable —respondí, sin inmutarme—. Santiago se movía en un círculo complejo. No hablaba de los detalles conmigo, no tendría por qué... Pero sí. En ocasiones lo notaba nervioso. Preocupado. Mucho más después del robo.

—¿Y Lisandro?

—¿Qué con él? —dejé de batir.

—¿Se mueve en el mismo círculo? ¿Responde a las mismas presiones?

Mauro estaba haciendo demasiadas preguntas, y ya no solo sobre la mecánica del robo. Dejaba de lado la táctica para ocuparse de la estrategia. Especulaba. ¿Tendríamos un problema con él, como había augurado Santiago?

—No lo sé.

Definitivamente, me estaba interrogando. Mezclé los secos con los húmedos y probé la mezcla.

—Este pastel es una bomba. Vas a amarlo —sonreí, dispuesta a hacer uso de cuanto artificio necesitara para mantenerme oculta, incluso de Mauro.

—No lo dudo. Amo todo lo que haces.

—Oh… Usé todo el cacao en polvo en mi mezcla y necesito un poco para el glaseado —suspiré—. Si dejo el pastel en el horno para ir hasta la tienda de la esquina, ¿la cuidarías por mí? No tardaré.

—Depende. Si se quema, ¿me perdonarás?

—Prometo que sí —besé su mejilla al pasar a su lado—. Regreso enseguida.

* * *

La sonrisa se me borró del rostro apenas puse un pie en la acera. Mi cabeza asociaba ideas a la velocidad necesaria para arribar a algún tipo de conclusión antes de que se me quemara el pastel.

Las piezas parecían inconexas, pero sabía que se vinculaban de algún modo.

¿Por qué Mauro, de repente, volvía a interesarse por el robo? Ese no era su trabajo. Su trabajo era custodiarnos. Seguridad del Plata era una agencia privada. Precisamente esa fue la razón por la cual Lisandro había accedido a la custodia; para mantener a la Federal alejada. Mauro era Seguridad del Plata. Andrés era fiscal de la Nación. ¿Cómo se vinculaban, entonces? ¿Por qué Andrés le había confiado detalles del caso?

Como una revelación, mientras cruzaba la calle, recordé a Gómez y a Fusco llegando a casa tras el suicidio de Santiago. Recordé a

Gómez y a Fusco colaborando para sacar a rastras a Mauro de la casa. A Gómez y a Fusco, colaborando.

—¡Mierda! —me detuve en plena calle—. Gómez y Fusco están juntos en esto. Fusco es el titiritero; Gómez y Mauro, sus títeres.

Tenía que apresurarme, mi ausencia no debía levantar sospechas. Mucho menos ahora que sabía que Mauro, víctima de la hábil manipulación de Fusco, era los ojos de la Fiscalía.

Al llegar a la tienda, un niño compraba dulces. Esperé mi turno con las manos en los bolsillos, impaciente.

—¿Qué necesitas? —preguntó la persona que atendía; que no era un derroche de simpatía, dicho sea de paso.

—Un Philip Morris Box —le pedí el paquete de cigarrillos y luego agregué—: Fusco tiene a Mauro trabajando para él... —miré alrededor, asegurándome de que nadie rondara al alcance del oído. Sus ojos se abrieron desmesurados a causa de la sorpresa, pero rápidamente se recompuso.

—Un Philip Box —lo alcanzó del exhibidor sobre su cabeza y me lo entregó—. ¿Qué quieres hacer? —preguntó, recargándose en el mostrador.

—Aún no lo sé. Pon sobre aviso al resto y hazme saber si ves algo extraño, ¿de acuerdo? Lo que sea.

—Así será.

—¿Cuánto te debo por estos?

—Los pondré en tu cuenta. Vete, ya.

Regresé a casa a toda carrera y, al entrar a la cocina, encontré a Mauro con un ojo de halcón junto a la puerta del horno.

—¿Lo quemaste? —me abracé a su espalda.

—Creo que no.

—Estos son para ti —metí el paquete en el bolsillo de su pantalón.

—Muchas gracias —sonrió—. ¿Y qué sucedió?

—¿Con qué? —pregunté, confundida.

—¿No ibas por cacao?

¡Estúpida! ¡Concéntrate!

—No tenían —respondí deprisa—. Es una lástima.

* * *

Lisandro no regresó esa noche, afortunadamente; Alejo dormía profundamente y Mauro le pasaba las novedades a Gómez, y a Fusco, en consecuencia. Tenía vía libre.

310 Me encerré en el baño y abrí el botiquín, aprestando todo sobre el lavabo. Todo lo que había pedido días atrás estaba allí. Al ver el tamaño de la aguja, sentí un ligero temblor en la espina dorsal.

—Tú puedes —alenté a la mujer que me observaba desde el espejo—. Pariste un hijo, combates monstruos... Puedes hacer cualquier cosa.

Respiré profundo y me senté sobre la tapa del retrete. Luego, empapé un trozo de algodón con un poco de alcohol y levanté mi camiseta de River, la que usaba para dormir. Asegurándome de que la piel estuviera absolutamente limpia, busqué el rastro azul en mi ingle.

—Es nada más que un pinchazo. Sé valiente, maldición.

Subí una pierna al borde de la bañera y me tomé unos momentos para inhalar y exhalar en busca de calma y pulso firme. Con mucho cuidado, traspasé la piel en sentido contrario al flujo sanguíneo.

Apreté los dientes. Dolía, pero no demasiado. Había soportado cosas peores. Algo mareada, conecté el catéter a la bolsa de recolección y observé el veloz recorrido de mi sangre hacia el empaque.

—Okey. No estuvo tan mal —apoyé la espalda tranquilamente y retomé *Crónica de una muerte anunciada* desde donde lo había dejado. Esto llevaría un largo rato.

CAPÍTULO 8

UNA AMENAZA NAVIDEÑA

MIÉRCOLES, 24 DE DICIEMBRE DE 2014. 311
CIUDAD DE BUENOS AIRES.

Estaba asustado. Muy asustado. La actitud de Lucrecia me tenía al borde del precipicio. Y, peor, Lisandro estaba a punto de saltar al abismo. Ambos danzaban al borde la cornisa.

Echagüe se mostraba silencioso, contenido, midiendo cada uno de sus movimientos. Cientos de personas habían sido testigos de su violento temperamento. Cientos de personas que comenzaron a esparcir el rumor por todo Buenos Aires. Después del funeral de Santiago, Lisandro quedó expuesto. Asustado. Humillado. Era un cóctel para el desastre.

Lucrecia, lejos de la quietud que solía ofrecerle a su esposo, aprovechaba para agitar las olas. Le estaba devolviendo los golpes, uno a uno. El primero fue cuando decidió abandonar el lecho matrimonial. Pero a ese le siguieron otros. A diario. Si no supiera la clase de basura que era el sujeto, hasta me daría lástima. Lucrecia no lo miraba, no hablaba con él. Lo evitaba. Lisandro no era más que un fantasma cuando estaba en la casa. Casi podía escuchar el tictac de su bomba interna, en una cuenta regresiva que no tardaría en llegar a cero.

A días de la muerte de Santiago, los Echagüe se preparaban para una Navidad austera de festejos. Elena los recibiría en su casa. Y yo no estaba invitado, por supuesto.

Me ponía nervioso que Lucrecia y Alejo se metieran en ese nido de víboras, pero Luciano era el socio perfecto en mi tarea de mantenerlos a salvo. Sería mis ojos y oídos en esa casa. Intercambiamos números de teléfono y contaba con que me mantuviera al tanto ante la emergencia de cualquier "altercado".

Crucé el jardín en dirección a la casa de huéspedes, en busca de privacidad para llamar a Gómez e informarle acerca de mis planes
de pasar Nochebuena en el auto, estacionado frente a la casa de Elena. Si Lucrecia se enteraba, insistiría en que retomara mi plan inicial de festejar en Almagro con mi familia, que de hecho estaba que echaba humo por las orejas por mi negativa a compartir la noche con ellos.

—Muchacho, ¿cómo estás? —preguntó Gómez del otro lado de la línea.

—Todo controlado… —abrí la puerta de la casa de huéspedes y toda la sangre se retiró de mi rostro. Tenía visitas—. Te regreso el llamado en cinco minutos —dije antes de guardar el teléfono celular en el bolsillo.

—No había estado en esta parte de la propiedad desde que la construyeron —Lisandro sonrió con su sonrisa de publicidad, una que me provocó escalofríos—. Veo que te has puesto muy cómodo aquí —agregó, entrelazando los dedos sobre la mesa.

La bomba iba a estallar. Hoy. Y era mi oportunidad de contener la situación para que el impacto no tocara a nadie más que a mí. Era una inesperada ventaja que hubiera elegido mi pequeño territorio dentro de su más vasto territorio para el encuentro. Dentro de esas paredes, Lisandro era un visitante.

Cerré la puerta detrás de mí. Saqué el teléfono celular y el paquete de cigarrillos y los dejé sobre la mesa antes de sentarme frente a mi contrincante.

Ninguno de los dos decía nada.

Él me estudiaba en absoluto silencio y yo esperaba que hiciera la primera movida. Fantaseé con la idea de emparejarle la cara; su pómulo pedía a gritos que mi puño le hiciera el favor.

—Es bonita, ¿cierto? —dijo.

—Es preciosa —corregí de inmediato. Fingir no tenía sentido.

—Sí, tienes razón —apoyó la espalda en la silla—. Te lo dije el día en que nos conocimos, Mauro. Tenemos los mismos gustos.

—Lo dudo mucho —repliqué—. Yo no disfruto de golpear a las mujeres. Me cortaría las manos antes de hacerlo. Tú y yo no nos parecemos en nada.

Se cruzó de brazos y sonrió. ¡El muy hijo de perra sonrió! Agradecí que la "nueve" estuviera convenientemente cargada y lista para disparar.

—Tenía un vestido blanco la primera vez que la vi... Jamás olvidaré ese día; parecía un ángel. Fue instantáneo, me enamoré de ella a primera vista. Se me clavó en el pecho y no pude resistirme, ¿te ha pasado alguna vez? ¿Enamorarte así? Pues yo supe que era mía desde el principio.

—No es tuya —apoyé los codos sobre la mesa, desafiante—. No es de nadie.

Le dio un golpe a la mesa, con todo el peso de su mano, y lo miré fijamente.

—¡Shh! —se llevó un dedo tembloroso a la boca y me indicó silencio. El sujeto estaba al borde del precipicio—. Estoy hablando yo, Mauro. No me interrumpas —en su mirada convivían una furia infinita junto a una insondable tristeza. Una lágrima resbaló rápido por su mejilla y se la quitó con el dorso de mano–. Es como una droga. Cuando la pruebas, te condenas de por vida. Es una zorra… –apretó los dientes y se llevó un puño cerrado a la boca.

Temblaba. Todo su cuerpo temblaba. Cerró los ojos con fuerza y se puso a llorar. Como una criatura. Descansó la frente en sus manos, mientras convulsionaba a causa de un llanto tan desgarrador que me puso incómodo. Había perdido la cabeza. Estaba loco. Pero no "loco" en modo alterado, sino "loco" con destino de camisa de fuerza y paredes acolchonadas.

De un segundo al otro, el llanto se detuvo y se limpió las lágrimas. Recobró la compostura y se acomodó el cuello de la camisa.

–En fin… –inspiró profundo–. Nada ni nadie me separará de Lucrecia. Jamás. Nos amamos, somos una familia. Sé que ahora las cosas están un poco tirantes entre nosotros, pero confío en que arreglaremos nuestros desacuerdos muy pronto. Siempre lo hacemos, esta no es más que otra crisis que superaremos. Todos los matrimonios tienen crisis. Por eso estoy dándole espacio, no quiero presionarla. Estoy dispuesto a esperarla todo el tiempo que sea necesario… Juramos estar juntos toda la vida, "hasta que la muerte nos separe", y así será.

Habiendo terminado de exponer su patético discurso de revista del corazón, se puso de pie y caminó hacia la puerta. Me quedé en mi lugar, obligándome a no perder los estribos. *No te muevas, no te muevas, no te muevas…* me repetía.

Al pasar a mi lado, detuvo sus pasos y apoyó una mano sobre la mesa, acercándose peligrosamente a mi rostro.

–Escucha bien lo que voy a decirte, Mauro –su aliento me quemó el oído. No me moví un milímetro–. Si sigues montándote a mi mujer como la perra que es, los mato a los dos. A ella primero, ¿te queda claro?

No te muevas, no te muevas, no te muevas.

Escuché la puerta cerrándose detrás de mí y me apresuré a tomar el celular que había dejado sobre la mesa, junto al paquete de cigarrillos.

—¿Oíste? —le pregunté a Gómez, que aguardaba del otro lado de la línea.

—No solo lo oí... lo grabé. Lo tenemos, Mauro. Es una amenaza. ¡Bien pensado, muchacho! Toma a Lucrecia y vayan a la dependencia policial más cercana. Radiquen una denuncia formal. Yo me comunicaré con Fusco.

* * *

—No.

—¿Cómo? —pestañeé, sin poder creer lo que acababa de escuchar. Me encontraba al borde de un ataque de pánico.

—Dije que no, Mauro. Olvídate de la denuncia porque no sucederá —salió del automóvil y azotó la puerta.

—¡Dios! ¡Me volveré loco! —apreté los dientes y apoyé la cabeza en el volante.

Sabiendo que debía calmarme antes de continuar, me tomé unos minutos dentro del coche. Cuando estuve lo suficientemente repuesto, fui a sentarme junto a ella sobre el borde de la acera.

—Nos amenazó. Gómez lo tiene grabado. ¿Qué puede ser más perfecto que eso?

—No entiendes, Mauro —dijo, frustrada.

—Explícame, entonces.

—¿Sabes cuál es la pena máxima para una acusación por amenazas? —dijo, abrazando sus rodillas—. ¿Lo sabes?

—No lo sé, no soy juez. Supongo que depende del tenor de la...

—De seis meses a tres años. Esa es la pena máxima. Con un buen abogado, hasta podría ser una pena sin presión efectiva.

Me sorprendió, otra vez. Siempre lo hacía. Era imposible rebatir sus argumentos. Anudó su cabello y supe que estaba poniéndola nerviosa, pero de un mal modo.

—Lo único que conseguiría denunciando a Lisandro es alimentar su ira, más todavía —inspiró profundo y luego me miró a los ojos—. Además, esa grabación me expone. Me deja en el lugar de la mala esposa que engaña a su esposo; me convertiría en la comidilla de todos.

Me tomé la cabeza con ambos manos, frustrado. Se me acababan las ideas. Al sentir su mano sobre mi nuca, suspiré.

—Tengo miedo, Lucrecia… —confesé, tomando su mano y entrelazando sus dedos con los míos—. Siento que no puedo protegerte.

—Lo estás haciendo —acarició mi mejilla—. Ya te lo dije una vez: con solo saber que estás aquí, ya me siento más segura.

—¿Y si no es suficiente? ¿Qué es lo que haremos? —le pregunté, preso de la incertidumbre.

—Quiere asustarnos, Mauro. Fue bueno que no hayas confirmado ni negado nada respecto a lo nuestro. Tiene sospechas y lo que buscaba era una confirmación. Pero ya me ves. Sigo viva y tú también. Eso quiere decir que lo que hizo fue darte una advertencia. No hará nada en mi contra. No ahora. Estamos en plena "luna de miel". Luego del último altercado cree que darme espacio es una forma de reconquistarme… Delira, pero es mejor que lo crea así. Prefiero cualquier cosa que lo mantenga quieto y lejos.

—Estará en calma por un tiempo, ¿dices? ¿Hasta cuándo? ¿Estás segura de que quieres arriesgarte? Es una bomba de tiempo —no entendía cómo podía estar tan tranquila al respecto.

—Estaremos bien, confía en mí… —¿qué era lo que no estaba

diciéndome? ¿Qué as tenía bajo la manga?–. Dile a Gómez que guarde esa grabación. Podríamos necesitarla más adelante.

✳ ✳ ✳

La vigilia de Nochebuena se presagiaba prolongada y me había quedado sin cigarrillos. Crucé la calle y fui hasta la tienda de la esquina. Al llegar, aguardé mi turno con las manos en los bolsillos.

–¿Qué puedo hacer por ti?

–Un Philip Morris Box, por favor.

Llevaba prisa, no quería perder la oportunidad de despedirme de Lucrecia y Alejo antes de que partieran hacia la residencia de Elena. Espié hacia la casa para asegurarme de que siguieran allí.

–Aquí tienes.

–Gracias –recibí el paquete–. ¿No te permiten descansar ni siquiera en vísperas de Navidad?

–Bueno, prestamos un servicio… Es mejor nunca bajar la guardia.

Puede que fuera por la forma en que respondió, pero me quedé mirando su cara y algo me resultó vagamente familiar.

–¿Nos conocemos de algún sitio? –pregunté, guardando el paquete en el bolsillo.

–Pasa mucha gente por aquí, nos habremos cruzado en alguna ocasión –se apoyó en el mostrador.

–Puede ser. Bueno, feliz Navidad.

–Feliz Navidad.

CAPÍTULO 9

LUNA DE MIEL

Miércoles, 24 de diciembre de 2014.
Ciudad de Buenos Aires.

Terminaba de prepararme para la dichosa cena navideña en casa de Elena, cuando mi teléfono celular vibró.

–Diga –lo sostuve entre mi oído y mi hombro mientras terminaba de maquillarme.

–Luli, ¿puedes hablar? –era Luciano. Se oía preocupado.

–Te regreso el llamado en cinco minutos.

–Okey.

Me aseguré de que Lisandro no estuviera a la vista y fui directo hacia la casa de huéspedes.

–Lucho, ¿qué es tan urgente que no puedes esperar hasta que nos veamos? –dije al teléfono, cerrando la puerta detrás de mí.

–Precisamente… Mi madre dice que Lisandro tiene otros planes.

Me quedé inmóvil, confundida.

–¿Qué planes? –murmuré, espiando a través de la ventana. Estaba paranoica.

–¿No te ha dicho nada?

—No sé de qué me hablas —repetí.

—¡Mierda! Tengo a Mauro llenándome la casilla de mensajes y no sé qué dec... Porque se supone que ib... larse... de... l... c... sa.

—¿Qué? Hay interferencia, Lucho. No te entiendo —me moví por la casa en dirección a la habitación, donde sabía que la señal era buena, pero la interferencia se tornó incluso más molesta.

—¿Pu... l... señal?... Lul...

Corté la llamada deprisa y me senté en la cama, con el teléfono en la mano. La interferencia me daba mala espina. El día que Alejo se cayó del columpio, había hablado allí mismo y la señal era perfecta.

Decidida a sacarme la duda, marqué el número de atención al cliente de la compañía de teléfonos y aguardé.

—¿Ser... cio... l... cl...? ¿En qu... pue... darla? —preguntó una voz femenina.

—Buenas noches. Quisiera ampliar mi plan de llamadas. ¿Podría decirme cuáles son mis opciones, por favor?

—¡P... sup... to! —respondió entusiasmada. Seguramente se preguntaría que hacía una loca llamando en vísperas de Nochebuena.

La mujer empezó a hablar sobre las bondades de un nuevo plan y la puse en altavoz, desplazándome alrededor lentamente, para detectar la procedencia de la interferencia. Al llegar a la mesa de noche, la voz de la mujer se diluyó hasta convertirse en una interferencia sostenida. Allí estaba la fuente.

—Gracias, pero cambié de opinión. Feliz Navidad —corté la comunicación y exploré.

A la vista, no había nada. Busqué debajo, a los lados y detrás. Solo tocaba pelusas y astillas de madera, pero no me rendí. Sabía que no había problema alguno con la señal de mi teléfono. El problema era que otra señal interfería con mi línea. No era preciso ser una genia para saberlo, solo haber prestado atención durante las clases de tecnología; y yo había sido una alumna muy aplicada. Las interferencias a menudo se debían a la superposición de señales, como la de un teléfono y un...

Micrófono.

Maldije para mis adentros.

Con mucho cuidado, retiré la cinta que lo mantenía adherido justo detrás de la cabecera de la cama y lo saqué. Era inalámbrico, del tamaño de una aceituna y ubicado lo suficientemente cerca como para que hubieran escuchado cada conversación que Mauro y yo habíamos tenido entre las sábanas. Le habían sobrado oportunidades para meter gente en la propiedad sin que nos diéramos cuenta. Solíamos dar paseos larguísimos en auto, corríamos por las mañanas, llevábamos a Alejo a la plaza; en fin, pasábamos mucho tiempo fuera de la casa.

Fusco estaba pisándome los talones. Era un zorro astuto y tramposo. No tenía escrúpulos. Dudaba que Mauro supiera que se lo habían plantado. Nuestras conversaciones habían sido muy íntimas, más suyas que mías. Siempre había sido más honesto y más abierto; en cambio, yo era más reservada, prefería escuchar antes que hablar. No tenían nada. Nada más que la charla íntima de dos amantes.

Saciada mi curiosidad, devolví el micrófono a su sitio y recoloqué la cinta adhesiva. Era mejor dejarlo como estaba, que pensaran que aún tenían la ventaja. Fusco me llevaba la delantera, pero no me dejaría alcanzar tan fácil.

* * *

—Tengo una sorpresa para ustedes... Esta noche, celebraremos solo los tres —anunció Lisandro, con un entusiasmo fuera de lugar. Su padre había muerto y nuestra vida era un infierno; yo no tenía ánimos de celebrar–. Los voy a llevar a comer a un lindo lugar y luego… bueno, eso también es una sorpresa. ¿Qué dicen? ¿Te parece una buena idea, hijo?

–¡Sí! –Alejo, en su inocente inconsciencia, se levantó del sofá y comenzó a saltar de alegría.

Acepté, a desgano, porque la carita de Alejo era un ruego imposible de ignorar.

De camino al restaurante, no dijimos una palabra. Fue Alejo quien acaparó la conversación. Estaba tan feliz de que compartiéramos tiempo en familia que me rompía el corazón. Me llenaba de culpa. Como cualquier hijo, quería a sus padres juntos. Juntos y bien. Me sentía como un fracaso por no haberle dado el hogar que merecía.

Pensativa, bajé la mirada y jugué con el dobladillo de mi vestido, justo cuando la mano de Lisandro entró en mi campo visual y se coló debajo. Con total descaro, acarició el interior de mi pierna y uno de sus dedos rozó mi entrepierna. Quise vomitar.

–Vamos a pasarla muy bien esta noche, ya lo verás –sonrió, mirándome a los ojos. Retiré su mano y la dejé sobre la palanca de cambios, sin decir una palabra.

Llegados al restaurante, abrió mi puerta como el caballero que pretendía ser para ocultar al monstruo que en realidad era. No me quedó más alternativa que tomar la mano que me ofrecía. Estábamos en público y él sabía que no me atrevería a hacerle otro desplante; se había encargado de enseñarme que la consecuencia de hacerlo era siempre dolorosa. Me tragué la amargura y me comporté como una dama, recibiendo sus atenciones con una sonrisa tan fingida que me dolía la cara.

–Es suficiente, Lisandro. Por favor… –puse mis dedos sobre el borde de la copa. El alcohol comenzaba a hacerme sentir somnolienta.

–Nada de eso –retiró mi mano y rellenó mi copa con un vino blanco que estaba a la temperatura justa–. Estamos celebrando que estamos juntos, ¿no es así, hijo?

–Chin, chin –propuso Alejo, feliz.

–Chin, chin –choqué su copa con la mía y tomé otro trago de vino. Estaba fabuloso.

Cerca de las once, Lisandro pidió la cuenta y dimos por concluida la primera parte de la noche. No había sido tan grave. Algo tambaleante, me tomé de su brazo para salir a la calle.

Abrió la puerta del automóvil y se acercó tan deprisa que no me dio tiempo a nada. Sus labios atropellaron a los míos con un beso profundo y su mano presionó mi nuca para mantenerme cerca. Antes de que me diera cuenta de lo que sucedía, su lengua estaba dentro de mi boca. Por poco pierdo el equilibrio, pero su brazo se amarró a mi cintura y se acercó todavía más, tanto que sentía que me ahogaba.

Puse una mano sobre su pecho y empujé un poco, lo suficiente para que me diera aire.

–Lisandro, estamos en la calle –le recordé.

–Quiero que todo el mundo sepa que eres mi mujer, ¿hay algún problema con eso?

–No –susurré, mirándolo a los ojos–. No hay ningún problema con eso.

–Mejor así.

Definitivamente, deliraba.

* * *

Abrí y cerré los ojos para tratar de enfocar la visión, pero estaba muy mareada. Demasiado. No supe si culpar al vino blanco, a la champaña que burbujeaba dentro de mi copa o al tenue pero constante movimiento del agua.

Lisandro nos había llevado al velero que la familia tenía en el Tigre. Esa era la sorpresa. Alejo estaba eufórico de poder ver los fuegos artificiales duplicándose sobre el agua. Definitivamente, estábamos en plena "luna de miel". A mí me daba igual; quería que la noche acabara de una vez.

—Feliz Navidad, cariño —me hice hacia atrás al ver su cara precipitándose sobre la mía. ¿Qué me estaba pasando? ¿Por qué me sentía tan… ausente?

—No me siento bien —me llevé una mano a la cabeza, sintiendo que todo daba vueltas a mi alrededor.

—Debe ser el movimiento del agua —tomó la copa de mi mano y la dejó a un lado—. Ven conmigo. Será mejor que te recuestes.

✳ ✳ ✳

JUEVES, 25 DE DICIEMBRE DE 2014.

TIGRE.

Giré sobre la cama y me cubrí con el edredón. Tenía tanto frío que me tiritaban lo dientes. Me dolía la cabeza, bastante; y el cuerpo, mucho más.

—Buenos días, cariño.

Al escuchar su voz, abrí los ojos y mi corazón dio un violento salto. El edredón era blanco y las sábanas no olían como las mías. Tarde comprendí que el frío que sentía era porque estaba completamente desnuda, al igual que mi esposo, tendido a mi lado con una sonrisa somnolienta.

El camarote olía a sexo y alcohol.

–¿Qué es lo que pasó? –pregunté con la voz estrangulada.

–¿No lo recuerdas? –se deslizó entre las sábanas y se pegó a mi cuerpo–. La mejor noche de nuestras vidas, mi amor. Eso es lo que pasó –me acomodó el cabello detrás de la oreja–. Me serví de tu cuerpo hasta el hartazgo, Lucrecia. Ahora, puedes ir a ofrecerle las sobras a tu noviecito… aunque dudo que las quiera.

La "luna de miel" había acabado. A fin de cuentas, era yo quien deliraba al pensar que tenía la situación bajo control. Me levanté de la cama lo más rápido que pude y me llevé las sábanas para cubrir la vergüenza de haber caído, ¡otra vez!, como una estúpida.

–¿Qué hiciste, Lisandro? ¿Qué me diste?

–¿Yo? –se apoyó en la cabecera de la cama con una sonrisa petulante–. Fuiste tú quien rogó… y de rodillas, no sé si me explico.

Sin mediar más, me tambaleé hacia el baño y me incliné sobre retrete antes de meterme los dedos en la garganta para vomitar lo que sea que me hubiera dado. Tenía destellos muy borrosos de lo sucedido, pero estaba segura de que le había puesto algo a mi bebida. No sé en qué momento, pero lo había hecho.

¡Alejo! Salí como pude y me aseguré de que mi hijo estuviera bien; dormía plácidamente en el camarote contiguo.

No recordaba nada. Nada de lo que había sucedido. Y, aun así, me sentí avergonzada.

¿Cómo iba a enfrentar a Mauro?

* * *

Llegamos a la casa pasado el mediodía. La ciudad estaba de fiesta. Era Navidad. Alejo estaba felicísimo con sus regalos, yo sentía náuseas.

Lisandro estaba tan sonriente que me daban ganas de arrancarle los dientes uno por uno.

Me bajé del auto y corrí directo hacia la casa, directo hacia las escaleras, directo hacia el baño. Me quité toda la ropa a tirones y me metí en la ducha, sin detenerme a esperar a que el agua se calentara. Quería quitarme la piel, arrancar los trozos y arrojarlos a la basura. Me sentía tan sucia que, aunque me sumergiera en ácido, saldría igual de repugnante.

Pensaba en Mauro, en qué pensaría Mauro de mí, y mis ganas de vomitar se duplicaban.

Salí de la ducha y me eché encima la primera ropa que encontré. Luego, me anudé el cabello en un rodete improvisado y bajé las escaleras de dos en dos. Necesitaba verlo. Lisandro no se encontraba a la vista e imaginé que iba en camino a darle a su madre el beso de Navidad. ¡Por mí, que se muriera! ¡Que se murieran los dos!

Apresuré el paso hasta la casa del fondo. La puerta estaba abierta. Mauro estaba preparándose para salir, tan hermoso que quitaba el aliento. Le di unos golpecitos a la puerta para que notara mi presencia.

—Buenos días —sonreí.

—Buenas tardes, querrás decir —respondió, apenas mirándome sobre su hombro. Mi sonrisa desapareció en el mismo instante.

—Es tarde, lo sé… Siento no haberme comunicado antes. Mi teléfono se quedó sin batería —me excusé, aún sin atreverme a entrar y retorciendo las manos detrás de la espalda.

Asintió. Solo eso.

—¿Estás enfadado? —pregunté.

Inspiró tan profundamente que pensé que su pecho explotaría. Se estaba tomando demasiado tiempo para responder. Tragué despacio y retorcí mis manos un poco más, hasta que mis uñas traspasaron la piel. No sentía el dolor. No en mis manos, al menos.

Cuando al fin se dignó a mirarme, descubrí que la emoción en sus ojos no era enojo. Era algo mucho peor.

—¿Te acostaste con él? —disparó.

El enorme nudo que se ajustó en mi garganta no me permitió hablar.

—¿Sí o no, Lucrecia? —insistió, más firme.

—No —respondí con voz pequeña. Hice lo que siempre, lo necesario.

—¿Sí o no? —volvió a preguntar.

—No —repetí. Me aferraría a cualquier mentira para evadir mi realidad.

Asintió, nada más. Su apatía me estremecía. Sin expresión alguna, metió la mano en el bolsillo de su pantalón y tomó su celular. Mi corazón se aceleró. Un calor abrasador me trepó por el cuello. Caminó hacia mí y me miró directo a los ojos.

—Feliz Navidad, Lucrecia —dijo antes de dejar el teléfono en mi mano para luego salir de la casa.

Mis ojos se quedaron fijos en la pantalla. La fotografía era imposible de digerir. Una realidad imposible de evadir. Lisandro tenía razón; sí había estado de rodillas.

CAPÍTULO 10

ESA COSA LLAMADA IMPOTENCIA

Encendí un cigarrillo y di un paseo por el fondo de la propiedad. Había recuperado mi teléfono. Lucrecia lo había dejado sobre la mesa antes de confinarse en la seguridad de la habitación de Alejo.

Sentía repulsión de solo sostener el maldito aparato; las fotos seguían acumulándose en la memoria. Por cada una que borraba, Lisandro enviaba dos o tres más. El teléfono no había dejado de vibrar en todo lo que iba del día.

Ignorando la última imagen, me dispuse a hacer una muy necesaria llamada.

—¿Qué sucede, muchacho? —preguntó, Gómez.

—Necesito veinticuatro horas. Debo resolver un problema personal —respondí con absoluta honestidad. Porque sí, mi problema era personalísimo—. ¿Puedes enviar a alguien? Te prometo que mañana mismo estaré en mi puesto, pero necesito veinticuatro horas.

—Es Navidad, Mauro. ¿Tienes idea de lo difícil que será conseguir a alguien que te cubra?

—Por favor, Pablo. Te lo pido como amigo.

—¿Vas a decirme qué pasó?

—No puedo —exponer a Lucrecia no era una opción.

—Tómate el tiempo que necesites y hazme saber cuando estés listo para regresar.

—Gracias, Pablo. En serio. Te lo compensaré —suspiré, aliviado.

Necesitaba alejarme de ella. Y no, contrariamente a lo que pensaba, no estaba enfadado. Estaba destrozado. Lisandro había cometido el peor de los abusos y ella me lo había negado, no una sino dos veces. Estaba destrozado y no sabía cómo manejar mi frustración.

Lucrecia no confiaba en mí.

Seguía mintiendo. Seguía sin permitir que la cuidara. Eso era lo que estaba destrozándome. Protegía a Lisandro y, cubriendo su maltrato, se convertía en cómplice. No podía consentir que hiciera eso, que se dejara reducir a nada. Mi diosa debía estar en un altar, no de rodillas y humillada.

Quería que contara conmigo, pero no lo hacía.

Ese día, por primera vez, sentí ganas de alejarme y no regresar nunca más. Arrancarla de mi cabeza, de mi corazón, y seguir con mi vida como si jamás hubiera existido. La tentación era mucha. Pero huir no era la solución, lo sabía muy bien. Lo había hecho antes... muchos años atrás, el día que decidí dejar la casa donde crecí porque no soportaba más el silencio de mi madre, o que consintiera tan sumisamente el maltrato de Víctor. Aquella vez cometí un error. Alejarme no tuvo el efecto que esperaba. Ella nunca dejó de aferrarse a su silencio y Víctor jamás cesó en su maltrato. En cuanto a mí, no pasaba un día en que no me reprochara por haberla abandonado.

Pero necesitaba alejarme por veinticuatro horas. Alejarme para poder regresar.

Aunque Lucrecia no confiara en mí, no la dejaría sola. Mucho menos ahora que Lisandro había dejado de cuidarse, ahora que actuaba de una manera tan burda, tan obscena, dejando que la cabeza del monstruo que llevaba dentro asomara sin ningún tipo de resguardo. No estaba loco, me había equivocado en eso. Era un hombre perverso, sin escrúpulos y de la peor calaña. Lucrecia era la madre de su hijo y la rebajó a menos que a nada, sin titubear. Estaba subiendo la apuesta y precisaba una cabeza despejada para no acabar jugando su juego. Proponía a Lucrecia como un premio a disputar, me quería como rival, pero no le daría el gusto. Él y yo no nos parecíamos en nada.

Si había una cosa que tenía en claro en medio de tanta confusión, era que Lucrecia no era un juego para mí. Lucrecia era el amor de mi vida.

* * *

Entré a la casa luego de que Gómez consiguiera a mi relevo. No me iría sin despedirme.

Alejo miraba dibujos animados en la sala de estar. Sus piernitas colgaban del borde del sofá. Lucrecia no estaba a la vista, tampoco Lisandro. Lo vi tan solo, tan desprotegido, que me rompió el corazón.

—¿Cómo estás, Alejo? —me senté a su lado.

—Bien —alzó la mano y chocamos los cinco.

—¿Qué miras?

—La tele —respondió, con la simpleza que lo caracterizaba.

—¿Sabes dónde está tu mamá?

—Mmm… no… —miró alrededor, buscándola—. ¿En mi habitación?

—Es posible. La buscaré allí.

—Ajá —sonrió.

Subí las escaleras y me asomé a la habitación de Alejo, pero no estaba allí. Sabía que no estaría en el despacho. Solo quedaba una opción.

—Lucrecia —llamé a la puerta del baño con unos golpecitos—. ¿Me abres, por favor? —escuchaba ruidos adentro, ¿la apertura del botiquín, quizás?—. ¿Por favor? —insistí.

—Un minuto —respondió. Respiré aliviado.

Esperé un poco más del minuto que me había pedido, hasta que por fin la puerta se abrió. El panorama era mucho peor de lo que esperaba.

—¿Qué pasa? —preguntó, mirando a cualquier cosa menos a mí.

¿Qué me pasaba? Pues, me pasaban tantas cosas que no sabría por dónde empezar a contarle. Pero, antes que nada…

—Estás pálida —señalé, verdaderamente preocupado.

—Tengo náuseas. No es nada.

¿Nada? ¿No era nada? No estaba pálida, estaba blanca como una tiza. Y había llorado. Mucho. Me rompía el corazón verla así.

—No estoy enfadado —quise responder a su pregunta antes de que la conversación continuara—. No contigo —aclaré—. Quiero que hablemos, Lucrecia. Con la verdad, de ser posible. No puedo continuar así.

Inspiró profundo y se recargó en la pared. Se veía muy, muy, muy frágil.

—Está bien —aceptó.

—Quería que sepas que otra persona cuidará de ti en mi ausencia.

—¿Qué? —se alarmó—. Pero dijiste que querías hablar. ¿Te irás? ¿Solo así?

—Estoy teniendo un día terrible y necesito espacio —respondí con absoluta honestidad. Esa era la verdad. Si quería que fuera sincera, debía retribuir de la misma manera.

—¿De cuánto espacio estamos hablamos? ¿Cuánto tiempo? —sus

ojos se cargaron de lágrimas, pero contuve las ganas de abrazarla. Espacio era espacio en todos los sentidos.

—Regreso mañana —aseguré—. Lo prometo.

—Es demasiado… —sus labios temblaron.

—Es demasiado —acordé—. Usa el tiempo para pensar, Lucrecia. Cuando regrese… cuando hablemos, quiero que me digas qué es lo que quieres. Yo no puedo continuar así; no a medias. Todo o nada. Promete que lo pensarás.

Asintió.

—Y no llores más, por favor. Me lastima verte así —asintió, otra vez. Era tan dulce que quería llevarla conmigo y mirarla todo el día. Pero necesitaba espacio. Y ella, tiempo para pensar. Quebrantando mis propias normas, la besé en los labios. Nada más que un roce, para llevarme el recuerdo de su boca hasta que la viera de nuevo—. Regreso mañana. Piensa, por favor.

* * *

Apagué el motor y me quedé un rato en el vehículo, mirando hacia la casa. No había cambiado mucho. A decir verdad, no había cambiado nada. Las mismas baldosas rotas en la acera, la misma pintura verde claro en la fachada, el mismo aire a desolación.

Aguardé hasta que salió de la casa, con una bolsa de residuos colgando en su mano. Fue doloroso ver lo que el paso del tiempo había hecho; la había tratado con crueldad. La casa era la misma, pero ella había cambiado. Para peor. No la recordaba así de pequeña, así de apocada. Lo único que seguía allí, impreso en su mirada, era la tristeza. La resignación. La desesperanza absoluta.

Decidido a arreglar cuentas pendientes, crucé la calle.

No me vio venir, pero escuchó mis pasos y alzó la cabeza. Me miró fijo y me quedé allí, sin saber qué hacer o qué decir, mientras su confusión inicial daba paso al reconocimiento, el reconocimiento al desconcierto y el desconcierto a la sorpresa.

−¡Mauro!

−Hola, mamá. Feliz Navidad.

Hacía años que no hablábamos, que no nos veíamos y ninguno de los dos supo cómo reaccionar. Al menos, yo no sabía cómo hacerlo. Había llegado a su puerta por puro impulso.

−Feliz Navidad −dijo, supongo que por cortesía−. ¿Cómo estás?

−Hoy, no muy bien. Estoy teniendo un día terrible −respondí, ejercitando eso de la sinceridad. Entornó la mirada. Tenía unos ojos verdes impresionantes, pero estaban apagados desde hacía tiempo. No había destello alguno de la mujer que había sido mi madre.

−Cuánto lo lamento.

−Sí, yo también.

El silencio se prolongó y comencé a sentirme incómodo, fuera de lugar.

−¿Quieres pasar? −me preguntó, casi optimista. Parecía que ya no me conocía.

−No.

La chispa de esperanza se extinguió tan rápido como apareció. Bajó la mirada, como hacía siempre, retorció sus manos. Estaba tan… anciana. No sé qué esperaba encontrar allí, pero estaba desilusionado.

−¿Quieres caminar? −propuse, sin mucho entusiasmo.

−Me encantaría −dijo, de inmediato.

−De acuerdo… Vamos −me di la vuelta, pero ella no se movió−. ¿Qué?

−Le avisaré a tu padre y enseguida regreso.

Al borde de un ataque de ira en plena acera, la vi caminar hacia el interior de la casa. No había cambiado nada. ¡No había cambiado nada! ¡Años de maltrato y ella seguía besando el suelo que el monstruo pisaba! Quise correr, subirme al auto y no regresar nunca más. Pero…

–¡¿Qué haces aquí?! –Víctor salió a la acera, con mi madre apresurando pasos breves detrás de él. Él tampoco había cambiado. Era la misma basura que recordaba.

–Vine a ver a mi madre –respondí, firme. Ya no tenía quince años; no le temía a su cinturón.

–¿Ahora te acuerdas de tu madre? Fuera de aquí, ya no eres bienvenido en mi casa.

–También es su casa. Y no te preocupes, no pensaba poner un pie ahí dentro.

–Víctor, por favor… –mi mamá lo detuvo del brazo y él se la sacudió con rudeza–. Es nuestro hijo.

–¡Será tuyo! Mío no es nada –replicó.

–Al fin estamos de acuerdo en algo.

–Basta –mi madre se acercó y puso una mano en mi antebrazo. Era la primera vez que me tocaba en doce años–. Basta, Mauro. No digas nada más. Es mejor que lo dejemos para otro día –la mirada de terror que vi en su cara me pegó de lleno como una bofetada.

Verla así, así de aterrorizada, encendió algo en mí. Algo feo.

–No, mamá. Discúlpame, pero me niego a dejarlo para otro día.

La tomé de la mano y golpeé el hombro de Víctor al pasar a su lado.

–¡Te dije que no entraras en mi casa! –gritó detrás de mí.

No me importó. Jalé de la mano de mi madre a través de la casa, sin mirar nada ni detenerme por ningún motivo, ni siquiera por los gritos desaforados de Víctor detrás de nosotros. Estaba viejo, igual que mi madre, y ya no era tan rápido como antes. Entré a la habitación de mis padres y alcancé a cerrar justo antes de que nos alcanzara.

–Mauro…

Víctor gritaba, golpeaba la puerta con los puños y patadas, totalmente fuera de sí. Abrí una gaveta y comencé a extraer ropa; no estaba muy seguro de qué estaba sacando, pero la dejé toda sobre la cama. Estaba convencido de que había una maleta dando vueltas por ahí.

–Mauro…

Estaba arriba del armario. Saqué la ropa de invierno que mi madre guardaba allí y la arrojé al suelo. Luego de dejar la maleta abierta sobre la cama, empujé la ropa dentro; era una maleta pequeña, se llenó rápido.

–Mauro, basta. Ya basta, por favor –sentí su mano en mi brazo–. Detente, hijo.

Me faltaba el aire y tenía una… cosa que me apretaba el pecho. Me senté en la cama, a su lado, y cerré la boca para no ponerme a gritar. Porque quería gritar. Fuerte. Hasta que se me consumiera la voz por completo y esa cosa saliera de mi pecho. Me sentía como en esas pesadillas en las que quieres gritar y no te sale la voz o quieres correr y no avanzas o quieres salvar a tu madre y no puedes.

Impotencia.

Ese era el nombre de la cosa en mi pecho. Y era horrible.

Tomó mi mano y nos quedamos en silencio. Porque no había nada que decir. Porque ella jamás vendría conmigo, jamás abandonaría a Víctor, y no había nada que pudiera hacer al respecto. No se podía salvar a quien no quería ser salvado.

–¿Por qué? –pregunté.

Me acarició la mejilla y me miró con esos ojos verdes tan apagados como un bosque devastado.

—Porque esta es mi vida, hijo.

Me quebré. Lo hice. Lloré, como nunca. Mi madre me abrazó y lloré todavía más, porque llevaba toda una vida esperando ese abrazo. Lloramos los dos. Sus dedos se llevaron mis lágrimas y besó mi mejilla.

—No sufras, Mauro. Eres mi hijo, siempre lo serás. Pero no te tortures más… No tienes la culpa de nada. Tuviste la valentía que yo nunca tuve; te fuiste. Te extraño, los extraño a los dos, a ti y a tu hermano, pero no te arrepientas de tu decisión. Yo la agradezco. Agradezco que mis hijos tengan una vida mejor que la mía… Es lo que cualquier madre pide cuando reza, que sus hijos estén bien. Puede que ahora no lo entiendas, pero te pido que lo aceptes. Acepta, hijo. No me abandonaste, fui yo quien decidió quedarse.

—Quería hacerte feliz, mamá. Nada más.

—¿No te das cuenta, Mauro? Mi felicidad no es tu responsabilidad. Si te conforta de alguna manera… verte hoy, me hace feliz. Aunque sea un día terrible para ti, agradezco la posibilidad de abrazarte otra vez.

* * *

No hablamos mucho más después de eso, no había nada más que decir. Le conté algunas cosas de Clara y Maxi mientras la ayudaba a guardar el desorden de ropa; fue un momento inexplicablemente mágico. Solos los dos.

Salimos de la habitación un rato después y, de camino a la salida, vi a Víctor sentado a la mesa de la cocina. Miraba la televisión, absorto, como si nada hubiera ocurrido.

—Adiós, mamá —me despedí con un beso en su mejilla.

—Ven a verme cuando quieras —sonrió—. Aquí estaré siempre.

—Gracias.

—Gracias a ti.

Me subí al auto y la vi de pie junto a la reja. Aunque no lo hubiéramos puesto en palabras, tanto ella como yo sabíamos que nunca más regresaría, que era la última vez que nos veíamos. Ella ya había elegido su vida y ahora me tocaba a mí elegir la mía.

CAPÍTULO 11

HABLANDO CON LA VERDAD

Cargué su mochila con una muda de ropa, el pijama y el cepillo de dientes.

—¿Quieres llevar algo más? —le pregunté.

—Este… —buscó un juguete y me lo entregó.

—Pero no lo olvides, tráelo de vuelta. La mitad de tus juguetes están en casa de Alicia.

—¡Se los presto a Mateo!

—Que se los prestes está muy bien, pero no los dejes allí.

Le colgué la mochila en los hombros y bajamos a esperar a Alicia; iba a tener que hacerle un regalo, en agradecimiento por su constante apoyo. Le pedí el favor de que Alejo pasara la noche allí, para que no estuviera cuando Mauro regresara. Necesitábamos privacidad.

No sabía cómo afrontar eso de hablar con la verdad, pero quería que volviera. Verlo. Su ausencia era insoportable.

Alicia llegó a la hora acordada, puntual como de costumbre, y Alejo trepó al asiento trasero con Mateo. Estaba muy feliz.

En la acera, le di una mirada de reojo al auto gris estacionado frente a la casa y noté que el sujeto sentado al volante no era el mismo que horas atrás. El primero era joven; este era un hombre mayor, con cara de muy pocos amigos. Imaginé que no debía ser nada agradable estar trabajando el día de Navidad.

Entré a casa, corté unos trozos de pan dulce y salí a su encuentro. Cuando vio que me acercaba, bajó el vidrio un poco más.

–Buenas tardes –le extendí la mano.

–Buenas tardes, señora Echagüe –al escuchar su voz, lo reconocí de inmediato.

–¿Usted es quien yo creo que es? –pregunté, sorprendida.

–Si tú, mi querida dama, crees que soy Pablo Gómez, estás en lo cierto.

–¡Qué gusto! –estreché su mano. ¡No podía creer que lo estaba viendo en persona! Para mí, el jefe gruñón de Mauro no era más que una voz en el teléfono. Aunque a mí no me parecía gruñón; al contrario, me resultaba adorable–. ¿Qué sucedió con el relevo?

–Es Navidad, señora Echagüe. Soy un sentimental; sentí compasión al pensar que pasaría todo el día aquí, sentado. Y, para ser honesto, mis nietos me estaban colmando la paciencia.

Sí. Definitivamente, me resultaba adorable.

–¿Eso es para mí? –preguntó, señalando el plato con los trozos de pan dulce.

–Por supuesto.

–¡Qué amable! ¿Y no querría tan hermosa dama pasar a mi oficina y acompañarme por un rato? –preguntó, indicando el asiento a su lado.

No lo dudé un instante. Di la vuelta y me subí al vehículo. Era una pocilga repleta de papeles en el suelo y un olor a tabaco que rozaba lo nauseabundo.

—Lamento haberlos importunado en una fecha así —me disculpé.

—No lo hiciste. Fue Mauro quien se pidió el día, y aquí me ves. Algunos me acusan de consentirlo demasiado… y es probable que tengan razón. El caso es que está bajo mucho estrés —dijo, ofreciéndome un cigarrillo—. Se preocupa mucho por ti.

—Gracias. No fumo —el sujeto no se andaba con rodeos—. Coincido, se preocupa demasiado.

—Teniendo en cuenta sus particulares circunstancias, es lógico. Y cuando digo *particulares circunstancias*, me refiero a lo que sucede entre ustedes dos.

Mi sonrisa, que no tenía nada de alegre, se esfumó de repente. Sentí un calor abrasador trepándome por el cuello.

—¿Se lo dijo? —pregunté, horrorizada.

—No es necesario, se le nota a la legua. Lo conozco hace años, muchacha. No tengo más que verlo a la cara para saber qué le ocurre —sonrió.

Le hice una seña para que me pasara su cigarrillo.

—Creí que no fumabas —se lo recibí.

—No fumo —reiteré antes de tomar una muy necesaria bocanada de nicotina—. Dice que sabe lo que ocurre con solo verlo a la cara. Ahora, ¿qué es lo que ve?

—Esa es una pregunta compleja —se acomodó el bigote—. No sé cómo responderla.

—Con la verdad, de ser posible —le devolví el cigarrillo.

Quedaban horas para que Mauro regresara, para que finalmente tuviéramos esa conversación que venía evitando a como diera lugar, y la impresión de quien lo conocía así de bien era de vital importancia para tomar una decisión.

—Pues, lo veo desorientado. Frustrado —dijo después de pensarlo un momento–. Confunde los roles, está claro. Después de tantos años en esta profesión, comprendí que hay una gran diferencia entre proteger la integridad de nuestros clientes y tratar de ser un héroe. En esta situación, Mauro quiere ser el héroe. Te quiere… lo conozco desde hace dos décadas y jamás lo había visto así. Te quiere y, francamente, me asusta un poco. ¿Puedo ser honesto contigo?

–Creí que ya lo estaba siendo.

–Más honesto, entonces.

–Adelante –concedí. Por mucho que doliera, tenía que escucharlo.

–Pienso que lo de ustedes no acabará bien –sentenció con firmeza, con mirada implacable–. Hay demasiadas cosas en el medio, muchos obstáculos que superar. Ir contra la corriente, a la larga, termina agotando a cualquiera. Soy viejo, Lucrecia. Tengo mucha vida encima. Quisiera poder darte una visión un poco más optimista de todo esto, pero dije que sería honesto.

Inspiré profundo y asentí.

–Debes elegir tus batallas, muchacha –agregó con seriedad.

–No se puede batallar por siempre. Hay que discernir cuándo es momento de deponer armas, ¿no es cierto? –señalé–. Aprecio su honestidad. Me ha ayudado a ver las cosas más claras.

–A la orden –sonrió de lado y se le movió el bigote.

–Fue agradable conversar con usted, pero debo regresar a casa. Le dejo el pan dulce –me despedí con un beso en su mejilla y abrí la puerta para bajar del coche.

–Oye, muchacha… –me detuvo y volví a mirarlo–. ¿Te robaste ese dinero o no? Dime la verdad, prometo que no se lo contaré a nadie.

¡Sí que evitaba los rodeos! El sujeto me agradaba. ¡Vaya forma de poner su hipótesis sobre la mesa! Ya que me había hablado con tanta honestidad, quise devolverle la gentileza.

—La suya es una acusación grave, Pablo. Me sorprende que la arroje así, tan livianamente. ¿No conoce los principios legales en nuestro país? ¿Le suena "presunción de inocencia"? "Nadie será arrestado sino en virtud de orden escrita de autoridad competente". Lo dice la Constitución Nacional, en el artículo 18; es un librito de lo más interesante. Y a mí no me ha llegado ninguna orden de nada, lo cual me hace suponer que no tienen pruebas para sustentar lo que dice.

—Hasta ahora… —agregó, con una ceja alzada. No supe si tomar lo suyo como una advertencia o una amenaza.

—Ha sido un placer conversar con usted, Pablo. Será hasta la próxima —una vez fuera del coche, regresé a asomarme por su ventanilla—. Y, ya que estamos siendo honestos, envíele un saludo a Fusco de mi parte.

Como respuesta, se tomó la abultada barriga y dejó escapar una estridente carcajada. Mientras cruzaba la calle, también me reí. Porque, a pesar de todo, Pablo Gómez seguía pareciéndome un sujeto de lo más adorable.

* * *

Decidí que esa noche dormiría en la casa de huéspedes. Estaba segura de que Lisandro no regresaría a casa. Había llamado para preguntar qué había ocurrido con Mauro, Seguridad del Plata le había informado del relevo y quería explicaciones por su ausencia. ¡Como si él no lo supiera! Corté la llamada y no volví a atenderlo. Como había dicho Gómez, tenía que elegir mis batallas.

El momento que lo determinaría todo se acercaba dramáticamente y, como si de velar armas se tratara, quise cumplir con un deseo que traía postergado desde hacía tiempo: amanecer en la cama de Mauro. Aunque él no estuviera allí.

Cuando entré a su habitación en la casa de huéspedes, me recibió su particular aroma a sándalo, goma de mascar de menta y tabaco. Me desplacé sin encender las luces, porque conocía cada rincón por instinto. Me deslicé entre sus sábanas, me abracé a su almohada y me sentí en casa.

Me dormí sin esfuerzo, entregada a soñar. Por eso, cuando abrí los ojos y vi que aún estaba oscuro afuera, me sorprendió sentir calor. Tanto calor. Un calor intenso que se aferraba a mi espalda, que envolvía mi cintura, un soplo cálido que me acariciaba la nuca. Pestañeé e intenté moverme, pero el calor se movió conmigo y supe que no era mío.

Solía tener frío por las noches, porque jamás había experimentado el calor de ser abrazada mientras dormía.

Hasta ese momento.

Entrelazó su mano con la mía y sonreí, porque a pesar de los embates de tantas batallas libradas, de las que quedaban por librar, en él encontraba paz. Mauro estaba allí, conmigo. Quise cerrar los ojos y volver a dormir; de ser posible, no despertar jamás y que el sueño se prolongara hasta la eternidad. Pero sabía que eso no iba a suceder, las agujas del reloj solo avanzaban en un sentido, y decidí que ni uno de esos preciados minutos se me escapara de las manos.

Así es que soldé mi cuerpo al suyo, mucho más. Porque lo quería cerca y él quería lo mismo. Porque el espacio que habíamos acordado ya no era necesario… era insoportable. Una tortura imposible de resistir.

El calor era abrasador. La piel, una sola. Mi boca fue la suya, en una confusión de besos dados y recibidos como el tesoro que eran. Las caricias reemplazaban los malos recuerdos. Los suspiros se llevaban consigo las palabras hirientes. Todo se transformaba, mutaba, cambiaba de color, de sabor.

Mauro lo cambiaba todo.

En el refugio de sus brazos confirmé lo ineludible… que lo amaba tanto como para apartarlo de mi camino. Porque Pablo Gómez tenía razón; debía elegir mis batallas, discernir cuándo era momento de deponer las armas. Y casi siempre, para ganar era preciso perder. Al final, esperaba que todos ganáramos.

CAPÍTULO 12

LA VERDAD, AUNQUE DUELA

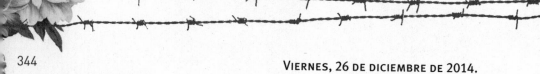

Viernes, 26 de diciembre de 2014.

Ciudad de Buenos Aires.

Continuaba en penumbras afuera, era de madrugada. Mauro había decidido regresar antes del tiempo que él mismo nos había impuesto.

Quería preguntar dónde había estado, qué había sucedido. Su mirada soportaba un peso aún más grande que el previo a su partida. Parecía que el tiempo fuera no había resultado como esperaba.

Se veía tal y como Pablo lo había descrito: frustrado. Preocupado. Ansiaba que nuestro tiempo juntos fluyera con naturalidad, pero no admitía bajar su guardia. Mi corazón quería salir del encierro en que lo tenía confinado para saciarse de placer y desparpajo entre sus brazos, pero Mauro no estaba de acuerdo con eso.

—No corramos riesgos innecesarios…

Una vez, me había pedido que me quedara a dormir con él. Me negué. Ahora, era él quien se negaba. En algunos terrenos, las segundas oportunidades no existían.

—¿Y si tu esposo hace lo mismo que yo? ¿Si regresa antes?

—Lisandro jamás haría lo mismo que tú.

—Ya no sé lo que haría, Lucrecia. Ese es el problema... Está descontrolado —se puso la camiseta—. Luego del velero, lo creo capaz de cualquier cosa. Cámbiate, por favor.

Desapareció tras la puerta del baño y quise ponerme a llorar. La fluidez que pretendía para nuestro tiempo juntos se estaba transformando en una tirantez incómoda. Dolorosa, incluso.

Mauro tenía miedo. Yo también, por supuesto. Pero no me gustaba esta versión editada y contenida del Mauro que había conocido. Me gustaba el de la sonrisa fácil, el de la carcajada explosiva y nasal. ¿Dónde estaba ahora? ¿Habría modo de recuperarlo?

Me vestí en silencio.

Cuando pasé junto al cuarto de baño, no pude resistir el impulso de apoyar mi oído sobre la puerta. Mauro era el segundo hombre al que escuchaba orinar.

* * *

—¿Estás lista? —preguntó desde la puerta, tenuemente iluminado por las luces del exterior. Estaba a oscuras. Lo nuestro se vivía a oscuras.

—Sí —mentí. Aunque sí decidida, jamás estaría lista.

Nuestro paseo fue inusualmente silencioso, perturbador. Quería que dijera algo gracioso o que hiciera algún comentario que me sonrojara, pero no sucedió. Lo tenía a una caricia de distancia, pero sentía que nos separaba el mundo.

Nos detuvimos en el camino desierto donde me había enseñado a conducir. No podría haber elegido mejor sitio. Tan nuestro, tan apartado de todo y de todos.

Hacia donde quiera que mirara, veía lo mismo. Nada. Nada contra lo que pudiéramos chocar, excepto por nosotros mismos. Chocaríamos y nos haríamos pedazos, y ambos lo sabíamos. El silencio era un mero producto de la cobardía, un vano intento por evitar lo inevitable. Una pequeña rebeldía. Pero lo que mi boca no se atrevía a pronunciar, lo que sus oídos se negaban a escuchar, flotaba entre nosotros como una entidad sombría. Un monstruo.

Íbamos a hablar porque así lo habíamos acordado. Con la verdad, de ser posible. Pero ya nos habíamos despedido. Sin palabras y con un lenguaje privado, con ese dialecto que nos definía y que juntos habíamos construido. Su cuerpo y el mío eran totalmente honestos; nuestros corazones, unos cobardes.

Dejó las luces del vehículo encendidas, para que la oscuridad no nos tragara. Era una noche sin luna, sin estrellas, sin brillo alguno. Bajamos sin decir una palabra y nos sentamos sobre la cajuela.

No sabía cómo empezar a decir lo que debía; no quería empezar, en realidad. Empezar era terminar.

–¿Pensaste? –preguntó.

–Lo hice –respondí con inusual firmeza.

Lo había pensado y mucho, del derecho y del revés. Había ensayado discursos convincentes, argumentos variados y explicaciones frondosas, pero cuando lo miré a los ojos, quise patear el tablero y echarme atrás. Decirle que lo amaba y que no había mundo capaz de separarnos. Quise decir muchas cosas. Pero estaría mintiendo… y habíamos acordado hablar con la verdad.

Encendió un cigarrillo y su mirada se perdió en algún punto lejano.

–¿Qué fue lo que decidiste?

Dejando de lado los discursos ensayados, me propuse darle mi versión de la verdad. Inspiré profundo y comencé por donde debía: por el principio.

–Intenté dejarlo, una vez… hace años –confesé–. Cuatro años de relación habían sido más que suficientes para saber que mi vida con él sería un infierno. No soy estúpida, Mauro. Parezco, pero no soy.

—Jamás pensé que lo fueras.

—Lo piensa todo el mundo.

—No es así…

—Es así —insistí—. Sé cómo se ven las cosas desde afuera. La gente piensa que con armar la maleta e irse es suficiente, pero no lo es. No tienen idea de lo que siente estar atada de pies y manos, amordazada. Unas amarras que yo misma me até. Tengo miedo. Miedo de hacer o decir cualquier cosa que lo haga explotar, no tengo que explicarte cómo es —suspiré—. Lo dejé porque sabía que era la única manera de salvarme, aunque creo que lo amaba. Ya no estoy segura. Veía mi futuro como en una bola de cristal y no era lo que quería. Fue luego del primer golpe que hice lo que la gente piensa que debe hacerse; tomé mis cosas y regresé a casa de mi abuela. No quería pasar un minuto más bajo el yugo de Lisandro. No funcionó.

—¿Qué ocurrió? —preguntó.

—Alejo ocurrió —respondí, con cierta nota de amargura—. Fui descuidada, como si no supiera la consecuencia de tener sexo sin protección… Fui una estúpida.

—Por favor, Lucrecia. No hables así. Alejo no estaría aquí si no…

—No quería tenerlo, Mauro —solté la bomba—. Quise abortarlo, de hecho. Estaba tan decidida a hacerlo que llegué a estar semidesnuda sobre la camilla de un consultorio, ¿puedes creerlo?

Ante mi confesión, noté un cambio en su expresión. No lo culpaba. Lo cierto es que a mí también me daba repulsión haber considerado esa posibilidad, pero me había propuesto no mentir y no lo haría. No ocultaría a la verdadera Lucrecia, aunque tuviera que dejar salir a mis propios demonios.

–¿Qué hizo que te arrepintieras? –preguntó, como buscando una razón para excusarme.

–No hubiera podido seguir adelante con la culpa, era una carga demasiado pesada. Era consciente de que sería un lazo de por vida, que Lisandro jamás me dejaría en paz... Pero no pude, no quería convertirme en alguien que no soy.

–A veces... –presionó mi mano en señal de apoyo–, las circunstancias te condicionan y terminas haciendo cosas de las que no te creías capaz. No te juzgo, Lucrecia. También cargo culpas. Todos lo hacemos.

–La maldita culpa es como una piedra en el zapato... Pensé en la posibilidad de ocultarle el embarazo a Lisandro. Irme lejos y tener al bebé, sola. Pero luego, ¡cómo no!, aparecía la culpa. ¿Cómo negarle la identidad a mi hijo? Me convencí de que era una locura. Ahora, ya no estoy tan convencida –sonreí con amargura, recordando lo desamparada que me sentí al regresar a casa, al encontrarme con el rechazo de la Nona–. No hubiera sobrevivido sola, esa es la triste verdad. Contar con mi abuela era imposible. Estaba ciega, la pobre. Era una mujer golpeada por la vida. Para ella, un bebé era sinónimo de pañales, leche, médicos; muchas cosas que significaban más problemas y menos dinero. Mi abuela ya había pasado por eso, cuando mi madre me dejó a mí. Decidió no cargar nuevamente esa mochila. Llamó a Lisandro, me armó el equipaje y me envió de regreso a su casa.

–No lo puedo creer –dijo, claramente indignado.

–Lo hizo... y la odié por eso. Corté todo lazo con ella porque le guardaba rencor, por haberme entregado como si fuera una mercancía –aún me dolía–. Pero luego crecí. La perdoné, Mauro. Porque mi abuela estaba convencida de que Lisandro era lo mejor para mí, que el dinero era capaz de cubrir los huecos que te deja el dolor, de tapizar las heridas. Pero no... Preferiría mil veces vivir en la ruina que tener esta vida en ruinas. Mil veces, lo juro. Extraño mi vida anterior, a diario. También a mi abuela, a pesar de todo.

Ya no era posible contener las lágrimas que la verdad reclamaba, así que las liberé. Lloré por las veces en que quise ir a ver a mi Nona y no me lo permití. Por el enojo, por el orgullo. Por las veces en que quise abrazarla y decirle que la perdonaba. Por los mates amargos que no compartí, por los chismes que no escuché y por los retos que no recibí. La castigué por su error y olvidé que había estado para mí cuando nadie más lo hizo. No había sido justa al lastimarla, al apartarla de mi vida de la forma en que lo hice.

Mauro me refugió en sus brazos, no en un intento por darme consuelo sino para que pudiera llorar. Porque los errores del pasado ya no podían modificarse. Lo único que podía hacerse era asumir las consecuencias.

—Sabía que la querías, Lucrecia —su boca se llevó una lágrima de mi mejilla—. Estoy seguro.

—Así lo espero —deseé profundamente—. A fin de cuentas, Lisandro se salió con la suya.

—Todavía no. No se ha salido con la suya —dijo con firmeza—. Las cosas pueden ser diferentes, Lucrecia. Ayer ya pasó, pero tenemos un ahora. Un mañana, si lo quisieras.

Quería creerle, tener esperanzas de que algo pudiera cambiar, pero había aprendido a no alimentarme con falsas ilusiones.

—Es el padre de mi hijo, es su sangre la que corre por las venas de Alejo. La sangre de los Echagüe corre, y te aseguro que Lisandro no es lo peor que tiene esta familia, Mauro… —mastiqué con amargura, porque hasta decir su nombre era una tortura—. Es Elena. Ella es para Lisandro lo que Lisandro es para mí. Un monstruo.

—¿Elena?

—Sí, como lo oyes. Elena. Con su peinado de salón y sus modos de reina. Es una… —me mordí la lengua para no decir la palabrota que se me venía a la cabeza—. Es una mala madre. Santiago no supo proteger a Lisandro y ella se lo tragó de un solo bocado. Lo moldeó a su imagen y semejanza, y él hace lo que sea para complacerla. No es nada sin su guía. Casarse conmigo fue su único acto de rebeldía, porque me necesitaba. Necesitaba a alguien a quien poder pisotear para no sentirse como la nada que es. Porque es nada, Mauro. Menos que nada. Si supieras las veces en que vi a Elena golpeándolo… golpeándolo, Mauro… a un hombre de casi cuarenta años. Él se queda callado y agacha la cabeza. Ella lo anula. Como anuló a Santiago —apreté un puño de la rabia—. Esa mujer se mete en tu cabeza y te trastorna de la peor manera. Luciano se liberó porque fue Lisandro quien accedió a ser el títere. Santiago también lo fue y le cortaron los hilos. Estoy segura de que es ella la responsable de su suicidio. Es una basura, Mauro. No es una mala persona, es una arpía. Si intentara dejar a Lisandro, ese monstruo se tragaría a Alejo, ¿comprendes? Nunca nos dejaría en paz. Jamás. No tengo nada ni a nadie. ¿Cuánto tardarían en quitarme a mi hijo? Quedarme es la única forma de protegerlo. No tengo elección.

—La tienes… Me tienes a mí.

—No —negué, sin poder creer que finalmente iba a decirle lo que venía callando—. No te tengo.

—¿Qué estás diciendo? —preguntó, con un temblor en la voz que por poco me derrumba.

—Nunca te tuve, Mauro —detuve una lágrima. Su expresión de dolor era el peor de los golpes—. Tienes razón. Tenemos que dejar de correr riesgos innecesarios. Esto debe terminar.

—¿*Esto*? Creí que *esto* significaba algo para ti —dijo, claramente herido.

—No puedo pensar un nosotros ahora. Lo siento, pero Alejo es mi única prioridad.

Entornó la mirada, sin saber cómo continuar. Yo tampoco lo sabía. Hablar con la verdad no era nada fácil.

—No cuentas conmigo… ¡Quiero ayudarte y no cuentas conmigo! Habíamos chocado, y estábamos haciéndonos pedazos.

—No —admití—. No puedo hacerlo.

Se alejó de mí y dolió. Dolió mucho. Su paseo errático frente al automóvil me estaba destrozando. Quería consolarlo, pero me obligué a permanecer en mi lugar. Estaba atragantándome con un llanto silencioso.

—No me alejes, por favor —a una distancia íntima, su cálido aliento me acarició el hombro y me sumergí en el abrigo que ofrecían sus brazos—. Tengo miedo de dejarte sola, no puedo hacerlo. Tiene que haber otro modo.

—Por favor, no hagas esto más difícil de lo que ya es…

—Vámonos, los tres. Hoy. Ahora… —acomodó mi cabello detrás de la oreja y más lágrimas resbalaron por mis mejillas al ver la desesperación en su mirada. Sus ganas de arreglarlo todo me rompían el corazón—. Di que sí.

—Mauro, por favor.

—No —negó, deshecho—. No me alejaré, olvídalo. Sigamos como hasta ahora… No pido nada más. Solo deja que te cuide.

—¿No te das cuenta? —acaricié sus mejillas e intenté que comprendiera—. Ya no puedes cuidarnos.

—Claro que puedo. Es lo que hago, lo que soy. Haré lo que sea necesario para mantenerte segura.

—Entonces, vete —dije en un suspiro cargado de dolor—. ¿Quieres protegernos, Mauro? Vete. Hoy. Tu presencia en mi casa es un riesgo. Para mí y para mi hijo.

La verdad que había pedido lo golpeó de tal manera que empalideció, porque él sabía tan bien como yo que no había forma de rebatir ese argumento.

—En algún momento, Lisandro y tú se cruzarán en la casa y será un infierno. No quiero pasar por eso. No quiero que Alejo pase por eso. Lo siento, pero no puedo —suspiré, derrotada—. Me pediste que pensara y lo hice. Me pediste la verdad y esta es…

Antes de que pudiera seguir hablando, su beso se bebió mis palabras.

—No digas nada más —susurró sobre mi boca—. Solo bésame. Ámame como yo a ti. Así, cuando me vaya, te llevaré conmigo a donde sea.

* * *

Nos quedamos de pie junto a la puerta. Se iba porque me amaba. Porque nos amábamos.

—Aunque no me veas, prometo que estaré cerca.

—Mejor, promete que no me olvidarás. Que no olvidarás nada de lo que vivimos estos últimos meses. Debes recordar cada detalle… —me aferré a su camiseta con desesperación, porque dejarlo ir era igual que perder una parte de mí misma—. Promételo.

—No podría olvidarme de nada. Eres mi diosa, Lucrecia.

Mi boca buscó a la suya con un beso teñido de angustia. No dije adiós. Él tampoco.

Cerré los ojos y sus labios me acariciaron la frente. Escuché el sonido de la puerta al cerrarse. Cuando volví a abrir los ojos, estaba sola. Mis rodillas tocaron el suelo y ya no encontré un abrazo que me ofreciera abrigo.

—Recuerda, Mauro… —susurré—. Recuérdalo todo.

CUARTA PARTE

CAPÍTULO 1

LOS VIGILANTES

SÁBADO, 27 DE DICIEMBRE DE 2014.

CIUDAD DE BUENOS AIRES.

No poder llamarla o mandarle un mensaje era una tortura insoportable. Pero lo habíamos acordado así y, aunque estuviera destrozándome, iba a respetar su decisión. Le había pedido la verdad y ella me la había dado; ahora, tenía que lidiar con las consecuencias.

Lucas Rodas era el mejor para cubrirme en casa de Lucrecia, tenía mucha experiencia. Pero temí que Gómez no hubiera sido lo suficientemente preciso con algunos detalles a los que debería atender, así que lo llamé... como unas nueve veces. A la décima llamada, no me atendió. Le envié un mensaje para que me mantuviera al tanto de cualquier novedad. Traté de no alterarme demasiado. No lo conseguí.

Solo me quedé en mi lugar, sentado en mi sofá. No había otra cosa que hacer más que rezar por que Lucrecia sobreviviera un día más.

Quédate en tu casa y relájate, había sido el consejo de Pablo. ¡Me pedía un imposible! No podía relajarme, ¡no podía hacer nada! ¡Me sentía un inútil! Y los extrañaba. ¡Por Dios, cómo los extrañaba! No haber podido despedirme de Alejo me carcomía por dentro.

Dejarlos ahí, en esa casa, solos, con el demente de Lisandro, había sido de las peores cosas que me había tocado hacer. Pero Lucrecia tenía razón. Por mucho que doliera separarme de ella, debía irme. Si me quedaba en la casa, Echagüe lo tomaría como un desafío y subiría la apuesta. Trataría de lastimarme y, para hacerlo, la lastimaría a ella. El muy cobarde no me enfrentaría a mí, por supuesto que no; prefería confrontar con una mujer. Era una basura.

Por todo eso, "quédate en tu casa y relájate" no funcionaba para mí. Nada funcionaba para mí.

Estaba prácticamente en ayunas, no me pasaba bocado. Tampoco podía dormir. ¿Cómo hacerlo después de haber dormido aferrado al calor de su cuerpo? No cerraría los ojos nunca más. No sin ella a mi lado.

Dormir juntos había sido el paraíso.

Que al fin me hablara con la verdad, como hacer el amor sin tocarla.

Luego de escucharla, no tuve más remedio que aceptar sus razones. Comprendí que apoyarse en mí no era una alternativa. Aunque su seguridad fuera mi prioridad, había dejado de ser su custodio desde el momento en que se presentó a mi puerta. Cruzamos la línea y lo nuestro se jugaba en el terreno de lo sentimental… Quedarme ahí era una locura. Envalentonado como estaba junto a ella, no me había detenido a pensar en lo retorcido que era estar bajo el mismo techo que su esposo.

¡Pero era tan difícil estar lejos! No habían pasado veinticuatro horas y ya la extrañaba con locura… ¿Cómo iba a continuar? ¿Cómo iba a resignarme a esta nueva situación?

Traté de distraerme mirando televisión, pero faltó poco para que me infartara cuando escuché la noticia de que, ¡solo en diciembre!, habían asesinado a dieciocho mujeres en la provincia de Salta. ¡Dieciocho! La violencia era una epidemia, de la peor que se hubiera conocido. Me sentía avergonzado de mi género. ¿Qué era lo que pasaba con nosotros?

El teléfono sonó una vez y, al ver el número de Lucas, mis pulsaciones se dispararon.

—¿Qué pasó?

—No lo sé, Mauro —respondió.

—¿Qué significa eso? —pregunté, confundido.

—Estoy regresando a la oficina. Gómez llamó para avisar que el trabajo se suspendía.

—¡No juegues conmigo! ¿Bromeas? —me levanté del sofá, atónito.

—No. Me pediste que te avisara si había alguna novedad.

—Tiene que ser un error. No te muevas de allí, Lucas. ¿Me oyes?

—Pero, Gómez dijo…

—¡No me importa lo que haya dicho Gómez! ¡No te muevas de allí! Voy a averiguar qué sucede y me comunico contigo enseguida… Pero, por favor, no se te ocurra dejar a Lucrecia sola. ¡No la dejes sola! —repetí antes de colgar. No quería darle la oportunidad de negarse.

Mientras me cambiaba para salir, llamé a Gómez. No me respondió. ¡Cómo, no! ¿"Quédate en tu casa y relájate"? ¡Por supuesto que no!

✳ ✳ ✳

No me detuve a saludar a nadie, tampoco a esperar el elevador. Subí los escalones de dos en dos y, cuando llegué a la planta correcta, mi alocada carrera se detuvo precipitadamente.

De la oficina de Gómez salía una mujer. No habíamos tenido oportunidad de conocernos personalmente, pero la reconocí de todos modos. Ella y Lisandro eran dos gotas de agua. No solamente en el aspecto físico, también en el aire de superioridad.

Por la forma en que me miró, supe que también me había reconocido. Sonrió y enseguida se acercó, dueña de una seguridad impactante. Vestía de un negro estricto, de acuerdo al luto que se suponía que guardaba, pero no había tristeza alguna en su expresión. Por el contrario, se mostraba desafiante.

—Mauro Acosta… —me ofreció el dorso de su mano, como si se creyera digna de veneración—. Sabes quién soy, ¿cierto?

—Por supuesto —respondí, con una sonrisa apretada. ¿Su mano? ¡No la tocaría ni en sueños!—. La reconocí por el peinado.

—¿De veras? —era obvio que había captado la indirecta, pero no se inmutó—. Es una casualidad que nos encontráramos justamente ahora. Acabo de pagar por tus… —me miró de arriba abajo— "servicios" a mi nuera. Ya no los necesitamos. Lisandro se encargará personalmente de ella.

¡¡Víbora!!

—Estamos en un momento de duelo; comprenderás que queremos vivirlo en privado —agregó.

—¿Duelo? ¡Cómo no! —expresé con exagerado sarcasmo.

Me clavó una mirada furibunda. Su boca se curvó en una sonrisa escalofriante y se acercó a una distancia íntima.

—Te aconsejo que no te metas conmigo… —susurró cerca de mi oído—. Porque te aseguro que no quieres que me meta contigo.

Se dio medio vuelta y se alejó por el pasillo. Tuve que recordarme muchas veces que era una mujer porque, honestamente, me dieron ganas de estrangularla. Golpeé la puerta de Gómez como un maniático.

—¡Adelante! —gritó.

—¡Dime que es una broma! —entré como un poseso y apoyé las manos sobre su escritorio.

—El tono, muchacho… —me apuntó con un dedo acusador.

—Dime qué está pasando, Pablo. ¿Suspendiste la custodia? ¿Estás loco?

—¡Yo no suspendí nada! Cumplimos un servicio, eso es todo. Si el cliente decide que ya no lo necesita, no hay nada que podamos hacer. ¡Sabes cómo funciona! No entiendo por qué estás haciéndome este planteo tan ridículo.

—¡¿Ridículo?! ¿Me tomas por idiota? ¡Sabes muy bien por qué te hago este planteo! ¿Vas a dejarla sola con ese enfermo? Si la lastima, Pablo…

—¡No me hagas responsable por una decisión que no es mía, Mauro! No te confundas. Nosotros ofrecemos un servicio. ¡Nada más ni nada menos! Fuiste tú quien confundió las cosas, así que deja de presionarme. Estás a un segundo de colmar mi paciencia… ¡y ya te he tenido mucha! Si crees que no me preocupa la situación, te equivocas. ¡Me preocupa y mucho!, pero conozco mis límites. Hasta aquí puedo llegar.

—¡Está sola! —golpeé el escritorio.

—No tienes que recordármelo… —se reclinó en su asiento y cruzó las manos sobre la barriga—. Tienes tres semanas de vacaciones pendientes, Mauro. Quiero que te las tomes.

—Ni lo sueñes.

—No es una sugerencia. O te tomas las vacaciones o te despido. Tus berrinches me tienen cansado… eres peor que mis nietos. ¡Tómate las vacaciones!

—Habla con Fusco, Pablo. Te lo pido por favor. Me estoy volviendo loco…

—¡Tómate las vacaciones! —repitió, como si no me estuviera escuchando.

—¿Te parece que estoy de ánimos para unas vacaciones?

–¡Sí! Es lo que trato de decirte... Tiempo libre, sin tener que dar explicaciones por lo que haces, es justo lo que necesitas en este momento. ¿Comprendes o necesitas que te haga un esquema, muchacho?

Me incorporé del escritorio al comprender su propuesta. ¡Estaba en lo cierto! Pablo conocía los límites, los límites que teníamos en nuestro trabajo. Pero si estaba de vacaciones, los límites también lo estaban.

–Bueno, ¡hasta que entendiste! –puso los ojos en blanco–. Fuera de aquí.

–Gracias, Pablo –respiré aliviado–. Gracias, de verdad.

–Sí, sí... fuera de aquí, he dicho. Antes de que me arrepienta. Y empieza a usar la cabeza, Mauro. La muchacha te necesita atento, no alterado. ¿Está claro?

–Ahora, sí. Muy claro.

✳ ✳ ✳

Toqué el timbre varias veces, quizás más de las necesarias. No había tiempo que perder. Al abrirse la puerta, Ramiro se asomó entre bostezos.

–¿Qué haces aquí? –preguntó, confundido.

–Estoy de vacaciones.

–Pues, te felicito. Pero ¿qué haces aquí?

–Necesito tu ayuda. Y la de Sergio. Diego viene en camino...

Cuando Sergio y Diego llegaron, nos sentamos en torno a la mesa y, ronda de mate de por medio, estudié a mi improvisado equipo de vigilancia. Como no podía rondar por la casa de los Echagüe sin que los guardias de la caseta me reconocieran, debía procurarme ojos y oídos que me reemplazaran.

—¿Entonces? —Ramiro se reclinó en la silla y bostezó. Había interrumpido su siesta—. Habla, ¿qué sucede?

—Se trata de Lucrecia.

—¿Tu clienta? —preguntó Sergio—. ¿Qué es lo que pasa? ¿Ya arruinaste tu carrera por ella?

—Es muy probable… Pero su situación es mucho más complicada que la mía —dije, sin saber cómo poner en palabras el asunto. Tocar un tema así era siempre delicado, pero me pareció estúpido seguir pensando que la exponía. Ella era la víctima, no había nada de lo que tuviera que avergonzarse. Era Lisandro quien debía quedar expuesto—. Su esposo la maltrata. Desde hace años.

Los tres se quedaron en shock. Diego fue el más afectado. No solo sabía de mis sentimientos por Lucrecia, sino que conocía de primera mano lo que el maltrato ocasionaba.

—Qué hijo de puta… —murmuró Sergio.

—Peor que eso, te lo aseguro —corregí.

—Entonces, ¿por qué estás de vacaciones? ¿Qué haces que no estás cuidándola? —de repente, Ramiro había olvidado la siesta y estaba alerta.

—El asunto es que Lucrecia y yo tenemos…. o teníamos una relación. Su esposo se enteró.

—¡Que imprudencia, Mauro! ¡¿Bajo su techo?! —Diego me reprendió como hacía años que no. Y tenía razón.

—Ya está hecho, no puedo remediarlo… Ahora, el sujeto cree que esto es una competencia y que Lucrecia es el premio. El juego consiste en quién aplasta primero a su rival. Para aplastarme a mí, la aplastará a ella. ¿Me siguen o no? No podía quedarme allí. Contaba con un relevo, pero resulta que el muy hijo de perra prefirió prescindir de la custodia.

—Lucrecia está a su merced… —concluyó Sergio.

—Precisamente. Por eso los necesito. Me instalaría ahora mismo frente a su casa, pero los guardias de la caseta de vigilancia me conocen. En dos minutos, Echagüe se enteraría de que estoy allí. ¿Ven cuál es mi problema?

—¿Sugieres que nosotros hagamos la vigilancia? —supuso Diego.

—Sé que les pido demasiado, pero no cuento con nadie más que con ustedes. Necesito ayuda.

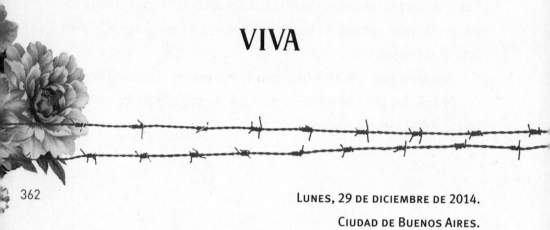

CAPÍTULO 2

VIVA

LUNES, 29 DE DICIEMBRE DE 2014.
CIUDAD DE BUENOS AIRES.

Aunque no me veas, prometo que estaré cerca, fueron sus palabras. Confiaba en que así fuera, confiaba plenamente en él. Esa confianza era lo único que me mantenía entera, respirando, resistiendo y esperando. Era lo que me mantenía viva.

Las actividades de Lisandro fuera de la casa habían menguado considerablemente. Pasaba mucho tiempo con nosotros. Demasiado. Salía solo si el trabajo lo reclamaba. Si no, se llenaba la boca con eso de "pasar tiempo juntos, como la familia que somos". A mí me daban escalofríos de solo verlo tan cerca de Alejo, y el entusiasmo de mi hijo por la atención que su padre le prodigaba, por primera vez en la vida, era igual que un puñetazo. Alejo lo amaba como Lisandro no se merecía.

El monstruo estaba más tranquilo que nunca. Lo imaginaba agazapado en el interior de Lisandro, sujeto por unas cadenas que no lo retendrían por mucho tiempo más. No tardaría en salir a atacarme. La mirada lo delataba; algo crecía dentro de él.

Me aterraba.

Pero no dejaría que el Lobo nos comiera. Ni a mi hijo, ni a mí. Con el Leñador cubriéndome las espaldas, tenía una oportunidad de ganar. El Lobo daría pelea, era consciente de eso, y hasta era posible que saliera lastimada. Pero el final del cuento era conocido por todos: el Lobo acababa en el fondo de un estanque y con la barriga llena de piedras.

Mi esposo y yo éramos rivales en una contienda injusta, tramposa. Él siempre había contado con la fuerza y con la violencia como ventajas. Esta vez, la ventaja era mía. No aplicaría fuerza alguna, solo determinación.

Lisandro no tenía idea de lo que su maltrato había hecho crecer dentro de mí; mi monstruo también estaba sujeto, pero no tendría que romper ninguna cadena… Lo liberaría yo misma. Pronto.

* * *

Terminaba de dejar en orden la cocina, cuando el timbre de la entrada anunció una visita inesperada. Alejo miraba televisión y Lisandro tomaba su café en la sala.

–Voy yo –Lisandro se esforzaba tanto por mostrarse atento que ya me parecía hasta ofensivo.

Me sequé las manos con un paño justo a tiempo para verlo entrar, con ese gesto de superioridad que lo caracterizaba. Era joven, pero tenía más experiencia y más influencia que muchos. Años de compromiso contra la corrupción lo habían dotado de una reputación que lo precedía donde quiera que fuera. Era una carta de presentación impecable.

Intercambió algunas palabras con Lisandro, pero sus ojos estaban puestos sobre mí.

—Lucrecia, ven a saludar al doctor —me pidió Lisandro. Nervioso, le fue imposible enmascarar el tono imperativo.

—Doctor Fusco, ¿cómo está? —estreché su mano y la noté fría. Tan fría como su mirada. Tenía facciones aniñadas, pero su carácter implacable contrarrestaba el efecto. Sabías que estabas frente a un sujeto duro con solo verlo.

—Trabajando sin descanso, así estoy. Es un placer verla, señora Echagüe. Lamento haberme presentado así, sin previo aviso, pero necesito tener unas palabras con usted. Es importante —explicó. Claro que era importante. La inesperada partida de Mauro había arruinado sus planes, pues ya no tenía forma de seguir mis pasos.

—Por supuesto, podemos pasar a mi oficina —propuso Lisandro.

—A solas —aclaró Fusco, sin quitarme los ojos de encima. Sabía que, si me miraba por un segundo más de lo que mi esposo consideraba apropiado, el golpe lo recibiría yo. Fusco también lo sabía, pero no le importaba—. No le voy a quitar mucho tiempo. Serán solo unos minutos, si es posible.

¡Como si me quedara alternativa!

—Por supuesto —sonreí—. No tengo ningún problema. ¿Lisandro?

—Ve tranquila —asintió; su rostro había empalidecido a causa de la tensión.

Fusco y yo subimos las escaleras comentando sobre el clima, un tema tan seguro como intrascendente. Cuando cerramos la puerta de la oficina, tuvo el descaro de sentarse en el lugar de Lisandro. Quería demostrar quién tenía el control.

—No te quedes de pie, Lucrecia —sonrió, indicándome el asiento con una mano.

Obedientemente me senté, a la espera de su siguiente movida. Sin importar dónde me sentara, era yo quien tenía el control.

—Recibí tu saludo —se reclinó en el asiento—. El que me enviaste con Gómez. Como soy un caballero, quise retribuirte la cortesía.

—Gómez es un hombre adorable. Me gustó mucho conocerlo.

—Sí, a él también le agradaste —asintió—. Fue una buena jugada, la verdad. Debo reconocerlo. Poner a Seguridad del Plata de tu lado... A Gómez te lo ganaste con una sonrisa y a Mauro abriéndote de piernas. Eres brillante.

—El comentario de un caballero, sin lugar a dudas —me mordí la lengua para no soltar el veneno que me brotaba de solo escucharlo.

—Te creía más inteligente, Lucrecia. Me decepcionaste.

Me quedé callada, mirándolo. Esperando. Ya habíamos hablado en más de una oportunidad, ya conocía sus artimañas. Andrés solía usar esa estrategia. Arrojaba una frase como carnada y esperaba que la presa se abalanzara sobre ella. Pero esa carnada no era tentadora para mí. Si me creía tonta, mejor para mí.

—Mauro te podría haber ayudado, ¿sabes? Estaba dispuesto a hacerlo. Todavía no entiendo por qué te lo quitaste de encima... Ese documento que tienes no sirve de nada si permanece oculto. Y solamente tú sabes dónde está. ¿Y si te sucediera algo? ¿No se te ocurrió que decirle a Mauro dónde está ese documento y qué es lo que contiene hubiera sido de ayuda?

—No sé de qué documento me hablas, Andrés.

No lograría moverme un milímetro por fuera del eje de mi relato. Era simple y conciso: "Me encerraron en el baño. No vi nada. No sé nada". Estaba loco si creía que podía extraerme una palabra más. Y todavía más loco si pensaba que cometería la imprudencia de involucrar a Mauro. ¿Para qué? ¿Para que tuviera otra presa que cazar? ¡Por supuesto que no!

—Me estoy cansando de este jueguito, Lucrecia. Si me das ese papel, ganas. Te dejo en paz, es una promesa. Puedes conservar el dinero, no me interesa.

Me quedé callada. Me crucé de piernas y me acomodé en el asiento. No tenía prisa, podríamos seguir jugando toda la noche.

–Mira, Lucrecia. Te voy a decir cómo termina esta historia –apoyó los codos en el escritorio y me clavó su gélida mirada. Estaba nervioso, perdía el control y no le agradaba–. Acabas muerta y ese papel se pierde para siempre. ¿Tu hijo? Bueno, se queda con su padre. ¿No te parece injusto? ¿Después de tantos años de sometimiento? Justo cuando puedes armar la maleta e ir a conocer el Caribe. ¿Es así como quieres que acabe todo? No seas tonta… Como hoy me siento generoso, voy a ofrecerte un trato. Si me das ese documento, yo mismo me encargo de ayudarte a desaparecer. Tú y tu hijo podrían empezar una nueva vida, donde quisieran.

–No sé de qué documento me hablas –insistí.

–Se me agota la paciencia…

A mí también se me estaba agotando.

–En el supuesto caso de que ese documento exista… –dije, con absoluta calma–. En el supuesto caso de que yo lo tenga y en el supuesto caso de que te lo entregue; ¿tu propuesta es hacerme desaparecer? –quise reírme, aunque no fuera gracioso. "Hacerme desaparecer" implicaba que, si ese documento llegara a sus manos, solo restaría deshacerse de mí para que el secreto se fuera conmigo. No me parecía tan buen trato–. Te creía más inteligente, Andrés. Me decepcionaste.

–La oferta expira cuando cruce la puerta de esta oficina. Decide, Lucrecia.

–No sé de qué documento…

–Veo que no estamos llegando a nada –me interrumpió. Aun frustrado como estaba, seguía haciendo gala de su falsa superioridad–.

No te necesito, ¿sabes? Tengo a tus cómplices. Puedo extraerles la información.

¡De nuevo a la pesca! ¡No tenía nada! Si los tuviera, no estaría exponiéndose así. Me quedé callada.

—Es una lástima que las cosas terminen así, Lucrecia. Me agradas —se puso de pie y estrechamos las manos.

—Te acompaño.

Al llegar a la puerta, justo antes de que saliéramos, me detuvo del brazo.

—No creas que vas a salirte con la tuya —se acercó a una distancia íntima—. Las grabaciones están listas para enviárselas a Lisandro. En ellas, gimes como una prostituta… Ni siquiera me ensuciaré las manos. Solo voy a sentarme a esperar hasta que tu esposo decida prender fuego la casa contigo y tu hijo dentro —murmuró entre dientes, muy cerca de mi oído.

Luego, colocó una mano firme en mi espalda y salimos del despacho como si no acabara de amenazarme. Mis labios temblaban.

* * *

Finalmente, Andrés había logrado su cometido. Estaba aterrorizada. Si esa grabación llegaba antes de que concretara mis planes… No quería siquiera imaginarlo. Cuando Lisandro entró a ducharse, aproveché para salir. Crucé la calle y fui directo hacia la tienda.

—¿Qué es lo que pasó? —preguntó al verme. Mi expresión no debía ser la mejor.

—Una visita inesperada —respondí, tratando de recuperar el aliento—. Estaré bien.

Me miró a los ojos y asintió.

—Así será —aseguró con convicción.

—Estaba pensando en Año Nuevo... ¿Alguna vez escuchaste eso de "año nuevo, vida nueva"? Creo que es una fecha muy simbólica.

—Pues, sí. Lo es —acordó—. ¿Estás segura de que es el momento correcto? Nos queda muy poco tiempo.

—No puedo esperar más —respondí, con labios aún temblorosos—. Esto solo está por empeorar. La visita de hoy fue una amenaza.

—Una amenaza que no se concretará, te lo aseguro... Hay varios ojos sobre ti —dirigió la mirada hasta el vehículo estacionado un par de metros más allá—. Deberías advertirle que está en un mal sitio para aparcar. Si la dueña de la casa sale y lo ve en la entrada de su garaje, armará un escándalo.

—Se lo diré. ¿Me das un Philip Box?

—Tú no fumas —me miró con una mueca.

—No son para mí —sonreí.

Cumplida la transacción, caminé casualmente hacia el auto, abriendo el paquete de cigarrillos para extraer uno y ponerlo de cabeza. El "cigarrillo de la suerte".

Diego era tan parecido a Mauro que no tuve problemas en reconocerlo. Se puso pálido cuando me vio y le indiqué que bajara la ventanilla.

—Buenas noches, Diego —le ofrecí una mano que estrechó de inmediato.

—Hola... —juro que sus ojos estaban a punto de saltar fuera de sus cuencas.

—Debo advertirte que estás estacionado en un sitio prohibido.

—¿Cómo me reconociste?

—Te hubiera reconocido en cualquier sitio; son idénticos. Estás demasiado cerca de la casa, no es buena idea.

—Si me reconociste, es probable que…

—Sí, Lisandro también podría. Te arriesgas demasiado.

Me conmovía tanto que estuviera ahí. Mauro, como siempre, había encontrado la forma de cumplir con su palabra. "Aunque no me veas, prometo que estaré cerca".

—Gracias por esto, Diego.

—No tienes nada que agradecer; también lo hago por él. Por los dos —no solo era idéntico a su hermano en el aspecto físico.

—Debo irme. ¿Puedo pedirte un favor? —pregunté, abusando de su cortesía.

—Lo que quieras.

—¿Le darías esto? —le entregué el paquete de cigarrillos y me observó confundido—. Él lo entenderá.

Quería que Mauro tuviera suerte. Esperaba que ambos la tuviéramos. Si lograba mi cometido, ya nada se interpondría entre nosotros. Era esa confianza la que me mantenía entera. Respirando, resistiendo y esperando. Lo que me mantenía viva.

CAPÍTULO 3

UN MENSAJE

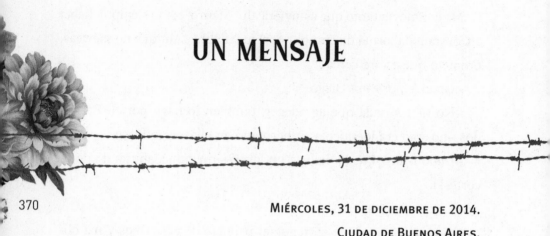

Miércoles, 31 de diciembre de 2014.
Ciudad de Buenos Aires.

Sonreí. Lucrecia se las había arreglado para hacerme llegar una caricia. Inmediatamente sentí envidia. De la mala. Diego había tenido la oportunidad de verla, de hablar con ella, de estrechar su mano y yo ¿qué tenía? Pues sí, su mensaje. Pero no era suficiente.

En cierta medida está cumpliendo aquello de "quédate en tu casa y relájate". Con el improvisado equipo de vigilancia allí afuera, tenía cubierto el aspecto de quedarme en casa. Lo de relajarme... no, eso no me estaba resultando.

Mi autoimpuesta clausura era interrumpida por alguna visita de Diego, Ramiro o Sergio. Era entonces cuando mis niveles de angustia se reducían un poco. Ellos me recordaban que debía comer, bañarme, dormir. Mis horarios estaban completamente trastocados. No sabía ni qué hora era. El tiempo se medía de una llamada a la próxima, de un mensaje de texto al siguiente. Al caer la noche, me subía a un taxi distinto cada tres horas, para pasar frente a su casa sin alzar sospechas.

Lucrecia estaba cubierta las veinticuatro horas. Siempre había alguien cerca. Habían pasado cuatro días desde que armamos el improvisado esquema de vigilancia y enseguida supe que no podríamos sostenerlo indefinidamente. Estábamos agotados, todos nosotros. Y, cansado como estaba, no podía pensar en una alternativa.

Cecilia, mi excuñada, llamó para recordarme que debía almorzar. Prometí que lo haría... pero luego de hablar con Ramiro, quien nos contó acerca de la llegada de un jardinero a quien Lucrecia había recibido dos horas atrás. Según él, todo se veía muy tranquilo.

Luego de la llamada, almorcé entre bostezos. Resolví que era momento de una ducha helada que me mantuviera despierto y alerta. Pero no fue el agua fría lo que logró espabilarme, fue mirar la pantalla del teléfono y ver el nombre de Ramiro titilando en ella.

Me di cuenta de que no conocía el miedo hasta ese momento. Hasta ese instante, imposible de medir en términos de tiempo, en el que se siente la posibilidad real de perder a un ser amado. Respondí como si estuviera fuera de mi cuerpo.

—Sí.

—Mauro... —la voz entrecortada de Ramiro terminó de alertarme.

—¿Qué sucede?

—No... no lo sé.

—Dime qué sucede —comencé a vestirme deprisa, más aterrado a cada segundo que pasaba. Él permanecía en un silencio alterado del otro lado de la línea—. ¡Maldición, Ramiro! ¡Habla ya!

—No lo sé... Es que, acabo de ver a Echagüe saliendo como un loco... en su auto.

—¿Dónde está Lucrecia? —ya estaba llegando a la puerta, saliendo de mi apartamento.

—Mauro...

—¡¿Qué?! —bajé las escaleras a los tropezones.

—El sujeto tenía la camisa toda manchada.

El mundo detuvo su giro en cuanto lo escuché.

—¿Manchada con qué? ¿Qué es lo que dices? —pregunté, temblando de pies a cabeza, como jamás en la vida.

—Creo que era sangre, Mauro. ¿Qué hago? No sé qué hacer…

—Entra a la casa.

—¿Qué?

—¡Que entres a la casa, Ramiro! ¡Como sea! ¡Pero, entra ya!

* * *

Creí que conocía el dolor. Pero no era cierto.

Dolor era que el taxi tuviera que detenerse una cuadra antes, porque la calle estaba bloqueada por un patrullero. Dolor era correr como un demente hacia su casa, sintiendo que las piernas no me llevaban lo suficientemente rápido. Era encontrar a mi amigo sentado en el borde de la acera, llorando como un niño, con las manos en la cabeza y la cordura por el suelo. Dolor era tener que usar toda mi fuerza para quitar del camino a los policías que me advertían que no entrara, que era una escena del crimen y que no debía contaminarse. Dolor era entrar de todos modos y descubrir que las pesadillas se volvían realidad.

Era ver que la isla de la cocina, donde esperaba encontrar su carita de ensueño cada mañana, donde Alejo desayunaba, donde leía un libro que no le gustaba para no ofender al autor y donde habíamos compartido litros y litros de mate, estaba cubierta de sangre.

El suelo de la cocina estaba cubierto de sangre. El refrigerador estaba regado de sangre. Los oí decir que no tocara nada, que todo era evidencia, que no encontraban a Lisandro y que *los cuerpos* no estaban allí.

Los cuerpos.

Los oí decir que me calmara. Que me calmara… eso dijeron. *Los cuerpos*, dijeron. Como si no fueran nada. Como si no se tratara de la mujer de mi vida y del pequeño al que amaba como a un hijo. Como si no fueran personas con nombres, con sueños, con deseos.

Creí que conocía el dolor. Pero no era cierto. Dolor era sentir que, si lo que dijeron era cierto, *los cuerpos* eran tres. Lucrecia, Alejo y yo.

* * *

No podía quitarme la imagen de la cabeza. Cerraba los ojos y veía todo rojo. Cuando los abría, el rojo seguía allí.

En mi trabajo era necesario considerar todas las alternativas, no solo una. Pero no había "todas las alternativas". Había solo dos. Opción uno: estaban vivos y en peligro, porque Lisandro tampoco aparecía. Opción dos: la peor.

Me aferraba a la opción uno con todas mis fuerzas. Rezaba en silencio… y yo nunca había rezado antes. No sabía hacerlo. Pero le pedía a la vida que no me los arrebatara. No hallaban los cuerpos; así es que me aferraba fervientemente a la posibilidad de que los cuerpos no fueran cuerpos.

Lisandro tampoco aparecía. También rezaba por él, para que apareciera sano y salvo, intacto y de una sola pieza, así podría encargarme personalmente de despedazarlo con mis propias manos, como debería haber hecho cuando tuve la oportunidad.

Había tenido muchas oportunidades de evitar este desenlace. Demasiadas. Ahora, no me quedaba nada. Estaba solo.

Diego estaba con Cecilia y los niños. Sergio se había llevado a Ramiro a la rastra. No dejaba de pedirme perdón, como si fuera el responsable por lo sucedido. Estaba fuera de sí. Todos lo estábamos. Ramiro no era el responsable... Lisandro era el responsable. Yo era el responsable. Por haberla dejado sola, haberme alejado cuando más me necesitaba.

–Muchacho –al sentir su mano en mi hombro, alcé la cabeza. Detrás del rojo que veía frente a mí, asomó el rostro apenado de Gómez–. ¿Por qué no vas a tomar un café? O algo, lo que sea. Pareces un... –se detuvo a mitad de frase.

374

–¿Un qué? ¿Un muerto? –completé–. No voy a moverme de aquí hasta que tengan novedades de Echagüe, ya te lo he dicho.

Estaba sentado en el borde de la acerca, frente a su puerta. Por si acaso Lisandro aparecía, o cualquiera de ellos aparecía. Lucrecia. Alejo. Lucrecia y Alejo, en el mejor de los casos. No quería moverme de allí.

Cuando vi al vehículo detenerse frente a nosotros, me puse de pie, tambaleante después de horas en la misma posición. Camila estaba al volante. No había modo de que Luciano condujera en su estado. Su rostro, habitualmente sonriente, era una máscara de dolor. Al bajarse del automóvil, vino directo hacia mí.

Me abrazó, ahogado en llanto. Camila también lo hizo, y también lloraba. Éramos un solo abrazo, un solo llanto y el mismo dolor.

Cuando pudimos hablar, le transmití las novedades, que no eran muchas. Él dijo que había presenciado la conversación que Elena había tenido con Lisandro más temprano esa mañana, en la que acordaron detalles para la cena de Año Nuevo. Todo parecía normal. No había notado nada extraño.

Dejamos a Camila acompañada por Gómez y nos alejamos para hablar en privado.

—Sabía que esto iba a pasar, Mauro —dijo, tomándose la cabeza—. Lo sabía.

—Aún no los encuentran. No hables como si estuvieran muertos, por favor.

—No lo puedo creer… —encendió un cigarrillo, sus manos temblaban. Yo me negaba a fumar el último que quedaba en el paquete que Lucrecia me había enviado. El de la suerte. Su regalo. Su caricia. Su último mensaje—. Hablé con ella esta mañana, Mauro. ¡Esta mañana!

—¿La llamaste? —pregunté, atónito. Él no la llamaba. No debía llamarla. Él sabía que eso encendía los celos de Lisandro—. ¿La llamaste, Lucho? ¡¿Cómo cometiste semejante imprudencia?!

—¿Crees que soy idiota, Mauro? ¡Por supuesto que no la llamé! —exclamó, herido por mi presunción—. Fue ella quien llamó.

—Fue ella quien llamó… —repetí—. ¿Qué quería? ¿Qué te dijo? ¿Notaste algo extraño? ¡Ya dime!

—Me resultó extraño que llamara. Quería conversar —entornó la mirada y supe que había algo más—. De hecho, hablamos de ti —las piezas parecían estar acomodándose en su cabeza—. Sabía que tú y yo nos comunicamos diariamente. Lo que quería, específicamente, era que te diera un mensaje en cuanto te viera.

De repente, las pulsaciones en mi pecho se transformaron en una taquicardia que crecía tanto como mis esperanzas de que los cuerpos no fueran cuerpos. Porque Lucrecia no daba puntada sin hilo y siempre me sorprendía. Siempre.

—¿Cuál era el mensaje?

—Dijo: *recuérdale a Mauro que prometió esperarme*. Me pareció extraño y le pedí que fuera más clara.

—¿Qué te respondió, Lucho? Dime sus palabras exactas…

—Dijo: *solo dile que me espere. Él lo entenderá*.

CAPÍTULO 4

UNA VIDA EN SUSPENSO

MIÉRCOLES, 21 DE ENERO DE 2015.
CIUDAD DE BUENOS AIRES.

Paseaba de un lado al otro de la oficina, desesperado porque me dejaran salir de una vez. Necesitaba mi teléfono. ¡Me habían sacado mi teléfono! Llevaba más de veinte minutos sin revisarlo. Temía que hubiera alguna novedad; una llamada, un mensaje o lo que fuera.

Detuve el paseo en cuanto el fiscal regresó.

—Siéntate, Mauro —me indicó.

—¿Vas a devolverme mi teléfono o no? Lo necesito. Es urgente.

—Siéntate —repitió, acomodando una pila de papeles sobre otra más grande. Su escritorio era un caos de proporciones.

El dueño del desastre se llamaba Juan María Muñoz y era el fiscal a cargo de la desaparición de Lucrecia y Alejo. "Desaparición", porque seguíamos sin novedades acerca de su paradero. El pobre hombre era tan desastroso como su oficina. Tenía el pelo parado en puntas y una barba descuidada que le cubría la mitad del rostro. No sabía hacerle el nudo a la corbata; le colgaba de lado y muy corta. Un desastre por donde se lo mirara. Pero fue un gran alivio saber que él se encargaría de la investigación. Era una persona que se comprometía con cada causa como si fuera única. Aunque los papeles diseminados siguieran acumulándose sobre su escritorio, el sujeto no descansaba.

Tomé asiento, con la esperanza de que luego me devolviera el teléfono celular y me dejara ir.

—Te estás perjudicando, Mauro —dijo, con una mirada compasiva.

—No estaba haciendo nada… ¡Ni siquiera me acerqué! Íbamos por el mismo camino, ¿acaso eso es un crimen? —me excusé.

—No seas necio. Con seguir a Lisandro, no vas a conseguir más que perjudicarte, hundirte un poco más. Hazme caso.

Me rechinaban los dientes cada vez que escuchaba su nombre. ¡Me provocaba náuseas!

Encontraron a Lisandro la madrugada del primero de enero. Estaba dormido en su auto, en el estacionamiento de un supermercado en el vecindario lejano y poco concurrido. El guardia de seguridad lo reconoció de inmediato y dio aviso a la policía. Todo el mundo lo buscaba; la noticia de lo sucedido en la casa de los Echagüe se había convertido en un circo. La prensa estaba eufórica.

En mi opinión, deberían haberlo encerrado en un pabellón carcelario lleno de violadores, usando un tutú rosa y una corona de flores… pero esa era mi opinión. Y mi opinión no contaba.

¿Qué hicieron, en cambio? Lo llevaron a una clínica elegante y lo aislaron para que se recuperara. Sí, ¡para que se recuperara! ¡No podía creerlo!

¿Lo encuentran bañado de pies a cabeza con la sangre de su esposa y le dan un analgésico y un pañuelo para que se limpie los mocos? ¡Quise romper todo! ¡Romperlo todo a él! ¡Hueso por hueso, hasta que no fuera más que una masa sin forma! Pero después de que Gómez me sedara con otro golpe en la nariz, Juan María me explicó que supuestamente estaba en estado de shock, que no podían extraerle una palabra de lo sucedido y que tenía un golpe en la cabeza que parecía de gravedad. Hasta que el médico no le diera el alta, no podían interrogarlo. *Al menos, lo tienen bajo custodia*, pensaba. Y me aferraba a eso para no volverme loco.

Lo que jamás anticipé fue lo que sucedería cuando saliera del supuesto estado de shock.

Salí de mi apartamento con la intención de ir a casa de Cecilia y me sorprendí con una turba de enardecidos periodistas en la puerta de mi edificio; gritaban preguntas que no comprendía. Diego, alertado tras haber escuchado la noticia por la radio, apareció de la nada y me sacó de allí.

Entonces, quien quedó en estado de shock fui yo.

Resultó que lo primero que dijo Lisandro cuando se recuperó fue: *investiguen a Mauro Acosta. Está obsesionado con mi esposa.*

No sabía si romperle la cara por malnacido o felicitarlo por la estrategia. Había encontrado la fórmula perfecta para que todos los ojos acusadores se posaran sobre mí. Aunque estaba convencido de que el crédito por tan brillante idea no era para él; adivinaba las garras de la arpía de Elena en todo el asunto. Después de todo, me había advertido que no me metiera con ella. Estaba convencido de que lo había orquestado todo. Lisandro era demasiado imbécil como para armar algo así.

El triángulo entre el esposo engañado, la esposa desaparecida y el custodio sospechado se transformó en la historia predilecta de la prensa sensacionalista. ¡Estaban enardecidos! Lisandro se mostraba afligido frente a todos, extremadamente preocupado por el incierto destino de su esposa y de su hijo, y yo tenía que esconderme como un criminal. Afortunadamente, Gómez me ofreció un lugar en su casa.

No podía ni asomar la nariz a la calle sin que me miraran de reojo. Los vecinos curiosos, que por años habían sido testigos y cómplices silenciosos del maltrato de Lisandro a Lucrecia, comenzaron a divulgar cientos de historias sobre nosotros. Algunas, debo admitir, eran ciertas.

Lo peor de todo era que el foco estaba puesto en descubrir si Lucrecia era una esposa infiel o no; pero de investigar su desaparición y la de Alejo, nada. De eso se ocupaba Juan María. Y, como en mi trabajo, él también tenía que considerar todas las alternativas. O a todos los sospechosos, en este caso.

Según la versión de Lisandro, había llegado a su casa pasado el mediodía. Mientras él y Lucrecia conversaban "amorosamente" sobre los preparativos para la cena de Año Nuevo, alguien entró por la puerta lateral y le dio un golpe en la cabeza, dejándolo fuera de juego. No llegó a verlo. Cuando despertó en su auto, cubierto de sangre, no tenía idea de qué hacía ahí o qué había sucedido en su casa. La historia sería creíble de no ser por la declaración de Ramiro, que lo había visto huir de la escena. Lisandro lo negaba a muerte. Era una palabra contra la otra, y las cámaras no servían para comprobar o refutar nada. Juan María manejaba la teoría de que los responsables del robo del pasado octubre habían regresado y que algo había salido mal.

Yo también di mi declaración. Una veintena de testigos me habían visto llegar a la casa luego de la llamada de Ramiro. No había tenido el tiempo suficiente para hacer lo que fuera que pasó en esa cocina y regresar poco después de la llamada de Ramiro. Creí que eso bastaría para que Juan María me descartara, pero hizo una pregunta que no esperaba: "El policía que intentó detenerte en la entrada declaró que tu ropa estaba húmeda, ¿por qué?". Tuve que responderle con la verdad: "Recién salía de la ducha". ¿Qué se vería más sospechoso que eso?

Como si mi situación no estuviera lo suficientemente complicada ya, a esa pregunta le siguieron otras más: "¿Tenías una relación con Lucrecia?" "¿Desde cuándo?". "¿Por qué te pidió que te fueras de su casa?" y la cereza del postre: "¿Estabas siguiéndola?".

Con cada respuesta me hundía más.

Traté de regresar el foco a Lisandro. Le hablé de su maltrato verbal, de los golpes, de las fotografías que el muy hijo de perra me había enviado. Las siguientes preguntas de Juan María terminaron de trastornarme: "¿Por qué no hiciste la denuncia?". "¿No sabes que las leyes cambiaron?". "¿Que cualquiera puede denunciar delitos de esta naturaleza?". "No es necesario que sea la víctima quien la radique para iniciar una investigación".

Me sepultó bajo toneladas de culpa. Juan María tenía razón; debería haberlo denunciado. Puede que no hubiera sido el culpable de lo sucedido en esa cocina, pero era responsable por haber callado. Por haber consentido en silencio el sufrimiento de Lucrecia. Por creer que era su decisión y que nada podía hacer al respecto. Me mentí a mí mismo, me callé por cobarde. Lucrecia era la víctima y todos los que sabíamos lo que sucedía en esa casa éramos culpables.

Lisandro y yo estábamos en la mira, pero había un tercer sospechoso: el jardinero.

En mi primer día en la casa de los Echagüe, Lucrecia me había dicho que iba un jardinero cada tres meses, para mantener las enredaderas del jardín. Lo comprobé, por supuesto. Tenía que saber la identidad de todos los que entraban y salían de la casa, por muy irrelevante que su presencia pareciera. En aquella oportunidad, fue ella misma quien me facilitó el número de teléfono de la empresa de mantenimiento. Llamé y pedí los datos del sujeto: su nombre era Atilio Villaverde.

Le ofrecí la información a Juan María y se comunicó para comprobar el dato. Entonces, el caso dio un giro que nadie esperaba.

El tal Atilio Villaverde no era la persona que Ramiro vio entrar a la casa los Echagüe. Atilio tenía cincuenta y nueve años de edad, era de baja estatura y algo entrado en kilos. El hombre que Ramiro había visto era un joven de entre treinta y treinta y cinco años, alto y en buena forma. Las descripciones no concordaban. Llevé personalmente a Ramiro a la empresa de mantenimiento y nos quedamos por horas en la puerta, viendo salir y entrar a cada uno de los empleados, a la espera de dar con el jardinero correcto. Pero el sujeto jamás apareció.

En la empresa juraban que no tenían un empleado con esas características.

No había cámaras que hubieran registrado su ingreso, ni vecinos curiosos que dieran cuenta de él. El jardinero había entrado temprano esa mañana, había hecho su trabajo y se había ido un rato antes de que Lisandro abandonara la casa en su auto. Según Ramiro.

Mi misión en la vida, después de dar con Lucrecia, era encontrar a ese jardinero. Mis energías estaban puestas allí, sobre todo luego de que Gómez me hubiera sugerido tomar una licencia. *Tómate una licencia o te despido*, fueron sus exactas palabras.

Con tanto tiempo libre, seguir a Lisandro era una tentación difícil de resistir. ¡Estaba seguro de que cometería un error! ¡Pronto! Y quería estar allí cuando eso sucediera.

Pero el muy cobarde me había visto y enseguida le dio aviso a Juan María.

—Juro que no lo estaba siguiendo —mentí—. Deberías preguntarte por qué está tan paranoico, ¿no crees? ¿Vas a devolverme mi teléfono o no? —insistí, con una mano extendida para enfatizar la urgencia.

Con una mueca de fastidio, Juan María lo sacó del bolsillo de su arrugadísimo pantalón y lo depositó sobre mi mano.

—Estás de suerte. No presentará ninguna denuncia en tu contra.

—Por supuesto que no lo hará, porque quiere atenerse al personaje que se armó, al del "esposo sufriente por la desaparición de su esposa y de su hijo". A mí no me engaña con eso, Juan María —guardé el teléfono celular en mi bolsillo antes de ponerme de pie—. Debo irme. Cualquier novedad…

—Sí, lo sé. Te haré saber si surge algo. Vete, Mauro. Y trata de dormir un poco. Te ves terrible.

382

* * *

Escuché el sermón diario de Cecilia mientras hacía girar entre mis dedos el cigarrillo de la suerte. Para ser franco, no me estaba dando demasiada suerte que digamos.

—¿Me estás escuchando? —preguntó, ofendida.

—Sí —mentí, apoyándome en el respaldar de la silla.

—¿Qué estaba diciendo?

—Seguramente, lo mismo de siempre.

—¿Lo ves? No me escuchas —se cruzó de brazos—. Mauro, no puedes continuar así. Entiendo tu necesidad de saber lo que pasó, pero tienes una vida. No puedes descuidarla así. Tus sobrinos te extrañan, tu hermano y yo también. Estás ausente y me asustas.

Tenía razón. Cecilia tenía razón. Pero ella no comprendía. ¡Nadie comprendía!

—Tienes razón, Ceci —inspiré profundo en búsqueda de aire. Últimamente, hasta respirar era un suplicio—. Pensaba lo mismo que tú, ¿sabes? Veía las noticias en la televisión y sí, me indignaba. Pero estas cosas ocurren a diario y uno empieza a perder la capacidad de asombro. Una madre o un padre que pierden a su hija, hijos que pierden a su madre, amigos que pierden a una amiga. Sucede cada treinta y dos horas en nuestro país… Pensaba lo mismo que tú, que tenían que seguir adelante, que había una vida que no debían descuidar. Creí que comprendía su dolor. Pero no. Vivirlo en carne propia es otra cosa, Ceci. No quiero saber qué pasó, necesito saberlo. Y lamento si te molesta verme así, pero si no recupero esta parte de mi historia, tampoco voy a poder recuperar mi vida.

Cecilia me miró con ojos cargados de lágrimas comprendiendo que, hasta que hasta que Lucrecia y a Alejo no aparecieran, mi vida seguiría en suspenso.

* * *

Después del sermón, de los abrazos y las lágrimas, aproveché lo que quedaba de la tarde para pasar tiempo con mis sobrinos. Era lo único que me distraía. Clara tenía dos mechitas rojas esta semana; Lucrecia le había enseñado a hacer eso. Lucrecia estaba, pero no estaba.

Me senté a su lado en la cama y me apoyé en la pared. Con Maxi me divertía, pero Clara era mi preferida. Hombro con hombro, nos quedamos en silencio por un largo rato.

—Se me están acabando las ideas, Clarita —confesé.

Tan dulce como siempre, apoyó su cabeza en mi hombro.

—¿A ti no se te ocurre nada? —pregunté, ansiando que alguien o algo me diera una esperanza. Por mínima que fuera.

—¿Para encontrar a Lucre?

—Sí.

—Pues, no sé —enroscó un mechón de cabello en su dedo. Insisto;

Lucrecia estaba, pero no estaba–. Cuando quiero encontrar pistas sobre alguien, espío en su muro de Facebook.

–Es buena idea –admití–. Pero Lucrecia no tiene perfil de Facebook.

–Qué lástima –suspiró.

–Sí, es una lástima.

Volvimos a quedarnos en silencio por unos minutos.

–¿A quién estás espiándole el muro de Facebook? –pregunté, sin poder creer que mi sobrinita estuviera creciendo.

No se atrevió a responderme, pero sonrió. Me pregunté si yo podría volver a hacer eso, sonreír. Tenía la esperanza de que sí. Aunque, por el momento, mi vida estaba en suspenso.

CAPÍTULO 5

CLARA

Dos meses. Dos meses y ni una novedad. Revisaba el teléfono muy poco, por miedo. Miedo a que la novedad finalmente llegara. Era imposible que no hubiera intentado comunicarse en dos meses. La conocía; no sería tan cruel. Lucrecia sabía que su silencio me destrozaría.

Su silencio me estaba destrozando.

Lo más triste de todo era que, a pesar del dolor, se podía seguir adelante. Eso me angustiaba. Me sentía como un traidor porque quería estar bien, ¡de una vez por todas! Quería dormir bien, comer bien, volver a sonreír. Pero sentía que si me permitía todas esas cosas estaría traicionándola. Sería como dar la espalda a mis sentimientos por Lucrecia.

No quería admitirlo en voz alta, pero empezaba a asimilar la posibilidad de no volver a verlos. A cualquiera que preguntaba le decía que no me rendiría hasta encontrarlos; a mí mismo me decía que era momento de empezar el duelo. Me di un plazo, para no perder la cordura; mi licencia de tres meses. Si no había novedad hasta entonces, abrazaría su recuerdo y el de Alejo como el sueño más feliz de mi vida y luego los dejaría ir. Porque si no lo hacía, continuaría en estado de permanente ausencia.

Los periodistas se habían calmado, los chismes de los vecinos también. Otras historias surgieron, otros chismes; el mundo seguía girando.

Cecilia y los niños acompañaban en un respetuoso silencio. Diego, Sergio y Ramiro volvieron a las reuniones de los sábados, pero ya no jugaban a las cartas. Les faltaba un jugador; yo todavía no me sentía con ánimos de acompañarlos. Lisandro permitía que Sofía llenara el espacio que Lucrecia había dejado en la casa, y ya no tenía reparos en mostrarla. Yo rogaba que Sofía no ocupara "todos" los espacios que Lucrecia había dejado. Vivía aterrorizado de que pudiera lastimar a su nueva novia. Luciano era de los que no bajaba los brazos; continuaba en "fase desesperada". Yo respetaba su entereza; la envidiaba, en realidad.

Como Gómez tampoco se había rendido, bajo amenaza de despido, como era su costumbre, me obligaba a ir a la oficina a tomar un café cada mañana. Fingía que tenía algún caso importante que discutir, pero yo sabía que no se rendía… conmigo.

—Este café de máquina sabe cada vez peor —se quejó, arrugando el vaso de cartón y arrojándolo a la papelera. Falló el tiro.

—Deberías dejar de tomar tanto café. No le hace bien a tu úlcera, Pablo —hice girar el cigarrillo de la suerte entre los dedos. Lo había conservado como si se tratara de un talismán.

El comentario sobre el café fue azaroso, pero quería mantenerme hablando y se le agotaban los temas. Ya habíamos pasado por el clima, el fútbol y los nuevos senos de la recepcionista. Pero había un tema que yo sí quería tocar.

–¿Alguna novedad de Fusco?

–Ni una, muchacho –Pablo se acomodó el bigote, pensativo. Ambos sabíamos que había algo extraño, y muy sospechoso, en su repentino desinterés por el caso–. No da señales de vida.

–¿No te parece extraño? ¿Tanta dedicación al caso para luego desaparecer así?

–Bueno, Lucrecia no aparece. Y era su principal sospechosa.

Era..., repetí a mi fuero interno. Por más que quisiera ocultarlo, Pablo también perdía las esperanzas. Para él, Lucrecia *era*.

–Todavía queda un sospechoso. Santiago se suicidó y Lucrecia no aparece, pero ¿qué sucede con Lisandro? ¿Acaso no era sospechoso?

–No voy a mentirte, aquí hay algo que huele mal y creo que es el trasero de Fusco.

Sí. Coincidíamos.

–¿Tienes un cigarrillo, muchacho? –preguntó. El de la suerte era el único que tenía a la mano. Lo miré con nostalgia.

–Sí... –finalmente se lo entregué–. Aquí tienes.

–Gracias. ¿Sabes qué es lo que pienso del documento aquel?

–Si piensas que el nombre de Fusco está en ese documento, entonces la respuesta es sí. Pensamos igual.

–Maldita sea –se reclinó en el asiento–. Yo creo que...

Lo que fuera que Pablo estuviera por decir fue interrumpido por el sonido de mi teléfono celular. Al ver el nombre de Luciano en la pantalla, creí que vomitaría el café sobre el escritorio de mi jefe. Había novedades.

–Diga.

–Mauro, ven a casa de Lucrecia. ¡Ahora!

–¿Los encontraron? –pregunté con voz temblorosa.

–¡No! ¿Estás loco? Te hubieras enterado antes que yo, si así fuera...

—Entonces, ¿qué es lo que pasa?

—Mis múltiples habilidades conversacionales y mi encanto personal nos consiguieron algo que los dos…

—¡Lucho, habla de una vez!

—¡Qué poca paciencia! —se quejó—. La vecina de la otra cuadra tiene una cámara de seguridad de última generación. Graba todo. ¡Todo he dicho!

Me levanté de la silla de un salto.

—No me digas que…

—Sí, te lo digo. Tiene una grabación del jardinero pasando frente a la casa. Voy a verla ahora mismo. ¿Vienes o qué?

—Voy en camino.

Corté la llamada y le arrebaté el cigarrillo de la mano a Gómez justo antes de que lo encendiera.

—¡¿Qué haces?! —preguntó, sorprendido.

—Lo siento, pero necesitaré un poco de suerte hoy. Luego, te explico.

* * *

Detuve el motor frente a la casa de Lucrecia.

—¡Te dije que iba a conseguir algo! —exclamó al verme bajar, haciendo gala de su característico entusiasmo. Seguía siendo él, a pesar del dolor, y lo respetaba mucho por no haberse perdido en toda esta locura.

—Siempre supe que lo ibas a hacer —mentí.

—Buenos, vamos para allá…

Caminamos una cuadra y media hasta la casa de la vecina gruñona, la que siempre se molestaba cuando bloqueaban su entrada, aunque no tuviera un auto en su garaje. Era una mujer insoportable. No quería siquiera imaginar lo que Lucho había tenido que hacer para conseguir ese video.

—Tú quédate calladito, ¿de acuerdo? Amanda es una mujer... especial —me advirtió.

—Sí, vaya que lo es.

Tocó el timbre y, bastante rato después, Amanda abrió la puerta. Estaba vestida como si fuera a una fiesta de gala y un gato colgaba de su brazo. *¡¿Un gato?!* Di un paso atrás, instintivamente. No es que tuviera miedo a los gatos, ¡me daban pánico! El animal y yo nos medimos con la mirada. Si me lo acercaba un centímetro más, iba a salir corriendo en la dirección contraria. *Las cosas que hago por ti, Lucrecia...* pensé.

—¡Amanda! ¡Y yo que pensé que no podías estar más hermosa esta mañana! ¡Qué elegancia! —Lucho se acercó a besar la arrugada mejilla de la mujer y el gato asomó las zarpas, lo juro. Era un gato flaco y feo. Todos eran feos, pero este era peor.

—¡Lucianito! Siempre tan galante —pellizcó su mejilla.

—Él es Mauro Acosta. Mauro, ella es mi querida Amanda —señaló a la mujer y ella se acercó con la intención de saludarme. Me quedé estático y cerré los ojos... para que el gato no me comiera. Cuando los abrí, Luciano me miraba de costado.

—Pasen, queridos. Los estaba esperando —nos indicó la entrada y me apreté contra la pared al pasar a su lado.

—¿Qué estás haciendo? —me preguntó Luciano, entre dientes y bajando la voz.

—No me dijiste que tenía un gato —respondí.

—¿Estás de broma?

—No. Los gatos son traicioneros, ¿no lo sabías?

No me contestó, por supuesto. Siguió adulando a la vecina gruñona hasta que llegamos a una sala de cámaras que se veía bastante profesional. Al parecer, Amanda y su gato del demonio tenían un pasatiempo.

—Dejé preparado el video que me pediste, querido. Con este botón adelantas y con este, retrocedes. Iré por unas galletas para acompañar el té.

Amanda se fue, el gato se fue con ella, y solo entonces respiré más tranquilo.

—No puedo creer que le temas a los gatos. ¡Me burlaré de ti por toda la eternidad, lo juro! —se rio en mi cara, como si mi fobia fuera un chiste. ¿Acaso no sabía que se trataba de una enfermedad?—. Mañana conseguiré uno. A Alejo le encantará.

Lucho tendía a hacer eso, cada vez más con más frecuencia. Hablaba como si estuviéramos a punto de dar con ellos, tenía esperanzas. Sentí envidia.

—Veamos qué piensas de este sujeto.

Nos acercamos cuando el video empezó a correr. Estaba en blanco y negro, pero la imagen era bastante nítida. El sujeto se bajó de una camioneta Ford F100, blanca; apunté la matrícula en mi teléfono. Su rostro no era distinguible, pero se veía definitivamente joven. Treinta años, como mucho. Usaba una gorra oscura, tal vez de color café. Una camisa clara, arremangada hasta los codos. Alto. Como un metro ochenta, quizás.

—¿Y? —preguntó Lucho, expectante. Ya había visto el video y esperaba mi veredicto.

—No tengo ni la más mínima idea de quién puede ser. No lo vi en mi vida —me lamenté—. Pero tengo alguien que puede averiguar los datos de la matrícula.

—Es mejor que nada, entonces.

—Lo es.

Adelantamos y retrocedimos el video varias veces, tratando de encontrar algo más, lo que fuera. De repente, la vi. La vimos.

—Es ella —dijo Lucho, con la voz un poco quebrada. Yo no podía hablar. Me limité a beberme su carita de ensueño con la mirada. Cruzaba la calle unos veinte minutos antes de la llegada del jardinero. Se veía muy bien. El cabello suelto bailaba sobre su espalda, acompañando su andar. Era tan hermosa que quitaba el aliento.

—¿A dónde iba? —preguntó Lucho.

—A la tienda —respondí—. Está a unos metros, pero no entra en la imagen.

—Se ve normal, ¿no es cierto?

—Sí —tenía un nudo en la garganta.

Desapareció de la imagen unos tres minutos, hasta que regresó y volvió a cruzar la calle.

—Lleva algo en la mano, ¿qué es?

—Un Philip Box —respondí.

—Pero ella no fuma…

—Era para mí —suspiré. Mi diosa iba a entregarme un mensaje que nunca llegó. *Suerte, Mauro.*

—¿Encontraron lo que necesitaban? —preguntó Amanda, regresando con su gato del demonio.

—Sí, lo encontramos —dije convencido.

El ultra avanzado sistema de cámaras de Amanda permitía copiar y enviar videos al celular, ¡qué miedo me daba esa mujer!, así es que lo teníamos. Teníamos su cara y teníamos el número de su matrícula. Estábamos a punto de dar con el tercer sospechoso.

Me sentía un poco más animado luego de nuestro primer avance en dos meses sin ninguna novedad. Fui a casa de Cecilia para estar un rato con mis sobrinos. Jugué a la pelota con Maxi, tomé unos mates con Ceci y me dirigí hacia la habitación de Clarita. Andaba en algo extraño porque no me había prestado atención en toda la tarde. Lo confieso, su actitud me daba curiosidad. La expresión en su rostro me anticipaba que pronto llegaría un adolescente lleno de acné listo para enamorarla.

Empujé la puerta, apenas, y la descubrí sentada en su cama. Tenía un libro abierto sobre las piernas y marcaba palabras con un resaltador rosa.

–¿Qué haces? –empujé la puerta y se sobresaltó–. ¡Ajá, te atrapé! ¿Qué es?

–Nada –cerró el libro de un golpe y lo ocultó a sus espaldas.

–Solías contármelo todo… –estuve a punto de lloriquear para hacerla confesar–. ¿Ya no confías en mí?

Me senté sobre su cama y apoyé la espalda en la pared. Ella hizo lo mismo.

–Claro que confío en ti. Sabes que te quiero –sonrió una sonrisa pícara y enamoradiza–. Recibo mensajes ocultos de un chico. Y también los envío.

–¿Quién es? ¿Lo conozco?

–No, no lo conoces… ¡Pero me gusta mucho! Se llama Lucio y está en quinto año.

–¿En quinto, Clarita? Es muy viejo para ti –me aterraba pensar en lo que quería un chico de diecisiete-dieciocho años con mi sobrinita del alma. Es decir, sabía lo que quería. Yo también había sido adolescente.

–¡No exageres!

—De acuerdo, cuéntame. Quiero saberlo todo. ¿Qué es eso de los "mensajes ocultos"? ¿Ya pasaron de moda los celulares?

—No, pero esto es más divertido —tomó el libro y lo abrió sobre sus piernas—. Es así… este es el libro de historia de Lucio. Él me lo prestó. Para mandarle un mensaje, marco las palabras que quiero decirle y luego él las reúne en una frase. ¿No es superromántico? —dijo con una sonrisa.

—Me parecen más prácticos los mensajes de texto, pero si tú prefieres esto…

—¡Sí, me encanta! Le da magia a todo.

—*Magia* —repetí—. Está asustándome el tal Lucio. ¡Las ocurrencias que tiene!

—¡No! —sonrió y echó la cabeza hacia atrás. Estaba perdidamente enamorada, era obvio—. No fue idea de Lucio. Fue mía. En realidad, Lucre me enseñó a hacerlo. Así se enviaba mensajes con sus amigos cuando iba a la escuela.

De inmediato, mi corazón dio un brinco. *No olvides nada*, me parecía escucharla decir.

¡Por supuesto! ¡CRÓNICA DE UNA MUERTE ANUNCIADA!

CAPÍTULO 6

DOBLE DE RIESGO

SÁBADO, 28 DE FEBRERO DE 2015.
CIUDAD DE BUENOS AIRES.

No fui capaz de pegar un ojo en toda la noche. ¿Cómo podría? ¡Siempre me sorprendía! Recordé cada una de las veces en que la encontré con ese libro en la mano, sin comprender por qué insistía tanto en leerlo. Otro mensaje, otra pieza del rompecabezas. Se las arregló para dejarme pistas que indicaban el camino. Un mapa de ruta.

Espérame.

¿Por cuánto tiempo lo había planeado? ¿Cuántas noches había cerrado los ojos pensando en que algún día los abriría a otra vida? ¿En qué momento había decidido que yo formaría parte de esa vida?

El libro, el cigarrillo de la suerte, la llamada a Luciano, ¿qué más? ¿Qué otra pista había dejado justo frente a mis ojos?

Era imposible no tener esperanzas, no pensarla tendida en alguna playa de arenas blancas, con un trago en la mano y ese bendito bikini azul, riéndose de todo y de todos. Pero enseguida recordaba el estado de la cocina, la "escena del crimen", y mis esperanzas se agrietaban. ¿Y si algo hubiera salido mal? Repasaba las palabras de Fusco y me daba escalofríos: "La inteligencia no le sirve para nada contra un sujeto como Lisandro". Si se trataba de fuerza, una mujer jamás ganaría contra un hombre, menos contra uno como Lisandro. Comenzaba a pensar que el jardinero no era un sospechoso, sino un cómplice, una de las cruces rojas que Fusco jamás había podido dotar de nombres. Contaba con que la hubiera ayudado a escapar.

Me había hablado con la verdad, siempre. Solo que la verdad estaba oculta tras un velo que yo descorrería. Si quería dar con Lucrecia, tenía que encontrar a ese hombre. Y tenía que recuperar ese libro, a como diera lugar.

Apremiaba hacer un par de llamadas.

—Mauro, estoy muy ocupado. ¿Qué necesitas? —dijo Juan María.

—En realidad, tú me necesitas.

—¿Para qué?

—Tengo la matrícula del vehículo que maneja el jardinero. ¿La quieres?

—¡¿Bromeas?! —su entusiasmo por poco me deja sordo—. ¿Cómo la conseguiste?

—Se dice el pecado, no el pecador. Voy a enviarte un texto con los mensajes y la copia de un video. Apenas tengas un resultado…

—Lo sé, Mauro. Serás el primero en enterarte. Te prometí que los encontraríamos y voy a cumplir.

Primera llamada, hecha. Luego…

—¿Qué ocurre? —preguntó Diego.

—Necesito un cómplice.

—Ay, Mauro… Ahora, ¿qué piensas hacer?

* * *

Cuando dejé el trabajo en casa de los Echagüe, le devolví mi juego de llaves a Gómez; no sin antes hacer una copia, solo por si acaso. Tenía las llaves, sabía el código genérico de seguridad de la alarma y conocía al vigilante que estaría esa noche en la caseta. Se llamaba Pedro y no había café que lo mantuviera despierto.

Dimos un par de vueltas en el auto, esperando el momento justo para entrar sin ser detectados. Cerca de las dos de la madrugada, le pedí a Diego que se detuviera.

–¿Estás seguro de esto, Mauro? ¿Por qué no acudes al fiscal? ¿No puede pedir una orden para revisar la casa o algo por el estilo?

Mi hermano era mucho más prudente que yo, pero no podía involucrar a Juan María. No sin antes averiguar qué mensaje escondía ese libro.

–Me tomará cinco minutos –aseguré–. Si ves o escuchas algo extraño, toca el claxon.

–¿Y si te atrapan? –Diego me detuvo.

–Supongo que pasaré una noche encerrado –sonreí y apoyé una mano en su hombro–. Bien sabes que no sería la primera vez.

Ninguno de los dos olvidaría esa experiencia. Fue la que nos condujo hasta ese momento, en el que Diego era la única persona en quien confiaba ciegamente.

Me bajé del vehículo y crucé la calle sin prisas, para no levantar sospechas. Tenía cinco minutos, ni uno más; porque si los que monitoreaban las cámaras de la entrada me vieran, era el tiempo que les llevaría dar aviso al 911. Pasaría una noche encerrado, pero no me importaba. Mi prioridad era recuperar ese libro.

Miré a ambos lados de la acera. No había moros en la costa. Usé la llave para abrir la reja y acompañé la apertura para que no rechinara. Tenía que usar la puerta del frente; luego de entrar, contaba con una brecha de solo treinta segundos para marcar el código genérico antes de que la alarma silenciosa se activara.

Fue muy sencillo.

Una vez dentro, mis ojos se adaptaron enseguida a la tenue luz que ingresaba desde el exterior. Estaba todo igual, pero me sorprendió lo diferente que se sentía. Era obvio que Lucrecia ya no estaba allí. La casa olía diferente... más aséptica, menos cálida. Extrañé el rastro de vainilla y coco que dejaba a su paso.

Subí las escaleras y fui directo hacia su habitación. La puerta estaba entreabierta. Alcancé a verlo, dormido como un muerto y con un brazo colgando del borde de la cama. Hacía un frío de locos allí dentro.

Era mejor para él si no despertaba. Y para mí.

Regresé unos pasos e ingresé al despacho. Sabía que su carita de ensueño estaría mirándome desde las fotografías. Estuve tentado de llevarme una, pero no podía hacerlo. Lisandro no notaría la ausencia de un libro, pero sí la de una fotografía de "lo más importante que tenía en la vida". Hijo de perra. Usé la luz del celular para buscar en la biblioteca. No era un libro muy grande, no tendría más de cien o ciento cincuenta páginas. Cuando di con la cubierta amarilla, sentí un cosquilleo en el estómago. Y también una mirada en la nuca. Esa particular incomodidad que te hace saber que no estás solo y que, definitivamente, pasaría una noche encerrado. *Maldita mi suerte.*

Inspiré profundo y luego me di vuelta, listo para dormir a Echagüe de un golpe en el centro de la cara. Cuando la vi, por poco me desmayo. Literalmente. Su cabello suelto caía sobre un camisón de seda blanco.

—¿Lucrecia? —no salía de mi asombro.

¡Era ella! Era ella… ¿O no?

Me acerqué un poco más, temblando como una hoja, y alcé la luz del teléfono celular para verla mejor. Parecía un cadáver ambulante. No pestañeaba, ni siquiera parecía estar respirando.

—¿Sofía? —era la doble de riesgo de Lucrecia. Le hablé en voz baja, temiendo que Lisandro nos escuchara—. Sofía… —volví a hablarle.

Antes de que pudiera hacer algo, me sorprendió con un abrazo tan apretado que faltó poco para que termináramos en el suelo. Temblaba. Todo su cuerpo temblaba.

398

—Sácame de aquí, te lo suplico.

Me partía el alma. Me partía el alma y quería partirle el alma a Lisandro. Reducirlo a un millón de pedacitos, juntarlos y despedirlos por el retrete como la mierda que era. Pero, primero, tenía que sacar a esa mujer de allí.

Le indiqué que hiciera silencio antes de enrollar el libro y guardarlo en mi bolsillo. Tomé a Sofía de la mano y bajamos las escaleras en absoluto silencio. Cuando llegamos a la puerta, me di cuenta de que sacar a una chica en camisón en medio de la noche seguramente llamaría la atención.

—No puedes salir así —susurré.

—No importa.

Sus ojos estaban llenos de lágrimas y temblaba tanto que temía que de un momento a otro se pusiera a suplicar a los gritos. ¡Que me encerraran de por vida! No la dejaría en ese infierno.

—Vamos, deprisa.

Hicimos el camino inverso y en unos minutos estuvimos afuera. Cerré la reja con llave, con Sofía sujeta a mi espalda como si fuera una mochila. Estaba aterrada. Me pregunté cuántas veces Lucrecia había sentido ese terror. ¡Ojalá me hubiera pedido que la sacara de allí! Lo hubiera hecho sin dudar un segundo.

A Diego casi se le cae la mandíbula al ver a Sofía conmigo. Le abrí la puerta del asiento trasero y prácticamente se arrojó de cabeza hacia adentro.

–¿Qué haces? ¿Quién es ella? –preguntó, mirando hacia todos lados mientras emprendíamos la huida–. ¿La estamos secuestrando?

–¡No seas idiota! Sofía, él es Diego. Diego, ella es Sofía. Es… bueno, es la secretaria de Lisandro –me di vuelta para tomar la mano de Sofía; la muchacha no dejaba de temblar–. Estarás bien.

–Gracias –dijo con voz pequeña.

* * *

Sofía no quería volver a casa de sus padres en las condiciones en las que estaba. Creo que nunca había visto a una persona así de alterada; no quería siquiera imaginar lo que había pasado entre Lisandro y ella. Diego se ofreció, muy amablemente, a que se quedara en su casa hasta que estuviera lista para regresar. Incluso le dio ropa de Cecilia, que a veces se quedaba a dormir allí.

Con Sofía sana y salva, era libre de regresar a mi apartamento y descifrar el mensaje oculto en el libro. Al llegar, encendí todas las luces y me senté en el sofá.

–Okey, Lucrecia… Aquí estoy. Háblame.

Abrí el libro y pasé hoja por hoja, sin detenerme a leer las palabras, solo buscando alguna marca. Lucrecia había sostenido ese libro en sus manos, muchas veces, y eso ya me hacía sentir más cerca de ella. Con cada hoja que pasaba, mi desesperación aumentaba. Comencé a pensar que quizás fuera una locura. ¿Era posible que le hubiera enseñado el truco a Clarita para darme un mensaje? ¿O era yo quien quería ver mensajes donde no los había? Puede que todo fuera una ilusión, fruto de mi necesidad de seguir aferrado a…

Mi monólogo interno se detuvo al encontrar unas líneas subrayadas con un resaltador rosa. Por poco me infarto. Estaba tan agitado que me costaba enfocar la vista para leer la frase. Inspiré profundo, traté de bajar mi nivel de ansiedad, y leí.

Y leí, otra vez.

Y luego, otra.

–Tiene que ser una broma… –murmuré en la soledad de mi casa.

Dejé el libro sobre el sofá y tanteé mis bolsillos hasta dar con el celular. Marqué, con una mano inusualmente temblorosa, y aguardé.

–Responde, responde, responde… –me repetía, con los ojos cerrados y las esperanzas renovadas.

–Diga.

–¡Qué alivio! –exclamé, soltando todo el aire contenido.

–¿Qué es lo quieres, tío? –preguntó, con voz adormilada.

–Necesito tu ayuda, Clarita.

–¿Ahora?

–¡Sí, ahora!

–Tío… son las… tres y media de la madrugada. ¿No podrías llamar en un horario normal?

–Ups –miré mi reloj y, efectivamente, mis horarios estaban invertidos otra vez–. Lo siento, Clarita. ¿Me llamas apenas despiertes?

–Okey. Adiós.

Arranqué la página con el mensaje de Lucrecia y lo guardé en mi bolsillo, para no cargar con el libro a todas partes. No creí que le molestara porque, a fin de cuentas, el libro no le gustaba. Cuando volviera a verla, le compraría uno que de verdad quisiera leer.

CAPÍTULO 7

DÍA DE SUERTE

Paseaba de un lado al otro, leyendo y releyendo el mensaje, gastando el tiempo. El vecino de la casa de enfrente ya había salido a instalarse en la acera, seguramente, preocupado por mi errático merodeo. Pero ¡si él supiera! ¡Sostenía en mi mano la última pista en un trozo de papel! Y, ¿cuándo iba a levantarse Clarita? ¿Tanto sueño tenía?

Mi teléfono amagó un sonido y tomé la llamada deprisa.

—¡Al fin, niña!

—Okey, tómalo con calma… ¡Es domingo! La gente normal duerme hasta tarde los domingos —me informó, de mala gana.

—Sí, sí. Como sea, ¿estás lista? —pregunté, impaciente.

—Sí… ven cuando quieras.

—De acuerdo, estoy en la puerta. Ahora entro.

—¿¡Estás aquí?!

Corté la llamada y usé mi llave para entrar. La cocina estaba desierta, pero, segundos después, Clarita apareció entre bostezos. Tenía los ojos hinchados y el cabello revuelto.

—Es muy temprano, tío. ¿Qué hice para que me castigues así? —reclamó, tan adolescente como siempre. Se le cerraban los ojos.

—No exageres, Clarita. Son las… —consulté el reloj. Ay. ¿Las siete de la mañana? –. De acuerdo, lo siento. Es demasiado temprano, pero no puedo esperar. Necesito tu ayuda. Es muy importante.

Se reacomodó en la silla, un poco más despierta.

—Te preparo el desayuno, si quieres —le ofrecí a modo de tregua.

—¡Ni lo pienses! La última vez que intentaste prepararme el desayuno estuve una semana con indigestión.

—¡No fue el desayuno! Bueno, olvídalo. ¿Me ayudarás, entonces?

—Como si tuviera alternativa… —respondió.

—De acuerdo. Vamos a tu habitación, necesitarás la computadora.

Clarita fue regresando a la vida tan lentamente como esa computadora monstruosa y rebosante de cables que tenía sobre su escritorio. No entendía su resistencia a cambiarla.

—A ver, dime qué es eso tan importante.

—Necesito que espíes perfiles de Facebook.

—¿De veras? ¡Me encanta! ¿Cómo una investigadora privada o algo así? —expresó con entusiasmo.

—Algo así, exacto. Sabía que te gustaría la idea.

—¿Y de quiénes?

—Ese es el problema... Primero, tienes que encontrar en la red la lista de los graduados de Colegio Manuel Belgrano, del año 2006. La promoción de Lucrecia.

—¿La "promo" de Lucre? ¿Para qué? —preguntó intrigada.

Lo pensé por un momento, porque el mensaje era para mí y no estaba seguro de que fuera prudente compartirlo con una adolescente. Pero enseguida descubrí que todavía tenía algunos mechones de color rojo en el cabello. Lucrecia le había enseñado eso. También le había contado acerca de los "mensajes ocultos". Si ella había confiado en Clarita, yo también podía hacerlo.

—¿Recuerdas eso que me contaste? ¿Acerca de los mensajes que compartes con Lucio?

Asintió, enérgicamente, totalmente alerta.

—Bien. Lucrecia me dejó un mensaje así.

Sus ojos y su boca se abrieron al mismo tiempo.

—Pero ¿cómo puede ser? —dijo, sorprendida—. ¿No se supone que está...? ¿Desaparecida?

—Clarita... Seré completamente honesto contigo y necesito que esto quede entre nosotros. No puedes contárselo a nadie, bajo ninguna circunstancia. ¿Comprendes? Te pido absoluta reserva.

Se hizo la señal de la cruz con los dedos sobre la boca. Eso era suficiente para que confiara en que no diría nada.

—Estoy casi seguro de que Lucrecia y Alejo están vivos. Ella me dejó algunas señales, pistas. Sabes que su situación familiar es complicada y, prefiero no entrar en detalles que no comprenderías, pero creo que encontró la forma de escapar.

—¿Lo dices en serio? —se puso una mano en el pecho. Sus esperanzas también crecían con las mías.

—No nos hagamos ilusiones, Clarita. Es una posibilidad, nada más... Lucrecia tenía un libro con ella, todo el tiempo, y fui a buscarlo.

—¿Te metiste en su casa? —preguntó, horrorizada.

—Dije que no entraría en detalles —le recordé.

—¡De acuerdo! ¿Y el mensaje? ¿Qué dice?

Saqué la página del libro y se la entregué. Tomó los lentes que estaban sobre su escritorio y se los colocó antes de leer en voz alta.

—"He tenido que repetir esto muchas veces, pues los cuatro habíamos crecido juntos en la escuela y luego en la misma pandilla de vacaciones, y nadie podía creer que tuviéramos un secreto sin compartir, y menos un secreto tan grande" –leyó en voz alta. Yo ya me conocía las líneas de memoria–. ¿Y qué significa esto? Pensé que te había dejado algo más... pues, no sé, ¿romántico?

–Ya no somos adolescentes, Clarita. Y, francamente, si al final resulta que está viva y me espera en algún sitio, esta es la mejor carta de amor que recibí en mi vida.

–¡Qué ternura! –sonrió. Sí, era muy adolescente.

–Préstame atención, ¿quieres? Busca el listado de alumnos de esa promoción y espía sus publicaciones en Facebook. Las de 2006 son las que nos interesan. Lucrecia no tiene un perfil, pero estoy seguro de que puede aparecer en alguna fotografía junto a sus amigos.

–¿Qué buscamos exactamente? –preguntó, seria. Estaba totalmente comprometida con el asunto.

–Buscamos a Lucrecia con tres personas.

–¿Chicos o chicas?

–No tengo idea, pero tienen que ser cuatro. Como dice el mensaje: "Los cuatro habíamos crecido juntos en la escuela". Cuando encuentres algo, me avisas de inmediato. ¿Puedes hacerlo? Mientras tanto, iré a reunirme con Luciano.

–¡Claro que puedo! Empezaré ahora mismo.

–Clarita, muchísimas gracias. No sé cómo voy a hacer para pagarte por esto –le estampé un ruidoso beso en la mejilla.

–Pues, yo sí sé cómo puedes –sonrió ampliamente–. Págame con dinero. ¿Cuánto tienes contigo?

* * *

Cuando nos encontramos, Lucho estaba tanto o más excitado que el día anterior. Eso de la simpatía como modo de persuasión le funcionaba de mil maravillas. O, al menos, esperaba que fuera así, porque si nos pedían dinero por el video de seguridad estábamos perdidos. Clarita me había vaciado los bolsillos.

—Tú quédate…

—Sí, ya lo sé. Calladito —me crucé de brazos.

Caminamos hasta una joyería que estaba a dos cuadras de la casa de Lucrecia, pero exactamente en el trayecto que deberían haber tomado tanto el jardinero como Lisandro. El sujeto que nos recibió no estaba tan dispuesto como la vecina gruñona, pero luego de unos chistes de Luciano estaba invitándonos a comer algún fin de semana. Nos dejó manipular los videos a gusto.

—¡Ahí está el jardinero! —dijo Lucho, apuntando a la camioneta blanca que, tal y como Ramiro había declarado, pasaba frente a la cámara una media hora antes de que Lisandro huyera en su coche.

Media hora era una eternidad de tiempo. Lisandro podría haber matado a veinte mujeres en ese lapso.

—Ese es el auto de mi hermano —Lucho señaló el recorrido del auto de Lisandro—. Pero, ese no es mi hermano —dijo, en un sorpresivo giro.

—¿Qué? —pregunté, confundido—. ¿Estás seguro?

—¡Te digo que ese no es Lisandro, Mauro! ¡Se trata de mi hermano! Lo reconocería hasta con los ojos cerrados… regresa la grabación, ¡regrésala! ¿Se puede ampliar la imagen? ¡Apresúrate, Mauro!

—¡Espera! ¡Me pones nervioso!

Peleamos para manipular los botones y por fin dimos con la forma de ampliar.

—Ese no es Lisandro —repitió, Lucho—. No es él. Espera. ¿Ese no es…?

—Es el jardinero —completé por él.

—Pero ¡no entiendo nada! ¡Usa la camisa de Lisandro, el auto de Lisandro! ¿Por qué? Era Lisandro a quien encontraron en el auto.

Estaba tan desconcertado como Lucho, pero, cuando el celular anunció una llamada, dejé el enredo para más tarde. Era Clarita.

—¡Tío! ¡Ven, rápido! ¡Los encontré!

✳ ✳ ✳

Apresuré los pasos hacia la habitación de Clarita y cerré la puerta tras de mí. No quería que nadie nos escuchara.

—¿Entonces? ¿Qué descubriste?

—Ven aquí, siéntate —me indicó un taburete a su lado—. Debo decirte que Lucrecia era muy sociable, tiene fotografías con todos.

—¡Clarita! ¡Al grano!

—De acuerdo, como quieras. Miré todas las fotografías e identifiqué los rostros que más se repetían. ¿Quieres saber lo que encontré?

—¡Clarita!

—¡Pesado! Aquí los tienes...

Una fotografía ganó el centro de la pantalla de su computadora. En ella, se veía a una Lucrecia sonriente y muy joven, preciosa debo agregar, abrazando a dos adolescentes más. A una, la reconocí enseguida.

¡No puede ser posible!

—Esta misma fotografía se encuentra en el despacho de Lisandro... ¡Sabía que la había visto antes! —me levanté del taburete y apunté un dedo acusador a la empleada de la tienda de la esquina de la casa de Lucrecia. En la fotografía, usaba el cabello castaño; pero hasta esta mañana era verde. Solía cambiarlo casi semanalmente—. ¡¿Cómo se me pudo pasar esto?!

–Espera, espera… que eso no es todo. Dijiste que buscara a tres de sus amigos, ¿no es cierto?

–¿Dónde está el tercero?

Clarita desplegó otra fotografía y mi respiración se detuvo. Literalmente.

Lucrecia reía, esa risa fácil de ojos cerrados y nariz arrugada, y el jardinero besaba su mejilla con efusividad. ¡Sí, el jardinero! La empleada de la tienda, el jardinero y una tercera persona que jamás había visto, eran las cruces rojas que Fusco nunca pudo identificar. Ellos eran sus cómplices.

* * *

Por poco choco con el contenedor de basura al aparcar. En realidad, sí lo choqué; aunque fue apenas un rasguño. Me bajé del vehículo a los tropezones y corrí hacia la tienda.

Ella estaba igual que siempre, con cara de pocos amigos y los brazos apoyados en el mostrador. Cuando llegué hasta allí tuve que tomarme unos segundos para recuperar el aliento. Aún sin poder articular palabra, apunté a Electra Sotomayor.

–¿Necesitas un vaso de agua, Mauro? ¿Un pulmotor, quizás? –preguntó con una ceja alzada. Bien, sabía mi nombre.

–¡Tú! –volví a apuntarla–. Dime dónde está.

–La verdad, no te tenía tanta fe como ella. Luli tiene un pésimo gusto para elegir a los hombres, pero… aquí estás. ¡Finalmente! –puso los ojos en blanco–. Philip Box, ¿verdad?

–Por favor, te lo ruego. Dime dónde está.

–Aquí tienes, Philip Box –apoyó el paquete sobre el mostrador.

–¡Por favor, Electra!

—¡Philip Box, idiota! Tómalo y cierra la boca —dijo con los dientes apretados, señalando los cigarrillos con la cabeza.

No supe si ponerme a llorar, a gritar o a reír como un loco. El paquete estaba abierto. Un cigarrillo estaba de cabeza.

—Esta vez no lo dejarás para el final. Quiero ver que lo enciendas ahora. Parece que hoy es tu día de suerte.

Con manos temblorosas, lo tomé y sonreí. Porque me sorprendía. ¡Siempre me sorprendía! A lo largo del cigarrillo, había un mensaje. Solo dos palabras. La última pista en el mapa que me llevaría hasta ella.

—¿Qué estás esperando? ¡Muévete! Y, cuando la encuentres, dale un abrazo por mí.

QUINTA PARTE

CAPÍTULO 1

PUNTO DE QUIEBRE

JUEVES, 19 DE JULIO DE 2012.

CIUDAD DE BUENOS AIRES.

Bajé la tapa del retrete y me senté, abrazándome, tiritando. ¡Hacía tanto frío en la habitación! ¡Frío en todos lados! En la habitación, en la casa y en mí. Todo estaba frío en mí, como si estuviera muerta. Mis dientes castañeaban y mis labios temblaban, no podía detener los espasmos que me sacudían el cuerpo. Estaba en mi punto de quiebre y lo sabía.

Alejo no me daba un segundo de paz, y no lo aguantaba más. Ahora que sus dientes estaban cortando encías, lloraba toda la noche y, a veces, hasta levantaba algunas líneas de fiebre. Le rogué a Lisandro que pusiéramos la cuna en la habitación, pero su no fue rotundo. "En esta habitación duermo yo". Más lloraba Alejo, más me lastimaba Lisandro. Así es que me levantaba cada hora y corría a la habitación de mi hijo para que Lisandro no se despertara; luego regresaba, corriendo otra vez, porque si no estaba en mi cama a las siete de la mañana, también me lastimaba. Y Alejo seguía llorando. Todo el tiempo. Trataba de calmarlo, de que se durmiera de una vez…

pero los dos llorábamos. Mi hijo por el dolor de encías, yo por ser una mala madre.

Una pésima madre.

Cerré los ojos y me tapé los oídos; Alejo lloraba nuevamente. ¡¿Por qué no me dejaba en paz?! Apreté los dientes un poco más, porque no podía combatir el temblor. No resistía más. Me mordí un puño, para que la angustia no me delatara con un grito desgarrador.

Estaba fría por dentro.

Porque Lisandro había matado a mi bebé.

Mi cuerpo no había resistido su último "exabrupto". Mi cuerpo que era el refugio de nuestro segundo hijo, pero también el depositario de la ira del monstruo que mi esposo llevaba dentro. Jamás lo perdonaría por eso. Se lo haría pagar. No sabía cómo ni cuándo, pero sabía con absoluta certeza que pagaría con creces por todo el daño que había hecho.

—¡Lucrecia, sal de ahí y haz callar a esa criatura! —me sobresalté al escuchar el grito, seguido de los golpes en la puerta del baño—. ¡No se puede vivir en esta casa!

Por primera vez en mucho tiempo, estuve de acuerdo con él. No se podía vivir allí. Solo se podía morir.

—Shh… por favor… Duerme… —me balanceaba de un lado al otro, acunándolo, cantándole, pero nada funcionaba. Era una pésima madre. Era pésima en todo—. Basta, Alejo. ¡Calla ya! —lo sacudí con fuerza ¡¿Por qué no dejaba de llorar de una vez?!

—¡¿Qué haces, estúpida?!

Lisandro entró a la habitación y tomó al bebé de mis brazos.

—¡¿Perdiste la cabeza?! —acunó al niño con una mano y besó su frente—. ¿Eres retrasada mental? Es un bebé, puedes lastimarlo —lo apoyó sobre su pecho con mucha ternura.

Dos semanas atrás, cuando me había hecho rodar escaleras abajo, no le importó que el bebé pudiera lastimarse. Sentí náuseas.

—Lo siento —me limpié las lágrimas con el dorso de la mano—. Llevo días sin dormir… Estoy muy cansada.

—¿De qué estás cansada? ¡Estás todo el día aquí! Encargarte del niño es tu única responsabilidad. ¿Ni eso puedes hacer bien?

—Perdón.

—Eres patética. "Perdón, perdón". ¡¿Es lo único que sabes decir?! Hazte cargo de una vez y deja de lloriquear como una estúpida —se acercó y dejó al bebé en mis brazos.

412   Por segunda vez, estábamos de acuerdo. Tenía que hacerme cargo.

—Lo siento mucho, bebé —besé su cabeza—. Mamá está cansada, eso es todo. Cansada de estar aquí, de toda esta situación. Pero no debes preocuparte ya… A ti no te pasará nada. Yo te protegeré.

Aún triste y angustiada, a pesar de la oscuridad que me rodeaba, debía pensar en algo. Hallar una salida.

✱ ✱ ✱

Esperé a que Lisandro se fuera al estudio, tomé al bebé en brazos y fuimos hasta la tienda de la esquina. Había un teléfono público que ya casi nadie usaba, pero que todavía estaba operable. Recuperé algunas monedas de los bolsillos de mis jeans y marqué el número que recordaba de memoria.

—¿Diga?

Escuchar su voz, luego de tantos años, me provocó una nostalgia tal que apenas pude contener el llanto.

—¿Hola? ¿Quién habla? —insistió ante mi silencio—. ¡¿Quién habla?!

—Lucrecia —susurré.

Siguió un silencio prolongado, cargado de una angustia imposible de digerir. Me sentía muy sola, tan sola que necesitaba al menos escuchar su voz.

–Lo siento, Electra –mecí a Alejo para que no comenzara a llorar–. Seguramente, estás ocupada y no quiero molestarte. En realidad, yo… no lo sé. No debí llamar…

–Villa –detuvo mi monólogo–. Hace años que espero este llamado… No te atrevas a colgarme.

✳ ✳ ✳

Al llegar a la dirección que Electra me había dado, las vi sentadas en los escalones de la entrada del edificio. Vivían juntas, en un apartamento rentado, como cualquier joven estudiante de veintitantos. Yo, en cambio, me bajé del taxi con un bebé colgando del brazo, el cabello hecho un desastre y la ropa con olor a vómito. Sentía una vergüenza espantosa.

–¡Luli, cuánto tiempo sin verte! –efusiva, como siempre, Victoria me dio un abrazo y un beso en cada mejilla, como si no hubiéramos pasado seis años completos sin saber la una de la otra. Nunca estuve más agradecida por su escandalosa espontaneidad.

–Qué alegría es verte, Vicky –a pesar de las lágrimas contenidas, sonreí.

–Villera, bienvenida –Electra me cabeceó un saludo.

–Gracias –me miró a los ojos y tomó mi mano sin decir una palabra, apretándola en señal de apoyo. Aunque renegara de eso, Electra era humana. La más humana de todos.

–¡¿Y quién es este chiquitín hermoso?! –Vicky tomó a Alejo de mis brazos y temí que se pusiera a llorar. Para mi completa sorpresa, la miró con una mezcla de miedo y curiosidad. Pero no hubo llanto–. ¡Es precioso! Tiene tus ojos.

–Eso dicen. Se llama Alejo.

Para ellas era como si el tiempo no hubiera transcurrido. Electra tenía el pelo azul, aunque su ropa era un poco más normal; yo amaba su autenticidad. Vicky era una Barbie de carne y hueso, más hermosa de lo que recordaba. El cabello le había crecido bastante, pero más allá de eso, seguía siendo la misma chica explosiva. Electra estudiaba Filosofía, y Victoria había optado por el rubro de la indumentaria; en sus ratos libres era modelo de publicidad gráfica.

El apartamento que compartían era un sueño hecho realidad. Un poco desordenado, necesitaba una limpieza urgente y el refrigerador estaba vacío, pero era un sueño hecho realidad. Mi sueño.

Alejo se enamoró de Electra a primera vista. Encerró un mechón de pelo azul en su mano y se dedicó a chuparlo hasta quedarse dormido. Lo acostamos en la cama de Victoria y pusimos almohadas a su alrededor. Creo que nunca lo había visto dormir tan tranquilo.

Estaba triste y angustiada, de duelo, pero una tenue luz asomó en mi oscuridad con solo compartir un rato con ellas. Las extrañaba.

Ninguna de las dos preguntó nada; aguardaban a que fuera yo quien comenzara a hablar. Así es que lo hice.

–Lisandro es un monstruo –inhalé profundo e intenté mantenerme de una pieza, pero no lo logré. No con ellas. Me desarmé en un instante.

La angustia brotó en forma de gruesas lágrimas y los temblores me sacudían el cuerpo con violencia. En segundos estuve rodeada del abrazo de mis dos amigas. Sus lágrimas se confundieron con las mías.

–Ven a vivir con nosotras, Villa –Electra me ofreció una servilleta de papel y enjugué mis lágrimas. Necesitaría muchas servilletas más–. Iremos por tus cosas y las de Alejo. No se diga más.

—No vamos a dejarte sola... —secundó, Vicky—. No otra vez. Se quedarán con nosotras.

—No puedo —negué con la cabeza, todavía llorosa.

—¿Cómo que no puedes? Lo que no puedes es quedarte allí un minuto más, Lucrecia. Mira cómo estás —Electra apoyó sus manos en mis mejillas, buscando mi esquiva mirada—. No puedes regresar allí.

—No entienden... No puedo irme. Lisandro no me dejará.

—Romperé su trasero a patadas y veremos si no te deja. ¡Hace tiempo que quiero hacerlo!

—Ojalá fuera tan fácil, Electra. Ya lo hubiera hecho.

—Pero ¿por qué? —intervino Vicky—. No sería la primera vez que una pareja se separa. ¡Mándalo a volar y fin del problema!

Apoyé los codos sobre la mesa y me tomé la cabeza.

—Tengo miedo —admití, al fin en voz alta. De inmediato, sentí la caricia de Victoria en mi cabeza. No estaba sola—. Su familia me da miedo. No son trigo limpio.

—¿A qué te refieres? —preguntó Electra.

—Mi suegro mueve dinero que no es suyo, es de gente del ministerio. Usan el estudio para moverla y Lisandro está en todo. Por favor, no lo comenten con nadie —alcé la cabeza y miré a ambas.

—No lo haremos —aseguró Electra. Victoria asintió también—. ¿Por eso tienes tanto miedo?

—Entre otras cosas, sí. No dejarán que me vaya, así como así. Sé muchas cosas, escucho muchas cosas. Recibimos gente en casa que... mejor que ni se enteren de los nombres. Estoy metida hasta el cuello, sin haber hecho nada, solo por ser la esposa de Lisandro. Su familia me da miedo, pero la gente con la que se codea mi suegro me da pavor.

—Qué espanto —Vicky se arrodilló a mi lado y me acarició el brazo.

—¡¿Espanto?! Peor que eso —Electra apretó un puño sobre la mesa—.

415

No me sorprende de Lisandro, Villa. A la legua se veía que era un perverso.

Al escuchar el timbre me sobresalté.

—Tranquila… —dijo Electra—. Cuando supo que venías, no quiso perderse tu visita.

No entendí a qué se refería hasta que Camilo atravesó la puerta. Me levanté de la silla, lamentando no haberme cambiado de ropa, y me acomodé el cabello. Camilo estaba impecable, tenía la misma picardía en la mirada. A él sí lo veía muy cambiado, era un hombre. Ya nada quedaba de mi amigo adolescente. Estudiaba profesorado de educación física y aparentemente hacía mucho ejercicio. ¡Estaba enorme!

—¡Cariño!

—Hola.

Luego del abrazo y el llanto correspondiente, lo sumamos al encuentro y los puse al corriente de mis circunstancias. Lisandro me sometía, pero no solo físicamente. Me había anulado, me había rodeado con un cerco de púas que se ceñía cada vez más. Ya no se trataba solamente de su maltrato, sino del temor que devenía de lo que pudiera sucedernos a mí y a mi hijo si quisiéramos irnos. La gente que trataba con Santiago jamás permitiría que alguien que conocía sus rostros huyera.

La única forma de salir de la casa de Lisandro era muerta.

—Una situación de mierda… —Camilo se rascó la cabeza. Vicky paseaba a Alejo de un lado al otro del apartamento y Electra permanecía pensativa, silenciosa.

—¿Entiendes por qué no puedo irme? Para hacerlo, tendría que desaparecer —suspiré.

—Entonces, hazlo —dijo, Electra—. Desaparece.

Victoria soltó una risotada que asustó a Alejo, pero Electra no bromeaba.

—Es cierto —acordó Camilo—. Puedes desaparecer.

—Imposible. Quisiera, pero es imposible. Debo pensar en Alejo, no puedo irme así. No tengo un centavo partido al medio.

—Nosotros te ayudaremos —Electra tomó mi mano.

—¿Nosotros? —Victoria soltó otra risotada, más burlona esta vez—. ¡¿Nosotros?! ¿Qué podríamos hacer? ¿Robar un banco?

La frase resonó en mi cabeza. *¿Robar un banco?* Victoria se puso a discutir con Electra, que insistía en que no se quedaría de brazos cruzados, Camilo trataba de calmar las aguas entre ambas y Alejo lloraba.

¿Robar un banco?

—O podría robarle a Lisandro —dije en un susurro.

De inmediato, tres asombrados pares de ojos se posaron sobre mí.

—Pero ¿qué dices? Por Dios, qué locura —Victoria se quitó el pelo del hombro para que Alejo dejara de chupárselo y puso los ojos en blanco.

—No es mala idea. En eso, sí creo que podríamos ayudarte —corrigió Camilo—. Yo lo haría.

—¿Qué? —se alarmó Victoria.

—Sí, creo que podríamos —Electra cabeceó un sí.

Los miré a ambos. A los tres. A pesar del tiempo que habíamos pasado separados, seguían siendo tan incondicionales como siempre. Pero ya no éramos adolescentes y esto no era un juego.

—Es una locura, no me hagan caso —desestimé.

—¡Claro que es una locura! No hablan en serio, están bromeando —dijo Victoria—. Nos faltaría Scooby Doo y ya estaríamos completos. ¿Quiénes somos? ¿Una banda de delincuentes? ¡¿Qué podríamos hacer nosotros?!

Camilo y Electra intercambiaron miradas.

—Con Scooby Doo o sin él… —Electra tomó mi mano—. Yo creo que podríamos hacer cualquier cosa.

CAPÍTULO 2

PREPARATIVOS

Jueves, 9 de octubre de 2014.
Ciudad de Buenos Aires.

Cada mañana, con Alejo en el kínder y Lisandro en el estudio, me ponía el calzado deportivo y salía a correr; ese era mi cable a tierra. Mi circuito era relativamente corto, pero mi tiempo fuera de casa, no. Electra me había dado una copia de la llave de su apartamento y, estuvieran ellas o no, iba cada mañana. Ese apartamento se había transformado no solo en mi refugio personal sino en el lugar de encuentro con mis amigos. Sobre todo, en los últimos días, luego de que casualmente escuchara una conversación entre Santiago y Lisandro.

La oportunidad que ansiábamos al fin había llegado. Aquello que alguna vez pensamos que era una "locura", estaba por concretarse. Ese día, Santiago guardaría, en la caja fuerte del despacho de Lisandro, un dinero que no le pertenecía. Y tampoco a mi esposo. Técnicamente, no le robaríamos a ninguno de los dos. No tenía idea de la procedencia ni del destinatario, tampoco quería enterarme.

El objetivo era sencillo: extraer el dinero, guardarlo y esperar. ¿La estrategia? Bueno, trabajábamos en ella.

Esperaba que Lisandro llegara a casa para recibir a Santiago, pero no quise alterar mi rutina. Para no levantar sospechas. A la hora de siempre, me puse el calzado deportivo y colgué los auriculares de mi cuello.

—Lisandro... —fingí sorpresa al verlo en la cocina—. ¿Qué sucedió?

—Buenos días, cariño —sonrió. Sí, estaba tan nervioso que hasta sonreía—. No es nada. Olvidé unos papeles importantes en casa. ¿Vas de salida? —preguntó.

—Era la idea. Pero me quedaré, si me necesitas.

—No, no... No hace falta. Ve.

—De acuerdo. Nos vemos a la noche, entonces. Te espero a cenar —me dispuse a salir, pero Lisandro me detuvo.

—¿No me vas a dar un beso de despedida?

Regresé sobre mis pasos, con la sonrisa más falsa de la historia de las sonrisas falsas, y contuve la respiración antes de darle un beso. Su perfume me daba náuseas.

—Nos vemos para cenar —dijo, acariciando mi cuello con el pulgar.

* * *

Cuando entré al apartamento, lo encontré en la cocina. Tenía medio pan tostado quemado en una mano y el mate en la otra. El colchón en el que dormía desde hacía varias noches estaba tirado en medio del comedor. El desorden de sábanas era infernal.

—Buenos días, cariño.

—Buenos días... ¿Una noche agitada? —pregunté, apuntando a la improvisada cama.

—Un poco, sí. Di algunas vueltas, no podía dormir.

—Sí, tampoco yo —todos estábamos nerviosos.

—¿Desayunaste?

—Sí, pero te acompañaría con unos mates.

—Genial. Pongo el agua a calentar, tú cebas.

Mientras esperaba que el agua estuviera a punto, Camilo se cambió y reapareció en el comedor. Estaba callado, pensativo. Todos lo estábamos. De repente, me sentí terrible de poner a mis amigos en tremenda situación. Lo que muchas veces conjeturábamos, casi como si fuera un juego, estaba a punto de convertirse en realidad. Era aterrador. Una salida para mí, pero ¿para ellos? ¿En qué los convertiría a ellos para salvarme a mí y a mi hijo?

Llevé el mate y nos sentamos a la mesa.

—Lisandro ya está en casa. Santiago no debe tardar en llegar —dije, con una pesadez de conciencia que me estaba aplastando.

—Electra ya está en la tienda, cuando lo vea llegar nos enviará un mensaje para confirmar el arribo del botín.

Tuvimos un golpe de suerte cuando vimos el cartel de "Se necesita empleado/a" en la tienda de la esquina de mi casa. Parecía que el universo se complotaba para que las cosas resultaran más fáciles para nosotros. Como sus padres no la ayudaban con los gastos de la universidad, Electra trabajaba media jornada en un *call center*. Sus habilidades conversacionales no eran de las mejores, y mucho menos su paciencia, así que no dudó en renunciar a su trabajo y tomar el puesto en la tienda. Nos veíamos a diario.

—¿Qué sucede? —preguntó Camilo, perceptivo a mis dudas.

—Todavía estamos a tiempo —inspiré profundo—. Podemos olvidarnos de esta locura y seguir como hasta ahora, Camilo.

—¿Cuando estamos tan cerca? ¿Vas a rendirte ahora? Es la oportunidad perfecta y lo sabes. Y no, no podemos olvidarnos de esta locura. La locura es que estés en esa casa.

—Podría encontrar otra forma.

—Podrías, por supuesto. ¿Quieres seguir esperando? ¿Cuánto? ¿Diez, veinte años? —estaba molesto y nervioso. Mala combinación—. Llevas ocho años ahí, Luli. ¡Ocho! ¿No crees que ya es suficiente?

—Me siento terrible —confesé—. ¿Te das cuenta de lo que estamos a punto de hacer? Los estoy arrastrando conmigo.

—Estuvimos de acuerdo en que cualquiera podía salir en el momento que quisiera. Tampoco estamos haciendo caridad; vamos a llevarnos una buena tajada. Electra dejará de trabajar para terminar su carrera, Vicky se va a poner unos senos nuevos y yo pienso gastarme hasta el último centavo en recorrer medio planeta. Y, por encima de todo eso, voy a darme el lujo de hacerle pagar a ese hijo de mala madre por lo que te está haciendo. Ganamos todos.

—Vamos a convertirnos en delincuentes.

—No. "Inocentes hasta que se demuestre lo contrario", ¿no lo recuerdas?

—¿Y si lo demostraran? —pregunté, llena de dudas.

—Entonces, tendríamos que admitir la responsabilidad. Es el riesgo que asumimos. Pero piensa... ¡No puede salir mal! Lo planeamos muy bien. ¿Quién sospecharía de ti? ¿Cómo te conectarían con nosotros? Supuestamente, hace años que no tenemos contacto. La única forma de que nos descubran es que alguno suelte la lengua y eso no va a suceder.

—Nunca imaginé que pasaría por esto...—admití—. No es lo que quería para mi vida.

—Te estás culpando cuando es él quien te puso en esta situación. No inviertas las cargas.

—Te equivocas. Yo me puse en esta situación —le cebé un mate, sumida en el recuerdo de otros mates—. Cuando entré al colegio, fue como un sueño. Yo, que no era nadie, ¿en un colegio como ese? ¿Con gente como ustedes? Estaba deslumbrada. Me avergonzaba de mi vida, ¿sabes? Quería más. Siempre quise más... Cuando conocí a Lisandro fue como tocar el cielo con las manos. *Te tiene como una reina*, solía decir mi abuela. A mí se me hinchaba el pecho de orgullo. Yo, que no era nadie, había conquistado al hombre de mis sueños y tendría la vida que siempre había ambicionado. Una casa linda en un vecindario acomodado, un auto costoso en el garaje. Pero todo tiene un precio, Camilo. Si hubiera ambicionado menos, quizás no estaría aquí. Estoy pagando caro, pero yo sola me puse en esta situación.

–Todos queremos más, cariño. Pero lo que Lisandro te hace, no tiene justificación alguna. ¿Por qué sigues tratando de justificarlo? ¡Que se prepare para lo que viene! Bien merecido lo tiene. Si no hubieras sido tú, hubiera sido otra. Esos enfermos son todos iguales. ¿Sabes cuál es nuestra mayor ventaja? Que, a pesar de todo, sigues siendo tú. Todos estos años, desde el inicio, ha tratado de aplastarte, de extinguirte, pero no lo consiguió. Sigues siendo la misma Lucrecia libre de la que me enamoré una vez. Y yo sigo siendo yo. También las chicas. Al final del día, nosotros ganamos y él pierde.

–No me va a alcanzar la vida para agradecerles esto, Camilo –tomé su mano y la presioné con cariño.

–Pasamos muchas cosas juntos, Luli. Esta es una más. No olvidaré nunca quién estuvo ahí cuando necesité un hombro para llorar la separación de mis padres. Ahora, eres tú quien necesita un hombro. Aquí tienes el mío.

–Gracias, de veras.

–Bien... –se sacudió, como si quisiera quitarse de encima el peso de las emociones–, ahora que ha quedado claro que seguiremos con esto, tengo que mostrarte algo.

Fue en busca de su mochila, y cuando regresó, se me congeló la sangre. Todo fue más real.

—La conseguiste —susurré, viendo el arma que sostenía en su mano—. ¿Cómo?

—Me reservo eso, si me lo permites. Digamos que tengo amigos que no me atrevería a presentarte —se sentó nuevamente y dejó el arma entre nosotros, sobre la mesa.

—¿Es real? —pregunté, mirándola fijamente.

—Lo es —asintió—. Tómala.

Aunque me temblaba el pulso, me ganaba la curiosidad. No esperaba que fuera tan pesada o tan fría. Sentí una picazón en la piel con solo sostenerla; adrenalina. Como no había sentido jamás. Estaba a punto de lograr mi escape.

—Es una pistola nueve milímetros, semiautomática. Muy fácil de usar. No del todo precisa, pero letal para lo que se atreviese en su camino.

—¿Cómo se usa? —pregunté.

—¿Por qué? ¿Piensas dispararle a alguien? Acordamos que la llevaríamos descargada...

—¡Por supuesto que estará descargada, Camilo! No nos arriesgaremos a un accidente. Es curiosidad, nada más. Dime.

—De acuerdo —tomó el arma y noté que a él le resultaba más liviana—. Este botón pequeño, a un lado, es para liberar el cargador —al presionarlo, el cargador cayó sobre la mesa con un estruendo metálico—. No voy a cargarla, pero si fuera a hacerlo, se pone la munición en la parte de arriba y se presiona con suavidad. La bala entra por sí sola. Pones el cargador en su lugar y empujas hacia arriba. Y listo, está cargada —lo hizo con una destreza admirable—. Este de aquí arriba es el seguro. Antes de disparar, lo quitas. Para que la bala suba a la cámara, jalas de esta parte de arriba. Si hubiera una bala dentro del arma, estaría lista para disparar. Nunca se coloca el dedo en el gatillo hasta que tienes el blanco a la vista porque si no corres el riesgo de que se dispare de forma accidental. El gatillo es sensible.

—¿La disparaste alguna vez? —quise saber.

—¡Claro que sí! ¿Creías que me iba a aguantar?

—¿Y qué se siente?

—Es una locura, Luli. No podría explicarte. Es una vibración que te atraviesa el cuerpo entero.

Lo miré a los ojos, que portaban ese brillo adolescente que alguna vez me había conquistado, y no pude evitar sentir algo de nostalgia.

—Te mentí, Camilo —susurré.

—¿En qué? —preguntó, confundido.

—Mi primer beso —sonreí—. Me lo diste tú.

—No me engañaste ni por un minuto, Lucrecia… Siempre supe que estabas loca por mí. Pero, afortunadamente entraste en razón. Somos mejores amigos que pareja, ¿no crees?

—Así lo creo, sí.

La llamada de Electra nos interrumpió el sinceramiento.

—¿Qué pasó, cariño? ¿Alguna novedad? —le preguntó—. Espera, te pondré en altavoz.

—Villa, ¿estás ahí?

—Estoy aquí —respondí, mate en mano.

—¿Cuánto dinero dijiste que llevaría tu suegro? —preguntó.

—Ni idea. Pero si es la cantidad habitual, diría que medio millón. ¿Por qué?

—Pues, a mí me parece que es un poco más de medio millón…

—¿Por? —preguntó, Camilo.

—Pues porque entró a la casa con dos bolsos que se veían bastante pesados.

Camilo y yo intercambiamos miradas.

CAPÍTULO 3

UN GOLPE AL GOLPEADOR

—Hoy iremos a dormir temprano, mi amor —Alejo levantó los brazos y le puse el pijama—. Mañana será un largo día.

Luego de dejar a Alejo durmiendo en su cama, bajé a la cocina, entré a la despensa y hurgué detrás de la lavadora. Allí mantenía oculto el teléfono celular que Camilo había conseguido. Lisandro jamás lo encontraría; lavar la ropa era cosa de mujeres. Mentiría si dijera que estaba tranquila, pero el temor se convirtió en un motor. La adrenalina me hacía sentir más viva que nunca. Marqué el número y aguardé. Respondió la llamada enseguida.

—¿Cómo está todo ahí? —pregunté, impaciente.

—Lo tiene comiendo de la palma de su mano. Para serte sincero, con el escote que se puso, hasta yo caería. Están tomando algo en el bar del restaurante…

—Perfecto.

Victoria era la carnada perfecta. No había hombre que se resistiera a sus encantos, y Lisandro no sería la excepción. Se había presentado el viernes anterior en su estudio, pidiendo asesoramiento para un negocio que jamás haría, y mi esposo, tan gentil como siempre, la había invitado a cenar. Victoria aceptó y lo citó en un restaurante con estacionamiento subterráneo.

Mientras Victoria y Lisandro compartían una cena romántica, Electra y Camilo usarían la llave de repuesto del auto, que les había entregado días atrás y, aprovechando el resguardo del subsuelo, se ocultarían en la cajuela. Era lo suficientemente amplia como para que llegaran seguros a casa. Sin saberlo, a su regreso, el mismo Lisandro los dejaría entrar.

El aporte de Victoria terminaría allí, cuando Lisandro la dejara sana y salva en su casa.

–¿Tú, estás bien? –preguntó Camilo.

–Estaba por prepararme un té para esperar a Lisandro.

–Ve tranquila. Nos vemos en un rato.

–Nos vemos.

Tomar un té no fue suficiente para calmar mi ansiedad. Hice un poco de todo. Leí, miré televisión, repasé la encimera de la cocina, todo espiando el reloj a intervalos cada vez menores. Más y más ansiosa a cada minuto.

Pasadas las diez de la noche, un horario que Lisandro consideraba prudente para regresar a casa sin que yo sospechara que había cenado con otra mujer, escuché la puerta del garaje. Me senté en un taburete con mi taza de té, la tercera que me bebía.

–Cariño, ¿cómo estás? –Lisandro pasó a mi lado y besó mi mejilla.

–Bien, ¿y tú? Pensé que vendrías a cenar –le di un sorbito a mi té. Estaba helado.

–Tuve una cena de trabajo –abrió el refrigerador y sacó una botella de vino blanco–. Ve a acostarte. Iré en un minuto.

Tragué saliva, porque no podía ir a acostarme. Primero debía ir a abrir la cajuela.

—¿Por qué no te quitas esa ropa? Te llevaré la copa a la cama —sugerí, con una sonrisa.

—¿Ves por qué me casé contigo?

Dejó la botella sobre la isla de la cocina y subió las escaleras. Me quedé en mi sitio hasta que lo perdí de vista. Cuando escuché la puerta de nuestra habitación abriéndose, apresuré el paso hacia el garaje. Tanteé en penumbras hasta dar con la llave del coche. Estaba tan nerviosa que me costó un poco encajarla en la cerradura, pero finalmente lo logré. Al abrir la cajuela, me llevé una tremenda sorpresa.

—¿Qué están haciendo? ¿Pueden dejar eso para otro momento? —susurré en voz bajísima. Camilo y Electra estaban enredados en un lío de piernas y brazos, de bocas y suspiros; se separaron apenas me vieron.

—Lo siento, es la emoción del momento —Electra se sentó en el borde de la cajuela, visiblemente dolorida por la posición.

—Creí que era porque te gustaba —reclamó Camilo.

—Sí, eso también —Electra sonrió. Era humana, después de todo—. ¡Vete a dormir! —me ordenó después.

No esperaría una segunda invitación. Copa en mano, subí las escaleras y fui apagando luces a mi paso. Alejo dormía profundamente y Lisandro no se esperaba lo que sucedería a continuación.

✳ ✳ ✳

Estaba despierta y alerta cuando oí el roce de la puerta. Me quedé en mi posición, inmóvil, fingiendo que dormía. La respiración de Lisandro era profunda y silenciosa, dormía igual que un muerto.

De repente, percibí el forcejeo a mi lado y me incorporé asustada. Asustada, de verdad.

–Quietos los dos. Si hacen lo que les digo, nos iremos pronto –en la oscuridad de la habitación, adiviné a Camilo presionando la cabeza de Lisandro contra la almohada. Vi la silueta del arma y su recorrido hasta la nuca de mi esposo. Todo era tan real que fui presa de un miedo inexplicable–. ¿Sientes esto? –presionó el arma sobre la nuca de Lisandro–. Si te mueves, si hablas o si respiras sin que yo te lo diga, jalo del gatillo. ¿Comprendido?

–Lucrecia… –la mano de Lisandro buscó mi rodilla.

–¡Dije que no te muevas! –el grito de Camilo me hizo temblar aún más.

–Está bien, está bien.

–Dámelo –Camilo estiró una mano hacia Electra, que permanecía un poco más atrás, y le pidió el cubreojos que Victoria usaba para viajar–. Voy a ponerte esto. Pórtate bien y todo acabará pronto.

–Está bien.

Lisandro estaba muerto de miedo, como yo había estado muchas veces, cuando eran sus puños el arma con que me apuntaba. Solo que su arma siempre disparaba y daba en el blanco.

–Llévatela al baño –le ordenó a Electra, refiriéndose a mí–. Que se quede ahí con el niño.

Me levanté de la cama sin que me lo pidieran y salimos de la habitación. Una vez en el pasillo, fui directo a comprobar que Alejo siguiera dormido. En penumbras, acaricié sus rizos y besé su frente. Dormía profundamente, no se enteraría de nada.

–Lucrecia, vamos –me apresuró, Electra.

A partir de ese momento, debía permanecer callada. Lisandro no debía enterarse de que me encontraba allí, entre ellos. El caso es que no estábamos seguros de que fuera a darnos la clave de la caja, incluso siendo amenazado con un arma. Yo era la segunda opción; si no conseguíamos la clave de su boca, me encargaría de abrir la caja.

En el despacho, la única luz encendida era la de una lámpara sobre el escritorio. Al ver el panorama frente a mí, me detuve en la puerta. Lisandro estaba sentado en una silla frente a su escritorio, semidesnudo, con los ojos cubiertos y temblando de miedo. Camilo, de pie frente a él, mantenía la punta del arma apoyada en su cabeza.

—¿Lo atas tú? —preguntó. Miré a Lisandro, temblando como una criatura, y negué con la cabeza.

Mientras Electra se encargaba de hacerlo por mí, me pregunté si eso era lo que Lisandro veía cada vez que iba a lastimarme. Si veía la misma expresión de terror que ahora le veía a él. Yo lo detestaba, por matar a mi bebé y por hacer de mi vida un infierno, pero su miedo me conmovía. ¿Cómo era posible que jamás hubiera sentido compasión de mí? ¿Cómo podía lastimarme cuando me veía tan indefensa? La única respuesta que encontraba era su monstruosidad. Solo un monstruo podía actuar como él.

—La clave de la caja y nos vamos. No me hagas pedírtelo dos veces —dijo Camilo, empujando su frente con el arma.

—38, 55, 24, 13, 99, 00 —respondió, temblando como una hoja.

Camilo, Electra y yo intercambiamos miradas incrédulas. ¿Eso era todo? ¿Así de simple?

—Pues, gracias —dijo Camilo, alzándose de hombros. Definitivamente, habíamos visto demasiadas películas. Esperábamos un poco más de resistencia por parte de mi esposo.

¿Ese era el hombre que tanto me aterrorizaba? Su cobardía me llenó de bríos. Fui hasta la caja fuerte, oculta tras una puerta falsa y usé un bolígrafo para pulsar los números. Si alguien buscaba huellas, nadie se sorprendería de encontrar las mías. Mis huellas estaban por toda la casa. La luz roja pasó a verde y volteé a ver a los chicos.

—¿Abrió? —preguntó Camilo que no salía de su asombro.

Me incorporé y, usando el bolígrafo, abrí la compuerta.

La caja rebosaba de fajos verdes. ¡Rebosaba! Electra se puso a saltar como una loca, riéndose sin emitir sonido. Camilo permaneció mudo, inmóvil, con la boca ligeramente abierta. Mi corazón bombeaba enloquecido. Ya acariciaba mi escape.

—Es hora de dormir, maldito.

Mis nervios se alteraron cuando Camilo rodeó el cuello de Lisandro con su potente brazo. Cerré los ojos para no ver. Sabía que iba a hacerlo, que lo necesitábamos inconsciente, pero no podía ver. Aunque no pude evitar escucharlo. El forcejeo, la voz estrangulada.

—Es suficiente… —Electra lo detuvo y, entonces, abrí los ojos.

Las extremidades de Lisandro caían laxas a los lados, su boca estaba abierta. Me asusté como nunca. De inmediato, fui a su lado y coloqué las manos en sus mejillas, bañadas en lágrimas. Respiraba, gracias a Dios. Saberlo fue un alivio. Lo cierto es que no quería lastimarlo, ni que nadie lo lastimara. Me negaba a ser un monstruo. Me negaba a que cualquiera de mis amigos se convirtiera en uno. Me negaba a ser él. Golpear al golpeador no era una solución que mi mente o mi corazón admitieran.

—Estarás bien, Lisandro —murmuré sobre su frente, acomodando su cabello.

—Debemos apresurarnos, no tardará en despertar —advirtió—. Solo está inconsciente, cariño. No te preocupes. Deja de llorar, por favor.

Lloraba, estaba llorando y no me había percatado de ello. Gruesas lágrimas descendían por mis mejillas. Electra me abrazó con fuerza y acarició mi cabeza, brindándome consuelo. El cóctel de emociones era explosivo. Lo habíamos hecho, finalmente. Para Lisandro, había llegado el día de saldar cuentas.

—Tranquila, Villa. Ya pasó lo peor.

Electra y yo salimos del despacho. Camilo se encargó de guardar los fajos en el bolso previsto para eso.

Parecía que el tiempo no transcurría, que las agujas del reloj se habían detenido. Tiempo y espacio estaban suspendidos. Rogué a toda divinidad que me protegiera; que nos protegiera a todos. Ya estaba hecho, habíamos cometido un crimen. Si nos atraparan, lo perderíamos todo.

Nos reunimos en el pasillo. La puerta del despacho estaba cerrada y Lisandro todavía inconsciente, dormido como un muerto.

—Luli —Camilo sostenía un papel en su mano—, esto estaba con el dinero. No sé qué es, pero parece importante.

Sostuve el documento y lo leí en silencio. Luego, volví a leerlo. Y una tercera más.

Me cubrí la boca para no gritar. Mis rezos eran escuchados, el universo complotaba para que todo saliera a nuestro favor. Dios ponía en mi mano la llave de mi destino, la pieza clave para librarme de los Echagüe.

—¿Qué es? —preguntó Camilo.

—Esto... Esto es lo que necesito para que no me molesten nunca más, Camilo —suspiré, releyendo los nombres una vez más, solo para comprobar que no fuera producto de mi imaginación—. Es un contrato de alquiler por unas hectáreas de campo en la provincia de Buenos Aires.

—¿Qué? No entiendo nada.

—Es un contrato entre mi suegra y un fiscal de la Nación, con quien mi suegro tiene tratos hace un tiempo. Y ¿quieres que te diga una cosa? Hasta donde yo sé, la familia no ha estado ni está en el negocio agropecuario. El alquiler es una farsa, Camilo. Este documento es la prueba de que mi suegro está pagando un soborno con dinero negro. Y eso no es todo, el nombre de mi suegra prueba que ella lo consiente todo —sonreí eufórica—. Los tengo, Camilo. ¡Esto es más valioso que los tres millones y medio que este contrato dice que hay en la caja fuerte!

—¿Tres...? —a Electra se le cortó la voz—. ¿Dijo tres? —preguntó, pasando un brazo por los hombros de Camilo.

—Dije tres y medio —aclaré.

—Entonces, ahí radica nuestro problema —murmuró Camilo.

—¿Qué problema? —pregunté, asustada.

—Somos tan ricos que el bolso que trajimos no alcanza para cargar todo el dinero. ¿Qué haremos?

Mi mente se puso a trabajar rápido en una alternativa. Un rato después, estaba en el techo con una bolsa de residuos llena de fajos de dólares. Acomodé los fajos uno junto al otro en las canaletas, usando las hojas secas para mantenerlos ocultos. Luego, encontraría la forma de recuperarlos.

—No se preocupen por el guardia de la caseta de vigilancia. A estas horas, ya estará dormido. Salgan hacia la derecha, así la cámara del frente no los tomará —abracé a mis amigos con todas las fuerzas que me quedaban—. Y cuídense, por favor. Mucho.

Como si hubiesen estado de visita en casa, Camilo y Electra salieron por la puerta del garaje. El bolso con el dinero colgaba del hombro de Camilo.

✳ ✳ ✳

Inspiré profundo, me limpié las lágrimas y subí las escaleras lentamente. Las emociones vividas me aflojaban las rodillas.

Tras entrar en el despacho, fui hacia Lisandro y aflojé las amarras que lo sujetaban a la silla. Lentamente, saliendo de su profunda inconsciencia, Lisandro comenzó a moverse.

—Shh... —susurré a su oído—. Tranquilo, mi amor. Soy yo —descubrí sus ojos y me golpeó el terror en su tormentosa mirada—. Se fueron, ya pasó todo.

Lisandro rompió en llanto y me encerró en un abrazo desgarrador. Lloramos uno en brazos del otro. Él porque estaba asustado; yo por todas las veces en que lo había estado. Lloré de alivio.

Nos quería vivos. Vivos a los dos. Vivos, pero lejos.

CAPÍTULO 4

SCOOBY DOO

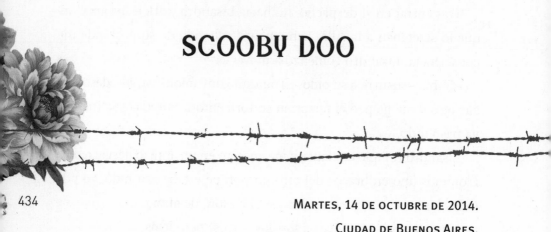

MARTES, 14 DE OCTUBRE DE 2014.
CIUDAD DE BUENOS AIRES.

Un desfile de gente iba y venía por toda la casa, entrando y saliendo, tocando y revolviendo, poniéndome cada vez más nerviosa. En un vehículo oficial del ministerio, ocultándonos de los agresivos lentes de las cámaras, fuimos a la Fiscalía para que nos tomaran la primera declaración a Lisandro y a mí, para dejar que los peritos hicieran su trabajo en casa. Alejo se quedó al cuidado de Luciano y Camila.

En el asiento trasero, Lisandro presionó mi mano con tal fuerza que tuve que tragarme un gruñido de dolor. Con el celular en la mano, me indicó en silencio que leyera la pantalla. "Si abres la boca, te aniquilo. Cuidado con lo que dirás", escribió en el cuerpo del mensaje.

Asentí levemente. Luego, descartó el borrador.

El Lisandro aterrorizado había quedado en el despacho y, en su lugar, el monstruo de mi esposo regresó con renovadas fuerzas. El monstruo que protegería a su madre con garras y dientes. La pérdida del dinero no lo inquietaba, en lo absoluto. Era la posibilidad de que su querida madre quedara expuesta como la arpía manipuladora y fría que era lo que lo mantenía en vilo. Afortunadamente, la prueba estaba en el bolso con el dinero, oculto en el apartamento de las chicas.

Tal como preví, nos separaron. No supe adónde llevaron a Lisandro, pero a mí me habían dejado en una oficina que olía a perfume importado y a lustrador de muebles. Estaba tan ordenada que daba miedo.

Me crucé de piernas y de brazos y, si no hubiera sido tan patético, también me habría hecho un ovillo en un rincón. ¡Estaba asustada de muerte! Había ensayado mi historia hasta el cansancio; era simple y creíble, pero continuaba asustada. ¿Cuánto tiempo más tendría que esperar? ¿Era alguna especie de tortura?

Estaba al borde de saltar al precipicio y declararme insana, cuando la puerta al fin se abrió.

Andrés Fusco se detuvo frente a mí con una mano extendida; me sentí en presencia del mismísimo demonio. Miré su mano, lo miré a él y luego la estreché con escasa fuerza. La tenía helada, igual que sus ojos. Eran implacables y, enseguida, lo supe: él sabía lo que mis amigos y yo habíamos hecho. Estaba perdida.

—Lamento que tengamos que encontrarnos en estas circunstancias, Lucrecia —tomó su lugar y se reclinó en el asiento.

—Quiero irme a casa.

—Pronto —señaló con gravedad—. Antes, quiero que me relates lo que sucedió esta noche. En detalle, por favor. Tómate tu tiempo.

—Estaba durmiendo en mi habitación, con mi esposo. Nos despertaron tres personas; estoy segura de que eran tres. Uno apuntó a Lisandro y se lo llevó a la oficina. A mí me encerraron en el baño, con Alejo.

—Pobre Alejo, ¿se alteró mucho?

—No se enteró, duerme profundamente.

—Qué alivio —entrelazó los dedos y asintió—. Adelante. ¿Qué pasó después?

—No lo sé. Se fueron —me sentía más y más nerviosa a cada segundo.

—¿Se fueron? ¿Así nada más? —alzó las cejas—. Pero, no entiendo... ¿cómo saliste del baño?

Oh.

—La puerta estaba abierta.

Entornó la mirada, confundido.

—¿Cómo que estaba abierta? ¿No dijiste que te encerraron en el baño?

—Sí, me encerraron en el baño. Pero la puerta no tenía seguro. Me quedé allí, por la seguridad de mi hijo, hasta que... hasta que dejé de escuchar ruidos.

—Entonces, escuchaste ruidos. ¿Qué tipos de ruidos serían esos?

Oh, oh.

—Voces, no pude distinguir lo que decían. Hablaban bajo.

—Voces, bien. ¿Masculinas o femeninas?

—Masculinas —mentí, sin titubear.

—¿Qué había en la caja fuerte?

—Dinero, supongo —respondí, automáticamente—. Es lo que la gente suele guardar en las cajas fuertes. Pero no podría decirle con exactitud, mi esposo se encarga de la caja.

—Pero sabes el código, ¿no es cierto? —me clavó la mirada.

—Claro que sí, por si surge alguna emergencia —dije con voz pequeña.

—¿Vas a decirme que nunca sentiste curiosidad? ¿Que nunca espiaste el interior? Asumo que has oído hablar de la caja de Pandora... La curiosidad es una característica inherente a tu género.

¿Tu género? No me gustó la forma en que dijo aquello; me sentí exactamente igual que cuando Lisandro me golpeaba: disminuida.

Era lo que Fusco trataba de hacer. Golpearme para que le dijera lo que quería escuchar. Él y Lisandro estaban cortados por la misma tijera.

—Nunca la abrí —mentí.

—Bien. Suponiendo que nunca la abriste...

—Suponiendo, nada. Dije que no la abrí —la adrenalina me envalentonaba—. Quiero ir a casa, con mi hijo. No responderé a ninguna pregunta más. Ya le he dicho todo lo que sé. Por favor, deje que me vaya.

—He dicho que pronto —replicó serio—. Vives en esa casa... no voy a permitir que me tomes por idiota. Sabías que Santiago llevaría ese dinero, que lo dejaría en la caja fuerte y, no tengo idea de cómo lo hiciste, pero sé que tienes ese dinero. Y, ¿sabes qué? no me interesa, puedes quedártelo. Lo que quiero es el documento que estaba dentro de la caja

¡Oh, oh, oh!

No me moví, no pestañeé. Permanecí inmóvil, a la espera de su próximo movimiento.

—¿No vas a decirme dónde está?

—No sé de qué documento me hablas.

—Óyeme bien. Los que entraron en tu casa tenían un dato muy preciso. Un dato que les dio alguien de la familia. Santiago está tapado en mierda, el nombre de Elena está al pie de ese documento y Lisandro está metido hasta las orejas. Alejo es demasiado pequeño, así es que lo dejaremos afuera... por ahora. Todos tienen mucho que perder si ese documento sale a la luz. En cambio, tú, calladita y con esa cara de estúpida, crees que ya no tienes nada que perder. Pero te equivocas. A la larga, todos podemos perder. Si me das ese documento, esto se queda aquí. Si sigues haciéndote la desentendida, me las arreglaré para hundirte.

Tragué saliva e intenté que la silla me tragara a mí. Me estaba amenazando. Un fiscal de la nación me estaba amenazando abiertamente.

—Le dije que no sé nada —repetí.

Fusco dejó escapar una exhalación larga y sostenida, escalofriante.

—Como quieras... Luego, no digas que no te lo advertí.

Se levantó de su asiento y me extendió la mano. La miré, luego a él y me crucé de brazos. Si de mí dependía, ese hombre jamás volvería a tocarme. Sonrió una mueca oscura y, sin agregar nada más, salió de su oficina.

* * *

Le pedí a Luciano que se llevara a Alejo a su apartamento por el resto del día. Quería mantenerlo lejos de la locura que era mi casa. Lisandro permaneció encerrado en su despacho, desorientado y errático como no lo había visto jamás. No tenía idea de qué había hablado con Fusco o qué lo había alterado de esa manera, pero mantuve mi distancia. Esperaba que, de un momento a otro, estallara en otro de sus arranques de ira.

No había pegado un ojo en toda la noche, pero dormir no era una opción. En un intento por volver a mi eje me puse a hacer lo único que me mantenía cuerda dentro de esa casa. Fui al jardín y trabajé un poco con la huerta.

Estaba en plena tarea cuando Lisandro me pidió, no tan amablemente, que subiera a su oficina.

—Estamos en un medio de un gran lío, Lucrecia —me informó apenas atravesé la puerta—. No entraré en detalles que no entenderías, pero algunas cosas tendrán que cambiar en esta casa. Lo que pasó anoche es prueba de que no estamos seguros. ¡Nos entregaron, maldita sea!

–golpeó el escritorio y me sobresalté, pero guardé silencio. El silencio siempre era bueno. Apoyó las manos sobre los papeles e intento serenarse–. La Fiscalía sugiere que contratemos a un servicio de seguridad privada. Se ofrecieron ellos mismos, pero no los quiero aquí dentro.

–¿Servicio de seguridad?

–Sí. Acabo de contratar uno por recomendación de Fusco.

Mi mundo se vino abajo. Literalmente. ¿Servicio de seguridad? ¿Ojos y oídos que le informarían cada movimiento a mi esposo? Adiós a mi rutina matinal. Adiós a mis mañanas tranquilas en el apartamento que era mi refugio. Adiós a Electra, a Victoria y a Camilo. ¡Adiós a todo! Adiós a mi libertad. Quería ponerme a gritar.

–¿Crees que es conveniente? ¿Extraños en la casa?

–No me encanta la idea, Lucrecia. Pero no tengo alternativa. No quiero que piensen que tengo algo que ocultar. ¿Soy claro?

Sí, era clarísimo. Soportaría la presencia de los custodios para no verse expuesto en su porquería. ¡Maldito!

–Como quieras, Lisandro.

–Vete, debo hacer unas llamadas. ¡Y límpiate esa cara, la tienes llena de tierra! –lo oí gritar mientras bajaba las escaleras.

* * *

–Me quedé sin miel, Lisandro –dije, asomándome a la puerta del despacho–. Voy hasta la tienda de la es...

–¡Fuera de aquí! ¿No ves que estoy ocupado? –dijo, con el teléfono pegado a su oído.

Me di media vuelta y bajé las escaleras al trote. Crucé la calle y maldije entre dientes hasta llegar a la tienda. Electra tenía unas ojeras casi tan marcadas como las mías. Estaba poniendo caramelos en una bolsa diminuta, pues su pequeño cliente insistía en que fueran todos verdes. No sé quién perdería la paciencia primero, si ella o yo.

Mientras el niño se alejaba, lo fulminamos con la mirada.

—¿Tienes un frasco de miel? —pregunté, agotada.

—Yo necesitaría una taza de café, de las grandes —bostezó—. Y no, no tenemos miel.

—¡Qué mala suerte estoy teniendo hoy! —me apoyé sobre el mostrador—. Surgió una complicación.

—¿Qué pasó ahora?

—Lisandro contrató custodia privada.

—Maldito desgraciado.

—Se acabó todo, Electra. Con extraños en casa, ¿qué haré? Me volveré loca sin ustedes.

—Villa, tranquilízate —pidió con las manos alzadas—. No es momento de perder la calma. Quizás esto de tener quien cuide tu espalda a diario, dentro de tu casa, no sea del todo contraproducente.

—No entiendo cómo. No podré hacer nada —me lamenté.

—Tampoco Lisandro —puntualizó Electra. Alcé la cabeza de inmediato—. No podrá hacer nada.

—No lo había pensado así.

—¿Lo ves? Un perro guardián siempre es buena compañía —asintió.

—Es posible. Bueno... debo regresar.

—Sí, creo que debes hacerlo —cabeceó en dirección a mi casa y lo vi de pie frente a la entrada, mirando alrededor—. Ahí llegó tu Scooby Doo.

Puse los ojos en blanco por el mal chiste y me encaminé a casa.

Me acerqué sin tener dimensión de lo que Mauro Acosta llegaría a significar para mí. Pero desde el primer momento en que lo vi, supe que su presencia en casa cambiaría mi vida. Para bien o para mal.

CAPÍTULO 5

INSTINTO DE SUPERVIVENCIA

Con Lisandro fuera de casa, preparé el desayuno para Alejo y nos sentamos en la cocina. Siempre me había esforzado por mantener su rutina lo más estable posible pero, a partir de ese día, nuestra rutina sufriría un giro irreversible.

Sea cual fuere el resultado, la vida de mi hijo sería otra.

Alejo no era ajeno al caos que giraba a nuestro alrededor, ya no. Estaba creciendo. Escuchaba, observaba y digería la violencia de nuestro día a día como si fuera parte de una rutina normal. Pasaría de niño a adolescente, de adolescente a adulto y era consciente de que algún día conocería a alguna chica, se enamoraría, desearía una vida con ella... Entonces, ¿qué tipo de hombre sería? ¿Uno que considerara a la violencia como parte de una rutina normal? ¿Cuánto tardaría en reproducir el modelo que su padre le ofrecía? ¿Se convertiría en otro Lisandro? ¿Encontraría a una Lucrecia a quien lastimar?

Lo veía reír de alguna tontería, con sus rizos rebotando hacia todos lados y sus hoyuelos decorándole las mejillas y me llenaba de esperanzas. Era un niño aún. Crecería, pero todavía había esperanza para él. Si le daba una rutina diferente, lejos de nuestra pequeña burbuja, podría enseñarle que existe otra forma de vivir. Una mejor forma de vivir. Sin dolor, sin violencia. Si nos daba una oportunidad, quizás pudiéramos aprender eso juntos.

Tenía que anticiparle de alguna manera lo que sucedería. Porque Camilo no tardaría en llegar, Lisandro no tardaría en llegar y no estaba segura de cuál sería el desenlace de todo esto.

–Voy a contarte algo.

–¿Un secreto? –preguntó, entusiasmado.

–Sí –le seguí la corriente–. Es un secreto y no puedes decírselo a nadie. ¿Lo prometes?

–Ajá.

–De acuerdo –bebí un sorbo de té antes de continuar. Tenía el estómago revuelto–. Nos iremos de vacaciones, solo los dos. Hoy.

Me miró fijamente y luego hizo la pregunta que más temía escuchar.

–¿Y papá?

–Papá, no –respondí en voz baja–. Solo nosotros dos.

Meditó mis palabras en silencio, desmigajando una rodaja de pan tostado y con los ojitos sobre la mesa. Lo estaba lastimando y eso me destrozaba, pero haría cualquier cosa por él. Incluso alejarlo de su padre. La pregunta que hizo a continuación, me sorprendió por completo.

–¿Y Mauro? ¿Vendrá también?

No lo había nombrado ni una sola vez desde su partida, ¿por qué elegía justo ese momento para recordarlo? Esta vez fue mi turno de meditar en silencio. Si respondía que sí, estaría mintiendo, pues no sabía si nos reuniríamos al final de toda esta locura. Entonces, preferí hablarle con la verdad.

—Me encantaría que así fuera... Pero, por ahora, esto es algo entre mamá y tú. Un secreto, ¿comprendes?

—Ajá.

—Pronto, vendrá un amigo a jugar contigo. Su nombre es Camilo y es muy buena persona, vas a adorarlo —le anticipé—. Mientras papá y yo conversamos, quiero que te quedes en tu habitación con él.

No podía dejar a Alejo con Alicia. No esta vez. Lo necesitaba allí, listo para irnos cuando el momento llegara. Dejarlo con Camilo, en su habitación, era la única forma de protegerlo si las cosas salían mal.

Porque las cosas podrían salir mal. Muy mal.

Era consciente del riesgo que corría. Lisandro podría lastimarme o peor, podría matarme. Pero no era momento de echarse atrás, no cuando el futuro de mi hijo dependía de un salto al vacío que solo yo podía dar. Alejo pelearía sus propias batallas, pero esta era la mía. Si las cosas salían bien, tendríamos una nueva vida, lejos y juntos. Si las cosas salían mal, mi hijo tendría una nueva vida, lejos y junto a Mauro. Así lo había previsto. No confiaba en nadie más para que lo acompañara y le enseñara lo que es ser un hombre.

Dejé a Alejo jugando en su habitación y bajé a esperar a Camilo. No había ropa ni maleta que preparar. Nuestra vida se quedaba en esa casa, pues era otra vida y otro futuro el que nos esperaba afuera.

* * *

A la hora acordada, salí al encuentro de Camilo y entramos a la casa. Traía una carretilla con herramientas, tapada con un cobertor verde, que dejamos en el jardín. Usaba una camisa oscura, algo sucia, y una gorra color café. Un atuendo acorde a su personaje. Era el "jardinero", aunque no hubiera tocado una planta en su vida.

–¿Cómo estás? –preguntó, nervioso.

Dos meses atrás, habíamos cometido un crimen que podría enviarnos a la cárcel a todos. En aquella oportunidad, aun con su propio pellejo en juego, no se veía tan preocupado como ahora.

–Puedo hacerlo, Camilo –afirmé convencida. No estaba segura de poder vencer a Lisandro, pero estaba segura de que Alejo ganaría. Eso bastaba para que todo valiera la pena–. Recuerda lo que te pedí, por favor. Pase lo que pase, escuches lo que escuches, no dejes a mi hijo solo. No puedes bajar. Tu misión es preservarlo de todo.

–Lo que me dices no me tranquiliza para nada.

–Escúchame, seré honesta contigo. Lisandro no se tomará nada bien mi decisión... Hará el berrinche del siglo. Berrinche, en su caso, implica que escucharás gritos y desorden de cosas. Pero vamos a atenernos al plan. No puedes abandonar la habitación de Alejo, bajo ninguna circunstancia.

–Luli...

–¡Promételo! –lo detuve, con la mano en alto–. Te necesito, Camilo. No me falles ahora. Si las cosas salen mal, serás el único que podrá sacarlo de aquí. Esa es tu prioridad porque es la mía. ¿Cuento contigo? ¿Sí o no? Lisandro no tarda en llegar.

Me miró con una mezcla de temor y preocupación. Dudaba. Pero yo no. Estaba a centímetros del precipicio e iba a saltar. Nada ni nadie me detendrían esta vez. Para bien o para mal, esta pesadilla tenía que acabar.

Escuchamos la puerta del garaje, el automóvil ingresando a la casa y ya no había tiempo para pensar en nada más.

–Mi arma está cargada. Si las cosas no salen como esperamos, sacaré a Alejo de aquí y lo llevaré con Mauro. Te lo prometo –me dio un beso en la frente y corrió escaleras arriba, al encuentro de mi hijo.

El momento había llegado. El hito que marcaría un antes y un después. Vida o muerte. El Lobo me mostraría sus enormes dientes y lo enfrentaría con valor.

Mis piernas temblaban mientras caminaba hacia el taburete. Me esforcé por controlar la respiración, concentrada en respirar y nada más. Aire entrando y saliendo de mis pulmones. Necesitaba aire, oxígeno, fuerza. Dolería. Sabía que dolería y eso me asustaba mucho. Pero dolía mucho más continuar en agonía.

Si iba a morir, que fuera hoy. Era momento de recuperar la llave de mi destino.

Escuché la puerta lateral, el paso firme de mi esposo ingresando a la cocina y cerré los ojos por un segundo. Con las manos juntas sobre la isla de la cocina y el corazón desnudo de falsedades, elevé una plegaria silenciosa. Lisandro se acercó por detrás y su boca se plantó en mi mejilla. Abrí los ojos.

—Mi madre nos espera a cenar a las nueve —dijo mientras se servía un vaso con agua. Me enderecé en la silla.

—No iré —murmuré. Mantenía las manos juntas, apretadas.

Lisandro entornó la mirada y el recorrido del vaso hacia su boca se detuvo en el mismo instante.

—No iré. Ni a esta ni a ninguna otra cena, llegado el caso —agregué, por si necesitaba alguna aclaración—. Se acabó.

Me miró como si le estuviera hablando en un idioma desconocido. Dejó el vaso sobre la isla casi sin hacer ruido.

—¿Qué quieres decir?

—"No, mi amor", eso es lo que quiero decir —respondí con voz temblorosa—. Me voy de aquí y no hay nada que puedas hacer para convencerme de lo contrario. Es una decisión tomada.

Me miró unos segundos más y luego usó su sonrisa más macabra, lo que más se parecía al rugido de su monstruo. No moví un músculo de la cara; me limité a preservar las fuerzas y aguardé lo inevitable.

Apoyó los codos sobre la isla y se acercó peligrosamente hasta mi rostro. Tragué saliva.

—¿Y adónde piensas ir? Si se puede saber...

—No. No se puede saber.

La sonrisa se le borró de la cara.

—Estás loca si crees que vas a dejarme. Y todavía más loca si crees que te llevarás a mi hijo. Alejo no se mueve de mi casa —dijo con una frialdad escalofriante—. Somos una familia.

—Deja a Alejo fuera de esto. Nuestro hijo nunca te importó; ni Alejo ni el bebé que mataste. Ya no vas a usar ese argumento para retenerme. Me llevo a mi hijo porque es mío, y porque no toleraré que pase un minuto más al lado de un monstruo como tú. Te quiero fuera de su vida y de la...

Antes que pudiera terminar de hablar, el dorso de su mano me cerró la boca y un estallido de colores me nubló la visión. Sorprendida, me llevé la mano a la nariz y mi sangre goteó sobre la isla.

Me golpeó en el rostro. Lisandro nunca me golpeaba en el rostro, no así.

—Ve a lavarte la cara y deja de decir estupideces —dijo mientras se limpiaba el dorso de la mano con el paño de cocina. Era mi sangre la que se quitaba de encima.

Sin dejar de mirarlo, usé el borde inferior de mi camiseta y me limpié el rostro. Estaba casi segura de que mi nariz estaba rota. Me costaba respirar.

—Me voy —repetí con firmeza. Mis miedos estaban conmigo, dándome fuerza. El instinto de supervivencia era más fuerte que cualquier cosa.

Me levanté del taburete y traté de huir, aun sabiendo que no lo lograría. Sabiendo que dolería, pero dispuesta a dar pelea. Me sujetó del cabello y mi espalda chocó con su pecho. Intenté zafarme de su garra con ambas manos, pero tiraba demasiado fuerte. Era demasiado fuerte.

—¡No irás a ningún lado, ¿oíste?! —su aliento de fuego me quemó el cuello—. ¡¿Cuándo te entrará en la cabeza que eres mía?! ¡¿Eh?!

Tiraba más y más. Más y más me costaba respirar.

—¡Mejor muerta que tuya! ¡¡Mejor muerta!!

El puño que tomaba mi pelo se amarró a mi cuello con una fuerza abrumadora, aplastante, y temí no salir viva de allí.

—Entonces, muerta —murmuró con la mirada encendida de odio.

Mis manos empujaban a las suyas, tratando de liberar mi cuello. Mis pies apenas me sostenían, sentía que no tocaban el suelo. Me estaba estrangulando. El aire no entraba ni salía y la sensación era la más espantosa que me había tocado vivir. Y me habían tocado vivir muchas cosas espantosas, pero nunca algo así... nunca ese instante en que sientes que la vida se te escapa.

Perdí el equilibrio y de repente estaba en el suelo, con Lisandro sobre mí, apretando mi cuello más y más cada vez. Eso era todo. Iba a morir. Lisandro me asesinaría. Mi visión se nublaba y las fuerzas dejaban de acompañarme. El tiempo estaba suspendido. El espacio también. Descubrí entonces que aquello de que la vida te pasa en un segundo frente a los ojos era cierto.

* * *

ALGUNA MAÑANA EN LA CASA DE HUÉSPEDES.

Alejo no tardaría en regresar del kínder, pero me resistía a abandonar su cama. Me quedaría a vivir ahí, en su cuerpo; haría de su corazón mi hogar y no saldría nunca más. Pero como todo eso era imposible, me conformaba con robarle unos segundos más de compañía.

—¿Viste flashes de momentos claves de tu vida? ¿Tuviste una experiencia extrasensorial o algo parecido? —pregunté, acariciando con un dedo las cicatrices que esas dos balas habían dejado en su pecho, largo tiempo atrás. Estaban tan cerca del latido de su corazón que sentí miedo. Miedo de que Mauro no existiera.

—No, no vi nada —sonrió, tan honesto como siempre—. Solía hacerme el valiente… Quería que el mundo pensara que no le temía a nada; supongo que hasta yo me lo creí. Pero cuando te llega ese momento, en que piensas que sí, que es posible que no cuentes el cuento, es horrible —tomó mi mano y besó la punta de mis dedos—. Ya no finjo valentía. Respeto el miedo, lo uso. Me cuido. El instinto de supervivencia es poderoso.

Agradecí en silencio. Si algo le sucediera, el mundo perdería a un ser maravilloso. Peor aún, yo lo perdería.

—Quisiera tenerlo... —la confesión se me escapó sin intención—. Ese instinto de supervivencia.

—Lo tienes —aseguró, con una convicción inquebrantable.

Pensé en todas las veces que Lisandro me había lastimado, esas ocasiones en que había recibido el golpe sin hacer nada para defenderme. El único instinto que conservaba intacto era el de huida.

—¿Qué piensas?

—En lo mucho que me gustaría regresar el golpe —respondí, mirándolo a los ojos.

Me observó con detenimiento.

—Muéstrame —dijo, luego.

—¿Qué te muestre qué? —pregunté, confundida.

—Cómo devolverías un golpe. Muéstrame.

Me reí, por supuesto. Porque era gracioso. Pero para mi sorpresa, Mauro no se reía conmigo. De hecho, estaba bastante serio. La sonrisa murió en mi boca tan pronto como apareció.

—¡No voy a golpearte! —expresé horrorizada.

De un momento a otro, se arrodilló en la cama y jaló de mi mano hasta dejarme frente a él. Fue brusco, jamás lo era. No conmigo. Y estábamos desnudos, así es que de inmediato me sentí intimidada. Expuesta. La seriedad de su expresión no me gustaba. ¿Qué era lo que tramaba?

—Quiero ver —dijo, expectante—. Muéstrame.

—Mauro, estás loco si crees que yo...

Entrelazó sus dedos con los míos y empujó con inesperada fuerza. La sorpresa fue tal que, para no perder el equilibrio, empujé en el sentido contrario.

—¿Qué estás haciendo? —murmuré entre dientes.

—¿Qué sucede? ¿Esa es toda la fuerza que tienes, Lucrecia? —me miró directo a los ojos, completamente serio—. ¡Vamos, empuja!

Era una roca, no lo movería jamás, pero acepté el desafío. Empujé más y más, pero no logré moverlo un centímetro de su posición. Mi rostro estaba en llamas y comenzaba a sentirme agitada. ¡Estaba frustrada! ¡Enfadada! Empujaba con todas mis fuerzas y él ni siquiera pestañeaba.

—¿Te estás cansando?

Me enfadé todavía más, porque me estaba haciendo parecer una idiota. Empujé con más fuerza, con todas mis fuerzas.

—Te estás cansando, Lucrecia —cerró sus manos un poco más, y cuando empujó, me dolió. Me dolió de verdad. Estuve a punto de caerme—. Te falta el aire, te quedas sin fuerzas, y ni siquiera estoy intentando empujarte. Eres tú quien gasta energías... inútilmente —empujó más, *hasta que su boca casi rozó la mía–. Soy mucho más pesado que tú, te doblo en fuerza y no tendrías oportunidad de devolverme un golpe. Tratar de devolver el golpe a un hombre es una locura, Lucrecia. Estás en desventaja física.*

–Entonces, ¿qué debo hacer? ¿Dejar que me golpee y quedarme callada?

–No –de repente, me soltó y mi cuerpo chocó con el suyo–. No gastes tus energías. Solo ríndete. Porque si movieras tu rodilla en este preciso momento, me dejarías fuera de combate. La pelea entre un hombre y una mujer es desigual, Lucrecia. Siempre. Gana con inteligencia, no con fuerza bruta. Golpeas fuerte aquí... –puso su rodilla entre mis piernas–, o aprietas aquí... –su mano y la demostración correspondiente me estaban enviando de paseo al paraíso–. La lucha es desigual, recuérdalo. Usa la cabeza. Deja que se acerque y golpéalo donde más le duele.

450

* * *

Me faltaba el aire y las fuerzas me estaban abandonando. Dejé de intentar sacarme a Lisandro de encima, dejé de luchar, aparté mis manos y me entregué a lo que fuera con una confianza absoluta.

Mi repentina rendición descolocó de tal manera a mi contrincante que me soltó de inmediato, apoyando las manos a ambos lados de mi cuerpo. El aire regresó, abrí los ojos.

Deja que se acerque y golpéalo donde más le duele... Un recuerdo clave de mi vida acudió en mi ayuda en el momento preciso. Con todas las fuerzas que me quedaban, usé mi rodilla para golpearlo donde más le dolía.

Fue así como lo dejé fuera de combate.

Pero yo no estaba en las mejores condiciones; tosía compulsivamente en busca de oxígeno, con una mano en la garganta y arrastrándome para poner distancia. Lisandro se retorcía de dolor en el suelo de la cocina y supe que, si no aprovechaba la oportunidad, estaría perdida.

El instinto de supervivencia era poderoso. Y yo no lo había perdido. Siempre había estado allí, dentro de mí, agazapado y a la espera de una oportunidad para salir a relucir. Pues había llegado el momento.

Usé el borde de la isla para ponerme de pie y rápidamente busqué algo que pudiera servirme para ponerlo a dormir.

La lucha es desigual. Usa la cabeza.

Lo vi arrastrándose en el suelo como el gusano que era y la respuesta me llegó como una revelación. Estiré una mano hasta el cable de la tostadora y jalé de él. Ni siquiera tuve que usar demasiada fuerza. La tostadora aterrizó directamente sobre su cabeza y Lisandro profirió un grito de dolor antes de que el suelo se precipitara sobre su cara.

Ahora sí, dormía como un muerto.

CAPÍTULO 6

OTRA CRÓNICA DE UNA MUERTE ANUNCIADA

MIÉRCOLES, 31 DE DICIEMBRE DE 2014.

CIUDAD DE BUENOS AIRES.

Tomé el paño de la cocina y lo presioné sobre mi nariz para detener el sangrado. Usé mi pie para mover el cuerpo de Lisandro, pero no se movió.

—¡Camilo! —intenté gritar, pero mi voz se oía apenas, ronca y esforzada. Me sentía ahogada—. Lo maté... Maté a mi esposo.

Camilo apareció de un momento a otro y retiró el paño de mi rostro. Su expresión se descompuso. Se veía tan asustado como yo. Esto no era lo que teníamos planeado. Nadie debía morir.

—¡Haz algo! —pedí, tomándolo de la camisa—. Comprueba sus signos vitales, por favor. Quizás podamos salvarlo todavía... Llamemos al 911. O a una ambulancia. ¡Muévete!

—Detente, Lucrecia. Lisandro está bien. Pero, tú no... —retiró un mechón de cabello que caía sobre mi frente.

—Estoy bien, Camilo.

—No —acarició una mejilla y me llevó de los hombros hasta el microondas, enfrentándome a mi reflejo—. No estás bien.

Una cascada de sangre descendía desde mi nariz hasta perderse entre mis labios. Mi ojo izquierdo se veía escalofriante, producto de un importante derrame. Alcé un poco la cabeza y vi las marcas de sus dedos rodeando mi cuello, la perfecta huella de su mano.

Lisandro había intentado estrangularme.

Camilo envolvió mi cuerpo con sus brazos y apoyó su cabeza en mi hombro. Lloraba. Lloraba como si alguien hubiera muerto.

—Tranquilo, Camilo. Se ve peor de lo que es —aparté la mirada de mi reflejo. Lo abracé y acaricié su espalda, intentando que recobrara la compostura cuanto antes. Lo necesitaba entero—. No tenemos mucho tiempo.

—Sí, lo siento —se limpió las lágrimas con el cuello de la camisa—. Alejo se quedó dormido, no tenemos que preocuparnos por él por un rato. Ahora, deja que compruebe que este... ¡hijo de perra! esté realmente inconsciente.

Lo tomó de la camisa y lo sacudió con fuerza, pero Lisandro no se movió.

—Completamente fuera de combate, ¿cómo lo hiciste? —preguntó, sorprendido.

—La tostadora.

—Ingenioso...

Mientras Camilo desvestía a Lisandro, de una forma para nada cariñosa, fui hasta el refrigerador y saqué todo el contenido del congelador. Ocultas bajo la comida, había dos bolsas oscuras. Puse a calentar agua en una cacerola y saqué el termómetro digital para pastelería.

—¿Qué es eso? ¿Qué estás haciendo?

—Estableciendo mi horario de muerte —dije mientras acomodaba las bolsas dentro del agua.

—¿Qué?

–Esta es mi sangre, Camilo. Dos litros de ella... Voy a calentarla hasta que llegue a treinta y ocho grados y la regaremos por toda la cocina.

–¿Te sacaste dos litros de sangre? ¿Cuándo?

–No todo de una sola vez; no estaría en pie. Me llevó semanas.

–Eres de temer, cariño. Nunca entendí para qué me habías pedido todas esas cosas.

–Tampoco era prudente que habláramos demasiado.

Camilo se quitó la ropa y la reemplazó por la de Lisandro. Mis gustos solían ser bastante definidos en mi época de adolescente, él y Lisandro se parecían bastante; otra ventaja que el universo nos regalaba. Camilo era un poco más alto, pero sentado detrás del volante de un vehículo bien podría hacerse pasar por mi esposo. En cuanto a mis gustos... afortunadamente, maduré. Ahora, me gustaban los hombres de verdad. Como Mauro.

Cuando las bolsas estuvieron listas, las ubiqué sobre la isla.

–¿Puedes ponerte por ahí? –le indiqué el borde la isla.

–No me la tiraras encima, ¿cierto?

–No, pero salpicará. Cúbrete la cabeza con esto –le arrojé el paño de cocina y lo atajó al vuelo–. Cierra los ojos.

Sujeté la tostadora, acomodé las bolsas frente a mí y las golpeé con fuerza. La sangre salió disparada hacia todos lados, derramándose por los bordes.

–¿Ya está?

No podía responderle. La escena era de verdad escalofriante. Arrojé la tostadora al otro lado de la isla, sabiendo que se convertiría en evidencia. Probablemente, en el "objeto contundente" que me habría dado muerte.

Pensé en Mauro, en su reacción al ver la cocina, la escena, mi sangre. Mi corazón protestó con un errático palpitar. Si la situación fuera a la inversa, si a mí me tocara encontrar una escena tal con él como víctima, moriría de tristeza.

—¿Luli? ¿Estás bien?

—Esto es muy fuerte, Camilo —murmuré—. Una escena así.

—El objetivo es desaparecer, Luli. Que te crean muerta y, de ser posible, que impliquen a Lisandro.

—Apuntarán a Mauro.

—Ya lo habíamos discutido. Es muy posible, pero estará bien. Es inocente.

—Lo es. Siempre me aseguré de que así fuera.

—Estará bien —me tomó de los hombros y sonrió—. Tú estarás bien. ¡Estamos a un paso de lograr lo imposible! ¿No era lo que querías?

No. No era lo que quería. Estaría lejos de Lisandro, pero también de Mauro. El precio a pagar por desaparecer era demasiado alto.

—Ve a cambiarte. Apresúrate.

Subí las escaleras y pasé por la biblioteca, asegurándome de que *Crónica de una muerte anunciada* estuviera en su lugar y la fotografía de graduación a la vista. Alejo y yo tendríamos que salir primero. Lisandro y Camilo un rato después. Camilo al volante y Lisandro en la cajuela, hasta que lo abandonara en algún lugar fortuito y alejado.

Entré a mi habitación y fui directamente al baño. No quería que Alejo me viera en esas condiciones.

Me di una ducha y luego me ubiqué frente al espejo, tijeras en mano. Me buscarían. Buscarían el cuerpo y, probablemente, una fotografía mía circularía por algunos medios. Era necesario hacer algo drástico. Tomé el cabello a la altura de mi nuca y...

—Es cabello. Crecerá —me alenté a mí misma.

Con cuidado, para que quedara lo más parejo posible, corté el cabello y lo guardé en una bolsa. El resultado no fue tan grave, pero ahora no alcanzaba a cubrir las marcas en mi cuello. Saqué un maquillaje base de mi neceser y las cubrí. Casi no se distinguían. ¿El ojo? Bueno, tendría que arreglármelas con unos lentes oscuros.

Bolsa en mano, salí a la habitación y me senté al borde de la cama. Acaricié los rizos de mi hijo y besé su frente.

—Hora de despertar, mi amor. Se acabó la siesta —rocé mi nariz en su mejilla.

Se desperezó sobre la cama y, al verme, se sorprendió.

—¿Te gusta? —pregunté, en referencia a mi cabello.

—Tienes una nana en el ojo —señaló con su dedo—. ¿Te duele?

—No me duele nada, hijo. Ya no —no me detendría en explicaciones sin sentido. No era momento—. Vamos a jugar a las escondidas, ¿quieres?

—¡Sí! —respondió con algarabía.

Me puse el pantalón de Camilo, su camisa, y escondí lo que quedaba de mi cabello bajo la gorra. Esperaba que la visera ocultara mis ojos hasta que llegáramos seguros al apartamento de las chicas.

Alejo saltó sobre mis brazos y bajamos las escaleras. Me ocupé de sostener su cabeza en la dirección correcta, para que no viera la escena de la cocina. Camilo entró la carretilla a la casa, que obviamente no contenía herramienta alguna, y levanté el cobertor verde antes de colocar a Alejo dentro.

—Shh —le indiqué con un dedo. Feliz con la idea de jugar a las escondidas, se agazapó y lo cubrí.

—Señor jardinero, ¿cómo le va? —sobreactuó Camilo—. ¿No habrá visto usted a Alejo escondido por aquí?

—No, yo no vi nada. Solo vine por mi carretilla y enseguida me voy.

Oí la risa de mi hijo y suspiré aliviada de que se tomara todo como un juego. Para Camilo y para mí estaba lejos de serlo.

—Nos vemos pronto, señor jardinero. Los alcanzo en unas horas, cuando despache el paquete.

—Cuídate, Camilo —le pedí.

—También tú.

Arrastrando la carretilla, salí de la casa por la puerta principal y caminé con absoluta tranquilidad hasta la camioneta blanca. Abrí la puerta del acompañante y me aseguré de que nadie estuviera mirando antes de sacar a Alejo de su escondite.

—Entra, mi amor. Agachadito, así no nos descubren. Aún seguimos jugando...

Cuando Alejo estuvo ubicado, cerré la puerta. Me costó una enormidad cargar la carretilla en la parte trasera. Las fuerzas ya me habían abandonado. Una vez en el asiento del conductor, encendí el motor y solté un suspiro.

Gracias, Mauro, pensé. A fin de cuentas, tenía razón. Saber conducir me salvaría la vida.

＊ ＊ ＊

Vicky y Electra nos esperaban sentadas en los escalones de la entrada del edificio.

Electra se olvidó de su habitual apatía y me encerró en un titánico abrazo. Me dolía todo el cuerpo, pero le permití estrujarme a gusto. Dejé a mi hijo en el suelo y, de inmediato, la tomó de la mano. Le miraba el cabello con mucha curiosidad; esta semana, era color anaranjado. Victoria, por otro lado, forzaba una sonrisa, pero la angustia en su expresión era imposible de disimular.

—Estoy bien, Vicky —acaricié su brazo.

—Estaba preocupada por ti —cuando me abrazó, la sentí llorar sobre mi hombro. La situación había sido en extremo estresante para todos–. Entremos... Esa camisa está muy sucia, no la soporto en ti un minuto más.

Una vez dentro del apartamento, le di un baño a Alejo, y Victoria le recortó un poco los rizos. Era necesario, también lo buscarían a él.

Camilo llegó poco tiempo después, con ropa limpia esta vez, la que convenientemente habíamos guardado en el automóvil de Lisandro. No había tenido problema alguno. Lo había dejado sentado en el asiento del conductor en un estacionamiento de un vecindario poco concurrido. Con suerte, despertaría a la madrugada.

No podía quedarme mucho tiempo en la Ciudad de Buenos Aires, así es que luego de que Alejo comiera algo, me puse la ropa que Vicky había comprado para mí y nos preparamos para salir.

–Tu equipaje –Camilo dejó el bolso frente a mí y lo abrí apenas. Lo fajos estaban ocultos bajo nuestras cosas; los documentos falsos también. Era cierto aquello de que el dinero mueve al mundo.

–Bueno, siento que tendría que dar un discurso o algo así –sonreí nerviosa, un pobre intento por ocultar la angustia de la inminente despedida. Iba a desaparecer, y conmigo también el cuarteto que por años había sido mi refugio–. No tengo palabras…

Ellos tampoco las tenían. En un significativo silencio de gargantas apretadas, compartimos besos, abrazos y un "hasta luego". Esperaba que, en algún momento, más temprano que tarde, la vida volviera a cruzarnos.

–Tus documentos de la camioneta están aquí, pero confío en que no los detendrán. Pero deben darse prisa. Una vez que se emitan las alertas, los controles se intensificarán.

–Camilo, eres el mejor amigo del planeta…

–Luli, ya te lo he dicho. Lo que más me gusta de ti es que eres una chica libre. Mantente así, ¿de acuerdo? —besó mi mejilla—. Nos vemos en tu próxima vida.

—Electra... —la llamé.

—Dime.

—Ten a mano ese paquete de cigarrillos, ¿quieres? Y si lo ves... Quiero saber cómo está.

—Villa, así será. Voy a estar esperándolo.

Nos despedimos de todos, una vez más, con manos alzadas y besos voladores. Tras encender el motor, emprendimos el camino a nuestra nueva vida.

459

* * *

Alejo dormía. Era la primera vez que manejaba en ruta; iba insegura y el reflejo de las luces me estaba molestando. Me ardían los ojos. Pestañeé un par de veces, pero la incomodidad no cedía. Bajé la velocidad, puse las balizas y me detuve al borde del camino.

Me ardían los ojos y me temblaban los labios. El cuerpo. La angustia me trepó desde el fondo del estómago y desbordó en un gemido de dolor que no pude contener. Entonces, apoyé la frente en el volante y lloré. Lloré. Era un llanto de angustia, de dolor, de nostalgia, pero también de alivio, de esperanza.

Los brazos de Alejo rodearon mi cuello y lo abracé con fuerza.

—No llores, mami —sus pequeñas manos envolvieron mis mejillas.

—No lloro más, mi amor. Prometo que no lloraré más.

SEXTA PARTE

CAPÍTULO 1

PUERTO TRIUNFO

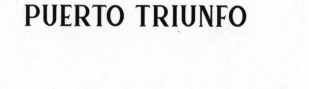

LUNES, 2 DE MARZO DE 2015.

CIUDAD DE BUENOS AIRES.

—No puedes hacer esto... ¿te irás? ¿Justo ahora? ¡Me dejas solo cuando más te necesito, Mauro! ¡Estamos avanzando!

Lucho no estaba para nada contento con la noticia. No me sorprendió que se lo tomara así; yo me hubiera sentido igual.

—Necesito unos días, Lucho. Ya no recuerdo la última vez que dormí una noche completa... Si no pongo algo de distancia, no puedo pensar —me excusé.

—¡Lucrecia y Alejo están desaparecidos! ¿Y tú te tomas vacaciones? ¡No lo puedo creer!

—¡No son vacaciones, Lucho! ¡Necesito estar unos días lejos, ¿es tan difícil de comprender?! Hablas como si no me conocieras.

—¿Sabes qué? Tienes razón. Te desconozco. ¡De todos, eres el último que pensé que bajaría los brazos! —dijo fuera de sí. Jamás lo había visto así de alterado—. Eres un traidor. ¡Y un mentiroso! ¡Ellos no te importan! No sé para qué me tomé la molestia de insistir, soy un imbécil. ¡Que disfrutes tus vacaciones, Mauro!

Las paredes vibraron cuando azotó la puerta de mi apartamento. Nada de lo que dijera lo haría cambiar de opinión. Me consideraba un "traidor". Una palabra fuerte. Así me sentía exactamente, porque Lucho seguía sufriendo por Lucrecia y Alejo y yo sabía que estaban con vida. Podría ahorrarle el sufrimiento y decirle la verdad, pero no lo haría.

El mensaje era para mí. Para nadie más.

Apenas recibí el mensaje de manos de Electra, estuve a punto de subirme al automóvil e ir a buscarla. De hecho, eso fue justo lo que hice. Conduje un par de kilómetros hasta darme cuenta de la locura que era. Si desapareciera tan repentinamente, sin dar explicaciones, me buscarían. ¿Y si me encontraran? Los conduciría a Lucrecia.

No era sensato correr un riesgo de semejante magnitud cuando estábamos tan cerca de volver a estar juntos. Era preciso hacer las cosas con calma y analizando cada paso.

Esa mañana, me dediqué a comunicar a todos, uno por uno, que necesitaba irme por unos días. La explicación por mi repentina partida era sencilla y creíble: "Estoy cansado, necesito alejarme". Los que me conocían, sabían que poner distancia era una estrategia que solía usar; sobre todo cuando llegaba al límite de mi paciencia. Los que no me conocían, comprendían. No era inusual que alguno "bajara los brazos" en una situación como la nuestra. Prefería que me consideraran un traidor, un mentiroso, un cobarde, un demente o lo que sea. Lo único que me importaba era dejar las cosas en orden e irme cuanto antes.

Me hice a la idea de que solo sería unos días. Una semana a lo sumo. Tal vez, quince días… Pues desaparecer indefinidamente no era una alternativa. Levantaría sospechas. Lo cierto es que poco importaba si fuera una hora o un mes, lo que necesitaba era verla.

¡Con urgencia! Saberla viva no era suficiente; tenía que verla, sentirla, tocarla, olerla. Necesitaba que hiciéramos el amor...

"Puerto Triunfo", eso era lo que estaba escrito en el cigarrillo de la suerte.

Lo había premeditado todo, hasta el más mínimo detalle. Se aseguró de darme las respuestas a preguntas que aún no habían sido formuladas. Respuestas que recuperaría solo si seguía sus precisas instrucciones: *No olvides nada de lo que vivimos...*

* * *

UNA MAÑANA EN EL PARQUE.
CIUDAD DE BUENOS AIRES.

Estaba orgulloso de mí mismo. Por primera vez, la había dejado atrás. Sí, estaba agitado como nunca. Y sí, también corría el riesgo de sufrir un colapso general. ¡Pero la dejé atrás! Me derrumbé en el césped, literalmente, con piernas y brazos extendidos y ojos cerrados. ¡Le había ganado, finalmente!

Escuché su respiración esforzada a mi lado y abrí los ojos. Su carita de ensueño lucía como si hubiéramos tenido una maratón de sexo matutino... que era justo lo que había sucedido. ¡La mejor mañana de mi vida!

—Hace una hora que te estoy esperando —exageré a propósito, solo para que me mostrara su sonrisita irónica—. ¿Qué pasa, Lucrecia? ¿"No tienes piernas"?

—Honestamente, me sorprende estar caminando —se sentó a mi lado—. Dejaste en claro tu punto, Mauro. Tienes una resistencia admirable... Me rindo.

—¡No quiero que lo hagas! Me encanta que pongas a prueba mi resistencia.

—Entonces —se recostó a mi lado—, deberíamos cambiar la rutina. Primero corremos y luego...

—No puedes resistirte a mis encantos, admítelo.

Entrelacé mi mano con la suya sobre el césped, el único contacto que nos permitíamos fuera de los límites de la casa, y que, por inocente que fuera, suponía un terrible riesgo. Yo tampoco podía resistirme a sus encantos... estar tan cerca sin poder tocarla, era intolerable.

Nos quedamos en silencio por un largo rato.

Me encantaban los silencios con Lucrecia, eran deliciosos. Olían a vainilla y coco.

—Puerto Triunfo —dijo, de repente.

—¿Qué?

—El otro día, me preguntaste cuál era mi lugar en el mundo... Lo pensé mucho. Es Puerto Triunfo, en Paraguay.

—¿Paraguay? ¿De veras? —me apoyé sobre el codo para verla mejor.

Quería saber todo de ella, cada pequeño detalle, llegar a conocerla más que cualquier persona sobre la faz de la tierra. Por eso le preguntaba cualquier cosa, lo que se me viniera a la cabeza, en el momento que fuera. Amaba escucharla hablar, el sonido de su voz. A veces, me respondía de inmediato; en ocasiones, prefería tomarse su tiempo. Me encantaban esas ocasiones: "Voy a pensarlo y luego te digo".

—¿Por qué Puerto Triunfo? ¿Qué hay allí? —pregunté, curioso por su elección.

—Una vez, cuando era muy pequeña, mi abuela y yo fuimos a visitar a unos parientes en Puerto Rico, una localidad de la provincia de Misiones. Allí se toman los mejores mates, te lo aseguro. Fue mi primer viaje; nuestro único viaje juntas, en realidad... Es un sitio en extremo caluroso, húmedo, recuerdo que la tierra colorada se me pegaba en los talones –sonrió, con la mirada puesta en el pasado–. Era tan diferente al caos de Buenos Aires. Por las noches, cargábamos unos camastros e íbamos a tomar el fresco junto al río. Del otro lado de la costa, se veían las luces de Puerto Triunfo. Sentía que si estiraba la mano las tocaría. Me parecía increíble que hubiera otro país del otro lado. Me preguntaba qué había allí, ¿otra vida, tal vez…? Nunca me atreví a pedir que cruzáramos el río para averiguarlo. Pero si me preguntas cuál es mi lugar en el mundo, te diría que la respuesta es Puerto Triunfo, en Paraguay. Quiero saber qué hay del otro lado.

Aunque tocarla estuviera prohibido, sentí un inmenso impulso por besarla. Pero no lo hice. Me resistí, porque yo tenía una resistencia admirable; sus palabras, no las mías. Lo que no pude resistir fue pedirle un deseo en voz alta.

–¿Quieres ir?

Se apoyó sobre su codo y la distancia entre nosotros se acortó.

–Vamos juntos… –tomé su mano y besé la punta de sus dedos–. Cuando quieras y como quieras.

Me miró a los ojos por unos segundos y el silencio se prolongó, al igual que mis esperanzas de que dijera que sí. Porque no había contestado de inmediato, por lo tanto...

–Lo pensaré y luego te digo.

Creí que su respuesta había quedado inconclusa, pero nunca dejaba mis preguntas sin responder, por insignificantes que fueran. La respuesta llegó escrita en un cigarrillo de la suerte. "Puerto Triunfo". Lucrecia y Alejo habían cruzado ese río, estaban del otro lado, descubriendo cómo era esa "otra vida". Nos separaban poco más de mil kilómetros de distancia. ¡Nada!

Obvié las despedidas. Preparé el equipaje para unos pocos días y partí de madrugada.

✳ ✳ ✳

Tras conducir muy por encima del límite de velocidad, llegué a Puerto Rico a primera hora de la tarde. Era tal y como Lucrecia lo había descrito. La ropa se me pegaba al cuerpo y hasta el aire que respiraba se sentía como una bocanada de fuego. Me mezclé entre la gente y pronto encontré a alguien dispuesto a cruzarme al país vecino por una suma considerable. Era otro mundo, la Triple Frontera se regía por sus propias leyes.

Al atardecer, en una barcaza de dudosa estabilidad, cruzamos el río Paraná. Aunque el agua parecía en calma, la embarcación se bamboleaba de un lado al otro. Sentí náuseas y pronto perdí mi almuerzo por la borda. Aparentemente, no tenía madera de marinero.

Poco después, me encontré recorriendo las calles de Puerto Triunfo. Hacía mucho calor y no era sencillo moverse entre la muchedumbre que se congregaba en la zona comercial, todos dispuestos a aprovechar los beneficios de comprar multiplicidad de artículos a un precio irrisorio. El panorama típico de una zona fronteriza. A cada paso, los vendedores ambulantes se te abalanzaban al grito de "¿qué va a llevar?" y, francamente, me los quitaba de encima sin mucho decoro. Buscarla allí era una locura, lo sabía. Había elegido muy bien su destino. Pero persistí de todos modos.

Si eso no funcionaba, mi plan auxiliar era llamar puerta por puerta hasta dar con ellos. Así de alterado estaba. Hubiera sido considerado de su parte darme una dirección, o un teléfono, pero no. Así era Lucrecia. Nunca me ponía las cosas fáciles.

Miraba a todos con detenimiento, buscando su cabello oscuro o los rizos rubios de Alejo rebotando por allí; esperando ver su carita de ensueño o escuchar la risa chispeante del pequeño.

Mi desesperación aumentaba cuando, de repente... Me detuve en plena acera. La vi de espaldas, sentada ante la mesa de un pequeño bar. El cabello le caía como una cascada hasta la cintura y, definitivamente, era ella. ¡Era mi diosa! Fue hasta allí como en un sueño. En un parpadeo, estuve a su lado y tomé un mechón de su cabello.

—¿Qué estás haciendo? —la mujer giró la cabeza y me quedé paralizado.

—Lo siento... la confundí con alguien más —me disculpé, igual de sobresaltado que ella. No era Lucrecia. Lucrecia jamás usaría esa cantidad de maquillaje—. Lo siento —repetí, desilusionado y confundido.

Me di media vuelta para huir en el sentido contrario y caminé deprisa. Hacía calor, demasiado calor. Comenzaba a sentirme mareado. Quería irme, esconderme, buscar un lugar dónde dormir y retomar la búsqueda a la mañana siguiente. Ya no recordaba la última vez que había dormido una noche completa. Estaba mal, actuaba como un lunático. Debía...

—¡Maurooooooooooo!

Me detuve una vez más porque reconocería esa voz de duende donde fuera que la escuchara. Miré alrededor y lo busqué desesperadamente entre el tumulto de gente, hasta que mis ojos lo descubrieron corriendo hacia mí y unos pocos rizos rebotando sobre su cabeza. Con menos rizos, pero vivo.

Alejo estaba vivo.

Extendió los brazos en plena carrera y lo ataje en un abrazo que había esperado por tres larguísimos meses, un abrazo que pensé que no volvería a tener. Lo estrujé con fuerza porque no quería perderlo nunca más. No lo soltaría jamás, nada ni nadie volvería a separarme de él. Sus rizos me acariciaron la cara, sus brazos rodearon mi cuello.

Pronto sentí el calor de su pecho en mi espalda, sus brazos rodeándonos a ambos. Su mejilla en mi hombro y su aroma a vainilla y coco envolviendo nuestro espacio. Casi podía sentir el latido de su corazón golpeando contra mi cuerpo. Lucrecia también estaba viva.

Dejé a Alejo en el suelo, pero lo mantuve cerca. Tomé su mano y la arrastré hacia mí porque saberla viva no me alcanzaba. Necesitaba verla, sentirla, tocarla, olerla, que hiciéramos el amor...

Sus ojos redondos me miraron con un brillo que resplandecía. Mi mano, que extrañaba la caricia de su pelo con desesperación, se aferró al mechón que caía apenas hasta el borde de su cara. Sus labios temblaron y mi pulgar los acarició. No quería que temblara. No quería que temblara nunca más.

Sus manos exploraron mi cara, mi cuello, mi pecho, como si no creyera que de verdad estaba ahí. Yo tampoco lo creía. Puede que todavía estuviera durmiendo en mi apartamento, soñando como tantas otras veces que estaba ante mi diosa. Mi cuerpo se pegó al suyo y la envolvió en un abrazo posesivo. Hundí la cara en su cuello y aspiré la vainilla y el coco de su piel. Quería creer que era real, que no volvería a separarme de su lado, que nadie me la quitaría jamás. Me aferré a su espalda, mi puño se enredó en su cabello, más me hundí en su aroma. Temblaba...
Era yo quien temblaba.

—Mauro... —cuánto había extrañado el sonido de su voz—. Tranquilo.

Un "te amo" resbaló de mi boca y un "yo también" me dio la bienvenida desde la suya. Estaba viva. Mi diosa estaba viva. Viva y conmigo.

—Sabía que me encontrarías —dijo.

Entonces, abrí los ojos.

—¡¿Cómo pudiste hacerme esto?! —le grité.

CAPÍTULO 2

EL CENTRO DE MI MUNDO

Lunes, 2 de marzo de 2015.
Puerto Triunfo, República del Paraguay.

—¡¿Cómo pudiste hacerme esto?! —gritó, sobresaltándome.

Sus ojos eran puro fuego. ¡Estaba en llamas! La mecha estaba encendida y, si no hacía algo para detenerlo, explotaría. Nos lastimaríamos; y sería irreversible. Sí, lo había extrañado con locura y sí, también había soñado muchas veces con ese encuentro, ¡me moría por besarlo hasta quedarme sin aliento! Pero antes...

—Voy a decirte dos cosas, Mauro —aunque mi corazón estuviera desbocado, me esforcé por mostrar entereza. Le había prometido a mi hijo que no lloraría más—. En primer lugar, responderé a tu pregunta, pero no será aquí. Nos tranquilizaremos y luego hablaremos todo lo que sea necesario. Segundo —me acerqué a su oído, para que Alejo no escuchara—, si no me sueltas en este mismo instante, voy a pedirte que te vayas y no regreses jamás.

Su expresión de enojo mutó a una de sorpresa tan bruscamente como si hubiera despertado de un sueño. O de una pesadilla, tal vez. Estaba confundido, agotado y, obviamente, todo lo que había transcurrido hasta llegar aquí había sido demasiado para él. Era demasiado para cualquiera. También para mí. Aun así, no era excusa para que se convirtiera en quien no era. Porque Mauro no era un monstruo.

—Lo siento —estaba tan apenado que sentí unas ganas inmensas de abrazarlo y darle consuelo. Pero no lo hice. Mi resistencia había mejorado mucho en los últimos meses. Asentí y tomé la mano de Alejo para regresar a casa.

—Vámonos, ya es hora de cenar.

Comencé a caminar con mi hijo de la mano y volví a respirar cuando escuché sus pasos junto a los nuestros. No quería nada más que fundirme con él y quedarme a vivir en sus brazos... pero había mucho de qué hablar. Muchas verdades que poner sobre la mesa. Muchos puntos que necesitaban ser aclarados. Muchos errores que no volvería a cometer con ningún hombre, tampoco con él. El amor no era incondicional, no podía contra todo; si queríamos permanecer juntos y bien, íbamos a tener que aprender a no lastimarnos. Los dos.

Luego de hablar, sería Mauro quien decidiera si quería quedarse o no. Mi decisión ya estaba tomada.

* * *

Me detuve junto a la puerta del baño y escuché la caída del agua de la ducha. Lo extrañaba tanto... Por ilógico que fuera, lo extrañaba más ahora que solo una puerta nos separaba. Lo tenía a una caricia de distancia y no me atrevía a dar el paso. El instinto me empujaba hacia Mauro, pero la razón me decía que debía tomar mis recaudos. Siempre optaría por la razón.

—Después... —me prometí a mí misma.

Luego de cenar, mi hijo aprovechaba para echarse en la sala a ver televisión. Ni una preocupación perturbaba su mente. Ya no había monstruos debajo de la cama y Alejo era más Alejo que nunca, su mejor versión.

—Regreso enseguida. Te quedas con Mauro —le acaricié los rizos a la pasada y salí a la calle.

Rentábamos una casa de dos habitaciones, un poco desvencijada, pero alejada del alboroto de los paseos de compras. Allí, Alejo y yo pasábamos desapercibidos. Por esa zona, teníamos solo dos vecinos estables. La ventaja de los lugares tan pequeños como Puerto Triunfo era que siempre podías contar con tus vecinos. La desventaja era que, si tus vecinos no estaban alertados de una nueva presencia, curioseaban. Sobre todo, si tus vecinos eran Luis y Catalina, una pareja de ancianos tan adorables como fabuladores. Se sentaban en la galería frente a su casa, vecina a la nuestra, y dedicaban horas a tomar litros de té helado mientras tejían historias fantásticas sobre los pocos turistas que se quedaban a pasar la noche. Puerto Triunfo era más bien un sitio de paso.

—¡Lucila, querida! ¡Creí que te habías olvidado de nosotros! —Catalina celebraba cada visita como si se tratara de una fiesta, por muy breve que fuera.

Pasaba a darles las buenas noches a diario. Como no quería que comenzaran a tejer historias fantásticas sobre la llegada de Mauro, decidí adelantarme y darles mi versión.

—Imposible olvidarme de ustedes —besé la arrugada mejilla de Catalina y estreché la mano de Luis. Era un hombre muy callado y muy correcto. Catalina era quien hablaba por los dos.

Me senté en los escalones de la galería y acepté un sorbo del té que Catalina me ofreció de su vaso.

—Entonces... –me guiñó un ojo, cómplice–. ¿Recibiste visitas?

—Sí, así es. Su nombre es Mauro y es... un viejo amigo, por decirlo de alguna manera. Por favor, no lo espantes. Me gustaría que se quede.

—¿Un amigo con derecho a roce? –preguntó con picardía.

—Eso está por verse, Catalina. Bueno, solo pasaba a saludar. Gracias por el té –dejé el vaso sobre su mesita y me levanté del escalón.

—Sí, apresúrate. Tu "viejo amigo" está ansioso de que regreses.

Efectivamente, Mauro había salido a buscarme. Alzó una mano desde el umbral de la puerta y saludó a la distancia.

—Un lindo muchacho –comentó Catalina. Luis hizo una especie de sonido gutural; el pobre hombre era una planta.

—Sí, lo es –acordé con una sonrisa. Descendí los escalones del porche y caminé tranquilamente hasta la casa.

—¡Lucila! –gritó Catalina, esforzando su voz–. ¡Goza, querida! ¡Que la vida es una sola!

Sonreí por su desparpajo y me acerqué a la puerta. Mauro parecía más calmado, más él, más irresistible que en mis mejores sueños.

—Te ves mejor –acaricié su mejilla a la pasada.

—Lo estoy –confirmó, siguiéndome hasta adentro. Era doloroso no acercarme más, pero necesitaba espacio–. ¿Lucila? –preguntó, confundido.

—Lucrecia desapareció, Mauro –le expliqué, alzando a Alejo del suelo para llevarlo a la cama. Estaba profundamente dormido–. Quería que al menos me quedara "Luli".

Desvestí a mi hijo y le puse el pijama antes de meterlo entre las sábanas. Mauro no se movió de la puerta en ningún momento, como si hubiéramos regresado a la época en que lo consideraba un panóptico humano. Controlaba todo lo que sucedía alrededor y eso estaba poniéndome extremadamente incómoda.

—Que descanses, mi amor –susurré a su oído y sonrió en sueños.

Al salir de la habitación me puse de lado para pasar entre Mauro y la puerta; que estuviera en mi camino no era casual, claro está. Su mano en mi cintura me detuvo y el calor amenazó con propagarse como un incendio.

—¿Por qué me haces esto, Lucrecia? Me lastimas...

Desvié la mirada porque no quería encontrarme con su rostro o su boca, a la que deseaba tan fervorosamente que me sentía morir.

—Tenemos que hablar, Mauro. Por favor... –accedí a mirarlo de frente–. Sabes lo que sucederá si nos acercamos. El tiempo es nuestro, no hay prisas. Hablemos.

Inspiró profundo y asintió.

Nos sentamos frente a frente, en el comedor. La mesa era una segura distancia entre nosotros. Sus ojos eran un extenso mar de preguntas y mi mente un torbellino de respuestas y explicaciones que sabía le debía. Ninguno de los dos decía nada y me ponía más nerviosa a cada segundo. Hablar con la verdad, con la verdad verdadera, no era algo que se nos diera tan bien.

—Entiendo que estés molesto –dije, tratando de responder a su pregunta inicial–. No había otra forma, Mauro.

—No estoy molesto; eso es una subestimación. ¡Por poco muero! Hay una diferencia enorme entre estar enojado y sentirse morir, te lo aseguro –encendió un cigarrillo y se reclinó en el respaldo de la silla–. Creí que estabas muerta, Lucrecia. ¡No tienes idea de cómo me sentí! ¿Toda esa sangre en la cocina? ¿Puedes ponerte un minuto en mi lugar? No tienes una idea de la dimensión de mis sentimientos. ¿Puedes imaginar lo que es creer que la persona que amas ya no existe?

—No había otra forma, Mauro –repetí.

—¡Eres el centro de mi mundo, Lucrecia! ¿Lo entiendes o no? E hiciste que todo mi mundo tambaleara... No, claro que no estoy molesto, ¡estoy furioso!

—Recuérdame cómo llegaste hasta aquí, ¿quieres? —dije, antes de hacerle una seña para que me dejara probar la primera dosis de nicotina en meses.

—Sí, me indicaste el camino. Pero si hubieras confiado en mí, si me hubieras dicho lo que planeabas...

—¿Convertirte en cómplice, dices? No, Mauro. Jamás te hubiera hecho algo así. Eres tú quien no dimensiona mis sentimientos; sigues subestimándome.

—Te equivocas.

—No —le devolví el cigarrillo—. Confío en ti más que en cualquiera, es por eso que estás aquí. Te guie hacia nosotros, ¿qué más pruebas quieres? Si te daba todos los detalles, si te involucraba en lo que planeaba hacer y te convertías en mi cómplice, ambos podríamos haber caído. No estaba dispuesta a correr ese riesgo.

—Hubiera corrido cualquier riesgo por ti. ¡Contigo! Pero me dejaste afuera, Lucrecia.

—¡Te necesitaba afuera! —admití—. Si las cosas salían mal y Lisandro ganaba, si yo acababa muerta, ¿con quién se quedaría Alejo? ¿Con Elena? No, no lo hubiera permitido... Las instrucciones eran que lo llevaran contigo. ¿Ahora lo entiendes? Te hubiera confiado a mi hijo, lo más importante que tengo en la vida. Esa es la verdadera dimensión de mis sentimientos.

Mi confesión lo descolocó. Se quedó mudo, sin saber qué decir, y tomé su silencio como una invitación para continuar.

—Lamento mucho lo que tuviste que pasar estos últimos meses. Dios sabe que, si hubiera habido algún modo de ahorrarte el sufrimiento lo hubiera hecho. Pero no me arrepiento; volvería a hacerlo.

No pediré perdón por haber querido salvar mi vida y la de Alejo. Y es mejor que te enteres ahora, antes de dar un paso más –inspiré profundo, con un poco de temor, pero con total convencimiento. Aun a riesgo de que me malinterpretara, había errores que no volvería a cometer con ningún hombre. Mucho menos con él–. Te amo, Mauro… Pero no eres el centro de mi mundo. Yo soy el centro de mi mundo. Si quieres compartirlo conmigo, encontraremos la manera, pero si lo que intentas es atraparme en tu gravedad, es mejor que todo termine aquí. Ya pasé por esta situación antes, ya fui el centro del mundo de otra persona, y no volveré a cometer el mismo error.

–¿Me estás comparando con Lisandro? –preguntó, horrorizado.

–Te comportas como él y eso me asusta, debo ser honesta. Tú no eres así –lo miré directo a los ojos, buscando al Mauro que yo conocía en la mirada perturbada del hombre frente a mí–. No quiero perderte, pero tampoco quiero perderme a mí. Tomó mucho tiempo recuperarme. Déjame ser o solo déjame.

–Lucrecia…

Lo había sorprendido, su expresión lo delataba. Le ofrecía un espejo en el cual mirarse y su reflejo no le agradaba. Lo cierto es que todos teníamos nuestros propios monstruos; era nuestra responsabilidad mantenerlos a raya.

–Perdóname –dijo en un susurro estrangulado–. Es cierto… estoy actuando como un demente. Te extrañé tanto, sufrí tanto estos meses lejos de ti, que no supe cómo manejarlo. No es una excusa, es la verdad.

–Lo entiendo. No eres el único que se ha sentido un poco demente en este último tiempo –estiré una mano sobre la mesa y entrelacé mis dedos con los suyos. Lo necesitaba un poco más cerca. Ansiaba estar cerca–. No cambies, Mauro. Jamás… ni por mí ni por nadie. Dejarías de ser el hombre que amo.

Su boca besó mi mano y acaricié su mejilla. Sus ojos eran los mismos de los que me había enamorado. Su boca, la misma tentadora sonrisa que me moría por morder.

—No sé si tenías planes para hoy... —aventuré—. Pero, si quieres, tengo un colchón que necesita una buena prueba de resistencia.

—Ay, ¡gracias a Dios! —suspiró exageradamente—. ¡Creí que no me lo pedirías nunca!

Crucé por encima de la mesa porque, aunque el tiempo era nuestro, no podía perder un segundo más. Me senté sobre sus piernas y sus manos envolvieron mis mejillas. Saboreé su calor antes que su beso, y mi cuerpo descendió sobre el suyo necesitándolo cerca. Más cerca todavía. Porque lo había extrañado con locura y lo deseaba con tal intensidad que temía dejar de existir si no me tocaba.

—Lucrecia... —murmuró entre beso y beso, mientras me llevaba su camiseta entre dos puños apretados—. Alejo.

—Duerme profundamente —le recordé—. No me hagas esperar, Mauro. Te lo suplico

Durante el recorrido hasta la habitación, hicimos varias paradas técnicas. El tiempo era nuestro y no había prisas. No temíamos ser sorprendidos. No era necesario acallar gemidos ni ocultarnos en la oscuridad.

No había golpes que esconder ni cicatrices que ocultar. Mauro conocía cada una de las mías y yo cada una de las suyas. Encendí todas las luces, ¡hubiera traído al sol de ser posible!, para verlo en toda su plenitud. Para amar cada centímetro de su cuerpo con mis ojos, con mi boca y, sobre todo, con mi corazón. Porque cuando éramos uno, cuando su carne era la mía y su corazón latía dentro de mi pecho, me atrevía a creer que nuestro amor podría contra todo.

CAPÍTULO 3

UN TROPEZÓN ES CAÍDA

MARTES, 3 DE MARZO DE 2015.
PUERTO TRIUNFO, REPÚBLICA DEL PARAGUAY.

Estiré una mano sobre la cama, buscándola entre las sábanas revueltas, pero no encontré nada más que un espacio frío y vacío.

Asustado, abrí los ojos y me incorporé, temiendo que todo hubiera sido un sueño, temiendo despertar en una realidad sin Lucrecia. Desorientado, miré alrededor y respiré aliviado al reconocer que no estaba en mi apartamento. Estaba en Puerto Triunfo, en la casa de Lucrecia, en su habitación y en su cama. Luego de haberla tenido en mis brazos toda la noche, mi piel olía a vainilla y coco. Suspiré. No había sido un sueño. Su colchón era el paraíso... y tenía una resistencia admirable.

Alcé las sábanas hasta dar con mi ropa y sonreí al notar el faltante. Si Lucrecia estaba usando mi camiseta, eso se iba directo al segundo puesto del ranking de cosas que me encantaban de ella, justo por debajo de "yo soy el centro de mi mundo", que mantendría el primer puesto por toda la eternidad. ¿Hay algo más sensual que una mujer que hace respetar su lugar? Hasta ese momento, jamás lo hubiera imaginado. Pero Lucrecia me puso en mi lugar con su carita de ensueño y su mirada dulce, con una entereza que me provocó admiración. Creí que no era posible, pero la amé mucho más después de eso.

Me puso en mi lugar y bien merecido lo tenía.

Luego de haberla recuperado, estuve a un paso de perderla nuevamente. No quería a otro Lisandro en su vida, y yo no quería a un Víctor en la mía. La sola idea de parecerme a esos dos monstruos me regresó a la cordura en un abrir y cerrar de ojos. Me puso en mi lugar y agradecí que lo hiciera. Pero cuando me pidió que me alejara, sentí ganas de arrodillarme a sus pies y rogar misericordia. Haría lo que fuera, por patético que fuera. Ella era fuerte, pero yo no. Los últimos meses fueron suficientes para entender que la vida sin Lucrecia era un infierno. Perderla me daba pánico.

Necesitaba verla, aunque ya la hubiera tocado, repetidas veces y de muchas formas diferentes, aunque su aroma todavía estuviera en mi piel y aunque la madrugada nos hubiera sorprendido haciendo el amor... Necesitaba verla.

Me puse los jeans y me levanté de la cama para salir a explorar; seguí el sonido de su voz y la chispeante risa de Alejo.

La puerta de la habitación del pequeño estaba entreabierta y alcancé a ver el espectáculo de sus piernas mientras cuchicheaba con Alejo. Estuve tentado de empujar la puerta para disfrutar mejor de la escena, pero no lo hice. Era su momento y el de su hijo, no me sentí dueño de interrumpir.

Estaba en la cocina, poniendo agua a calentar, cuando la presentí aproximándose. Seguía siendo tan silenciosa como siempre, pero yo había aprendido a sentirla. Luego de meses sin tenerla cerca, su presencia era abrumadora, imposible de ignorar. Sus brazos rodearon mi cintura y su mejilla se pegó a mi espalda.

—Creo que tienes algo que me pertenece —sonreí, girándome a verla.

Sí, tenía algo que me pertenecía. ¡Gracias, Dios! Guardaría esa imagen en mi memoria por toda la eternidad, ¡lo juro! El brillo en sus ojos, la sonrisa en sus labios y el cabello revuelto. Siempre había deseado saber cómo se veía recién salida de la cama... Se veía como un ángel.

—¿Lo dices por esto? —preguntó, señalando la camiseta.

—No, lo decía por mi corazón... La camiseta es tuya, si la quieres. Te queda mejor a ti.

—No me digas esas cosas... Me provocas un sonrojo —me abrazó y besó mi pecho—. Y sí, me la quedaré. Me gusta mucho más que no la lleves puesta.

¡Ajá! Mi mandíbula por poco toca el suelo. ¿Quién lo hubiera dicho? ¡Mi diosa tenía una veta de picardía que estaba sacando a relucir! Eso se iba derecho a mi ranking, por supuesto.

—Controla que el agua no hierva —me recordó—. Voy a cambiarme y regreso enseguida. Nos espera un día difícil.

—¿Difícil? ¿Por qué? —la seguí con la mirada a través del pasillo. Sí, ¡lo admito! Era su trasero lo que estaba mirando.

—¡Lo sabrás pronto! —respondió antes de desaparecer tras la puerta de la habitación.

¿Un día difícil? No imaginaba qué podría tornar difícil un día que se auguraba tan perfecto. Estábamos juntos, ¿qué podría salir mal?

Escuché movimiento y vi a Alejo cruzando el pasillo.

—¡Buenos días! ¿Cómo estás? —pregunté, alzando un mano para saludarlo.

Me miró como si mi sola presencia lo ofendiera y caminó directo hacia la habitación de Lucrecia, cerrándola de un portazo.

—Oh, oh...

Alejo estaba furioso; a la manera de un niño de su edad, claro. Me ignoraba por completo. Si le hablaba, no me respondía. Si trataba de acercarme a Lucrecia, encontraba la forma de interponerse; luego, me dedicaba una expresión con ojitos entrecerrados y labios apretados. Ya me había sacado la lengua en dos oportunidades.

Con su mamá, en cambio, era todo sonrisas. No soltaba su mano. Si las manos de Lucrecia estaban ocupadas, se prendía de sus piernas. La estaba acaparando. Ella parecía tomarlo con naturalidad, pero yo no sabía cómo actuar. No quería competir con Alejo por la atención de Lucrecia, pues era una batalla perdida de antemano.

Me dolía que el pequeño estuviera tan enojado. Lo comprendía, pero me dolía.

Al atardecer, con la vera del río Paraná libre de turistas, fuimos a dar un paseo. Me moría de ganas de tomar la mano de Lucrecia, una experiencia que nunca habíamos tenido permitida, pero Alejo la apartaba de mí ante el menor intento.

–Vamos a sentarnos un rato –Lucrecia entrelazó su brazo con el mío y Alejo se colgó de su pierna.

–¡No, mami! –la detuvo, con mirada suplicante–. Vamos a juntar "pedritas".

–Ve tú... Te observaré desde aquí.

–¡Nooooo! –lloriqueó.

–Vas solo o nos vamos a casa, Alejo. Como prefieras. Me sentaré con Mauro y te miraremos desde aquí –insistió con firmeza.

–¡Ufaaa! –profundamente ofendido, se dio media vuelta y sus pies levantaron arena de camino a la orilla.

–¿Qué hago, Lucrecia? –pregunté, desorientado.

—Primero, siéntate —jaló de mi mano para que la acompañara. Me senté junto a ella, sobre la arena—. Después, tendrás que tener paciencia. Es muy pequeño y hay cosas que no comprende. Hablé con él esta mañana, no te preocupes.

—¿Qué le dijiste?

—La verdad, por supuesto. Solamente lo que necesita saber, me guio por sus preguntas —mientras hablaba, su mirada estaba en Alejo—. Esta mañana, me preguntó por qué habías dormido en mi habitación.

—Oh —comencé a hiperventilar. Un calor intenso me trepó a la cara—. ¿Y qué respondiste?

—La verdad, ya te lo dije... que te invité a quedarte conmigo porque te amo. Nada más.

—¡Lucrecia! ¡Con razón me odia! ¿Y qué te dijo?

—Me preguntó por qué no lo invitaba a él y si ya no lo quería más... Casi me rompe el corazón —suspiró, con una leve sonrisa—. Otra vez le respondí con la verdad. Le dije que lo amo más que a nadie, pero que estar contigo también me hace feliz. Él tiene su habitación y tu lugar en casa es en la mía —se quedó pensativa por unos segundos y supe que había algo más—. Luego, me preguntó si su papá ya no me hacía feliz, si por eso había dejado de dormir conmigo. Le dije que hacía mucho que ya no éramos felices.

Pasé un brazo sobre su hombro y besé su mejilla, porque no sabía qué otra cosa hacer. Su situación era delicada y su postura la más valiente que había conocido.

—No es la primera vez que pregunta por Lisandro... o por Lucho y Camila. Hasta por su abuela pregunta. Habla de Alicia y Mateo constantemente, me pregunta cuándo regresará al kínder —apoyó su cabeza en mi hombro, se la oía agotada—. No sé cómo responder a esas preguntas. Se me están acabando las excusas. Hace tres meses que "estamos de vacaciones". Es pequeño, pero muy inteligente. No sé cómo continuar, Mauro. Estaba tan concentrada en buscarme una salida que, ahora que ya estoy afuera, no sé hacia dónde ir.

–Lucrecia, ¿puedo darte mi opinión? –pregunté con cautela.

–La necesito –respondió.

–Comprendo tus miedos, tenías sobradas razones para querer escapar de esa casa. Te fuiste para ser libre... pero ¿te sientes libre? ¿Libre de verdad? No puedes siquiera usar tu nombre. ¿No te parece injusto? El objetivo de todo esto era que no perdieras tu vida, pero, según lo veo yo, la has perdido de todos modos. Debes regresar, Lucrecia. Recupera tu vida, la vida de Alejo.

483

–¿Regresar? –preguntó, obviamente desestimando el consejo–. ¿Solo me aparezco frente a todos al grito de: "¡Mírenme, no estoy muerta!"? No es posible regresar de la muerte, Mauro.

–Por supuesto que no. Lo que digo es que, mientras más tiempo permanezcas escondida, más empeora tu situación. Di la verdad, que te fuiste por miedo a Lisandro. Denúncialo, como corresponde. La causa por tu desaparición está en manos de un muy buen fiscal. Su nombre es Juan María Muñoz. Estoy seguro de que te ayudará.

–Querrán quitarme a Alejo –dijo, mirando a su hijo–. No puedo regresar.

–Te encontrarán. Tarde o temprano, lo harán y será peor. Vuelve y di que te asustaste; tendrán que comprender. Es la única solución que se me ocurre.

–Lisandro tiene mucho poder, los recursos adecuados.

–Tú también –capturé su mirada–. Tú también, Lucrecia.

–¿Qué quieres decir?

–Ese documento... El que estaba en la caja fuerte del despacho de Lisandro.

Su mirada cambió ante la mención del robo, su carita de ensueño fue incapaz de mentir. Era la primera vez que le preguntaba directamente acerca de su vinculación con ese hecho y su silencio era la confirmación que necesitaba.

—Hay mucha gente nerviosa por ese papelito. Fusco es uno de ellos, asumo que Lisandro también y estoy casi seguro de que la muerte de Santiago se relaciona con eso. ¿Me equivoco?

Me miró por un segundo infinito y luego negó lentamente con su cabeza.

—No te equivocas —admitió en voz baja.

—Ese es tu recurso, ese y el "dinerillo" que tienes guardado quién sabe dónde. Usa ese documento, Lucrecia… Si Lisandro se acerca, amenázalo. Tienes la ventaja en esto, no la dejes escapar. Debes recuperar tu vida. ¿Esconderte? ¿Esconder a Alejo? ¿Hasta cuándo? Eres la víctima aquí, no te pongas del otro lado de la acera.

—Mauro, hice muchas cosas… que si llegaran a saberse…

—No quiero que digas nada —la detuve—. Lo que sea que hayas hecho, fue brillante. Fusco no tiene idea de cómo lo hiciste o cómo probarlo. Está nervioso por ese documento. La gente suele cometer errores cuando está nerviosa.

—¿Cómo sabes todo esto? —preguntó, completamente seria.

—Sabes esa respuesta, Lucrecia. O la intuyes, al menos… Fusco bajaba órdenes a Gómez y Gómez a mí. Jamás encontramos nada.

—¿Me espiabas? ¿A mis espaldas? ¿Plantaste ese micrófono?

—¡¿Qué?! ¿Qué micrófono? —pregunté, confundido—. ¡No! Yo no planté nada… ¿Qué micrófono?

—Olvídalo —quitó mi brazo de sus hombros.

—No estaba espiándote, ¡quería ayudarte! Fusco insistió en que quería ese documento para llegar a Santiago y a Lisandro. Me engañó, me manipuló... Estaba tan desesperado por ayudarte, que hubiera hecho cualquier cosa. Pero ahora es Fusco quien está desesperado. Su nombre está en ese documento, ¿no es cierto?

—Su nombre y el de Elena —confirmó, Lucrecia—. Eso es lo que asusta a Lisandro, que vinculen a Elena con los negocios de Santiago.

—¡Esa arpía! —mastiqué entre dientes.

—De tal palo, tal astilla...

—Tienes que volver, Lucrecia. No pueden salirse con la suya.

Su mirada regresó a Alejo, que hacía un castillo de arena cerca de la orilla. Estaba asustada, igual de asustada que cuando convivía con Lisandro.

—Si me lo quitan, moriré. No puedo permitir que Lisandro esté cerca de él. Lo usará para lastimarme, no tengo dudas. Es su padre, Mauro... Si regreso, aunque estemos separados, querrá verlo. Le darán un régimen de visitas.

—Eso no lo decide él. Lo decide un juez. Denúncialo, Lucrecia.

—Y luego, ¿qué? ¿Batalla legal por la custodia? ¿Botón de pánico?

—No. Luego, amenazas a Lisandro con exponer ese documento si no se hace a un lado. Si está tan asustado como dices, retrocederá. No es más que un cobarde.

—Es un monstruo. Iba a matarme, Mauro —dijo, con lágrimas contenidas—. Ese día, si no lo hubiera detenido...

La abracé, sintiendo miedo ante la posibilidad de perderla, alivio de poder estrecharla en mis brazos, y una furia arrolladora hacia Lisandro. Lo mataría con mis propias manos.

—¿Qué sucedió? —pregunté, llevándome sus lágrimas—. Dime.

—Me salvaste, eso sucedió —rozó mi boca con un beso—. Seguí tu consejo... Me rendí, esperé a que estuviera cerca y lo golpeé donde más le duele. Le dolió muchísimo. Me salvaste, Mauro. Más de una vez.

—No estuve ahí...

—Estabas. Siempre estuviste.

Me acerqué para besarla, pero...

—¡Maaaaaamiiiiiiiii! —el grito de Alejo nos interrumpió y Lucrecia sonrió sobre mis labios.

—Paciencia —me recordó. Se levantó de mi lado y se sacudió la arena.

Me quedé embobado, viéndola caminar hacia Alejo. Quizás había una esperanza para que mi diosa recuperara su vida. Quería a Lucrecia completa, toda ella, su pasado, presente y, si me lo permitiera, también su futuro.

Cuando llegó la orilla, Alejo corrió hacia mí. No parecía nada feliz conmigo allí, me miraba con ojitos entrecerrados y labios apretados. Me quedé inmóvil, a la espera de su siguiente movimiento. Enseguida, sin dejar de mirarme, tomó un puñado de arena y me lo arrojó directo a la cara; o intentó hacerlo, en realidad... el viento envolvió su improvisado proyectil y terminó escupiendo arena.

No podía soportarlo más. La paciencia no era una de mis virtudes.

—Ven aquí —tomé su mano y se resistió un poco, pero finalmente trastabilló hasta mí. Sacudí sus rizos, su camiseta y le quité la arena de la cara. Luego, lo senté sobre mis piernas y lo abracé, porque lo adoraba y su enojo me lastimaba—. Tu madre te quiere más que a nadie... Pero también la quiero, y te quiero a ti. Muchísimo —dije mientras acomodaba sus rizos.

—Mi mamá es mía.

—Lo sé —sonreí—. Pero ¿podemos compartirla solo un poco? No quiero que estés enojado conmigo, pequeño. ¿Somos amigos o no?

Alcé mi mano frente a él para hacer honor a nuestro pequeño ritual. Me miró por unos segundos, hasta que por fin cedió.

–La compartiremos. Pero luego me la devuelves –acordó, no del todo convencido–. Choque los cinco.

* * *

Alejo todavía se mostraba un poco receloso. Pensé que era buena idea dejarle espacios a solas con su mamá, tantos como pudiera compartiendo el mismo espacio. Después de la cena, salí de la casa y encendí un cigarrillo, saludando con la mano a los vecinos chismosos de Lucrecia.

Era una noche preciosa, el cielo se veía completamente diferente sin tanta contaminación lumínica. Más oscuro, las estrellas más brillantes, la luna más majestuosa. Decidí dar una vuelta a la casa, solo por curiosidad. Circulé la propiedad y cuando llegué a la parte de atrás, me quedé paralizado.

Allí, estacionada a la vista de quien paseara por ahí, estaba la camioneta blanca del jardinero. Mi cabeza unió los puntitos de inmediato y la imagen se presentó completa. El jardinero se había hecho pasar por Lisandro, Lucrecia se había hecho pasar por el jardinero. Juan María buscaba al jardinero.

Arrojé el cigarrillo en el suelo y entré corriendo a la casa.

–¡Lucrecia! –la busqué por el pasillo y di con ella en la habitación–. Cometí un error... –dije, asustado como nunca.

–¿Qué? ¿Qué pasó? –preguntó, alarmada.

–Le di el número de la matrícula de la camioneta al fiscal...

–¡¿Qué?!

CAPÍTULO 4

NO ES UN ADIÓS

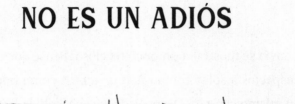

Martes, 3 de marzo de 2015.
Puerto Triunfo, República del Paraguay.

Escuché su desesperación antes que a sus pasos precipitándose por el pasillo. Medio segundo después, se materializó en la habitación y empujó la puerta con tal ímpetu que rebotó contra la pared. Lo había visto alerta muchas veces, pero su expresión era una que no anticipé... miedo.

Su miedo me dio miedo.

—¡Lucrecia! —dijo casi sin aliento, pálido como un espectro—. Cometí un error...

—¿Qué? —me sobresalté—. ¿Qué pasó?

—Le di el número de la matrícula de la camioneta al fiscal...

—¡¿Qué?!

—¡La camioneta! La que está afuera. Lucho y yo la vimos en un video de seguridad y le di los detalles al fiscal... Lo siento, estaba desesperado... Es que no teníamos...

Mauro seguía hablando, pero ya no lo escuchaba. ¿Qué sentido tenía? Ya me había dado la información que necesitaba. Además, no podía concentrarme en él en ese momento. Una oleada de frío y calor me atravesaba el pecho; la misma sensación que me asaltaba cada vez que Lisandro apuntaba sus armas en mi dirección, cuando veía su mirada oscurecerse o sus puños aterrizando sobre mi cuerpo sin piedad. Miedo.

Tenía que alertar a los demás. Estábamos en la mira, ¡otra vez! Camilo era quien más me preocupaba, pues era él quien había conseguido la camioneta. Me levanté de la cama y fui en busca del teléfono, pero Mauro se atravesó en mi camino con otra ronda de excusas.

—¡Es suficiente, Mauro! —le grité—. ¡Cierra la boca de una vez!

Se quedó inmóvil en medio de la habitación. Me arrepentía de haber gritado, ¡pero es que no se callaba! Y no había tiempo para consolarlo. Me temblaban las manos y tenía que hallar mi celular.

—No me dejas pensar… —dije, apresurándome hasta la gaveta de mi ropa interior. Revolví todo y pronto di con el confiable Nokia 1100. Me senté sobre la cama y sacudí las manos. Mauro estaba arrodillado frente a mí y se veía descorazonado—. Lamento haber gritado, lo siento —acaricié su mejilla con una mano mientras con la otra marcaba el número que conocía de memoria.

Respondió de inmediato.

—¿Luli? ¿Qué sucede? —sabía que mi llamado indicaba problemas. No hablar a menos que se tratara de una emergencia, ese era el acuerdo.

—Camilo… —cerré los ojos y tragué saliva con dificultad, presa de miedo—. Voy a entregarme. Denunciaré a Lisandro.

—¡¿Qué?! ¡¿Por qué?! —Camilo sonaba sorprendido del otro lado de la línea y, frente a mí, Mauro se veía así.

—Porque saben de la camioneta. Si no me entrego, vendrán por mí y todo será peor… Fue mi error, Camilo. Debí deshacerme de esa cosa cuando tuve la oportunidad —no pensaba dejar a Mauro expuesto, el error había sido mío.

—Maldición —escuché un suspiro de derrota. Camilo sabía tan bien como yo que el riesgo de acabar encerrada era alto—. ¿Qué quieres que haga? ¿Cómo te ayudo?

—¿Hay alguna forma de que vinculen la camioneta contigo? —pregunté, preocupada.

—No. Te lo he dicho antes, tengo amigos que no me atrevería a presentarte. La camioneta es robada... Un rompecabezas de autopartes que ya ni se parece a la original. Es imposible de rastrear. Los papeles son falsos.

—Mejor así. No puedo pensar con claridad, Camilo. Estoy asustada. Dame una coartada...

—Muy fácil... Lisandro te atacó, te asustaste, el "jardinero" se compadeció de ti y le pagaste para que te sacara de la casa y te diera su camioneta. No conoces la identidad del jardinero. Se presentó en tu casa, te ofreció sus servicios y lo contrataste. Si te preguntan por qué no contactaste a la agencia de siempre, les dices que era 31 de diciembre, creíste que no podrían mandar a nadie. Si no llegan al jardinero, y no llegarán, la coartada es sólida.

—Voy a protegerte, Camilo... lo prometo. Lamento haberte metido en todo esto.

—No me atraparán. Estoy dando un paseo por Bolivia, es la primera parada de mi viaje. Las chicas estarán bien, no pueden vincularlas.

Cerré los ojos y respiré aliviada.

—Gracias a Dios.

—No te preocupes por nosotros. Preocúpate por Alejo y por ti, que nosotros estaremos bien. ¿Cuáles son los pasos a seguir? ¿Qué piensas hacer?

Miré a Mauro y ¡lo quería matar! Pero también lo amaba, infinitamente. Quería matarlo y abrazarlo y pedirle perdón... porque él y

Lucho me habían buscado, todo este tiempo, y habían dado con la camioneta. ¿Cómo podía culparlos?

Confiaba en él. A pesar de todo, confiaba en Mauro con mi vida.

—Mauro saldrá esta noche para Buenos Aires, con mi equipaje. Lo mantendrá seguro hasta que lo necesite.

Él abrió la boca, pero lo callé con un dedo sobre sus labios. Luego del "error" que había cometido, no podría decir que no.

—Lisandro estará esperándote. Eres consciente de eso, ¿cierto?

—Sí, lo sé.

—¿Y Alejo? —la sola pregunta me provocaba taquicardia.

—Nadie me lo quitará —respondí con firmeza—. Si intentan cualquier cosa, los amenazaré con exponer el contrato.

—¡Eso es, cariño! ¡Hasta que por fin te decidiste a usarlo…! Entonces, ya que traerá tu equipaje, asumo que Mauro está allí, ¿verdad?

—Desde ayer.

—Okey. ¿Me pones en altavoz?

—Este teléfono no tiene esa función —me levanté de la cama y me alejé de Mauro.

—Lucrecia, no me mientas. Yo sé que ese teléfono tiene altavoz. Necesito hablar con él. ¿Dónde quieres que ponga tu equipaje? ¿En su casa? Es el primer lugar donde irán a buscar… Vamos, no diré nada inapropiado. Lo prometo.

—Puedo pasarle la dirección de tu apartamento y…

—Ponme en altavoz, Lucrecia. Déjame hablar con él.

—¡De acuerdo! Como quieras… —puse los ojos en blanco como si Camilo pudiera verme. Apreté el dichoso botón y arrojé el teléfono sobre la cama, cerca de Mauro—. Camilo, Mauro… Mauro, Camilo… —los presenté, cruzándome de brazos. Mauro le clavó una mirada al teléfono, para nada feliz.

—¿Mauro?

—Sí —respondió sin mucho entusiasmo.

—Antes que nada... por tu propio bien, espero que estés portándote bien con Lucrecia. Tiene un pésimo gusto con los hombres. Créeme, yo lo sé.

—¡Camilo! —lo reprendí.

—No eres el primero que me lo dice —señaló Mauro. ¿Con quién había hablado? ¿Electra, acaso?

—Dicho eso, te enviaré la dirección de mi apartamento a tu celular. Tengo tu número, lo guardaba por si acaso. No olvides borrar el mensaje luego de verlo. Mi vecina te dará la llave, su nombre es Ana Laura. Puedes dejar el equipaje de Lucrecia donde quieras, estará seguro allí.

—No me moveré de aquí —informó Mauro, sin una pizca de duda—. Lucrecia no irá sola a ningún lado. Lisandro será el primero en...

—Es mi decisión, no la tuya. Te irás hoy —insistí—. Alejo y yo partiremos por la mañana.

—Tampoco es tu decisión, Lucrecia. No me moveré de aquí. Prometí que haríamos esto juntos.

—Vas a irte.

—No lo haré.

—¡Bueno, bueno! ¡Tiempo fuera! —interrumpió, Camilo. Mauro y yo sosteníamos un duelo de miradas y ninguno tenía intenciones de perder—. Luli tiene razón. Mauro, debes dejar que vaya sola. Te necesitamos fuera, ¿comprendes?

—Nos iremos los tres juntos, dejaremos las cosas en el apartamento de tu "amigo" —gesticuló las comillas, ¡lo hizo! Quise sonreír, era la primera vez que lo veía celoso. Pero la situación distaba mucho de ser graciosa—, y luego yo mismo te llevaré a la Fiscalía a radicar la denuncia.

—Excepto que en algún control nos detengan ¡a los tres! ¿Cómo les explico que estás conmigo? —pregunté, sentándome en la cama.

—Iremos en mi auto. No llamaremos la atención —sugirió.

—¡Todavía mejor! —la voz de Camilo se alzó entre nosotros—. Así Lisandro te acusa de secuestrar a su hijo y a su esposa... Eres el amante obsesionado, ¿o ya lo olvidaste? Ya tuviste tu minuto de fama, Mauro. Si los ven a los tres juntos, comprometes a Lucrecia. Deja que vaya sola.

Mauro se quedó callado, porque no había manera de arremeter contra el argumento de Camilo. ¿Yo? Satisfecha, pues había ganado la contienda.

—¿Siguen ahí?

—Sí —respondimos al unísono.

—Es bueno escucharlos así de coordinados —casi pude escuchar la media sonrisa burlona en la boca de Camilo—. Bien, cariño... ¿algo más? ¿Se nos olvida algo?

—Si surge algo, te llamaré. Cuídate, Camilo —le pedí—. No hagas nada estúpido, ¿de acuerdo?

—¿Estúpido, yo? ¡Eres tú quien va a entregarse! Pero, saldrás de esta... Debe ser así. Cuídate, cariño. ¿Mauro, sigues allí?

—Sí —respondió entre dientes, más incómodo a cada segundo.

—Cuídala, por favor. Haz lo que te diga, sabe lo que hace. Y confía en ella, porque ella confía en ti.

—La cuidaré.

—Y, ¿Mauro?

—¿Sí?

—¿Sabías que Lucrecia y yo...?

Corté la llamada de inmediato, porque no quería que escuchara esa parte, aunque supuse que algo intuía. Su expresión lo decía todo.

—Éramos un par de niños. Fue hace mucho, mucho, muchísimo tiempo —me arrodillé sobre la cama y pasé los brazos por su cuello—. Es mi mejor amigo. Cuento con él.

—Lo sé —acomodó un mechón de mi cabello que ahora insistía en caer sobre mi mejilla de lo corto que estaba—. Y le agradeceré toda la vida por ayudarte. Fui yo quien lo arruinó todo...

—No arruinaste nada. Me buscaste y me encontraste, no esperaba menos de ti. Yo quería que me encontraras... iba a dormir todas las noches y soñaba con eso, con verte otra vez.

Me acerqué un poco más al calor que desprendía su cuerpo, porque quería quedarme a vivir en su corazón y no salir nunca más de allí.

—No me pidas perdón. Mejor, bésame. Y acaríciame. Tócame. Hazme el amor hasta que me olvide incluso de mi nombre. Y luego, bésame otra vez...

Sonrió sobre mi boca. Mi cabeza tocó la almohada y mis piernas se abrieron para darle la bienvenida, porque también querían que él viviera dentro de mí.

—No me hables como si nos estuviéramos despidiendo, Lucrecia —sus ojos me traspasaron el alma—. Nunca más te despidas de mí. Esto no es un "adiós", ¿me escuchas? Es un "para siempre".

—Para siempre, entonces —me llevé su camiseta con dos puños apretados, buscando más de su piel a mi disposición.

—Te quiero en mi vida, Lucrecia. Siempre te quise, desde el primer momento —la calidez de su boca recorrió mi clavícula y auguró un incendio—. Y ahora, te quiero más todavía.

Su mano encontró un espacio entre mis jeans y buscó la humedad entre mis piernas. Me derretía con una sola caricia y lo sabía, porque me conocía como nadie. De pies a cabeza, de norte a sur y de este a oeste. Todos mis puntos cardinales. Mis cielos y mis infiernos. Mis

494

sueños y mis miedos. Sus labios conocían los puntos más sensibles de mi piel, sus manos me arrancaban gemidos musicales y sentirlo dentro de mí era como darse una vuelta por el paraíso. Podía ser suave y cariñoso, poderoso y dominante, y amaba cada una de sus facetas.

Con él, no temía perder el control, porque en sus brazos me sentía más libre que en cualquier otro sitio.

* * *

Me quedé con su camiseta, porque era un regalo que no pensaba devolver y porque quería conservar algo de él. Apoyada en el umbral de la puerta, me tragué la angustia de verlo besar los rizos de Alejo en la oscuridad de la habitación. Por más que insistiera en que no era así, esto se parecía bastante a un "adiós".

—No salgas, Lucrecia —dijo, besando mi mejilla.

—Quiero estar contigo hasta el último segundo, no me lo impidas. Esta vez, no.

Asintió, se veía tan triste que quise ponerme a llorar. Pero tenía que ser fuerte, por los tres. Esto apenas comenzaba.

Tomé el bolso que había dejado sobre la mesa y se lo entregué.

—Mi equipaje, Mauro —era un bolso mediano, lo que había quedado luego de repartir el botín en partes iguales.

—Tu "dinerillo".

—Sí... —sonreí—. El documento está en un doble fondo.

—¿Estás segura de que el apartamento de Camilo es el lugar indicado?

—No, pero no quiero que lo tengas por mucho tiempo. Debes

quitarte ese equipaje de encima cuanto antes, Mauro. Es un equipaje demasiado pesado; no quiero que soportes cargas que no te corresponden. No corras riesgos innecesarios.

–Ya te dije que correría cualquier riesgo por ustedes.

–Por eso te pido que hagas esto, por nosotros. Deshazte de la carga lo antes posible.

Cuando salimos de la casa, el sol apenas asomaba en el horizonte, no había vecinos curiosos a la vista. Caminamos hasta el auto y acomodamos el equipaje en la cajuela.

–Lucrecia, si Lisandro se acerca…

–Lisandro no se acercará –le aseguré–. Iré directo a la Fiscalía. No se atrevería a hacer nada allí.

–Si se acerca, Lucrecia… –su brazo se enroscó en mi cintura y me pegó a su cuerpo, el calor de su boca me anticipó un beso. Quizás, el último–. Si se acerca, mi arma estará cargada.

–Dijiste que harías cualquier cosa por nosotros –acaricié su mejilla–. Entonces, no te conviertas en alguien que no eres. Y no me hables como si esto fuera una despedida. Estaremos bien.

–Estaremos bien –repitió.

CAPÍTULO 5

ACORRALADA/O

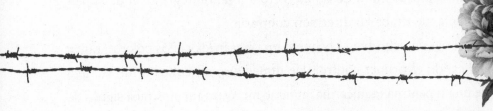

Miércoles, 4 de marzo de 2015.
Ciudad de Buenos Aires.

Alejo cantaba a viva voz, meciendo los rizos y moviendo sus pies de un lado al otro al ritmo de las canciones infantiles. Solía acompañarlo, me sabía todas y cada una de esas canciones. Éramos un dueto lamentable. Pero, esa tarde, mi boca permaneció cerrada y mis ojos fijos en el camino. No podía cantar, apenas podía respirar, creo que ni siquiera pestañeaba. Estábamos regresando al sitio de donde habíamos escapado. Prontos a ingresar a Buenos Aires. Me sentía como una polilla atraída por la luz; iba hacia una muerte segura, pero seguía batiendo las alas con desesperación.

Me concentraba en controlar mis maniobras y no estrellarme, pero también atendía a los espejos retrovisores. Temía que nos estuvieran siguiendo. La tarea no era sencilla. A esa hora de la tarde la autopista era una locura. El horario de mayor tráfico. Para complicarlo todo, mi visión no era perfecta; tres años atrás, mi ojo izquierdo había chocado "accidentalmente" con el borde de una alacena de la cocina y jamás había vuelto a ser el mismo.

Con cada kilómetro que avanzaba, mi estómago se retorcía más y más. El peaje no tardaría en aparecer al frente, y sería un momento clave. Solía haber policías apostados a la entrada y a la salida, haciendo controles de rutina, sobre todo en esta época del año. Durante nuestro viaje hacia Misiones no había tenido miedo alguno. Me impulsaba el instinto de huida. Pero ahora, de regreso, el de supervivencia me tiraba en dirección contraria.

Mi ojo derecho fue el primero en divisar los conos color naranja, indicando el primer control. De inmediato, mi corazón fue víctima de una repentina taquicardia, aunque mi rostro no mostraba signos de estrés. O eso esperaba. Puse las balizas y bajé la velocidad.

Presionaba el volante con tanta fuerza que me dolían los dedos.

Dos vehículos policiales estaban estacionados a la vera del camino. Pasé despacio, como correspondía en estos casos, pero los tres policías estaban demasiado ocupados, apoyados sobre el vehículo e intercambiando carcajadas mientras miraban la pantalla de un celular. ¡Gracias a Dios!

La tensión de mis hombros disminuyó un poco cuando pasamos el primer control, pero aún nos aguardaba un largo camino por delante. Esperamos detrás de la hilera de coches por nuestro turno para pagar.

—Buenos días —saludé a la mujer dentro de la caseta.

No me respondió, ni siquiera me miró. Otra vez, ¡gracias a Dios! Puse sobre su mano extendida el billete que ya tenía preparado y aguardé por el cambio.

—Adiós —me despedí. Tampoco me contestó.

A la salida del peaje, tal como esperaba, se hallaba el segundo control. Repetí todo el proceso. A bajísima velocidad y con las balizas puestas, batí las alas hacia la luz, directo hacia una muerte segura. En este control sí estaban deteniendo a los vehículos. Había dos conductores enojados por la espera, con sus autos parados por quién sabe qué cosa, y dos de los tres policías estaban ocupados con ellos. El tercer policía estaba de pie en medio del camino.

Al acercarme, tragué saliva con dificultad y ensayé una pequeña sonrisa en su dirección. A la distancia, el oficial me estudió con detenimiento. *Estoy perdida*, pensé de inmediato.

Para mi sorpresa y alivio, luego de una cuidadosa inspección a la distancia, el oficial me hizo una seña para que avanzara. Solté tanto aire y presión de mi pecho que por poco me desinflo.

Quité las balizas, pero ajusté el espejo retrovisor. El oficial había detenido al vehículo que venía detrás de mí, pero no estaba hablando con el conductor... su mirada seguía pegada a nuestra camioneta. Cuando lo vi caminar en dirección a sus compañeros, supe que esta parte del camino había llegado a su fin.

—Hijo... —acaricié su oreja, con una sonrisa.

—¿Qué? —preguntó, entrecerrando los ojitos para evitar que la luz del sol lo encandilara.

—Vamos a cambiar de auto, esta camioneta está muy vieja. Los policías nos llevarán a partir de ahora, ¿de acuerdo?

—Bueno —sonrió.

Vi las luces del patrullero antes de oír las sirenas y, con aparente calma, puse las balizas una última vez para detenerme. Me quedé sentada, a la espera de los oficiales, mientras Alejo seguía canturreando. Era ajeno a lo que sucedía a su alrededor.

Bajé la ventanilla y aguardé.

—Buenos días, señorita —uno de ellos se asomó.

—Buenos días —me quité los lentes y los colgué de mi vestido.

—Necesito su licencia de conducir y los documentos del vehículo, por favor.

—No tengo licencia —respondí, con absoluta honestidad. Jamás había hecho el trámite. Lisandro no lo hubiera permitido.

—¿Perdón?

—Que no tengo licencia —repetí.

El oficial me miró a los ojos, confundido.

—Está prohibido conducir sin licencia.

—Lo sé —lo miré, suplicante—. Fue una emergencia. Tenía que irme de casa.

—No puedo permitir que siga circulando, señorita. Emergencia o no emergencia. Permítame los documentos.

—No, tampoco tengo.

Su confusión aumentó todavía más. Desvió la mirada de mí y la dirigió a Alejo, que seguía cantando y moviendo los pies de un lado al otro.

—Señorita, este vehículo tiene un pedido de captura. Fue reportado como robado. Tendré que pedirle que descienda, por favor. El niño también.

—Hubiera empezado por ahí... —mastiqué entre dientes.

Con el corazón a punto de salir eyectado de mi pecho, desabroché el cinturón de Alejo y lo cargué en mis brazos. Bajamos de la camioneta y nos alejamos hacia la parte trasera.

—Permítame su documento de identidad —pidió, ya no tan amable como al principio.

—Está en mi cartera, en la camioneta.

Con cara de poquísimos amigos, el sujeto se dio media vuelta y metió la mitad del cuerpo dentro del vehículo para alcanzar mi cartera. Sin detenerse en cortesía alguna, hurgó dentro y sacó mi billetera.

—¿Aquí? —preguntó, agitándola.

Asentí con la cabeza y apreté a Alejo un poco más.

–¿Qué pasa, mami? –preguntó, asustado.

–Nada, mi amor. Ya te lo dije –susurré en su oído–, estos señores nos llevarán el resto del camino.

–No me gustan –puso una mano sobre mi oído, para cubrir su secreto.

–Estaremos bien, no te preocupes –sonreí y besé su mejilla.

El oficial sacó mi cédula y se quedó paralizado, creo que hasta empalideció. Confundido, acercó la cédula a su cara para una segunda inspección.

–¿Usted es Lucrecia Echagüe? –preguntó, con la boca ligeramente abierta.

–Lucrecia Ayala. Echagüe es mi apellido de casada –*Por ahora,* agregué para mí misma.

–La están buscando. ¡A usted y a su hijo! –me explicó, ¡como si no lo supiera!

–Ya se lo dije, oficial. Fue una emergencia –reposicioné a Alejo sobre mi cadera; estaba pesadísimo–. Tuve que irme de casa porque mi esposo trató de matarme.

Alejo me miró raro... el policía, otro tanto.

Saliendo de su estupor, dejó la cartera en la camioneta y caminó directo hacia mí. Permaneció en silencio por unos segundos, atónito, y su mirada me recordó mucho a la del taxista que me llevó a casa de la Nona luego aquel primer incidente con Lisandro.

–Necesito ayuda –le pedí en voz baja.

–¡Daniel! –gritó sin quitarme los ojos de encima, en referencia a su compañero–. Ve a levantar los conos que ya nos vamos. La señora necesita ayuda.

* * *

Por compasión a mi hijo, pedí que no se hablara del tema dentro del patrullero. Ya era demasiado para Alejo. Sería demasiado para Alejo. No habíamos llegado a destino y todavía nos quedaba un largo camino por delante. Lo recorreríamos juntos, siempre juntos. Daría mi mayor esfuerzo para que llegara sano y salvo a la vida que se merecía.

Me preguntaba si Mauro había sorteado los controles. El equipaje ya no me importaba, lo que quería era que la pesadilla terminara. Estábamos prontos a llegar a la Fiscalía.

—Oh, no... —protegí a Alejo con mi cuerpo al ver toda la entrada de la Fiscalía repleta de periodistas.

—¡Desgraciados! ¿Cómo se enteran? —dijo uno de los oficiales.

—No te detengas, continúa. Entraremos por el garaje —sugirió el oficial con mirada de taxista—. No se preocupe, señora. Por allí no dejan pasar a nadie, estará bien. La prensa suele engancharse a la señal de la radio, así deben haber escuchado de su aparición.

Intentaba no estar preocupada, pero era imposible. Si la prensa lo sabía, Lisandro lo sabía. Y puede que no dejaran entrar a nadie por la puerta de atrás, pero Lisandro no era "nadie". No había puertas cerradas para él, mucho menos si Fusco lo respaldaba.

Al bajar del auto, en la semioscuridad del garaje, nos esperaban dos personas. Antes de seguirlos, según sus indicaciones, me di la vuelta y busqué al policía "taxista".

—Muchas gracias, nunca me olvidaré de usted.

—Para lo que necesite, señora. No tiene nada que agradecer. Cuídese usted y cuide al niño —agregó solemne—. El fiscal Muñoz la espera.

Luego de una última sonrisa de agradecimiento, sujeté mejor a Alejo y comenzamos a caminar. Un oficial de justicia nos acompañó por los pasillos del edificio. Todo el mundo detuvo lo que hacía para curiosear, el murmullo propio de una jornada laboral cesó de repente y el silencio fue implacable. Estaba en el centro de la escena una vez más, sin saber mis líneas y con un público expectante. Me sentía intimidada, pero interpreté mi papel. Fingí una entereza que no tenía.

El oficial abrió la puerta de un despacho y me indicó que entrara.

—El fiscal Muñoz está con unas llamadas importantes, referidas a su caso. Apenas se desocupe, viene para acá. ¿Puedo ofrecerle algo? ¿Su hijo ya merendó? Puedo traerles lo que quieran... —sugirió amablemente. Todos eran muy amables.

—Se lo agradecería mucho. Mi hijo no merendó —me senté en una silla frente al escritorio y acomodé a Alejo sobre mi regazo.

—Ningún problema, enseguida mando algo para los dos.

—Muchas gracias —antes de que se fuera, lo detuve—. Perdón, pero no me devolvieron mi cartera y mi celular está allí. ¿Podría recuperarlo? Tengo que hacer una llamada.

—Veré qué puedo hacer —asintió, dejándome en claro que no vería mi celular en mucho tiempo. Mi celular, que no era mi Nokia 1100, obviamente. Era el celular que había permanecido apagado y sin chip durante los últimos tres meses.

∗ ∗ ∗

Cuarenta minutos después, seguíamos esperando. Los restos de la merienda estaban sobre el escritorio, rodeados de un desorden de papeles tan grande que daba miedo. Toda la oficina era un desastre, en realidad. Hacia donde fuera que mirara, había algo desarreglado. Confieso que me dieron ganas de ponerme a ordenar, solamente para hacer algo. La espera estaba consumiéndose lo último que me quedaba de cordura.

—Mami, quiero ir al baño —susurró Alejo.

—¿Puedes aguantar un poco más?

—No, tengo que ir... —me advirtió, con los labios apretados.

—De acuerdo —haría lo que fuera por él, incluso aventurarme a salir de la oficina del fiscal sin autorización. ¡Era una criatura, por Dios santo! ¿Por qué nadie se compadecía de nosotros? ¿Qué era esta espera? ¿Otra tortura?—. Vamos, mi amor. Te llevaré.

Lo dejé sobre sus pies y juntó las rodillas. Ya no aguantaba más. Me sentí la peor madre del planeta.

—Si no encontramos un baño, regaremos una maceta —sonreí. Alejo también. Lo tomé de la mano y caminamos hacia la salida.

504   Cuando abrí la puerta, Lisandro apareció del otro lado.

—Cariño... —entró y cerró tan rápido que no me dio tiempo a nada. Estaba paralizada—. Cariño, no puedo creerlo. Realmente eres tú.

Di un paso para alejarme y puse a Alejo detrás de mí; él se prendió a mis rodillas con ambas manos, tembloroso. Mi hijo estaba asustado. Lisandro me observaba de pies a cabeza, como si fuera un extraterrestre bajo examen. Lo vi detenerse en la longitud de mi vestido y mi cuerpo se sintió incómodo, el miedo era un reflejo en mí.

Él me observaba, pero yo también a él.

Parecía que los últimos tres meses habían sido pésimos para Lisandro. Había perdido peso y lucía descuidado. Hacía días que no se afeitaba. Daba justo la impresión que quería dar; la de un esposo desesperado. Su rol, su papel, interpretado a la perfección para que todos cayeran en su pegajosa red. Parecía que los últimos tres meses habían sido pésimos para Lisandro, pero ya no me tragaba sus mentiras. Había visto esta película muchas veces y su actuación me resultaba patética.

—Mi amor... —se acercó los mismos pasos que yo retrocedí.

—No te acerques, Lisandro —le advertí, con voz temblorosa.

Me miró como si no me reconociera, y era probable que no lo hiciera.

—Vete de aquí —agregué, poniendo una mano sobre el brazo de Alejo para que supiera que estaba cubriéndolo.

—¿Qué dijiste? —se acercó un paso más y Alejo chocó contra una de las sillas.

—Eso... —empujé a mi hijo hasta dejarlo cerca del escritorio, esperando que se escondiera. Pero Lisandro no estaba prestándole atención. Solo tenía ojos para su presa—. Vete, Lisandro. No puedes estar aquí.

—¿Qué no puedo estar aquí? Soy tu esposo, Lucrecia. ¿O te olvidaste? ¡Tu esposo! —entornó la mirada—. Al que dejaste...

Dio dos pasos más y me alejé, entonces mi espalda chocó con el borde de una biblioteca.

—Hui para salvarme. Trataste de estrangularme, Lisandro —susurré despacio—. ¿O acaso lo olvidaste?

—¡Me engañaste, basura! —su mano golpeó mi hombro y mi espalda colisionó una vez más. Dos carpetas cayeron a mis pies—. Fue él, ¿no es cierto? ¡Fue él quien te ayudó!

Temblaba. Todo mi cuerpo temblaba. Sentía su aliento de fuego a milímetros de mi rostro, su mano presionando mi hombro para mantenerme acorralada, y no podía hacer nada. Nada. Quería gritar o llorar, había muchas personas que podrían escucharme y acudir en mi ayuda, pero estaba acostumbrada a callar. *Calladita que el niño duerme,* solía decir.

Pero el niño no estaba durmiendo ahora. No esta vez.

Desvié la mirada del monstruo y me encontré con el rostro de mi hijo. Era como mirarse al espejo. Su expresión de terror, sus ojitos llorosos, sus labios temblorosos, una mancha de orina que oscurecía su pantalón... Mi hijo tenía miedo. ¡No se lo perdonaría jamás!

—Eres un cobarde, Lisandro —le clavé la mirada.

Me miró desconcertado, descolocado por un segundo, un instante que aprovecharía para acorralarlo a él.

—Un imbécil —susurré cerca de su boca—. ¿Vas a pegarme? ¿Aquí? ¿En la oficina del fiscal? ¿Con tu hijo presente? No puedes con tu propia frustración y te descargas conmigo. Estoy harta, Lisandro. Esto se termina hoy.

Dio un paso hacia atrás, tambaleante. Sorprendido, quizás. Luego, alzó las manos en señal de rendición, con una media sonrisa burlona. Yo tenía razón... no se atrevería a hacer nada impropio en ese recinto. Podría haber dejado que lo hiciera y me ahorraría la búsqueda de testigos, pero no permitiría jamás que mi hijo se convirtiera en testigo de esto. Le había prometido que no lloraría más.

—¿Cómo te atreves a hablarme así? Estás confundida y asustada, mi amor. Lo entiendo. Pero ¿después de todo lo que pasamos? ¿Crees que no te perdonaría? Somos una familia... —me extendió una mano.

No la tomé, pero sí me acerqué. Tanto que mi boca tocó su oído.

—Escúchame bien, Lisandro. Quiero que salgas de esta oficina y vayas directo a la casa de tu madre. Dile, de mi parte, que tengo algo que le pertenece... A ella y a Andrés Fusco.

La cara de Lisandro se descompuso, pasando del rojo al blanco en un abrir y cerrar de ojos.

—¿Qué dices? —bajó la voz y apresó mi muñeca.

—Estoy diciendo "no, mi amor" —la recuperé de inmediato—. Ya no somos una familia. Si intentas acercarte a mí o a mi hijo, Elena se hunde conmigo. ¿Me escuchas?

—¿Cómo conseguiste ese papel? —apretó los dientes y sus ojos de tormenta se encendieron.

—Me lo dio tu padre. Santiago era un buen hombre, tenía las agallas que tú no —mentí, solamente para reivindicar a mi suegro y para que Elena estallara de odio.

—¡Mientes! ¡No tienes nada!

—Ponme a prueba...

La puerta se abrió una segunda vez y un hombre de cabello revuelto, lentes gruesos y corbata desaliñada hizo su heroico ingreso. El mismísimo Juan María Muñoz.

—¡¿Qué hace usted aquí, Echagüe?! ¡Le prohibí la entrada! ¡Fuera de esta oficina!

Lisandro no me quitaba la mirada de encima, como si el fiscal no hubiera entrado siquiera.

—¿Crees que esto se termina aquí, cariño? —sonrió—. Me conoces muy bien... No me rendiré.

—¡Fuera de aquí o lo haré sacar por la fuerza! —gritó Muñoz.

Mientras el monstruo abandonaba la oficina, me apresuré a levantar a Alejo. Mi hijo temblaba como una hoja. Yo también. Pero, aun con miedo, no lo dejaría con la última palabra.

—Lisandro —se dio media vuelta y me miró de pies a cabeza, con marcado desprecio. ¿Quería rebajarme? ¡Ni en sus sueños! Yo tenía más agallas que cualquiera—. ¡Quiero el divorcio!

CAPÍTULO 6

EL PERRO GUARDIÁN

MIÉRCOLES, 4 DE MARZO DE 2015.
CIUDAD DE BUENOS AIRES.

No miré por el espejo retrovisor ni una sola vez, ni siquiera por precaución; me obligué a mantener la vista al frente. No podía mirar atrás. La había dejado sola, otra vez, y las ganas de dar la vuelta y regresar a buscarla eran cada vez más difíciles de contener.

Llegué a Buenos Aires en tiempo récord, habiendo sorteado exitosamente los controles de rutina. De madrugada, solían ser escasos; nulos, en este caso.

Luego de pasar todo el día en mi apartamento, sin asomar la nariz por temor a que me descubrieran de regreso, fui hasta la dirección que el *amigo* de Lucrecia había enviado a mi celular. El sujeto era organizado, debo admitir. Hasta me dio la hora precisa en la que su vecina regresaba del trabajo para entregarme su llave. Miré el reloj. La sincronización era perfecta. Si todo marchaba según lo planeado, a esa hora de la tarde, mi diosa y el pequeño estarían por llegar. Rogaba que así fuera.

Tomé el equipaje de Lucrecia y crucé la calle.

Aproveché la salida de un sujeto descuidado para interponer mi pie en la puerta e ingresé al edificio. El trámite era sencillo: dejar el paquete en el apartamento de Camilo y regresar a casa, atento a la llamada de Juan María. Había prometido que sería el primero en enterarme si surgieran novedades.

Toqué el timbre del apartamento contiguo al de Camilo y aguardé.

—¿Sí? —preguntó una voz del otro lado.

—Soy Mauro. Camilo me pidió que le trajera algo. ¿Eres Ana Laura?

—Sí. Camilo llamó para avisar que vendrías —abrió la puerta solo lo suficiente para pasar las llaves por el resquicio—. Aquí tienes.

—Gracias —las recibí y fui hacia la próxima puerta.

—Ten cuidado —advirtió, de repente—. No dejes que Penélope se escape.

—¿Quién es Penélope? —pregunté, alarmado.

—La gata...

Detuve la llave a centímetros de la cerradura. ¿Un...? ¡¿Una gata?! ¡¿Traicionera y con garras afiladas?! Ahora, odiaba al *amigo* de Lucrecia todavía más. ¡¿Quién en su sano juicio tendría un animal así?!

El apartamento de Camilo era un desastre. Había montones de ropa apilados en los rincones, una fina capa de polvo cubriéndolo todo y una gata escondida quién sabe dónde, lista para saltarme al cuello. Si arrojara el bolso en medio de la sala, nadie lo notaría entre tamaño desastre. ¿Cómo podía vivir en esas condiciones? Exploré un poco y encontré una especie de armario, un depósito de "cosas varias".

—Si fuera mi casa, este es el lugar donde guardaría mi equipaje... —hice un espacio en el estante más alto y lo embutí de un empujón—. Listo. Y sin gatos a la vista.

Estaba listo para salir triunfal del desorden del apartamento de Camilo cuando la vibración sostenida del teléfono en mi bolsillo hizo que me detuviera. *Es demasiado temprano*, pensé de inmediato. Lucrecia conducía muy despacio, no era posible que hubiera llegado. No podía ser ella. Con el pulso agitado, tomé la llamada.

—¿Te enteraste? —preguntó del otro lado de la línea. No pude responderle de inmediato—. ¿Mauro, me oyes?

—¿Qué pasó, Lucho? —sabía la respuesta, pero necesitaba escucharla de su boca.

—Los encontraron, Mauro. Están bien. Los dos están bien —dijo con voz desafectada, en shock—. Los detuvieron en el peaje de entrada a Buenos Aires.

510   Había tenido esperanzas de que llegaran por sus propios medios, sin que nadie los esperara. Al escuchar a Luciano, mis esperanzas se vinieron a pique en un nanosegundo. Adiós al factor sorpresa. La estarían esperando. ¡Lisandro la estaría esperando!

—Escuché que huyó de casa por su propia voluntad… que se mantuvo oculta todo este tiempo… ¿Cómo pudo hacer algo así? No lo entiendo… ¿Cómo no se comunicó para que supiéramos que estaba con vida? —continuaba Luciano—. Mauro… ¡Mauro!

—Te estoy escuchando, Lucho —dije mientras trataba de ordenar mis pensamientos—. Debemos llegar a la Fiscalía antes que tu hermano. En diez minutos, espérame en la puerta de tu edificio —me levanté del sofá y salí del apartamento—. ¿Entendiste?

—Sí, entendí… Lo que no entiendo es que haces aquí cuando dijiste que necesitabas tomarte unos días.

Detuve la mano a centímetros de tocar la puerta de Ana Laura y cerré los ojos con fuerza. ¡Otro error!

—¿Qué me ocultas? —su tono era acusador.

—Ahora no, Lucho… Pasaré por ti en diez minutos. Lucrecia y Alejo nos necesitan.

Los primeros cinco minutos dentro del vehículo estuvieron cargados de un silencio ensordecedor. Lucho estaba tan tenso que temí por mi seguridad; iba con los brazos cruzados y la mirada fija en el parabrisas, respirando excesivamente fuerte. En resumidas cuentas, estaba furioso. Y tenía toda la razón.

—¿Por qué a ti? —preguntó, sin dirigirme la mirada.

—No entiendo...

—¿Por qué te lo dijo a ti, Mauro? —gruñó entre dientes.

Sus ojos estaban encendidos, incluso heridos. Debo admitir que me dolió verlo así de molesto; después de pasar tantas tormentas juntos, consideraba a Lucho como un amigo, un hermano. Diego no me entendía, pero Lucho sí. No solo me entendía, luchaba codo a codo conmigo; éramos grandes compañeros. Los dos portábamos el mismo dolor, el mismo amor... Le sobraban motivos para estar furioso conmigo.

511

—Porque te quiere demasiado —respondí con absoluta honestidad—. Te estaba protegiendo. A veces, es mejor no saber.

—¡Vaya protección! —ironizó—. ¡Creí que buscaba dos cadáveres, Mauro! ¡El de ella y el de mi sobrino! ¿Así es como me protege?

—No quería involucrar a nadie...

—¡Pero sí a ti! ¿Acaso creyó que la traicionaría?

—Lucho... Hay preguntas que solamente Lucrecia puede responder. Apartemos esto y enfoquémonos en el asunto que tenemos entre manos.

—¡No sé qué asunto tenemos entre manos! ¡Ese es precisamente el problema!

Luciano tenía razón. Si lo quería de nuestro lado, era mejor soltar la bomba de una vez y aguantarse las esquirlas.

—Lucrecia estaba desesperada. Huyó porque Lisandro trató de asesinarla, esa es la verdad. Creyó que huir era la única alternativa —lo miré de reojo, midiendo su reacción. Abrió los ojos y su boca colgó un poco—. En este momento, debe estar en la Fiscalía radicando la denuncia. No tengo que explicarte lo que sucederá si Lisandro llega antes que nosotros. Sé que no tengo derecho a pedirte nada, no después de haberte ocultado información, pero te necesito ahí.

En ese preciso momento vimos a la horda de periodistas que se concentraba en la puerta de la Fiscalía. Mientras Lucho asimilaba, opté por seguir avanzando hacia el estacionamiento.

512

—¿Va a denunciarlo? —preguntó incrédulo. Asentí, porque para mí también era difícil de creer—. Lisandro se volverá loco. Querrá llevarse a Alejo, lo conozco como si fuera mi hermano —añadió, pálido como un papel.

—No se llevará a nadie. No si yo lo impido —presioné las manos sobre el volante. Sin detenerse a hacer preguntas, el guardia alzó la barrera y nos permitió el paso. El mío era un rostro conocido por allí—. No permitiré que se acerque a Lucrecia.

—Es tarde... —susurró Lucho—. Llegamos tarde, Mauro.

Justo frente a nosotros, en un espacio designado solo para el personal, el auto de Lisandro auguraba problemas.

✳ ✳ ✳

Las piernas no me llevaban lo suficientemente rápido. A pesar de la advertencia de "alto", seguí adelante. Lucho se atravesó frente al guardia y le impidió el paso. No lo detendría por mucho tiempo, pero sí lo suficiente para que yo pudiera llegar hasta la oficina de Juan María, donde sabía que los encontraría.

Corrí por los laberínticos pasillos. Corrí como nunca. Como cuando quería ganarle a Lucrecia, solo que esta vez era Lisandro contra quien corría.

Metros… Nada más que algunos metros me separaban de ella.

A un pasillo de alcanzar la meta, una mano pesada salió de la nada y me tomó por el cuello.

—¡¿Qué crees que haces?! —el impulso de la corrida, combinado con la fuerza que imprimió a su mano, me depositaron con muy poca cortesía sobre la pared. Gómez presionó su antebrazo sobre mi cuello y me impidió el escape—. ¡Detente, Mauro! —golpeó mi mejilla con una palma pesada, pero yo estaba ciego. Solo tenía ojos para la puerta entreabierta de la oficina de Juan María, justo al final del pasillo.

—¡Fuera de aquí o lo haré sacar por la fuerza! —la voz de Juan María retumbó como un trueno.

Tomé el brazo de Gómez, pero el muy desgraciado tenía una energía impensada para un hombre de su edad.

—¡Mauro, no seas imbécil! —presionó—. ¿Quieres que te encierren? ¿Eh? ¡Estás en una fiscalía! ¡Enfócate o te enfocaré de un golpe, ¿me oyes?!

—¡Quiero el divorcio! —la oí decir, conservando imperturbable su vocecita de ángel. El eco de su determinación viajó por el pasillo y me golpeó directo en la cara, dejándome fuera de juego. Si Gómez no me hubiera estado sosteniendo, seguramente habría acabado de rodillas.

Al escucharla tan entera, con tanto valor, dejé de luchar contra el potente brazo de mi jefe. Lucrecia no me necesitaba para ganar. Era más fuerte que cualquiera de nosotros.

—Quédate quieto, muchacho —un último empujón de advertencia me mantuvo entre la espada y la pared. La espada era Gómez, siempre allí. Otro compañero de armas.

Todo mi cuerpo se tensó nuevamente al verlo salir de la oficina y cerrar la puerta tras de sí. Caminaba con ese aire arrogante que lo caracterizaba, pero yo lo conocía. Sabía que era no era más que una máscara. Nada más que un artilugio para ocultar cuán patético era en realidad. Se esforzaba por demostrar entereza, pero su actuación era poco convincente.

Cruzamos miradas y sentí el impulso de ir por él.

—Quieto —dijo Gómez en voz baja, su mano se cerró sobre mi camiseta y volvió a empujarme contra la pared—. Piensa en la muchacha. Luego, yo mismo te ayudaré a darle una paliza... Ahora, quieto ahí.

Lisandro se acercó con una media sonrisa que quise borrarle a patadas.

—Gómez, qué sorpresa encontrarlo por aquí —dijo a la pasada, con la mirada clavada en mí—. Mauro, de ti ya nada me sorprende.

—Siga caminando, Echagüe. O lo soltaré... —advirtió Gómez—. Y créame, a usted no le conviene que lo haga.

—Sí, imagino que no —se detuvo frente a nosotros, con una mano en el bolsillo—. No olvido que eres el perro guardián de mi mujer, Mauro. Uno no tan bueno, aparentemente. Porque nunca has sabido protegerla —me miró de arriba abajo—. A mí nunca me gustaron los perros. Tienen malas costumbres y me dan alergia. Las perras, mucho menos... Me dan asco.

Vi todo negro.

—¡Voy a matarte, hijo de puta! —traté de liberarme de las manos de Gómez, pero de la nada, dos pares de brazos más acudieron en su ayuda—. ¡Voy a aniquilarte, ¡¿me oyes?!

—¡Mauro, cierra la boca! —Gómez detuvo mi brazo.

—Tome nota, oficial. Este hombre me está amenazando —dijo con absoluta tranquilidad.

—¡Cobarde! —le grité mientras se alejaba—. ¡Eres un cobarde!

—Mauro, es suficiente. ¡Ya basta!

Para mí nada era suficiente. Traté de quitármelos de encima, pero...

—Dije que te quedaras quieto —lo último que vi fue el puño de Gómez precipitándose sobre mi rostro.

✕ ✕ ✕

Sentía el calor de su mano sobre mi hombro, su caricia que reconocería entre miles. Única, cálida y dulce. Su aroma a vainilla y coco me rodeaba como un capullo del que no quería salir nunca más. La perfecta suavidad de su regazo bajo mi mejilla. Era un sueño del que no quería despertar jamás. La rodeé con los brazos y me hundí en el calor que emanaba de su cuerpo.

Abrí los ojos y el dolor me obligó a cerrarlos otra vez.

—Shh... —su boca me acarició el oído—. Descansa, Mauro.

Todo regresó a mí como un tsunami. Abrí los ojos y me senté en... ¿dónde estaba? Una camilla o algo así. No me importaba en lo más mínimo mi ubicación. Me importaba ella. Puede que yo no fuera el centro de su mundo, pero Lucrecia era el centro del mío.

Busqué su carita de ensueño y me asustó lo que encontré en ella. Ojos rojos e hinchados, seguramente luego de muchas lágrimas derramadas, y una sonrisa tan triste que me rompió el corazón. Acaricié sus mejillas y traté de confortarla con un beso, aun sabiendo que no serviría de nada. Lisandro tenía razón. Nunca supe cómo protegerla.

—Estoy bien —puso una mano sobre mi pecho.

—Por supuesto que sí —tomé sus manos entre las mías y las besé. Siempre sería su fervoroso devoto—. ¿Qué pasó?

Lucrecia bajó la mirada y acarició el borde de su vestido.

–Está hecho –respondió.

No me gustó la forma en que lo dijo. No me gustó para nada. La puerta de donde sea que estuviéramos se abrió y un agotado Juan María hizo su ingreso.

–Me alegra que estés despierto –dijo, sosteniéndose de la puerta–. Necesito una ampliación de tu declaración, Mauro.

CAPÍTULO 7

AL DESNUDO

—No me aguanté, mami —se cubrió la boca con una mano y susurró a mi oído.

El temblor de su voz me aflojó las rodillas y mis lágrimas resbalaron. ¿Cuánto más tendría que soportar mi niño? ¿Cuánto más tendríamos que soportar? Lo abracé con fuerza, con un deseo egoísta de aferrarme a él, de anclarme de alguna forma. Era injusto recurrir a mi hijo en busca de consuelo, pero su dolor era el mío y su corazón latía dentro de mi pecho. Éramos uno. En las buenas y en las malas, y ese día más que nunca.

—No es nada, mi amor —acomodé sus rizos y rocé su nariz con la mía.

Quería confortarlo… y también distraerlo.

La puerta estaba cerrada, pero la voz de Mauro retumbaba por todo el pasillo. A duras penas contuve las ganas de salir de la oficina y acudir en su ayuda, pero mi prioridad estaba entre mis brazos, acurrucado en busca de la seguridad que solo yo podía darle. Estaba asustado. Lisandro había dejado caer la máscara frente a él y mi hijo había sido testigo de la aterradora y perversa naturaleza del monstruo que habitaba en su padre.

—Buscaremos algo para cambiarte, ¿de acuerdo? —ofrecí, con una sonrisa que esperaba lo tranquilizara.

No me rendiré...

Las palabras de Lisandro acechaban mi pensamiento, repitiéndose en un eco que me asustaba cada vez más.

No me rendiré...

Una amenaza a todas luces. No, no una amenaza. Una promesa. Lisandro nunca amenazaba. Atacaba sin titubeos, sin piedad alguna. Tendría que atravesar un infierno ardiente antes de ver la luz al final del túnel. *No me rendiré*, era solo el inicio.

El doctor Muñoz regresó pocos minutos después, tirando de su descuidada barba y con un gesto de preocupación que me alteró las pulsaciones.

—¿Qué ocurre?

—Un altercado —respondió, tenso—. Está controlado, no se preocupe.

—¿Mauro está bien?

—Estará bien.

—¿Eso significa que no está bien ahora?

—Está controlado, señora Echagüe. No se preocupe.

—Me pide un imposible...

—Comprenda que usted y yo tenemos asuntos más importantes que tratar ahora.

El doctor Muñoz era un hombre directo, no se andaba con rodeos. Aunque sus palabras me hicieron sentir incómoda, agradecí su intervención con un asentimiento. Estaba en lo cierto... tenía que mantenerme enfocada.

—Mauro está con Pablo Gómez, él lo mantendrá apartado de mi

cuello por unas horas... Hasta que usted complete su declaración. Le ofrezco dos opciones —apoyó los codos sobre el escritorio—. Alejo puede quedar al cuidado de las muchachas de administración hasta que terminemos aquí, o puedo dejarlo con su cuñado.

Luciano... ¿Lucho estaba allí? Los ojos se me llenaron de lágrimas de pensar en cuánto daño le había causado con mi desaparición. Con la desaparición de Alejo.

—Sé que estaría encantado de ayudarnos. Mauro no es el único que estuvo colgado de mi cuello estos últimos meses, señora Echagüe. Luciano es igual de persistente, aunque más... civilizado, por decirlo de algún modo. ¿Qué le parece?

Asentí, otra vez. Porque las palabras se me amontonaban en la garganta y no podía darles salida.

—De acuerdo —alzó su pesada figura del asiento y fue hasta la puerta, asomándose hacia el pasillo—. Adelante, Luciano.

Deslicé a Alejo hasta el suelo y lo dejé sobre sus propios pies. Estaba a segundos de reencontrarse con su tío después de mucho tiempo, y yo estaba por descubrir la extensión del daño que había causado a las personas que amaba.

Entró cabizbajo, con los hombros apesadumbrados y los pasos cansados. Sus ojos grises, tan parecidos a los de Lisandro, desnudaban una tristeza que me rompió el corazón. No esperaba verlo así, jamás. Mucho menos por mi causa. Ese Luciano no se parecía en nada al Lucho alegre y despreocupado que había dejado unos meses atrás.

Era mi culpa. Todo era mi culpa.

—¡Tíoooo! —Alejo salió a su encuentro, con los pequeños brazos alzados y expectantes. Lucho acabó de rodillas en el suelo y recibió a mi hijo en un abrazo que me tocó hasta la fibra más íntima. ¿Cómo podía haber hecho lo que hice? ¿Cómo privar a mi hijo del amor de su tío?

—Te extrañé mucho —Lucho sollozó sobre los rizos de Alejo, contenido, siempre tan considerado con mi hijo.

—Me hice pis —Alejo bajó la voz y miró de reojo al doctor Muñoz, que se mantenía atento pero apartado.

—Yo me hice pis un montón de veces, no te preocupes —en los labios de Lucho se dibujó una sonrisa triste y forzada, una que desapareció en el preciso instante en que sus ojos se toparon con los míos.

Se puso de pie, con una mano en el hombro de su sobrino. Me temblaban las rodillas, los labios y la consciencia; no sabía qué decir. Así es que, por primera vez en mucho tiempo, dejé de lado la razón y permití que fuera el instinto el que hablara por mí.

—Lo siento mucho —sentí las lágrimas precipitándose por mis mejillas y rogué a Dios que tuviera piedad de mí, porque no podía perder a Luciano. Era mi hermano.

—¿Alguna vez me tomaste en serio? —preguntó, entrecerrando los ojos.

—Lo siento, de verdad —repetí, liberando un sollozo que me brotó del alma y explotó en un llanto desconsolado. Le había prometido a mi hijo que no lloraría nunca más, pero no era capaz de cumplir ninguna de mis promesas.

—Luli... —su mano en mi mejilla me obligó a bucear en la profundidad de su tristeza, a sostenerle la mirada—. Te lo he dicho muchas veces, pero sigues sin tomarme en serio —dijo con tensa calma—. Eres mi hermana. Mi única hermana. Así es que no me importa cuántos errores cometas, ¡y este fue uno enorme!, estaré siempre a tu lado... Nunca más vuelvas a hacerme una cosa así. Abrázame, te extrañé como un loco.

Asentí, la única respuesta que mi estresado cerebro parecía permitirme sin titubeos, y mis brazos serpentearon en su cintura. Apoyé mi mejilla sobre su pecho y conté sus latidos, los atesoré, a cada uno de ellos. Elevé una plegaria, de agradecimiento esta vez. La vida me había quitado mucho, pero también me había regalado a Luciano.

—Te quiero, Lucho.

—También yo —pasó sus manos por mi espalda—. Cuenta conmigo, Luli.

—Lo intentaré —eso era lo único que podía darle, mi mejor intento. Él lo valía—. Te lo contaré todo, Lucho.

—Sé que así será... ahora, ocúpate de ti. Me llevaré a Alejo a casa. Camila y yo lo cuidaremos bien.

—No dejes que Lisandro se acerque —le pedí, asustada.

—No lo permitiré. Estará seguro con nosotros —besó mi frente y asentí.

—¿Mauro está bien?

—Sí, excelente. Gómez le aplicó un sedante para que se calmara; estaba un poquito nervioso. Dormirá por un rato largo —sonrió, acomodando mi cabello—. Me gusta el nuevo look.

Luego de que Lucho se llevara a Alejo, el doctor Muñoz me permitió un momento a solas en el baño de su oficina. Y eso era todo lo que tenía permitido. Le rogué que me dejara ver a Mauro, aunque solo fueran dos minutos, pero se negó. Me informó que, hasta nuevo aviso, él era la única persona con quien tenía permitido hablar.

Me miré al espejo, sin máscaras esta vez, y me sorprendió la desazón en mi expresión. Tenía los ojos hinchados y rojos de tanta angustia, las ojeras marcadas y la tristeza brotando de cada poro. Estaba a punto de desnudar mi verdad frente a un desconocido, de exponer mis heridas para que las analizara en detalle, de dejar que mirara a la cara a la mujer sometida en quien me había convertido con el paso de los años.

Me sentía tan avergonzada, tan frágil que apenas podía sostenerme en pie. Pero era consciente de que, para ganar la batalla, tendría que deponer las armas y despojarme de las armaduras. Por irónico que fuera, para derrotar a Lisandro tendría que mostrar mis puntos débiles. Desnudar mi vulnerabilidad. Soltar mi orgullo y abrazar mi realidad. Una tarea que se presagiaba difícil.

—¿Se siente mejor? —preguntó el doctor Muñoz.

—No —respondí con absoluta sinceridad. Me senté frente a su escritorio y suspiré, agotada.

—Sé que hacerla pasar por esto, en este momento, es sumamente estresante. Pero también es necesario. Su versión de los hechos es primordial para determinar los pasos a seguir. Lo que sucedió fue muy grave y usted se puso a sí misma en una posición extremadamente delicada.

Asentí, por supuesto.

—No se guarde nada —agregó, reclinándose en el asiento y estirando su corbata.

—¿Por dónde empiezo? —pregunté, obedientemente.

—Empecemos por el principio. ¿Cómo conoció a Lisandro Echagüe?

Inspiré profundo y solté el aire muy despacio.

—En septiembre del 2006. Unas amigas y yo fuimos a celebrar el inicio de la primavera...

* * *

No sé en qué momento sucedió, pero lo que comenzó como un interrogatorio, el mero relato de una colección de hechos, terminó por convertirse en una confesión a corazón abierto. Una confesión de mis verdades más ocultas, las que me aprisionaban el alma y me envenenaban la sangre.

El eje de mi confesión era mi retorcida relación con Lisandro.

Le di detalles a Juan María. Todos los detalles que conservaba grabados a fuego en mi memoria. Los vomité a todos, uno a uno. Confesé cuán deslumbrada estaba al conocer a Lisandro, lo insignificante que me sentía a su lado. La devoción que mi abuela le profesaba. El éxtasis que experimenté al saberlo interesado en mí, la plenitud de sentirme el centro mismo de su existencia. La convicción de que él era todo y yo no era nada. La sensación de deuda, la certeza de tener que darlo todo para ser merecedora. Se lo di todo… y me quedé sin nada. Mi carrera, mis amigos, mi tiempo, mi atención, mi corazón y mi cuerpo. Me convertí en su títere; él movía los hilos y yo bailaba al son que me tocaba. Pero este títere a menudo tiraba de los hilos. Mi naturaleza se imponía al sometimiento del que era víctima e intentaba llevar un compás diferente al de mi esposo. Él siempre me regresaba al sendero de la rectitud, de su rectitud, ajustando los hilos cada vez más.

Le hablé de la soledad, del desamparo, del miedo experimentado luego del primer golpe. De la vergüenza y la humillación. De mi intento de deshacerme del hilo que sabía me amarraría a la voluntad de Lisandro de una vez y para siempre… mi intento de deshacerme de Alejo. De la culpa y el arrepentimiento. De la herida profunda que el rechazo de la Nona provocó en mí.

Le conté del silencio que rodeaba mi existencia. De la rutina exacta y del miedo constante. De las palabras medidas y las emociones acalladas. De cada insulto, cada golpe, cada marca. De la pérdida de mi segundo embarazo. Del veneno y de la impotencia. Del deseo de venganza. Del odio a Elena. Del oculto resentimiento hacia Santiago. De los efímeros chispazos de alegría junto a Luciano.

Le dije de Mauro… De la sorpresa de su llegada. Del temor a perder los últimos vestigios de mi limitada libertad. De las charlas con sus intomables mates amargos de por medio. De su risa explosiva. De cómo me hacía reír. Del debate interno, de la lucha entre la razón y el instinto. De mis fallidos intentos por mantenerme alejada, y de la irresistible necesidad de sentirme amada. Bien amada. De la culpa por no poder darle todo. Porque ya lo había dado todo… y me había quedado sin nada. De su generosa aceptación de la "nada" que le daba. De la esperanza. De las ganas de estar viva. De darle a mi hijo una realidad menos dolorosa.

Tres horas después, el asiento de Juan María estaba vacío; ocupaba la silla junto a la mía. Mi pecho estaba abierto y desgarrado, vulnerable, exponiendo las cicatrices que no podían verse en la piel. Mis manos entre las suyas. Mis ojos tan hinchados que casi no podía ver. Su mirada consternada y su silencio respetuoso, apenas interrumpido por algún pedido de aclaración. Una hoja arrugada sobre el escritorio, en la que anotaba fechas aproximadas, nombres de posibles testigos.

Le importaba. A Juan María le importaba todo lo que le decía.

Entonces, se lo dije todo… Todo lo que había pasado en esa cocina. La premeditación con que lo había preparado, la sangre, la "casual" aparición del jardinero como una vía de escape.

–Pensé que moriría… –arrojé otro pañuelo desechable al cesto de basura y Juan María me dio uno nuevo.

–Te defendiste, Lucrecia.

–Tenía miedo, Juan. Mucho miedo… Estoy cansada de tener tanto miedo –suspiré–. No me dejará en paz. No se detendrá hasta destruirme.

Juan María tomó mi mano y le dio un apretón de apoyo.

–Seré honesto –me miró directo a los ojos, serio–. Tu esposo intentará acercarse y, tal como crees, es probable que presione con la custodia de Alejo. Jugará sucio… lo he visto muchas veces, estos sujetos son todos iguales. Pero tienes algo que él no.

—¿Qué es?

—A mí —dijo con absoluta convicción—. Este es mi caso, mi responsabilidad. Y, dadas las circunstancias, es necesario poner una carátula diferente a la que tenía pensada. Tu esposo ya era sospechoso, Lucrecia. Lo que me estás dando, es una declaración completa de cuán culpable es. Él no te destruirá, yo lo destruiré a él. Pero necesitaré tu ayuda.

—Te lo he dicho todo.

—No puedes contarme toda una vida en una charla. Y yo no estoy capacitado para comprender la complejidad de lo que me estás dando. Tengo gente que se encarga de eso... Peritos, ¿me comprendes?

—¿Qué peritos?

—Médicos, psicólogos...

—No —me cubrí la cara con las manos y oculté otra nueva ronda de lágrimas—. No me hagas esto, por favor.

—Lucrecia... —puso una mano sobre mi hombro—. Los casos se construyen a partir de pruebas. Necesito hacer las pericias correspondientes, llamar a testigos, todo lo que sea necesario. También pediré pericias para Lisandro, no creas que se quedará tranquilo en su casa mientras tú pasas por esto. Sé que es difícil... Veo mujeres en tu situación a diario. Pero no te rindas. Tenemos que dar pelea. Juntos.

—Esto jamás acabará... —murmuré.

—Para que acabe, tenemos que empezar. Debemos movernos rápido. Tengo a mi primer testigo a metros de aquí y no dejaré pasar la oportunidad.

—No. Mauro tuvo suficiente por hoy.

—Tiene informes del día a día en tu casa, Lucrecia. ¡Eso es oro! Ni siquiera tengo que hacer un pedido formal para llamarlo a declarar, pediré una ampliación y eso es todo. Cruzaré datos con él y así tendré elementos para gestionar una orden de restricción con el juez.

Siempre el miedo. El miedo y la vergüenza. No quería que Mauro conociera detalles que no había querido darle antes.

–Necesito verlo... –luego de horas de exponer mis cicatrices, ansiaba el consuelo que solo encontraba en su abrazo–. Por favor, Juan María. Lo necesito.

Me miró a los ojos, tomándose su tiempo para analizar mi pedido, y por fin asintió.

–Un minuto, Lucrecia. ¡Uno! Y no quiero que hables con él. No correré el riesgo de invalidar su testimonio.

–Un minuto, lo prometo –asentí. Haría lo que me pidiera, pero necesitaba verlo.

–Y, para que vayas advertida, lo que le dio Gómez no fue precisamente un sedante. Deja que te explique...

CAPÍTULO 8

FRÁGILES LOS DOS

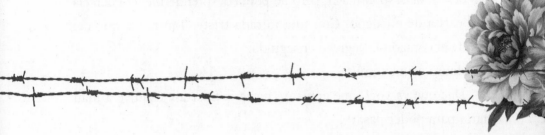

—Está hecho.

No me gustó la forma en que lo dijo. No me gustó para nada. La puerta de donde sea que estuviéramos se abrió y un agotado Juan María hizo su ingreso.

—Me alegra que estás despierto –dijo–. Necesito una ampliación de tu declaración, Mauro.

—Puedes decir que no. No estás obligado a nada –susurró Lucrecia.

—Lucrecia... ¿Qué fue lo que acordamos? –Juan María la miró con una actitud claramente reprobatoria y sacudió la cabeza en negativo–. Mauro, solo necesito cruzar algunos datos. Contrastar testimonios. Luego, podrás irte.

—¿Estás bien? –puse una mano sobre la mejilla de Lucrecia y traté de que me dijera lo que no podía con palabras. Juan María, obviamente, temía que invalidara mi declaración.

Asintió con una sonrisa triste y besó la palma de mi mano. No me gustó. No me gustó para nada lo que vi en ella.

—Perdóname —dijo en voz baja. Entorné la mirada, confundido—. ¿Te duele? —preguntó en obvia referencia al golpe de Gómez.

—Estoy bien.

—Mauro... —insistió Juan María.

—Ya voy —le respondí a él, pero no podía desprenderme de Lucrecia y su carita de ensueño. Con una mirada triste. Tan triste que me rompía el corazón—. Regreso enseguida.

—Mauro, ven conmigo.

—¡Dije que ya voy! —me apresuré hacia la puerta y esquivé a Juan María para poder pasar.

Lucrecia no quería que ampliara la declaración, el mensaje era claro. Y aunque negarme a un pedido suyo fuera una blasfemia, esta vez cometería el pecado. Haría lo que fuera necesario para salvar a mi diosa. Confiaba plenamente en el criterio profesional de Juan María y cumpliría a rajatabla cada uno de sus pedidos.

Lo seguí obedientemente hasta la oficina, un poco mareado y frotándome la nariz, pero lo suficientemente consciente como para responder a sus preguntas.

—¿Dónde está Alejo? —pregunté, apenas cerró la puerta.

—Con Luciano.

Estaba siendo demasiado escueto. Se veía agotado.

Miré mi reloj y me sorprendió descubrir que la siesta a la que me había inducido Gómez se había extendido por unas tres horas; he ahí la razón del cansancio de Juan María y de la tristeza infinita en Lucrecia. Tres horas en las que habían hablado de su historia con el malnacido al que haría pagar por haberse atrevido a insultarla en mi cara. No sabía cuándo ni cómo, pero me lo cobraría.

Juan María se acomodó en su asiento y sus hombros cayeron, como si estuviera desmoronándose. Se quitó los lentes, se aflojó el nudo mal hecho de la corbata y sus ojos se perdieron en algún punto lejano.

Me mantuve en silencio, a la espera de que se recompusiera. Lucrecia lo había pulverizado.

–Tengo una hija de su edad... –dijo, apoyando un codo sobre el escritorio y tomándose la cabeza–. Unos meses más chica. Se llama María de los Ángeles.

–No lo sabía.

–Pues, así es... –inspiró profundo–. Tengo muchas ganas de ir a casa y darle un abrazo, Mauro.

Sí. Lucrecia lo había pulverizado. Se estaba tomando este caso como un asunto personal, el hecho de que la comparara con su hija era prueba suficiente.

–Hagamos esto rápido –se reacomodó en el asiento y volvió colocarse los lentes, tomando un papel arrugado que temblaba en su mano. Lo apoyó sobre el escritorio y luego lo alisó con torpeza–. La declaración es contundente, pero la reforzaré con pruebas.

–Bien. ¿Qué necesitas?

–Lucrecia me habló de las fotos.

–Sí –mi mandíbula se ajustó tanto que estaba seguro de que tendría un dolor de cabeza espantoso al salir de la oficina–. En Nochebuena, Echagüe los llevó a cenar y después a una embarcación que tiene en el Tigre. Pasaron la noche ahí, los tres. Me quedé en el auto hasta la madrugada, creo que hasta las cinco y media. Era obvio que no regresarían a dormir a la casa, así que me fui de allí. Lisandro me envió la primera foto a las siete de la mañana. Continuó como hasta las seis de la tarde. Son treinta y dos en total. Están guardadas en un *pendrive*.

–¿Qué contienen? –preguntó.

Sí, tendría un dolor de cabeza terrible al salir de la oficina.

–Solo vi la primera. Hoy mismo te las hago llegar.

–¿Que viste en la primera?

–Por favor, Juan María. No me hagas decirlo. Haz que un perito las revise. Son explícitas, te lo garantizo.

–Mauro...

–¡Por favor! –me levanté de la silla, ya sin poder contenerme. Esa imagen me perseguía como un fantasma.

–Mauro, confirma y eso es todo.

Le di la espalda, para ocultar mi propia desazón.

–Lucrecia de rodillas frente a un hombre, practicándole sexo oral. Es un primer plano de ella, no puedo confirmarte la identidad del hombre. Asumo que es... –me tragué el gusto amargo de tener que nombrarlo–. Es Lisandro Echagüe. Las fotos fueron enviadas desde su celular y pasaron la noche juntos –suspiré y regresé a la silla. Apenas era el comienzo y ya estaba pulverizado.

–Bien.

–*Bien* es una palabra que no aplica, Juan María.

Alzó la mirada del papel, pero no hizo comentario alguno. Saqué el paquete de cigarrillos de mi bolsillo y me llevé uno a la boca.

–Está prohibido fumar aquí.

Alcé la mirada y encendí el cigarrillo. Vacié un portalápiz para usar como cenicero.

–Las fotos son una buena prueba.

–Junto a la grabación que te dio Gómez. Amenaza con matarnos, a Lucrecia y a mí. A ella primero. Esas fueron sus palabras.

–La escuché completa. Te estaba reclamando por tener una aventura con su esposa.

–¿Eso le da derecho a amenazar con matarla? –pregunté, indignado.

–Estoy contextualizando.

—Contextualiza bien... ¡El sujeto es un psicópata! Una amenaza de esa naturaleza tiene que ser tomada en serio.

—Es una prueba más.

—Es una amenaza de muerte. ¿Estás confirmando datos? Confirma eso.

—No me digas cómo hacer mi trabajo.

Le di una pitada larga al cigarrillo y arrojé la ceniza en el portalápiz. Me estaba comportando como un perfecto idiota, pero no podía con mi frustración. Juan María tampoco.

—Según tu recuento de tareas... —murmuró cansado—. La llevaste a una visita al ginecólogo. ¿Es así?

—Así es —apagué el cigarrillo con mis dedos y lo arrojé dentro del cubo de la basura, sobre un cúmulo de pañuelos desechables que seguramente enjugaron sus lágrimas—. El doctor Amaya —recordé a la perfección.

—¿Qué sucedió ese día? —preguntó, entrelazando las manos sobre el escritorio. Eso también lo recordaba a la perfección.

—Estaba alterada —respondí, sin titubear—. Comentó que no había dormido bien.

—¿Te dijo por qué?

—No... solo que le dolía todo...

Mientras trataba de ordenar el curso de los hechos, las piezas encajaron y la imagen fue espantosa. El dolor, la visita al ginecólogo, el vómito en plena calle. La angustia me estranguló tan de repente que pensé que moriría ahogado. Juan María me miró directo a los ojos, y esta vez fue él quien confirmó el dato. El rapto de furia por poco me pone de rodillas.

—Dímelo.

Sentí un sudor frío recorriéndome la espalda, un temblor sacudiéndome el alma.

–¿La violó...? ¡Ese maldito! –suspiré, con un dolor tan grande y una vergüenza tan espantosa que quería morir en ese preciso instante–. Estaba en la casa, Juan María. Estaba en la casa cuando ese desgraciado la violó, ¡bajo mi cuidado! Soy un fracaso. ¡Un fracaso!

Recordé cada detalle. Su carita de ensueño no mentía, me pedía ayuda a gritos y no supe interpretar. La discusión junto a la pileta... En su momento de mayor vulnerabilidad, la había dejado sola. Lucrecia me había pedido ayuda y yo la había enfrentado, por celos. Era un egoísta. Una basura.

–Mauro. Dímelo.

–Estaba alterada –dije como un autómata, en un esfuerzo de disociación que le debía. Había cometido más de un pecado contra mi diosa–. La llevé al ginecólogo y cuando volvíamos reaccionó desproporcionadamente, por una estupidez. ¿Cómo no me di cuenta?

–¿Qué más?

–Se bajó del auto y corrió una media cuadra. Traté de detenerla y se puso como loca, me acusó de querer manejarle la vida. Me llamó "Lisandro"... Me confundió con esa basura.

–Te reclamó por lo que su esposo había hecho, Mauro. Porque contigo podía hacerlo, pero con él no. Proyectaba.

–¡No me vengas con esa patraña psicológica! ¡Me reclamó porque el sujeto la violó y yo no hice nada para evitarlo! –le clavé la mirada.

Inspiró profundo y anotó en su papel apestoso.

–No te mortifiques, Mauro... Pediré una orden de restricción. El juez Fonseca la librará enseguida, confío en él. Echagüe está enterrado hasta la cabeza. Tenemos las fotos, la grabación de Gómez y todos tus informes. Me ocuparé de obtener los registros de esa visita con el doctor Amaya. Le pediré a Lucrecia una autorización por escrito para revelar su historia clínica.

—¿Eso es todo? —pregunté, reprimiendo las ganas de salir corriendo a tirarme bajo el primer camión que pasara por la calle.

—Sí, por ahora.

Me levanté de la silla a duras penas. No tenía fuerzas para nada, ni siquiera para respirar. Me ahogaba.

—Apenas lo sepas, quiero una confirmación de dónde estará Lucrecia. Necesito la dirección para notificarla. Y enviaré a alguien que la cubra mientras gestionamos la orden de restricción.

—Te lo confirmo ahora mismo —me detuve junto a la puerta—. Lucrecia y Alejo se quedarán conmigo. Ya sabes dónde vivo.

Quería salir de ahí de una vez, pero...

—Mauro, espera —Juan María se levantó de su asiento y se acercó—. Sé que es difícil... Pero, culparte no servirá de nada. Debes mantenerte entero, mirar hacia adelante. Lucrecia habló mucho conmigo hoy y no todo lo que me contó fue malo. Que aparecieras en su vida la salvó de muchas formas. Antes no podía pedir ayuda en voz alta; ¡mira dónde estamos ahora! Se atrevió a denunciarlo, Mauro... Cuenta las ganancias y aprende a vivir con las pérdidas. Lo de hoy es una ganancia. Hay muchas mujeres que no sobreviven para contar su historia.

✳ ✳ ✳

Como el cobarde que era, me oculté en el baño.

No podía enfrentarla. No podía mirarla a la cara después de lo que había hecho. "Con que estés aquí, ya me siento segura", había dicho una vez. Pero no fue suficiente. No fui suficiente para mantenerla a salvo. ¡Era un fracaso! Mi deber era cuidarla y fallé. Le fallé como hombre y me sentía una mierda.

Paseaba por el baño, de un lado para el otro, sin destino. Sin consuelo. Trataba de seguir el consejo de Juan María y mantenerme entero, pero era imposible. Estaba deshecho, en ruinas. El peso de todos los meses en que la había visto sufrir y no había hecho nada para terminar con su dolor me aplastó hasta dejarme reducido a nada. ¡Mil veces podría haberla salvado! ¿Cuántas cosas habían pasado sin que me diera cuenta? ¿Cuántos dolores había soportado en mi presencia?

Mi Lucrecia con su carita de ensueño; rota por mi culpa.

–Mauro...

Detuve el paso al escuchar el eco de su voz rebotando en las paredes del baño, golpeándome con su dulzura. Se cubrió los brazos con las manos, mirando a cualquier cosa menos a mí.

–¿Estás bien?

Me preguntaba si estaba bien. A mí, cuando era ella la que había vivido presa dentro en una pesadilla. La vi tan frágil, frágil como nunca antes. No pude evitar imaginar a ese monstruo forzando a ese cuerpo al que yo amaba con cada fibra de mi ser, intentando quebrar ese espíritu que se imponía por su valentía y atreviéndose a humillarla de las maneras más perversas. Pero ella me preguntaba si estaba bien... porque era una diosa. Poderosa aun en su fragilidad más extrema.

–¿Te duele? –preguntó en obvia referencia al golpe que Gómez me había dado.

Ni siquiera recordaba el golpe. Era ella quien me dolía, muy adentro. Su fragilidad y mi fracaso.

Me dolió cada paso que di hasta llegar a su lado, cada lágrima que resbalaba por sus mejillas. Me arrodillé frente a ella y abracé su cuerpo porque era mi templo. Apoyé una mejilla sobre su vientre y sentí su mano piadosa sobre mi cabeza, su caricia cálida y bondadosa. Mis lágrimas se precipitaron sin que pudiera contenerlas.

—Sí, me duele —respondí a destiempo—. Me dueles mucho, mi amor. Lo siento tanto. Perdóname por no haberte visto, por las veces en que te fallé... Soy un fracaso.

Quitó su mano de mi cabeza como si un rayo le hubiera atravesado el cuerpo. Alcé la mirada. Para mi completa sorpresa, tomó mi hombro con nada de dulzura y todo de enojo. Sus ojos estaban encendidos. Ardía. Lucrecia ardía.

Se arrodilló frente a mí y me obligó a sostenerle la mirada con manos demandantes sujetando mi rostro.

—Nunca, Mauro —dijo con firmeza—. ¡Nunca más vuelvas a hablar así del hombre que amo, ¡te lo prohíbo! ¿Me oyes? No eres un fracaso... ¿Cómo puedes decir que no me viste? —la demanda de sus manos se transformó en una caricia reconfortante—. Necesitaba que alguien me mirara con amor... que me hiciera sentir valorada. Tú me miraste así. No eres un fracaso, Mauro. Al contrario, eres mi héroe.

CAPÍTULO 9

RESTRINGIDA

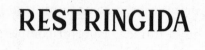

VIERNES, 13 DE MARZO DE 2015.
CIUDAD DE BUENOS AIRES.

Abrí los ojos cerca de las siete y media, sin necesidad de despertadores. La luz del sol me besaba la cara. Me estiré a gusto y me tomé unos minutos más para dar vueltas en la cama; nada ni nadie me lo impedían. Sonreí por nada, abrazada a mi almohada, escuchando el monótono sonido de las aspas del ventilador de techo.

–¡Mamiiii! –Alejo empujó la puerta y corrió hacia la cama. Su rodilla impactó tan fuerte en mi cadera que estaba segura de que dejaría marca, pero de esas marcas que no dolían. Se acomodó sobre mi pecho y sus rizos me hicieron cosquillas en la mejilla.

–Buenos días, mi amor... –pellizqué su nariz.

–¿Ya es hora de desayunar?

–Así es. ¿Qué quieres desayunar? –pregunté, sabiendo de antemano cuál sería su respuesta.

–¡Besitos!

–¡Pero qué niño más glotón!

Me comí sus mejillas a besos, disfrutando de la dicha de poder hacer tanto ruido como quisiera. Éramos libres... tanto como podíamos. Aún nos quedaba un largo camino por delante, pero estábamos dando pequeños pasos hacia delante.

Gracias a la presión de Juan María y de Adela Altamirano, mi abogada, el juez Fonseca aprobó la orden de restricción en un tiempo récord. Lisandro fue notificado en el estudio cuarenta y ocho horas después de mi primera declaración. Tenía prohibido acercarse físicamente, contactarme por cualquier medio o acudir a los lugares que yo frecuentara. El juez ordenó que la restricción fuera extensiva a Alejo. Le dieron una copia del documento a Adela y usé un imán para pegarla en la puerta del refrigerador.

¿Qué sucedió?

Lisandro llamó enfurecido a mi celular, gritándome que estaba loca si pensaba que lo iba a alejar de su hijo y que yo podía revolcarme con todos los hombres que quisiera, pero que no iba a permitir que Alejo viviera con una puta. Sí, me llamó "puta". Otra vez. Le recordé que tenía prohibido contactarse conmigo y que, por favor, dejara de hacerlo. Su respuesta: *No me rendiré.*

La orden de restricción se veía muy bonita en la puerta del refrigerador, pero era yo quien estaba restringida. Éramos libres... tanto como podíamos y como Lisandro nos permitía. Mirar sobre el hombro cada vez que se sale a la calle, temiendo que el monstruo te salte a la yugular, no era precisamente mi definición de libertad.

Aunque ya no estaba sola, Mauro estaba conmigo. Mauro y yo éramos libres, tanto como podíamos. Mauro y yo éramos una "pareja".

* * *

Necesitaba ver a Alejo, con urgencia, asegurarme de que estuviera a salvo y conmigo. Después de ultimar detalles con Juan María respecto a los pasos a seguir, Mauro y yo fuimos a buscarlo al apartamento de Lucho y Camila. Solo cuando mi hijo estuvo en mis brazos, volví a respirar con tranquilidad.

Estábamos todos tan agotados que cuando Mauro anunció que nos quedaríamos con él, cabeceé un sí sin meditarlo. Lo necesitaba cerca, 538 lo más cerca que fuera posible. Había pasado uno de los días más difíciles de mi vida y necesitaba el consuelo que solo encontraba entre sus brazos. Él también me necesitaba; su día había sido igual de difícil. Y Alejo nos necesitaba a ambos.

Éramos libres de estar juntos, los tres, sin escondernos.

Entrar a su casa fue de las experiencias más reconfortantes que viví jamás. Siempre me había generado curiosidad saber dónde vivía, cómo vivía, qué hacía cuando no estaba en Belgrano. Mis fantasías se quedaron cortas... El apartamento no era de Mauro, era Mauro. Una extensión de sí mismo, como vivir dentro de él. Simple y cálido, ordenado, pero no tanto, relajado y pacífico. Era Mauro.

Era incapaz de ocultar lo eufórico que estaba por tenernos allí. A pesar del día difícil que habíamos pasado, la sonrisa lo delataba. Yo también estaba feliz... en ese momento, era feliz. No quería pensar en nada más que en disfrutar del tiempo juntos.

Ordenamos una pizza, miramos televisión y viví la dicha de apoyar mi cabeza sobre su hombro sin temor a que nada ni nadie me lastimara por eso. Lo disfruté como lo que era, un momento de paz que los dos necesitábamos.

Pero también necesitábamos hablar.

Alejo dormía profundamente, entre nosotros, en la cama de Mauro. Reprimí las imágenes de una pelirroja de infarto entre esas mismas sábanas para no sufrir otro colapso emocional; ya había sufrido demasiado como para detenerme en ese detalle. Las luces estaban apagadas, pero la claridad que entraba por la ventana era suficiente para que nos miráramos a los ojos en silencio.

—Podrías quedarte... —dijo acariciando mi brazo con un dedo que subía y bajaba distraído—. Alejo y tú, aquí conmigo. Sería perfecto.

Inspiré profundo y sonreí.

—Sí. Sería perfecto —acordé, sin duda alguna, sumergida en el café de sus ojos—. Pero creo que no es necesario apresurar las cosas, Mauro.

Aun en la penumbra de la habitación, la desilusión brilló potente en su mirada. Tomé su mano y besé sus dedos.

—¿No quieres estar conmigo? —preguntó, confundido, herido incluso.

—No dije eso. Dije que sería perfecto, pero que no creo que sea el momento... Quiero cuidar lo que tenemos, no volver a cometer los mismos errores. Necesito ordenar mi vida y la de Alejo antes de poder pensar en dar un paso más. Ya me salté muchos pasos en el pasado, ahora quiero recuperar lo que perdí. Amo estar contigo, dormir contigo. Pero... —una sonrisa involuntaria asomó en mi boca. Me emocionaba de solo imaginar— quiero dormir en mi propia cama, Mauro. Por muy extraño que te parezca, nunca tuve esa experiencia. Nunca tuve nada mío. Mi cocina, mi comedor, mi baño... Es posible que no lo entiendas, pero necesito mi espacio.

—Lo entiendo —acarició mi mejilla con una sonrisa que tenía mucho de forzada y poco de comprensiva. Pero estaba haciendo el intento, solo por eso lo amé mucho más—. Pero me inquieta pensarte sola.

—No estoy sola. Te tengo a ti.

—Sola en tu casa, Lucrecia. Con Lisandro dando vueltas.

—Debo aprender a vivir sola, para luego poder vivir contigo. Si es que no te cansas de mí antes de que llegue el momento, por supuesto.

—¿Cansarme de ti? Imposible. Acabo de pedirte que vivas conmigo —sonrió, amargamente—. Pero, respeto tu decisión... No me parece justo quitarte tus espacios ahora que puedes tenerlos. No quiero quitarte nada, al contrario. Quiero dártelo todo.

—Gracias por comprender.

Dejó escapar un suspiro que me acarició el rostro.

—Tienes una forma muy dulce de decir las cosas, incluso cuando dices "no".

—No estoy diciendo que no. Estoy diciendo "más adelante".

—"Más adelante", entonces —se quedó pensativo por un instante—. Y eso, ¿dónde nos deja ahora?

—¿A qué te refieres? —pregunté, confundida.

—Esto de ir "paso a paso". ¿En qué fase del "paso a paso" estaríamos? Creo que ya superamos eso de "amigos con derecho", ¿no te parece? —preguntó con extrema gravedad. Para él, este era un tema en verdad serio. Yo, en cambio, contenía una carcajada.

—¿"Amigos con derecho"? Interesante forma de plantearlo.

—Eso ya expiró, pasamos esa etapa —reflexionó—. Deberíamos estar un paso más adelante. Digo... Tú, ¿qué piensas?

—Ya te dije lo que pienso, Mauro. ¿Por qué no me dices qué es lo que quieres y dejas de girar sobre tu eje? Me mareas.

—No lo sé... —fijó la mirada en el techo, nervioso. Nunca lo había visto así de nervioso—. Es que no sé cómo —confesó. Creo que hasta podía escuchar los latidos acelerados de su corazón. Ese hombre era todo lo que había soñado alguna vez; no un príncipe azul, sino un hombre real, de carne y hueso.

540

—Me haces reír, Mauro. Y me haces feliz. Eso es mucho más de lo que cualquiera logró en mucho tiempo. Si lo que intentas es poner un título a esto, no es necesario.

—Lo es para mí —dijo, todavía con la mirada en el techo—. Quiero ir por la calle de tu mano, cruzarme con alguien y decir: "Ella es Lucrecia. Mi… ¿novia?".

Sí, quería reírme a carcajadas.

—¡Ni lo pienses! Soy muy vieja para ese título…

—¡Tienes veintiséis! Y soy más viejo que tú.

—¿Lo ves? Somos dos ancianos. No podemos ser novios.

—¿Qué tal, "pareja"? "Ella es Lucrecia, mi pareja" —ensayó con elocuencia—. ¿Qué te parece? ¿Suena bien?

* * *

Todavía me reía sola cada vez que recordaba esa conversación. Mauro y yo éramos pareja. Un milagro, considerando que yo era una mujer separada, con un hijo, y en una contienda con mi futuro exesposo que se presagiaba larga y difícil. Pero me reía sola, porque me encantaba ser pareja de Mauro.

Lisandro estaba obligado a cumplir con sus deberes de padre y mantener el nivel de vida de Alejo, pero obviamente, sus abogados ponían trabas. ¿Me importaba? Por supuesto que no. Hice uso de una pequeña porción de mi "dinerillo", para no levantar sospechas, y renté un apartamento de dos habitaciones a dos cuadras del de Mauro. Quería mi propio espacio, claro que sí; pero también lo quería cerca. Todavía estaba adaptándome al caos de microcentro, pero era mejor que el infierno en Belgrano.

Mauro regresó a trabajar por insistencia de Pablo. Tenía que volver en algún momento, recuperar los espacios que él también había perdido. Pablo lo puso a hacer tareas de coordinación y lo mantenía fuera del campo, en la oficina. Gracias a Dios. Me ponía un poco nerviosa su trabajo, ahora más que nunca. Había visto lo cerca que esas balas habían estado de tocar el corazón que tanto amaba.

Él también estaba nervioso. Más que nunca. No le conté de aquella primera llamada de Lisandro, pero a esa le siguieron muchas más. Muchas en presencia de Mauro. No respondía, claro. Pero el teléfono no dejaba de sonar. Fuimos a hablar con Juan María de inmediato, a denunciar la violación de la orden de restricción. La respuesta que obtuvimos no fue del todo satisfactoria: "Lo llamaré y le explicaré el alcance de la orden".

En fin, o Juan María no se lo explicó bien o a Lisandro le importaba un bledo, porque las llamadas continuaron.

A escondidas de Mauro, escuché sus mensajes de voz. Se parecían mucho a los que dejó la primera vez que intenté dejarlo. Furioso al principio, angustiados un poco después y suplicantes al final. "Somos una familia", "te extraño", "regresa a casa, por favor", "mi vida no tiene sentido sin ti", "te amo, cariño". ¿De verdad? Parecía una broma pesada.

Después de las llamadas, empezaron a llegar las flores. Para Mauro ese fue un insulto intolerable. A mí me tenía sin cuidado. Pero fue la respuesta de Juan María lo que terminó de colmar mi paciencia: "No es una amenaza, solo son flores". Cuando le recordamos que eso violaba la orden de restricción, ya que Lisandro tenía prohibido contactarse conmigo de la forma que fuera, llegó el tan temido e inútil: "Veré qué puedo hacer".

Sí, la orden de restricción se veía muy bonita en la puerta de mi refrigerador, pero no servía para nada.

—¡Alejo! ¿Estás listo? ¡Llegaremos tarde al kínder! –grité, terminando de acomodar la merienda dentro de su mochila.

—¡Ya voy! –gritó desde su habitación. Tenía que llevar un juguete y todavía no se decidía.

—¡Apresúrate!

Tres golpes a la puerta del apartamento me sobresaltaron. No esperaba a nadie. Nadie había tocado el portero electrónico. Los tres golpes insistieron y Alejo se asomó desde el pasillo.

—¿Quién es? –preguntó, curioso.

—Shh –le indiqué silencio con el dedo y me acerqué a la puerta, precavida.

—Lucrecia, abre la puerta…

Me quedé petrificada al escuchar el gélido sonido de su voz.

CAPÍTULO 10

LOBO CON PIEL DE CORDERO

VIERNES, 13 DE MARZO DE 2015.

CIUDAD DE BUENOS AIRES.

—Cinco minutos, querido —le dije al chofer, tomando su mano para descender del vehículo.

Me detuve frente a la reja y saqué las llaves de mi bolso. La ausencia de Lucrecia era evidente incluso antes de ingresar a la propiedad. El césped se veía descuidado, las plantas daban pena y un colchón de hojas podridas cubría la superficie de la piscina. El panorama era lamentable.

Hacía días que Lisandro no se aparecía por el estudio y estaba abandonando negocios y clientes que requerían de su seguimiento. El estado del jardín era la menor de mis preocupaciones; si no sacaba a mi hijo de su desidia, tendríamos problemas que no se solucionarían con una llamada al paisajista.

La situación estaba tornándose intolerable y era preciso intervenir, cuanto antes. De hecho, debería haber intervenido años atrás.

Un error que estaba pagando caro.

Desde la primera vez que la vi, supe que Lucrecia sería un

problema. Era una criatura insolente, maleducada, una trepadora sin escrúpulos. Mi hijo, bajo el hechizo del enamoramiento, era incapaz de ver lo que se escondía detrás de su carita de nada y sus modos de princesa. Pero yo la veía con claridad, a mí no me engañaba. La princesa tenía aspiraciones de reina.

Tenía que admitir que su estrategia había sido impecable; había clavado las garras tan hondo en el corazón de Lisandro que lo había convertido en su esclavo. Mi hijo besaba el suelo que esa zorra pisaba.

Cuando le advertí que la chiquilla no encajaba en nuestra familia, que no formalizara una relación que estaba destinada al fracaso, Lisandro me enfrentó por primera y única vez en su vida. Mi mayor temor se estaba revelando como una realidad que hacía que el delicado equilibrio que me había llevado una vida construir, tambaleara bajo mis pies. Estaba perdiendo la lealtad de mi hijo y, si quería conservarla, tendría que aceptar a la zorra en el seno de mi hogar.

No pasó mucho tiempo para que mi predicción de una "relación destinada al fracaso" comenzara a evidenciar los primeros signos. La criatura no se adaptaba, no comprendía su rol, no se sometía al dominio de mi hijo. Mientras más rebelde se mostraba Lucrecia, más hondo se clavaba en el pecho de Lisandro. La deseaba suya con un fervor que no era normal, pero la princesa no daba el brazo a torcer.

Lucrecia era demasiado joven para entender el mundo. Demasiado inexperta como para que le entrara en la cabeza que este era un mundo de hombres. Y en un mundo de hombres, la mujer que los dominaba era reina. Una verdad que comprendí desde la cuna y que usé a mi favor.

No necesitaba dominar el mundo, solo era preciso dominar a los hombres que lo mantenían en movimiento. En mi pequeño mundo familiar, la lealtad de mis hombres era un pilar. Santiago era un trozo de arcilla que hasta un niño de preescolar podría modelar a gusto, Lisandro era la fuerza indomable que, bien direccionada, lo lograría todo y Luciano era... tolerable.

Lucrecia se convirtió una amenaza mayor cuando la lealtad de mis hombres comenzó a inclinarse hacia su lado. Lisandro solo fue el primero en caer bajo el hechizo de esa bruja, pero no pasó mucho para que el resto cayera también. Era un juguete nuevo; todos se peleaban por jugar con ella. El idiota de mi esposo moría de amor por su nuera, su rostro cambiaba con solo verla, y la conducta de Luciano me daba dolor de cabeza, encontraba en Lucrecia a una cómplice para amargarme la vida. Las lealtades tambaleaban y la situación se tornaba peligrosa.

Lisandro estaba al borde del precipicio. Como todos los hombres, era incapaz de dominar sus instintos. Lo intentó todo para que Lucrecia lo siguiera sin cuestionamientos. Al principio, se lo dio todo. La cubrió de lujos, le dio un hogar, incluso un hijo... Vivía y respiraba solamente porque Lucrecia existía. La intención era que su esposa se sometiera voluntariamente. Pero su intento de dominio se revirtió, porque era Lucrecia quien sostenía sus riendas, quien lo mantenía sofocado en un puño de hierro, quien le impedía respirar y pensar con claridad. Lo estaba destruyendo.

Cuando Lisandro descubrió que darle todo no funcionaría, cambió de táctica y se lo quitó todo. Incluso su libertad. Le advertí que empeoraría las cosas, pero mi hijo no entendía razones. La quería suya, aun contra su voluntad. Y esa chiquilla tenía una voluntad de hierro, era inquebrantable.

Lo supe desde la primera vez que la vi, Lucrecia sería un problema. Pero mi tolerancia había llegado a su límite y era momento de intervenir. No me quedaría sentada viendo cómo la vida de mi hijo se venía abajo frente a mis ojos.

El panorama dentro de la casa era tan deplorable como en el exterior, un caos nacido del abandono. Sin detenerme a mirar el desastre de platos sin lavar y los restos de comida pudriéndose sobre la encimera, hurgué en las alacenas hasta encontrar una jarra grande. La llené con agua mientras hacía una llamada.

—Residencia Echagüe —respondió del otro lado.

—Soy yo, Elvira. Necesito que vengas a casa de Lisandro, urgente. Esto es un desastre —dije, sosteniendo el celular con mi hombro, mientras vaciaba algunos hielos dentro de la jarra.

—Voy en camino, señora.

—Urgente, Elvira —le recalqué.

La casa estaba oscura y silenciosa. Jarra en mano, subí las escaleras y fui directo hacia la habitación de Lisandro. La puerta estaba entreabierta, la empujé con la cadera y descubrí su silueta en la cama. Dormía con un brazo colgando por el borde de la cama. Hacía un frío de locos dentro de la habitación y era obvio que no había sido ventilada en mucho, mucho tiempo. Un problema que requería de pronta solución. Apagué el aire acondicionado, encendí la luz y abrí las ventanas de par en par.

—¿Qué pasa? —lo escuché rezongar.

—Eso mismo me pregunto yo, querido —respondí sin mirarlo—. Son las ocho de la mañana, ¿no piensas ir a trabajar hoy?

—No me siento bien, mamá —giró sobre la cama—. ¿Apagaste el aire acondicionado? Hace calor aquí…

Me planté frente a la cama y le arrojé el contenido de la jarra sobre la cara. Se sentó de inmediato, abriendo y cerrando la boca a causa de la sorpresa.

—¿Estás más fresco, ahora? —entorné la mirada—. ¡Levántate! —jalé de las sábanas e hice un bollo antes de arrojarlas al pasillo.

547

–¡Sal de mi habitación, mamá! ¡Déjame en paz! ¡Ya no soy un niño!

–¡Entonces, deja de comportarte como uno! ¡¿Qué estás haciendo, Lisandro?! ¡¿Cómo puedes ser tan patético?! ¡Mírate! ¡Mira esta casa! ¡¿Que sucede contigo?!

–¡Déjame en paz!

En dos pasos llegué hasta él y me detuve a centímetros de su cara, para asegurarme de que prestara atención.

–¿Le enviaste flores? –pregunté, entrecerrando los ojos.

–Ese no es tu problema –respondió, desafiante.

–¿Que no es mi problema, dices? ¡Por supuesto que lo es! ¡¿Sabes cuánto me está costando que Fonseca no mande a la policía a buscarte por incumplir esa orden?!

–Es mi mujer –insistió.

Mi mano impactó de lleno en su mejilla y dejó una furiosa marca roja sobre su piel, la marca de mis dedos. Lisandro no se movió, ni siquiera pestañeó, pero sus ojos estaban fijos en los míos.

–Hay que ser un hombrecito para manejar a una mujer como esa, querido. Tú no lo eres –quité la gota de sangre que bajaba de su nariz con mi pulgar y acaricié su mentón–. Ahora, ve a darte un baño y prepárate para la oficina. Yo arreglaré este desastre.

✳ ✳ ✳

–Esto me llevará un poco más de cinco minutos, querido. ¿Quieres ir por un café? Te llamaré cuando esté lista –le sugerí a mi chofer. Me agradaba ese muchacho, era silencioso y educado.

–Espero por su llamado, señora.

Afortunadamente, uno de los ocupantes del edificio me permitió la entrada. Le sonreí agradecida y subí las cinco plantas en un elevador de dudosa estabilidad. Era increíble que mi nieto viviera en un lugar así; me daba escalofríos de solo pensarlo. El apartamento ni siquiera tenía timbre. Le di tres golpecitos a la puerta y aguardé por la respuesta. Era obvio que estaban adentro. Las paredes eran lo suficientemente delgadas como para que se escucharan incluso sus murmullos.

—Lucrecia, abre la puerta... —le pedí, tratando de mantener mi temperamento a raya—. Sé que estás ahí. Abre, por favor.

Segundos después, la llave giró en la cerradura y mi nuera se materializó detrás de la puerta. Se veía furiosa, con sus ojos fijos en los míos y esa actitud altanera que tantas ganas de golpearla me provocaba. No se parecía en nada a la muchachita asustada de meses atrás. Tenía un espíritu inquebrantable, digno de admiración. Si no fuéramos enemigas declaradas, hasta me caería bien.

—¿Qué haces aquí? —preguntó, en voz baja pero determinada.

—¡Abuelaaaaa! —al verme, Alejo corrió hasta la puerta y se abrazó a mis piernas. Era tan parecido a Luciano que ya sentía pena por él.

—¿Cómo estás, querido? —me agaché para estar a su altura y le di un beso en cada mejilla.

—Ve a buscar la mochila, Alejo. Llevamos prisa —dijo Lucrecia, sin despegar sus ojos de los míos. Sin chistar, tan a sus pies como el resto de mis hombres, Alejo salió corriendo a cumplir su orden—. Te pregunté qué haces aquí, Elena.

—Necesito que hablemos. Cinco minutos.

No se movía de la puerta, marcando su territorio como una experta.

—No puedo, tengo cosas que hacer. Debo llevar a Alejo al kínder y me esperan en la Fiscalía. Supongo que ya estarás al tanto de que Lisandro está incumpliendo con la orden de restricción. Y, como no tiene permitido contactarse conmigo de ninguna forma, quiero que el mensaje que tengas de su parte, te lo guardes donde mejor te quepa.

¡Irrespetuosa!!!

–Años viviendo como una reina y todavía no logras sacarte el vecindario de encima, es increíble... Y, solo para que te quede claro, yo no mando mensajes ajenos. Siempre hablo por mí.

–Tampoco me interesa escucharte, la verdad. Nunca nos soportamos, no sé por qué tendríamos que empezar a fingir ahora.

–Veo que ya no temes decir lo que piensas, respeto eso... Pero nos debemos una charla, querida, y no hay mejor momento que el presente –me miró en silencio por un instante, y su duda era una oportunidad que no dejaría pasar–. Un café, nada más.

–Espérame aquí –cerró la puerta, como la maleducada que era, y me dejó de pie en pleno pasillo.

Aguardé por unos insoportables cinco minutos antes de que la puerta volviera a abrirse. Lucrecia salió del apartamento con Alejo de la mano y cerró la puerta con llave, sin decir una palabra. No tuve más remedio que seguirla.

–Luciano se ocupará de llevar a Alejo –dijo, mientras entrábamos al elevador–. Así tendrás tus cinco minutos.

Una chica inteligente, una princesa con aspiraciones de reina. Sonreí porque no me quedaba alternativa.

Esperamos un par de minutos más antes de que Luciano detuviera el automóvil frente al edificio. Mi hijo ni siquiera se dignó a dirigirme la palabra, mucho menos a saludarme. Estaba claro de qué lado estaba su lealtad. Se bajó del vehículo y Lucrecia lo alcanzó cerca de la puerta. Se abrazaron y Luciano susurró algo a su oído. ¡Era tan infantil! Lucrecia lo tranquilizó con una sonrisa y una caricia en la mejilla. Era una mujer muy persuasiva. Una zorra.

Una vez que el auto se alejó lo suficiente, su sonrisa amable desapareció. Fingir ya no tenía sentido. Estaba de acuerdo con ella.

—Hay una cafetería en la esquina —comenzó a caminar—. Cinco minutos, Elena. Es todo lo que te daré.

—Me sobran. Gracias por tu gentileza, querida —dije con ironía.

Nos ubicamos en una de las mesas de la esquina del local, alejada del resto de los clientes. Necesitábamos privacidad. Ambas pedimos un café y aguardamos hasta que llegara a la mesa en un duelo de miradas que anticipaba una contienda de lo más interesante. Lucrecia era una rival digna.

—Te escucho —dijo, luego de endulzar su café. Se veía en calma, pero la cucharilla temblaba en su mano. Estaba asustada.

—Vengo a pedirte que seas un poco más considerada con este proceso. Es doloroso para todos. Pero privar a Lisandro de ver a Alejo no es desconsiderado, es una crueldad. Deja que lo vea. Te lo pido de madre a madre —bebí un sorbo de café y lo pasé a duras penas, estaba espantoso.

—No —dijo de una vez—. ¿Eso es todo? Están por pasar un programa de técnicas de macramé y no quiero perdérmelo. Es importantísimo.

¡Desgraciada! ¡Se estaba riendo de mí! ¡Siempre supe que era un lobo con piel de cordero!

—Escúchame, querida —apoyé los codos sobre la mesa y me aproximé un poco más, bajando la voz—. No te hagas la dura conmigo, porque no te queda. Lisandro es mi hijo, Alejo es mi nieto y sabes tan bien como yo que, si peleamos por la custodia, no hay nada que tú y ese imbécil que tienes lamiéndote el trasero puedan hacer para impedirlo. ¿Estoy siendo clara?

Lucrecia se alejó y se apoyó sobre el respaldar del asiento, con ambas manos alzadas.

—¡Vaya si tienes vecindario encima! No te conocía ese lenguaje, Elena. Me sorprendes.

—No estoy para chistes. Sé más considerada y te aseguro que mantendré a Lisandro bajo control. No me interesa ser tu enemiga en esto, prefiero ser tu aliada. No seas estúpida... retira la orden de restricción. Resolvamos esto de una manera civilizada. Pero, si te niegas... bueno, ya te lo he dicho muchas veces. No me quieres como enemiga.

—Resolverlo de una forma civilizada, dices —dejó la taza sobre la mesa—. No lo creo. Lisandro es un monstruo, igual que tú. No permitiré que se acerquen a mi hijo... Dile a Lisandro que, si no se aleja de nosotros, esto solamente va a empeorar. Le advertí cuál será la consecuencia si jala de la cuerda más de la cuenta... se cortará. Lo que me sorprende, y mucho, es que tú también te arriesgues a jalar de la cuerda. Si se corta, serás la primera en caer.

Esta vez fue mi mano la que tembló. ¿Yo iba a caer? ¿A qué se refería? No me gustaba que me tomaran por sorpresa. Y tampoco me gustaba la media sonrisa que apareció en el rostro de mi nuera.

—Lisandro no te lo ha dicho, ¿verdad? —sonrió, abiertamente esta vez—. Nunca lo hubiera creído capaz... Parece que te oculta algunas cosas.

Pestañeé, confundida.

—Le pedí que te pasara un mensaje, Elena. ¿No lo hizo?

No podía salir de mi asombro. Aun en terreno neutral, Lucrecia contaba con una ventaja que no había anticipado: la estupidez de mi hijo. ¿Qué era lo que me había ocultado?

—Finalmente, estos cinco minutos comienzan a tener sentido. En fin... —apoyó los codos sobre la mesa y fue ella quien se aproximó esta vez—. Tengo en mi poder un documento de lo más interesante, un regalo de Santiago... Uno que dejó en la caja fuerte del despacho de Lisandro, junto a los tres millones y medio de dólares con los que pensaba sobornar a ya sabes quién.

¡Maldita zorra!

—Está muy bien guardado en... —lo pensó por un momento—. Espera, en realidad no tengo idea de dónde está exactamente. Ni siquiera sé si está en el país. Pero es mejor así, por seguridad. No tengo que molestarme en levantar el teléfono para que ese documento se exhiba. Si Lisandro sigue molestándome, el documento sale a la luz. Si Lisandro sigue molestando a mi hijo, el documento sale a la luz. Si tú sigues molestándonos, el documento sale a la luz. Y, si algo me pasa a mí, a mi hijo o a Mauro... bueno, creo que ya quedó claro, ¿no es cierto?

Me puse de pie, temblando de pies a cabeza.

—¿Ya te vas? Todavía nos quedan unos minutos más.

553

—¡No destruirás esta familia, ¿me oyes?! —le grité a la cara, sin importarme las miradas curiosas del resto del local.

—No tengo que hacer nada, Elena. Eso ya lo hiciste tú.

Me di media vuelta, con la garganta estrangulada y ciega de la ira.

—Elena... —me detuvo justo antes de que partiera—. Esto también es por Santiago.

✳ ✳ ✳

Bajé del vehículo azotando la puerta y trastabillé sobre mis zapatos altos. La espera junto al elevador me pareció eterna, pero no tanto como el recorrido hasta el décimo piso.

—Buenos días, señora Echagüe —saludó la nueva secretaria.

—No pases ninguna llamada —le advertí con un dedo en alto.

Abrí la puerta del despacho sin anunciarme y lo encontré al teléfono. Colgó de inmediato.

—Mamá, ¿qué ocurre? —preguntó, levantándose de su asiento, claramente sorprendido de verme allí.

Sobre su escritorio tenía un pisapapeles blanco y alargado. Lo tomé, fuera de mis cabales, lo arrojé con fuerza sobre el costoso cuadro que colgaba a sus espaldas.

–¡¿Me tomas por idiota?! –grité. Cayó sobre su asiento y descargué un golpe de puño tras otro, impulsada por el dolor de saber que la lealtad de mi hijo ya no estaba conmigo–. ¡Eres un imbécil! ¡Un inútil! –el corazón me latía en la garganta, todo mi cuerpo temblaba y sentía un fuego por dentro que no apagaría con nada–. ¡Si no te alejas de esa prostituta que metiste en mi familia, te mataré! ¡¿Me oyes?! ¡Te mataré!

554

CAPÍTULO 11

LA (TENSA) CALMA

Era muy, muy tarde... o muy, muy temprano. Apenas estaba amaneciendo. No había dormido mucho. No había dormido nada, en realidad. Pero mis sentidos estaban completamente alertas, ávidos de más. Lo absorbía todo, hambrienta. Insaciable. Cada pequeño detalle, sin importar cuán insignificante pudiera parecer, era una oportunidad de vaciar el cofre de los recuerdos amargos y reemplazar el contenido por memorias más agradables. Más placenteras.

Mi mundo estaba hecho de nuevos detalles. Desde las perezosas vueltas del ventilador de techo, el amanecer que asomaba por la ventana, a mi mano acariciando su cabello, a la deliciosa presión de su lengua entre mis piernas, al caos de gemidos que ahogaba en mi almohada. El temblor de mis rodillas y sus dedos acariciando mi pantorrilla, dejando a su paso un calor que entibiaba más que el sol. La explosión colorida de un orgasmo que me elevó hasta el paraíso para luego dejarme caer sobre la cama, en un lío de piernas y brazos que no querían responder... Estaba cansada. Agotada.

Pero cuando su boca estuvo sobre la mía y me sentí en el sabor de su beso, la mente salió nuevamente disparada por la ventana, cediendo las riendas al instinto y al deseo. Y me importaba un bledo no haber dormido en toda la noche. Tenía energías de sobra, al amor de mi vida entre mis brazos, y el mundo y sus obligaciones podían esperar por un rato más.

Mis caderas iban al encuentro de las suyas como si no hubiera un mañana, solo un ahora en el que estábamos suspendidos hasta que...

¡¿El teléfono?!

Por supuesto. ¡Por supuesto que me arruinaría un momento así de perfecto! Siempre hallaba la forma de hacerlo.

—Mi amor, no —su voz me acarició el oído—. No respondas...

Traté de entrar nuevamente en sintonía con nuestro tiempo juntos, pero la mente le ganó la batalla al instinto y el deseo perdió contra el miedo. Un llamado, tan temprano por la mañana, significaba problemas. Y problemas siempre, siempre, significaban Lisandro.

No había recibido noticias en semanas. Los llamados habían cesado, también los envíos de flores. No había interpuesto ni un "pero" a las pericias complementarias que solicitó mi abogada, una de las cuales lo pondría delante de un psiquiatra. Lisandro se estaba portando demasiado bien. Cualquiera en mi lugar hubiera sentido alivio de que el proceso comenzara a jugarse en un terreno más cordial. Yo, por el contrario, estaba desconcertada.

Al parecer, amenazar a su madre había sido incentivo suficiente para que Lisandro al fin nos dejara en paz. Pero esta calma me resultaba tensa.

Esperé hasta que Mauro estuviera en la ducha y miré el teléfono. ¿Quién llamaba a esa hora de la mañana?

"Llamada perdida de Abogado Nro. Dos", revelaba mi teléfono.

No me había detenido a tomar los nombres de su escuadrón de abogados, me limité a agendarlos numerados del uno al cinco.

No tenía intención alguna de devolver ese llamado. Si tenían algo que comunicar, la persona a la que debían dirigirse era mi abogada.

Terminaba cuando Mauro apareció por el pasillo, listo para ir a la oficina de Pablo. No me atrevería a confesárselo, o al menos no por el momento, pero me encantaba que sus camisas estuvieran colgadas en mi perchero.

—¿Cómo estás, Alejo? —como ya era parte de su rutina privada, chocaron los cinco.

—Buenos días, Mauro —sonrió. Se estaba adaptando rápido a la idea de verlo en casa, y creo que hasta lo disfrutaba.

—Buenos días, mi amor —su brazo se enroscó en mi cintura y su boca se pegó a mi nuca.

—Buenos días… —murmuré en un bostezo imposible de ocultar.

—¿Cansada? —susurró en mi oído.

—Para nada —mentí.

—Ya te dije que con dos noches a la semana no era suficiente —dijo, metiéndose una cucharada entera de dulce de leche en la boca—. Deberían ser tres… por lo menos.

—¡Quiero! —Alejo estiró una mano. Mauro cargó una cucharada de dulce igual de grande y se la dio sin un segundo de duda.

—Coman despacio. Se van a empalagar —bostecé una vez más y los dos asintieron, como si en verdad fueran a hacerme caso—. No tenemos un contrato firmado con sangre, Mauro. Lo de las dos noches era una sugerencia. Podemos flexibilizar.

—¿Lo dices en serio? —cargó otra cuchara de dulce de leche y me la ofreció—. No sabes lo feliz que me hace escuchar eso. Ya sabes que amo tu flexibilidad.

—No dejes que hierva el agua… —tomé la cuchara y oculté la sonrisa. Sus comentarios seguían poniéndome incómoda. De un buen modo, esta vez.

Estaba por empezar con el ritual del mate, cuando mi celular volvió a interrumpir. Mauro y yo intercambiamos miradas. Dos llamados, tan temprano por la mañana, eran indicio de problemas. Era mi abogada.

—Buenos días, Adela. ¿Cómo estás?

—Buenos días, Lucrecia. Disculpa por llamarte tan temprano… ¿Te desperté?

—No, no te preocupes. Estaba preparando a Alejo para el kínder. ¿Qué pasó? ¿Alguna novedad?

—De hecho, sí. Espero que estés sentada, porque no vas a poder creer lo que voy a decirte.

—Dime… —inmediatamente sentí una presión en el pecho.

—Acabo de colgar con uno de los abogados de tu ex —se quedó en silencio por un segundo que me provocó intriga—. Quiere arreglar, Lucrecia.

—¿Arreglar qué? —pregunté, confundida.

—Todo, Lucrecia. Su abogado me envió una copia de lo que ofrece y, siendo completamente honesta, no sé si tu esposo está loco o mal asesorado, pero te lo da todo… y con todo, me refiero a todo. La casa, la pensión para Alejo y el divorcio. Todo, Lucrecia. Podemos consensuar una mediación, firmar el acuerdo y terminar con todo esto de una vez.

Sí, dicho de esa forma, se oía magnífico. Pero…

—Mi demanda no es solamente civil, Adela. Es penal. Si firmamos eso, ¿qué pasa con la causa por violencia de género? —pregunté, notando que la atención de Mauro ya no estaba en controlar el agua.

—Son fueros diferentes, Lucrecia. Resolvamos lo civil ahora que tenemos la oportunidad y dejemos que lo penal tome su propio cauce. Se manejan tiempos diferentes... No dejemos pasar esta oportunidad. En cualquier momento, puede entrar en sus cabales y retirar la oferta.

No podía ser tan fácil. Nada era fácil con Lisandro. Me daba mala espina.

—¿Puedo ir al estudio? Quisiera ver la propuesta para analizarla.

—Por supuesto que sí, Lucre. ¿A qué hora puedes venir?

Acordamos un horario para encontrarnos en su oficina y corté la llamada con un mal presentimiento instalándose en mi pecho.

—¿Qué sucede? —preguntó Mauro.

—No lo sé... ¿Fumamos un cigarrillo en el balcón?

Era mi modo de pedirle privacidad y él lo sabía, interpretaba mis mensajes a la perfección. Dejé a Alejo viendo televisión en la sala y salimos.

—Quiere un acuerdo, Mauro —susurré, sin comprender lo que eso implicaba.

—Capté esa parte —encendió un cigarrillo y me lo ofreció—. Lo que no entiendo es por qué te ves así de preocupada.

—Adela dice que quiere arreglar todo. Incluso el divorcio... —lo decía en voz alta, pero seguía sin poder creerlo—. No puedo creer este rapto de buena voluntad, no es propio de él.

—¿Qué crees que está haciendo? Piensa... —se apoyó en la barandilla y se cruzó de brazos—. Lo conoces mejor que nadie. ¿Qué trama?

—Se está portando bien —comencé a encadenar pensamientos—. Lisandro nunca actúa de forma desinteresada. Si se está portando bien es porque piensa que obtendrá un beneficio de eso. Entonces, ¿qué consigue él si cede a todas mis demandas civiles?

—¿Reconquistarte? —aventuró Mauro.

–Por favor, no me ofendas.

–Lo siento. Estoy tratando de pensar como él. ¿Acaso no lo pensaría así?

–No... Lisandro sabe que no hay nada que recuperar. No es a mí a quien quiere conquistar.

–Entonces, ¿a quién?

En el momento que Mauro preguntó, la respuesta me llegó como una revelación.

–Al juez –respondí, furiosa con el resultado del descubrimiento–. Lisandro quiere conquistar al juez, Mauro. A Fonseca. Si se muestra conciliador, capaz de darlo todo para resolver el conflicto, es a Fonseca a quien conquista.

–Pero ¿Adela no te dijo que son dos fueros diferentes, que no se influyen el uno al otro?

–Eso es mentira, Mauro. Si Lisandro demuestra que puede tener una conducta dócil y hasta honorable en otro proceso judicial, aunque sea en otro fuero, eso sentará un precedente. ¿Con qué cara le pediré al juez que mantenga la orden de restricción cuando Lisandro se comporta como un santo? Lo que pasó con Elena no lo asustó, Mauro. Lo puso en alerta. Lo que hace es mantenerse alejado, solo para acercarse después.

–No sería tan estúpido. Sabe que está bajo la lupa.

–No lo sé... Dices que lo conozco mejor que nadie, pero ya no estoy tan segura de eso. Que le ocultara lo del documento a Elena fue algo que jamás hubiera imaginado. Si ya no le responde a su madre, no responderá a nadie.

–Habla con Juan María, cuéntale del dichoso acuerdo antes de firmar cualquier cosa. Tendrá que asegurarnos que mantendrá viva la causa penal, sin importar lo que suceda.

—No hablaré con nadie antes de conocer en detalle ese acuerdo —inspiré profundo y recuperé la calma—. No puedo presentarme ante Juan María para decirle que desconfío de mi ex porque quiere ser amable. Es una locura... Necesito que me hagas un favor enorme, Mauro.

—Lo que sea.

—¿Puedes llevar a Alejo al kínder? No puedo esperar. Necesito hablar con Adela ahora mismo.

* * *

Bajé del taxi dos calles antes de llegar a destino. Necesitaba despejar la mente. A metros de llegar al edificio donde Adela tenía su estudio, el semáforo me obligó a detener la marcha y alcé la cabeza en el momento justo.

Puede que no hubiera pegado un ojo en toda la noche, pero mis sentidos estaban alertas.

Lo reconocí por la mirada fría, más fría que su apretón de manos, tan fría como su actitud toda. Se despidió de Adela con una enorme sonrisa que le ocupaba la mitad del rostro. Luego, con la misma actitud altanera de siempre, subió al vehículo que esperaba por él.

Andrés Fusco.

CAPÍTULO 12

MARITA

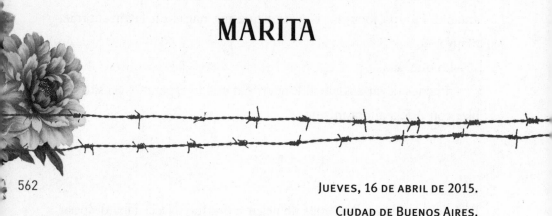

Estaba frustrado. ¡Espantosamente frustrado! Esa mañana todo me caía mal, ¡todo! Dejé a Alejo en manos de la maestra e ignoré las miradas indiscretas de las mamás del kínder. Nunca fui tímido; en cualquier otro momento incluso hubiera disfrutado de la atención femenina. La mayoría de las "mamis" estaban casadas, pero claro, la mayoría también se había hecho a la falsa idea de que a mí me importaba un bledo el estado civil de las mujeres. ¡Grave error! ¡Me importaba y mucho!

¡Tenía un humor de perros! ¿Por qué? Porque daba medio paso hacia adelante y luego treinta y siete para atrás... ¡Lucrecia nunca me ponía las cosas fáciles!

Lo que estaba haciendo conmigo era insultante. No cabía mejor palabra que esa. Juro que estaba haciendo un esfuerzo diario por respetar su necesidad de conservar los espacios, pero ¿de veras? ¡Esto ya parecía una broma de mal gusto! Me dejaba afuera, como siempre. Fuera del baño, fuera de sus planes, fuera de sus pensamientos, de sus emociones. De todo.

Confiaba en mí, pero no contaba conmigo; que, dadas las circunstancias, era lo más insultante de todo. *¿Un favor enorme?* ¿Su concepto de *un favor enorme* era que llevara a Alejo al kínder? Y no es que me molestara llevarlo, lo que me dejaba por el suelo era que Lucrecia quisiera hacer todo sola. ¿Cuál era el propósito de estar en pareja si no lo éramos en los aspectos más básicos? Quería que contara conmigo, que se apoyara en mí, ¿estaba tan mal querer eso? Después de todo, yo esperaba poder hacer lo mismo y no por eso me sentía menos. ¿Acaso no se trataba de eso? ¿De estar uno junto al otro?

Pero no, Lucrecia me necesitaba para llevar a Alejo al kínder.

Llegué a la oficina, saludé a todo el mundo a la pasada y me sumergí 563 en el trabajo, tratando de mantener el contacto al mínimo. Estaba muy ansioso. Aguardaba por algún tipo de novedad de un momento a otro y miraba el reloj a intervalos cada vez más cortos. Esperaba una llamada, un mensaje, señales de humo; lo que fuera, estaría bien. Pero habían pasado más de dos horas desde la reunión con Adela y aún no tenía noticias.

Pasado el mediodía, se agotó mi paciencia y le envié un mensaje de texto: "¿Todo bien?". Su respuesta llegó una media hora después: "Sí. ¿Vienes esta noche?".

Quería responderle que no, porque me sentía como una quinceañera despechada y lo que hacía me lastimaba. Pero no quería rendirme, no ahora.

"Nos vemos esta noche".

* * *

—Cántame una canción —me pidió con esos ojos grandes y redondos, iguales a los de su mamá.

—No, Alejo... No quieres te cante una canción, te lo aseguro. Además, no sé ninguna —mentí. Con dos desafinados en nuestra pequeña familia, era más que suficiente. Me recosté a su lado y suspiré, disfrutando del primer momento de paz luego de un día de pensamientos extraños.

Cuando escuché el ritmo plácido de su respiración, moví su cabeza y lo acomodé sobre la almohada. Dormía profundamente, nunca se enteraba de nada. Eran esas pequeñas cosas de la rutina diaria las que sostenían a nuestra pareja. Cenar los tres juntos, llevar a Alejo a dormir, amanecer abrazado a la calidez de su cuerpo. No quería rendirme, pero necesitaba que comenzáramos a dar pasos hacia adelante de manera constante, aunque fueran lentos y medidos; ya no quería sentirme fuera de nuestra relación. Quería estar cuando de verdad contaba.

La encontré en la cocina, terminando de ordenar todo. Sus movimientos eran mecánicos, casi inconscientes, sus pensamientos la estaban llevando muy lejos de mí, a las profundidades de su cabeza. No me había dicho una sola palabra acerca de la reunión con Adela y yo tampoco había preguntado. No quería arrebatarle sus espacios, quería que se decidiera a compartirlos conmigo.

Moví una silla del comedor y salió de su autoinducido trance.

—¿Se durmió? —preguntó, con esa sonrisa que me derretía.

—Profundamente.

Se secó las manos con unas servilletas de papel y se acomodó el cabello detrás de la oreja. Otro acto inconsciente, estaba incómoda.

—¿Qué tal tu día?

—Terrible —respondí, brutalmente honesto.

Me abrazó con la ternura de siempre. Lucrecia era mucho más honesta con su cuerpo que con sus palabras. Era generosa y se daba por completo, intuitiva y cariñosa, libre y sincera. Uno de los ítems favoritos de mi ranking. Inspiré su perfume a vainilla y coco, apoyé mi cabeza sobre la calidez de su pecho y aprisioné su cuerpo en un abrazo.

–¿Qué hizo que tu día fuera tan terrible? –preguntó, rozando sus uñas en mi nuca.

No quería contestarle. Quería sacarle toda la ropa, pasar la noche entera sin dormir y demostrarle cuánto la amaba. Pero estaba siendo brutalmente honesto con ella, así que tuve que responderle.

–Tú –susurré sobre su pecho, con unas manos intrusas que aun contra mi voluntad buscaron la piel de su espalda. La caricia en mi nuca acabó de forma abrupta y escuché cómo sus latidos se aceleraban.

–¿Por qué? –preguntó en voz tan baja que apenas si pude oírla.

La senté sobre mí y moví sus piernas para que me rodearan, para que me abrazara con cada centímetro de su ser, para sentirla cerca. Para que me sintiera cerca. Mis manos memorizaron su carita de ensueño y me perdí en esos ojos grandes y redondos, llenos de miedos y de dudas.

–Porque lo nuestro no puede seguir así, Lucrecia –le aclaré, con todo el dolor del mundo, pero con la absoluta certeza de estar haciendo lo correcto–. Pregúntame por qué...

–¿Por qué?

Al menos, le interesaba saber. Ya era un pequeño paso hacia adelante.

–Porque me dejas afuera de nuestra relación... Solo me permites entrar a tu conveniencia y eso no me gusta. Ya te lo he dicho antes: a medias, no. O estoy contigo o no estoy.

Me miró como si le hubiera clavado un puñal en el pecho y trató de levantarse, pero mis manos en sus caderas la mantuvieran en su sitio.

–Quédate. Hablemos –acaricié su brazo, lo más tranquilo posible.

No era mi intención pelear, quería que me escuchara. Escucharla–. Preguntaste por qué y estoy tratando de responderte.

–Te lo he repetido un millón de veces… no quiero involucrarte en todos mis asuntos. No necesito a nadie que los resuelva por mí.

–¿Lo ves? Ese es precisamente el problema. No quiero resolver nada por ti, quiero resolver contigo. ¿Qué hay de malo con eso? No te pido que me des cada detalle de tu vida; son tus espacios, ya lo entendí. Yo no soy Lisandro; no quiero manejar tu vida ni lastimarte si no vas en mi dirección. Pero quiero estar cuando de verdad importa. Quiero que seamos una pareja, uno a la par del otro... La pregunta es, ¿es lo que tú quieres o no?

Se acomodó un mechón de cabello detrás de la oreja y esquivó mi mirada.

–¿Sí o no? –acaricié sus mejillas y recuperé su atención.

–Sí... –respondió, no del todo convencida.

–Pero… –la incité a continuar–. No temas lastimarme, puedes decirme lo que sea. Lo solucionaremos juntos.

Su mirada transmitía un millón de secretos. Esperaba que al menos me diera uno, una pequeña muestra de su confianza.

–Dímelo.

Inspiró profundo y se tomó su tiempo. Aguardé, aunque la paciencia no fuera una de mis virtudes, porque quería estar en las buenas y en las malas y esta parecía ser una de las malas. Compartir era todo un desafío para Lucrecia. Luego de tantos años de contar solo con ella misma, apoyarse en otra persona era una experiencia desconocida.

–No sé cómo hacer esto –dijo en un susurro.

–No estamos en un examen aquí, estamos aprendiendo. Los dos.

–Estoy confundida… quiero estar contigo, me haces feliz. No tengo dudas respecto a lo que siento. Pero no sé cómo protegerte de lo que me rodea. A veces siento que soy una bomba de tiempo a punto de estallar y temo que salgas lastimado.

–No tienes que cuidarme de nada –la miré directo a los ojos–. Y dejarme al margen de todo no es una forma de protegerme, es cruel… No se trata de lo que quieras o no quieras para mí. Esta es mi vida y la comparto con quien quiera, Lucrecia. Es mi decisión. Y es cierto que a veces pareces una bomba de tiempo, pero no explotarás. No si permites que otros te ayuden, que te amen. Déjame amarte… Hemos pasado momentos muy duros durante estos últimos meses, más de lo que muchas parejas pasan en una vida, ¿no es suficiente para darte cuenta de que podemos? Podemos con esto, mi amor. Lo sé.

–Tengo miedo –confesó.

–Lo sé. Estarías loca si no lo tuvieras.

–Tengo miedo de acabar muerta…

Sus palabras fueron como un golpe en el medio de la cara.

–Esta mañana, al regresar de la oficina de Adela, encendí la televisión para no estar en silencio… porque odio el silencio. ¿Sabes de qué hablaban en el canal de noticias?

–No.

–Hablaban de María Eugenia Lanzetti, ¿la conoces?

Traté de recuperar el nombre de algún sitio, pero no me sonaba de nada. Negué con la cabeza.

–"Marita" la llamaban. Vivía en San Francisco, en la provincia de Córdoba. Dicen que es una ciudad muy bella, no la conozco… Ella era maestra de preescolar. Tenía dos hijos, uno de diecisiete y otro de veintiuno –su voz temblaba–. Ayer, Marita salió de casa para ir al trabajo, como todos los días. Cerca de las once de la mañana, su exesposo entró al centro vecinal donde trabajaba y no le dio tiempo a reaccionar. No llegó a activar el botón de pánico que le habían entregado el año pasado luego de haberlo denunciado por golpes y amenazas. No le dio tiempo a nada. ¿Sabes lo que hizo? Frente a los niños, a sus alumnos, acuchilló a Marita en el cuello hasta matarla… La degolló, Mauro. ¡La mató!

Sus labios temblaron y dos gruesas lágrimas descendieron por su mejilla… Desbordó en un llanto tan amargo que todo su cuerpo se agitaba. La abracé. Es todo lo que pude hacer. Porque mi desborde era igual de incontenible.

—Mientras veía la imagen de Marita… —murmuró sobre mi hombro, con dos puños aferrados a mi ropa—. No podía dejar de pensar en que puedo ser la siguiente.

—No digas eso, por favor. Ni siquiera lo pienses —rogué, hundido en las curvas de su cuello.

—Trato de convencerme de que no es así. A diario. Trato de ser normal, de tener una vida como la de todo el mundo. Los tengo a Alejo y a ti, me esfuerzo por ser feliz. Juro que me esfuerzo. Pero tengo miedo, a cada minuto. Cuando llevo a Alejo al kínder, cuando voy a hacer compras, cuando saco la basura… Tiemblo de miedo cada vez que suena mi celular. Ni te imaginas lo que siento cuando escucho el timbre de la entrada —estaba agotada. Agotada de tanto miedo—. Me matará, Mauro. No sé cómo ni cuándo, pero lo hará. A veces… —inspiró profundo y luego dejó escapar un suspiro—, quisiera que lo hiciera de una vez. Esta agonía es demasiado cruel.

Escondió su cara en mi pecho y lloró. Lloró como nunca antes.

Creí que la había visto desarmarse el día de la muerte de Santiago, pero esto era diferente. No era Lucrecia llorando la muerte de un ser amado; esta vez lloraba por temor a su propia muerte. Esto es lo que Lisandro había hecho con ella, lo que años de maltrato habían conseguido. Lisandro no era un monstruo que acechaba en las sombras, era un monstruo que había entrado a fuerza de golpes en el interior mismo de Lucrecia y que la atemorizaba desde sus propios pensamientos.

–No te rindas –le dije al oído–. Sé que te pido demasiado, pero no bajes los brazos. No estamos solos, hay muchas personas dispuestas a ayudarnos. Juan María y Adela nos cubren las espaldas…

–Mauro –se incorporó deprisa.

–¿Qué?

–Debí habértelo contado, pero esta mañana no llegué a reunirme con Adela –dijo mientras se limpiaba las lágrimas con el dorso de las manos–. No lo hice porque vi a Fusco salir de su oficina.

CAPÍTULO 13

UN DIABLO QUE SÍ PACTA

VIERNES, 17 DE ABRIL DE 2015.
CIUDAD DE BUENOS AIRES.

Descrucé las piernas y volví a cruzarlas, reposicionándome en la incómoda silla luego de una larga media hora de espera. La secretaria de Adela ya me había ofrecido café en tres oportunidades, rechacé cada una. Esta no era una visita de cortesía. Estaba allí para recibir la propuesta de Lisandro y mirar a la cara a la mujer que decía actuar en mi defensa, cuidando mis intereses, cuando en realidad actuaba a su conveniencia.

Adela, Andrés y Lisandro estaban tendiéndome una trampa, y cada uno cuidaba sus propios intereses. Cooperaban con un objetivo en común: arruinarme la vida. Desconocía los motivos de Adela, pero me importaban muy poco. Fusco, por su parte, había dejado en claro sus intenciones desde el principio y me quería fuera del mapa. "Ni siquiera me ensuciaré las manos", había dicho. ¿Su arma de ejecución? Lisandro, por supuesto. Andrés le despejaba el camino para llegar hasta mí.

Si cada uno cuidaba sus propios intereses, a mí me tocaría cuidar de los míos.

Me levanté de la incómoda silla y paseé un poco, observando de reojo a la secretaria. La mujer estaba casi tan aburrida como yo, fingía estar atenta a su trabajo, pero había un juego de solitario a medio terminar en la pantalla de su computadora.

Escuché el taconeo dentro de la oficina y, segundos después, Adela apareció tras la puerta.

—Lucre, ¿cómo estás?

Una sonrisa jaló de su boca perfectamente maquillada. Flotó hacia mí como una modelo de pasarela con un exagerado contoneo de caderas y la cabellera rubia acompañando su andar. Era una mujer hermosa, distinguida... y una traidora.

—Lamento no haber llegado a mi cita de ayer. Surgió un imprevisto —me excusé.

—No te preocupes. Estás aquí, eso es lo importante —me tomó de los hombros y me plantó un beso en cada mejilla—. Te ves cansada, ¿estás durmiendo bien?

—Hace meses que no duermo bien.

No me detendría a contarle que Mauro y yo habíamos pasado la noche en vela, hablando con la verdad. No tenía sentido. La verdad era un concepto que a mi abogada no le entraba en la cabeza.

—Una vez que solucionemos todo esto, descansarás en paz —sonrió.

¿De veras? ¿Iban a ponerme a *descansar en paz*? Reprimí las ganas de enviarla al infierno.

—Pasemos a mi despacho. ¿Podrías traernos café, por favor? —le pidió a su secretaria. Aparentemente, todos querían hacerme beber café. ¡Ni siquiera me mojaría los labios con él! Hasta ese punto llegaba mi paranoia.

La oficina era preciosa; con muy buena luz natural, bibliotecas repletas de libros desde el suelo hasta el techo, y sobre el escritorio, que se veía costosísimo, un arreglo floral de rosas rojas y blancas y una tarjeta. La leyenda, perfectamente visible: "Felicitaciones por otro trabajo bien hecho. A. F".

Desvié la mirada y me crucé de piernas. Esta mujer era estúpida con mayúsculas o pensaba que la estúpida era yo. Inspiré profundo y traté de serenarme, porque cualquiera de las dos opciones era un punto a mi favor.

—Bueno, aquí estamos. ¡Finalmente! Después de tanto camino recorrido, al fin estamos llegando a la meta —se acomodó el cabello a un lado y se cruzó de piernas, triunfal. Sí. Adela estaba segura de haber triunfado. Otro punto a mi favor.

—Cuéntame... —le pedí, moderando el tono de voz.

—Bien, veamos —buscó entre unos papeles y retiró uno—. Estoy segura de que tu ex sabe que tiene muy pocas opciones de ganar esta contienda. Con la denuncia por violencia de género, no me sorprende que sus abogados le aconsejen que demuestre buena voluntad. Ofrece poner la casa de Belgrano a tu nombre, para que dispongas de ese bien en nombre de tu hijo.

—¿Puedo ponerla a la venta? —pregunté, antes de que continuara.

—Entiendo que no. Pero es algo que puede conversarse.

—O sea que ponen la casa a mi nombre para que "disponga" de ella, pero no puedo disponer —me crucé de brazos.

—La casa es para Alejo, Lucre. Una vivienda digna para él, acorde al estilo de vida que llevaban cuando tu esposo y tú compartían el techo. El interés del menor está por encima de cualquier...

—No tienes la más mínima idea del estilo de vida que mi esposo y yo llevábamos cuando compartíamos el techo —interrumpí—. Diles a sus abogados que quiero la opción a venta. La casa no me interesa, quiero el dinero.

Los ojos de Adela se abrieron tanto que por poco se le cae una pestaña postiza. Asombrada y un tanto descolocada, buscó un bolígrafo y tomó nota.

—Lo conversaremos —asintió.

—Muy bien —sonreí con un poco más de confianza—. ¿Qué sigue?

—Bueno... —retomó—. Con respecto a la pensión alimenticia, estarás más que satisfecha con el monto ofrecido. Tomaron en cuenta cada uno de los ítems que expusimos... el colegio, la cobertura médica...

—¿Cuánto? —la detuve, una vez más.

Molesta por la nueva interrupción, o quizás por mi falta de simpatía, Adela dejó el bolígrafo a un lado y me miró directo a los ojos. ¿Buscaba intimidarme? Pues, no. Mi postura era inflexible. Si quería arrojarme a las fauces del Lobo, al menos trataría de salir bien recompensada.

—Treinta mil.

¿Treinta? Bueno, Lisandro estaba siendo muy generoso. De todos modos...

—No es suficiente —porfié.

El rostro de Adela pasó de un suave color rosa bebé a un rojo tomate podrido en menos de un suspiro. Estaba a punto de retrucar cuando unos tenues golpecitos a la puerta la interrumpieron.

—¡¿Qué?! —preguntó, claramente molesta.

—Le traigo el café, doctora —susurró la secretaria.

—¡Entra!

Luego de que la secretaria se fuera, Adela se tomó su tiempo para endulzar el café. Yo no toqué el mío.

—Es una suma muy importante, Lucrecia. No comprendo la actitud que estás teniendo. Lo que tu esposo te ofrece es más que justo.

—¿Justo? —le clavé la mirada—. Puede que mi concepto de justicia varíe del tuyo, Adela. Lisandro no puede pagar por lo que me hizo durante todos estos años, pero puedo hacer que lo intente. Es lo mínimo que mi hijo y yo merecemos. Quiero lo que corresponde, nada más y nada menos.

—No creo que tengas inconveniente alguno con esta suma. Además, te está dando la casa.

—Quiero lo que corresponde, insisto. Esa suma no es significativa con relación a lo que ingresa en el estudio de Lisandro cada mes. Que no piense que puede tomarte por idiota... Quiero entre un veinte y un treinta por ciento de sus ingresos mensuales declarados. Es lo que aconseja la ley.

—Lucrecia, ¿qué te está pasando? ¿Perdiste la cabeza? Te aseguro que cualquier juez validaría la suma que se te ofrece.

—¿De qué lado estás, Adela? —disparé, notando el leve cambio en la expresión de su rostro. ¡Era una traidora!—. Si Lisandro quiere llegar a un acuerdo, estas son mis condiciones. La casa a mi nombre, libertad para hacer con ella lo que se me antoje y un treinta por ciento de sus ingresos para la pensión alimenticia; quizás pueda aceptar un veinte, si me da la gana. Y que firme el divorcio, claro está.

Adela bebió el café de un largo sorbo y escribió con tal furia que por poco traspasa el papel con su elegante bolígrafo.

—Estás siendo insensata, Lucrecia. Parece que no quisieras terminar con esto —arrojó la pluma dentro del portalápiz con más impulso del necesario.

—No tengo prisa —respondí con simpleza—. Trabaja tranquila.

Estaba que echaba humo por las orejas, lo juro.

—Si no nos queda nada más que aclarar, es mejor que me vaya. Mauro espera por mí —sonreí.

—Sí, eso es todo —se cruzó de brazos.

Ya que no parecía tener intenciones de acompañarme a la puerta, me dispuse a salir con la sensación de una pequeña victoria en el bolsillo.

—¡Ah, me olvidaba! —me detuve cerca de la puerta—. Felicitaciones por otro trabajo bien hecho, Adela.

* * *

Una vez en la calle, fuera del nido de esa víbora, volví a respirar tranquila. Mauro me esperaba junto al auto, tan irresistible como la primera vez que lo vi, cuando todavía no sabía las miles de formas en que me salvaría. Incluso de mí misma.

Confieso que me aterró escuchar su ultimátum. Otro punto de quiebre. El momento de decidir si realmente lo quería en mi vida o seguiría compartiendo nada más que pobres retazos de mi existencia. Mauro lo quería todo, mis luces y mis sombras, mis mejores cartas y mis partidas perdidas. A pesar de lo dañada que estaba, me quería a su lado. A la par. Una pareja.

Me aferré a su valentía para que fuera la mía y dije que sí. Estaba dispuesta a intentarlo. Darlo todo otra vez, aun a riesgo de perder. Mauro valía el intento.

—¿Y? —preguntó, arrojando el cigarrillo al suelo.

Fue algo en la calidez de sus ojos o quizás la certeza de saberlo a mi lado. O ambas cosas. Por la razón que fuera, o por ninguna en lo absoluto, lo aprisioné desvergonzadamente sobre la puerta del vehículo y lo besé como si fuera la primera vez... o la última. Mauro era más instinto que razón, una de las cosas que más amaba de él, así que poco le importó que estuviéramos dando un espectáculo público. Sus manos terminaron en los bolsillos de mis jeans y sentí la potencia de su deseo, tan intenso como el mío.

Sonreí sobre su boca cuando el sonido de un claxon nos devolvió a la realidad.

—Entonces, te fue bien...

—Podría decirse que así fue. Adela no se tomó muy bien mis exigencias, pero no tiene más alternativa que seguirme la corriente. Le pago para eso. ¿Puedes creer que tenía una tarjeta de Fusco justo encima del escritorio?

—De esta gente, ya nada me sorprende.

—Sí, es cierto —acordé—. En resumen, estamos a la espera de la respuesta de los abogados de Lisandro a estas nuevas condiciones.

—Aceptará lo que le pidas —aseguró.

—Lo sé —lo abracé y apoyé mi cabeza en su pecho, memorizando los latidos de su corazón—. ¿Podemos olvidarnos de todo por unos días? Hasta que el acuerdo esté listo.

—Podemos olvidarnos de todo por hoy —sugirió, besando mi frente—. Pero no quiero que firmes hasta que hablemos con Juan María.

—Lo prometo. Antes de pactar con el diablo, nos protegeremos la espalda.

✳ ✳ ✳

Sábado, 18 de abril de 2015.
Ciudad de Buenos Aires.

Lucrecia quería un día para olvidarlo todo, para fingir que la locura que nos rodeaba no existía. Quería creer que, para nosotros, como para cualquier ser humano normal, era posible bajar la guardia al menos por veinticuatro horas y tener un sábado común y corriente. Un día sin responsabilidades, sin horarios y, sobre todo, sin miedos.

Podría intentar cumplirle tan austero deseo, ¿no es cierto? Cumpliría todos sus deseos si fuera posible.

Así es que fingí por ella.

Interpreté mi rol y compuse un pequeño personaje de "novio" despreocupado, para que su sábado fuera perfecto. Aunque no podía mentirme a mí mismo. La procesión iba por dentro; era un peregrinaje lento, denso y difícil, hacia un destino incierto. Sentía que el círculo se cerraba sobre nosotros, comprimiéndonos, dejándonos sin aire. Las personas en quienes nos apoyábamos no eran quienes decían ser. Mentían. Fingían. Interpretaban un rol... Fusco, Adela, Lisandro, Elena. ¿Juan María? Ya no sabía en quién confiar.

Era un juego de ajedrez en el que perdíamos cada vez más piezas y mi reina corría peligro. Ya no podíamos contar con Camilo y las chicas. Hasta que las cosas se calmasen, a pedido de Lucrecia, habían acordado cortar todo tipo de comunicación. El asunto era que las cosas no parecían ir en camino a calmarse. Lo mismo sucedía con Diego, Ramiro y Sergio. Opté por mantenerlos al margen. A Diego, porque no comprendía mi compromiso con Lucrecia; a mis amigos, porque comprendían mi compromiso con Lucrecia y harían cualquier cosa por allanarnos el camino. No quería que se arriesgaran.

A pesar de los interminables contratiempos, de nuestro lado del tablero, algunas piezas se mantenían estoicamente de pie.

Lucho era clave para sostener el juego. Estaba allí, respaldándonos, sin siquiera darse cuenta de cuán apreciada y necesaria era su ayuda. Desde entretener a Alejo hasta hacer reír a Lucrecia, todo pequeño gesto era invaluable. Gómez era nuestro caballo de batalla. Un mal necesario. Duro cuando la situación lo ameritaba y una mano en el hombro cuando sentía que mis fuerzas menguaban. Sin dudas, el padre que hubiera deseado tener.

Nuestras piezas eran escasas, era consciente de eso. Debíamos planificar nuestras jugadas con inteligencia y, de ser posible, adelantarnos a las jugadas del rival.

Las piezas del contrincante eran fuertes; Fusco, Adela, Lisandro, Elena... Era imposible adelantarse a la jugada desconociendo la mano que movía las piezas. ¿Fusco? ¿Elena, tal vez? ¿Lisandro era solo un peón? Había tantas hipótesis que me mareaba de solo pensar. Adela estaba expuesta, pero la necesitábamos para cerrar el acuerdo entre Lucrecia y Lisandro. Por mi parte, temía por Alejo. No era una pieza negociable. ¿Qué vendría luego del acuerdo? ¿Visitas periódicas? ¿Fines de semana con un nudo en la garganta hasta que lo tuviéramos nuevamente con nosotros? ¿Cómo seguir después de eso? ¿A qué piezas recurrir? ¿Cuál sería nuestra próxima movida?

Preguntas que se abrían a más preguntas y ni una respuesta a la que poder sujetarnos para mantenernos en el juego. Estábamos a ciegas.

Aunque tuviera que salirme del estudiado papel de novio despreocupado, al menos unas horas, tenía que hacer algo para aclarar algunas dudas.

Lucho y Camila habían decidido sumarse a nuestro sábado de normalidad. Alejo no podía estar más feliz; Lucrecia, otro tanto. Fingí estar en sintonía con la relajada conversación, metiendo una que otra palabra entre bocado y bocado, pero mi atención estaba repartida. La pantalla de mi celular se llevaba la mayor tajada.

—Dice que está estresada... Se va a recorrer Europa con una amiga —Lucho soltó la bomba y recuperó mi atención—. ¿Puedes creerlo? ¡Estresada! Si está todo el día en casa, sin hacer nada... ¿qué estrés puede tener? A mí no me engaña, mi madre huye para no estar en medio de toda esta situación.

Lucrecia y yo intercambiamos miradas significativas. Me preguntaba si pensaba lo mismo que yo. ¿Elena "huía"? ¿De quién? ¿De Fusco? ¿Qué tan peligroso era el fiscal en realidad?

—¿Te dijo cuándo se va? —preguntó Lucrecia, jugando con la comida, fingiendo que teníamos un sábado normal.

—No tengo idea… No estamos hablando mucho últimamente. Pero podría preguntarle a Elvira, ella es la que sabe todos esos detalles. Suele quedarse a cargo de la casa. ¿Por qué lo preguntas? ¿Quieres ir a desearle un buen viaje? —dije con una ceja alzada. Lucrecia sonrió su sonrisa más irónica, la que solía reservar solo para mí.

—Curiosidad, nada más.

El celular vibró sobre mi pierna. El mensaje que había esperado durante todo el día, al fin llegó. "Va en camino".

—¡Voy a comprar helado! —anuncié, levantándome de la silla (con demasiada efusividad, quizás). Alejo aplaudió como si lo mío fuera una proeza. Lucrecia me observaba como si pudiera ver dentro de mi cabeza.

—Hay dos kilos de helado en el refrigerador —recordó Camila.

Oh.

—Sí… pero no hay de pistacho. Regreso pronto. Quince minutos, veinte si hay mucho tráfico.

Si prolongaba mucho más las explicaciones mediocres perdería mi oportunidad.

Tres minutos fueron suficientes para encontrarme detrás del volante y esperando para incorporarme al tráfico de un sábado que nada tenía de normal. Dos leves golpecitos en la ventanilla del asiento del acompañante me dejaron en claro que, como siempre, no podía ocultarle jugadas a mi diosa. Abrió la puerta y se sentó a mi lado.

—Voy contigo.

¡Oh, oh!

–Otro día. Quince minutos y estoy de regreso –inventar excusas no era lo mío–. Bájate, Lucre. Por favor.

–No –se puso el cinturón de seguridad y se atrincheró en su asiento–. Voy contigo.

–Lucrecia, por favor –insistí.

–¿Desde cuándo te gusta el helado de pistacho, Mauro? Eres clásico... jamás pruebas otra cosa que no sea helado de fresa. ¿Dónde vas? Acordamos decirnos la verdad, siempre. Cumple con tu parte de la promesa, porque estoy cumpliendo con la mía. ¿Somos una pareja o no?

¡Oh, oh, oh!

Me estaba lanzando mi propio argumento a la cara. Bajé la ventanilla y encendí un cigarrillo, estaba nervioso.

–Voy a charlar con Fusco –respondí, evasivo–. Y ya que no veo intenciones de bajarte, debes prometer que te quedarás en el auto.

–Quedamos en que estábamos juntos. ¿Cómo me ocultas una cosa así?

–No estoy ocultando nada. Iba a decírtelo... no ahora, por supuesto. Pero iba a hacerlo.

–¿Por qué no decírmelo ahora?

–Porque no será una charla amigable –la miré directo a los ojos–. Ya pasamos la etapa de la falsa cordialidad y Fusco no querrá soltar palabra, así es que tendré que obligarlo. Y tú te quedarás en el auto, ¿está claro?

Se reacomodó en el asiento y mantuvo la mirada en la ventanilla.

–¿Está claro? –repetí, solo por si no había escuchado. ¿Qué hizo? Puso los ojos en blanco. ¡Puso los ojos en blanco!–. No quiero que me veas así, Lucre. ¿Lo entiendes o no? ¡No quiero!

Le di un golpe a la guantera y Lucrecia recogió las piernas, sorprendida quizás, asustada en el peor de los casos. La "nueve" asomó desde el interior. No tenía permitido usarla cuando estaba fuera de servicio, pero, ese día, estaba dispuesto a romper las reglas.

—Voy a usarla para intimidarlo si fuera necesario. ¡Y no seré amable! —arrojé el cigarrillo por la ventana—. No quiero que me veas así, te lo repito. Ahora ¿está claro?

¿Qué hizo? No. No puso los ojos en blanco. Tomó el arma, liberó el cargador, comprobó que estuviera cargada, ajustó nuevamente el cargador con un golpe seco, aunque dulce, y le puso el seguro. "Mi diosa con arma en la mano" ingresó de inmediato al ranking.

—Camilo me enseñó a usar una igual a esta. Si no me muestras quién eres, ¡todo de ti!, no esperes la misma cortesía de mi parte —levantó mi camiseta y acomodó el arma en la cintura de mis jeans. ¡Gracias a Dios que le había puesto el seguro!—. Voy contigo.

Me miró a los ojos con un fuego que derretía glaciares, y supe que me quemaría con ella hasta quedar reducido a cenizas, sin un atisbo de duda.

—Como quieras —acepté. Después de todo, negarme a cumplir con sus deseos era una blasfemia.

* * *

Fusco no tardaría en llegar. La seguridad era mínima, sobre todo tratándose de un sábado normal; al menos, para el resto del mundo. Había un guardia en la entrada del edificio, pero el estacionamiento estaba desprotegido. Cuando abrieran la puerta que daba ingreso al subsuelo, Fusco y yo tendríamos una pequeña conversación en la privacidad de un garaje oscuro y solitario. Sin cámaras, gracias a un recurso que Gómez me había facilitado... Marqué el número del cerebrito de Seguridad del Plata y aguardé.

–Lo veo doblando en la esquina. Necesito que me des quince minutos –dije apenas tomó la llamada.

–Quince, Acosta. Ni uno más ni uno menos –sin agregar nada más, colgó.

Arrojé el teléfono al asiento trasero y seguí con la mirada el avance del automóvil de Fusco. Se detuvo en la rampa de entrada, a la espera de que el portón automático se abriera. Mi atención estaba nuevamente repartida entre mi objetivo entrando lentamente al garaje y el amor de mi vida sentada en el asiento a mi lado.

–Cinturón, Lucre –le recordé, sin perder de vista a Fusco y avanzando casualmente detrás de su vehículo.

Apagué las luces, rogando que el cerebrito cumpliera con su parte. La adrenalina me encendió la sangre al ver a Fusco descender. El malnacido no cesaba en su actitud altanera ni siquiera en un sábado normal. Cerró su costosísimo automóvil importado y comenzó a caminar directo hacia el elevador del subsuelo.

No tomé la precaución de encender las luces del auto, no tenía mucho sentido. Cuando pasó delante de nosotros, presioné el acelerador.

El cinturón sostuvo a Lucrecia perfectamente, pero Fusco terminó estampado sobre el parabrisas. Me quité el cinturón de seguridad y me bajé, azotando la puerta con fuerza al cerrar. Sí, estaba sobreactuando...

–Lo siento, ¿te lastimaste? –lo levanté de la elegante camisa y lo deposité bruscamente sobre el auto–. ¿Estás bien? Perdóname, es que estaba oscuro y no te vi –lo sacudí un poco para acomodarlo y otro poco para amputarle esa actitud altanera que ya me tenía hasta la coronilla. A Fusco le llevó nada más que unos segundos comprender lo que sucedía.

–¿Qué haces? ¿Perdiste la cabeza? –me alejó con el antebrazo, o intentó hacerlo... mi puño continuaba sujetando su camisa.

—Lamentablemente para ti, sí. He perdido la cabeza. Así es que... aprovecharé esta feliz coincidencia para que me expliques a qué diablos estás jugando —solté su camisa y se la acomodé con algo de rudeza.

Fusco me miró a mí y luego al interior del auto.

—A ella no la mires —sí, tuve que darle un correctivo. Uno pequeño, pero lo suficientemente contundente para que supiera que iba en serio.

—Mauro, ¿a esto vas a rebajarte? ¿A matón de cuarta? No me asustas —sonrió, tan frío como siempre.

—Solo vamos a charlar, no te preocupes. Ahora, cuéntame. ¿Por qué le envías flores a Adela Altamirano? ¿Qué opina tu esposa al respecto?

—Soy un caballero, Mauro. Ya me conoces. No puedo resistirme cuando de halagar a una dama se trata —desvió la mirada hacia Lucrecia, con otra de esas agrias sonrisas suyas.

Se lo ganó. Tuve que darle otro correctivo, un poco más fuerte esta vez. El motor todavía estaba caliente... retorcí su brazo detrás de la espalda y el ruido de su cara golpeando sobre el auto retumbó en las paredes del solitario garaje.

—¿No entiendes castellano? Te dije que a ella no la mires. Ahora... ¿quieres que usemos el motor para darle color a tu rostro? Se verá mucho más natural que ese bronceado de cabina que llevas ahora.

—Suéltame, Mauro. ¡Ahora! ¡Soy un fiscal de la nación! Si no me sueltas ahora mismo, te hun...

Correctivo número tres. Mi rodilla impactó en la cara externa de su muslo izquierdo y le cubrí la boca justo a tiempo, ahogando su alarido de dolor.

—Soy pésimo jugando al fútbol, "fiscal de la nación", pero dicen que una "paralítica" de las mías te tira en la cama por varios días. A ver si nos entendemos de una vez. Me dirás qué es lo que estás tramando y luego te dejaré ir cojeando hasta tu casa. O puedes elegir

583

no decirme lo que quiero saber —saqué la "nueve" y la apoyé sobre su columna—, y no caminarás nunca más… Te escuché las primeras dos veces, Andrés. Ya amenazaste con hundirme. ¿Me ves asustado? Porque no soy yo quien está temblando.

—¡No tienes la más mínima idea de dónde te estás metiendo, Mauro! —apretó los dientes. No le quedaba una pizca de actitud altanera.

—Ilumíname, ¿en qué me estoy metiendo? —lo levanté y permití que se sostuviera por sí mismo. A medias, claro. Solo su pierna derecha le respondía.

—Apuntas al sujeto equivocado. ¿Crees que me importa seguir con esto? ¡Entérate! Quiero que termine de una vez, que me dejen en paz…

—¿En paz? Fuiste tú quien se metió en este lío, Andrés. Desde el principio, me manipulaste para conseguir ese documento. El que te incrimina.

Me miró a los ojos, confundido en un principio, y cuando la comprensión llegó a su golpeado cerebro, estalló en una estruendosa carcajada. Una carcajada para nada alegre.

—¡Un ingenuo, eso es lo que eres! —su mano impactó en mi hombro, empujándome con escasa fuerza. El gesto tenía más de simbólico que de efectivo—. En el mismo momento en que firmé ese documento, supe que pactaba con el diablo, que ponía mi prestigio en juego, mi buen nombre. Fui ambicioso, es cierto. ¡Me cegó el poder! ¿Crees que no sé lo que me espera? ¿Lo que pasará si esto llega a saberse? Juicio, destitución, deshonra. ¡Es un riesgo que asumí y perdí! Ahora dependo de tu noviecita —apuntó a Lucrecia con el pulgar pero no la miró. Aprendía de sus errores—. Lo que no asumiré, bajo ninguna circunstancia, es que Lisandro Echagüe apunte su locura hacia mí o hacia mi familia… ¿Quieres saber por qué hablé con Adela? ¿Por qué le pagué para que acelerara el trámite con Lucrecia? Porque Lisandro me lo pidió, Mauro. ¡Quiero a ese psicópata fuera de mi órbita! No se detendrá, ¿comprendes? Un sujeto que golpea a su madre como él hizo con Elena Echagüe no tiene compasión alguna por nada ni por nadie… No le queda una pizca de humanidad, Mauro. ¡Aléjate mientras puedas! Esto terminará mal.

Tragué con dificultad y me alejé unos pasos. Necesitaba aire. Espacio para descubrir si el miedo que veía en sus ojos era exageración o una brillante actuación, tal vez. Pero no. El temblor en su cuerpo no mentía. Lisandro no era ningún peón… Lisandro era el monstruo.

–¿Qué es lo que quiere? –pregunté, bajando la voz.

Andrés alzó el pulgar y, sin sacarme los ojos de encima, apuntó a mi diosa. No quise mirarla, no pude.

Lisandro quería a Lucrecia, a como diera lugar, y no le importaba a quién tuviera que amenazar, presionar, sobornar o lastimar. Estaba fuera de control. ¿Cómo anticipar la jugada de un demente?

✳ ✳ ✳

DOMINGO, 19 DE ABRIL DE 2015.
CIUDAD DE BUENOS AIRES.

Me crucé de piernas y miré al suelo, repentinamente interesada en el césped… Pablo y Gloria, su esposa, tenían un jardín trasero envidiable. Me preguntaba cómo hacía Gloria para que su jazmín creciera con tanta fuerza. Yo no tenía afinidad con los jazmines, igual que con las rosas. Se me daba mejor la huerta. Pensé en ofrecerle ayuda a Gloria para que empezara la suya, tenía un espacio fabuloso hacia el fondo de la propiedad, bajo unos árboles altos que proporcionaban una sombra deliciosa.

—Lucrecia... —Pablo reclamó mi atención, sabiendo que estaba evadiéndome. Retrasaba mi respuesta, adrede.

Mauro permanecía en silencio, codos en las rodillas y mirada fija en mí, mucho más ansioso que Pablo por escuchar lo que pensaba.

Nerviosa, mastiqué mi pulgar y busqué a Alejo con la mirada. Mi hijo era siempre mi cable a tierra, quien me aclaraba el pensamiento. Gloria estaba ayudándolo a sostener una regadera demasiado grande para su pequeño cuerpo. Se veía contento de asumir el desafío, de aprender algo nuevo. Era feliz. A pesar del caos que nos rodeaba, mi hijo era feliz. Amaba ir a su kínder, a sus compañeros, a sus maestras. Adoraba el tiempo compartido con su tío Lucho, la única conexión sana con sus raíces paternas. Disfrutaba de los mimos de Clarita y de las peleas con Maxi. Aquí estaba toda su vida. Era injusto pensar en quitarle todo aquello que lo hacía feliz.

No tenía respuesta para la pregunta que me habían hecho.

—Necesito tiempo para pensar —dije con absoluta honestidad.

Pablo soltó un suspiro largo, desilusionado por mi evasiva respuesta, y Mauro se levantó del asiento.

—¿Adónde vas? ¡Regresa, ahora mismo! —trató de detenerlo.

—Pablo, déjalo —con un nudo en la garganta, lo vi desaparecer dentro de la casa. Necesitaba espacio y yo lo comprendía—. Volverá.

—¡Me molesta que haga eso! —refunfuñó, reclinándose en el camastro y apoyando las manos entrelazadas sobre su abultado abdomen.

—Es por mi culpa —admití con amargura—. Soy tóxica. Le estoy haciendo pasar un día terrible... Unos cuantos días terribles, en realidad —fijé la mirada en las hojas de los árboles, que se mecían suavemente sobre nuestras cabezas.

—Se repondrá —balbuceó Pablo, con un cigarrillo colgando de la comisura de sus labios.

—Le estoy arruinando la vida. Era más feliz cuando no estaba conmigo… —me incliné y junté un puñado de césped, solo para ocultar las lágrimas.

—No sabes lo que dices, muchacha —me miró con indignación—. ¿Más "feliz" cuando no estaba contigo? Eso es una reverenda estupidez.

Pablo era un hombre adorable, la mayoría de las veces. Pero también estaban las otras veces, cuando dejaba de ser adorable para convertirse en una roca. Su mirada me anticipó que esta era una de "esas" veces.

—Mauro bien sabe lo que le conviene y lo que no, lo que quiere y lo que no. No lo subestimes. Y "feliz" no es el calificativo que usaría para la vida que llevaba antes de conocerte. Más tranquila, claro que sí. No te mentiré. Pero ¿feliz? No, muchacha. No aplica… Hace años que lo conozco. Desde que era un niño, cuando el desgraciado de Víctor trató de destruirle la vida. Si no hubiera sido por Diego y Ceci, ¿quién sabe qué hubiera sido de él?

Le dio una pitada a su cigarrillo y se tomó un momento antes de continuar.

—No tenía propósito, Lucrecia —agregó Pablo, recuperando mi atención—. Siempre fue un muchacho aplicado, excelente en su trabajo, de los mejores que he conocido. Pero era solo eso… excelente en su trabajo. No tenía un propósito propio, ¿comprendes? Me rompía el corazón verlo acorazarse así. No permitía que nadie entrase. Era una cáscara vacía.

Aplastó el cigarrillo en el césped y se guardó la colilla en el bolsillo, pensativo. Yo permanecí en silencio, recordando la primera vez que vi a Mauro de pie frente a la entrada. Entonces, jamás se me hubiera ocurrido pensar que nuestras historias tenían tantos puntos en común. Cada uno, a su modo, había elegido ocultarse tras sus propias máscaras.

—Nunca lo vi sufrir tanto como cuando desapareciste, Lucrecia —retomó, disparando las palabras sin piedad—. Esos sí que fueron días terribles. Cuando estalló la bomba y lo consideraron sospechoso tuve que arrastrarlo hasta mi casa y obligarlo a quedarse en el sofá de la sala... Intentaba dormir, pero pocas veces lo conseguía. Vagaba por la casa como una fantasma.

—¿Esta es tu forma de convencerme de que no le arruino la vida? —detuve una lágrima justo a tiempo.

—No. Esta es mi forma de decirte que ahora Mauro tiene un propósito. Uno de verdad... —respondió, dejando de lado la rudeza y dando paso a la ternura—. ¿Te confieso algo? Fue un alivio verlo sufrir así. Al menos estaba sintiendo algo. Había permitido que alguien entrara en su vida. ¿Tienen días terribles? ¡Por supuesto que sí! ¿Sabes cuántos de esos tuvimos Gloria y yo en treinta y cinco años juntos? Probablemente ¡miles! Pero no los cuento. Cuento los días felices, que también son muchos. Son los que te ayudan a ir de un día terrible al siguiente, superarlo y, luego, seguir adelante.

—No es tan fácil, Pablo. No se trata de superar un día terrible y continuar. Estamos hablando de dejar todo atrás. ¡Todo! —me obligué a sostenerle la mirada—. No puedo pedirle a Mauro que deje su vida atrás por mí.

—¡Ay, muchacha! ¿No te das cuenta de que eso es justo lo que quiere? ¡Dejar todo por ti! —refunfuñó todavía más—. Quiere una vida contigo y con Alejo, eso es lo que verdaderamente le importa. Nada lo ata, nada lo detiene. Cuando encuentras a la mujer de tu vida, lo sabes. Así de fácil. Y Mauro ya la encontró... Lo que hace que quiera salir huyendo es la impotencia. No puede obligarte a nada y su única alternativa es esperar a que te entre en la cabeza que así no pueden continuar. ¿Necesitas tiempo para pensar? Pues, entérate. ¡No lo tienes! Mientras te decides, Echagüe acorta terreno y se acerca cada vez más.

—¡Es injusto que tengamos que dejar nuestra vida atrás! —reclamé, con los puños apretados.

—¡Sí, lo es! —alzó la voz, contundente, y me sobresalté—. Sí... es injusto —trató de serenarse—. A veces, la vida lo es. Pero pueden empezar de nuevo. Son jóvenes y están juntos… Estás convirtiendo esto en un capricho inútil y ahí es donde te equivocas, cuando dejas que Echagüe siga manejando tu vida. ¡No te enganches con su locura! Firma el bendito acuerdo y váyanse de aquí.

—¿Y si dejo todo y no funciona? ¿Qué garantías tengo de que no nos seguirá? —pregunté, revelando parte de mis temores.

—No tienes garantías, así es la vida. Debes tomar una decisión y vivir con las consecuencias. Puede no resultar, es cierto. Pero ¿y si sale bien? ¿Y si estás perdiéndote la posibilidad de una vida mejor, más tranquila? Tendrás que arriesgarte...Ya intentaste la vía legal y no está funcionando —apretó un puño, de pura frustración—. No tienes tiempo. Tendrás que hacer lo necesario para sobrevivir.

—Tengo miedo, Pablo —confesé, con la voz estrangulada.

—¡Bien! ¡Úsalo! El miedo es instintivo. Deja que te guíe hacia donde tengas que ir para mantenerte a salvo. Haz lo que sea necesario para sobrevivir.

* * *

La conversación con Pablo me dio vueltas en la cabeza durante toda la tarde. Mauro regresó poco después… Mauro siempre regresaba. Persistía, resistía, no tenía miedo de mostrarse vulnerable y ahí radicaba su mayor fortaleza. Era mucho más fuerte que yo.

Definitivamente, Pablo tenía razón. Estaba asustada, pero podía hacer uso de eso. Permitir que el instinto de supervivencia tomara las riendas y me llevara lo más rápido y lo más lejos posible de Lisandro y su locura. Era inútil seguir esperando a que Juan María convenciera al juez de la necesidad de tomar una medida más contundente. Juan María se movía acorde a los lentos tiempos judiciales.

Tenía que proteger a mi familia, a Alejo y a Mauro; y haría lo que fuera necesario para sobrevivir.

El atardecer citadino pintaba el interior del apartamento de una tonalidad cobriza. El televisor estaba encendido y el partido estaba a minutos de terminar; River le ganaba a Banfield por cuatro goles a uno. *¡Qué bien!* Recostados en el sofá de la sala, Mauro y Alejo roncaban al unísono. El paisaje de mi domingo no podía ser más perfecto, más prometedor. Merecíamos una vida así, aunque tuviéramos que irnos lejos para conseguirla.

Iba a pedirle a Mauro que dejara todo por mí. Le daría esa opción. Pero antes… Tomé mi teléfono y envié un mensaje. Segundos después, llegó la respuesta; consignaba una dirección no muy lejos de casa.

* * *

Hice una parada táctica antes de llegar a destino, lo que me generó un retraso de quince minutos. Dejé el auto de Mauro en un estacionamiento frente al sitio pautado para el encuentro y crucé la calle al trote.

Al entrar al bar, lo descubrí sentado en una de las mesas de la esquina, saboreando un colosal café con leche.

—Disculpas por la tardanza… Y gracias por acceder a verme un domingo.

—Nada que disculpar y nada que agradecer, Lucrecia. Siéntate —Juan María se limpió la boca con una inútil servilleta de papel y me indicó la silla frente a él—. Asumo que es algo importante.

—Lo es —asentí.

El camarero se acercó a la mesa y ordené. Resultó que Juan María también era fanático de River, por lo que tuvimos un tema seguro e inofensivo para conversar mientras esperábamos por mi café.

—Gracias —dije al camarero, moviendo mi teléfono a un lado y haciéndole lugar a la taza.

—Entonces... —Juan María me dio el pie para comenzar.

—Lisandro debería estar encerrado, pero no veo avances en mi causa —sonreí levemente, para hacerle saber que no era un reclamo en su contra—. Supongo que están poniéndote trabas. No sé quién y tampoco me interesa saberlo... El asunto es que no veo avances y temo por nuestra seguridad, la mía y la de mi hijo.

—La orden de restricción está vigente.

—¿La misma orden que Lisandro incumplió tantas veces? —le di un sorbito a mi café. ¡Estaba espantoso! Típico café de domingo por la tarde: quemado y con gusto a sábado.

—Hace semanas que está cumpliéndola al pie de la letra.

—No es suficiente —insistí.

—Se está comportando como un señorito inglés, Lucrecia. Creo que hasta toma café con el juez Fonseca. ¿Qué puedo hacer?

—Sé que es encantador cuando se lo propone —acordé, sin atisbo de duda. Fue así como me conquistó a mí—, pero no me quedaré quieta en mi sitio hasta que se le ocurra tener otra de sus rabietas. La orden de restricción tiene fecha de vencimiento y pronto quedaré desprotegida. Debo adelantarme.

—La extenderemos.

—No tengo garantías, Juan María. ¿Me darías tu palabra, con absoluta certeza, de que Lisandro no volverá a acercarse a mí o a mi hijo?

—Sabes que no puedo darte esa certeza. No es así como funcionan las cosas, este es un proceso largo.

—No tengo tiempo, Juan. Necesito certezas —inspiré profundo y me armé de valor. Haría lo que fuera necesario para sobrevivir—. ¿Qué sabes de Fusco y de su vinculación con eso de dormir causas?

Juan María por poco se ahoga con el café, sorprendido por mi pregunta.

—¿Cómo sabes eso? —bajó la voz y miró a ambos lados, en busca de algún oído curioso.

—Puede que tú no tengas certezas, pero yo sí. Es más... —apoyé los codos sobre la mesa y me adelanté un poco—. No tengo solo certezas, también tengo pruebas.

—¿Pruebas? ¿De qué estás hablando, Lucrecia? ¿Qué tiene que ver esto con tu causa?

—Nada. Y todo —admití, dispuesta a proteger a mi familia a como diera lugar—. Supongo que recuerdas el robo que se perpetró en mi casa en octubre del año pasado. Creo que los sujetos que entraron no querían solo el dinero, estoy segura de que buscaban un documento muy importante. Un documento que mi suegro me confió a mí. ¿Sabes de lo que te hablo?

—No tengo idea, Lucrecia.

Evalué su expresión por unos segundos, pero su confusión parecía genuina.

—En el último tiempo, antes de su muerte, mi suegro desconfiaba de todo y de todos a su alrededor. Tenía temor, estaba muy paranoico. Sabes que sus negocios no eran del todo lícitos.

Juan María asintió, mudo de la sorpresa.

–No veo avances en mi causa, pero puedo ayudarte con otra... Si me das la certeza de que el Estado puede protegerme, te daré ese documento. Lisandro está involucrado; y puede que exponer esa evidencia sea la única forma de verlo tras las rejas.

–Lucrecia... –Juan María bajó la voz a niveles casi inaudibles–. Lo que me estás diciendo es muy grave. No puedo mover a mi gente sin tener una prueba contundente. Ni siquiera sé lo que contiene ese documento.

–¿Quieres verlo?

Pensé que sus ojos no podían abrirse más, pero me equivocaba.

–¿Lo tienes aquí? –preguntó, atónito.

–No me tomes por idiota, Juan María. ¿Quieres verlo o no?

–Por supuesto.

Tomé mi celular, desbloqueé la pantalla y busqué las fotos que había tomado en el apartamento de Camilo. Esos quince minutos de retraso habían valido la pena.

–Aquí tienes.

Deslicé el teléfono sobre la mesa y Juan María se puso los lentes, entrecerrando los ojos para poder ver mejor. A medida que avanzaba en la lectura, observaba cómo cambiaba su expresión. De la sorpresa a la incredulidad, de la incredulidad a la indignación y, finalmente, de la indignación al enojo.

–Hijo de perra... –susurró en silencio.

–Sí, todos ellos. Fusco, mi suegra y mi esposo. Los tres.

–Lucrecia... esto es... –leyó una vez más, como si no pudiera creer lo que veía–. Es una bomba. La vinculación de Fusco en este asunto ya era un rumor instalado, pero esto es una prueba contundente.

–Entonces, ¿crees que si te doy ese documento podrás protegerme? –pregunté, desesperada por una certeza.

–Yo no –sonrió a medias–. Te protegerá hasta la mismísima presidenta, Lucrecia. ¿Querías tu certeza? Pues, aquí la tienes.

–¿Lo dices en serio? –¡quería llorar de la emoción!–. ¿Puedo confiar en ti?

–Seré honesto, Lucrecia... mi poder y mi alcance son limitados. Pero puedo ponerte en contacto con gente que está trabajando en esto desde hace mucho tiempo. Gente a la que de verdad le interesa terminar con esta porquería que hacen Fusco y todos los de su calaña. Sé que pedirte que confíes en mí, después de todo lo que has pasado, es difícil. Pero tendrás que correr el riesgo. Prometo que te respaldaré. Sé que no he podido hacer que tu causa avance como mereces, pero te aseguro que con esto que ofreces, te darán todas las garantías necesarias.

–Juan María... –lo tomé de las manos–, te estoy confiando mi vida y la de mi hijo. Esta es la última carta que me queda; por favor, no me falles.

–Esta también es mi última carta. No voy a defraudarte.

* * *

Tras cuarenta minutos de ausencia, el paisaje en casa no había variado demasiado. El último partido de la fecha había comenzado, pero Mauro y Alejo no parecían interesados. Dormían aún.

Moví a Alejo un poco más cerca de Mauro y me recosté junto a ellos. Mi hijo dormía profundamente, así es que ni se enteró. Mauro, por otro lado, tenía el sueño más liviano.

–¿Qué hora es? –preguntó, confundido. No bajaba la guardia ni siquiera cuando dormía.

–Ganó River –le informé con una sonrisa, sorteando a mi hijo con dificultad para llegar hasta su boca–. Cuatro a uno. Fue un partidazo.

—Sí... me imagino. ¿Dónde estuviste? —preguntó, buscando mis ojos. No se le escapaba una.

—Fui a tomar un café con Juan María —introduje una mano debajo de su camiseta y busqué el calor de su piel, para sentirme más fuerte—. Le daré el documento, Mauro. Prometió ayudarnos.

Si todavía estaba un poco adormilado, la nueva información terminó de avisparlo.

—¿Estás hablando en serio?

—Muy en serio.

—¿Por qué? ¿Estás segura de esto? ¿Podemos confiar en él?

—Ya no importa —acaricié su mejilla y traté de sonar segura—. Todo lo que me importa está en este sofá… Me cansé de hacerme la dura, Mauro. Quiero que vivamos juntos. Lejos, donde quieras. No me importa el código postal si estamos juntos. Sé que te pido mucho…

—¡Pídemelo todo! —sonrió, eufórico, aplastando a Alejo entre nosotros—. Pídemelo todo, mi amor. Ya es tuyo, de todos modos.

595

CAPÍTULO 14

IM-PACTO

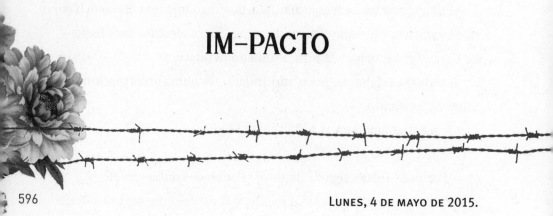

Sobre la cama, el cúmulo de ropa iba creciendo con rapidez; las prendas volaban una tras otra y se sumaban al desorden. No era capaz de decidirme por nada. Hacía frío afuera; el otoño se imponía con fuerza en la ciudad. ¿Qué usar? ¿Jeans? ¿Algo más formal? Me senté en el borde de la cama y mastiqué mi pulgar, todavía envuelta en una toalla húmeda.

–¿Estás lista? –Mauro apareció en el umbral de la puerta y me dio un susto de muerte. Me llevé una mano al pecho y sostuve mi enloquecido corazón–. Lo siento, ¿te asusté?

–No sé qué usar –confesé, al borde de un ataque de pánico, señalando el caos de ropa que me rodeaba.

–Lucre… –se sentó a mi lado y entrelazó sus dedos con los míos, con esa sonrisa cálida que me desarmaba–. ¿Quieres una sugerencia?

–La necesito –rogué.

–No importa lo que elijas, todo te queda perfecto. Pero debería ser algo rápido de poner, porque Martín te está esperando abajo –besó mi mano y ocultó una sonrisa, una que yo conocía a la perfección—. Y también que sea rápido de quitar, por favor. No veo la hora de que esto termine y regreses a casa.

Efectivamente, logró que me sonrojara. Siempre lo lograba.

—Falta poco, mi amor —besó mi mejilla antes de levantarse—. Te amo.

—Yo también.

Seguí su recorrido hasta la puerta, embelesada. Nunca fui una persona creyente, pero era tentador pensar que algún Dios lo había puesto en mi camino.

—Estaré al teléfono, si me necesitas —se detuvo junto al marco de la puerta, reticente a salir.

—No te preocupes. Martín estará conmigo todo el tiempo —le aseguré.

—Lo sé. Solo… llámame si me necesitas. ¿De acuerdo?

—Lo haré.

Martín De la Cruz era el custodio que la Fiscalía había puesto a nuestra disposición. Era silencioso y un poco parco, pero me sentía segura con él. Para Mauro, delegar el que había sido su trabajo en un desconocido, no era nada sencillo; aunque el desconocido hubiera dado ya sobradas muestras de su capacidad.

Todo, lenta pero firmemente, hallaba su curso.

El acuerdo con Lisandro estaba listo. No puso objeciones con el monto de la pensión alimenticia y también aceptó poner la casa de Belgrano a mi nombre. Se mudó de inmediato. Desconocía su nuevo paradero, al igual que Lucho, pero me importaba muy poco. Con él fuera, el agente inmobiliario era libre de comenzar a ofrecerla a sus clientes. Quería venderla cuanto antes. Extrañaría muchísimo mi jardín, pero no quería volver a pisar ese lugar jamás en la vida. Encontraría otra casa, otro jardín, otro sitio en donde construir nuevos recuerdos.

Por otra parte, Juan María cumplió con su promesa. El documento llegó a las manos indicadas y los engranajes comenzaron a girar a nuestro favor. Los peritos se tomaron tres días completos para allanar el estudio. Se movieron tan rápido que Lisandro no tuvo tiempo de tomar ningún tipo de recaudo. El documento que implicaba a Fusco y a Elena era solamente la punta de un iceberg de gigantescas proporciones. Sofía, su secretaria y amante durante años, se convirtió en otra valiosísima testigo. Había visto entrar y salir a muchos clientes que no figuraban en los libros; y, entre sábanas, había escuchado las confesiones de Lisandro. Confesiones que lo incriminaban todavía

más. Los clientes del estudio temblaban ante la lengua venenosa de una mujer con deseos de venganza. Yo la admiraba, a pesar de todo. Con la ayuda de Mauro y Diego, Sofía había tenido la valentía que yo no… Había cortado todo contacto con Lisandro ante las primeras señales de maltrato.

A Fonseca no le quedó más alternativa que aceptar que Lisandro era un peligro para mí y para mi hijo. Ya no se trataba solo de la acusación por violencia de género; a esa se sumaban carátulas que ellos consideraban más graves. Como si golpear a una mujer no fuera suficiente. Lisandro tenía prohibido salir del país y monitoreaban cada uno de sus movimientos. Estaba cercado.

Y un monstruo cercado era una bomba de tiempo.

La Justicia, la de verdad, estaba de nuestro lado. Nos protegerían. Luego de que firmara el acuerdo, de que al fin cortara todo lazo legal con mi esposo, nos ayudarían a desaparecer. Una nueva vida esperaba por nosotros, lejos del infierno que amenazaba con tragarnos. Seríamos libres. Al fin.

✳ ✳ ✳

Bajé la ventanilla y Martín me observó por el espejo retrovisor. Tenía unos ojos tan celestes que parecían translúcidos, como dos cubos de hielo. Era escalofriante.

—¿Estás nerviosa?

No era muy habitual escucharlo hablar. Su vozarrón siempre me sorprendía.

—Un poco, sí —respondí, con una minúscula sonrisa—. Martín, ¿puedo hacerte una pregunta un tanto extraña?

Me miró por un segundo largo, decidiendo si admitiría salirse de su característica sobriedad, y finalmente asintió.

—No estoy segura de esto... —señalé mi ropa.

Martín entrecerró los ojos, probablemente confundido por mi actitud.

—Es que... ¿Te parece apropiado? ¿Qué usarías si fueras a divorciarte? —pregunté, más y más nerviosa a cada segundo.

—Bueno, yo me puse la misma ropa de siempre —comentó, casual.

—¿Estás divorciado? —curioseé.

—No, estoy casado y tengo tres hijos. Pero, sí... me divorcié. Tres veces. Andrea es mi cuarta esposa.

—Oh, vaya.

¿Quién lo diría? Así de silencioso, Martín tenía una vida sentimental de lo más prolífica.

—¿Y cómo se llaman tus hijos? —curioseé un poco más.

Durante los veinte minutos que nos tomó llegar hasta la oficina de Adela, le disparé a Martín una pregunta tras otra. La conversación casual fue la mejor forma de pasar el rato. Cuando detuvo el auto frente al edificio, las mariposas en mi estómago batieron las alas sin piedad.

—Cúbrete, hace frío afuera —dijo al abrir mi puerta. Tomé la mano que me ofrecía y me puse el abrigo con una sonrisa—. No tienes nada de qué preocuparte, Lucrecia. Es solo una firma, una formalidad. Estarás bien.

—Gracias —asentí.

Al llegar, la secretaria de Adela nos ofreció café dos veces en un intervalo de cinco minutos. ¡Esa mujer no aceptaba un "no" como respuesta!

—¡Lucrecia, querida! ¿Cómo estás? —con la misma falsa efusividad de siempre, Adela me plantó un beso en cada mejilla—. ¡Qué linda estás!

Me limpié la cara con ambas manos para quitarme su escandaloso labial de las mejillas y juro que vi de reojo la sonrisa de Martín. No tenía ganas de fingir que mi abogada me caía bien.

—Bueno, el acuerdo ya está listo. Los abogados de Lisandro ya lo revisaron y están de acuerdo con todo. El juez Fonseca nos espera en... —consultó su elegante reloj— media hora.

—No comprendo —intervino Martín—. Tenía entendido que Lucrecia firmaba aquí y que luego el juez validaba.

—Eh... no —dijo Adela, claramente molesta por la intervención—. Firman en el juzgado.

—¿Firman? —pregunté, al borde del desmayo.

—Sí, por supuesto. Firman los dos.

El mundo se me vino abajo. *¿Firman los dos?* ¿Lisandro estaría ahí? Sentí que toda la sangre se escapaba de mi rostro, y un escalofrío, ya muy conocido, me recorría de pies a cabeza.

—Imposible —Martín se negó de inmediato—. La orden de restricción establece con claridad que el señor Echagüe no tiene permitido estar en el mismo recinto que Lucrecia, sin importar las circunstancias. Usted lo sabe, abogada.

—Si el juez lo ordena, nosotros acatamos.

—Martín, ¿qué debo hacer? –pregunté, asustada.

—No te muevas de aquí –me indicó, serio–. Haré una llamada.

Atravesó a Adela con su gélida mirada y desapareció por un pasillo contiguo, con el teléfono ya pegado a su oído.

—¿Quiere un café mientras espera, señora Echagüe? –preguntó la secretaria. *Mala, mala idea.*

—¡¡He dicho que no!! ¿No lo entiendes? ¡No quiero café! ¡No quiero nada! –grité. La mujer, asustada, fue a refugiarse detrás de su escritorio–. Perdón… –murmuré, apenada por el exabrupto–. Lo siento, estoy muy nerviosa. ¿Por qué no me dijiste que sería así, Adela? –la increpé.

—Lucrecia, estaremos en el juzgado. ¿Crees que Lisandro sería tan imprudente de hacer algo en tu contra estando frente al juez?

—¡No lo conoces! No tienes idea de lo que es capaz… –me senté en una de sus sillas y me tomé la cabeza con ambas manos. Quería desaparecer, que me tragara la tierra. No estaba lista para ver a Lisandro, jamás estaría lista para verlo otra vez.

Martín regresó poco después y alcé la cabeza. No me gustó nada lo que vi en su rostro.

—Es correcto, Lucrecia. Firman en el juzgado. Primero tú y luego Lisandro. Es probable que no se crucen, pero no podemos asegurarlo. Dependemos de los tiempos del juez.

—Martín… no me digas eso.

—No permitiré que se acerque. Confía en mí –puso una mano en mi hombro y trató de confortarme con un apretón, pero no estaba funcionando.

—¿Dónde está Mauro? –pregunté.

—Acabo de ponerlo sobre aviso –asintió, Martín–. Va en camino.

—Perdón por la molestia… –interrumpió Adela–. Pero, si no nos vamos ahora, llegaremos tarde.

–No. No le perdonamos la molestia, abogada –Martín endureció el gesto–. Nos iremos cuando Lucrecia esté lista.

El apretón en el hombro no funcionó, pero su manejo de la situación con Adela me dio un poco más de confianza. No estaba sola. Martín no se separaría de mí, Mauro no tardaría en llegar y, si Adela estaba en lo cierto, Lisandro no sería tan estúpido como para intentar algo frente al juez.

–Es mejor que nos pongamos en camino, Martín –dije con voz temblorosa–. No hagamos esperar al juez.

* * *

Sesenta y un días. Mil cuatrocientas sesenta y cuatro horas. Dos millones, ciento ocho mil, ciento sesenta y tantos segundos... Ese era el tiempo transcurrido desde la última vez que lo vi.

El recuerdo de ese encuentro en la oficina de Juan María me perseguía igual que una pesadilla recurrente. Aún me acosaba la furia de su tormentosa mirada, la frialdad de sus palabras retumbaba en mi mente. En el cuerpo, todavía me dolían las palizas recibidas en ocho oscuros años de relación. Cada momento vivido a su lado era una navaja afilada, profundamente clavada en mi ser. Lisandro me dolía. Era un demonio que me habitaba y que era imposible de exorcizar. Había fijado su morada dentro de mi alma y lo sentía arañando mi interior, hincándome los dientes y masticando los trozos. Saboreaba mi miedo con descaro. Me devoraba, muy lentamente.

En el aplastante silencio que reinaba dentro del auto, de camino al juzgado, trataba de controlar el temblor de mi cuerpo. Me crucé de brazos, sostuve los enloquecidos latidos de mi corazón, pero todo intento era inútil.

Martín conducía en silencio, con los ojos pegados a mí a través del espejo retrovisor. En cualquier otro momento, le hubiera pedido que prestara atención y mirara al frente. Esa mañana, daría lo que no tenía para que su desatención provocara un accidente que nos impidiera llegar a destino. Prefería terminar debajo de un camión a tener que chocar contra Lisandro; estaba segura de que el daño sería menor.

Pero, era tarde. Estábamos llegando y el encuentro era inminente.

Al ver el automóvil de Mauro, no del todo bien estacionado, me quité el cinturón de seguridad. Cuando Martín detuvo la marcha, y a pesar de su insistencia por que permaneciera en mi lugar, bajé del auto y crucé la calle a toda carrera.

—¡Lucrecia! —gritó Martín.

El chillido de los neumáticos contra el asfalto, el estruendoso sonido del claxon y la florida retórica del sorprendido conductor, me dejaron congelada en medio de la calle. Confundida. Asustada. El tiempo quedó suspendido en un infinito con tintes de pesadilla, con una densidad asfixiante. Quería correr, pero mis piernas no se movían. Tampoco era posible gritar; mi voz había olvidado el camino.

Cuando me miraba de esa forma, el resto del mundo se desvanecía a mi alrededor. Sus ojos siempre habían sido igual de hipnóticos, vertiginosos. Una tormenta que me sacudía, me arrastraba y me dejaba a la deriva, naufragando sin destino. Seguía siendo tan arrebatadoramente atractivo como aquella tarde de primavera en el centro comercial, cuando yo todavía creía en los cuentos de hadas. Ese fatídico día de primavera, cuando lo confundí con el Príncipe Azul y no vi al Lobo que ocultaba bajo el disfraz.

—Lucrecia… —el calor de su mano envolvió la mía y mi mundo se aclaró. Su mirada no era hipnótica, era real. Mauro no me volvía loca… él me devolvía la cordura.

Martín abrió la puerta del asiento trasero y, segundos después, estuvimos en la acogedora y silenciosa seguridad del auto.

—Está aquí... —murmuré, en voz baja, temiendo que Lisandro pudiera oírme.

—Lucrecia, escúchame.

Quería escucharlo, mirarlo, besarlo hasta que me faltara el aire y mis pulmones colapsaran. Pero Lisandro estaba en la acera, parado frente a la puerta del juzgado, con su fiel séquito de abogados, y me sentía acorralada.

—Mi amor —insistió, presionando mi mano.

—Te estoy escuchando.

—No me dejarán entrar —dijo, mortificado—. Lo intenté todo.

Lo observé confundida, a la espera de que comenzara a reírse... porque tenía que ser una broma. ¡Una de muy mal gusto! Pero no había nada de gracioso en su expresión.

—No. Tiene que haber algo que podamos hacer. ¿Hablaste con Juan María? Lo llamaré... —tomé el teléfono, pero mis manos temblaban tanto que no podía marcar—. Prometió que no me dejaría sola.

—Ya lo llamé.

—Lo intentaré, de todos modos. Quizás...

—Dije que ya lo llamé —insistió.

—¡Ya te oí, Mauro! —presioné el celular en un puño tan apretado que dolía.

—Tranquilízate.

—¿Que me tranquilice? ¡¿Estás bromeando?!

—No dejarán entrar a nadie, Lucrecia —me miró directo a los ojos—. El juez, los abogados, él y tú. Son los únicos que tienen permitido estar ahí.

—¿Y Juan María?

Para que la pesadilla fuera completa, Mauro negó con la cabeza. Me habían dejado sola. ¡Todos!

—Es una emboscada —inspiré profundo y me llevé una mano al pecho. Sentía que me desmayaría en cualquier momento—. Todos ellos contra mí. Me destrozarán.

—No —dijo con seguridad—. No pueden hacerte nada... Estás aquí para firmar y nada más. Adela es tu intermediaria, úsala. No tienes que hablar con Lisandro, ni siquiera tienes que mirarlo. Firmas y nos vamos, mi amor. Nada más.

—Adela está de su lado.

—Y yo estoy del tuyo. Adentro o afuera de ese recinto, eso no importa. Estoy contigo y vamos a hacer esto juntos, como acordamos.

—Lisandro estará allí, Mauro. ¿Qué haré? ¡No puedo enfrentarlo!

—Sí que puedes... —sus manos rodearon mi rostro y su boca me acarició con un beso—. Puedes hacer cualquier cosa que te propongas. Ya lo enfrentaste y ya ganaste —me retuvo en sus ojos—. Piensa en todo lo que hiciste, en lo que lograste. Lo has hecho todo, Lucrecia. Eres la mujer más valiente que conozco... con esa carita de ensueño, toda una guerrera.

Sus palabras me abrazaron, me abrigaron, y las hice parte de mi armadura. Aunque mi cuerpo todavía temblara, Mauro estaba conmigo. Seguía salvándome.

—¿Es así como me ves? —pregunté, un tanto incrédula, apenas más tranquila. Mauro asintió con absoluta convicción y su valor fue un poco el mío—. Bueno, siento que tendría que decir algo ahora, pero no encuentro las palabras correctas —admití—. Lo pensaré y luego te digo.

—Eso también está en la lista de cosas que amo de ti —sonrió su sonrisa más cálida.

—¿Tienes una lista?

—¡No tienes idea! Es larguísima —tomó mi mano y besó mis dedos—. Crece todos los días, igual que lo que siento por ti.

✳ ✳ ✳

Ni siquiera dejaron que Mauro subiera conmigo hasta la segunda planta. Creí que haría un escándalo, pero había aprendido su lección la primera vez. Aceptó la negativa con una actitud formidable, aunque leí la palabrota silenciosa que delineó su boca. Compartimos una sonrisa cómplice y se quedó al pie de las escaleras.

Esto iba a acabar exactamente como había empezado. Yo, sola, contra Lisandro y toda su artillería.

El pasillo era largo y frío. No conocía el despacho del juez, pero no necesité más que seguir las risotadas de Adela para dar con el lugar correcto. La imagen me dio náuseas.

Adela tenía un brazo entrelazado con uno de los abogados de Lisandro y se reía como una hiena, agitando su melena rubia a lo Marilyn Monroe. Era patética. Lisandro y el juez Fonseca estaban un poco más alejados del grupo, conversando en voz baja. Los cómplices perfectos. Nadie se molestaba en disimular.

—¡Lucrecia, querida! —Adela soltó el brazo del abogado y flotó hacia mi encuentro—. Te estábamos esperando, ¿estás lista?

No me detuve a responderle, caminé hacia el grupo congregado frente a la puerta del despacho y me concentré en el juez.

—Lamento la demora —me disculpé.

—Incumplir con el horario es una descortesía, señora Echagüe. Tenemos otras causas que atender. El mundo no gira a su alrededor —dijo Fonseca, con cara de muy pocos amigos.

—Le pido mil disculpas, Su Señoría. Mi defendida no se sentía del todo bien —Adela entrelazó su brazo con el mío—. Ha estado bajo mucho estrés.

—Si se siente estresada, consulte a un psiquiatra —comentó uno de los abogados de Lisandro.

—Le agradezco el consejo —sonreí tan falsamente que me dolió la cara.

—Bueno, entremos de una vez.

El juez hizo su ingreso con paso pesado y fastidioso. Lo siguieron los abogados Uno, Dos y Tres. Adela soltó mi brazo y se aferró al abogado Cuatro, ¿o era el Cinco? Ya no podía distinguirlos. No podía distinguir nada, solo el hecho de que Lisandro y yo habíamos quedado rezagados, que su brazo estaba demasiado cerca del mío y que su perfume me traía recuerdos aterradores.

No tenía que hablarle, ni siquiera tenía que mirarlo, pero su presencia era implacable. Me quedé de pie junto a la puerta, a la espera de que entrara de una vez.

—¿No vas a saludarme? —sonrió, tan encantador como en sus mejores momentos. ¡Maldito! No respondí, obviamente. Tampoco lo miré. Él sonrió todavía más—. Ya sabes lo que pasa cuando te resistes. Las damas primero, cariño... —me indicó el camino con una mano de la que me alejé rápidamente. Le di apenas una mirada de reojo y me pegué al marco de la puerta, para poner la mayor distancia posible entre su cuerpo y el mío.

El despacho era lo suficientemente grande como para que veinte personas entraran con absoluta comodidad. Olía a café y a libros viejos.

El juez tomó su lugar, detrás del escritorio, y el resto de la comitiva se acomodó hacia la izquierda. Todos juntos. ¡Todos! Mi abogada incluida. Retiré una silla hasta casi apoyarla en la pared opuesta, hacia la derecha, y me senté.

Los bandos estaban dispuestos para la batalla y mi lado estaba bastante flaco. La contienda era injusta y desigual; básicamente, un calco de mi relación con Lisandro.

–Bueno... entiendo que el acuerdo ya ha sido revisado y aprobado por ambas partes. Vamos a proceder a la lectura –el juez Fonseca se colocó unos lentes y comenzó a leer.

Intenté atender al contenido que prácticamente conocía de memoria, solamente con el propósito de distraerme, pero era imposible. Los abogados asentían a cada frase y Adela miraba su celular con absoluta abstracción. La voz del juez era aguda, molesta, igual que el sonido de uñas sobre un pizarrón. Paseé la mirada por la biblioteca, pero todos los títulos eran legales, no había nada que llamara mi atención. Me mastiqué el pulgar, mientras contaba una columna de libros, después las hileras que contenía la biblioteca y luego calculaba la cantidad de volúmenes que había en el despacho. ¡Eran muchísimos! Pero la cuenta me fallaba... porque no podía concentrarme ni siquiera en una simplísima multiplicación.

Lisandro no me sacaba los ojos de encima.

Como si no hubiera nada ni nadie más que nosotros en ese despacho. Nerviosa, me cubrí con el abrigo celeste y me crucé de piernas.

–Bien –el juez dejó el extenso acuerdo sobre el escritorio y se reclinó en su asiento, quitándose los lentes. Suspiré aliviada; pronto terminaría todo. Pronto regresaríamos a casa y le pediría a Mauro que me detallara cada ítem de su lista. Quizás, hasta le compartiría ítems de la mía–. Entiendo que estamos todos de acuerdo, ¿no es así?

Los abogados cabecearon un sí que yo acompañé. Lisandro no se movió.

–Si quieren agregar algo, este es el momento –invitó el juez. Le clavé una mirada furibunda–. ¿Algo para decir, señora Echagüe?

—Ayala —corregí.

—¿Disculpe? —preguntó, confundido.

—Que mi apellido es Ayala. Lucrecia Ayala.

—Todavía estamos casados.

Escuché su voz con claridad, pero mantuve mi atención en el juez.

—¿Podemos firmar, por favor? —rogué.

—Yo sí tengo algo que decir... —intervino Lisandro.

Cerré los ojos, como si me hubiera abofeteado una vez más, e inspiré profundo para no ponerme a gritar como una loca. ¡Sabía que esto pasaría! Me crucé de brazos y me preparé para otro golpe. Otro impacto antes del pacto.

—Adelante, Lisandro —concedió el juez.

Presentí su mirada, pero no accedería a mirarlo. No le daría el gusto de verme aterrada.

—Entiendo que mi situación personal y laboral está... agitada, por decirlo de alguna manera. Confío en la justicia y estoy seguro de que pronto se aclarará todo. Entiendo los recaudos que estás tomando, Darío... perdón, señor juez; pero creo que privarme de ver a mi hijo no está dentro de los recaudos necesarios.

Comencé a removerme incómoda en mi silla, incómoda en mi cuerpo. Me giré para ver a Adela, para rogarle que dijera algo, pero la muy desgraciada seguía revisando su celular. Estaba sola. Sola y acorralada. Era mejor permanecer en silencio. El silencio siempre era mejor. El acuerdo ya estaba redactado, la orden de restricción seguía vigente y mataría a Lisandro antes de permitir que se acercara a Alejo.

—Ese punto ya fue discutido, Lisandro. Tus abogados estuvieron de acuerdo. En seis meses haremos una revisión de ese punto. Por el momento, las visitas están vedadas. El bienestar del menor es prioridad en este caso. Nos queda resolver la causa por violencia de género.

Quise ponerme de pie y aplaudir, pero me contuve.

—Eso es una calumnia.

—¡¡¿Qué?!! —no pude contenerme. No tenía que hablarle, ni siquiera tenía que mirarlo, pero lo hice. Me levanté de la silla, ¡furiosa! *¿Había dicho lo que había escuchado?*

—Tome asiento, señora Echagüe.

—¡Ayala! —volví a corregirlo.

—¿Lo ves, Darío? Es imposible hablar con ella... Teníamos nuestras discusiones, por supuesto. Todas las parejas tienen desacuerdos.

—¿Desacuerdos? —me senté en la silla, sin poder creer lo que oía.

—Desacuerdos, cariño. Exactamente —regresó la mirada al juez—. Lo intenté todo, Darío. Le di todo de mí. Di mi mejor esfuerzo, pero nunca supo valorarlo. Estaba convencido de que era la mujer de mi vida, todavía lo creo así. A pesar de todo. La gente no deja de decirme que hice bien en terminar con la relación, pero no lo creo así. Es la madre de mi hijo... y estaremos unidos toda la vida. Aún la amo. Profundamente. Aunque mantuviera una relación extramatrimonial con uno de mis empleados, bajo el techo que compartíamos... así de profundo es el amor que siento por Lucrecia.

Juro que estaba a punto de vomitar. Sentía que me transpiraban las manos, un calor abrasador me subía desde el pecho hasta el rostro.

—No tuvo ningún tipo de respeto por mí y por mi hijo, tampoco por ella misma. Una mujer decente no se comporta de esa manera. Tiene el descaro de acusarme de violencia, pero ¿acaso no es violento lo que ella me hizo? ¿Cómo reaccionarías si te sucediera algo así, Darío? ¡Se revolcaba con el sujeto en mi propia casa!

—Lisandro... —uno de los abogados puso una mano sobre su antebrazo. El monstruo asomaba las garras y en vano trataban de contenerlo.

Yo me sonrojaba más y más, más avergonzada con cada palabra que golpeaba en mis oídos.

—Lisandro, no hay justificativo alguno para tener una reacción violenta con una mujer. No entraremos en detalles que no nos competen hoy. Seguramente, tus abogados ya te habrán aconsejado al respecto. Tratemos de atenernos al asunto que nos convoca hoy.

Con total descaro, el juez lo estaba instruyendo para que no cometiera un exabrupto.

—¡El asunto que me convoca es mi hijo! —golpeó el apoyabrazos y me sobresalté.

—Lisandro... —repitió otro de los abogados.

Estaba a punto de estallar. Lo sentía venir. Los vellos de mi nuca se erizaron de forma refleja.

—¿Qué? —le clavó una mirada desafiante y su abogado retrocedió automáticamente—. No es justo, Darío. Se lo di todo y ella me lo sacó, con total impunidad. Mi familia se disolvió. ¡Me destruiste, Lucrecia!

Pegué los ojos al suelo y me mantuve en silencio. No tenía nada que decirle.

—¡Dime algo! ¡Lo que sea! ¿Puedes ser tan desalmada?

—¡Lisandro! —lo reprendió Fonseca.

—¿No vas a mirarme? ¿Después de todo lo que pasamos juntos? ¡¿Ni siquiera vas a mirarme?!

Cerré los ojos y los apreté con fuerza. *Aguanta, aguanta, aguanta...* me repetía.

—¿Lo ves, Darío? ¡Eso es lo que hace! ¡Es un témpano de hielo! No le importa nada. ¡Ni siquiera su hijo! ¡Está metiendo a ese sujeto en su casa! ¡Un sujeto sin escrúpulos! ¿Y si lastima a mi hijo?

—No te atrevas... ¡Mauro ama a tu hijo! Eres tú quien lastima a Alejo —me atreví a mirarlo, aún temblando.

–¿Qué dices? ¡Jamás lo lastimaría!

–Lo lastimaste y mucho –enseguida, me dirigí al juez–. En el expediente de la causa hay un informe de la psicopedagoga del kínder al que asiste mi hijo. Lo invito a leerlo, si es que aún no lo hizo. Ahí está muy claro cuánto lo lastimaste... –volví a Lisandro–. Puede que a él no lo golpearas como a mí, pero lo lastimaste. No permitiré que te acerques, ¿oíste?

–¡Maldita desgraciada! ¡Vas a quitármelo! –gritó, fuera de sí, levantándose de la silla y sacudiéndose el brazo del pobre abogado que ya no sabía cómo contenerlo.

–¡Señor Echagüe! –intervino Fonseca.

Me mantuve en mi lugar, temblando de pies a cabeza, pero firme.

–Eres una basura... –masticó entre dientes.

–Por favor, procedamos con la firma –sugirió uno de los abogados.

Sin mediar palabra, Lisandro salió del despacho como un demente y tres de sus secuaces le hicieron de sombra. Yo traté de serenarme y acerqué la silla hasta el escritorio. Era momento de firmar, para eso estaba allí.

Luciendo sorpresivamente apesadumbrado, Fonseca deslizó el acuerdo hacia mí. Los abogados Cuatro y Cinco también lucían incómodos. El monstruo de Lisandro solía generar esa reacción. Ellos lo vieron en acción por cinco minutos y sus semblantes cambiaron, yo lo soporté por más de ocho años y por poco me mata.

–Tiene que firmar en las marcas, señora Ayala –alcé la cabeza de inmediato–. Prefiere que la llame así, ¿no es cierto?

–Gracias –asentí, mínimamente aliviada.

El trazo era errático e inseguro, casi un reflejo de mí misma, pero era el símbolo perfecto de que el miedo y el instinto de supervivencia se daban la mano para una causa en común: salvarme la vida.

Cuando saliera de ese despacho, sería libre.

—Está listo. ¿Revisaría, por favor? —le pedí.

—Permítame —se colocó nuevamente los lentes y recorrió el documento muy detenidamente. Al finalizar, asintió solemne—. Está correcto.

—Muchas gracias. ¿Tengo que esperar que mi exesposo vuelva o puedo retirarme?

—Le aconsejo que aguarde. Es preferible que se vaya sabiendo que todas las firmas están plasmadas correctamente.

Esperamos alrededor de quince minutos, hasta que Lisandro se dignó a deleitarnos con su presencia una vez más. Sus ojos eran dos llamaradas de puro odio. Tomó el documento y firmó con tanta fuerza que temí que rompiera las hojas.

—¿Estás feliz? —me dirigió una sonrisa irónica y le devolvió los papeles al juez.

—Está todo correcto, Lisandro. Ya pueden retirarse, todos.

Lisandro fue el primero en evaporarse. El resto de los abogados se estrechaban las manos. Me despedí con un saludo general.

—Gracias por todo —enrollé mi copia del acuerdo y salí hacia el pasillo. ¡No podía esperar para regresar a casa! ¡Era libre! ¡¡Al fin!!

Apenas caminé un par de metros antes de presentirlo a mis espaldas. No me dio tiempo a nada.

Su mano de hierro aprisionó mi brazo y me obligó a girar para enfrentarlo. Trastabillé apenas, pero logré recuperar el equilibrio, justo cuando mi espalda y mi cabeza rebotaron sobre la pared. A un latido de distancia, el monstruo respiraba sobre mi boca.

—¿Crees que ganaste? —cubrió mi boca y mi nariz con una mano, aprisionándome contra la pared. No podía respirar... ¡No podía respirar! Le sostuve la mirada, temblando, a la espera de que alguien saliera del despacho–. Te equivocas, cariño… Lo prometiste, ¿recuerdas? Hasta que la muerte nos separe.

Rodeé su muñeca con mis manos y los papeles cayeron al suelo, necesitaba sacármelo de encima. Me faltaba el aire, veía borroso y unos sospechosos puntos negros se agrandaban frente a mis ojos. Si me desmayaba, estaba perdida.

–Tranquila, cariño. Ya está –retiró la mano de mi boca e inspiré en busca del preciado aire.

Lisandro aprovechó la oportunidad para sujetar mi cara e introducir su asquerosa lengua en mi boca. Esta vez, sí luché. Golpeé sus hombros con puños cerrados y lancé patadas con intención de darle a lo que fuera.

–Shh, shh… Ya sabes lo que pasa si te resistes. Eso me excita más.

–¡Lisandro! –uno de los abogados salió del despacho y se apresuró a cerrar la puerta–. ¿Qué estás haciendo? –lo increpó.

–No te metas… –se alejó tan de repente que la falta de aire y la sensación de asco me dejaron de rodillas en el suelo, sobre los papeles diseminados–. Siempre de rodillas, Lucrecia. Hay cosas que nunca cambian.

Todavía en el suelo, me limpié la boca con el dorso de la mano. Me quedé allí hasta que oí sus pasos desvanecerse por el pasillo. El abogado trató de ayudar a levantarme, pero me lo sacudí sin pensar. Había cerrado la puerta para que no vieran a Lisandro atacándome. Era un cómplice. Todos ellos lo eran. Mientras mi respiración se regularizaba, junté los documentos y los acomodé lo mejor posible.

No podía esperar para regresar a casa. Era libre. Al fin.

CAPÍTULO 15

DESBORDE

—¿Por qué tardan tanto? —pregunté, sacando un cigarrillo y asegurándome de que no fuera el de la suerte. Ese estaba reservado.

—Estas cosas llevan tiempo —Juan María se pasó una mano nerviosa por el cabello y se apoyó en la pared, junto a mí. Martín estaba cruzado de brazos, algo más alejado, silencioso como una tumba. Era la mejor compañía en un momento como ese.

¡Estaba furioso! Lucrecia estaba sola, rodeada de una jauría de hienas con malas intenciones.

No esperaba que me dejaran entrar al despacho. A Lisandro no le haría mucha gracia verme ahí; sería como usar combustible para intentar sofocar un incendio. Provocarlo era peligroso para Lucrecia, no lo haría. Pero esperaba, al menos, poder estar allí cuando saliera. Aunque fuera en el pasillo... Pero no. La orden fue no dejar que me acercara. Y la culpa era mía, nada más que mía. Habiendo armado semejante escándalo durante mi última visita al juzgado, no podía esperar ninguna cortesía.

Lucrecia estaba sola. Aun con Adela presente, estaba sola.

Juan María tampoco tenía permitido participar. ¿El argumento? El acuerdo, valga la redundancia, ya estaba acordado. Lo leerían como un acto meramente protocolar y firmarían en presencia del juez y los abogados. "Es un trámite", me explicó Juan María. Entonces, ¡¿por qué tardaban tanto?! Se lo pregunté, muy amablemente, al secretario del juez. Muy amablemente, uno de los guardias me invitó a salir del edificio.

¡Malditos sean!

–¿Ya tienen todo listo? –preguntó Juan María, seguramente en un intento por distraerme.

–Casi –respondí. Le di una pitada al cigarrillo y paseé frente a la puerta del juzgado, esquivando a la gente que entraba y salía del edificio.

–¿Cuándo se van?

–No lo sé... –regresé a apoyarme en la pared. Esperar no era lo mío.

Juan María abrió la boca para seguir con la charla vacía, pero sus palabras quedaron suspendidas en el aire en cuanto vimos a Lisandro salir del edificio, dando grandes zancadas, con el semblante oscurecido y la mirada perdida. Pasó frente a nosotros como un viento helado y devastador, seguido de cerca por su escuadrón de abogados. Mi primer impulso fue ir tras él y romper cada uno de sus huesos... Pero esto no se trataba de mí.

Arrojé el cigarrillo a cualquier parte y la presentí antes de ver su carita de ensueño.

La gente que entraba y salía del edificio pasaba a mi lado como si no me viera, pero yo tampoco estaba viendo a nadie. Solo la miraba a ella. Sus ojos grandes y redondos pegados a los escalones que descendían hacia la salida, sus dedos nerviosos acomodando un mechón de cabello detrás de su oreja, una carpeta amarilla con papeles que asomaban desacomodados bajo su brazo. Se veía cansada. Extremadamente cansada. Y triste. Tan triste que se me formó un nudo en la garganta.

Algo no estaba bien. No alzó la mirada del suelo ni una sola vez. Chocó con una de las personas que entraba.

—Lo siento —no escuché su voz, tampoco el desconsiderado que la llevó por delante, pero sus labios delinearon la palabra con la dulzura de siempre.

Llegó hasta la acera y se quedó unos segundos congelada, con la mirada igual de perdida que Lisandro. Inspiró profundo y dejó escapar el aire muy despacio, desorientada. Estaba parada casi frente a mí y no me había visto. Estaba ausente, sumergida en las profundidades de su pensamiento.

—Lucrecia… —me acerqué con cautela. Al escuchar mi voz, su semblante cambió de repente, como si despertara de algún trance.

—Mauro —sonrió una sonrisa pequeña y me miró a los ojos—. Estás aquí.

Pestañeó un par de veces, inmóvil y silenciosa. Igual que yo.

En ese momento, no supe cómo reaccionar. Había imaginado la escena muchas veces… Lucrecia bajando las escaleras al trote, saliendo del juzgado con una sonrisa enorme, feliz de haber firmado el dichoso acuerdo y ansiosa por dejar todo atrás para empezar una nueva vida juntos. Mi mente incluso había agregado algunos detalles coloridos, como rodearla en un abrazo y hacerla girar como en una mala película romántica, besándola hasta que nos faltara el aire y con fuegos artificiales explotando a nuestro alrededor.

Lo sé. Era un idiota. La fantasía no se parecía en nada a la realidad.

—Lucrecia, ¿cómo fue todo? ¿Cómo estás? —Juan María se acercó, preocupado, y le dio un beso en la mejilla.

—Aquí está —levantó la carpeta amarilla como prueba.

—Vimos salir a Lisandro —dijo Martín—. No estaba nada contento. ¿Todo bien allí dentro?

—Lo normal —se alzó de hombros.

¿Lo normal?

Seguía congelado en mi lugar, sin saber qué hacer o qué decir, pero con una pesadez extraña en el estómago. Lucrecia respondía a las preguntas con relativa normalidad, pero algo en ella estaba apagado.

—Luego te llamo para contarte los detalles —se dirigió a Juan María—. Ahora, estoy un poco cansada. Lo importante es que ya firmamos.

—Te llevo a tu casa —dijo Martín.

—No.

Tres pares de ojos se pegaron a mi cara y solo entonces me di cuenta de que la negativa había brotado de mi boca sin intención. Tragué saliva con dificultad, porque el nudo en la garganta seguía estrangulándome.

—Te llevaré a casa, como en los viejos tiempos —murmuré, nervioso—. Gómez no me necesita, tengo el día libre —mentí. Después llamaría a Pablo para disculparme, eso era un mero detalle. Lo primordial era dejar de comportarme como un idiota y contener a Lucrecia, que obviamente se estaba esforzando por mostrarse entera. "Cansada" en su idioma, se traducía como "destrozada".

—Es mi trabajo. Tengo que asegurarme de que llegue a salvo —insistió Martín.

—Perfecto. Síguenos, entonces —extendí una mano y Lucrecia la tomó al instante. Pasé mi brazo sobre sus hombros y rodeó mi cintura. Cuando su frente estuvo a mi alcance, puse mis labios sobre ella y la sentí apretarse sobre mí... más y más cada vez, con una fuerza aplastante.

Juan María con su preocupación y Martín con su firmeza desaparecieron cuando escondió su cabeza en mi pecho y la carpeta amarilla cayó al suelo.

Lucrecia se quebró.

Ya sin reserva alguna, se quebró. La protegí en un abrazo cuando su cuerpo empezó a temblar. Oleada tras oleada de angustia contenida en una vida entera fluyó de su interior, como un río caudaloso e incontrolable. La abracé con tanta fuerza que ya no supe si era ella o yo quien temblaba. Su temblor era el mío. Su angustia también.

Alcancé a ver la seña que Martín me hizo con la cabeza y no lo dudé un instante. Pasé un brazo debajo de sus rodillas y la cargué, siguiéndolo hasta el auto. Abrió la puerta del asiento trasero y entramos. Martín tendría que conducir, no iba soltarla. Ni ahora ni nunca.

—Ya nos vamos, mi amor —susurré en su oído. Aferró los puños en mi camisa y se hundió en mí.

Lucrecia había callado su dolor durante muchísimo tiempo, sellar ese acuerdo la había liberado en más de un sentido.

Gradualmente, la presión de sus puños en mi camisa cedió, conforme su llanto descontrolado se convertía en una serie de suspiros profundos. Su mejilla buscó mi cuello y acaricié su cabello, con suavidad y sin demanda, sintiendo la humedad de sus lágrimas en mi piel. No le demandaría que se calmara, no le demandaría nada. Debía soltar lo que llevaba dentro. Todos debíamos hacerlo.

Cuando el auto se detuvo frente al edificio de Lucrecia, las lágrimas se habían secado sobre sus mejillas. Su respiración era profunda y acompasada y, sin mirarla, supe que dormía.

* * *

Giré y, aún dormido, tanteé el espacio a mi lado. Al hallarlo vacío, me sobresalté. Abrí los ojos y me senté en la cama. Confundido, al principio. Consciente, segundos después. Lucrecia no estaba a la vista, pero su ropa estaba en el suelo, cerca de la puerta.

—Gracias, Lucho... —la escuché hablar, del otro lado del pasillo—. De acuerdo, hablaremos más tarde. Adiós

La puerta del baño estaba entreabierta y una nube de vapor se precipitaba desde el interior. Me asomé apenas y la vi de pie frente al espejo, envuelta en una toalla. No se sentía cómoda con su desnudez, ni siquiera estando sola. Pasó una mano sobre el espejo y mis ojos se pegaron a la marca en su antebrazo. Una marca enrojecida que amenazaba con transformarse en un hematoma. Una marca que no estaba ahí esa mañana. Se giró un poco frente al espejo y exploró su espalda, rozando sus dedos sobre una marca bastante parecida a la de su brazo.

No se había atrevido... ¡No era posible! ¡Malnacido!

Mis puños se cerraron automáticamente producto de la impotencia. ¡La maldita impotencia! Me planteé salir del apartamento, ir a buscarlo y llenarlo de marcas que no se borrarían en un par de días. ¡Quería matarlo!

—Lucrecia... —contuve el temblor en mi voz. La vi apretar la toalla a su alrededor—. ¿Estás bien? —pregunté, sin atreverme a entrar.

—Salgo en un momento.

Me retiré de la puerta, para darle espacio, y regresé a la habitación. ¿Cómo pasó? ¡¿Cuándo?! ¡En pleno juzgado! Se había atrevido a tocarla, ¡otra vez! Cerré los ojos con fuerza y mastiqué mi furia, algo imposible de digerir.

—Mauro... —cuando los abrí, la descubrí de pie en el umbral de la puerta—. Hablé con Lucho. Fue a buscar a Alejo y se quedará con ellos hasta mañana. No creo que sea conveniente que me vea así —se señaló, casi con desdén. Su carita de ensueño todavía estaba sonrojada luego de tanto llorar, y un rastro de angustia le empañaba el semblante.

—Ven —le ofrecí mi mano y aparté mi arrebato de furia. Porque no se trataba de mí, sino de ella. Yo no era el centro de su mundo, pero ella era el centro del mío. Dudó unos segundos, con un puño apretado sobre el borde de la toalla, y luego se acercó.

Tomé su mano, siempre cálida, siempre suave, como sus caricias, como toda ella. No podía comprender que alguien quisiera lastimarla, que alguien pudiera tocarla de una forma inapropiada. Cuando estuvo frente a mí, rodeé su cuerpo en un abrazo y apoyé mi cabeza en su vientre. Quería confortarla, pero ella, en su infinita misericordia, me confortaba a mí. Me inundé de su aroma a vainilla y coco y su mano acarició mi nuca.

—Quiero matarlo —confesé, sin poder contenerme. Ella sabía que yo lo sabía, porque lo sucedido estaba allí, suspendido en el aire que nos rodeaba.

—No lo hagas —murmuró sobre mi cabeza. Alcé la mirada de inmediato y apoyó sus cálidas manos en mis mejillas—. Eres mejor que él.

Me perdí en la profundidad de sus ojos, infinitos como ningunos, y acaricié su brazo en busca de esa marca de odio. Creí que me lo impediría, pero me dejó hacer. La descubrí en su antebrazo, un área enrojecida que delataba la violencia de un hombre que no podía llamarse hombre. No era nada más que un cobarde, un canalla sin escrúpulos. Quise reemplazar una marca de odio por una de amor y dejé un beso sobre su piel. Su cuerpo debía ser amado. Adorado. No lastimado.

Quería que sus marcas fueran otras.

Tomé el borde de la toalla húmeda, en un pedido silencioso que halló su respuesta cuando la prenda cayó al suelo. Le gustaba ser acariciada con suavidad y yo lo sabía. Jamás pedía nada, siempre lo daba todo. Sin reservas. Pero esto no se trataba de mí, sino de ella.

Mis manos rozaron la generosidad de sus caderas, memorizaron la delicada curva de su cintura, recorrieron el perfecto trayecto desde su vientre hasta sus pechos, tiernos y dulces como un manjar de los dioses. El pulso en su cuello, el símbolo de su vitalidad, las perfectas proporciones de su carita de ensueño. Acaricié su mejilla y mi pulgar delineó su boca, apenas entreabierta, deleitándose con el calor de su aliento. Sus ojos jamás abandonaron los míos. El recorrido siguió desde sus hombros, descendió por sus brazos hasta llegar a sus manos y besé cada uno de sus dedos. Sus manos siempre olían increíblemente bien: a hogar.

La hice girar y mi boca buscó esos dos perfectos hoyuelos que adornaban su coxis mientras mis manos descendían por sus piernas, envolvían sus rodillas, para luego regresar a las redondeadas curvas que anulaban mi cordura. Me volvía loco y ella también lo sabía. Pero esto no se trataba de mí, se trataba de ella. Y aunque me hubiera demorado allí por unas treinta y cinco vidas, quizás algunas más, avancé hacia su espalda. Mis dedos caminaron toda la extensión de su columna y no tardé en encontrar esa segunda marca. Le hice espacio entre mis piernas, en una invitación a sentarse entre ellas. Cuando su cuerpo accedió, tuve que recordarme que esto se trataba de ella y no de mí, porque mi excitación era ya dolorosamente insoportable. Besé la marca de odio y mi boca siguió el recorrido hasta su cuello, deleitándome con el aroma de su cabello. Rocé un dedo sobre la curva de su cuello y encontré uno de mis tesoros.

—Esto está en mi lista —susurré sobre su espalda—. Este lunar... Antes, cuando tenías el cabello más largo, esperaba con ansias a que te lo ataras para poder verlo. Ahora, lo disfruto todo el tiempo.

Su mano acarició mi rodilla y pasé un brazo por su cintura, para sentirla más cerca.

—Tu voz también está en mi lista. No me canso de escucharte... excepto cuando cantas —sonreí y escuché la música de su risa—. Tu risa también. Es tu sonrisa irónica la que me derrite. La que usas cuando piensas que soy un idiota, pero no me lo dices. Amo tus argumentos implacables y cómo me dejas sin palabras. Aprendo contigo... Todo el tiempo. Y me encanta la devoción con la que cuidas a Alejo.

La escuché suspirar y la acerqué un poco más a mi cuerpo, rodeando uno de sus pechos con mi mano.

—Admiro tu valentía, Lucre. Amo tu corazón, tu nobleza. Y adoro ese espíritu inquebrantable... —su mano acarició mi antebrazo—. Me encanta cada centímetro de tu cuerpo, mi amor —mis dedos rozaron la delicadeza de su piel y buscaron la cálida humedad entre sus piernas. Aunque se tratara de ella, solamente de ella, su placer era el mío—. Te amo, Lucrecia. No puedo explicarte cuánto. No me alcanzan las palabras.

623

El corazón me galopaba en el pecho y juro que estaba a punto de sucumbir como un adolescente inexperto, preso de los gemidos que escapaban de su boca. La sentía a punto de llegar, sus espasmos presionando mis dedos. Era una tortura. La más deliciosa de las torturas. Su mano envolvió mi muñeca y la alejó con una rudeza que me sorprendió.

Agitada, temblando, aunque no de angustia, giró entre mis brazos y su boca aprisionó la mía en un beso tan demandante que dolía. Lucrecia brillaba, pero era yo el que ardía. Ardíamos, los dos. Sus piernas me abrazaron y con una destreza fruto del deseo puro, desabrochó mi cinturón y metió una mano en mis pantalones.

—No me hagas esperar más —demandó, con su boca pegada a la mía.

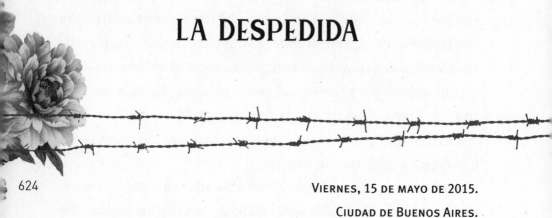

CAPÍTULO 16

LA DESPEDIDA

Viernes, 15 de mayo de 2015.
Ciudad de Buenos Aires.

Me senté en una silla del comedor y miré alrededor. Había más cajas vacías que artículos para guardar.

Alejo y yo no habíamos tenido el tiempo suficiente para instalarnos en el apartamento. Dos meses, ese fue el tiempo que compartimos allí. A veces tenía la sensación de haber vivido miles de vidas en una sola, como si el tiempo transcurriera diferente para mí. Todo era demasiado intenso, abrumador. Años de vacío total y, de repente, nuestra vida daba una vuelta de timón y el rumbo cambiaba vertiginosamente. Pero, aún un poco mareada, estaba dispuesta a emprender el viaje.

Lo que quería llevarme no podía empacarse en cajas. Esta vida me había dado mucho. Mucho dolor, mucho silencio, mucho miedo, mucho fracaso y mucha impotencia; pero también mucho aprendizaje. Toneladas de experiencia, la capacidad de caerme y levantarme todas las veces que fueran necesarias, la fortaleza que deviene de pedir ayuda y tomar manos amigas cuando se ofrecen generosamente, la sabiduría de ver más allá de los disfraces, la fuerza para combatir a los monstruos sin más armas que la determinación pura, la entereza suficiente para no bajar los brazos y la certeza de que no estaba sola. Alejo estaba conmigo. Mauro estaba conmigo.

Mi equipaje iba repleto, me llevaba mucho. Pero también dejaba mucho. Tanto que dolía. Aunque dolorosas y difíciles, sabía que las despedidas eran necesarias.

Tomé mi teléfono y consulté la hora. Faltaba un buen rato todavía para que Alejo saliera del kínder, el tiempo suficiente para comenzar a despedirme. Marqué su número y aguardé.

—¡Cuñada, ¿cómo estás?!

—*Excuñada* —lo corregí automáticamente.

—Un detalle, Luli. No te exasperes. Dime, ¿a qué debo el honor de tu llamado?

—¿Estás ocupado?

—Para ti, jamás. ¿Qué planes tienes?

—¿Quieres ir a dar un paseo? ¿Solo tú y yo? Me las arreglaré para quitarme de encima a Martín.

—¡Claro que sí! En diez minutos paso por ti.

* * *

El aire estaba un tanto fresco, pero el sol proporcionaba el calor suficiente para que el paseo fuera agradable. Lucho estaba inusualmente silencioso, como si comprendiera la profundidad de lo que estábamos compartiendo.

Las despedidas serían pocas, pero significativas.

Nos habían pedido que fuéramos reservados respecto a nuestra nueva localización, hasta que estuvieran seguros de que el peligro había pasado; traducción: "No se lo digan a nadie".

Las autoridades estaban sobre Fusco, Elena se había refugiado en algún lujoso sitio de Europa y Lisandro estaba más complicado que nunca. Sus clientes, otro tanto. Me preguntaba cuándo se decidirían a ordenar los arrestos. ¿Cuántas pruebas más necesitaban? En fin, ellos estaban libres y éramos nosotros los que teníamos que escondernos. Huir. Pero haría lo que fuera por sobrevivir, incluso mudarme lejos.

Mauro no estaba de acuerdo con eso de "no se lo digan a nadie". El hecho de que ninguno de nuestros seres queridos supiera de nuestro destino, no le hacía nada de gracia. En su opinión, compartir nuestro plan era la mejor forma de protegernos. No lo decía en voz alta, pero el subtexto estaba allí para quien quisiera leerlo: "Si algo nos sucede, sabrán por dónde empezar a buscar culpables". Nuestra situación seguía siendo precaria.

Al llegar al puesto de flores, me tomé del brazo de Lucho y apoyé la cabeza en su hombro.

–¿Qué te parece? –preguntó, mirando hacia todos lados, probablemente abrumado con tantas opciones–. No sé qué puede gustarle.

–Optaría por algo simple. Crisantemos, por ejemplo. Son muy lindos, y se mantienen frescos por mucho tiempo.

–Sí, esos están bien. Me gustan.

Después de elegir dos de los ramos más coloridos, brazo en brazo, caminamos hacia el mausoleo. Era la primera vez que íbamos juntos. Me avergonzaba no haber acudido a visitarlo antes, pero pensarlo dentro de un frío ataúd me resultaba sumamente doloroso. Era una realidad que debía enfrentar, una despedida que ya no podía postergar.

–¿Tienes llave? –preguntó, dudando frente a la imponente puerta oscura.

–No sé por qué hacen estos lugares así de tenebrosos –pensé en voz alta, sacando el llavero de mi bolsillo trasero–. Deberías pintarle un grafiti. Estoy segura de que a tu padre le hubiera encantado tener algo de tu arte cerca. Era tu fan número dos.

—¿El dos? —entornó la mirada.

—Soy la número uno. Nadie me quitará ese puesto —sonreí.

—¡Eres dulce! —pellizcó mi mejilla—. A decir verdad, no es mala idea. ¿Pero no lo tomarían como vandalismo? —dijo, pensativo. Lo estaba considerando, de verdad. Y, de verdad, era algo a considerar.

—El mausoleo es de ustedes, Lucho. Es probable que no puedas alterar la fachada, pero no creo que haya conflictos si quisieras modificar el interior.

—Es cierto.

Los dos estábamos retrasando el momento, por supuesto. Acaricié la pequeña llave plateada y, sin ningún atisbo de duda, la saqué de mi llavero.

—Es tuya —se la entregué.

—¿Y tú?

—Quiero que la tengas. Es tuya.

Sin muchas más excusas a las que echar mano, Lucho me dio las flores e hizo girar la llave. El sonido metálico precedió a la apertura de la puerta, y un frío de ultratumba le ganó al calor del sol. Se me formó un nudo en la garganta y apreté el ramo de flores sin darme cuenta.

—Las flores no alcanzan para darle color a esto, Luli —Lucho dio un paso hacia el interior y me tomé de su abrigo para no tropezar.

La luz del sol asomaba tímida por una ventana de mínimas proporciones, dando a todo un aspecto todavía más escalofriante. Los abuelos paternos de Lucho estaban en la planta inferior; su único hijo, justo arriba. Una fría cubierta de mármol oscuro indicaba su lugar de reposo, una simple cruz plateada ocupaba el centro de la escena y su nombre destacaba un poco más abajo. *Santiago Echagüe.*

—No puedo creer que esté ahí dentro —murmuró Lucho—. Parece mentira.

—Sí. Lo es.

—¿Crees que lo que dicen es verdad? —buscó compasión en mi mirada—. ¿Que estaba implicado en todo eso?

Él conocía la respuesta, todos la conocíamos, pero buscaba compasión y yo se la daría.

—Sí, Lucho. Creo que es verdad —suspiré, cada palabra dolía como una puñalada—. Y también creo que fue por eso que tomó esa decisión. No lo soportó. No soportó convertirse en una persona así —entrelacé mi mano con la suya. Los dos con lágrimas en los ojos, los dos compartiendo la misma tristeza—. No importa lo que digan, Lucho.

—Me cuesta perdonar lo que hizo —se limpió las lágrimas con rudeza—. No lo entiendo.

—Yo tampoco —admití—. Solamente él sabe por qué lo hizo, y no puedo juzgarlo cuando no lo entiendo. Prefiero quedarme con el recuerdo de la persona que fue conmigo, y con la gente que quiero. Contigo, por ejemplo... Siempre te apoyó —sonreí, recordando las incontables veces en que lo escuché hablar con orgullo del artista de la familia.

—Si algún día tengo un hijo, no conocerá a su abuelo.

—Cuando algún día tengas un hijo, puedes contarle quién era tu padre —presioné su mano—. Igual que yo, que me encargaré de que Alejo nunca olvide a su abuelo.

—Lo extraño. Mucho.

—Sí, también yo.

No había mucho más que agregar. Acomodamos las flores y nos acompañamos en silencio. Siempre recordaría a Santiago por el hombre que había sido conmigo: cariñoso y amable. El mejor abuelo para mi hijo. Elevé una plegaria silenciosa, rogando a Dios que lo recibiera como el ángel que era, pidiendo que me acompañara en el próximo tramo de mi viaje y despidiéndome del hombre al que había amado como a un padre.

* * *

Santiago había forzado una despedida, pero decirle adiós a Luciano era doloroso. No verlo a diario, no disfrutar de sus ocurrencias, sería muy extraño.

La música y la conversación ligera nos había restaurado el humor, nuestra tristeza había quedado dentro del mausoleo.

—¡Maaaaaaa! —apenas abrimos la puerta, Alejo emprendió una carrera entusiasta hacia mí.

—¡Hola, mi amor! —lo levanté con algo de dificultad, estaba cada vez más pesado.

Camila estaba destrozando a Mauro en la PlayStation, y esas contiendas eran tan serias que el mundo podría estar cayéndose a su alrededor y ninguno de los dos se enteraría.

—¿Cómo te fue en el kínder? —pregunté, acomodándole los rizos.

—Bien... —pasó sus brazos por mi cuello y me dio un sonoro beso en la mejilla—. Tengo hambre.

—Sí, yo también. ¿Qué hacemos? ¿Qué quieres comer? —le pregunté a Lucho.

—¿No íbamos a comer todos en casa de Pablo?

—¡¡¡Lucho!!! —Camila y Mauro salieron de su autoinducido trance casi al unísono.

—¿¡Qué?! —se alzó de hombros—. ¿No era hoy la despedida?

—¿Qué despedida? —pregunté, confundida.

–¡Perdiste! Págame –Camila, victoriosa en la última partida, extendió una mano frente a Mauro.

–Te aprovechaste de la distracción, eso es trampa –él metió la mano en su bolsillo, con cara de muy pocos amigos, y puso el dinero en manos de Camila.

–¡¿Qué despedida?! –volví a preguntar.

✳ ✳ ✳

Mauro había resuelto fácilmente eso de "no se lo digan a nadie", se lo dijo a todos y hasta organizó una despedida sorpresa. Era una pena que Lucho desconociera lo que implicaban los términos "despedida" y "sorpresa" en una misma frase.

La mesa era un caos, literalmente.

Pablo en la cabecera, por supuesto, tratando de organizar lo imposible y gritando órdenes que nadie escuchaba, como si estuviera en la oficina. Gloria, siendo la santa que era, soportaba con una sonrisa y un "no es problema" por cada copa de vino derramada sobre su perfectísimo mantel blanco. Vicky coqueteaba con Ramiro y Sergio al mismo tiempo, con un descaro que tenía a Electra poniendo los ojos en blanco cada medio microsegundo. Diego escuchaba fascinado las anécdotas de viaje de Camilo, que había regresado solamente para rendir unos exámenes, mientras Cecilia y Camila debatían con Juan María; el tema: violencia de género. Martín estaba sentado a mi lado, cruzado de brazos y silencioso como una tumba, aunque parecía disfrutar del espectáculo. Mauro y Lucho fumaban en el jardín, dentro de su propia burbuja; la estrecha relación que habían desarrollado me conmovía profundamente. Lucho había perdido a un hermano, pero había ganado otro. Eran dos de los hombres más importantes de mi vida; tres, con Alejo.

Me sorprendió ver a todos congregados en un mismo lugar. Las mujeres me inspiraban, y los hombres, que eran muchos, me llenaban de esperanza. Los hombres de mi vida no me lastimaban. Ya no.

—¡Lucre! —Clarita, con mechas rosadas esta semana, corrió alarmada hacia mí.

—¿Qué ocurre?

—Alejo y Maxi están peleando otra vez.

—¡Yo me ocupo! —gritó Pablo, desde el extremo opuesto de la mesa. Por mucho que quisiera ocultarlo, le encantaban los niños.

Los extrañaría a todos, muchísimo. Cada uno de ellos había dado todo de sí para ayudarme, y algunos de ellos ni siquiera me conocían. Algunos ayudaron por amor, otros por amistad, muchos por lealtad y todos por principios. En un mundo tan difícil como el que habitábamos, no todo estaba perdido.

Camilo bebió un sorbo de su copa y me sonrió, haciéndome una minúscula seña con la cabeza para que nos apartáramos. Me levanté de la silla y comencé a levantar la vajilla de la mesa.

—Te ayudo —dijo, siguiéndome la corriente.

Cargados de platos, buscamos la privacidad de la cocina.

—Tengo tu equipaje, cariño. ¿Dónde lo quieres?

—¿En la cajuela del auto de Mauro?

—Perfecto. ¿Llave? —extendió la mano, con una sonrisa. La saqué de mi bolsillo y se la entregué. Últimamente, era yo quien conducía a todas partes.

La mesa estaba demasiado entretenida como para notar la repentina ausencia de Camilo, así es que no tuve que inventar ningún tipo de excusa por él. Fui hasta el jardín.

—¿Cuándo podré ir a visitarlos? —preguntaba Lucho cuando me incorporé a la charla.

—Cuando quieras... —respondió, Mauro. Tomé el cigarrillo que se consumía entre sus labios y me lo apropié—. Apenas estemos instalados, te lo haré saber.

—¿Me das una pitada, cariño? —Camilo pasó un brazo sobre mis hombros, con total descaro, y Lucho y Mauro se lo comieron con la mirada. Era un provocador por naturaleza. Afortunadamente, ninguno de los dos lo vio meter la llave en mi bolsillo trasero.

—Tú no fumas —le recordé.

—Tampoco tú —me quitó el cigarrillo de la mano.

Todo transcurrió rápido, intenso como los últimos meses. Mis días ya no estaban vacíos y tampoco eran silenciosos. El timón había girado bruscamente y mi vida había tomado otro rumbo. Uno hacia un destino esperanzador.

Creí que la despedida sería dolorosa, pero no lo fue. Era nada más que un "hasta siempre". Ellos estaban en mi vida, cada uno a su manera, y yo estaba en la de ellos. Para siempre y de la forma que fuera. No hubo lágrimas ni nudos en la garganta, sí muchos besos e incontables abrazos.

Fuimos los últimos en irnos. Pablo prolongó un apretado abrazo con Mauro, Gloria incluso derramó algunas lágrimas. Llegado el atardecer, dijimos el último "hasta luego".

✳ ✳ ✳

Alejo dormía profundamente, en el asiento trasero, agotadísimo luego de una tarde de juegos y peleas con Maxi.

—Gracias por lo de hoy. Fue perfecto —solté una mano del volante y busqué la suya.

—Lo fue. Me alegra que lo disfrutaras... —sonrió, tan cálido como siempre–. Nos merecíamos una tarde así –fijó la mirada en el camino, confundido–. ¿Qué hacemos aquí?

–Tengo que hacer una parada –respondí, sin dar detalles al respecto–. Regreso enseguida. Serán solo cinco minutos.

Me bajé, ante la mirada perpleja de Mauro, y fui hasta la cajuela. En el interior, Camilo había dejado mi equipaje. Abrí la cremallera con cuidado y sonreí al ver el paquete alargado, envuelto en un colorido papel de regalo. Camilo lo había hecho tal y como se lo había indicado, el mejor cómplice de la historia.

–Gracias, Camilo –cerré todo y fui directo hacia la puerta.

Era una casa alta, antigua y algo venida abajo, una de las últimas sobrevivientes de su especie en esa zona de Belgrano. Llamé a la puerta y aguardé.

Unos minutos después, salió con una expresión de sorpresa que rápidamente fue reemplazada por una sonrisa de entusiasmo.

–¡Lucrecia! ¡Tanto tiempo sin verte! –me encerró en un abrazo algo tosco, pero que respondí con la misma efusividad–. Me alegra tanto que estés bien –puso las manos en mis mejillas y vi la emoción brillando en sus ojos, seguramente un espejo de la mía–. Estaba muy, muy preocupada por ustedes. No puedo creer todo lo que pasó. ¿Estás bien? Oh, qué tonta... por favor, pasa un momento.

–Llevo prisa, Alicia. Solo quería pasar a saludarte –tomé su mano–. Me voy de la ciudad, Alicia. Me mudo... y no quería irme sin agradecerte.

–¿A mí? ¡Pero no, querida! –negó con la cabeza–. No tienes nada que agradecer, yo no hice nada. Si hubiera sabido lo que estaba pasando... No sé qué decirte –comentó, visiblemente apenada

–Hiciste mucho, Alicia. Más de lo que piensas. ¡No tienes idea de cuánto me ayudaste! –la abracé una vez más, con fuerza, conmovida–. Cada vez que recibiste a Alejo en tu casa, que lo cuidaste con tanto cariño como si fuera tu propio hijo... Este era su refugio, Alicia. No me alcanzará la vida para agradecer lo que hiciste por nosotros.

—¡Lucrecia! Lo hice de todo corazón, querida.

—Lo sé... Eres un ángel —era momento de una última despedida. Tomé su mano y le dejé mi regalo. El paquete contenía dos fajos de billetes que parecían insignificantes frente a tantísima ayuda, pero estaba segura de que le serían de utilidad. Alicia me miró confundida, sorprendida y emocionada—. Este es mi regalo. No acepto devoluciones y tampoco un "no" como respuesta. Es mi agradecimiento por tu ayuda. Donde vaya, llevaré tu recuerdo conmigo.

—No tenías por qué, Lucrecia... —rasgó una esquina del paquete y la detuve.

—Ábrelo cuando me vaya, ¿de acuerdo? —besé cada una de sus mejillas y me permití un último abrazo—. Volveremos a vernos, estoy segura. Dale un beso a Mateo de mi parte.

—Mucha suerte, querida mía.

—Adiós, Alicia.

Sintiéndome liviana como una pluma, la saludé con una mano en alto y regresé al auto. Mauro no me quitaba los ojos de encima.

—¿Qué? —pregunté, poniendo el auto en marcha.

—¿Hiciste lo que creo que hiciste?

—Puede que sí.

—No dejas de sorprenderme, mujer —dijo, sin dejar de mirarme.

—Pues, qué bueno... porque parece que pasaremos el resto de nuestras vidas juntos, así es que espero que no te aburras.

SÉPTIMA PARTE

CAPÍTULO 1

UNA IMAGEN PERFECTA

Miércoles, 14 de octubre de 2015.
Rosario, provincia de Santa Fe.

Paseé un poco frente a la cama, espiando mi teléfono a intervalos cada vez más cortos. Llegaría tarde a la oficina, y odiaba llegar tarde. Esperar no era lo mío, definitivamente... pero no quería despertarla. Confieso que había hecho bastante ruido en la cocina, con la esperanza de que se despertara; obviamente, la estrategia había sido un fracaso. Dormía profundamente, no se enteraba de nada. Tenía las sábanas revueltas entre las piernas y esa vieja camiseta de River un poco levantada, lo suficiente para que el paisaje fuera irresistible. Miré el celular una vez más, justo cuando escuché el cambio en el ritmo de su respiración.

¡Al fin!

Me senté en el borde de la cama.

—Buenos días... —susurré en su oído. Se desperezó y despegó apenas la cabeza de la almohada.

—Hola... —delineó una sonrisa adormilada y abrió solo un ojo—. ¿Qué hora es?

—Siete y treinta y tres. Y treinta y cuatro, probablemente.

—Cuánta precisión —abrió el otro ojo y pestañeó un par de veces—. Llegarás tarde, ¿por qué?

—No quería irme sin decir "feliz aniversario". Así es que, feliz aniversario.

—¿Qué aniversario? Nosotros no tenemos aniversario... —si hubiera sabido que eso la despertaría tan rápido, habría empezado por allí—. ¿Tenemos aniversario?

—No hablaba contigo —sonreí.

Pasó de la sorpresa a la confusión con una rapidez admirable, pero no pensaba dejarla sufrir por mucho tiempo más. Moví las sábanas para que dejaran de estorbarme el camino y rodeé su trasero con ambas manos.

—¡Feliz aniversario! —mi boca reemplazó a una de mis manos y su risa explotó de inmediato. Tenía unas cosquillas de muerte, justo allí—. Quédate quieta, Lucrecia. No interrumpas, que esto es muy importante... —apreté un poco y se retorció todavía más—. Hoy, hace exactamente un año que nos conocimos. ¿Lo recuerdas? Porque yo sí. Lo nuestro fue amor a primera vista.

—¡Basta, Mauro! ¡Me haces cosquillas! —se dio una vuelta completa, ¡como si eso la salvara!

Besé su cadera, donde sabía que las cosquillas eran todavía peores. Conocía cada secreto de su anatomía. Su cuerpo era un mapa que el mío había memorizado milímetro a milímetro, y un camino que no me cansaba de recorrer. Aproveché el cambio de postura y me acomodé entre sus piernas. La risa se detuvo cuando acaricié su mejilla, cuando su boca recibió a la mía con la misma calidez de siempre, cuando mis ojos se bebieron su carita de ensueño con una sed abrumadora.

—Feliz aniversario, mi amor —la besé una vez más—. Hoy es 14 de octubre. Hace un año que estás en mi vida.

—Soy una pésima novia, ¿no es cierto? —sonrió esa sonrisa irónica que me volvía loco.

—Eres la mejor, ya lo sabes. Las otras tres no te llegan ni a los talones.

—Qué gracioso —golpeó mi hombro.

—Hoy te llevaré a cenar... No cocines —la besé una última vez y, a regañadientes, abandoné nuestra cama—. Nos vemos más tarde, mi amor.

Una mano demandante se cerró sobre mi camisa y me detuvo, y cuando su boca aprisionó la mía, supe que llegaría a la oficina mucho más tarde de lo planeado. ¿Me importaba? ¡Por supuesto que no! ¡Esta era la manera correcta de decir "buenos días" y "feliz aniversario"!

✳ ✳ ✳

Unté dulce de leche en un pan tostado y me robé una cucharada a escondidas de Alejo.

—Aquí tienes, mi amor —dejé el pan tostado frente a él y corrí a buscar su mochila. Guardé artículo tras artículo sin prestar demasiada atención.

—Mami, ¿puedo invitar a jugar a...?

—Hoy no, hijo —colgué la mochila en el respaldar de su silla y besé sus rizos—. Lo siento, pero mamá tiene un día complicadísimo. Julieta vendrá a cuidarte hoy, puedes jugar con ella.

Su cara se iluminó como el mismísimo sol. Era obvio que mi hijo estaba enamorado de su niñera. Creo que hasta yo estaba un poco enamorada de ella. Con tantas actividades que cubrir, tener a alguien de confianza para ocuparse de Alejo era una bendición muy apreciada en casa. Recogí los cuadernos que habían quedado sobre la mesa, desde la noche anterior, y los empujé dentro de mi cartera.

Todos estábamos retrasados. Mauro había llegado tardísimo a la oficina, por mi culpa, y Alejo llegaría con lo justo a su kínder si nos apresurábamos lo suficiente. Yo estaba segura de que me ganaría otra mirada reprobatoria del profesor de Sociología. ¡Juro que no lo hacía a propósito!, pero siempre llegaba a su clase con unos minutos de retraso. El sujeto me tenía entre ceja y ceja, y estaba en todo su derecho.

Mucho había cambiado en los últimos meses, pero estábamos adaptándonos. Rentamos una casa lo suficientemente cómoda para los tres y la convivencia era el paraíso.

¿Nuestro nuevo código postal? "2000".

Pablo decidió que Seguridad del Plata necesitaba expandirse y sugirió abrir una oficina en Rosario. ¿Casualidad? Por supuesto que no. Pablo era como un padre para Mauro y, como cualquier padre, quería ofrecerle una base sobre la que apoyarse. Mauro era excelente en su trabajo y valía la pena intentarlo; además, Rosario era una ciudad perfecta para un negocio de esas características. La seguridad era un tema que requería de atención. Mauro manejaba un equipo de veinte personas con total naturalidad; con Pablo cubriéndole la espalda desde Buenos Aires, claro está. ¿Otro punto a favor? El trabajo era de coordinación, fuera de la línea de fuego. ¡Gracias, Pablo!

Alejo tuvo algunas semanas difíciles al llegar a nuestro nuevo destino. Sintió mucho la ausencia de Lucho y Camila, el cambio de maestra y de compañeritos no le hizo mucha gracia, y me partía el alma cada vez que lo dejaba llorando en el kínder. Cuando comenzó a tener dificultades para dormir, apareciéndose en nuestra habitación en medio de la noche, supe que no podría solucionar el problema sola.

Ansiedad de separación, dijo la psicóloga. Era preciso enseñarle a sentirse seguro en su nuevo ambiente, contenido a pesar de los cambios. No sabía cómo hacer eso.

Mauro fue de gran ayuda, como siempre. En lugar de permitir que Alejo y yo nos encerráramos en nuestra propia burbuja, fue firme en la necesidad de que cada uno conservara su espacio. Cuando Alejo se aparecía en la habitación a mitad de la noche, lo regresaba a su cama y esperaba con paciencia infinita hasta que volviera a dormirse. Yo me quedaba llorando desconsoladamente en la habitación, ardiendo de ira.

Tuvimos nuestros primeros "desacuerdos" durante esa etapa. *¡No eres su padre!*, le grité una noche, a una distancia íntima. Para él fue como una bofetada. Su respuesta: *sé que no lo soy, pero eso no quiere decir que no lo sienta como mío.* Me dejó congelada, sintiéndome como la peor persona sobre la faz del planeta. Siendo la cobarde que a menudo era, lo evité como a la peste por los siguientes días; como si hacerme la ofendida solucionara algo.

Mauro no se rindió, por supuesto. Nunca lo hacía.

Gradualmente, mi enojo cedió y mi hijo comenzó a sentirse más cómodo. El día que Mauro trajo a Julieta a casa, la novia de uno de los custodios, para que cuidara a Alejo por unas horas, todo terminó de acomodarse en su sitio.

La inclusión de Julieta no fue solo un beneficio para Alejo. Yo gané un espacio valioso para dedicarle a alguien que había ignorado por muchísimo tiempo: a Lucrecia.

Podría haber optado por trabajar, retomando el plan que había dejado suspendido desde los dieciocho años, pero preferí respaldarme en mi "dinerillo" y dedicarme a estudiar. Sí, ¡a estudiar! Al momento de decidirme por una carrera, no tuve duda alguna. Sentía que, si de verdad quería que algo cambiara, tenía que ser valiente e involucrarme.

A pesar de ser una profesión no del todo rentable, me inscribí en la Escuela de Trabajo Social de la Universidad Nacional de Rosario.

El año académico ya había comenzado, pero no quería perder el tiempo. Me incorporé a las clases como oyente y mi objetivo era rendir libres todas las asignaturas del primer año; una tarea que prometía ser difícil, pero no imposible. Había planeado mi propia muerte, ¿qué tan complicado podía ser aprobar algunos exámenes?

Lucrecia Ayala, a sus veintisiete años, era una estudiante universitaria, una mamá pulpo y una mujer que amaba y era amada en igual medida. Por primera vez en años me sentía orgullosa de mí misma. Mi vida tenía un nuevo horizonte.

Trataba de mantenerme concentrada en mis circunstancias actuales, pero el pasado seguía haciendo eco desde Buenos aires. Las noticias llegaban en forma lenta, pero constante.

A Andrés Fusco le habían dado una salida demasiado digna para mi gusto: aduciendo inconvenientes personales, renunció a su cargo en la Fiscalía. Los rumores decían que su lucha contra la corrupción le había hecho ganar muchos enemigos y que su familia estaba amenazada. ¡Si supieran la clase de basura que era! En fin, se salió con la suya. No es que me sorprendiera el resultado, pero me sentía indignada.

Elena regresó a Buenos Aires asustada e hizo lo impensable: colaboró con la justicia y aportó pruebas para ensuciar a su difunto esposo y terminar de hundir a Lisandro. Siempre supe que era una arpía sin corazón, pero ¿incriminar a su hijo? No es que me molestara que Lisandro acabara en prisión; lo que no podía concebir era que una madre no protegiera a su hijo. Pero a Elena, siendo Elena, solo le importaba una persona: Elena.

A Lisandro se lo estaba tragando el mismo monstruo que él había alimentado por años, se hundía en su propia oscuridad. Sus vínculos con los negocios turbios de Santiago, confirmados de boca de su propia madre, le valieron una orden de arresto de la que se libró pagando una fianza con dinero que algunos de sus exsocios accedieron a prestarle. La justicia había embargado todas sus cuentas, sus bienes, y hacía meses que no cubría la pensión alimenticia. No hice reclamo alguno, no tenía sentido. Nada sabíamos de él desde la firma del divorcio. Ni una llamada, ni un mensaje, ni un suspiro. Absolutamente nada.

Alcancé a dejar a Alejo en el kínder justo antes de que la maestra cerrara la puerta y me salté dos semáforos en rojo para llegar a la facultad a tiempo.

No lo logré, obviamente.

Con la cartera apretujada contra el pecho, empujé la puerta del aula y entré con los hombros encogidos y la mirada en el suelo, esperando pasar desapercibida.

—¡Bienvenida, señorita Ayala! —me detuve en cuanto escuché su voz—. ¡Qué alegría que por fin nos honre con su presencia! —dijo el profesor, con marcada ironía.

—Lo siento —susurré, apenada.

—No lo sienta. Ocupe su lugar y no vuelva a interrumpir mi clase.

Asentí y vi de reojo a Paula, haciéndome señas para que me sentara a su lado. Esquivé asientos con algo de dificultad y al fin llegué hasta allí.

—¿Otra vez tarde? ¿Qué sucedió? —preguntó en voz baja.

—Mauro sucedió —le guiñé un ojo—. Hoy es nuestro aniversario, tenía que darle su regalo.

* * *

Pese a ser un día entre semana, Rosario hacía gala de una vida nocturna con un brillo esplendoroso. La gente paseaba por la costanera, en las inmediaciones del puerto, disfrutando de las particularidades del clima primaveral. Durante el día, el calor era difícil de sobrellevar pero, por las noches, la brisa que viajaba sobre el río Paraná era un aliciente. Hacía más tolerable la humedad, que se pegaba a los cuerpos como una segunda piel.

El cielo estaba despejado y la luna se reflejaba en la superficie del agua. La imagen tenía algo entre poético y trágico. Era una luna que se rompía en pedazos entre los brazos de un río que, aunque aparentaba calma, la mecía sin piedad.

La luna brillaba, las estrellas brillaban, las luces de la ciudad brillaban, pero no había nada que brillara más que ella.

El mundo perdía su brillo cuando Lucrecia aparecía. Todo se volvía opaco, descolorido, nada en comparación con su implacable presencia. No era la mujer más hermosa que hubiera visto, ni por asomo, pero había algo especial en su simpleza, un "algo" innombrable y misterioso. Como el sabor que deja un buen vino en el paladar, aunque se desconozca la cepa, o como esas canciones que insisten en la cabeza por ningún motivo en particular. Lucrecia y su mundana simpleza se metían en la sangre y corrían por las venas como un virus que lo infectaba todo a su paso.

No era consciente de su poder de atracción, de la fuerza invisible que la rodeaba y que actuaba como una gravedad que todo lo absorbía. Sin importar cuánto uno intentara escapar, una mirada bastaba para quedar amarrado para siempre. ¡Si tan solo fuera consciente de lo que provocaba!

La brisa insistía en levantarle el vestido, igual que un amante lujurioso, robándose mechones de su cabello oscuro. Lo enredó con la misma habilidad de siempre y la perfecta columna de su cuello quedó al descubierto. Alejo la asistió para que no quedara semidesnuda en plena costanera, sosteniendo los bordes de su vestido, y provocó que una risa mágica explotara en su boca. Su risa era hipnótica. Toda ella era hipnótica.

La imagen era incompleta. Una mujer luminosa, el hijo ideal, solo faltaba una pieza para que todo fuera perfecto.

Faltaba yo.

Me recliné en el asiento del auto y presioné el volante con fuerza al verlo acercarse. Un brazo rodeó su cintura, su boca le rozó el cuello y ella sonrió. La imagen parecía perfecta, pero no lo era. Mauro era un impostor, un pobre sustituto.

644 Lucrecia era mi mujer, Alejo era mi hijo... y si yo no podía ocupar mi lugar en esa imagen perfecta, nadie lo haría.

CAPÍTULO 2

IRREPARABLE

—¡Lucre! ¿Cómo estás? —una de las madres del kínder me interceptó cerca de la puerta.

—Muy bien, Virginia. ¿Y tú? —sonreí con la mayor naturalidad posible.

—¡Feliz de que sea viernes! ¡Al fin! Pienso pasar todo el fin de semana en la piscina.

—Excelente plan. La mejor forma de combatir el calor... —el clima siempre era un tema seguro.

—¡La humedad, querida! ¡La humedad! ¡Insoportable! ¿Y los mosquitos? Nos degustan como a un manjar.

Con cada palabra que salía de su boca, me sentía más y más deprimida. ¿Cómo sobrevivía con tanta negatividad encima? Por el bien de mi hijo, estaba tratando de integrarme al grupo de mamás, ¡pero era tan difícil!

—¡Ay! ¡Se me acaba de ocurrir una idea fantástica! Alejo y tú pueden venir a nuestra piscina este fin de semana, ¿qué te parece? ¡A Lautarito le encantará!

Bikini. Frente a desconocidos. No, todavía no me sentía lista para eso.

–Muchas gracias por la invitación, pero tenemos un compromiso este fin de semana. No podrá ser esta vez, pero estoy segura de que no faltará oportunidad –no decir que "no", pero tampoco apresurar un "sí". Eso también era seguro en una conversación cordial.

Afortunadamente, las puertas se abrieron y un repiquetear de presurosos pasitos se precipitó hacia la acera.

–¡Maaaa! –gritó Alejo, con rizos rebotando para todos lados. Lo atajé en un abrazo y poco me importó que pesara una tonelada.

–¿Cómo estás, mi amor? ¿Cómo te fue?

–Hicimos una "estulcura" de arcilla –sonrió, orgulloso.

–¿Una escultura? ¡Qué bien! –lo dejé sobre sus propios pies y tomé su mano–. Nos vemos el lunes, Virginia –saludé.

–¿Podemos comprar arcilla para hacer una "estulcura" en casa? – Alejo jaló de mi mano de camino al auto.

–Podemos, claro. Pero por la tarde, ahora debemos regresar a casa y cocinar algo rico. ¿Qué tienes ganas de comer? –abrí la puerta del asiento trasero y lo ubiqué en su sillita.

–Mmm... patatas fritas con puré de patatas.

–Patata con patata –sonreí con ironía–. ¿Por qué no me sorprende esa elección? Te propongo un trato. Puré de patatas o patatas fritas, tú eliges... y yo decido con qué lo acompañamos.

–Bueno –se alzó de hombros, no del todo convencido.

–Bien –terminé de ajustar su cinturón de seguridad.

De regreso a casa, luego de que Alejo hiciera un muy detallado relato hablado de su "estulcura", arruinamos canciones de María Elena Walsh a dúo.

–Llegamos –le sonreí a través del espejo retrovisor.

Estábamos en épocas extrañas y yo le tenía muchísimo miedo a las "entraderas". Mauro era quien sacaba el auto por las mañanas, antes de irse a la oficina, y al finalizar el día lo guardaba en el garaje. En mi opinión, toda precaución era poca. Estacioné donde siempre, justo frente a casa, y ayudé a Alejo a bajar.

—¿Entonces? —me colgué su mochila al hombro y lo tomé de la mano para cruzar la calle—. ¿Ya te decidiste? ¿Puré de patatas o patatas fritas?

—¡Patatas fritas! —dio un saltito.

—Así será, entonces —solté su mano y saqué las llaves del bolsillo de mis jeans.

—¡Papiiiiiii!

No fue el grito de mi hijo lo que provocó que las llaves resbalaran de mis manos, fue el escalofrío que me recorrió el cuerpo. El sacudón del instinto. El miedo en estado puro. En mi opinión, toda precaución era poca, pero cometí un error. Un error que pagaría muy caro... Había soltado la mano de mi hijo.

Sucedió en una milésima de segundo, pero lo experimenté como un oscuro infinito.

Alejó estiró los bracitos en un entusiasta pedido, y un par de manos, cuya fuerza yo conocía muy bien, lo levantaron del suelo. Se aferró con brazos, piernas y corazón a su padre, con una alegría tal que me sentí morir. Él sostenía su cabecita sobre su hombro y le devolvía el abrazo con igual intensidad, meciéndolo de un lado al otro, mientras sus tormentosos ojos me atravesaban como un par de afilados cuchillos.

—¡Papi! ¡Viniste!

—Por supuesto que sí, hijo —Lisandro besó su mejilla con medida delicadeza, con frialdad incluso, y mi corazón se disparó en incontrolables pulsaciones—. ¿Cómo no iba a venir por ti? Somos una familia, ¿no es así?

–¿Almorzarás con nosotros? Mamá preparará patatas fritas –ofreció con alegría.

–No... –la negativa temblorosa abandonó mis labios antes de que pudiera detenerla. Lisandro presionó a Alejo sobre su pecho y mi estómago dio un vuelco–. Mejor otro día, mi amor –le sonreí a mi hijo–. Mauro no tarda en llegar. Es mejor que te vayas, Lisandro.

Sonrió con un millón de emociones contenidas en su expresión.

–Nunca fuiste capaz de hacerme creer tus mentiras, cariño. Mauro nunca llega antes de las seis de la tarde.

La mínima llama de esperanza se extinguió, como si no hubiera existido siquiera.

–¿Entramos?

–¡Sí! –festejó, Alejo.

–Levanta la llave y abre la puerta, cariño –ordenó, sin molestarse en fingir cortesía.

Estaba paralizada, sin saber qué hacer, espiando de reojo hacia la calle en busca de alguien que pudiera ayudarme.

–¡Levanta la llave! –me sobresalté cuando aventó el llavero en mi dirección–. Levántala.

Una mujer pasaba caminando por la acera, justo en ese momento, y supliqué ayuda con la mirada. Me miró un breve segundo, luego a Lisandro, y al pasar a nuestro lado, bajó la cabeza y continuó caminando. Se fue... Nos dejó solos. Alejo y yo estábamos solos y a merced del monstruo.

Mi respiración se agitó y sentí el calor de las lágrimas acumulándose en mis ojos, pero no lloraría frente a Alejo. Le prometí que no volvería a llorar.

–¡Las llaves, Lucrecia! ¡No lo repetiré! –gritó Lisandro. Confundido y asustado en igual medida, mi hijo comenzó a lloriquear.

—Lo estás asustando... —susurré, contenida.

—Apresúrate —apretó los dientes con fuerza.

Sin despegar mis ojos de los suyos, me agaché y tanteé el suelo hasta encontrar el llavero. Las manos me temblaban tanto que tuve que hacer varios intentos antes de poder encajar la llave en la cerradura.

—Entra —me tomó del brazo apenas atravesamos la puerta y deslizó a Alejo hasta el suelo sin una pizca de delicadeza.

—Mami... —las primeras lágrimas brotaron de los ojos de mi hijo y quise acercarme a consolarlo, pero Lisandro me lo impidió con otro sacudón a mi brazo.

Mis pies casi no tocaban el suelo mientras me arrastraba hacia la sala. Yo espiaba sobre mi hombro, desesperada, viendo a Alejo seguirnos con pasitos cortos y lágrimas en las mejillas.

—Por favor, Lisandro —rogué, por piedad a mi hijo—. Deja que llame a su niñera. Que se lo lleve... por favor.

—¿Me estás tomando por estúpido? —presionó mi brazo—. ¿Llamar a la niñera? ¿Para que medio segundo después llame a ese malnacido con el que te revuelcas?

—¡Mamiiii!

—¡Cierra la boca! —le gritó a Alejo. Jamás le había gritado a Alejo.

Me arrojó sobre el sofá y me apresuré a tomar a mi niño en brazos, protegiéndolo con mi cuerpo.

—Shh, mi amor —susurré despacio. No podía controlar el temblor de mi cuerpo. Cerré los ojos para no ver a Lisandro paseándose frente al sofá, con las manos en la cabeza, tirando de su cabello como si quisiera arrancárselo de raíz—. Tranquilo. No llores, mamá está aquí —acaricié su espalda y lo balanceé de un lado al otro.

Lisandro se sentó sobre la mesita de café, frente a nosotros, tan cerca que su rodilla tocó la mía. Di un respingo.

–Shh... –sus manos hicieron un escalofriante recorrido desde mis rodillas hasta mis caderas, arriba y abajo, cada vez más enérgicamente. No me importaba que me tocara, mi única preocupación era mi hijo–. Perdóname, cariño. Es que hace tanto que no los veo... Los extrañé muchísimo –presionó mi rodilla y puso una mano sobre la cabeza de Alejo–. Perdóname, hijo. Todo estará bien. Ya lo verás.

Mientras sus manos seguían su recorrido por mis piernas, lo miré. Lo miré de verdad. Me costó reconocerlo. Parecía no haberse afeitado en días, semanas, tal vez. Profundas ojeras le ahuecaban la mirada. Nada quedaba del hombre imponente de meses atrás. Tenía la expresión vacía. El alma extinta. El Lobo había dejado de lado los disfraces y asomaba las garras sin miramientos.

En ese instante, tuve la certeza absoluta de que la contienda sería a muerte. Él o yo. "Hasta que la muerte nos separe".

–Por favor... –tragándome el orgullo, tomé una de sus manos y la acaricié–. Por favor, Lisandro. Ten piedad. Deja que lleve a Alejo a su habitación, para que tú y yo podamos conversar tranquilos.

–No –negó con su cabeza.

–Por favor. Haré lo que quieras –entrelacé mis dedos con los suyos–. Te lo ruego.

Me miró a los ojos y sonrió.

–A ver... –abrió los brazos.

–¿Qué? –pregunté, confundida y asustada en igual medida.

–Quiero ver cómo me ruegas. Convénceme.

No tendría piedad alguna, estaba decidido a todo. Sostenía a Alejo entre mis brazos, sangre de su sangre, lo único bueno y puro en su vida de oscuridad y, aun así, no perdería la oportunidad de humillarme. A ese nivel de monstruosidad había descendido.

–Estoy esperando –insistió.

Alejo no movía ni una pestaña, la sabiduría del instinto dominando la escena. Estábamos frente a una fiera salvaje y cualquier movimiento en falso podía resultar fatal. Con movimientos lentos y estudiados, intentando transmitirle seguridad, lo despegué de mi cuerpo y le sequé las lágrimas con mis pulgares. Lo alcé con lentitud y lo senté en la esquina más alejada del sofá, indicándole silencio con un dedo. Siempre silencio.

Lisandro aguardaba con un entusiasmo que rozaba lo infantil. Había perdido la cabeza, era un hombre desquiciado. Acerqué una rodilla hasta su mano y me tragué el sabor amargo de la vergüenza.

—Por favor... —susurré en voz baja.

—¿De veras? —dijo con ironía—. ¡Por favor, cariño! Eso es patético. Tendrás que ser un poco más convincente.

Inspiré profundo para no vomitar y, contra todo lo que me gritaba el instinto, usé mi rodilla para separar las suyas. Me arrodillé entre sus piernas, con mis manos sobre sus muslos.

—Ahora, nos estamos entendiendo —su pulgar acarició mi mentón y alzó una ceja.

—Por favor —intenté acercarme un poco más.

—Mmm... no lo sé. No estoy del todo convencido.

Tuve que contenerme para no enterrarle las uñas hasta los huesos, porque quitar a mi hijo de ahí era la prioridad.

—Te lo ruego, Lisandro —mi boca hizo un peligroso recorrido hasta la suya y, justo antes de que llegara a destino, apartó la cara y encerró mis mejillas con una mano poderosa.

—¿Qué haces? —me miró con desdén—. ¿Crees que no sé lo que te metes en la boca? ¡Me das asco, Lucrecia! —empujó mi cara y se puso de pie, apartándome con una rodilla. Alcancé a tomarme del sofá para no acabar en el suelo. Alejo comenzó a llorar otra vez.

—Llévatelo de aquí. Ya no lo soporto.

Sin titubear un segundo, tomé a Alejo en brazos y Lisandro me siguió a medio latido de distancia, sostenía mi camiseta en un puño fuertemente cerrado.

—Nada de estupideces, ¿me oíste? —advirtió.

Alejo lloraba como nunca antes, pero no tenía tiempo de consolarlo. Lo senté sobre su cama y exploré cada centímetro de su carita, para que me diera fuerzas para lo que se venía.

—Hace un tiempo, te pedí que no olvidaras que mamá hace todo por ti. ¿Lo recuerdas? —acomodé sus rizos.

—No —lloriqueó.

—Entonces, te lo repito. Mamá hace todo por ti. Y tú debes hacer lo mismo por mí. ¿Me ayudarás?

—Ajá —asintió, pasándose el dorso de la mano sobre la nariz. Usé mis dedos para terminar de limpiarlo y sonreí.

—Así me gusta, siempre fuiste un niño muy obediente. Ahora, mamá cerrará la puerta y te quedarás aquí hasta que yo lo diga, ¿comprendes?

—Noooo —gimoteó todavía más, rompiéndome el corazón.

—¡Alejo! —dije con más firmeza—. Dijiste que me ayudarías. Ayúdame. No quiero que salgas de aquí por ningún motivo, hasta que yo venga a buscarte. Promételo.

A desgano, asintió.

—Lucrecia —escuché la voz de Lisandro, una clara advertencia.

Me permití un último abrazo a mi hijo, una última caricia a sus mejillas de seda, un último beso en la calidez de su frente.

—Vamos... —Lisandro jaló de mi brazo y me arrastró hacia la puerta.

—¡Mamiiiii! ¡Nooo! —Alejo se bajó de la cama y corrió hacia mí. Alcancé a cerrar la puerta justo a tiempo—. ¡Mamiiii! —gritaba del otro lado, desesperado. Apoyé la frente sobre la madera y sostuve la manija con todas mis fuerzas–. ¡Mamitaaaa!

–Alejo, lo prometiste –traté de moderar el temblor en mi voz–. Quédate allí, por favor.

–¡Te quedas ahí o la mato, Alejo! ¿Oíste? ¡La mataré! –gritó Lisandro, golpeando la puerta con las palmas de sus manos.

–Basta. Basta, por favor –puse una mano sobre su pecho y lo alejé con toda la fuerza que pude–. Basta. Esto es entre tú y yo –le clavé la mirada.

–Tienes razón –me arrastró nuevamente hacia la sala–. Esto es entre tú y yo... –me arrojó al sofá.

Ring... Ring... Ring...

Lisandro se quedó paralizado al escuchar el celular. Yo no moví un músculo.

–Entrégamelo –estiró una mano. Sin dejar de mirarlo, saqué el teléfono de mi bolsillo y lo puse en su mano. Me lo arrebató con rudeza y miró la pantalla–. ¡Qué sorpresa! Es tu noviecito... –sostuvo el aparato frente a mis ojos y vi el nombre de Mauro en la pantalla. Arrojó el teléfono al suelo y lo aplastó de un pisotón.

La ayuda no tardaría en llegar.

Lisandro no lo sabía, pero Mauro y yo teníamos nuestros propios códigos. Una forma única de comunicarnos. No necesitaba nada más que ignorar una llamada para que Mauro captara el mensaje: *Ven.*

–¿Por qué tienes esa cara de estúpida? –preguntó Lisandro, confundido.

Quince minutos. Ese era el tiempo que tardaría en subirse al auto y llegar a casa. Tendría que entretener a Lisandro solo por quince minutos y todo acabaría. Esta vez, no detendría a Mauro. Dejaría que lo matara.

✳ ✳ ✳

Ring... Ring... Ring... Ring... Ring...

—*El número con el que intenta comuni...*

—Maldición —solo por si acaso, lo intenté una vez más.

—*El número con el...*

—¡Marina! —grité al pasar frente a la recepción.

—¿Qué sucedió? —preguntó, alerta.

—Llama a la policía y mándalos a mi casa. Es una emergencia. ¿Tenemos a alguien cerca de allí?

—No. Pero ¿qué sucedió? —insistió.

—Haz lo que te digo. ¡Ahora!

Rastreé las llaves del auto y salí corriendo de la oficina. No me detuve a esperar el elevador, bajé las escaleras de dos en dos, con el corazón a punto de salir disparado de mi boca.

En pocos segundos, estaba detrás del volante y saliendo de la penumbra del estacionamiento hacia el sol del mediodía. Marqué el 911 y aguardé impaciente, esquivando vehículos como un desquiciado y sin prestar atención alguna a las palabrotas que me espetaban los conductores.

—¡Respondan! —golpeé el volante con fuerza.

Quince minutos. Ese era el tiempo que me llevaría llegar a casa. Arrojé el teléfono al asiento contiguo luego de dos inútiles intentos más y comenzó a sonar de inmediato. Miré de reojo y tomé la llamada.

—¿Lograste comunicarte? —le pregunté a Marina.

—Sí, mandarán un patrullero enseguida.

—¿Dijeron en cuánto tiempo?

—No...

—Okey —corté la llamada y volví a concentrarme en conducir.

La "nueve" de repuesto estaba en una de las alacenas de la cocina, detrás de la lata de azúcar, lista para ser usada. Lucrecia sabía disparar. Yo mismo la había llevado al polígono.

—Voy en camino, mi amor... Resiste.

✳ ✳ ✳

Le di una mirada de reojo a la alacena de la cocina, sabiendo que la "nueve" de repuesto estaba detrás de la lata de azúcar, lista para ser usada. Solo tenía que quitarle el seguro y acabaría con él.

—Lo arruinaste todo... —Lisandro se paseó frente a mí, errático y confundido, fuera de sí—. Me arruinaste la vida, Lucrecia.

Apoyé las manos sobre el sofá y permanecí en silencio. La cocina estaba a unos diez metros de distancia. Si me apresuraba, en veinte pasos podría llegar hasta la alacena. Ya habían pasado cuatro minutos... Mauro no tardaría en llegar.

—¡¿Estás escuchando?! —gritó, sobresaltándome—. Te lo di todo, Lucrecia. ¿Por qué me engañaste? Prometiste que nunca ibas a abandonarme, que siempre me amarías ¿Acaso lo olvidaste? —se arrodilló y se arrastró hacia mí, sus brazos serpenteando alrededor de mi cuerpo y su cabeza presionada sobre mis piernas. Yo seguía inmóvil—. ¡Me hiciste pedazos! —sus dedos se enterraron en mis caderas y aguanté el dolor—. ¿Por qué? ¡Dime por qué, maldita sea! —un puño cerrado y pesado cayó sobre mi pierna, haciéndome ver las estrellas.

Cinco minutos. Ya habían pasado cinco minutos. Descontaba segundos en mi mente. Una cuenta regresiva para salvar mi vida... Tenía mucho miedo. No quería morir todavía, tenía muchas cosas por hacer.

—¡Respóndeme! —su mano se enredó en mi cabello, en la base de mi nuca, y cerré los ojos con fuerza—. ¡Dime algo! —sacudió mi cabeza.

—¿Qué quieres que diga? —pregunté, al borde de las lágrimas, pero sin darle el gusto de derramarlas. Lucharía con entereza, hasta que la muerte nos separara—. ¿Qué es lo que podría decirte, Lisandro? No quieres escucharme. Lo que quieres es lastimarme, nada más. Es lo que has querido siempre. Usarme como si fuera un pañuelo desechable... ¡Humillarme! Yo no te hice nada. Tú solo arruinaste tu vida.

El dorso de su mano impactó en mi labio inferior, con fuerza esta vez, y sentí el sabor metálico de la sangre inundando mi boca. No hizo más que avivar mi odio. Me volví a mirarlo, con la cabeza en alto y la voluntad intacta.

—Eres una basura —susurró, cerca de mi boca.

—No. Tú eres una basura —le clavé la mirada—. ¿Y sabes qué es lo más triste de todo, Lisandro? Que te amé. Te amé, profundamente. Te lo hubiera dado todo y más. Lo único que tenías que hacer era amarme bien.

—¡Mentirosa! ¡Eres una mentirosa! ¡Nunca me quisiste! —se alejó como si mi cercanía lo quemara.

Seis minutos. Nueve antes de que Mauro atravesara la puerta.

—Destruiste lo nuestro, Lisandro. Todo lo que podríamos haber sido. Mataste todo lo que sentía por ti.

—¡A ti te mataré! ¡A ti! —gritó, desaforado.

A lo lejos, comenzaron a oírse las sirenas de la policía. ¡Mauro había llamado a la policía! Lisandro empalideció hasta parecer un fantasma y se llevó las manos a la cabeza, confundido, asustado. Tan asustado como yo.

Era mi oportunidad.

Me impulsé del sofá y corrí desaforadamente hacia la cocina. Llegué en menos de veinte pasos y arrojé todo el contenido de la alacena al suelo. Cuando mis dedos acariciaron el frío metal del arma, aferré la empuñadura y le quité el seguro en un rápido movimiento.

Cuando me di vuelta, Lisandro estaba justo detrás de mí. Una de las lámparas de la sala se precipitó sobre el costado izquierdo de mi rostro y caí al suelo, mareada y desorientada, sobre unos vidrios rotos que se clavaron en mi mejilla. Escuchaba el sonido de las sirenas, acercándose cada vez más, y el frío metal de la "nueve" oculta bajo mi estómago.

Apoyé una mano sobre el suelo y los vidrios se enterraron en mi palma. No sentí dolor. ¿Cuántos minutos faltaban para que Mauro atravesara la puerta? Había perdido la cuenta. No podía pensar con claridad. Usé la otra mano para recuperar el arma, pero el pie de Lisandro impactó sobre mis costillas y me regresó al suelo.

Lucharía hasta el último suspiro, hasta que la muerte nos separara.

Tomé su pie con una fuerza de la que no me creía capaz y terminó de espaldas junto a mí, con su cabeza rebotando violentamente sobre el suelo. Solo tenía que resistir unos minutos más.

Lisandro se tomó la cabeza en un gesto de dolor y sujeté la empuñadura del arma con pulso tembloroso. No veía nada con el ojo izquierdo, estaba mareada, pero lo intenté de todos modos.

La "nueve" tembló frente a mí y Lisandro se giró repentinamente. Lo miré a los ojos y no tuve la fuerza para hacerlo. Quise, pero no pude. Mi dedo acarició el gatillo… no fui capaz de jalarlo.

Todo sucedió tan rápido que no tuve tiempo de pestañear siquiera. El arma abandonó mi mano y apareció mágicamente en manos de Lisandro. También me miró a los ojos, pero su monstruo no dudó.

Bang.

La explosión me obligó a cerrar los ojos y, cuando los abrí, vi el terror en los suyos. Seguí el recorrido de su mirada hasta mi vientre, donde una profusa mancha oscura se extendía sobre mi camiseta blanca. No sentí el impacto, pero supe que era mi sangre.

Bang.

El segundo impacto me dio justo sobre el pecho izquierdo. Me dolió. Muchísimo. Tanto que escuché el grito antes de comprender que había brotado de mi boca. Me ahogaba. Me ahogaba en mi propia sangre.

Bang.

Recosté la cabeza sobre el colchón de vidrios y cerré los ojos por un momento. Estaba tan cansada. Quería dormir hasta que el sol me despertara con una caricia en la mejilla, despertar envuelta en el calor de los generosos brazos de Mauro, untar un pan tostado con dulce de leche para Alejo y luego llevarlo al kínder; quizás, comprarle arcilla para que hiciéramos "estulcuras". Quería verlo crecer, enamorarse, convertirse en padre y acompañarlo en cada paso de su vida. Quería envejecer junto a Mauro. Tomar litro tras litro de sus espantosos mates amargos, que me hiciera reír hasta que me doliera la cara y que sostuviera mi mano hasta mi último aliento.

Bang.

—Cariño, lo siento. ¡Perdóname! —sabía que estaba junto a mí, sentía sus manos sobre mi cuerpo, casi como si quisiera reparar el daño que había hecho.

Pero el daño era irreparable.

No quería morir todavía, me quedaba mucho por hacer... Pero estaba muriendo. Sobre el suelo de la cocina, sobre un colchón de vidrios, con cuatro disparos ejecutados por quien había sido mi esposo, estaba muriendo.

Ya no sería estudiante universitaria ni una mamá pulpo, tampoco una mujer que amaba y era amada en la misma medida. No era más que un amasijo de carne y sangre que el monstruo había masticado y escupido sin piedad.

Lucrecia Ayala no era más que el nombre de otra víctima que al día siguiente llenaría los titulares.

✳ ✳ ✳

La escena parecía una repetición exacta de la vivida el diciembre pasado. Otro escenario, la misma escena. Un patrullero atravesado en medio de la calle impedía el paso. Me bajé del auto y corrí. Otro escenario, la misma escena.

—No puede pasar, señor —un policía puso una mano sobre mi pecho.

—¡Es mi casa! —me lo saqué de encima de un empujón, esperando poder llegar. Rezando para llegar. Aún tenía dos minutos de gracia.

La escena parecía una repetición exacta de la vivida el diciembre pasado… pero no lo era. Mis piernas se detuvieron por sí mismas, obedeciendo a alguna arcaica porción de mi cerebro.

—¡Suelte el arma, ahora! —gritó uno de los policías, apuntando a Lisandro.

Su camisa estaba cubierta de sangre, su cara estaba cubierta de sangre, y la "nueve" colgaba de su mano derecha. Lucía desorientado y confundido, miraba hacia todos lados. Di un paso hacia adelante, sin proponérmelo, y sus ojos se clavaron en los míos. Rompió en un llanto amargo, desconsolado, igual que aquella vez en la casa de huéspedes.

—¡No quise hacerlo, Mauro! ¡Te lo juro! —gritó, fuera de sí. El arma temblaba en su mano—. ¡Juro que no quise! —sin despegar mis ojos de los suyos, me llevé la mano a la espalda y tanteé la funda oculta bajo mi abrigo—. ¡Tú tienes la culpa! ¡Tú! ¡Me la quitaste! ¡Te advertí lo que pasaría! ¡Te lo advertí! —liberé la "nueve" y apreté la empuñadura—. Primero a ella… y luego, a ti.

Todo sucedió tan rápido que ni siquiera tuve tiempo de pestañear. Lisandro apuntó tembloroso hacia mí, apunté y...

Bang.

Bang.

Bang.

Bang.

El policía descargó cuatro disparos certeros sobre el pecho de Lisandro. Mientras caía de espaldas al suelo, corrí hacia el interior de la casa, ignorando la voz de alto de los policías que habían acudido a la escena.

Entré a la casa. A mi casa. Nuestra. La casa que tan amorosamente habíamos convertido en un hogar para nuestra pequeña familia de tres. El olor a pólvora y sangre me provocó náuseas, igual que el caos de cosas que encontré en el camino.

Me asomé a la sala y seguí el rastro de lucha hasta la cocina.

—Mami...

Vi sus rizos antes que cualquier otra cosa. Luego, sus pequeñas manos tirando de su ropa, sacudiéndola con delicadeza.

—Mami... —retiró un mechón de pelo ensangrentado de su rostro y acarició su mejilla.

No sé cómo llegué hasta él, solo sé que me arrodillé a su lado y lo tomé en mis brazos.

—Hay vidrios en el suelo, puedes lastimarte —sacudí sus pantalones con aire ausente y pasé un brazo sobre sus hombros, pegándolo a mi cuerpo, sin poder despegar los ojos de su carita de ensueño. No había sonrisa irónica para mí esta vez. El daño era irreparable. Lisandro la había roto.

—¿Te sabes alguna canción, Mauro? —preguntó, apoyando su cabeza en mi hombro.

—No, Alejo. No sé ninguna... —lo miré a los ojos, iguales a los de su madre, y supe que era lo único que conservaría de ella. Lo abracé. Abracé a mi hijo. A partir de ahora, solo seríamos una familia de dos—. Lo siento mucho —mi voz tembló entre sus rizos.

EL FIN

MIÉRCOLES NEGRO

MIÉRCOLES, 19 DE OCTUBRE DE 2016.

CIUDAD DE BUENOS AIRES.

El cielo estaba gris y una llovizna tenue, pero constante, se precipitaba sobre la ciudad. Salí al balcón y apoyé los brazos sobre la barandilla, extendiendo las manos y atajando algunas gotas de lluvia. Era un día extraño. Yo me sentía extraño. Estar en mi viejo apartamento, con el Obelisco alzándose imponente hacia mi derecha, era doblemente extraño.

Regresar a Buenos Aires nunca había estado en los planes. Rosario se había transformado en nuestro lugar en el mundo, en nuestro hogar; pero luego de lo que había pasado con Lucrecia, no podíamos seguir allí. Era como vivir dentro de una pesadilla que se repetía en un eco interminable. Los recuerdos eran en extremo dolorosos. Intolerables.

Lisandro desbarató nuestra vida en quince minutos de locura. Apenas quince minutos... Había transcurrido un año completo, pero los recuerdos permanecían intactos.

Perdonarme por no haber llegado a casa a tiempo era algo en lo que todavía estaba trabajando.

Mi cabeza estuvo en lugares muy oscuros después del episodio. La sensación de fracaso por poco me aplasta. Mi prioridad número uno era cuidar de mi familia y les fallé, de la peor manera. Seguía fallando. Primero, con mi madre, y después, con Lucrecia... No podía salvar a nadie. Ni siquiera a mí mismo. Había hecho de la protección de otros una profesión, un estilo de vida, una forma de ver el mundo. Estaba siempre parado en la acera segura, la del control. Quince minutos le bastaron a Lisandro para tirarme a la cara una verdad imposible de digerir: el control no era más que una ilusión. Cuando de emociones humanas se trataba, no había control alguno.

Todo aquello en lo que creía se vino abajo como una estructura de naipes. No tenía cimientos para reconstruirme. Me tocó estar parado en la acera del frente, en un lugar que no me resultaba para nada cómodo: el lugar de la víctima.

Víctor había intentado convertirme en una víctima, haciéndome pasar un infierno durante la niñez y buena parte de la adolescencia. Pero lo que sentí al ver a Lucrecia rota en esa cocina, no se comparaba con nada. Podía esconderme de Víctor, enfrentarlo, conservar un precario control sobre esa situación. Pero no podía esconderme del dolor ni enfrentar la sensación de indefensión al verla así. No tenía control alguno y eso me aterraba. No había nada que me sujetara a la cordura, ningún punto de referencia que me indicara el camino para salir del laberinto en que me encontraba.

Mi prioridad número uno era proteger a mi familia y seguía fallando. Alejo me necesitaba más que nunca y mi cabeza no estaba en el lugar correcto. Mi pequeña familia tambaleaba, otra vez, y no sabía qué demonios hacer. Hasta que Pablo y Gloria fueron a instalarse con nosotros a Rosario, para aclarar un poco el panorama... Y luego, Lucho y Camila, que dejaron todo para acudir en nuestra ayuda.

Diego se comunicaba conmigo a diario, pero tenía menos estómago que yo para digerir el dolor. Cecilia, en cambio, era toda una guerrera. Cada vez que el trabajo se lo permitía, se tomaba un autobús y traía a Clarita para que mimara a Alejo y a Maxi para que peleara con él. Victoria y Electra también fueron de gran ayuda, se armaron de coraje y no nos dejaron solos en ningún momento, gastaron buena parte de su botín en viajes y hoteles. Camilo interrumpió su paseo por el mundo y su ayuda fue invaluable para aportar el control que a mí me faltaba. Juan María llamó una vez, para disculparse por no haber podido hacer más por Lucrecia y para ponerse a disposición en caso de que lo necesitáramos. Él no pudo hacer frente a su impotencia y yo no pude con mi rabia. No hablamos nunca más, ¿para qué? Era un inútil. Ya no lo necesitábamos.

Mi pequeña familia tenía una gran familia en la que apoyarse, un refugio en medio de tanta vulnerabilidad. Me tomé de ellos para salir del laberinto en el que me encontraba y me sentí más entero para ser el apoyo que Alejo necesitaba.

El pequeño era el más fuerte de todos. Había visto al monstruo a la cara y había salido victorioso de la contienda, aunque con cicatrices, claro está. Recuperó la sonrisa y la frescura que lo caracterizaban, pero muchas veces lo descubría silencioso y pensativo, con la mirada puesta en un recuerdo que estaba marcado a fuego en su memoria: Lucrecia rota en el suelo de la cocina. Ningún hijo debería ver a su madre en ese estado. Nada podía hacer para borrar ese recuerdo. Me restaba abrazarlo y acompañarlo en su dolor. Porque su dolor también era el mío.

Mi pequeña familia tenía que aprender a convivir con lo que había sucedido. No lo superaríamos nunca, estaba seguro de eso, pero era preciso seguir adelante. Dejamos de atenernos a los planes absurdos y a la falsa ilusión de control, y nos dejamos llevar por lo que sentíamos. Y sentíamos la necesidad de volver a casa, donde estaba la gente que amábamos.

Así es que, aquí estaba una vez más, donde todo había comenzado. En el balcón de mi viejo apartamento, bajo un gris cielo porteño. Me sentí extraño. Encendí un cigarrillo y me recargué en la barandilla.

—¿Llueve? —escuché su voz a mis espaldas y asentí.

—Una llovizna molesta, nada más —respondí.

—Pues, parece que el clima no desalienta a nadie… —se apoyó a mi lado y miró en dirección al Obelisco.

La imagen era impresionante. Emocionante... Los paraguas llegaban desde los cuatro puntos cardinales. Muchos eran negros, pero otros tantos destacaban coloridos entre la marea oscura. No sabía cuánta gente había, pero seguían llegando a un ritmo constante. Las banderas y los carteles se alzaban en busca de reconocimiento, en un ruego por que el mensaje llegara a quien quisiera escuchar. Mujeres, hombres y niños. Familias completas. Familias rotas. Cada uno con un motivo propio para estar allí, pero todos unidos por el mismo dolor. Un dolor que era el mismo que el nuestro. Que debería ser el de todos.

¿La consigna convocante? **#NiUnaMenos**.

Le di una pitada al cigarrillo, avergonzado por quienes no lo estaban. Había tantas víctimas congregadas como monstruos sueltos. Y las víctimas que ya no estaban, las que habían muerto en manos de sus monstruos, dolían todavía más. ¿Qué estaba pasando con los hombres? ¿Por qué no podían ver la atrocidad y la cobardía de sus actos?

—Son muchas.

—Sí —suspiró largamente—. *Somos* muchas.

Sorprendido de escuchar semejante frase brotando de su boca, desvié la atención de la calle y la centré en su mirada. Sus ojos conservaban la pesadez de años y años de silencio, de sometimiento, de maltrato, pero había cierta paz en ellos. La paz que deviene de la aceptación. Pasé un brazo sobre sus hombros y besé su cabeza.

—Estoy muy orgulloso de ti, mamá.

—Gracias, hijo —besó mi mejilla—. Necesitaba escuchar eso.

Lucrecia no había sufrido en vano. Yo no había podido hacer nada para quitar a mi madre de la casa de Víctor, pero Lucrecia lo consiguió. Después de escuchar lo sucedido en Rosario, metió toda su ropa en un pequeño bolso y llamó a mi teléfono. *Mauro, voy a dejar a tu padre. ¿Podrías prestarme tu apartamento por un tiempo?*, dijo con una firmeza que no le conocía.

Mi madre jamás regresó a la casa de Víctor. Y Víctor jamás la buscó, gracias a Dios. Aun así, Diego y yo nos manteníamos alerta. Cecilia la visitaba a diario y, aunque ya no fueran suegra y nuera, eran buenas amigas. Clarita, Maxi y Alejo no podían estar más felices; tenían a una abuela que no se hartaba de consentirlos.

—¿Tenemos tiempo para tomar unos mates? —pregunté.

—Creo que sí. Pero, los preparo yo... —respondió, con una pizca de ironía—. Los tuyos son espantosos.

—Si no me dan la oportunidad de practicar, no aprenderé nunca.

—Si te doy la oportunidad de practicar, nos intoxicarás a todos.

—¡Mamá!

—¿Qué? Es la verdad... Tienes muchos talentos, pero cebar mates no es uno. Tendrás que empezar a aceptarlo.

—Me hablas como si no me conocieras. ¿Alguna vez viste que me rindiera?

—Tienes razón —me miró a los ojos con tal intensidad que me temblaron las rodillas—. No te rindes nunca —acarició mi mejilla con la ternura que solo una madre podía lograr. Y yo, que me sentía extraño ese día, necesitaba de su ternura–. Entremos.

Mi viejo apartamento no se parecía en nada a mi viejo apartamento. Ahora, era la casa de mi madre. La dejé en la cocina y fui a explorar a la habitación. Alejo estaba muy misterioso ese día, igual de extraño que yo. Trataba de darle su espacio, pero ya era la hora de la merienda.

Había crecido muchísimo, no solamente en altura sino también en inteligencia, en carácter. Era una luz, igual que Lucrecia. Pensé que adaptarse al primer año, sobre todo después de todo lo sucedido, sería un desafío. Pero no. El inicio de la escuela lo reencontró con algunos de sus compañeros del kínder y eso obró como magia.

Espié un poco a través del resquicio de la puerta y lo descubrí tumbado sobre su estómago, sumamente concentrado en lo que hacía, sospechosamente silencioso.

–Alejo, ¿qué haces? –abrí la puerta y se sobresaltó.

–Nada... –se sentó de repente y escondió algo detrás, sonriendo con exagerada inocencia. La sonrisa hubiera bastado para delatarlo, pero fueron sus dedos cubiertos de pintura y el caos de témperas a su alrededor los que confirmaron mis sospechas. Había heredado el arte de su tío y la dulzura de su mamá. Una combinación poderosa.

Me apoyé en el marco de la puerta y crucé los brazos.

–¿Seguro?

–Es una sorpresa.

–Ya veo...

La indiferencia siempre era buena con Alejo. No tenía que insistir demasiado con él, era más impaciente que yo. E incapaz de guardar un secreto, igual que Lucho.

–Bueno, te la mostraré. ¡Pero, no la toques! Aún no se ha secado –advirtió con seriedad.

—No tocaré nada, lo prometo —alcé las manos y me acerqué.

—Ay... —pensó por un momento—. Tengo pintura en las manos.

—Te ayudaré.

Se deslizó sobre el suelo para darme espacio y, al ver la sorpresa, se me calentaron los ojos. Estaba teniendo un día muy extraño, pero ponerme a llorar frente a Alejo no era buena idea. Era un día extraño para él también.

—¿Y? —preguntó, aguardando el veredicto.

Tomé los bordes de la camiseta, con mucho cuidado, y la levanté para apreciarla mejor. Sin dudas, mi hijo era todo un artista.

—Me encanta —esperaba que mis ojos transmitieran lo que mis palabras no podían, porque tenía un nudo en la garganta.

—¿De veras? —sonrió complacido.

—De veras.

—El tío Lucho me ayudó con las letras, pero la pinté yo solo. Es que... toda esa gente lleva carteles que dicen **#NiUnaMenos**. Quería uno con el nombre de mamá. ¿Ves? —sus dedos cubiertos de témpera delinearon las letras en el aire, cerca de la obra de arte plasmada en el centro de su camiseta.

#UnaLucrecia, entre un infinito de colores que solamente Alejo podría haber combinado con tanta perfección.

—¿*Una* Lucrecia? —pregunté.

—Puede que haya otras —respondió con solemnidad.

Su sagacidad me sorprendía. Siempre me sorprendía.

—Es posible —asentí—. Si hubiera sabido lo que estabas haciendo, te hubiera pedido que me pintaras una.

Con esa sonrisa inocente que me derretía, apuntó el tatuaje en mi antebrazo izquierdo.

—Tú ya tienes el nombre de mamá.

—Sí... es cierto —sonreí y le acaricié los rizos—. Es un muy buen trabajo. Lo digo en serio —levanté la mano para que chocáramos los cinco, acorde a nuestro pequeño ritual, pero Alejo se quedó mirando mi mano con aire pensativo. Tenía los mismos ojos de su madre, grandes y redondos, transparentes como ninguno.

El nudo en mi garganta se ajustó un poco más cuando se acercó. Sus brazos se enroscaron en mi cuello y sus rizos rebotaron sobre mi cara. Le devolví un abrazo igual de fuerte, porque estábamos teniendo un día extraño y los dos lo necesitábamos.

—Te quiero mucho, Mauro —escuché cerca de mi oído.

—Yo te quiero más, hijo.

Dejamos la camiseta secándose cerca de un ventilador y lo llevé a merendar. Recibí un mate de mi madre y robé una cucharada de dulce de leche antes de pasarle un pan tostado a Alejo. El celular vibró sobre la mesa y abrí el mensaje. "Vamos retrasados. No nos esperen".

Los mensajes no dejaban de llegar al grupo de WhatsApp que compartíamos con la familia. Habíamos acordado encontrarnos en la puerta del edificio, para ir todos juntos, pero era miércoles y el mundo no se detenía, a pesar de la importancia de la convocatoria. Respondí el mensaje y le devolví el mate a mi madre.

—El pan tostado es para llevar. Es hora de irnos.

—¡La camiseta no está seca! —dijo, alarmado.

—Es la humedad, mi amor. No creo que se seque —mi madre le limpió un rastro de dulce de leche de la comisura de los labios.

—¿Puedo usarla, de todos modos? —preguntó, suplicante. ¿Cómo negarme a un pedido suyo? Era una blasfemia.

—¡Claro que sí! Pero apresúrate.

* * *

–¡Qué bien quedó esa camiseta, Alejo! –se inclinó para verla.

–¡No la toques, tío! Todavía no se seca –lo detuvo, alarmado.

–No la toqué... solo quería verla más de cerca –Lucho me miró con un gesto de preocupación. Alejo solía ponerse más obsesivo cuando estaba nervioso. Y estaba nervioso.

Había mucha gente alrededor. Mucho enojo e indignación, llanto y amargura, cánticos y gritos. Lo pegué a mis piernas y puse las manos sobre sus hombros, para que se sintiera más protegido. Automáticamente, encerró su mano sobre uno de mis dedos.

–Está teniendo un día extraño –le susurré a Lucho.

–¿Y quién no? –Pablo puso una mano sobre mi hombro–. ¿Tienes un cigarrillo, muchacho?

–Aquí tienes –Lucho le dio uno.

–No fumes, querido. Estamos todos muy pegados aquí –lo reprendió Gloria. Pablo puso los ojos en blanco. Cuando Gloria se volvió para conversar con mi madre y con Cecilia, lo encendió–. Cubra mi flanco, Acosta –dijo en voz baja.

–Siempre, señor –sonreí.

–¿Llegamos tarde? –Victoria se colgó de mi cuello y apoyó su monumental escote en mi espalda.

–Vicky, ¡ubícate! –Electra entrelazó su brazo con ella y la mantuvo cerca. Seguía sin aceptar que el coqueteo era una segunda naturaleza para Vicky–. ¡Qué linda camiseta, Alejo! ¿Puedo verla?

–¡No la toques! –ambas se retiraron ante la advertencia de Lucho y Alejo, al unísono. Eran tan parecidos que daba miedo.

–Bueno, ¿estamos todos? –Camila se asomó para contar cabezas.

–Camilo avisó que no los esperemos –respondió, Clarita–. ¡Me encanta tu cabello! –dijo, acariciando un mechón de Electra. Era turquesa esta semana.

Gloria, Cecilia y mi madre se refugiaron bajo un mismo paraguas. Levanté a Alejo, que ya pesaba como una tonelada, y Lucho pasó un brazo sobre los hombros de Camila antes de abrir un paraguas sobre nuestras cabezas. Pablo abrió un tercer paraguas y protegió a Electra y a Victoria. Clarita sonrió, cerró los ojos y abrió los brazos en alto, recibiendo la lluvia como si fuera una bendición. Entonces, mi pequeña gran familia comenzó a caminar junto a otras y otros miles que pedían lo mismo que nosotros. Vida; nada más y nada menos.

La lluvia comenzó a caer más copiosa, golpeando contra los paraguas y haciendo que nos estrecháramos cada vez más. Pero nadie dejaba de caminar, nadie dejaba de confiar en que las cosas podían mejorar. Porque solo podíamos hacer eso, confiar. Solo podíamos confiar y creer, soñar y desear. A pesar de las incertidumbres, de las dudas y de los miedos, solo nos quedaba confiar.

Yo, a pesar de todo, confiaba.

Caminábamos junto a miles, pero cuando se recogió el cabello y ese lunar oscuro en su nuca hizo su popular despliegue de sensualidad, la reconocí de inmediato.

—Sostenlo, Lucho —sin apartar la mirada, temiendo perderla entre la multitud, dejé a Alejo en brazos de su tío y poco importó que la lluvia me empapara.

Aparté gente y apresuré el paso, desesperado por alcanzarla, porque estaba teniendo un día extraño y necesitaba el alivio que solo encontraba entre sus brazos.

Vestía de luto. Camiseta negra, pantalones del mismo color. Vestía de luto porque, aunque ella había sobrevivido, muchas mujeres sucumbían a diario bajo el puño de hierro de sus asesinos. A pocos metros de alcanzarla, tan perceptiva como siempre, se dio media vuelta y sus ojos me buscaron entre la multitud. No tardó en encontrarme.

A pesar de que la marcha seguía avanzando, apartó gente con la dulzura que la caracterizaba y llegó hasta mí.

–Por fin, mi amor…

Mis brazos la recibieron como la bendición que era. El alivio tan ansiado vino de la mano del aroma a coco y vainilla que despedía su piel, del calor de su abrazo, de la certeza de que su corazón seguía latiendo. Había estado a punto de perderla, más de una vez, pero Lucrecia siempre me sorprendía.

–¡Hola! –se separó apenas de mí y sonrió–. Perdí a Camilo… nos separamos y no lo encuentro.

674   –No importa. Aparecerá.

Mis manos se posaron sobre sus mejillas y mis ojos bebieron centímetro a centímetro de su carita de ensueño. Sus ojos, grandes y redondos. El derecho, oscuro y profundo como un infinito; el izquierdo, grisáceo y nebuloso como el clima. Besé cada una de las pequeñas cicatrices pálidas que nacían en su sien y descendían por su mejilla, hasta su boca que me recibió cálida y dulce.

–Te amo, Lucrecia –murmuré, sin poder despegarme de su boca.

–También yo… –acarició mi mejilla y atajó una lágrima delatora–. ¿Qué sucede, mi amor? ¿Estás bien? –preguntó preocupada.

–Mejor que nunca. Pero estoy teniendo un día muy extraño… y estoy feliz de que estés viva.

–¡Mamiiii! –el llamado de Alejo nos separó y ella lo recibió con los brazos abiertos–. ¡Mira, mami! Mira lo que hice… –señaló su camiseta con orgullo–. ¿Te gusta?

Su reacción fue bastante parecida a la mía, pero ella dejó que su emoción se tradujera en lágrimas, porque ya no tenía miedo de mostrarse vulnerable. Ese era otro ítem en la larguísima lista de cosas que amaba de ella.

—Me encanta, hijo —besó su mejilla y lo apretó en un abrazo. Alejo no emitió queja alguna cuando tocó la camiseta.

—¡Por fin apareciste, "Highlander"! —gritó Lucho, sumándose al abrazo.

Mi diosa fue pasando de abrazo en abrazo, de beso en beso y de corazón a corazón. Levanté a Alejo y pasé un brazo sobre los hombros de Lucrecia. Así, juntos, seguimos caminando entre miles. A pesar de las cicatrices y las heridas que las batallas habían dejado a su paso, mi pequeña familia de tres siempre seguiría caminando.

✳ ✳ ✳

Mauro tenía razón. Había sido un día muy extraño. Intenso como muchos otros, pero único en el abanico de emociones desplegado. Llevé a Alejo a la cama, más temprano de lo habitual, porque estaba exhausto. Recostada a su lado, le susurré canciones al oído, saboreando cada invaluable segundo que la vida me regalaba.

—Que descanses, mi amor —besé su frente y me levanté de la cama despacio, aun sabiendo que no había riesgo de que despertara.

Con el dinero de la venta de la casa de Belgrano, compramos una menos ostentosa y más confortable, en el mismo vecindario. Queríamos que Alejo sintiera la estabilidad de un entorno que conocía. Y, además, quedaba cerca del centro de rehabilitación en el que trabajaba Camilo.

Luego de que despertara en una fría cama de hospital, desorientada y sin poder creer que estaba viva, vino el lento y engorroso proceso de sanar mi maltratado cuerpo.

Según los paramédicos, estuve muerta dos minutos completos. No tuve ninguna experiencia extrasensorial, tampoco vi el famoso túnel de luz.

El primer balazo me destrozó el bazo y tuvieron que practicarme una cirugía de emergencia para extirparlo. El segundo impactó en mi pecho izquierdo. Más allá del daño estético, de milagro no tocó un órgano vital. El tercero atravesó mi antebrazo derecho, orificio de entrada y de salida. El cuarto ni siquiera me tocó, impactó en la última gaveta de la cocina.

La ropa cubría la mayor parte de mis cicatrices, pero las de mi rostro eran otro asunto. Perdí la visión de mi ojo y tenía muy poca sensibilidad del lado izquierdo. Mi médico insistió en que realizáramos una segunda cirugía, que llamó "reconstructiva" por no decir estética, pero me negué. Estaba viva. Las cicatrices eran un recordatorio de una etapa de mi vida que jamás superaría, pero a la que tampoco regresaría. Cada mañana al despertar, me miraba al espejo y agradecía a Dios por darme una segunda oportunidad. Una que aprovecharía al máximo.

Salí al jardín y lo encontré fumando, pensativo y esplendoroso. Caminé hacia él y apoyé la mejilla en su espalda.

–¡Maldición! –se llevó tremendo susto.

–Lo siento –sonreí, tomando el cigarrillo de sus dedos.

–Es usted muy silenciosa, señorita Ayala –sonrió su sonrisa cálida–. Un día de estos me vas a dar un ataque cardíaco.

–Estabas muy distraído...

–Puede ser –asintió–. Pero tus habilidades de súper ninja son asombrosas, eso también es cierto –trató de distraerme.

–¿En qué pensabas con tanta concentración?

–En ti... –respondió con la dulzura de siempre–. En nosotros, en realidad.

–¿Y qué pensabas?

–En que deberíamos tener cuatro hijos.

Me ahogué, ¡obviamente!, y le devolví el cigarrillo tosiendo como una desahuciada.

–Me alegra que te guste la idea –soltó una de sus risas nasales y explosivas.

–¡¿Cuatro?! –me tomé la garganta.

–Sí, cuatro... Así tenemos nuestro propio mini equipo de fútbol cinco. Ya estoy entrenando a Alejo para que sea el capitán –me estaba gastando una broma, como siempre, pero lo hacía con mucha seriedad.

–¿Tú le enseñas a Alejo a jugar al fútbol? Estamos destinados al fracaso.

–¡Qué poca fe, mujer! Me ofendes –se llevó una mano al pecho, indignadísimo.

–No tendremos cuatro hijos –me negué de plano.

–Entonces, tres... E incorporamos a Maxi en el equipo.

–¿Y qué tal dos? –propuse con solemnidad–. Que Mateo se sume a Maxi y a Alejo, así vas a tener tu propio equipo de fútbol cinco para llevar al fracaso.

–Hecho –estrechó mi mano–. Empecemos ahora mismo.

–Excelente idea.

Mi boca fue al encuentro de ese beso que había codiciado durante todo el día, de esos que me hacían temblar las rodillas y el alma. El preludio perfecto para una noche de insomnio y de caricias que eran más restauradoras que cualquier cirugía. Mauro resignificaba mis cicatrices y reescribía una historia nueva para mi cuerpo. Ya no tenía vergüenza de mostrarme desnuda, no con él. Desnudaba mi alma sin reserva alguna, porque confiaba en que no me lastimaría. Confié en él, desde el primer momento.

–*Espere aquí. Mi esposo lo recibirá en un minuto* –me di media vuelta y empecé a caminar hacia la entrada.

–¿Señora Echagüe? –escuché detrás de mí.

–¿Sí?

–La reja… ¿la dejará abierta? Ni siquiera le mostré mi identificación.

–Confío en usted –respondí sin un atisbo de duda.

Si alguien volviera a preguntarme si creía en el amor a primera vista, le diría que no. Le respondería que el amor se construye día a día, que nunca debe darse por sentado, que se alimenta de respeto y aceptación de las diferencias, que se nutre de besos, de caricias y de palabras de afecto, que se basa en la fe de que merecemos ser felices… y que un solo golpe es suficiente para matarlo.

678   Si alguien volviera a preguntarme si creía en el amor a primera vista, le diría que preferiría creer en mí misma.

FIN

El 19 de octubre de 2016, miles de personas se congregaron en el centro de la Ciudad de Buenos Aires bajo la consigna de #NiUnaMenos, en repudio a la violencia de género y en apoyo a víctimas y familiares.

Esta novela está dedicada a todos quienes se animan a alzar la voz por encima del grito de la violencia.

AGRADECIMIENTOS

A las mujeres de mi vida…

A mi niña adorada, María de los Ángeles Zarpelon. Tu latido es el mío; tu sonrisa, mi motor.

A mi mamá, Estela Zanotti, por su enorme corazón y su infinita sabiduría.

A mi hermana, Florencia Giménez, por su constante empuje y su profunda sensibilidad.

A mi querida abuela, Dionisia Mansilla. No llegué a conocerte, pero tu fuerza corre en las venas de cada una de las mujeres de nuestra familia.

A mi adorada abuela, Modesta Blanco. Eres mujer, eres valiente, eres ejemplo. Gracias por haber sobrevivido a los monstruos.

A mi hermana del alma, Karina Hoyos, quien desde hace años sostiene mi mano con cariño. Sin importar la distancia o el tiempo transcurrido, nuestra amistad sigue fortaleciéndose y evolucionando día a día.

A mis "psicolocas" y amigas entrañables, Gimena Euliarte y Lorena Cipriani. Somos tríada. Ayer, hoy y siempre.

A mis amigas lectoras, que acompañaron esta experiencia literaria desde su nacimiento, a quienes se atrevieron a sostener mi mano en este tránsito emotivo y esperanzador... Carolina Castillo, Cintia Mega, Claudia Winter, Laura "Laly" Villanueva, Lorena Parapetti, Lorena Giménez Italia, Marcela Santos, Mariana Guzmán, Paula Quirch y Romina Cuello, Karina Bolognini, Jorgelina Gómez, Leonor Pereyra, Velia Mazzoni, Natalia Aquino Neri Ahijado, Ester Castor Cancelas, Natalia Amaya D'Alleva, Paola Calandria, Julieta Della Rosa, Luciana Galván, Paula González, Romina Alturria, María Virginia Morales, Lula Golé Romano, María Pía Sotomayor, Ana María Garriz, Marianella Cuello, Estefania Lecuona, Mariela Cabañéz, Noelia Santinelli Milani, Viviana Cinto, Andrea Macia, Analía Salguero, Dolores Correa, Verónica Bursten, Mo Duinne, Carolina Peludero, Andrea Villán, Mónica Cattaneo, Cecilia Anglada, Yanina Salas, Morena Barrasa, Ailen Di Tocco, Juliana Di Tocco, Nancy Salas, Ivana Ibañez, Celes Fernández, Vanina Natalia Noya, Gabriela Simeone, Nancy Burgos, Alicia Capobianco, Agus Barrera, Azul Romero, Ro Palma, Analía Bertossi, Bárbara Corujo, Ayelén Pacheco, Nadia González, Eli Chiliguay, Ivon Rodríguez Cardona, Liliana Llobera, Belén Cabrera, Tete Escudero, Nayla Bravo y Rita González. Ustedes hicieron que esto fuera posible. Son mujeres. Son únicas. Son poderosas.

682

A mi querida colega y amiga, Marta D'Argüello. Estábamos destinadas a encontrarnos. Gracias por tu generosidad, por tu grandeza y por alentarme a superar cualquier límite. Tu amistad es un tesoro.

A mis compañeras de ruta, a mi familia editorial. Laura G. Miranda, por tu "aquí y ahora", por tu "soltá". A Brianna Callum, por la palabra cálida y el abrazo que combate distancias. A Magda Tagtachian, por su ejemplo de lucha. A Gustavo Villén, nuestra voz mexicana, voz masculina que se atreve a decir sobre el amor. A María Laura Gambero, la más cálida bienvenida a este #EquipoVeRa al que tanto amamos, y mi cariño por siempre.

Al equipo de VeRa Romántica, por dotar de alas a Lucrecia, por el profesionalismo, dedicación, pasión y amor con los que impulsan nuestras historias. A María Inés Redoni, Daniel Provinciano, Marcela Aguilar, Abel Moretti, Natalia Vázquez, Marianela Acuña, Florencia Cardoso, Ayelén Mardones. En ellos y con ellos, a cada uno de los que forman parte de la familia editorial de VeRa Romántica y VR Editoras.

A mi fantástica editora, Carolina Kenigstein. Algún día soñé con trabajar juntas. Hoy, el sueño es realidad y la realidad un sueño. Gracias por haber abrazado a Lucrecia con tanto compromiso.

A todas las mujeres que perdimos, a las que lloramos, a las que aún nos duelen. A sus familias. A sus amigos.

683

A las que se atreven a alzar la voz, a las que todavía buscan ser escuchadas.

A todas. A cada una. A todos. A cada uno.

ÍNDICE

Elegí esta historia pensando en **ti**
y en todo lo que las mujeres románticas
guardamos en lo más profundo
de **nuestro corazón** y solo en contadas
ocasiones nos atrevemos a compartir.

Y hablando de compartir, me gustaría
saber qué te pareció el libro...

Escríbeme a
vera@vreditoras.com
con el título de esta novela
en el asunto.

Vera

yo también
creo en el amor